古典文库

型世言

（明）陆人龙 编

浙江古籍出版社

出版说明

《型世言》，全称《峥霄馆评定通俗演义型世言》，是明末杭州小说家陆人龙撰写的一部拟话本小说集，约刻于崇祯五年（1632）。原本今藏韩国汉城大学奎章阁。此书自明末清初以来，湮没已久，不为人知。明清文献中未见提及，王古鲁、孙楷第、郑振铎、大冢秀高诸研究家的著作书目中也未见著录。今所知唯一提到《型世言》之名的，是峥霄馆刊本《皇明十六家小品》。书中有征文启事两页，称"见惠瑶章，在杭付花市陆雨侯家中；在金陵付承恩寺中林季芳、汪复初寓"。其拟刻书目中提到："刊《型世言二集》，征海内异闻。"此《型世言二集》是否最终刊成，尚不可知，但《一集》应当已经完成，它就是现在这部《型世言》。正是由于人们对《型世言》一无所知，导致在研究明代通俗小说尤其是话本小说时，遗留下不少未能解决的问题。因此可以说，《型世言》的发现，填补了古代白话小说史上的一个空白。所以，当1987年台湾东吴大学吴国良教授、法国国家科研中心陈庆浩先生在韩国汉城大学奎章阁发现《型世言》存本时，大有"洛阳纸贵"之势。

《型世言》与"三言"一样，是作者出于一种社会责任感创作而成的，作者旨在以自己的作品来教育读者、匡正世风。型者，模也，榜样之谓也。所谓《型世言》，就是教人应当怎样立身处世的一部书。由于它写得好，故事新奇，描写生动，体制也跟"三言""二拍"一样，所以大约清初时有人利用残本进行覆刻时将其改名为《三刻拍案惊奇》。可以说，此书从思想内容到写作技巧都可与"三言""二拍"并驾齐驱。

首先，《型世言》跟"三言""二拍"一样，继承、发扬了我国话本小说的艺术传统，非常重视作品的故事性和吸引力。其中大部分作品都经过作者精心剪裁和巧妙编织，使故事曲折复杂，情节跌宕起伏，吸引读者非读下去不可。加之作者关心社会人生，注意观察各种人情世态，故能在自己的作品中将其描摹曲至，使人如临其境。语言洗练，笔调轻松，庄中带谐，读来极富情趣。

其次，《型世言》跟"三言"一样，注重作品的教化作用，写了不少忠孝侠烈之事，"以型为世"，为世人树立榜样。作者想通过这些作品的人物故事，特别是通过对这些人物故事的是非褒贬来教育、警戒世人，而其思想武器主要是儒家的忠孝节义、友悌智信等传统伦理道德。当然，这里面虽然也不乏传统美德，但也有不少封建毒素。此外，书中还夹杂一些因果轮回、荒诞迷信的篇章和情节。

但是，《型世言》跟“三言”“二拍”不同的是，它不像“三言”“二拍”那样或广泛搜集“宋元旧种”，或“取古今杂碎事”“演而畅之”，它写的全部是明代人的故事，其材料来源有的是来自明代名人传记资料，有的来自明代野史笔记，有的则直接来自当时的社会见闻，尽管经过作者不同程度的加工或生发，但仍全面、真实地反映了明代的社会历史生活。《型世言》最值得重视的是相当广泛地反映了明代的社会政治生活，真实而生动地描绘出一幅幅明代社会生活画面。最后几篇多写妖异灵怪之事，看似荒诞不经，但大都有寓意在。这种明写妖异灵怪而暗喻现实人生的借题发挥笔法在话本小说中还是比较少见的。

《型世言》十卷四十回，每回演一故事。据《奎章阁图书中国本综合目录·集部·小说类》著录，《型世言》今存十一册，无总序、目录、插图，仅存四十回正文。据陈庆浩先生考证，原书当为十一册，首册为总序、总目和四十页八十幅插图，另十册为正文，每一卷四回订为一册。首册已佚失，仅存正文。每回之前都有署为“翠娱阁主人”所作的“序”（或题“叙”“小叙”“引”“小引”“题词”“题辞”）。陆人龙，字君翼，是陆云龙的弟弟，除此之外，还写过题为“平原孤愤生戏草”“铁崖热肠人偶评”的通俗小说《辽海丹忠录》。

1992 年 11 月台湾出版了《型世言》的影印本。本书即以台湾影印本为底本，影印本少数漫漶不清和缺字则以《三刻拍案惊奇》校补，个别无以校补之处则用□代替，明显笔误径改。总之，尽量保持原作面貌。如有失误或不当之处，希望读者批评指正。

目　录

第　一　回　烈士不背君　贞女不辱父……001
第　二　回　千金不易父仇　一死曲伸国法……014
第　三　回　悍妇计去孀姑　孝子生还老母……022
第　四　回　寸心远格神明　片肝顿苏祖母……034
第　五　回　淫妇背夫遭诛　侠士蒙恩得宥……041
第　六　回　完令节冰心独抱　全姑丑冷韵千秋……051
第　七　回　胡总制巧用华棣卿　王翠翘死报徐明山……062
第　八　回　矢智终成智　盟忠自得忠……072
第　九　回　避豪恶懦夫远窜　感梦兆孝子逢亲……082
第　十　回　烈妇忍死殉夫　贤媪割爱成女……094
第十一回　毁新诗少年矢志　诉旧恨淫女还乡……101
第十二回　宝钗归仕女　奇药起忠臣……110
第十三回　击豪强徒报师恩　代成狱弟脱兄难……118
第十四回　千秋盟友谊　双璧返他乡……126
第十五回　灵台山老仆守义　合溪县败子回头……133
第十六回　内江县三节妇守贞　成都郡两孤儿连捷……143
第十七回　逃阴山运智南还　破石城抒忠靖贼……149
第十八回　拔沦落才王君择婿　破儿女态季兰成夫……159
第十九回　捐金有意怜穷　卜屯无心得地……168
第二十回　不乱坐怀终友托　力培正直抗权奸……175
第二十一回　匿头计占红颜　发棺立苏呆婿……183
第二十二回　任金刚计劫库　张知县智擒盗……193
第二十三回　白镪动心交谊绝　双猪入梦死冤明……202
第二十四回　飞檄成功离唇齿　掷杯授首殪鲸鲵……211
第二十五回　凶徒失妻失财　善士得妇得货……219
第二十六回　吴郎妄意院中花　奸棍巧施云里手……227
第二十七回　贪花郎累及慈亲　利财奴祸贻至戚……237

第二十八回　痴郎被困名缰　恶髡竟投利网……250
第二十九回　妙智淫色杀身　徐行贪财受报……259
第 三 十 回　张继良巧窃篆　曾司训计完璧……270
第三十一回　阴功吏位登二品　薄幸夫空有千金……279
第三十二回　三猾空作寄邮　一鼎终归故主……289
第三十三回　八两银杀二命　一声雷诛七凶……297
第三十四回　奇颠清俗累　仙术动朝廷……306
第三十五回　前世怨徐文伏罪　两生冤无垢复仇……313
第三十六回　勘血指太守矜奇　赚金冠杜生雪屈……323
第三十七回　西安府夫别妻　郃阳县男化女……331
第三十八回　妖狐巧合良缘　蒋郎终偕伉俪……340
第三十九回　蚌珠巧乞护身符　妖蛟竟死诛邪檄……349
第 四 十 回　陈御史错认仙姑　张真人立辨猴诈……356

叙

食人之禄，忠人之事。忠何必杀身，亦何必不杀身？忠何必覆家，亦何必不覆家？唯以凛然不受磨灭之心，可以质天地，可以动鬼神，可以靖君父，可以对家庭。呜乎，已矣！死犹生矣！即今日之笔舌，尤足见当日之须眉。彼景隆之身亦死，家亦覆，不天壤哉！留取丹心照汗青，铁尚书丹心从今当更耿耿耳。

翠娱阁主人撰

第一回　烈士不背君　贞女不辱父

不兢叹南风，徒抒捧日功。
坚心诚似铁，浩气欲成虹。
令誉千年在，家园一夕空。
九嶷遗二女，双袖湿啼红。

大凡忠臣难做，只是一个身家念重。一时激烈，也便视死如归；一想到举家戮辱，女哭儿啼，这个光景难当，故毕竟要父子相信。像许副使逵，他在山东乐陵做知县时，流贼刘六、刘七作反，南北直隶、山东、河南、湖广府州县官或死、或逃，只有他出兵破贼，超升佥事，后转江西副使。值宁王谋反，逼胁各官从顺，他抗义不从，道："天无二日，民无二主。"解下腰间金带打去，众寡不敌，为宁王所擒。临死时，也不肯屈膝。此时他父亲在河南，听得说江西宁王作乱，杀了一个都堂，一个副使。他父亲道："这毕竟是我儿子！"就开丧受吊，人还不肯信他。不期过了几时，凶报到来，果然是他死节。又知他同时死的，是孙都堂燧。他几次上本，说宁王有反谋，都为宁王邀截去了。到了六月十三日，宁王反谋已露。欲待除他，兵马单弱，禁不得他势大；欲待从他，有亏臣节。终夜彷徨，在衙中走了一夜。到五更，大声道："这断不可从！"此时他已将家眷打发回家，只剩得一个公子、一个老仆在衙内。孙都堂走到他家房里道："你们好睡！我走了一夜，你知道么？"公子道："知道。"孙都堂道："你知道些甚么？"公子道："为宁王的事。"孙都堂道："这事当仔么？”公子道：“我已听见你说不从了，你若从时，我们也不顾你，先去。”孙都堂却也将头点了一点。早间进去，毕竟不从，与许副使同死。忠义之名，传于千古。

若像靖难之时，胡学士广与解学士缙同约死国，及到国破君亡，解学士着人来看胡学士光景，只见胡学士在那厢问：“曾喂猪么？”看的人来回覆，解学士笑道：“一个猪舍不得，舍得性命？”两个都不死。后来解学士得罪，身死锦衣卫狱，妻子安置金齿。胡学士有个女儿已许解学士的儿子，因他远戍，便就离亲，逼女改嫁。其女不从，割耳自誓，终久归了解家。这便是有好女无好父。又像李副都士实，平日与宁王交好，到将反时来召他，他便恐负从逆的名，欲寻自尽。他儿女贪图富贵，守他不许，他后边做了个逆党，身受诛戮，累及子孙。这便是有了不肖子孙，就有不好父母。谁似靖难时，臣死忠，子死孝，妻死夫？又有这一班好人，如方文学孝孺，不肯草诏，至断舌受剐，其妻先自缢死。王修撰叔英的妻女，黄侍中观的妻女，都自溺全节。曾凤韶御史夫妻同刎。王良廉使夫妻同焚。胡闰少卿身死极刑，其女发教坊司，二十年毁形垩面，终为处女。真个是有是父，有是子。但中更有铁尚书，挺挺雪中松柏，他有两个女儿，莹莹水里荷花，终动圣主之怜，为一时杰出。

话说这铁尚书名铉，河南邓州人。父亲唤做仲名，母亲胡氏，生这铁铉。他为人玮梧卓荦，慷慨自许，善弓马，习韬略。太祖时，自国子监监生除授左军都督府断事。皇侄孙靖江王守谦，他封国在云南，恣为不法，笞辱官府，擅杀平民，强占人田宅子女，召至京勘问，各官都畏缩不敢问。他却据法诘问，拟行削职。洪武爷见他不苟不枉，断事精明，赐他字教做“鼎石”，后来升作山东参政。他爱惜百姓，礼貌士子；地方有灾伤，即便设处赈济；锄抑强暴，不令他虐害小民。生员有亲丧，毕竟捐奉赒给。时尝督率生儒做文会、讲会。会中看得一个济阳学秀才，姓高名贤宁，青年好学，文字都是锦心绣肠，又带铜肝铁胆，闻他未娶，便捐俸着济阳学教官王省为他寻亲事。不料其年高贤宁父死丁忧，此事遂已。铁参政却又助银与营丧葬。在任年余，军民乐业。恰遇明建文君即位，覃恩封了父母，铁参政制了冠带，率领两个儿子福童、寿安，两个女儿孟瑶、仲瑛，恭父母。只见那铁仲名受了，道：“我受此荣封，也是天恩，但我老朽，不能报国，若你能不负朝廷，我享此封诰也是不愧的。”铁参政道：“敢不如命。”本日家宴不题。

荏苒半年，正值靖难兵起。朝廷差长兴侯耿炳文领兵征讨，着他管理四十万大军粮草。他陆路车马搬运，水路船只装载，催趱召买，民也不嫌劳苦，兵马又不缺乏。后来长兴侯战败，兵粮散失，朝廷又差曹国公李景隆，督兵六十万进征。他又多方措置，支给粮草。又道济南要地，雇请民夫，将济南城池筑得异常坚固，挑得异常深阔。不料李景隆累次战败，在白沟大为永乐爷所破。此时铁参政正随军督粮，也只得南奔。到临邑地方，遇着赞画旧同僚、五军断事高巍，两个相向大哭。时正端午，两个无心赏午，止计议整理兵马，固守济南。正到济南，与守城参将盛庸三人打点城守事务。方完，李景隆早已逃来，靖难兵早已把城围得铁桶相似。铁参政便与盛参将背城大战，预将喷筒裹作人形，缚在马上，战酣之时，点了火药，赶入北兵阵中，又将神机铳、佛狼机随火势施放，大败北兵。永乐爷大恼，在城外筑起高坝，引济水浸灌城中。铁参政却募善游水的人，暗在水中撬坍堤岸，水反灌入北兵营里。永乐爷越恼，即杀了那失事将官，从新筑坝灌城，弄得城中家家有水，户户心慌。那铁参政与盛参将、高断事分地守御，意气不挠。但水浸日久，不免坍颓。铁参政定下一计，教城上插了降旗，分差老弱的人到北营说，力尽情愿投降。却于瓮城内掘下陷坑，城上堆了大石，兵士伏于墙边，高悬闸板，只要引永乐爷进城，放下闸板，前有陷坑矢石，后又有闸板，不死也便活捉了。曹国公道："奉旨不许杀害，似此恐有伤误。"铁参政道："阃外之事专之可也。"议定。只见成祖因见累年战争，止得北平一城，今喜济南城降，得了一个要害地方，又得这干文武官吏兵民，不胜欣喜，便轻骑张着羽盖进城受降。刚到城下，早是前驱将士多撷下陷坑。成祖见了，即策马跑回。城头上铁参政袍袖一举，刀斧齐下，恰似雷响一声，闸板闸下。喜成祖马快，已是回缰，打不着。反是这一惊，马直窜起，没命似直跑过吊桥。城上铁参政叫放箭，桥下伏兵又起，成祖几乎不保，那进得瓮城？这干将士已自都死在坑内了。正是：

不能附翼游天汉，赢得横尸入地中。

成祖大恼，吩咐将士负土填了城河，架云梯攻城。谁知铁参政知道，预备撑竿，云梯将近城时，撑竿在城垛内撑出，使他不得近城；一边火器乱发，把云梯烧毁。兵士跌下，都至死伤。成祖怒极，道："不破此城，不擒此贼，誓不回军！"北将又置攻车，自远推来城上，所到砖石坍落。铁参政预张布幔当他，车遇布就住，不得破城。北将又差军士顶牛皮，抵上矢石，在下挖城。铁参政又将铁索悬铁炮在上碎之。相持数月，北军乃做大炮，把大石炮藏在内，向着城打来，城多崩陷。铁参政计竭，却写"太祖高皇帝"神牌挂在崩处，北兵见了,无可奈何,只得射书进城招降。其时高贤宁闻济南被围,来城中赴义,也写一篇《周公辅成王论》射出城去。大意道:“不敢以功高而有藐孺子之心,不敢以尊属有轻天子之意。爵禄可捐,寄以居东之身,待感于风雷;兄弟可诛,不怀无将之心,擅兴夫斨斧。诚不贪一时之富贵,灭千古之君臣。”成祖见了却也鉴赏他文词。此时师已老,人心懈弛。铁参政又募死士,乘风雨之夕,多带大炮来北营左侧施放,扰乱他营中。后来北兵习做常事,不来防备,他又纵兵砍入营,杀伤将士。北兵军师姚广孝在军中道:“且回军。”铁参政在城上遥见北军无意攻城,料他必回,忙拣选军士,准备器械粮食,乘他回军,便开门同盛总兵一齐杀出,大败北兵,直追到德州,取了德州城池。朝廷论功,封盛总兵为历城侯,充平燕将军;铁参政升山东左布政使,再转兵部尚书,参赞军务。召还李景隆。

盛总兵与铁尚书自督兵北讨,十二月与北兵会在东昌府地方。盛总兵与铁尚书先杀牛酿酒,大开筵席犒将士,到酒酣痛哭,劝将士戮力报国,无不感动。战时盛总兵与铁尚书分做两翼,屯在城下,以逸待劳。只见燕兵来冲左翼,盛总兵抵死相杀。燕兵不能攻入,复冲中军,被铁尚书指挥两翼,环绕过来。成祖被围数重,铁尚书传令:“拿得燕王有重赏!”众军尽皆奋勇砍杀,北将指挥张玉力护成祖左右突围,身带数十箭,刀枪砍伤数指,身死阵中。真是尸横遍野,血流成河,燕兵退回北平。三月,又在夹河大战。盛总兵督领众将,庄得等戮力杀死了燕将谭渊,军声大振。不料角战之时,自辰至未,胜负未定。忽然风起东北,飞沙走石,尘埃涨天,南兵逆风,咫尺不辨,立身不住。北兵却乘风大呼纵击,盛总兵与铁尚书俱不能抵敌,退保德州。后来北兵深入,盛总兵又回兵徐州战守。铁尚书虽在济南,飞书各将士要攻北平,要截他粮草,并没一人来应他。径至金川失守,天下都归了成祖。当时文武都各归附,铁尚书还要固守济南,以图兴复,争奈人心渐已涣散。铁尚书全家反被这些贪功的拿解进京。

高秀才此时知道,道:“铁公为国戮力最深,触怒已极,毕竟全家不免,须得委曲救全得他一个子嗣,也不负他平日赏识我一场。”弃了家,扮做个逃难穷民,先到淮安地方,在驿中得他几个钱,与他做夫。等了十来日,只见铁尚书全家已来。他也不敢露头面,只暗中将他小公子认定,夜间巡逻时,在后边放上一把火,趁人嚷乱时,领了他十二岁小公子去了。这边救灭火查点人时,却不见了这个小孩子。大家道:“想是烧死了!”去寻时又不见骨殖。

有的人又解说道："骨头嫩，想都烧化了。"铁尚书道："左右也是死数，不必寻他。"这两位小姐也便哭泣一场。管解的就朦胧说中途烧死，只将铁尚书父母并长子、二女一行解京。

却说高秀才把这小公子抱了便跑走了，这公子不知甚么事，只见走了六七里，到了一个旷野之地，放下道："铁公子！我便是高贤宁，是你令尊门生。你父亲被拿至京必然不免，还恐延及公子，我所以私自领你逃走，延你铁家一脉。"铁公子道："这虽是你好情，但我如今虽生，向何处投奔？不若与父亲、姐妹死做一处到好。"高秀才道："不是这样说，如今你去同死，也不见你的孝处，何如苟全性命，不绝你家宗嗣，也时常把一碗羹饭祭祖宗、父母，使铁氏有后，岂不是好！"铁公子哭了一场，两个同行，认做了兄弟。公子道："哥哥！我虽盼你苟全，但不知我父亲、祖父母、兄姐此去何如，怎得一消息？"高秀才道："我意愿盗了你出来，次后便到京看你父亲，因一时要得一个安顿你身子人家，急切没有，故未得去。"公子道："这却何难？就这边有人家，我便在他家佣工，你自可脱身去了。"高秀才道："只是你怎吃得这苦？"两个计议，就在山阳地方寻一个人家。行来行去，天晚来到一所村庄。

朗朗数株榆柳，疏疏几树桑麻。低低小屋两三间，半瓦半茅；矮矮土墙四五尺，不泥不粉。两扇柴门扃落日，一声村犬吠黄昏。

两个正待望门借宿，只见"呀"一声门响，里面走出一个老人家，手里拿着一把瓦壶儿，想待要村中沽酒的。高秀才不免向前相唤一声道："老人家，拜揖！小人兄弟是山东人。因北兵来，有几间破屋儿都被烧毁，家都被掳掠去了，止剩下个兄弟，要往南京去投亲，天晚求在这厢胡乱借宿一宵。"只见那个老人道："可怜是个异乡避难的人，只是南京又打破了，怕没找你亲戚处哩！"高秀才道："正是。只是家已破了，回不得了，且方便寻个所在，寄下这兄弟，自己单身去看一看再处。"老人道："家下无人，只有一个儿子佥去从军，在峨嵋山大战死了。如今止一个老妻，一个小女儿，做不出好饭来吃。若要借宿，谁顶着房儿走？便在里面宿一宵。"两个到了里边，坐了半晌。只见那老儿回来，就暖了那瓶酒，拿了两碟腌葱、腌萝卜放在桌上，也就来同坐了。两边闲话，各道了姓名。这老子姓金名贤。高秀才道："且喜小人也姓金，叫做金宁，这兄弟叫做金安。你老人家年纪高大，即没了令郎，也过房一个，服侍你老景才是。"老人道："谁似得亲生的来？"高秀才道："便雇也雇一个儿。"老人道："那得闲钱？"说罢，看铁公子道："好一个小官儿，甚是娇嫩，怎吃得这风霜？”高秀才道：“正是。也无可奈何，还不曾丢书本儿哩！”老人道：“也读书？适才听得客官说要寄下他，往南京看个消息，真么？”高秀才道：“是真的。”老人道：“寒家虽有两亩田，都雇客作耕种，只要时常送送饭儿，家中关闭门户。客官不若留下他在舍下，替就老夫这些用儿，便在这里吃些家常粥饭，待客官回来再处，何如？只是出不起雇工钱。”高秀才道：“谁要老人家钱，便就在这里伏侍老人家终身罢！”只见老人家又拿些晚粥出来吃了，送他一间小房歇下。高秀才对铁公子道：“兄弟！幸得你有安身之处了。此去令尊如有不幸，我务必收他骸骨，还打听令祖父母、令兄、令姊消息来覆你。时日难定，你可放心在此，不可做出公子态度，又不可说出你的根因惹祸！”一个说，一个哭，过了一夜。次早，高秀才起来，只见那老人道：“你两人商量的通么？”高秀才道：“只是累你老人家。”便叫铁公子出来，请妈妈相见拜了，道：“这小子还未大知人事，要老奶奶教导他。”老妈妈道：“咱没个儿，便做儿看待，客官放心！”高秀才又吃了早饭，作谢起身，又吩咐了铁公子才去。正是：

已嗟骨肉如萍梗，又向天涯话别离。

高秀才别了铁公子，星夜进京。

此时铁尚书已是先到，向北立不跪。成祖责问他在济南府用计图害，几至杀身。铁尚书道：“若使当日计成，何有今日？甚恨天不祚耳！”要他一见面，不肯。先割了鼻，大骂不止。成祖着剐在都市；父亲仲名，安置海南；子福童，戍金齿；二女发教坊司。正是：

名义千钧重，身家一羽轻。

红颜嗟薄命，白发泣孤征。

高秀才闻此消息，径来收他骸骨，不料被地方拿了。五城奏闻，成祖问：“你甚人，敢来收葬罪人骸骨？”高秀才道：“贤宁济阳学生员，曾蒙铁铉赏拔，今闻其死，念有一日之知，窃谓陛下自诛罪人，臣自葬知己，不谓地方遽行擒捉。”成祖道：“你不是做《周公辅成王论》的济阳学生员高贤宁么？”高秀才应道：“是。”成祖道：“好个大胆秀才！你是书生，不是用事官员，与奸党不同。作论是讽我息兵，有爱国恤民的意思，可授给事中。”高秀才道：“贤宁自被擒受惊，得患怔忡，不堪任职。”成祖道：“不妨，你且调理好了任职。”出朝有个朋友姓纪名纲，见任锦衣指挥，见他拿在朝中时，为他吃了一惊。见圣上与官不受，特来见他，说：“上意不可测，不从恐致召祸。”高秀才道：“君以军旅发身，我是个书生，已曾食廪，于义不可。君念友谊，可为我周旋。”

他又去送别铁尚书父母、儿子，人晓得成祖前日不难为他，也不来管。又过了几时，圣上问起，得纪指挥说："果病怔忡。"圣上就不强他，他也不复学，只往来山阳、南京，看他姊妹消息不题。

话说铁小姐圣旨发落教坊，此时大使出了收管，发与乐户崔仁，取了领状，领到家中。那龟婆见了，真好一对女子，正是：

蓬岛分来连理枝，妖红媚白压当时。
愁低湘水暮山碧，泪界梨花早露垂。
幽梦不随巫峡雨，贞心直傲柏松姿。
闲来屈指谁能似，二女含颦在九嶷。

那虔婆满心欢喜，道："好造化！从天掉下这一对美人来，我家一生一世吃不了！"叫丫鬟收拾下一所房子，却是三间小厅，两壁厢做了他姊妹卧房，中间做了客座。房里摆列着锦衾绣帐，名画古炉，琵琶弦管，天井内摆列些盆鱼异草，修竹奇花。先好待他一待，后边要他输心依他。只见他两姊妹一到房中，小小姐见了道："姐姐，这岂是我你安身之地？"大小姐道："妹妹，自古道'慷慨杀身易，从容就死难'。发我教坊，正要辱我们祖父。我偏在秽污之地竟不受辱，教他君命也不奈何我，却不反与祖父争气！"两个便将艳丽衣服、乐器玩物都堆在一房，姊妹两个同在一房，穿了些缟素衣服，又在客座中间立一纸牌。上写：

明忠臣兵部尚书铁府君灵位。

两个早晚痛哭上食。那虔婆得知，吃了一惊，对龟子道："这两个女人生得十分娇媚，我待寻个舍钱姐夫与他梳栊，又得几百金。到后来再寻个二姐夫，也可得百十两。不料他把一个爹的灵位立在中间，人见了岂不恶厌？又早晚这样哭，哭坏了，却也装不架子起，骗得人钱！"龟子道："他须是个小姐性儿，你可慢慢搓挪他。"那虔婆只到那厢去安慰他，相叫了，道："二位小姐，可怜你老爷是个忠臣受枉，连累了二位，落在我们门户人家。但死者不可复生，二位且省些愁烦，随乡入乡，图些快乐，不要苦坏身子。"那二位小姐只不做声。后边又时常着些妓女，打扮得十分艳丽，来与他闲话，说些风情。有时说道："某人财主，惯舍得钱，前日做多少衣服与我，今日又打金簪金镯，倒也得他光辉。"有时道："某人标致，极会帮衬，极好德性，好不温存，真个是风流子弟，接着这样人也不枉了！"又时直切到他身上道："似我这嘴脸，尚具有人怜惜，有人出钱，若像小姐这样人品，又好骨气，这些子弟怕不挥金如土，百般奉承？"

小姐只是不睬，十分听不得时，也便作色走了开去。

延捱了数月，虔婆急了，来见道："二位在我这厢真是有屈，只是皇帝发到这厢，习弦子箫管歌唱，供应官府，招接这六馆监生，各省客商。如今只是啼哭，并不留人，学些弹唱，皇帝知道也要难为我们，小姐也当不个抗违圣旨罪名起！"小姐道："我们忠臣之女，断不失节，况在丧中，也不理音乐。便圣上知道难为我，我们得一死，见父母地下，正是快乐处！"虔婆道："虽只如此，你们既落教坊，谁来信你贞节？便要这等守志，我教坊中也没闲饭养你。朝廷给发我家，便是我家人，教训凭我，莫要鲜的不吃吃腌的！"大声发付去了，两小姐好不怨苦。他后边也只是粗茶淡饭，也不着人伏侍，要他们自去搬送。又常常将这些丫头起水叫骂道："贱丫头！贱淫妇！我教坊里守甚节，不肯招人？倒叫我们闸饭与你吃！"或时又将丫头们剥得赤条的，将皮鞭毒打，道："奴才！我打你不得？你不识抬举，不依教训，自讨下贱！"明白做个榜样来逼迫。铁小姐只是在灵前痛哭。虔婆又道："这是个乐地，嚎甚么！"奚落年余，要行打骂，亏的龟子道："看他两个执性，是打骂不动的。若还一逼，或是死了，圣上一时要人怎生答应？况且他父亲同僚、亲友还有人，知道我们难为他，要来计较，也当不起，还劝他的是。若劝不转，他不过吃得我碗饭，也不破多少钱讨他，也只索罢了。"虔婆也只得耐了火性。两年多，只得又向他说："二位在我这教坊已三年了，孝也满了，不肯失身，我也难强。只是我门户人家，日趁日吃，就是二位日逐衣食，教我也供不来。不若暂出见客，得他怜助，也可相帮我们些，不辜负我们在此伏侍你一场。或者来往官员，有怜你守节苦情，奏闻圣上，怜放出得教坊，也是有的事。不然老死在这厢，谁人与你说清？"果然两小姐见他这三年伏侍，也过意不去，道："若要我们见客，这断不能。只我们三年在此累你，也曾做下些针指，你可将去货卖，偿你供给。"他两个每日起早睡晚，并做女工。又曾做些诗词，尝有人传他的《四时词》：

翠眉慵画鬓如蓬，羞见桃花露小红。
遥想故园花鸟地，也应芳草日成丛。

满径飞花欲尽春，飘扬一似客中身。
何时得逐天风去，离却桃源第一津。——右春词柳梢莺老绿阴繁，暑逼纱窗试素纨。
每笑翠�辜劲节，强涂剩粉倚朱栏。——右夏词

亭亭不带浮沉骨，莹洁时坚不染心。
独立波间神更静，无情蜂蝶莫相侵。——右荷花

泪浥容偏淡，愁深色减妍。
好将孤劲质，独傲雪霜天。——右梅花

霜空星淡月轮孤，字乱长天破雁雏。
只影不知何处落，数声哀怨入苇芦。

轻风簌簌碎芭蕉，绕砌蛩声倍寂寥。
归梦不成天未晓，半窗残月冷花梢。——右秋词

强把丝桐诉怨情，天寒指冷不成声。
更饶泪作江冰落，滴处金徽相向明。

如絮云头剪不开，扣窗急雪逐风来。
愁心相对浑无奈，乱拨寒炉欲烬灰。——右冬词

当时他两姊妹虽不炫才，外边却也纷纷说他才貌，王孙公子那一个不羡慕他？便是千金也不惜。有一个不识势的公子，他父亲是礼部尚书，倚着教坊是他辖下，定要见他。鸨儿再三回覆不肯。只见一个帮闲上舍白庆道："你这婆子不知事体！似我这公子一表人才，他见了料必动情招接。你再三拦阻，要搭架子，起大钱么？这休想！"只见这公子也便发恶道："这婆子可恶！拿与大使先拶他一拶！"这鸨儿惊得不做声，一起径赶进去，排门而入。此时他姊妹正在那边做针指，见一个先蓦进来：

玄纻巾垂玉结，白纱袜衬红鞋。薄罗衫子称身裁，行处水沉烟霭。
未许文章领袖，却多风月襟怀。朱颜绿鬓好乔才，不下潘安丰采。

侧边陪着一个：

矮巾笼头八寸，短袍离地尺三。旧绸新染作天蓝，帮衬许多模样。

两手紧拳如缚，双肩高耸成山。俗谭信口极腌臜，道是在行白想。

那白监生见了，便拍手道：“妙，妙！真是娥皇、女英！”那公子便一眼钉个死，口也开不得。这些家人见了，也有咬指头的，也有喝彩的。大小姐红了脸，便往房里躲。小小姐坐着不动身，道：“你们不得罗唣！”白监生道：“这是本司院里，何妨？”小姐道：“这虽是本司院，但我们不是本司院里这一辈人！”白监生道：“知道你是尚书小姐，特寻一个尚书公子相配。”小姐道：“休得胡说！便圣上也没奈何我，说甚公子！”白监生道：“你看这一表人才，也配得你过，不要做腔，做了几遍腔，人就老了。”小小姐听了大恼，便立起身也走向房中，把门扑地关上，道：“不识得人的蠢材，敢这等无礼！”这些家人听了，却待发作，那白监生便来兜收道：“管家！这事使不得势的。下次若来，他再如此，挦他的毛，送他到礼部拶上一拶，尿都拶他的出来！”却好鸨儿又来撮撮哄哄出了门去。那小姐对妹子道：“我两人忍死在此，只为祖父母与兄弟远戍南北，欲图一见。不期在此遭人轻薄，不如一死，以得清白！”小小姐道：“不遇盘根错节，何以别利器？正要令人见我们不为繁华引诱，不受威势迫胁，如何做匹妇小谅？如这狂且再来，妹当手刃之，也见轰烈！姐姐不必介意。”正说之间，鸨儿进来道：“适才是礼部大堂公子，极有钱势。小姐若肯屈从，得除教坊的名，也未可知，如何却恼了他去？日后恐怕贻祸老身！”铁小姐道：“这也不妨，再来我自有处。”正是：

已拼如石砺贞节，一任狂风拥巨涛！

不隔数日，那公子又来。只见铁小姐正色大声数他道：“我忠臣之女，断不失身！你为大臣之子，不知顾惜父亲官箴，自己行检，强思污人。今日先杀你，然后自刎，悔之晚矣！”那公子欲待涎脸却陪个不是话进去，只见他已掣刀在手，白监生与这些家人先一哄就走，公子也惊得面色皆青，转身飞跑。又被门槛绊了一跤，跌得嘴青脸肿。似此名声一出，那个敢来？三三两两都把他来做笑话，称诵两小姐好处。又况这时尚遵洪武爷旧制，教坊建立十四楼。教做：

来宾　重译　清江　石城　鹤鸣　醉仙　乐民

集贤　讴歌　鼓腹　轻烟　淡粉　梅妍　柳翠

许官员在彼饮酒，门悬本官牙牌，尊卑相避。故院中多有官来，得知此事。

也是天怜烈女，与他机会。一日，成祖御文华殿，锦衣卫指挥纪纲已得宠，站在侧边，偶然问起：“前发奸臣子女，在锦衣卫、浣衣局、教坊司各处，也还有存的么？也尽心服役，不敢有怨言么？”纪纲道：“谁敢怨明圣上。”成祖道：“在教坊的，也一般与人歇宿么？”纪纲道：“与人歇宿的固多，闻道还有不肯失身的。”成祖道：“有这等贞洁女，却也可怜，卿可为我查来。”纪纲承旨，回到私御。只见人报：“高秀才来见。”这高秀才就是高贤宁。他先时将铁尚书伏法与子女、父母遣谪报与铁小公子，不胜悲痛。因金老爱惜他，要他在身边作子，故铁公子就留在山阳。高秀才就在近村处个蒙馆，时来照顾。后边公子念及祖父母年高，说：“父亲既没，不能奉养，我须一往海南省视，以了我子孙之事。”金老苦留不定，高秀才因伴他到南京分手，来访两小姐消息，因便来见纪指挥。纪指挥忙教请进相见，见了叙寒温，纪指挥说自己得宠，圣上尝向他询问外间事务，命得缉访事件，因说起承命查访教坊内女子事，高秀才便叹息道：“这干都是忠臣，杀他一身够了，何必辱及他子女，使缙绅之女为人淫污，殊是可痛！今圣上有怜惜之意，足下何不因风吹火，已失身的罢了，未失身的为他保全，也是阴骘！”纪指挥道：“我且据实奏上，若有机括，也为他方便。”因留高秀才酌酒，又留他宿在家中。次日，纪指挥自家到坊中查问，有铁家二小姐、胡少卿小姐尚不失身。纪指挥俱教来，因问她：“怎不招人？”小姐含泪道：“不欲失身以辱父母！”其时胡少卿女故意髡发跣足，以烟煤污面，自毁面目。铁氏小姐虽不妆饰，却也任其天然颜色，光艳动人。纪指挥道：“似你这样容貌，若不事人，也辜负了，你三人也晓得做甚诗么？”胡小姐推道：“不会。”铁小姐道：“也晓得些，只是如今也无心做它。”纪指挥道：“你试一作。”只见小小姐口占一首呈上，道：

教坊脂粉污铅华，一片闲心对落花。
旧曲听来犹有恨，故园归去已无家。
云鬟半挽临妆镜，雨泪空流湿绛纱。
今日相逢白司马，尊前重与诉琵琶。

纪指挥看了称赞道：“好，才不下薛涛！”因安慰了一番，回家与高秀才说及这几位贞节。高秀才因备说铁尚书之忠，要他救脱这二女，纪指挥也点头应承。第二日早朝具奏，因呈上所做诗。成祖看了，道：“有这等才貌，不肯失身，却也不愧忠臣之女。卿可择三个士人配与他罢！”纪指挥得旨，到家又与高秀才对酌，因问高秀才道：“兄别来许久，已生有令郎么？”高秀才道：“我无家似张俭，并不娶妻。”纪指挥道：“这样，我有一头媒，为足下做了罢！这女子我亲见来，才貌双绝，尽堪配足下。”高秀才道：“流落之人，无意及此。”

纪指挥道："'不孝有三，无后为大。'这亲又不要费半分财礼，我自择日与足下成亲罢！"因自到院中宣了圣谕，着教坊与他除名。因说圣上赐他与士人成婚，铁小姐道："不愿。"纪指挥道："女生有家，也是令先公地下之意。况小姐若不配亲，依倚何人？况我为你已寻下一人，是你先公赏识的秀才，他为收你先公骸骨，几乎被刑，也是义士。下官当为小姐备妆奁成婚。"大小姐又辞，小小姐道："既是上意，又尊官主裁，姐姐可依命。"大小姐道："骨肉飘零，止存二人，若我出嫁，妹妹何依？细思之有未妥耳！不如妹妹与我同适此人，庶日后始终得同。"纪指挥道："当日娥皇、女英，曾嫁一个大舜，甚妙！甚妙！"纪指挥就为高秀才租了一所房屋成亲。高秀才又道："与铁尚书有师生之谊，不可。"纪指挥道："足下曾言，铁公曾赠公婚资，因守制不娶，他既肯赠婚，若在一女，应自不惜，兄勿辞！"遂择日成了亲，用费都出纪指挥。

三日，纪指挥来贺，高秀才便请二小姐相见。纪指挥道："高先生豪士，二小姐贞女，今日配偶，可云奇事，曾有诗纪其盛么？"高秀才道："没有。"纪指挥道："小姐多有才，一定有的！"再三请教，小姐乃作一诗奉呈：

骨肉凋残产业荒，一身何忍去归娼。
泪垂玉箸辞官舍，步敛金莲入教坊。
览镜幸无倾国色，向人休学倚门妆。
春来雨露深如海，嫁得刘郎胜阮郎。

纪指挥不胜称赏，去了。铁小姐因问高秀才道："观君之意，定不求仕进了。既不求仕，岂可在此辇毂之下？且纪指挥虽是下贤，闻他骄恣，后必有祸。君岂可作处堂燕雀？倘故园尚未荒芜，何不同君归耕？"高秀才道："数日来我正有话要对二小姐讲。前尊君被执赴京，驿舍失火，此时我挈令弟逃窜，欲延铁氏一脉。今令弟寄迹山阳，年已长成，固执要往海南探祖父母，归时于此相会，带令先尊骸骨归葬，故此羁迟耳！"小姐道："向知足下冒死收先君遗骸，不意复脱舍弟，全我宗祀，我姊妹从君尚难酬德，但不知舍弟何时得来？"高秀才道："再停数月，一定有消息了。"过了数月，恰好铁公子回来暗访教坊消息，道因她守贞不屈，已得恩赦，归一秀才。他又寻访，却是高秀才。径走到高家，却好遇着高秀才，便邀进里边与姊妹相见，不觉痛哭。问及祖父母，道："已身故，将他骨殖焚毁，安置小匣，藏在竹笼里带回。"两小姐将来供在中堂，哭奠了；又在卞忠贞墓侧取了铁尚书骸骨，要回邓州。高秀才道："二位小姐虽经放免，公子尚未蒙赦，未可还乡。公子在山阳，金老待你有情，不若且往依之。我彼处曾有小馆，还可安身。”高秀才就别了纪指挥，说要归原籍，纪指挥又赠了些盘缠，四个一齐归到山阳。金老见了大喜，也微微知他行径。他女儿年已及笄，苦死要与铁公子。高秀才与二位小姐也相劝毕了姻。就于金老宅后空地上筑一座坟，安葬祖父母及铁尚书骸骨。高秀才也只邻近居住。两家烟火相望，往来甚密。

向后年余，铁公子因金老已故，代他城中纳粮，在店中买饭吃，只见一个行路的也在那边买饭吃，两个同坐，那人不转眼把公子窥视。公子不知甚，却也动心，问道：“兄仙乡何处？”那人道：“小可邓州人。先父铁尚书因忠被祸，小弟也充军。今天恩大赦，得命还乡，打这边过。”铁公子知道是自己哥子了。故意问道：“家还有甚人？”那人道：“先有一弟，中途火焚了；两个妹子发教坊司，前去望他，道已蒙恩赦，配人去了。我也无依，只得往旧家寻个居止。”铁公子道：“兄这等便是铁尚书长公子了。他令爱现在此处，只要一见么？”那人道：“怎不要见？”铁公子道：“这等待小弟引兄同往。”铁公子就为他还了饭钱，与他到高秀才家。引他见了姐姐，又弟兄相认了。姊妹们哭了又哭，说了又说，都谢高秀才始终周旋，救出小公子，又收遗骸，又在纪指挥前方便两小姐出教坊，真是个程婴再见。

后边大公子往邓州时，宗姓逃徙已绝，田产大半籍没在官。尚有些未籍的，已为人隐占。无亲可依，无田可种，只得复回山阳。小公子因将金老所遗田让与哥哥，又为他娶了亲，两个耕种为事。后来小公子生有二子，高秀才道：“不可泯没了金老之义。”把他幼子承了金姓，延他一脉。金老夫妇坟与铁尚书坟并列，教子孙彼此互相祭祀。至今山阳有金、铁二氏，实出一源。

总之，天下欲使忠臣斩其祀，故生出一个高秀才；又不欲忠臣污其名，又生这二女。故当时不独颂铁尚书之忠，又且颂二女之烈。有二女之烈，又显得尚书之忠有以刑家，谁知中间又得高秀才维持调护，忠臣、烈女、义士，真可鼎足，真可并垂不朽。尝作古风咏之：

蚩尤南指兵戈起，义旗靡处鼓声死。铮铮铁汉据齐鲁，只手欲回天步圮。皇天不祚可奈何，泪洒长淮增素波。刎头断舌良所乐，寸心一任鼎镬磨。山阳义士胆如斗，存孤试展经纶手。忠骸忍见犬彘饱，抗言竟获天恩宥。宗祊一线喜重续，贞姬又藉不终辱。纯忠奇烈世所钦，维持岂可忘高叔。拈彩笔，发幽独，热血纷纷染简牍。写尽英雄不朽心，普天尽把芳规勖。

雨侯曰：革除之际，方侍讲经文而迂疏无当，齐尚书、黄少卿纬武而速衅寡谋，适足发成祖之蛰，高飞帝畿，齐、黄成祖之功臣，建文君之罪首也。若屡抗王师，殚谋报国，人不能胜天，卒以死殉，是为公。而高贤宁之作论，又不食禄，见之史册；铁氏二女之诗，见之传闻，固宜合纪之以为世型也。至夫后之能全与否，事尚未可知。总之忠良有后，固亦人所快闻耳。

木强人曰：尝读《世说》，见孔北海之儿女，酸词惨语，令人悲愤。然孔氏巢覆而卵不完，铁氏犹有遗育者。圣主与奸雄自异也。

叙

死忠死孝，皆得所之死也，丈夫亦何惜捐一生！然报仇之心历久不移，复深沉不露，卒亲仇殪而亲嗣全，恐激烈者无此委婉，深筹者又难此勇断也。知神而勇沉，仁至而义尽，千古寡俦，是宜书以金管耳。

翠娱阁主人题

第二回　千金不易父仇　一死曲伸国法

长铗频弹，飞动处，寒铓流雪。肯匣中徒作龙吟，有冤茹咽。怨骨沉沉应欲朽，凶徒落落犹同列。猛沉吟怒气满胸中，难摧灭！　妻虽少，心冰冽。子虽稚，宗堪接。读书何事，饮羞抱觖？碎击髑颅飞血雨，快然笑释生平结。便膏身铁钺亦何辞，生非窃！

右调《满江红》

做人子，当父母疾之时，求医问卜，甚至割股，要求他生。及到身死，哀哭号踊，尚且有终天之恨。若是被人杀害，此心当如何悲愤！自然当弃一生，向上司控告。只是近来官府糊涂的多，有钱的便可使钱，外边央一个名色分上，里边或是书吏，或是门子，贴肉揌，买了问官。有势的又可使势，或央求上司分付，或央同年故旧关说，劫制问官。又买不怕打、不怕夹的泼皮做硬证，上呼下应，厚贿那仵作，重伤报轻伤。在那有人心问官，还葫芦提搁起留与后人，没人心的反要坐诬。以此誓死报亲仇的，已是吃了许多苦。那没用的，被旁人掇哄，也便把父母换钱，得他些银子也了帐。只有那有志气的，他直行其是，不向有司乞怜。当父亲被害时，岂不难挺剑刃仇？但我身殉父危，想老母无依，后嗣无人，是我一家，赔他一身。若控有司，或者官不如我意。不如当饮忍时饮忍，当激烈时激烈，只要得报亲仇，不必论时先后，是大经纬人。

话说浙江金华府，有个武义县。这县是山县，民性犷悍，故招集兵士，多于此处。凡有争兢，便聚族相杀，便是自家中争兢，也毕竟会合亲枝党羽斗殴。本县有个王家，也是一个大族。一个王良，少年也曾读书，不就，就做田庄。生有一个儿子，叫做世名。生得眉清目秀，性格聪明，在外附学读书，十二岁便会做文字，到十七岁，府县俱前取，但道间不录，未得进学。父亲甚是喜他，期他大成。其年，他的住屋原是祖遗，侄子王俊是长房，居左，他在右，中间都是合用。王俊有了两份村钱，要行起造，因是合的，不能。常叫族长王道来说，与他价钱，要他相让。王良道："一般都是王家子孙，他买产，我卖产，岂不令人笑话！幸家中略可过活，我且苦守。"后边又央人来说，愿将产换，王良毕竟不肯，成了仇。

自古私己的常是齐整，公众的便易坍损，各人自管了各人得分的房屋，当中的用则有人用，修却没人修。王俊暴发财主，甚是修饰体面，如何看得过？只得买了木料，叫些匠人将右首拆造。拆时同梁合柱，将中间古老房屋震坍了。王良此时看见，道："这房子须不是你一个的，仔么把来弄坍了？"王俊道："这二三百年房子，你不修，我不修，自然要坍，关我甚事！"只见泥水定磉，早已是间半开间。他是有意弄坍，预先造下了。王良见了，不胜大怒，道："这畜生恁般欺人！怎见那半间是你的，你便自做主，况且又多尺余？如今坍的要你造还！"王俊道："你有力量自造，怎我造赔你？"你一声，我一句，争兢不了。那王良便先动手，劈脸一掌。这王俊是个粗牛，怎生忍耐？便是一头，把王良撞上一跤。王良气得紧，爬起便拾一根折木椽来打王俊。王俊也便扯一根木梢，道："老人娘贼，故意魇魅我。"也打来，来得快些，早把王良右肩一下。王良疼了，一闪，早把手中木椽落下。王俊得手，一连几木梢，先是肋下两下，后来头上一下，早晕在地。他家人并他妻来看，只见头破肋折，已是恹恹待尽，连忙学中叫王世名来。王良止挣得一声道："儿！此仇必报！"早已气绝，正是：

第宅依然在，微躯不可留。
空因尺寸土，尚气结冤仇。

此时世名母子捧着王良尸首，跌天撞地痛哭，指着王俊名儿哭骂。王俊也不敢应，躲在家中。一班助兴的便劝道："小官人！不必哭得，到县间去告，不怕不偿命的！"王俊听得慌了，忙去请了族中族长王道，一个叫做王度，村中一个惯处事的单邦、屠利、魏拱一干人来，要他兜收。王道道："小官，这事差了！叔父可是打得的？如今敌拳身死，偿命说不过的！"魏拱道："若是这样说，也不必请你来了，还是你与他做主，和一和。"王度道："一个人活活打死，随你甚人忍不过，怎止得他？"屠利道："当今之世，惟钱而已！偿命也无济死者，两边还要费钱。不若多与他些钱财，收拾了罢。"王道道："父母之仇，不共戴天。私和人命，天理上难去。"又一个单邦道："如今论甚天理？有钱者生，无钱者死！若和，是两利之道。若王大官肯依我们出钱，这便是钱财性命，性命卵袋。我们凭他。"王俊道："一凭列位。"单邦道："这等，若是王小官不肯，我自有话说。同去！同去！"一把扯了王道、王度，屠、魏两个随了来。

到王世名家，只见母子正在痛哭，见了王道一干，正待告诉，单邦道："不消说得，我们亲眼见的。只是闻得你两家要兴讼，故来一说。"王世名母亲道："我正要告他，他有甚讼兴？"单邦笑道："他有话道，因屋坍压死，你图赖他，阖家去将他打抢"。王世名道："这一尺天，一尺地，人是活活打死的，怎说得这话！"便痛哭起来。魏拱道："这原是诳之以理之所有。若差官来相验，房子坍是真。如今假人命常事，人死先打抢一番，官府都知道的。"王世名母亲道："有这等没天理的，拚老性命结识他！"屠利道："不要慌！如今亏得二位族长，道天理上去不得，所以我们来处。"王世名道："正是，二位公公极公道的。"单邦道："是公道的，七老八十，大热天，也没这气力为你府县前走。如今我们商议，你们母子去告，先得一个坐视不救的罪名了，又要盘缠使费。告时他央了人情，争是压死；仵作处用了钱，报做压死伤，你岂不坐诬？"王世名道："有证见。"屠利道："你这小官官！有份上反道是硬证，谁扯直腿替你夹？便是你二位族尊也不肯。况且到那检验时，如今初死还好，天色热不久溃烂，就要剔骨检，筋肉尽行割去，你道惨不惨？"世名听到此，两泪交流。魏拱见他，晓得他可以此动，道："不检不偿，也不止一次，还要蒸骨检哩！"母子二人听得，哭得满地滚去，眼睁睁止看这两个族长。不期他两人听了这片歪语，气得声都不做。单邦道："如今我们计议，一边折命，一边折钱，不若叫他从重断送，七七做，八八敲，再处些银子养赡你母子，省得使在衙门中，与你们不是与别人。你们母子出头露面去告一场，也不知官何如，不若做个人情，让他们不是让别人，不然，'贫不与富斗'，命又不偿得，你母子还被他拖死了！"这片话，他母亲女流，先是矬了。王世名先是个恐零落父亲尸骸，也便持疑。屠利道:"你两老人家也做一声，依我只是银子好。"王道道:"父母之仇，也难强你不报的。"魏拱道:"又来撒！"王道道:"只你们母子也要自度力量，怕没有打官司家事、打官司手段。"王度道:"自古'饶人不是痴'，你也自做主意。"屠利道:"官司断不劝你打。"魏拱道:"命断偿不成，只是和为贵。"单邦道:"和不可强他，只是未到官，两个老人家做得主，是可为得你，还可多处些，到官烧埋有限。"世名母亲听了，便叫世名到房中计议。世名道:"这仇是必报的。"母亲道:"这等不要和了。"世名道:"且与他和再处。"世名便走出来道:"论起王俊，亲殴杀我父亲，毕竟告他个人亡家破方了！只是我父亡、母老，我若出去打官司，家中何人奉养？又要累各位。"魏拱道:"这决定奉随，只家下离县前远，日逐奉扰不当。"世名道:"如今列位吩咐，我没有个不依的，只凭列位处。父亲我自断送，不要他断送。"魏拱道:"这等才圆活，不要他断送，更有志气！"屠利道:"若不要他断送，等他多出些钱与你罢！"单邦道:"一言已定。去！去！去！"一齐起身，到王俊家来。屠利道:"原没个不爱钱的。"魏拱道:"也亏得单老爹这一片话头。"单邦道:"你帮衬也不低。"只有王道心里暗转:"这小官枉了读书，父亲被人打死，便甘心和了？"坐定，王俊慌忙出来道:"如何？"魏拱道:"他甚是不肯。"王俊道:"这等，待要去告？"屠利道:"亏单公再三解劝，如今十有八九了。"屠利道:"只是要大破钞。"王俊道:"如今二位伯祖如何张主？"王道道:"我手掌也是肉，手心也是肉，难主持。但凭列位。"魏拱道:"这单老爹出题目。"单邦道:"还是族尊，依我少打不倒。五十两助丧，三十亩田供他子母。"屠利道:"处得极当！处得极当！"王俊道:"来不得！"王度道:"你落水要命，上岸要钱，没一二百金官司？"魏拱道:"王大郎，不要不识俏，这些不够打发件作差使钱。"屠利笑道:"这是单老爹主意，还不知他意下何如？"王俊只得拿出三十两银子，二十两首饰，就写一纸卖田文书。单邦又道:"这事要做得老，这银子与契都放在族长处。一位与屠爱泉去签田、写租契，一位与魏趋之去帮扶王小官人落材烧化，然后交付银产。"王道道:"他有坟地，如何肯烧？只他妻子自行收殓，便无后患了。"魏洪道:"单兄，足下同往王小官处去何如？"单邦道:"这边里递也要调停，不然动了飞呈，又是一番事了。"果然分头去做。

王道长与魏拱到王世名家，世名原无心在得财，也竟应了。王道道：“有这样小官！再说两句，也可与你多增几两银子。”魏拱也心里道：“这是见财慌的！”世名自将己资将父亲从厚收殓。两个族长交了银产。单邦收拾里邻，竟开了许多天窗。后边王俊捐出百金，谢他们一干：单邦得了四十两，魏、屠也各得银十五两，王道与王度不收。乡里间便都道：“只要有钱，阿叔也可打杀的！”也都笑王世名柔懦。不知王世名他将银子与契俱封了，上边写得明白，交与母亲收执。私自画一轴父亲的神像，侧边画着自己形容，带着刀站立随了。三年之间，宁可衣粗食淡，到没银子时，宁可解当，并不动王俊一毫银子。每年收租，都把来变了价封了。上边写：“某年某人还租几石，卖价几两。”一一交与母亲。

痛切思亲瘦骨岩，几回清泪染青衫。

奇冤苦是藏金积，幽恨权同片纸缄。

武义一带地方，打铁颇多。一日赴馆，往一铁店门前过，只听得“𠁵𠁵𠁵𠁵”，两个人大六月立在火炉边打铁。王世名去问道：“有刀么？”道：“有打起的厨刀。”世名道：“不是。”铁匠道：“可是腰刀？”世名看了看道：“太长，要带得在身边的匕首。”铁匠道：“甚么匕首？可是解手刀？”递过一把，世名嫌钝。铁匠道：“这等，打一把纯钢的！”论定了价钱，与了他几分作定。铁匠果然为他打一把好刀：

莹色泠泠傲雪霜，剸犀截象有奇铓。

休须拂拭华阴土，牛斗时看起异光。

世名拿来把玩，快利之极。找了银子，叫他上边凿“报仇”二字。铁匠道：“这是尊号么？”世名道：“你只为我凿上去罢了。”铁匠道：“写不出，官人写，我凿罢。”世名便将来，楷楷的写上两个字。铁匠依样凿了，又讨了两分酒钱。世名就带在身边，不与母亲知道。闲时拿出来看玩，道：“刀，刀！不知何时是你建功的时节，是我吐气的时节？我定要拿住此贼，碎砍他头颅，方使我父亲瞑目泉下！”在馆中读书，空时便把古来忠孝格言楷写了，带在身边，时常讽咏，每每泪下。那同窗轻薄的道：“父亲吃人打死，得些财物便了，成甚么孝？枉读了书！”只有他的先生卢玉成，每夕听他读那格言，或时悲歌凄惋，或时奋迅激昂；每日早起，见他目间时有泪痕，道：“此子有深情，非忘亲的。”到了服阕，适值宗师按临，府县取送，道间与进了。王俊听得，心下惊慌，便送银三两，与他做蓝衫。他也收来封了。有个本县财主，一来见他新进，人品整齐，二来可以借他遮盖门户，要来赘他。他不敢轻离母亲，那边竟嫁与他。王俊也有厚赠，他也收了。

荏苒年余，不觉生下一子。到了弥月，晚间，其妻的抱在手中。他把儿子头上摸一摸道："好了，我如今后嗣已有，便死也不怕绝血食了！"其妻把他看了道："怎说这样不吉利话？"他已瞒了母亲，暗暗的把刀藏在袜桶内，要杀王俊。这是正月十二，王俊正在单邦家吃酒，吃得烂醉回，踉踉跄跄，将近到家，只听得一声道："王俊！还我父亲命来！"王俊一惊，酒早没了，睁开醉眼，却见王世名立在面前，手拿着一把刀，两支脚竟不能移动，只叫："贤弟！凭你要多少，只饶我性命罢！"王世名道："胡说！有杀人不偿命的么？"就劈头一刀砍去，王俊一闪，早一个"之"字。王世名便乘势一推，按在地，把刀就勒。王俊把脚踭得两踭。只见醉后的人，血如泉涌。王世名又复上几刀，眼见得王俊不得活了。正是：

　　幸假金钱逃国法，竟随霜刃丧黄泉！

此时世名便在村中叫道："王俊杀我父亲，我如今已杀他报仇，列位可随我明日赴官正法！"村中听得，只见老少男女，一齐赶来，早见王俊头颅劈碎，死在血中，行凶刀插在身旁，王世名立在那里。屠利赶来看了，道："爷呀，早知终久死在他手里，不省了这百来两银子！"单邦也带着酒走来，道："这小官造次！再央我们讲一讲，等他再送些银子，怎便做出这事？"世名道："谁要他银子！可同到舍下。"到得家中，母、妻听得世名杀了人，也吃了一惊。王道、王度也到，王道道："一报还他一报，只迟死得六年！"王度道："若他主这意六年，也亏他耐心！"世名早从房中将向来银拿出：一封五十两，是买和银；又十余小封，都是六年中收的租息；并王俊送的银子，又有一张呈子，上写道：

　　金华府武义县生员王世名，首为除凶报父事：兽兄王俊，逞强占产，嗔父王良不从，于万历六年五月毒殴身死，掗银买和，族长王道等证。经今六年，情实不甘。于今　月　日，是某亲手杀死，刀仗现存，理甘伏法，为此上呈。

当面拿出来于空处填了日时。王道道："他已一向办定报仇的了。我们散去，明日同去出首。"众人趑趄不肯就去。世名道："我原拚一死殉父，断不逃去，贻累母亲！"又有几个捏破屁里递道："只是小心些，就在府上借宿罢！"当晚王世名已安慰母亲，分付了妻子，教他好供奉母亲，养育儿子。次日绝早，世名叫妻子煮饭，与众人吃了，同到县中，早已哄动一城。知县姓陈，坐了堂，世名与众人递上呈子，并将刀仗放在案前。陈知县看了，道："你当日收他银子，如今又杀他，恐别有情。"世名道："前日与和，原非本心，只因身幼，母老无人奉养，故此隐忍。所付银两并历年租银，俱各封识不动。只待娶妻，可以奉母，然后行世名之志。今志已行，一死不惜。"陈知县再叫亲族里邻，说来都是一般。陈知县道："这是孝子，我这里不监禁你，只暂在宾馆中，待我与你申请。其余干连暂放宁家。"就连夜为他申详守、巡二道，把前后事俱入申中。守、巡俱批金华知县会问。那汪知县闻他这光景，也甚怜他，当时叫他上去，问他有甚么讲。世名道："世名从何言？今事已毕，只欠一死！"汪知县道："我如今且检你父亲的尸，若有伤，可以不死。"世名道："世名能刃王俊于今日，怎不能恕王俊于当日？忍痛六年始发，只为不忍伤残父尸。今只以世名抵命，也不须得检。若台台怜念，乞放归田里，拜父辞母，抚子嘱妻，绝吭柩前，献尸台下。"汪知县道："我检尸正是为你，若不见你父亲尸伤，谁信你报仇？"遂便写一审单，申府道：

> 审得王世名宿抱父冤，潜怀壮志。强颜与仇同室，矢志终不共天，封买和之资，不遗锱铢；铸报仇之刃，悬之绘像。就理恐残父尸，即死虑绝亲后。岁序屡迁，刚肠愈烈。及甫生男一岁，谓可从父九泉。遂挥刃于仇人，甘投身于法吏。验父若果有伤，擅杀应从末减，但世名誓不毁父尸以求生，唯求即父柩而死。一检世名且自尽，是世名不检固死，检亦死也。捐生慷慨，既难卒保其身；而就义从容，是宜曲成其志。合无放归田里，听其自裁。

通申府、道。若是府、道有一个有力量道："王俊买和有金，则杀叔有据，不待检矣。杀人者死，夫亦何辞？第不死于官而死于世名，恐孝子有心，朝廷无法矣！若听其自裁，不几以俊一身，易世名父子与？拟罪以伸法，末减以原情。"这等，汪知县也不消拘把检尸做世名生路了，上司也只依拟。汪知县便把他放去，又分付道："你且去，我还到县来。你且慢死，我毕竟要全你，仔么苦惜那已枯之骨，不免你有用之身？"世名道："死断不惜，尸断不愿检。"汪知县看了他，又叹息道："浮生有涯，令名无已。"世名听了，又正色道："这岂图名？理该如此。"汪知县也不差人管押他，他自到家。母亲见了哭道："儿！我不知道你怀这意，你若有甚蹉跌，叫我如何！"世名道："儿子这身是父生的，今日还为父死。虽不得奉养母亲，也得见父地下。母亲不要痛我。"其妻也在侧边哭，世名道：“你也莫哭，只是善事婆婆，以代我奉养；好看儿子，以延我宗嗣。我死也瞑目了！”去见陈知县，知县仍旧留他在宾馆，分付人好好看待，不要令他寻自尽。

只见过了几日，汪知县来了，满城这些仗义的，并他本村的里邻，都去迎接，道：“王俊杀叔是实，世名报仇也是理之当然。”要求汪县尊保全这孝子。汪县尊已申了上司，见上司没个原免他的意思，唯有检验，可以为他出脱，只得又去取他父亲尸棺。世名听了，把头乱撞，道：“他们只要保全我的性命，苦要残我父亲的骸骨，我一死可以全我父了！”那看守的因陈知县分付，死命抱住，不能得死。到了次日，通学秀才都衣巾簇拥着世名，来见汪县尊，道：“王俊杀叔，去今六年，当日行贿之人尚在，可一鞫而得，何必残遗骸致残孝子？况且王俊可银产偿叔父之死，今世名亦可返其银产，以偿族兄之死。今日世名，还祈太宗师玉全！”汪县尊道：“今日之验，正以全之。”此时适值棺至，世名望见，便以头触阶石，喷血如雨，地都溅得火赤的。众秀才见了，抱的抱，扯的扯，一齐都哭起来。衙役与看的人，无不下泪。两县尊也不觉为之泣下。

低徊往事只生悲，欲语凄凄双泪垂。

一死自甘伸国法，忍教亲体受凌夷。

众秀才又为他讲，汪县尊叫把棺木发回。孝子晕了半日方苏，又到滩边看棺木上船，又恸哭了一番，仍至两县尊前就死。两县叫人扶起，又着医生医治。两个县尊商议，要自见司道面讲，免他检尸，以延他的生，再为题请，以免他的死。孝子道：“这也非法，非法无君。我只办了一死，便不消这两县尊为我周旋委婉。”回到馆中，便就绝食，勺水不肯入口。这些亲族与同袍都来开讲，道：“如今你父仇已报了，你的志已遂了，如今县尊百计要为你求生，这是他的好意，原不是你要苟全，何妨留这身报国？”世名道：“我断不要人怜，断不负杀人之名，以立于天壤间。”原是把头磕破的，又加连日不吃，就不觉身体恹恹。这日忽然对着探望的亲友长笑一声，俯首而逝，殁在馆中。死之刻云雾昏惨，迅风折木，雷雨大作。两县令着他家中领尸，只见天色开霁，远近来看的送的云一般相似。到家他妻子开丧受吊。他妻子也守节，策励孤子成名。

当时在武义连浙东一路，便是村夫牧竖莫不晓得个王秀才是王孝子。只是有识的道：“古来为父报仇多有从末减的，况以王秀才之柔刚并用，必能有济于世。若使以一成全之，孝子必生，生必有效于国。在王秀才为孝子又可为忠臣，而国家亦收人才之用。即其死，良可为国家人才惜耳！”故吴县张孝廉风翼高其谊，为立传。

孝廉曰：杀人者死，律也。人命是虚，行财是实，亦律也。彼买和契赃且在，可以坐俊杀叔之罪，可以挽世名抵命之条，何必检厥父尸，以伤孝子之心哉！盖当事诸君子急于念孝子，反乱其方寸，而虑不及此哉？抑天意不惜孝子一死，以达其志，以彰其孝哉？

雨侯曰：丈夫气岸，岂受人怜！怜之深，死之所以愈速也。经而不权，不能无憾于二人。

草莽臣曰：利人之所惊，生人之所贪，乃能不夺于利，不吝于死，筹以从容，出以慷慨。微斯人，吾谁与归！至摹绘之工，此篇可与张孝廉《传》并传。

小　引

枕上爱深，便弛堂前之慕；膝头踪远，竟殊被底之情。唯割爱之难，遂背恩之易。孰是脱娇娃疑敝屣，铭我恃如丘山。珠回故邑，水覆当衢。运奇谋于独创，何必袭迹古人；完天伦于委蛇，真可树型今世。可惜笔舌，以发隐幽。

翠娱阁主人识

第三回　悍妇计去孀姑　孝子生还老母

哀哀我母生我躯，乳哺鞠育劳且劬。儿戚母亦戚，儿愉母亦愉。轻暖适儿体，肥甘令儿腴。室家已遂丈夫志，白发蒙头亲老矣。况复昵妻言，逆亲意。帷薄情恩醴比浓，膝前孺慕抟沙似。曾如市井屠沽儿，此身离里心不离。肯耽床第一时乐，酿就终天无限悲。老母高堂去复还，红颜弃掷如等闲。蒸黎何必羡曾子，似此高风未易攀。

古云：“孝衰妻子。”又道：“肯把待妻子的心待父母，便是孝子。”只因人无妻时，只与得父母朝夕相依，自然情在父母上。及至一有妻，或是爱他的色、喜他的才、溺他的情，不免分了念头。况且娶着一个贤妇，饥寒服食，昏定晨省，儿子管不到处，他还管到。若遇了个不贤妇人，或是恃家中富贵，骄傲公姑；或是勤吃懒做，与公姑不合；或鄙啬爱小，嫌憎公姑费他供养；或有小姑小叔，疑心公姑护短偏爱，无日不向丈夫耳根絮絮；或到公姑不堪，至于呵斥，一发向丈夫枕边悲啼诉说。那有主意的男子，只当风过耳边，还把道理去责他，道："没有个不是的父母。纵使公姑有些过情，也要逆来顺受。"也可渐渐化转妇人。若是耳略软，动了一点怜惜的念头，日新月累，浸润肤受齐来，也不免把爱父母稍懈。还有平日原怕他强悍，恐怕拂了他，致他寻了些短见，惹祸不小，便趁口说两句，这妇人越长了志了。不知夫妻原当恩爱，岂可到了反目生离？但祭仲妻道："人尽夫耳，父一而已。"难道不可说："人尽妻也，母一而已？"还要是男子有主持，若是大家怕坏了体面，做官怕坏了官箴，没奈何就中遮掩，越纵了妇人的志，终失了父母的心，倒不如一个庸人，却有直行其是的。

这事在姑苏一个孝子，这孝子姓周名于伦，人都教他做周舍。他父亲是周楫，母亲盛氏。他积祖在阊门外桥边开一个大酒坊，做造上京三白、状元红、莲花白各色酒浆。桥是苏州第一洪，上京船只必由之路，生意且是兴。不料隆庆年间，他父亲病殁了。有个姊儿，叫做小姑，他父亲在日曾许吴江张三舍。因周楫病殁，张家做荒亲娶了去。止剩他母子，两身相倚，四目相顾。盛氏因他无父，极其爱惜，拣好的与他穿，寻好的与他吃，叫他读书争气。那周于伦却也极依着教训，也极管顾母亲。喜的家道旧是殷实，虽没个人支持，店面生意不似先时，胡乱改做了辣酒店，也支持得日子过。到了十五六岁，周于伦便丢了书，来撑支旧业，做人乖巧和气，也就渐渐复起父业来。母亲也巴不得他成房立户，为他寻亲，寻了一个南濠开南货店钱望濠女儿，叫做掌珠，生得且是娇媚，一进门，独儿媳妇，盛氏把他珍宝相似。便他两夫妻，年纪小，极和睦。周于伦对他道："我母亲少年守寡，守我长成，一个姊姊又嫁隔县，你虽媳妇，就是女儿一般，要早晚孝顺他，不要违拗。"掌珠听了，便也依他。只掌珠是早年丧母的，失于训教，家中父亲溺爱，任他吃用，走东家，闯西家，张亲娘，李大姐，白话惯的。一到周家，盛氏自丈夫殁后，道来路少，也便省使俭用，邻舍也不来往，掌珠吃也就不得像意。指望家中拿来，家中晚娘也便不甚照管；要与丈夫闲话，他也清晨就在店中，直到晚方得闲，如何有工夫与他说笑？看他甚是难过！过了几月，与丈夫的情谊浃洽了，也渐渐说我家中像意，如今要想甚饮食都不得到口，希图丈夫的背地买些与他。

那周于伦如何肯？就有时买些饮食，毕竟要选好的与母亲，然后夫妻方吃。掌珠终是不快。

似此半年。适值盛氏到吴江探望女儿，周于伦又在外做生意。意思待要与这些邻人说一说儿，却又听得后门外内眷且是说笑得热闹，便开了后门张一张。不料早被左邻一个杨三嫂见了，道："周家亲娘！你是难得见的，老亲娘不在，你便出来话一话。"掌珠便只就自己门前，与这些邻人相见。一个是惯忤逆公婆的李二娘，一个是惯走街做媒做保的徐亲娘，一个是惯打骂家公的杨三嫂，都不是好人，故此盛氏不与往来。那李二娘一见便道："向日杨亲娘说周亲娘标致，果然标致得势！那不肯走出来白话一白话？"杨三嫂道："老亲娘原是个独拄门的，亲娘也要学样。只是你还不曾见亲娘初嫁来时，如今也清减了些。"李二娘道："'瘦女儿，胖媳妇。'那倒瘦了，难道嫁家公会弄瘦人？"杨三嫂道："看这样花枝般个亲娘，周舍料是恩爱，想是老亲娘有些难为人事。"只见徐婆道："这老娘极是琐碎，不肯穿，不肯吃，终日絮聒到晚。如今是他们夫妻世界，做甚恶人！"掌珠只是微笑，不做声，忽听得丈夫在外边叫甚事，慌忙关了门进去。自此以后，时时偷闲，与这些人说白。今日这家拿出茶来，明日那家拿出点心来，今日这家送甚点心来，明日那家送甚果子来。掌珠也只得身边拿些梯己钱，不敢叫家中小厮阿寿，反央及杨三嫂儿子长孙，或是徐媒婆家小厮来定，买些甚果子、点心回答，又多与买的长孙、来定些，这两个都肯为他走动。遇着李二嫂，只是说些公婆不好，也卖弄自家不怕，忤逆他光景。杨三嫂只说自己钳制家公，家公怕他的模样。徐媒婆只是和子，时尝说些趣话儿取笑他三人。似此热闹半个月，周于伦只顾外面生意，何尝得知？不期盛氏已自女儿家回来，说为女儿病了急心疼，在那厢看他，多住了几日。掌珠因婆婆来，也便不敢出门。这些女伴知他婆婆撇古，也不来邀他。每日做着事时，听他们说笑，心里好不痒痒的。没奈何，乘早起或盛氏在楼上时，略偷闲与这些邻人说说儿。早已为这些人挑拨，待盛氏也有几分懈怠，待丈夫也渐渐放出些凌驾。尝乘周于伦与他欢笑时节，便假公济私道："你每日辛苦，也该买些甚将息。如今买来的只够供养阿婆，不得轮到你，怕淘坏身子。"那周于伦极知道理，道："一日所撰能得多少？省缩还是做人家方法。便是饮食上，我们原该省口与婆婆，常言道：'他的日子短，我们的日子长。'"或有时装出愁苦的模样，道："婆婆难服事。"周于伦道："只是小心，有甚难服事？"若再说些婆婆不好，于伦便嗔恼起来。掌珠只得含忍，只好向这些邻舍道他母子不好罢了。

忽一日，盛氏对着周于伦道："先时你爹生意兴时，曾攒下角子八九十两。我当时因你小，不敢出手。如今不若拿出去经商，又可生些利息。"周于伦道："家中酒店尽可过活，怎舍得母亲又去做客？"盛氏道："我只为你。我与媳妇守着这酒店，你在外边营运，两边阐，可望家道殷实。"掌珠听了甚是不快，道："顾了田头，失了地头。外边去趁钱，不知何如？家中两个女人怕支不来！"盛氏不言语，意似怫然。周于伦道："既是母亲分付，我自出去。家中酒店，你便撑持，不可劳动母亲。我只拣近处可做生意做，不一二月便回来看家中便是。"与人商量道："买了当中衣服，在各村镇货卖，只要眼力买得着，卖时也有加五钱。"便去城隍庙求了一签，道："上吉。"便将银子当中去斛了几主，收拾起身。临行时掌珠甚是不快活，周于伦再三安慰，叫他用心照管母亲，撑支店面，拜辞母亲去了。店中喜得掌珠，小时便在南货店中立惯了，又是会打吱喳的人，也不脸红。铜钱极是好看，只有银子到难看处，盛氏来相帮，不至失眼。且又人上见他生得好个儿，故意要来打牙撩嘴，生意越兴。但是掌珠终是不老辣，有那臭吝的缠不过，也便让他两厘，也便与他搭用一二文低钱，或是低银。有那脸涎的播不过，也便添他些。盛氏道他手松，做人情，时时絮聒他。又有杨家长孙与徐家来定来买时，他又不与论量，多与他些，又被盛氏看见，道："若是来买的都是邻舍，本钱都要折与他！"每日也琐碎这等数次。况且每日不过是一两个钱小菜过一日，比周于伦在家时更酸啬，又为生意上添了许多参差。

只见一日盛氏身子不快，睡在楼上。掌珠独自管店，想起丈夫不在，一身已是寂寞，又与婆婆不投，心中又加悒快。正斜靠在银柜上闷闷的，急抬头见徐亲娘走过，掌珠便把手招。那徐婆走到柜外，便张那边布帘内。掌珠把手向上一指，道："病在楼上，坐坐不妨。"徐婆道："喜得亲娘管店，个个道你做人和气，生意比周舍时更兴。"掌珠叹口气道："还只不中婆婆的意！"徐婆便合着掌道："佛爷！一个外边阐一个家中阐，供养着他，还得福不知！似我东走西走，做媒卖货，养着我儿子媳妇，还只恨少长没短，不快活哩！亏你，亏你！"掌珠便将店中好酒斟上一瓯，送与徐婆道："没人煮茶，当茶吧！"徐婆吃了，道："多谢！改日再来望你。常言道且守，倘这一病殁了，你便出头了！"掌珠道："这病不妨事。"徐婆自作谢去了。这边掌珠也便有个巴不得死的光景，汤水也便不甚接济，谎说道："店中生意丢不得。"盛氏也无奈何他。亏得不是甚重病，四五日好了。只是病后的人，越发兜搭，两个几乎像个仇家。

过了两月，果然周于伦回家，获有四五分钱，盛氏好不欢喜。到晚，掌珠先在枕边告一个下马状，道自己出头露面辛苦，又要撑店，又要服事婆婆。生意他去做着，就把人赶走了，亏我兜收得来，又十主九憎嫌，气苦万状。周于伦道："他做生意扣紧些，也是做家的心。服事家中少人，你也推不去，凡事只忍耐些。如今我做了这生意，也便丢不得手。前次剩下几件衣服，须要卖去。如今我在这行中，也会拆拽，比如小袖道袍，把褶拆出裨，依然时样。短小道袍变改女袄，袖也有得裨。其余裙袄，乡间最喜的大红大绿。如今把浅色的染木红、官绿，染来就是簇新，就得价钱。况且我又拿了去闯村坊，这些村姑见了，无不欢天喜地，拿住不放，死命要爹娘或是老公添，怕不趁钱？或是女人自买，越发好了。这生意断是不舍，你还在家为我一撑。"把这掌珠一团火消做冰冷。掌珠只可叹几口气罢了。

次日，于伦梳洗去，去到盛氏房中问安。盛氏也告诉掌珠做生意手松，又做人情与熟人，嗔我说他，病时竟不理我。却好掌珠也进房问安，于伦道："适才闻得你做生意手松，这不惯，我不怪你，若做人情与熟人，这便不该；到病时不来理论，这便是不孝了！"掌珠道："这店我原道女人管不来，那不长进的银子不肯添，酒苦要添。若毕竟刀刀见底，人须不来。熟人不过两个邻舍，我也没得多与他。至于病时，或是生意在手，又是单身，进里面长久，恐有失脱，毕竟又要怨我。迟些有之，也并没个不理的事！"于伦道："你若说为生意，须知生意事小，婆婆病大，便关两日店何妨？以后须要小心服事，轻则我便打骂，重则休你！"掌珠听了，两泪交流，欲待回家几时，奈又与晚母不投，只得忍耐，几日不与丈夫言语。

不上一月，周于伦货完了起身，只得安慰母亲道："孩儿此去两月就回，母亲好自宁耐。我已分付他，量必小心。"又向掌珠道："老人家须不可与他一般见识，想他如何守我到今，岂可不孝顺他？凡事看我面，不要记恨。"掌珠道："谁记恨来？只是他难为人事！"周于伦两边嘱咐了再三，起身。谁料这妇人道盛氏怪他做生意手松，他这番故意做一个死。一注生意，添银的决要添；饶酒的决不肯饶；要卖不卖的，十主倒九不成。盛氏在里边见，怕打走了主顾，道："便将就些罢。"掌珠道："省得丈夫回来，道我手松折本。"盛氏知是回他嘴，便不做声。一连两三日，见当先一日两数生意，如今二三钱不上。天热，恐怕酒坏，只得又叫他将就些。他便乱卖，低银低钱，也便不拣，便两三遭也添。盛氏见了心疼，晚间吃夜饭时道："媳妇！我的时光短，趁钱只是你们享用。这生意死熬不得，太滥泛也不得；死熬人不来，滥泛要折本。你怎不顾你们趁钱折本，反与我憋气？"掌珠道："初时要我做生意狠些，也是你们；如今教我将就些，也是你们；反又来怨怅，叫人也难。不若婆婆照旧去管店，我来学样罢！"到次日，他便高卧不起来，盛氏只得自己去看店。他听见婆婆出去店中去了，忙起来且开了后门闲话。杨三嫂见了，道："周亲娘！一向难得见面，怎今日不管店走出来？"掌珠道："我不会做生意，婆婆自管店。"杨三嫂道："前日长孙来打酒，说你做生意好又兴。怎不会得？他要讨苦吃，等他自去，你落得自在！"正说间，只见李二娘自家中走出来道："快活，快活！我吃这老厌物蒿恼得不耐烦，今日才离眼睛。"杨三嫂便道："哪里去了？"掌珠道："是甚人？"李二娘道："是我家老不死、老现世阿公，七老八十，还活在这边。好意拿食去与他，他却道咸道酸，争多争少，无日不碎聒管闲事。被我闹了几场，他使性往女儿家过活去了，才得耳朵边、眼睛里干净。"掌珠道："怕家公要怪。"李二娘道："家公怕他做甚！他若好好来劝，还饶他打；他若帮来嚷我，便撞上一头，只要吃盐卤、吊杀勒杀，怕他不来求？求得我歇，还要半月不许他上床，极他个不要！"杨三嫂道："只怕你先耐不住！"掌珠听了，叹口气道："我家老人家怎得他离眼！"不期盛氏在店中坐地，只见来的因掌珠连日手松，都要寻小亲娘，生意做不伏，只得去叫掌珠，那里肯来？听他下了楼，又寂然没个踪影。只得叫阿寿看着店，自进里面，却是开着后门，人不见影，唯闻得后门外有人说笑。便去张看，却是掌珠与这两个邻舍坐着说话。盛氏不觉红了脸，道："连叫不应，却在这里闲话！"掌珠只得立起身便走。这两邻正起身与盛氏厮唤，盛氏折身便入，竟不答应。他进门便把掌珠数落道："你在我家做媳妇年把，几曾见我走东家，串西家？你小小年纪，丈夫不在，却不在家里坐，却在外边乱闯！你看这些人，有甚好样学？待你丈夫回来，与他说一说，该与不该？"掌珠自知欠理，不敢回答。倒是这两个邻人恼了，道："媳妇你磨得着，我们邻舍怎厮唤不回，又道我们没有好样？定要计议编摆他。"

数日之间，掌珠因盛氏诟骂，又怕丈夫回来得知，甚是不快，每日倒早起来开店做生意。若盛氏在外边，自却在里边煮茶做饭，不走开去。这日正早下楼来，只见李二娘来讨火种，道："连日听得老亲娘絮聒，想是难过。"

掌珠道："絮聒罢了，还要对我丈夫说，日后还要淘气！"李二娘道："怕他做甚！徐亲娘极有计较，好歹我们替你央及他，寻一计较，弄送他便了。"正说间，恰好徐婆过来。李二娘道："连日怎不见你？"徐婆道："为一个桐乡人要寻一个老伴儿，他家中已有儿子、媳妇，不要后生生长得出的，又要中年人生得洁净标致的，寻了几个，都不中意。故此日日跑。"李二娘就把掌珠姑媳的事告诉他，道："他婆婆不晓事，把我们都伤在里边。"徐婆道："脚在你肚皮下，你偏要走出来，不要睬他。嚷与他对嚷，骂与他对骂。告到官，少不得也要问我们两邻。"掌珠道："怕他对丈夫讲，丈夫说要休我。"徐婆道："若休了去，我包你寻一家没大没小、人又标致、家又财主的与你！我想你丈夫原与你过得好，只为这老厌物，若没了这老厌物，你就好了。我如今有一个计较，趁这桐乡人寻亲，都凭我作主的，不若将他来嫁与此人，却不去了眼中钉？只是不肯出钱的。"李二娘道："脱货罢了，还求财？"掌珠道："只是他怎肯嫁？"徐婆道："他自然不肯，我自与那边说通了，骗他去。"掌珠道："倘丈夫回来寻她，怎处？"徐婆道："至期我自教导你，决不做出来。直待他已嫁，或者记挂儿子，有信来，自身来，那时已嫁出的人，不是你婆婆了。就是你丈夫要与你费嘴时，已过的事，不在眼面前娘，比你会温存枕边的家婆自是不同，也毕竟罢了。你自依我行！"此时，掌珠一来怪婆婆，二来怕丈夫回来，听信婆婆有是非，便就应承。只见到了晚，盛氏先已上楼，掌珠还在那厢洗刮碗盏。只听有人把后门弹了一声，道："那人明日来相，你可推病，等你婆婆看店，他好来看。"掌珠听了，也便上楼安息。睡到五鼓，故作疼痛之声，天明盛氏来看，却见掌珠蹙了眉头，把两手紧揉着肚子在床里滚，问他，勉强应一声："肚疼！"盛氏道："想一定失盖了，我冲口姜汤与你。"便下去打点汤，又去开店。将次巳牌，一个人年纪约五十多岁，进来买酒，递出五十个钱来，一半是低钱，换了又换，约莫半个时辰才去。不知这个人正是桐乡章必达，号成之。在桐乡南乡住，做人极是忠厚。家中有儿子，唤做章著，行二。家事尽可过，向贩震泽绸绫，往来苏州。因上年丧了偶，儿子要为他娶亲，他道："我老人家了，娶甚亲？我到苏州，看有将就些妇人，讨个做伴罢。"来了两次，小的忒小，老的忒老；标致的不肯嫁他，他又不肯出钱；丑的他又不要。这番遇着徐婆说起这桩亲事，叫他来看。这章成之看他年纪虽过四十，人却济楚能干，便十分欢喜。

窄窄春衫衬柳腰，两山飞翠不须描。

　　虽然未是文君媚，也带村庄别样娇。

便肯出半斤银子。徐婆仍旧乘晚来见掌珠，说：“客人已中意，肯出四两银子。连谢我的都在里边。”掌珠道：“这也不论，只是怎得他起身？”徐婆道：“我自有计较。我已与客人说道，他本心要嫁，因有儿子、媳妇，怕人笑不像样，不要你们的轿子迎接，我自送他到船。开了船，凭他了。料他守了一向寡，巴不得寻个主儿，决不寻死。好歹明早收他银子，与他起身！”掌珠此时欲待不做，局已定了；待做了，年余姑媳，不能无情，又恐丈夫知觉，突兀了一夜。

才到天明，只听得有人打门，推窗问时，道：“吴江张家，因姑娘病急，心疼危笃，来说与婆婆。”盛氏听了，便在床上一毂碌扒起，道：“我说他这心疼病极凶的，不曾医得，如何是好？”自来问时，见一汉子，道是他家新收家人张旺，桐乡人。船已在河下。掌珠吃了一惊，心中想道：“他若去，将谁嫁与客人？”便道：“这来接的一面不相识，岂可轻易去？还是央人去望罢。”盛氏道：“谁人去得？这须得我自去。”掌珠道：“这等待我央间壁徐亲娘送婆婆去，我得放心。”便蹙来见徐婆道：“昨日事做不成了！古古怪怪的，偏是姑娘病重来接他，拦又拦不住，只得说央你送他，来与你计议。”徐婆笑道：“这是我的计。银子在此，你且收了。”打开看时，却是两锭逼火。徐婆道：“你去，我正要送他交割与蛮子。”掌珠回来道：“徐亲娘没工夫，我再三央及，已应承了。”便去厨下做饭，邀徐亲娘过来，两个吃了起身。盛氏分付掌珠，叫他小心门户，店便晚开早收些，不要去到别人家去。又分付了阿寿。掌珠相送出门。到了水次，只见一只脚船，泊在河边，先有一个人，带着方巾，穿着天蓝绸道袍，坐在里边。问时，道：“城中章太医，接去看病的。”盛氏道：“闲时不烧香，极来抱佛脚！”忙叫开船。将次盘门，却是一只小船飞似赶来。相近，见了徐婆道：“慢去！”正是徐家来定。徐婆问：“甚缘故？”来定道：“是你旧年做中，说进王府里的丫头翠梅，近日盗了些财物走了。告官着你身上要，差人坐在家里，接你回去！”徐婆道：“周亲娘央我送老亲娘，待我送到便来，暂躲一躲着。”来定道：“好自在生性！现今差人拿住了大舍，他到官，终须当不得你！”盛氏听了道：“这等亲娘且回去罢。”徐婆道：“这等你与章阿爹好好去。”便慌慌忙忙的过船去了。那盛氏在船中不住盼望，道：“张旺，已来半日了，缘何还不到？”张旺笑道：“就到了。”日午，船中做了些饭来吃，盛氏道是女婿家的，也吃了些。将次晚了，盛氏着忙道：“吴江我遭番往来只半日，怎今日到晚还不到？”只见那男子对着张旺道：“你与他说了罢！”张旺道:“老亲娘！这位不是太医,是个桐乡财主章阿爹。他家中已有儿子、媳妇,旧年没了家婆，再娶一个作老伴儿。昨日凭适才徐老娘做媒，说你要嫁，已送银十两与你媳妇，嫁与我们阿爹了！你仔细看看，前日来买酒相你的不是他？我是他义男章旺，那是甚张旺？这都是你媳妇与徐老娘布就的计策，叫我们做的！”盛氏听了，大哭道:“我原来倒吃这忤逆泼妇嫁了！我守了儿子将二十年，怎今日嫁人？我不如死。”便走出船舱，打帐向河中跳。不期那章成之忙来扯住道:“老亲娘！不要短见！你从我不从我凭你，但‘既来之，则安之’。你媳妇既嫁你，岂肯还我银子？就还我银子，你在家中难与他过活。不若且在我家，为我领孙儿过活罢了。”盛氏听了，想道:“我在家也是一个家主婆,怎与人做奶娘？但是回家委难合伙,死了儿子也不知道。不若且偷生，待遇熟人，叫儿子来赎我。”便应承道:“若要我嫁你，便死也不从。若要我领你孙儿，这却使得。”正是：

在他矮檐下，谁敢不低头？

只是想自家苦阉家私，自家私囊也有些，都不能随身，不胜悒怏。

徐婆回报，掌珠知道事已成，不胜欢喜。将那银子分一两谢了徐婆，又放心放胆，买了些下饭，请徐婆、杨三嫂、李二娘一干。徐婆又叫他将盛氏细软都藏了，装他做跟人逃走模样，丈夫来问，且说他到张家。计议已定。

不期隔得六七日,周于伦已回,买了些嘉、湖品物,孝顺母亲。跨进门来,止见掌珠坐在店里，便问母亲时，掌珠道:“张家去了。”周于伦道:“去张家做甚么？”掌珠道:“我那日病在楼上，婆婆在店中，忽然走上楼，道:‘姑娘有病，有人接我要去。’我道家中无人，又没人跟随。婆婆定要去，我走不起，只得着徐亲娘送到水次。如今正没人接他。”周于伦道:“莫不你与他有甚口面去的？”掌珠道:“我与他有甚口面？他回你自得知。”周于伦道:“我不打紧，明日我自去接，知道了。”次日打点了些礼，竟到吴江。姐夫不在，先是姊姊来见，道:“母亲一向好么？”周于伦吃了一惊，道:“母亲七日前说你病来接他,已来了！”姐姐听了,也便吃一个大惊,道:“何曾有这事！是哪个来接？”于伦道:“是隔壁徐亲娘亲送到水口的，怎这等说？”两下惊疑。于伦便待起身，姊姊定要留饭，于伦也吃不下，即赶回家。对着掌珠道:“你还我母亲！”掌珠道:“你好没理！那日你母亲自说女儿病来接，就在房中收拾了半日，打点了一个皮箱,张家人拿了。我不放心,央徐亲娘送去,出门时那一个不见？”只见徐亲娘也走过来道:“皇天！这是我亲送到船里的，船中还有一个白胖的男人，方巾天蓝花绸海青，道是城中太医，来接的是甚张旺。”又问邻舍道：“是真出门的？”那一个不道是果然有的。道：“是本日未天明，果然听得人敲门来接。”有的道：“早饭时候，的是穿着油绿绸袄、月白裙出门的。”又问：“家中曾有人争竞么？”道：“并不曾听得争闹。”细问阿寿，言语相同。周于伦坐在家中，闷闷不悦，想道：“若是争闹气不忿，毕竟到亲眷人家，我又没有甚亲眷；若说有甚人勾搭，他守我十余年没话说，怎如今守不住？”又到楼上房中看，细软已都没了，好生决断不下。凡是远年不来往亲戚家里，都去打听问，并不曾去。凡城中城外庙宇龟卜去处，也都走遍。在家如痴如呆，或时弹眼泪。过了半个多月，掌珠见遮饰过了，反来呆他道：“好汉子！娘跟人走，连我如今也疑心，不知你是周家儿子不是周家儿子？”气得个周于伦越昏了。为体面不像，倒收拾了酒店，仍旧外边去做生意，只是有心没想，生意多不甚成。一日转到桐乡，背了几件衣服，闯来闯去，闯到一个村坊，忽抬头见一个妇人在水口洗衣服，与母亲无二。便跑近前，那妇人已洗完，左手绾着衣服，右手提着槌棒，将走到一大宅人家。于伦定睛一看，便道：“母亲！你怎在这里？”原来正是盛氏。盛氏见了，两泪交流，哽咽不语，可是：

大海横风生紫澜，绿萍飘泊信波翻。
谁知一夕洪涛息，重聚南洋第一滩。

半晌才道：“自你去后，媳妇怪我说他手松，故意不卖与人。叫他松时，他又故意贱卖。再说时，他叫我自管店，他却日日到徐婆家。我说了他几声，要等你回来对你说，不料他与徐婆暗地将我卖到这章家。已料今生没有见你的日子，不期天可怜见，又得撞见！不是你见我时，我被他借小姑病重赚我来时，眼目已气昏了，也未必能见你！”于伦道：“我回时，他也说小姑家接去。我随到小姑家，说不曾到，又向各亲眷家寻，又没踪影。不知小贱人和老虔婆用这等计策！”盛氏又道：“我与媳妇不投，料难合伙。又被媳妇卖在此间，做小伏低，也没嘴脸回去见人。但只你念我养育你与守你的恩，可时来看我一看，死后把我的这把骨殖带回苏州，与你父亲一处罢了！”言讫，母子大痛。周于伦此时，他主意已定了，身边拿出几钱银子付与母亲，道：“母亲，且收着在此盘缠，半月之间，我定接你回去。”两边含泪分手。周于伦也就不做生意，收拾了竟回。心里想道：“我在此赎母亲，这地老虎决不肯信；回家去必竟要处置妇人，也伤体面。我只将他来换了去，叫他也受受苦！”算计了，回到家照旧待掌珠。

掌珠自没了阿婆，又把这污名去讥诮丈夫，越没些忌惮了。见他货物不大卖去，又回得快，便问他是甚缘故。于伦道："一来生意迟钝，二来想你独自在家，故此便回。"掌珠道："我原叫你不要出去，若在家中，你娘也不得跟人走了！"于伦也不回他。过了三日，道："我当初做生意时，曾许祠山一个香愿，想不曾还得，故此生意不利。后日与你去同还何如？"掌珠道："我小时随亲娘去烧香后直到如今，便同你去。"到第二日，催于伦买香烛，于伦道："山边买，只带些银子去罢了。"那掌珠巴明不晓，第二日梳头洗脸，穿了件时新玄色花袖袄，灯红裙，黑髻玉簪，斜插一枝小翠花儿，打扮端正时，于伦却又出去未回。等得半日，把扇儿打着牙齿斜立，见周于伦来，道："有这等钝货，早去早回。"于伦道："船已在河下了。"掌珠便别了杨三嫂、李二娘、徐亲娘，分付阿寿照管门户。两个起身。过了盘门，出五龙桥，竟走太湖。掌珠见了："我小时曾走，不曾见这大湖！"于伦笑道："你来时年纪小，忘了。这是必由之路。"到岸，于伦先去，道："我去叫轿来。"竟到章家。老者不在，止他儿子二郎在家，出来相见。周于伦道："前月令尊在苏州娶一女人回来，是卑人家母，是贱累听信邻人，暗地将他卖来的。我如今特带他来换去，望二郎方便！"二郎道："这事我老父做的，我怎好自专？"于伦道："一个换一个，小的换老的，有甚不便宜？"章二郎点头道："倒也是。"一边叫他母亲出来，一边着人看船中妇人何如。这边盛氏出来见了儿子，道："我料你孝顺，决不丢我在此处，只是如今怎生赎我？"于伦道："如今我将不贤妇来换母亲回去。"盛氏道："这等你没了家婆怎处？"于伦道："这不贤妇要他何用！"须臾，看的人悄地回覆二郎道："且是标致，值五七十两！"二郎满心欢喜，假意道："令堂在这厢且是勤谨和气，一家相得。来的不知何如？恐难换。"于伦再三恳求，二郎道："这等且写了婚书。"于伦写了，依旧复到船中，去领掌珠。掌珠正在船中等得一个不耐烦，道："有你这样人，一去竟不回！"于伦道："没有轿，扶着你去罢。"便把一手搭在于伦臂上，把鞋跟扯一扯，上了岸。走了半晌，到章家门首。盛氏与章二郎都立在门前，二郎一见欢喜得无极。掌珠见了盛氏，遍身麻木，双膝跪下，道："前日却是徐亲娘做的事，不关我事！"盛氏正待发作，于伦道："母亲不必动气。"对掌珠道："好事新人，我今日不告官府，留你性命，也是夫妻一场。"掌珠又惊又苦，再待哀求同回时，于伦已扶了母亲，别了二郎去了。

乌鸟切深情，闺帏谊自轻。

隋珠还合浦，和璧碎连城。

掌珠只可望着流泪，骂上几声黑心贼。二郎道："罢！你回去反有口舌，不如在我家这厢安静。"一把扯了进去。

于伦母子自回。一到家中，徐婆正在自家门首，看见他母子同回，吃了一惊，道："早晨是夫妻去，怎到如今母子回？禁不得是盛氏告在那衙门，故此反留下掌珠，给还他母亲，后来必定要连累我！"一惊一忧，竟成了病。盛氏走进自房中，打开箱子一看，细软都无，道："他当初把女儿病骗我出门，一些不带得，不知他去藏在那边？"于伦道："他也被我把烧香骗去，料也不带得。"到房中看，母亲的细软一一俱在，他自己的房奁也在，外有一锭多些逼火，想是桐乡人讨盛氏的身银，如今却做了自己的身银。于伦又向邻人前告诉徐婆调拨他妻，把阿婆卖与人家做奶母。前时邻人知道盛氏不见了，也有笑盛氏道："守了多年，毕竟守不过。"也有的笑周于伦道："是个小乌龟。"如今都称赞周于伦，唾骂徐婆，要行公呈。一急把徐婆急死了。于伦又到丈人家，把前事一说，道："告官恐伤两家体面，我故此把来换了，留他残生。"钱望濠道："你只赎了母亲罢，怎又把我女儿送在那边？怎这等薄情！"终是没理，却也不敢来说。他后边自到桐乡去望时，掌珠遭章二郎妻子妒忌，百般凌辱，苦不可言，见了父亲，只是流泪。父亲要去赎他，又为晚妻阻挡，不得去。究竟被凌辱不过，一年而死。这边周于伦有个三考出身做县丞的仲德，闻他行孝，就把一个女儿与他。里递要举他孝子，他道："是孝子不是义夫。"抵死不肯。后来也纳一个三考，做了个府经历，夫妻两个奉事母亲终身，至今人都称他是个孝子。

雨侯曰：尝闻姑苏有二孝子，皆隐君子也。一隐于乞，一隐于市。狂歌娱母，可匹老莱。如此之婉转处变，真罕其比。

至性人曰：以妇卖姑，以妻易母，俱不经见之事。而邻人之构逗，卒至使周母流离，掌珠负慝，亦可为比匪之警。

叙

耳提面命，未必作孝，而偶读残编剩简，不觉凄然。此李令伯《陈情》一疏，识者谓是兴孝之资，然而里耳弗偕也。唯夫刲肝割股，乃出十四岁之女流，吾知一人之孺慕，信足发人人之孺慕，不可知，可由也。何必低徊于“臣无祖母，无以至今日，祖母无臣，无以终馀年”哉！是犹在报复作想而未纯也。

翠娱阁主人识

第四回　寸心远格神明　片肝顿苏祖母

忠孝本同理，何缘复低昂。
死君固宜褒，死亲岂非良。
朝宁有奇节，闾阎有真肠。
岂令卫弘演，千古名字香。

尝阅割股救亲的，虽得称为孝，不得旌表。这是朝廷仁政，恐旌表习以成风，亲命未全，子生已丧，乃是爱民之心。但割股出人子一段至诚，他身命不顾，还顾甚旌表？果然至孝的，就是不旌表，也要割股；不孝的，就是日日旌表，他自爱惜自己身体。又有一种迂腐的，倒说道：“割股亏亲之体。”不知若能全亲之生，虽亏也与全无异。保身为置身不议的说不为，那以身殉忠孝的说：“若执这个意见，忠孝一般，比如为官的或是身死疆场，断头刎颈；或是身死谏诤，糜骨碎身，这也都是不该的了？”古今来割股救亲的也多，如《通纪》上记的，锦衣卫总旗卫整的女，刲肝救母，母子皆生的；近日杭州仁和沈孝子割心救父，父子皆亡的，都是我皇明奇事。不知还有个刳肝救祖母，却又出十四岁的女子，这是古今稀见。

此女是浙江处州府丽水县人，姓陈名妙珍。他父亲叫做陈南溪，祖传一派山田，并一块柴山，一所房子，与寡母林氏穷苦度日。后来娶妻李氏，生下妙珍，不上三岁，南溪一病身故。这李氏却也有心守寡，一守三年。只是年纪止得二十六岁，甚是少年。起初时想着夫妻恩爱，难以割舍，况对着冷飕飕孝堂，触目惨伤，没甚他想。一到三年，恩爱渐渐忘记，凄冷渐渐难堪。家中没个男子，自然支持不来。虽是山中有柴，也要雇人樵砍；田中有米，也要雇人耕种。没人照管，一工只有半工，租息年年减去一半。少柴缺米，衣衫不整，都是有的。又见这些亲邻，团头聚面，夫唱妇随，他却止得一个婆婆，一个女儿，要说句知心话儿，替那个说？秋夜春宵，也有些不耐烦之意。喜得他的哥哥李经，他道：“守节自是美事，不惟替陈家争气，也与我家生光。”时常去照管他。不料他的妻赵氏，是个小家子，道：“家里这些柴米也是艰难得来，一粒米是我一点血，一根柴火是一根骨头。便是饮食之类，自家也有老婆儿女，仔么去养别人？”常是争争闹闹。李经道：“手足之情，况且他一个老人家，年纪老了，小的又小，也是恤孤怜寡。”赵氏道：“若说妹子,也还有理。这老婆子与你何干？便是这点点小丫头，担柴送米养得大，嫁了人，料必不认得你了。你若怜悯他，不如叫他招一个妹夫，却不又管大管小？”李经道：“改嫁也不是我做哥哥说的，只要我挣得来，他用得我多少？”仍旧要去管他。

赵氏见丈夫不理，常是不愤。想得叔叔李权年纪又小，不大晓得道理，是个贫根，故意一日叫他拿米去与姑娘。只见李权道：“仔么他家吃饭，倒要我家送米去？”赵氏道：“正是。你才梦醒哩！时常拿去。我道你两弟兄辛勤苦力做得来，怎等他一家安享？你哥道手足之情。我道既是手足之情，如今叔叔衣服也须做些，叔叔亲事也须为他完就，怎只顾一边？”李权道：“嫂嫂说得有理，我如今不要拿去。”赵氏道：“你不拿去，哥哥毕竟拿去。倒不如你拿去做个人情。左右家事不曾分，一斗你有五升在里边，不要把哥哥一个做好人。”李权道：“原来哥哥一向官路做人情，时常送去？也不是小算！”赵氏道：“只除他嫁得，可又免得这般送。”李权道：“这等我们嫁他。”赵氏道：“如今他是陈家人，也要陈家肯，又还要姑娘肯。你便可劝他一劝。”李权道：“我会说。”驼了这米竟到陈家，姊姊出来相见。他歇下道：“莫说种的辛苦，便驼也是烦难的。”李氏道：“真是累你弟兄。”李权道：“这是该的，怎说得累？只是如今熟年也不打紧，日长岁久，怕撞了荒年，管顾不来。”李氏留他到房中坐。那李权相了一相，道：“姊姊，这房子老了，东壁打西壁，仔么过？如今姊夫没得二三年，已是这操箱空笼空，少长没短，过后一发难了。”李氏道：“没奈何，且捱去。上边老的老，下边小的小。叫我怎生丢得？”李权道：“姊夫都丢了，何况你？也图个长策好。”李氏道：“饿死事小，失节事大。”李权道：“这姊姊！我那边东村周小一老婆，老公死得半月就嫁人，也没人说他。南向谢省祭填房的也是个奶奶，少穿少吃，一般也嫁了人。谁曾道他不是，忍饥受冷，甚么要紧！就是县里送个贞节牌匾，也只送了有钱的，何曾轮着我们乡村？姊姊还要自做主意，不要晴干不肯走，直待雨淋头。”李氏听了，不觉动心，只不好答应得。李权吃了些酒回了。赵氏迎着道：“如何？”李权道：“他道没奈何，且捱去。后来只是不做声。”赵氏道：“不做声便是肯了。二婚头，也要做个腔，难道便说我嫁？”李权道：“话得是。如今再过半月，哥哥三十岁，一定他回来拜寿，嫂嫂再与他说，好歹要他嫁人，省了我们照管。”

只见这日，果然李氏带女儿回来拜寿。这些亲戚你穿红，我着绿，好不整齐。他母子两个也只布素衣服。当日回的回了，李氏与几个亲眷还在他家中。其时有一个胡孺人，是李经表嫂，一个刘亲娘，是李经表妹，同在那边闲坐。胡孺人道：“陈亲娘，家下没人，不曾来看得你。真亏你，我们这样年纪，没个丈夫在身边，一日也过不得，亏你怎么熬得这苦？”李氏道：“这也是命中所招。”刘亲娘道：“说道守寡，小时好过，倒是四十边难过。春夏好过，秋冬难过，夜长睡又睡不着，从脚尖上直冷到嘴边来，真是难当！”赵氏便添一嘴来道：“亲娘，好过难过，依我只趁这笋条样小年纪，花枝般好脸嘴，嫁上一个丈夫，省得忧柴忧米，弄得面黄消瘦。”李氏把妙珍头摸一摸，道：“且守一守儿，等他大来。”却又李权闯到，道：“望桑树收丝，好早哩！守寡的有个儿子，还说等他成房立户，接立香火。若是女儿，女生外向，捧了个丈夫，那里记挂你母亲？况且遇着有公婆叔婶，上下兜绊，要管也不能够。不如嫁的好！你若怕羞不好说，我替你对那老婆子说。”此时李氏听众人说来，也都有理，只是低头不语。李权便着媒婆与他寻亲。李经知道来拦阻时，赵氏道：“妹子要嫁人，你怎管得一世？寻了一个人家，也是二婚，老婆死了，家里也丢个女儿。”李权见他家事过得，就应承了。来见林氏道：“姊姊年纪小，你又老了，管他不到底。便是我们家事少，也管顾不来。如今将要出身，要你做主。”林氏便汪汪泪下，道：“我媳妇怕没有这事！他若去，叫我更看何人？”李权道：“养儿子的到今还说更看何人，他养女儿一发没人可看，他也计出无奈。等他趁小年纪好嫁，不要老来似你。”林氏也没奈何，只得听他。李氏初意要带妙珍去，那边自有女儿，恐怕李氏心有偏向，抵死不肯。林氏又道：“尝要随娘晚嫁的，人都叫做拖油瓶，与那晚爷终不亲热。初时还靠个亲娘顾看，到后头自己生了女儿，也便厌薄。这是我儿子一点骨血，怎可把人作践？”也便留了。嫁时李氏未得新欢，也不能忘旧爱，三个都出了些眼泪。自此祖孙两个，自家过活。正是：

孙依祖泽成翎羽，祖仰孙枝保暮年。

此时妙珍没了娘，便把祖母做娘。林氏目下三代，止得这孙女儿，也珍宝样看待。这林氏原也出身儒家，晓得道理，况且年纪高大，眼睛里见得广，耳朵里听得多。朝夕与他并做女工，饮食孙炊祖煮。闲时谈今说古，道某人仔么孝顺父母，某人仔么敬重公姑，某人仔么和睦妯娌，某人仔么夫妇相得，某人仔么俭，某人仔么勤。那妙珍到得耳中，也便心里明白，举止思想，都要学好人。十一岁闻得他母亲因产身故，不觉哭踊欲绝。祖母慰他道："他丢你去，你怎么想他？"妙珍道："生身父母，怎记他小嫌，忘他劬劳？"三年之间，行服悲哀。

到十四岁时，他祖母年高，渐成老熟。山县里没甚名医，百计寻得药来，如水投石，竟是没效。那林氏见他服事殷勤，道："我儿！我死也该了。只是不曾为你寻得亲事，叫你无人依靠，如何是好？"妙珍道："婆婆病中且莫闲想。"只是病且沉重，妙珍想来无策。因记得祖母尝说有个割股救亲的，他便起了一个早，走到厨下，拿了一把厨刀，轻轻把左臂上肉撮起一块，把口咬定，狠狠的将来割下。只见鲜血迸流，他便把块布来拴了。将割下肉放在一个沙罐内，熬成粥汤，要拿把祖母。适值一个邻人邹妈妈，他来讨火种，张见他在那里割肉，失惊道："勒杀不在这里勒的，怎这等疼也不怕？"推门进来，见他已拴了臂膊，把那块肉丢在粥里，猛然道："你是割肉救婆婆么？天下有这等孝顺的，一点点年纪有这样好心！似我那天杀的，枉活了三十多岁，要他买块豆腐，就是割他身上肉一般，不打骂我也好了。难得，难得！"相帮他把粥来扇滚了自去。妙珍却将这碗粥来与祖母拿到嘴边，祖母道："儿！哪里这米，有这一阵香？"妙珍道："就是家中的。"将来喂了。只见祖母道："儿！这碗粥好似几贴药，这一会我精神清爽起来了。"到第二日，道："我连日睡得骨头都疼，今日略健，你扶我起来坐一坐。"妙珍便去扶他，祖母道："你这衫上怎么有这几点血？"妙珍道："是、是昨日出鼻血累的。"林氏道："这一定是连日为我辛苦缘故，累了你，累了你。"又过了几日，道："我要门前散一散。"拄了一根拐，出走门前来。巧巧邹妈妈手里拾了几根枯柴在手里，道："忤逆贼！柴也不肯砍担，叫我忍饿！"见了林氏，道："老孺人！好了么？"林氏道："亏了我孙儿。"邹妈妈道："真亏他！"此时妙珍也立在林氏侧边，邹妈妈道："你臂上好了么？"林氏便问："你臂上生甚东西么？"邹妈妈道："是为你割的股！"林氏忙来摸，见了臂上拴的，便哭道："儿！只说你服事我，已极辛苦了，怎又要你割股！"一个哽咽，便晕了去。邹妈妈道："是我多嘴的不是了！"忙帮着妙珍扶到床中，灌了汤水，渐渐苏醒，道："儿子这样孝顺，我怎消受得起！"时常流泪，仍旧是这样病了。妙珍也仍旧寻医问卜，求神礼斗，并不见好。他便早晚臂上燃香叩天，求把身子代祖母，似此数日。一夜不脱衣服，伏在祖母床边，忽见一个道者：

剪箨为冠散逸，裁云作氅逍遥。虬髯一部逐风飘，玉麈轻招似扫。

那道者走近前来道："妙珍！汝孝心格天，但林氏沉疴非药可愈。汝果诚心救彼，可于左肋下刳肝饮之。"将手中拂指他左肋，又与药一丸，道："食之可以不痛。"妙珍起谢，吞所赐药。只见满口皆香，醒来却是一梦。妙珍道："神既教我，祖母可以更生。"便起焚香在庭中，向天叩拜道："妙珍蒙神分付，刳肝救我祖母，愿神天保佑，使祖母得生！"遂解衣，看左肋下红红一缕如线，妙珍就红处用刀割之，皮破肉裂，了不疼痛，血不出，却不见肝。妙珍又向天再拜道："妙珍忱孝不至，不能得肝，还祈神明指示，愿终身为尼，焚修以报天恩！"正拜下去，一俯一仰，忽然肝突出来。妙珍连忙将来割下一块。正是：

割股人曾见，刳肝古未闻。

孝心真特异，应自感明神。

把肋下来拴了，把肝细细切了，去放在药内煎好了，将来奉与祖母吃。只见他一饮而尽，不移时便叫妙珍道："儿！这药那里来的？委实好！吃下去喉咙里、心腹里都觉爽俐，精神气力也觉旺相，手足便就运动如常，或者这病渐渐好了也未可知。"妙珍暗暗欢喜。到后边也一日好一日，把一个不起的老熟病仍旧强健起来。正是：

涓滴起疲癃，精忱神鬼通。

这妙珍当日也只暗喜祖母渐有起色，感谢神天拯救，那里还想自己疮口难完？不意睡去，复梦见前夜神人道："疮口可以纸灰塞之，数日可愈。"妙珍果然将纸烧灰去塞，五六日竟收口，瘢疮似缕红线一般。又再三叮嘱，那当时看见的，听得的，叫他不要说。众人也为前日林氏因邹四妈说了割股，哽咽复病，故此也没人敢说。只是这节事已沸沸传将开去了。一时邻里要为他县呈讨匾，妙珍道："这不过是我一时要救祖母如此，岂是邀名？"城中乡宦举监生员财主都要求他作妻作媳，他道："我已许天为尼，报天之德。"都拒纸不应。林氏再三劝他，则道："嫁则不复能事祖母，况当日已立愿为尼，不可食言！"

从此又三年，林氏又病不能起，便溺俱撒在床上。他不顾秽污，日夜洗涤。林氏又道："我这三年，都是你割肝所留。但人没个不死的，就天恩不可再邀。你再莫起甚意了！"不数日身故。他悲哀擗踊，三日水浆也不入口。破产殡殓，亲营坟墓，结茅柴为庐，栖止墓上，朝夕进饮食、哭泣。庐止一扉，山多猛兽，皆环绕于外不入。三年，坟上生出黄白灵芝五株，又有白鹊在坟顶松树上结巢，远近都说他孝异。服满，因城中有一监生坚意求亲，遂落发出家无垢尼院，朝夕焚修，祈荐拔祖父母、父母。

不料这院主定慧是个有算计的人，平日惯会说骗哄人，这番把妙珍做个媒头，尝到人家说："我院里有一个孝女，不上二十岁，曾割肝救祖母，就是当日观音菩萨剜眼断手，救妙庄王一般，真是如今活佛！若人肯供养他，供养佛一般。"哄得这些内眷，也有瞒着丈夫公婆，布施银钱的，米谷的，布帛的，他都收来入己。又哄人来拜活佛，聚集这些村姑老媪，念佛做会，不论年大的小的，都称妙珍做佛爷跪拜。妙珍也自觉酬应不堪，又细看这干人，内中有几个老的，口里念佛得几声，却就扳亲叙眷，彼此互问住居，问儿女，也有自夸儿女好的，也有诉说儿女贫寒，或是不肖，或是媳妇不贤。有几个年少的，佛也不念，或是铺排自己会当家，丈夫听教训，或是诉说丈夫好酒好色，不会做家，自家甘贫受苦，或又怨的是公姑琐屑，妯娌嫉忌，叔姑骄纵。更有没要紧的，且讲甚首饰时样带来好看，衣服如今仔么制度才好，甚么颜色及时。你一丛，我一簇，倒也不是个念佛场，做了个讲谈所。甚至幡竿长、十八九岁大女子，不晓事三五岁小娃子，不知什么缘故，也拖带将来。又看那院主搬茶送水，遇着舍钱的，奶奶孺人口叫不绝，去奉承他，其余平常，也只意思交接，甚是炎凉态度。止只有一个清庵尼姑寂如，年纪四十模样，看他做人温雅，不妄言笑，只是念佛，或时把自己诵习的《心经》《金刚》等经与妙珍讲说，妙珍礼他为师兄，像个可与语的。妙珍就想道："我当日不要里递申举，正不肯借孝亲立名。如今为这些人尊礼，终是名心未断。况聚集这些人，无非讲是讲非，这不是作福是造孽了。岂可把一身与他作招头！"遂托说喧嚣，就避到清庵中。真好一个庵：

　　松桧阴阴静掩扉，一龛灯火夜来微。
　　禅心寂似澄波月，唯有疏钟出树飞。

妙珍看他房寮不惟清雅，又且深邃，一隙之地，布置委委曲曲，回廊夹道，洞门幽室，仓卒人也不能进来。这寂如当家，带着个女童，叫做圆明，在外边些，妙珍直在里边。妙珍止是早晚到佛前焚香，除三餐外，便独自个在房念佛诵经，甚喜得所。不知寂如这意也是不善，他虽不抄化，不聚众，却靠着附近一个静室内两和尚，师父叫做普通，徒弟叫做慧明，他时常赒给。相去不远，乘着黑夜过来，轮流歇宿。初时也怕妙珍来碍眼，因见他在无垢院时一毫闲事不管，又且施舍山积，道他身边必竟有物，若后日肯和同水蜜，他年纪小，是黄花女儿，尽可接脚，故此留他在庵。闲时说些道听途说的经典，道："这都是普通老爷讲的。这和尚极是真诚，博通经典，城中仕宦奶奶、小姐没个不拜他为师，求他取法名讲解。近在这厢，师弟也该随喜一随喜。还有一个慧都讲，一发声音响亮，大有悟头。"妙珍也只唯唯。他见入不得凿，道："且慢着！这些贼秃有些眼睛里安不得垃圾。见了我，丢了徒弟；若见了他，一定要丢了我，引上了他，倒把一个精精壮壮的好徒弟与他，岂不抢了我的快活？如今只把来嗅这个两个秃驴，等他破费两个银子。"他自仍旧与这两个和尚往还，赞这妙珍标致，打动他不题。

一日，寂如因与慧明有约，先睡一睡，打熬精神。圆明厨下烧火，妙珍出来佛前烧晚香，只听得门外连弹三弹，妙珍不知其意。住一会，又听响弹三弹。妙珍只得去开门，外边道："怎要我立这半日？"略开得一路门，那人从门缝里递进一锡罐，热气腾腾，道："你接去，我打酒就来。"妙珍接了，打一张时，背影却是个和尚，吃了一惊。看罐中，是一罐烂熄狗肉。他也就拿来安在地上，往房中便跑。须臾，慧明打了酒走来，随手拴门，看见锡罐，道："丢在地上，岂不冷了？"一齐拿着，竟进房中。寂如只道是圆明放的，也不问他，悄悄的吃了酒肉，两个仍旧行事。只是妙珍倒耽了一夜干系，怕僧尼两人知道露机，或来谋害，或图污浼，理也有之。喜得天明，想道："这尼姑，我道他稳重，是个好人，不期做出这样事！我若在此，设或事露，难分皂白，不若去了。"就略捡了些自己衣物，托言要访定慧，离了庵中。结庵在祖母坟侧，每日拾些松枝，寻些野菜度日。又喜得种他田的租户，怜他是个孝女，也不敢赖他的。定慧、寂如再三来邀，他道："二位布施来的，我坐享于心不安。"不肯去。

自此之后，不半年，定慧因一个于一娘私自将丈夫的钱米出来做佛会，被丈夫知觉，赶来院中骂了一场。又听两个光棍拨置，到县中首他创做白莲佛会，夜聚晓散，男女混杂，被县里拿出打了十五，驱逐出院。又两年，寂如因与圆明争风，将圆明毒打几次，背他将私通和尚事说与娘家，娘家就会同里递密来伺候。一日，慧明进去，正在房中云雨，圆明悄悄放了众人，把来拿了。慧明苦要收拾，普通醋他与寂如过得绸缪，不肯出钱。送到县去，各打二十，双连枷整整枷了两月，俱发还俗。人见妙珍在两处都不肯安身，莫不称赞他有先见之明。从此又十余年，只见妙珍遍辞亲邻，谢他平日看顾。回到草舍中，跏趺而坐，其气虽绝，颜色如生。正是：

幻躯不可久，真性永不磨。

超然去尘寰，趺坐灵山阿。

众人看的,无不称异,就把他草舍为龛,一把火焚化。火光之中,放出舍利如雨,有百许颗。众人将来置在瓶中，仍将他田产卖来建塔于上。人至今称孝女冢，又称神尼塔。

总之，千经万典，孝义为先，人能真实孝亲，岂不成佛作祖？若舍在家父母不能供养，纵使日日看经，朝朝理忏，恐阿鼻地狱正为是人而设，岂不丈夫反出女子之下！

雨侯曰:杭有曹处女,四十不嫁,以养母。及元末兵乱,闭户不食而死,可以相埒。簪笄中何多丈夫也!

又曰:卓老道:“四字之匾，不知名士四句之诗。”但四句诗如何描写得一生曲尽？此篇叙其刚决明知，死之如生，真可廉顽起懦矣！若然又何必旌表哉！呜呼妙珍，千古不死！

小 叙

丈夫与阉媚也，无宁卤莽，盖中无大学识，稍一沾恋，不免误入他支。使耿埴不断，安知爱欲日深；身为情使，刃淫之刃，不转为淫用乎？人且谓其不绝之而必刃之为忍；不认于未成狱之时，认于既成狱之后，亦为怯。噫！何其绳人无已也！

翠娱阁主人

第五回　淫妇背夫遭诛　侠士蒙恩得宥

鱼肠剑，抟风利，华阴土栻光芒起。匣中时吼蛟龙声，要与世间除不义！嗤彼薄情娘，不惜青琐香。吠厖撼帨不知耻，恩情忍把结发忘。不平暗触双眉竖，数点娇红落如雨。朱颜瞬息血模糊，断头聊雪胸中怒。无辜叹息罹飞灾，三木囊头实可哀。杀人竟令人代死，天理于今安在哉！长跪诉衷曲，延颈俟诛戮。节侠终令圣主怜，声名奕奕犹堪录。

昔日沈亚之作《冯燕歌》，这冯燕是唐时渔阳人，他曾与一个渔阳牙将张婴妻私通，一日两下正在那边苟合，适值张婴回家，冯燕慌忙走起，躲在床后，不觉把头上巾帻落在床中。不知这张婴是个酒徒，此时已吃得烂醉，扯着张椅儿鼾鼾睡去，不曾看见。冯燕却怕他醒时见了巾帻，有累妇人，不敢做声，只把手去指，叫妇人取巾帻。不期妇人差会了意，把床头一把佩刀递来。冯燕见了，怒从心起，道："天下有这等恶妇，怎么一个结发夫妇，一毫情义也没，倒要我杀他？我且先开除这淫妇！"手起刀落，把妇人砍死，只见鲜血迸流，张婴尚自醉着不知，冯燕自取了巾帻去了。直到五鼓，张婴醉醒讨茶吃，再唤不应。到天明一看，一团血污，其妻已被人杀死。忙到街坊上叫道："夜间不知谁人将我妻杀死？"只见这邻里道："你家妻子你不知道，却向谁叫？"张婴道："我昨夜醉了一夜，那里知得？"邻里道："这也是好笑，难道同在一房，人都杀死了，还不醒的？分明是你杀了，却要赖人！"一齐将他缚了，解与范阳贾节度。节度见是人命重情，况且凶犯模糊未的，转发节度推官审勘。一夹一打，张婴只得招了。冯燕知，道："有这等糊涂官，怎我杀了人，却叫张婴偿命？是那淫妇教我杀张婴，我前日不杀得他，今日又把他偿命，端然是杀他了！便自向贾节度处出首。贾节度道："好一个汉子，这等直气！"一面放了张婴，一面上一个本道："冯燕奋义杀人，除无情之淫蠹，挺身认死，救不白之张婴。乞圣恩赦宥。"果然唐主赦了。当时沈亚之作歌，咏他奇侠。后人都道范阳燕地，人性悻直；又道唐时去古未远，风俗朴厚，常有这等人。不知在我朝也有。

话说永乐时有一人，姓耿名埴，宛平县人，年纪不多，二十余岁，父母早亡，生来性地聪明，意气刚直，又且风流倜傥。他父亲原充锦衣卫校尉，后边父死了，他接了役缉事，心儿灵，眼儿快，惯会拿贼。一日在棋盘街见一个汉子打个小厮，下老实打，那小厮把个山西客人靴子紧紧捧定，叫："救命！"这客人也苦苦去劝他，正劝得开，汉子先去，这小厮也待走，耿埴道："小子且慢着！"一把扯住，叫："客官，你靴桶里没甚物么？"客人去摸时，便喊道："咱靴桶里没了二十两银子！"耿埴道："莫慌，只问这小厮要！"一搜，却在小厮身边搜出来。这是那汉子见这客人买货时，把银子放在靴内，故设此局，不料被他看破送官。又一日，在玉河桥十王府前，见一个人喊叫道："抢去一个貂鼠胡帽！"在那两头张望。问他："是甚人？"道："不见有人。"耿埴见远远一个人，顶着一个大栲栳走，他便赶上去道："你栲栳里甚物儿？"那人道："是米。”被耿埴夺下来，却是个四五岁小厮坐在里边，胡帽藏在身下。还有一个光棍，装做书办模样，在顺城直象房边，见一个花子，有五十多岁，且是吃得肥胖。那光棍见了，一把捧住，哭道：“我的爷！我再寻你不着，怎在这里？”那花子不知何故，心里道：“且将错就错，也吃些快活茶饭，省得终日去伸手。”随到家里，家里都叫他是“老爷爷”，浑身都与换了衣服，好酒好食待他。过了五六日，光棍道：“今日工部大堂，叫咱买三五百两尺头，老爷爷便同去一去。”悔气，才出得门，恰撞了耿埴。耿埴眼清，道：“这是个花子，怎这样打扮？毕竟有些怪！”远远随他，往前门上一个大缎铺内走进去。耿埴也做去扯两尺零绢儿。这件不好，那件不好，歪缠，冷眼瞧那人，一单开了二三百尺头，两个小厮，一个驼着挂箱，一个钳了拜匣。先在拜匣里拿出一封十两雪白锭银做样，把店家帐略略更改了些，道：“银子留在这边，咱老爷爷瞧着，尺头每样拿几件去瞧一瞧，中意了便好兑银。”两个小厮便将拜匣、挂箱放在柜上，各人捧了二三十四尺头待走。耿埴向前“咄”的一声，道：“花子！你那里来钱，也与咱瞧一瞧！”一个小厮早捧了缎去了。这书办也待要走时，那花子急了，道：“儿！这是工部大堂着买缎子的官银，便与他瞧！”那书办道：“这直到工部大堂上才开，谁人敢动一动儿？叫他有胆力拿去！”正争时，这小厮脸都失色，急急也要跑。耿埴道：“去不得！你待把花子作当，赚他缎子去么？”店主人听了这话，也便瞧头，留住不放。耿埴道：“有众人在此，我便开看不妨。”打开匣子，里边二十封，封封都是石块。大家哄了一声，道：“真神道！”那花子才知道，认爷都是假的，倒被那光棍先拿去二十多匹尺头，其余都不曾赚得去。人见他了得，起了他个绰号，都叫他做“三只眼耿埴”。这都是耿埴伶俐处。不知伶俐人也便有伶俐事做出来，不题。

且说崇文门城墙下玄宁观前，有一个董秃子，叫名董文，是个户部长班。他生得秃颈黄须，声哑身小，做人极好，不诈人钱。只是好酒，每晚定要在外边噇几碗酒，归家糊糊涂涂，一觉直睡到天亮。娶得一个妻子邓氏，生得苗条身材，瓜子面庞，柳叶眉，樱珠口，光溜溜一双眼睛，直条条一个鼻子，手如玉笋乍茁新芽，脚是金莲飞来窄瓣，说不得似飞燕轻盈，玉环丰腻，却也有八九分人物。那董文待他极其奉承，日间遇着在家，搬汤送水，做茶煮饭；晚间便去铺床叠被，扇枕捶腰。若道一声要甚吃，便没钱，典当也要买与他吃；若道一声那厢去，便脚瘤，死挣也要前去，只求他一个欢喜脸儿。只是年纪大了妇人十多岁，三十余了，“酒”字紧了些，“酒”字下便懈了些。尝时邓氏去撩拨他，他道："罢，嫂子，今日我跟官辛苦哩！"邓氏道："咱便不跟官！"或是道："明日要起早哩，怕失了晓。"邓氏道："天光亮咱叫你！"没奈何应卯的时节多，推辞躲闪也不少。邓氏好不气苦。

一日回家，姐妹们会着，邓氏告诉董文只噇酒，一觉只是睡到天亮。大姐道："这等苦了妹儿，岂不蹉跎了少年的快活？"二姐道："不老实捶他两拳，怕他不醒！"邓氏道："捶醒他，又撒懒溜痴不肯来。"大姐道："只要问他，讨咱们做甚来？咱们送他下乡去罢！"二姐道："他捶不起，咱们捶得起来。要送老子下乡，他也不肯去，条直招个帮的罢！"邓氏道："他好不装膀儿，要做汉子哩，怎么肯做这事？"大姐道："他要做汉子，怎不夜间也做一做？他不肯明招，你却暗招罢了。"邓氏道："仔么招的来？姐，没奈何，你替妹妹招一个。"二姐笑道："姐招姐自要，有的让你？老实说，教与你题目，你自去做罢！"邓氏也便留心，只是邻近不多几家，有几个后生，都是担葱卖菜，不成人的。家里一个挑水的老白，年纪有四十来岁，不堪作养，正在那厢寻人。

巧巧儿锦衣卫差耿埴去崇文税课司讨关，往城下过，因在城下女墙里解手，正值邓氏在门前闲看，忽见女墙上一影，却是一个人跳过去。仔细一看，生得雪团白一个面皮，眉清目朗，须影没半根；又标致，又青年，已是中意了。不知京里风俗，只爱新，不惜钱，比如冬天做就一身崭新绸绫衣服，到夏天典了，又去做纱罗的；到冬不去取赎，又做新的，故此常是一身新。只见他掀起一领玄色绢道袍子，里面便是白绫袄，白绫裤，华华丽丽，又是可爱。及至蹲在地上时又露出一件又长又大好本钱，妇人看了，不觉笑了一声，将手上两个戒指把袖中红绸汗巾裹了，向耿埴头上"朴"地打去，把耿埴绒帽打了一个凹。耿埴道："瞎了眼！甚黄黄打在人头上？"抬起头一看，却是个标致妇人，还掩着口在门边笑。耿埴一见，气都没了，忙起身拴了裤带，拾了汗巾，打开，却是两个戒指。耿埴道："噫！这妇人看上咱哩！"复看那妇人，还闪在那边张耿埴。耿埴看看四下无人，就将袖里一个银挑牙连着筒儿把白绸汗巾包了，也打到妇人身边，那妇人也笑吟吟收了。你看我，我看你，看了一会。正如肚饿人看着别人吃酒饭，看得清，一时到不得口。这边耿埴官差不能久滞，只索身去心留；这边邓氏也便以目送之，把一个伶俐的耿埴，摄得他魂不附体。一路便去打听，却是个良家妇人，丈夫做长班的。他道："既是良家，不可造次进去。"因想了一夜，道："我且明日做送戒指去，看他怎生？"那边邓氏见他丢挑牙来，知是有意，但不知是那里人，姓甚名谁。晚间只得心里想着耿埴，身子搂着董文，云雨一场，略解渴想。早间送了董文出去，绝早梳头，就倚着门前张望。只见远远一个人来，好似昨日少年，正在那厢望他。只见人径闯进来，邓氏忙缩在布帘内，道："是谁？"帘子影出半个身子来，果是打扮得齐整：

眼溜半江秋水，眉舒一点巫峰。蝉鬓微露影，已觉香风飞送。　帘映五枝寒玉，鞋呈一簇新红。何须全体见芳容，早把人心牵动。

他轻开檀口道："你老人家有甚见教？"耿埴便戏了脸，捱近帘边，道："昨日承奶奶赐咱表记，今日特来谢奶奶。"脚儿趄趄，便往里边跨来。邓氏道："哥！不要啰唣，怕外厢有人瞧见。"这明递春与耿埴，道内里没人。耿埴道："这等咱替奶奶拴了门来！"邓氏道："哥！不要歪缠。"耿埴已为他将门掩上，复进帘边。邓氏将身一闪，耿埴狠抢进来，一把抱住，亲过嘴去。邓氏道："定要咱叫唤起来！"口里是这样讲，又早被耿埴把舌尖塞住嘴了。正伸手扯他小衣，忽听得推门响，耿埴急寻后路。邓氏道："哥莫忙，是老白挑水来，你且到房里去！"便把耿埴领进房中。却也好个房，上边顶格，侧边泥壁，都用绵纸糊得雪白的。内中一张凉床，一张桌儿，摆列些茶壶茶杯。送了他进房，却去放老白。老白道："整整等了半日，压得肩上生疼！"邓氏道："起得早些，又睡一睡，便睡熟了。"又道："老白，今日水够了，你明日挑罢。"打发了，依旧拴了门进来，道："哥，恁点点胆儿，要来偷婆娘？"耿埴道："怕一时间藏不去，带累奶奶。"便一把抱住，替他解衣服。邓氏任他解，口里道："咱那烂驴蹄早间去，直待晚才回，亲戚们咱也不大往来，便邻舍们都隔远，不管闲事。哥要来只管来，就是他来，这灶前有一个空米桶，房里床下尽宽，这酒糊涂料不疑心着我。"一边说时，两个都已宽衣解带，双双到炕儿上恣意欢娱。但见：

一个仰观天，一个俯察地。一个轻骞玉腿，一个款搂柳腰。一个笑孜孜猛然独进，恰似玉笋穿泥；一个战抖抖高举双鸳，好似金莲泛水。一个凭着坚刚意气，意待要直捣长驱；一个旷荡情怀，那怕你翻江搅海。正是：战酣红日随戈转，兴尽轻云带雨来。

两个你贪我爱，整整顽够两个时辰。邓氏道："哥！不知道你有这样又长又大又硬的本钱，又有这等长久气力，当日嫁得哥，也早有几年快活！咱家忘八道着力奉承咱，可有哥一毫光景么？哥不嫌妹子丑，可常到这里来。他是早去了，定到晚些来的。"两个儿甚是惓惓不舍。耿埴也约他偷空必来，以后耿埴事也懒去缉，日日到锦衣卫走了一次，便到董文家来。邓氏终日问董文要钱买肉、买鸡、果子、黄酒吃，却是将来与耿埴同吃。耿埴也时常做东道，尝教他留些酒肴请董文，道："不要睬他，有的多把与狗吃！"

一日晚了，正送耿埴出门，不曾开闩，只听得董文怪唱来了。耿埴道："那里躲？"邓氏道："莫忙！只站在门背后是哩。"说话不曾了，董文已是打门。邓氏道："汗邪哩！这等怪叫唤！"开门只见董文手里拿着一盏两个钱买的茄桔灯笼进来。邓氏怕照见耿埴，接来往地下一丢，道："日日夜夜晚才来，破费两个钱，留在家买菜不得！"又把董文往里一推，道："拿灯来，照咱闩门！"推得董文这醉汉，东磕了脸，西磕了脚，叫唤进去。拿得灯来，耿埴已自出门去，邓氏已把门闩了。耿埴躲在檐下，听他还忘八长忘八短。"以后随你卧街倒巷，不许夜来惊动咱哩，要咱关门闭户。"董文道："嫂子，可怜咱是个官身，脱得空，一定早早回来。"千陪不是，万陪不是，还骂个不了。第二日耿埴又去，邓氏忙迎着道："哥！不吃惊么？咱的计策好么？"耿埴道："嫂子，他是在官的人，也是没奈何，将就些吧。"邓氏道："他不伏侍老娘，倒要老娘伏侍他么？吃了一包子酒，死人般睡在身边，厌剌剌看他不上眼。好歹与哥计较，闪了他，与哥别处去过活罢！"耿埴道："罢，嫂子，怎丢了窠坐儿别处去？他不来管咱们，便且胡乱着。"邓氏道："管是料不敢管，咱只是懒待与他合伙。"从此，任董文千方百计奉承，只是不睬，还饶得些嚷骂。一日与耿埴吃酒，撒娇撒痴的一把搂住，道："可意哥！咱委实喜欢你，真意要随着你，图个长久快乐。只吃这攮刀的碍手碍脚，怎生设一计儿了了他，才得个干净。"逼着耿埴定计。耿埴也便假装痴，道："你妇人家不晓事，一个人怎么就害得他？"这妇人便不慌不忙，设出两条计来，要耿埴去行，道："哥！这有何难？或是买些毒药放在饮食里面，药杀了他，他须没个亲人，料没甚大官司。再不或是哥拿着强盗，教人扳他，一下狱时摆布杀他，一发死得干干净净。要钱咱还拿出钱来使，然后老娘才脱了个董字儿，与你做一个成双捉对。哥！你道好么？"那知这耿埴心里拂然起来，想道："怎奸了他妻子又害他？"便有个不爽快之色，不大答应。

不期这日董文衙门没事，只在外吃了个醉，早早回来。邓氏道："哥，今还不曾替哥耍，且桶里躲着。"耿埴躲了。只听得董文醉得似杀不倒鹅一般，道："嫂子，吃晚饭也未？"邓氏道："天光亮亮的吃饭？"董文道："等待咱打酒请嫂子。"邓氏道："不要吃，不要你扯寡淡！"只见耿埴在桶闷得慌，轻轻把桶盖顶一顶起，那董文虽是醉眼，早已看见，道："活作怪！怎么米桶的盖会这等动起来？"便蹱蹱动要来掀看。耿埴听了，惊个小死。邓氏也有些着忙，道："花眼哩！是籴得米多，蚊虫拱起来。噇醉了，去挺尸罢，休在这里怪惊怪唤的蒿恼老娘！"董文也便不去掀桶看，道："咱去，咱去！不敢拗嫂子。"跳跳蹱蹱，自进房去。喜是一上床，便雷也似打鼾。邓氏忙把桶盖来揭，道："哥闷坏了！"耿埴道："这几乎吓死！"一跨出桶来，便要去。邓氏道："哥，还未曾替哥要哩，怎就去？"两个就在凳儿上，做了个骑龙点穴势，要够一个时辰，邓氏轻轻开门放了，道："哥，明日千定要来！"只是耿埴心里不然，道："董文歹不中也是结发夫妻，又百依百随，便吃两钟酒也不碍，怎这等奚落他？明日咱去劝他，毕竟要他夫妻和睦才是。"尝时劝他，邓氏道："哥，他也原没甚不好，只是咱心里不大喜他。"

一日耿埴去，邓氏欢天喜地道："咱与你来往了几时，从不曾痛快睡得一夜。今日攮刀的道：'明日他的官转了员外，五鼓去伏侍到任。'我道：'夜间我懒得开门，你自别处去歇。'挪了他去，咱两个儿且快活一夜！"两个打了些酒儿，在房里你一口，我一口，吃了爽利。到得上灯，只听得董文来叫门，两个忙把酒肴收去。邓氏去开门，便嚷道："你道不回了，咱闭好了门，正待睡个安耽觉儿，又来鸟叫唤！"董文道："咱怕你独自个宿寒冷，回来陪你。"径往里边来，耿埴听了，记得前日桶里闷得慌，径往床下一躲。只见进得房来。邓氏又嚷道，叫你不要回，偏要回来。如今门是咱开了，谁为你冷冰冰夜里起来关门？"董文道："嫂子，咱记念你，家来是好事。夜间冷，咱自靠一靠门去吧，嫂子不要恼。"邓氏道："咱不起来。"还把一床被自己滚在身，道："你自去睡，不要在咱被里钻进钻出，冻了咱！"董文只得在脚后和衣自睡，倒也睡得着。苦是一个邓氏，有了汉子，不得在身边，翻来覆去，不得成梦，只啯啯哝哝，把丈夫出气。更苦是一个耿埴，一个在床上，一个在床下，远隔似天样，下边又冷飕飕起来，冻得要抖，却又怕上边知觉，动也不敢动，声也不敢做。捱到三更，邓氏把董文踢两脚，道："天亮了，快去！"董文失惊里跳起来，便去煤炉里取了火，砂锅里烧了些脸水，煮了些饭，安排些菜蔬，自己梳洗了，吃了饭，道："嫂子，咱去，你吃的早饭咱已整治下了，没事便晚起来些。"邓氏道："去便去，只恁琐碎，把人睡头搅醒了！"董文便轻轻把房门拽上，一路把门靠了出去。耿埴冻闷了半夜，才得爬出床来。邓氏又道："哥冻坏了，快来趁咱热被！"耿埴也便脱衣，跳上床来。忽听外边推门响，耿埴道："想忘了甚物，又来也。"仍旧钻入床下。董文一路进门来，邓氏道："是谁？"董文道："是咱。适才忘替嫂子摁摁肩，盖些衣服，放帐子，故此又来。"邓氏嚷道："扯鸟淡！教咱只道是贼，吓得一跳，怪攮刀子的！"董文听了，不敢做声，依旧靠门去了。可是：

意厚衾疑薄，情深语自重。
谁知不贤妇，心向别人浓！

这边耿埴一时恼起，道："有这等怪妇人！平日要摆布杀丈夫，我屡屡劝阻不行，至今毫不知悔。再要何等一个恩爱丈夫，他竟只是嚷骂。这真是不义的淫妇了，要他何用！当时见床上挂着一把解手刀，便掣在手，要杀邓氏。邓氏不知道，正揭起了被，道："哥快来，天冷冻坏了！"那耿埴并不听他，把刀在他喉下一勒，只听得跌上几跌，鲜血迸流。可怜：

情衰结发恋私夫，谬谓恩情永不殊。
谁料不平挑壮士，身餐一剑血模糊！

若论前船就是后船眼，他今日薄董文，就是后日薄耿埴的样子。只是与他断绝往来也够了，但耿埴是个一勇之夫，只见目前的不义，便不顾平日的恩情，把一个惜玉怜香的情郎，换做了杀人不眨眼的侠士，那惜手刃一妇人，以舒不平之气！此时耿埴见妇人气绝，也不惊忙，也不顾虑，将刀藏在床边门槛下，就一径走了出门来，人都不觉。悔气是这白老儿，挑了担水，推门直走进里边，并不见人。他倾了水，道："难道董大嫂还未起来？若是叫不应，停会不见甚物事，只说咱老白不老实。叫应了去！"连叫几声，只是不应，还肩着这两个桶在房门叫，又不见应。只得歇下了，走进房中，看见血淋淋的妇人死在床上，惊得魂不附体。急走出门，叫道："董家杀了人！"只见这些邻舍一齐赶来，道："是甚么人杀的？"老白道："不知道，咱挑水来，叫不人应，看时，已是杀死了！"众人道："岂有此理！这一定是你杀的了！"老白道："我与他有甚冤仇来？"众人一边把老白留住，一边去叫董文。董文道："我五鼓出去，谁人来杀他？这便是你挑水进去，见他孤身，非奸即盗，故此将人杀了！"一齐拥住老白，道："讲得有理，有理！且到官再处。"一直到南城御史衙门来。免不得投文唱名，跪在丹墀，听候审理。那御史道："原告是董文，叫董文上来！你怎么说？"董文道："小的户部浙江司于爷长班，家里只有夫妻两口，并无别人。今早五鼓伏侍于爷上任，小的妻子邓氏好好睡在床里。早饭时，忽然小的挑水的白大挑水到家来，向四邻叫唤道：小的妻子被杀。众邻人道：小的去后，并无人到家，只有白大，这明明是白大欺妻子孤身，辄起不良之心，不知怎么杀了。只求青天老爷电察！”这御史就叫紧邻上来，问道：“董文做人可凶暴么？他夫妻平日也和睦么？”众人答应道：“董文极是本分的，夫妻极过得和睦。”御史又道：“他妻子平日可与人有奸么？他家还有甚人时常来往么？”众人道：“并没有。”御史道：“可有姿色么？”众人道：“人极标致的。”御史叫：“带着，随我相验！”果然打了轿，众人相随，抬到城下。看时，果然这妇人生得标致，赤着身体，还是被儿罩着的。揭开上半截，看项下，果是刀伤。御史便叫：“白大！你水挑在那边？”白大道：“挑在灶前。”御史便叫：“带起回衙门审。”一到衙门，叫：“董文你莫不与邓氏有甚口舌，杀了他，反卸与人？”董文道：“爷爷！小的妻子，平日骂也不敢骂他一声，敢去杀他？实是小的出门时，好好睡在床上，怎么不多时就把他杀死了？爷爷可怜见！”御史道：“你出去时节，还是你锁的门，妇人闩的门？”董文道：“是小的靠的门，推得进去的。”御史便叫：“白大！你挑水去时，开的门？关的门？”白大道：“是掩上的。”御史道：“你挑水到他灶前，缘何知他房里杀了人？”白大道：“小的连叫几声不应，待要走时，又恐不见了物件，疑是小的。到房门口寻个人闩门，只见人已杀死。小的怎么敢去行凶？”御史“咄”的一声道：“胡说！他家有人没人，干你甚事，要你去寻？这一定你平日贪他姿色，这日乘他未起，家中无人，希图强奸，这妇人不从，以致杀害，还要将花言巧语来抵赖。夹起来！”初时老白不招，一连两夹棍，只得认了，道：“图奸不遂，以致杀死。”做一个“强奸杀死人命”，参送刑部。发山西司成招，也只仍旧。追他凶器，道：“是本家厨刀所杀。”取来封贮了。书一个审单。道：

审得白大以卖水之佣，作贪花之想。乘董文之他出，瞯邓氏之未起，图奸不遂，凶念顿生；遂使红颜，碎兹白刃。惊四邻而祈嫁祸，其将能乎？以一死而谢贞姬，莫可逭也。强奸杀人，大辟何辞！监候具题处决。

呈堂奏请，不一日奉旨处决。免不得点了监斩官，写了犯由牌。监里取出老白花绑了，一簇押赴市曹，闹动了三街六市纷纷，也有替邓氏称说贞节以致丧命的，也有道白大贪色自害的。那白大的妻子一路哭向白大道：“你在家也懒干这营生，怎想这天鹅肉吃？害了这命！”那白大只是流泪，也说不出一句话儿。

单是耿埴听得这日杀老白，心上便忿激起来，想道：“今日法场上的白大，明明是老耿的替身。我们做好汉的，为何自己杀人，要别人去偿命？况且那日一时不平之气，手刃妇女是我，今日杀这老白，又是替我，倒因我一个人，杀了两个人。今日阳间躲得过，阴间也饶不过！做汉子的人，怎么爱惜这颗头颅，做这样缩头的事？”就赶到法场上来，正值老白押到，两个刽子手按住，只要等时辰到了。周围也都是军兵围住，耿埴就人背后平空一声“屈”叫起来，监斩官叫“拿了”，问时，他道：“小人耿埴，向与董文妻通奸，那日躲在他家，见董文极其恩爱，邓氏恣情凌辱，小人忿他不义，将刀杀死。刀现藏董文房中床边槛下。小人杀人，小人情愿认罪典刑，小人自应抵命，求老爷释放白大。”监斩官道：“这定是真情了，也须候旨定夺。”将两人一齐监候。本日撤了法场，备述口词，具本申请。正是：

是是非非未易论，笑他廷尉号无冤。
饴甘一死偿红粉，肯令无辜泣九原。

此时永乐爷砺精求治，批本道：“白大既无杀人情踪，准与释放。耿埴杀一不义，生一不辜，亦饶死。原问官谳狱不详，着革职。钦此。”此时满京城才知道白大是个老实人，遭了屈官司；邓氏是个不长进淫妇，也该杀的；耿埴是个汉子。若不是他自首，一个白大，莫说人道他强奸杀人，连妻子也信他不过；一个邓氏，莫说丈夫道他贞节，连满京人也信他贞节。只是这耿埴得蒙圣恩免死，自又未曾娶妻。他道：“只今日我与老白一件事，世上的是非无定，也不过如此了。人生的生死无常，也不过如此了。今日我活得一日，都是圣恩留我一日，为何还向是非生死场中去混帐？”便削了发为僧。把向来攒的家私约有百余金，将一半赠与董文，助他娶亲；一半赠与白大，谢他受累。就在西山出家，法名智果。其时京城这些风太监，有送他衣服的，助道粮的，起造精舍的。他在西山住了三年，后来道：“近着京师，受人供养，不是个修行的。”转入五台山，粗衣淡食，朝夕念佛。人与他谈些佛法，也能领悟。到八十二岁，忽然别了合寺僧行，趺坐禅床，说偈道：

生平问我修持，一味直肠直肚，
养成无垢灵明，早证西方净土。

言讫合掌而逝，盖已成正果云。

剑诛无义心何直，金赠恩人利自轻。
放下屠刀成正觉，何须念佛想无生。

雨侯曰：弃家鸡羡野鹜，淫妇类然。安得耿埴者，尽刃此不义妇，庶几令淫风少息！

小　引

尝观事当轇輵之际，偏束能人之手，而不惊愚夫妇之心，能人死生利害大明也。若夫愚夫妇，则直行其是而已。故如贵梅欲激亢以全其节，而孝不成；欲委阿以全其孝，而节不完，唯是一死而局已竟。不必著洁于一时，不必显名于千秋。使道学者处死，曰："汶汶一死，何以表我孝？"嗟嗟！似此便死不成。是故予尝曰："真愚妇胜假道学。"

翠娱阁主人书

第六回　完令节冰心独抱　全姑丑冷韵千秋

独耸高枝耐岁寒，不教蜂蝶浪摧残。
风霜苦涴如冰质，烟雾难侵不改肝。
丽色莹莹缕片玉，清香冉冉屑旃檀。
仙姿岂作人间玩，终向罗浮第一磐。

五伦之中，父子、兄弟都是天生的，夫妇、姑媳、君臣、朋友都是后来人合的。合的易离，但君臣不合，可以隐在林下；朋友不合，可以缄口自全；只有姑媳、夫妻，如何离得？况夫妻之间一时反目，还也想一时恩爱。到了姑媳，须不是自己肚里生的，或者自家制不落不肖儿，反道他不行劝谏；儿子自不做家，反道他不肯帮扶；还有妯娌相形，嫌贫重富；姑叔憎恶，护亲远疏；婢妾挑逗，偏听信谗；起初不过纤毫的孔隙，到后有了成心，任你百般承顺，只是不中意，以大凌小，这便是媳妇的苦了。在那媳妇也有不好的，或是倚父兄的势，作丈夫的娇；也有结连妯娌、婢仆，故意抗拒婆婆；也有窥他阴事，挟制公婆；背地饮食，不顾公姑；当面抵触，不惜体面。这便是婆婆口顽，媳妇耳顽，弄得连儿子也不得有孝顺的名，真是人家不愿有的事，却也是常有的事。倒宁可一死，既不失身，又能全孝，这便亘古难事。

这事出在池州贵池县。一个女子姓唐名贵梅，原是个儒家女子，父亲是个老教书，一向在外处个乡馆，自小儿教他读些甚《孝经》，看些《烈女传》，这贵梅也甚领意。不料到十二岁，母亲病死了。他父亲思量：“平日他在家，母子作伴。今日留他家中，在家孤恓。若在邻家来去，恐没有好样学，也不成体面。若我在家，须处不得馆。一时要纠合些邻舍子弟就学，如今有四五两馆。便人上央人，或出荐馆钱图得，如何急卒可有？若没了馆，不惟一身没人供给，没了这几两束修，连女儿也将甚养他？只除将来与人。我斯文之家，决无与人作婢妾之理；送与人作女儿，谁肯赔饭养他，后来又赔嫁送？只好作媳妇罢。”对媒婆说了，寻了几日，寻得个开歇客店的朱寡妇家有个儿子，叫做朱颜，年纪十四岁。唐学究看得这小官儿清秀，又急于要把女儿，也不论门风，也不细打听那寡妇做人何如，只收他两个手盒儿，将来送他过门。在家分付道：“我只为无极奈何，将你小小年纪与人作媳妇，你是乖觉的，切要听婆婆教训，不要惹他恼，使我也得放心。”送到他家，又向朱寡妇道：“小女是没娘女儿，不曾训教，年纪又小，千万亲母把作女儿看待。不要说老夫感戴，连老妻九泉之下也得放心。”送了自去处馆去了。只是这寡妇有些欠处，先前店中是丈夫支撑，他便躲在里面，只管些茶饭，并不见人。不期那丈夫病了弱病，不能管事，儿子又小，他只得出来承值，还识羞怕耻。到后边丈夫死了，要歇店，舍不得这股生意让人，家中又没甚过活，只得呈头露脸，出来见客。此时已三十模样，有那老成客人道：“是寡妇也避些嫌疑。”到那些少年轻薄的，不免把言语勾搭他，做出风月态度愰他。乍听得与乍见时，也有个嗔怪的意思。渐渐习熟，也便嗑牙撩嘴。人见他活动，一发来引惹他。他是少年情性，水性妇人，如何按捺得定？尝有一赋，叙他苦楚：

> 吁嗟伤哉！人皆欢然于聚首，綦我独罹夫睽乖。忆缱绻之伊始，矢胶漆之靡懈。银灯笑吹，罗衣羞解。衬霞颊兮芙蓉双红，染春山兮柳枝初黛。絮语勾郎怜，娇痴得郎爱。醉春风与秋月，何忧肠与愁债？乃竟霜空，折我雁行。悲逝波之难回，搴缌帏而痛伤。空房亦何寂，遗孤对相泣。角枕长兮谁同御，锦衾班而泪痕湿。人与梦而忽来，旋与觉而俱失。眷彼东家邻，荷戟交河滨，一朝罢征戍，杯酒还相亲。再阅绿窗女，良人远服贾。昨得寄来书，相逢在重午。彼有离兮终相契合，我相失兮凭谁重睹？秋风飒飒，流黄影摇。似伊人之去来，竟形影之谁招？朱颜借问为谁红，云散巫山鬓欲松。寥落打窗风雨夜，也应愁听五更钟。

想那寡妇怨花愁月，夜雨黄昏，好难消遣。欲待嫁人，怕人笑话，儿女夫妻，家事好过，怎不守寡？待要守寡，天长地久，怎生熬得？日间思量，不免在灵前诉愁说苦，痛哭一场。夜间思量起，也必竟捣枕槌床，咬牙切齿，翻来覆去，叹气流泪。

忽然是他缘凑，有个客人姓汪名洋号涵宇，是徽州府歙县人，家事最厚，常经商贵池地方，积年在朱家歇，却不曾与寡妇相见。这翻相见，见他生得济楚可爱，便也动心，特意买了些花粉、膝裤等物送他。已在前边客楼上住下，故意嫌人嘈杂，移在厢楼上，与寡妇楼相近，故意在那厢唱些私情的歌曲，希图动他。不料朱寡妇见他是个有钱的，年纪才近三十，也像个风月的，也有他心，眉来眼去，不止一日。一日，寡妇独坐在楼下，锁着自己一只鞋子，那汪涵宇瞍见，便一步跨进来，向寡妇肥叫一声道："亲娘！茶便讨碗吃。"那寡妇便笑吟吟道："茶不是这里讨的。"涵宇笑道："正要在宅上讨。"随即赶上前，将鞋子撮了一只，道："是甚缎子？待我拿一块来相送。"寡妇道："前日已收多礼，怎再要朝奉送？"涵宇道："亲娘高情，恨不得把身子都送在这里。"把手指来量一量，道："真三寸三分。"又在手上攧一攧，道："真好在手掌上撤。"寡妇怕有人来，外观不雅，就擘手来抢。涵宇早已藏入袖中，道："这是你与我的表记，怎又来抢？"把一个朱寡妇又羞又恼，那汪涵宇已自走出去了。走到楼上，把这鞋翻覆看了一会，道："好针线！好样式！"便随口嘲出个《驻云飞》道：

金剪携将，剪出春罗三寸长。艳色将人愰，巧手令人赏。嗏！何日得成双？鸳鸯两两。行雨行云，对浴清波上。沾惹金莲瓣里香。

把这曲轻轻在隔楼唱。那妇人上楼听见，道："嗅死这蛮子！"却也自己睡不成梦。到了五更，正待合眼，只听汪涵宇魇将起来，道："跌坏了！跌坏了！"却是他做梦来调这妇人，被他推了一跌，魇起来，两下真是眠思梦想。等不得天明，那汪涵宇到缎铺内买了一方蜜色彭缎，一方白光绢，又是些好绢线，用纸包了；还向宝笼上寻了两粒雪白滚圆、七八厘重的珠子二粒，并包了，藏入袖中；乘人空走入中堂。只见寡妇呆坐在那边，忽见汪涵宇走到面前，吃了一惊。汪涵宇便将缎、绢拿出来，道："昨日所许，今日特来送上。"寡妇故意眼也不看，手也不起，道："这断不敢领，不劳费心！"汪涵宇便戏着脸道："亲娘！这是我特意买来的。亲娘不收，叫我将与何人？将礼送人，殊无恶意。"寡妇道："这缎、绢决是不收的，只还我昨日鞋子，省拆了对。"汪涵宇道："成对不难，还是不还了！"把缎、绢丢在妇人身上。妇人此时心火已动，便将来缩在袖中，道："不还我，我着小妹在梁上扒过来偷！"汪涵宇道："承教，承教！"也不管妇人是有心说的，没心说的，他却认定真了。在房中仔细一看，他虽在厢楼上做房，后来又借他一间楼堆货，这楼却与妇人的房同梁合柱。三间生，这间在右首，架梁上是空的，可以扒得。他等不得到晚，潜到这房中，听妇人上了楼，儿子读晚书，妇人做针指，将及起更，儿子才睡，丫头小妹也睡了，妇人也吹了灯上床，半晌不见动静。他便轻轻的扒到梁上，身子又胖，捱了一会，浑身都是灰尘。正待溜下，却是小妹起来解手，又缩住了。又停半刻，一脚踹在厢上，才转身楼板上，身子重，把楼板振了一振，只听得那儿子在睡中惊醒，道："是甚么动？"妇人已心照，道："没甚动，想是猫跳。"汪涵宇只得把身子蹲在黑处，再不敢响。听他儿子似有鼾声，又挪两步。约莫到床边，那儿子又醒，道："恰似有人走！"妇人道："夜间房中有甚人走？"儿子道："怕是贼！"妇人道："没这等事！"那儿子便叫小妹点灯。汪涵宇听得，轻脚轻手缩回。比及叫得小妹梦中醒起来拨火点灯，汪涵宇已扒过去了。妇人起来，假意寻照，道："我料屋心里原何有贼，这等着神见鬼！若我也似你这等大惊小怪，可不连邻里也惊动？你寻这贼来！"儿子被骂得不做声，依旧吹灯睡了。妇人又道："安你在身边，揣揣耸耸，搅人困头，明日你自东边楼上去睡，我着小妹陪你，我独自清净些。"此时汪涵宇在间壁听得，事虽不成，晓得妇人已有心了。只是将到手又被惊散，好生不快活。捱到天明，甚是闷闷，走出去想道："这妇人平日好小便宜，今晚须寻甚送他，与他个甜头儿。"去换了一两金子，走到一个银店里去，要打两个钱半重的戒指儿，七钱一枝玉兰头古折簪子。夹了样金，在那厢看打。不料夜间不睡得，打了一个盹。银匠看了，又是异乡人，便弄手脚，空心簪子足足灌了一钱密陀僧。打完，连回残一称，道："准准的不缺一厘。"汪涵宇看了簪，甚是欢喜，接过等子来一称，一称多了三厘。汪涵宇便疑心道："式样不好，另打做荷花头罢。"银匠道："'成工不毁'，这样极时的！"汪涵宇定要打过："我自召工钱。"匠人道："要打明日来。"汪涵宇怕明日便出门不认货，就在他店中夹做两段，只见密陀僧都散将出来。汪涵宇便暴跳要送官，匠人道："是熯药。"汪涵宇道："难道熯药装在肚里的？"说不理过。走出两个邻舍来，做好做歹认赔。先扯到酒店吃三钟赔礼，一面设处银子。汪涵宇因没了晚间出手货，闷闷不悦；因等银子久坐，这两个邻舍自家要吃，把他灌上几钟，已是酩酊。

这边朱寡妇绝早起来，另铺了儿子床，小妹铺也移了。到晚，分付儿子就在那边读书，自在房中把床里收拾得洁净，被薰香了，只不听得汪朝奉来，斜坐灯前，心里好不热。须臾起更，喜得儿子、丫鬟睡了，还不见到，只得和衣睡了。直到二更，听得打门，是汪朝奉来，妇人叫小厮阿喜开门，起来摸得门开，撞了他一个"瓶口木香"，吐了满身；闯到床中，也不能上床，倒在地下；到得四更醒来，却睡在吐的中间，身子动惮不得，满身酒臭难闻，如何好去？那朱寡妇在床上眼也不合，那得人来？牙齿咬得龇龇响。天明小厮说起，那寡妇又恼又笑，恼的是贪杯误事，笑的是没福消受。那壁汪涵宇懊恼无及，托病酒预先将息。睡了半日，怕醉酒，一滴不吃。晚间换了一身齐整衣裳，袖了一锭十两重白银，正走过堆货楼上，只听得房门乱敲响，却是客伙内寻他往娼家去，只得复回来睡在床上，做梦中惊醒般道："多谢！身子不快，已早睡了。"再三推辞，只不开门，那人去了。折身起来，再到隔楼，轻轻扒将过去，悄悄摸到床前。妇人只做睡着，直待汪涵宇已脱了衣服钻入被来，轻轻道："甚人？好大胆！"汪涵宇也不回答，一把搂住。正是：

蛱蝶穿花，鸳鸯浴水。轻勾玉臂，软温温暖映心脾；缓接朱唇，清郁郁香流肺腑。一个重开肉食店，狠攀主顾肯令轻回？一个乍入锦香丛，得占高枝自然恣采。旧滋味今朝再接，一如久旱甘霖；新相思一笔都勾，好似干柴烈火。只是可惜贪却片时云雨意，坏教数载竹松心！

两个还怕儿子知觉，不敢畅意。到天明，仍旧扒了过去。似此夜去明来，三月有余，朱寡妇得他衣饰也不下百两。到临去时，也百般留恋，洒泪而别。约有三四个月便来。谁知汪涵宇回去，不防浑家去收拾他行囊，见了这只女鞋，道他在外嫖，将来砍得粉碎，大闹几场，不许出门。

朱寡妇守了半年，自古道"宁可没了有，不可有了没"。吃了这野食，破了这羞脸，便也忍耐不住，又寻了几个短主顾，邻舍已自知觉。那唐学究不知，把个女儿送入这龌龊人家。进门怜他没娘的女儿，也着实爱惜他，管他衣食，打扮一枝花一般。外边都道："朱寡妇有接脚的了！"那唐贵梅性格温柔，举止端雅，百说百随，极其孝顺。朱寡妇怎不喜他？后边也见寡妇有些脚蹋手歪，只做不晓，只做不见。寡妇情知理亏，又来收罗他，使不言语，并不把粗重用使他。屋后有一块空地，有一株古梅，并各色花，任他在里浇植闲玩。到了十六岁，两下都已长成，此时唐学究已殁，自接了几个亲眷，与他合卺，真好一对少年夫妻！

绿鬓妖娆女，朱颜俊逸郎。

池开双菡萏，波泛两鸳鸯。

两个做亲之后，绸缪恩爱，所不必言。

只是两三年前，朱寡妇因儿子碍眼，打发他在书馆中歇宿，家中事多不知。到如今因做亲在家，又值寡妇见儿子、媳妇做亲闹热，心里也热，时时做出妖娆态度，与客人磕牙撩嘴，甚是不堪。又道自己读书人家，母亲出头露面做歇家，也不雅。一日对母亲道："我想我亏母亲支撑，家事已饶裕了。但做这客店，服事也甚辛苦，不若歇了，叫阿喜开了别样店，省得母亲劳碌。"寡妇听了，拂然道："你这饶裕是那里来的？常言道：'捕生不如捕熟。'怎舍着这生意另寻？想是媳妇怕辛苦，立这主意。"那儿子只说声："不关事。"就歇了。自此寡妇便与贵梅做尽对头。厨灶上偏要贵梅去支撑，自坐在中堂与客人攀话，偏讨茶讨水，要贵梅送来；见有人躲避，便行叱骂。一日恰好在堂前，汪涵宇因歇了几年，托人经营，帐目不清，只得要来结帐，又值他孺人死了，没人阻拦，又到贵池。寡妇见了，满面堆下笑来，正在攀谈，贵梅拿茶出来与婆婆，见有人，便待缩脚。寡妇道："这是汪朝奉，便见何妨？做甚腔！"那汪涵宇抬头一看，这妇人呵：

眉弯新月，鬓绾新云。樱桃口半粒丹砂，瓠犀齿一行贝玉。铢衣怯重，亭亭一枝妖艳醉春风；桃靥笑开，盈盈两点秋波澄夜月。正是：当垆来卓女，解珮有湘灵。

那汪涵宇便起来一个深揖，头上直相到脚下。一双脚又小又直，比朱寡妇先时又好些。虽与寡妇对答，也没甚心想，仍旧把行李发在旧房，两个仍行旧法。

不期这日儿子也回来，夜间听得母亲房中似有人行动，仔细听去，又似絮絮说话，甚是疑惑。次早问小厮："昨日又到甚人？"道："是徽州汪朝奉。"问："在那厢下？"道："在厢楼上。"朱颜只做望他，竟上楼，已早饭时候，还睡了才起。就在楼上叙了些寒温，吃了杯茶，一眼睃去，他堆行李的楼，与母亲房止隔一板，就下了楼，又到自己楼上看，右首架梁上半边灰尘有寸许厚，半边似揩净的一般，一发是了。因说风沙大，要把楼上做顶格，母亲拗他不住，他把自己楼上与母亲楼上上边都幔了天花板，梁上下空处都把板镶住，把那母亲焦得没好气处，只来寻贵梅出气。贵梅并不对丈夫说，丈夫恼时，道："母子天性之恩，若彰扬，也伤你的体面。"但是客伙中见汪涵宇当日久占，也有原与朱寡妇好的，有没相干的，前日妒他，如今笑他，故意在朱颜面前点缀，又在外面播扬。朱颜他自负读书装好汉的，如何当得？又加读书辛苦，害成气怯，睡在楼上，听得母亲在下面与客人说笑，好生不忿。那寡妇见儿子走不起，便放心叫汪涵宇挖开板过来。病人没睡头，偏听得清，一气一个死，道："罢，罢！我便生在世间也无颜！"看看恹恹待尽，贵梅衣不解带，这等服事，日逐虽有药饵，却不道气真药假，到将死生一日，叫贵梅道："我病谅不能起，当初指望读书显祖荣妻，如今料不能了。只是你虽本分端重，在这里却没好样，没好事做出来，又无所出，与其日后出乖露丑，不若待我死后竟自出身。"又叹口气道："我在日尚不能管你们，死后还管得来？只是要为争气，勉守三年。"言罢泪如雨下。贵梅也垂泪道："官人，你自宽心将息，还有好日。脱或不好，我断不作失节妇人。"朱颜道："只怕说便容易。"正说，母亲过来。朱颜道："母亲，孩儿多分不济，是母亲生，为母亲死。只是孩儿死后，后嗣无人，母亲挣他做甚么？可把店关了，清闲度日。贵梅并无儿女，我死听他改嫁。"又对贵梅道："我死，母亲无人侍奉，你若念我恩情，出嫁去还作母子往来，不时看顾，便我九泉瞑目。"那寡妇听了，也滴了几点眼泪，道："还不妨，你好好将息。"到夜，又猛听得母亲房中笑了一声，便恨了几恨，一口痰塞，登时身死。可怜：

夜窗羞诵《凯风》篇，病结膏肓叹不痊。

梦断青云迷去路，空余红袖泣旻天！

此时几哭死了一个贵梅。那寡妇一边哭，一边去问汪涵宇借银子，买办衣衾、棺椁，希图绊住汪涵宇。

那汪涵宇得陇望蜀，慨然借出三十两与他使用；又时时用钱赏赐小厮阿喜、丫头小妹；又叫寡妇借丧事名色，把这些客人茶不成茶、饭不成饭，客人都到别处去了。他竟做了乔家主，公然与朱寡妇同坐吃酒。贵梅自守着孝堂哭哭啼啼，哪里来管他？只是汪涵宇常在孝堂边，张得贵梅满身缟素，越觉好看，好不垂涎。一日乘着醉对寡妇说："我有一事，求着你，你不要发恼。我家中已没了娘子，你如今媳妇也没了丈夫，若肯作成我，与我填房，我便顶作你儿子，养你的老何如？"寡妇道："他须还有亲戚，我怎好嫁他到异乡？"汪涵宇道："我便做个两头大，娶在这边。"只见寡妇笑道："若是这等，有了他须不要我。"汪涵宇道："怎敢忘旧！"寡妇道："这等先要起媒！"两个便滚到一处云雨，不题。

次日果然对贵梅道："媳妇，我想儿子死了，家下无人支撑，你又青年，不可辜负你。如今汪朝奉家中没了娘子，肯入赘在这里，倒也是桩美事。"贵梅听了，不觉垂泪道："媳妇曾对你孩儿说誓死不嫁，怎提起这话？"寡妇道：

"我儿！我是过来人，节是极难守的，还依我好。他有钱似我万倍！"贵梅道："任他有钱，孩儿只是不嫁。"寡妇道："你夜间自去想，再计议。"到晚汪涵宇过来，道："媒人，姻事何如？"寡妇道："做腔哩！"汪涵宇道："莫管他做腔不做腔，你只不吃醋，听我括上罢。"寡妇道："这等，先兑财礼一百两与我，听你们暗里结亲。不要不老到，出了丧讨材钱。"汪涵宇道："六十两罢。"寡妇不肯，逼了他八十两银子，放他一路。只是贵梅见了汪涵宇便躲开去，那里得交一言？无极奈何，又求朱寡妇。寡妇道："待我骗他。"又对贵梅道："媳妇，前日说的，想得何如？"贵梅道："这也不必想，是决不可的。"寡妇道："媳妇不必过执，我想这汪蛮是个爱色不爱钱的，不嫁他便与他暂时相处，也得些财物可以度日。"贵梅道："私通苟合，非人所为。"寡妇听了，便恼道："怎就不是人所为？小小年纪，这样无状！"便赶去要打，得小妹劝了方住。贵梅自去房中哭泣，不题。

过了两日，寡妇为这八十两银子，只得又与他说："我不是定要你从他，只是前日为儿子死，借他银子三十两，遭他逼迫，你若与他好了，他便题不起，还有资助。若不，将甚还他？"贵梅道："他若相逼，幸有住房可以典卖偿他，若说私通，断然不可。"寡妇听了，平跳起来，将贵梅一掌，道："放屁！典了房子，叫我何处安身？你身子值钱，我该狼藉的么？"贵梅掩着脸正待灵前去哭，又被一把头发捋去，道："你敢数落我么！"贵梅连声道："不！"又已打了几下。走得进房，小妹来看，道："亲娘，如今已在浑水里，那个信你清白？不若且依了婆婆，省些磨折，享些快乐。"贵梅道："这做不得。"一连几日，没个肯意。汪涵宇催寡妇作主，寡妇道："家中都是凭你的，你撞着只管蛮做，我来冲破，便可作久长之计。"果然汪涵宇听了。一日乘他在后园洗马桶，他闯进去，强去抱他，被他将刷帚泼了一身秽污去了。一日预先从寡妇房中过去，躲在他床下，夜间正演出来，被他喊叫有贼，涵宇欺他孤身，还来抱他，被他打得满脸是血，底下小厮又赶起来要上楼，寡妇连忙开了自己房，等他溜走。外边邻舍渐渐已晓得朱寡妇有落水拖人的意思。一个汪涵宇弄得伤了脸，半月不得出门，也待罢了。倒是寡妇为银子份上，定要将这媳妇道他不孝，将来打骂。汪涵宇乘机来做好相劝，捏他一把。贵梅想起是为他姑媳参商，便一掌打去，他一闪，倒把寡妇脸上指尖伤了两条。汪涵宇便道："你这妇人，怎么打婆婆？这是我亲眼见的！若告到官，你也吃不起！"寡妇得了这声，便道："恶奴！你这番依我不依我？若不依我，告到官去，打你个死！”贵梅便跪下道：“贵梅失误得罪，但凭打骂；若要与这光棍私通，便死不从！”寡妇道：“有这样强的！”便向门前喊叫道：“四邻八舍！唐贵梅打婆婆，列位救命！”便往县前走。汪涵宇对贵梅道：“从了我，我与你劝来。”贵梅道：“光棍！你搅乱我家里，恨不得咬你的肉！我肯从你？”汪涵宇做劝的名色，也到县前来。这些邻舍打团团道：“一定婆媳争风厮闹了。”有的道：“想是看得阿婆动火，闹嫁。”恰好小妹走到门前来，好事的便一把扯住道：“贵梅为甚打婆婆？”小妹把头摇一摇。这人道：“想是闹嫁？”小妹道：“肯要嫁倒不闹了。”这人道：“是甚人来说亲？”小妹道：“汪朝奉。”这些人便道：“古怪！这蛮子，你在他家与老寡妇走动罢了，怎又看想小寡妇，主唆婆婆逼他？我们要动公举了！”谁料那边婆子已在县前叫屈，县里已出了差人来拿。只是汪涵宇倒心焦，起前拨置，只说妇人怕事，惊他来从；如今当了真，若贵梅说出真情，如何是好？打听得县官是个掌印通判，姓毛，极是糊涂，又且手长。寻了他一个过龙书手陈爱泉，是一名水手，说道：“此妇泼悍，要求重处，拿进去。”只见这通判倒也明白，道：“告忤逆，怎么拿银子来？一定有前亲晚后偏护情弊，我还要公审。”不收。汪涵宇极了，又添一名，又与书手三两，道：“没甚情弊，只是妇人泼悍，婆婆本分，不曾见官，怕一时答应不来，宽了他，他日后一发难制，故此送来，要老爷与他做主。”毛通判道：“这等落得收的，晓得了。”须臾贵梅到，正是晚堂。一坐堂，带过去，先叫朱寡妇，寡妇道：“妇人守寡二十年了，有个儿子，两月前已死，遗下这媳妇唐贵梅，不肯守制，日逐与妇人厮闹，昨日竟把妇人殴打，现有伤痕可证。”毛通判听了，便叫唐贵梅，不由他开口，道：“你这泼妇！怎夫死两月便要嫁，又打婆婆？拶起来！”贵梅道：“妇人原不愿嫁。”毛通判也不来听，把贵梅拶上一拶，拶了又敲，敲了又打二十，道：“你这样泼妇，还叫你坐一坐，耐耐性！”发了女监。其时邻舍来看的，都为他称屈。朱寡妇且是得志，一到家中，与汪涵宇没些忌惮，两个吃酒说笑，道：“好官！替我下老实处这一番，这时候不知在监里仔么样苦哩！”汪涵宇道：“生铁下炉也软，这番一定依你了。消停一日，保他出来。”两个公然携灯上楼睡了。

只可怜贵梅当日下了女监，一般也有座头，汪涵宇又用了钱，叫众人挫折他，将来拴在柱上，并无椅桌倚靠，那有铺盖歇宿？立时禁不得两腿疼痛，要地下坐时，又秽污杀人，只是两泪交流，一疼欲死。听得那狱里一更更这等捱将来，筛锣摇铃敲梆，好不恓惶！贵梅自想：当日丈夫叫我与他争气，莫要出乖露丑，谁知只为守节，反倒吃打吃拶吃监。早知如此，丈夫死时自缢，与他同死，岂不决烈！千思万想，到得天明，禁子又来索钱，道："你这妇人只好在家中狠，打公骂婆，这里狠不出的，有钱可将出来，座头可将我们旧例与他说！"座头来对贵梅说，贵梅道："我身边实是无钱。"座头道："身边晓得你无钱，但你平日攒下私房藏在那边？或有亲眷可以挪借，说来那禁子哥与你唤来。"贵梅道："苦我父母早亡，又无兄弟、亲戚，在家帮家做活，那有私房？"禁子听了，叫道："看这样泼妇，平日料应亲邻闹断，身边有钱料也背阿婆买吃，没有是真，只叫他吃些苦罢！"吵一阵去了。去得又一阵，故意来轻薄，捏脚捏手，逼得贵梅跌天撞地，痛哭号啕。这干又道："不承抬举！"大骂而去。水米不打牙一日，忽见一个禁子拿了两碗饭、两样菜来，道："是你姓汪的亲眷送来的，可就叫他来替你了落我们。"贵梅知是汪涵宇，道："我没这亲眷。"竟不来吃。等了一会，禁子自拿去了。

又捱一日，只见外边有票取犯妇唐氏，离了监门。却是汪涵宇必竟要他，故意用钱叫禁子凌辱他，后来送饭以恩结他，又叫老寡妇去递呈子，道："老年无人奉养唐氏，已经责罚知改，恳乞释放养老。"通判道："告也是你，要饶也是你，官是你做么？"还要拘亲邻，取他改过结状释放。汪涵宇恐怕拘亲邻惹出事来，又送了一名水手，方得取放回来。只见这些邻舍见他拶打狼狈，也都动怜，道："你小年纪，平日听得你极本分孝顺，怎么打婆婆？"贵梅道："贵梅也知事礼，怎敢打婆婆？"只见一个旺尖嘴，是左邻吴旺，道："昨日他家说来，是要你嫁汪蛮不肯告的。"又一个老邻舍张尚义道："这等你死也挣两句，说个明白，怎受这苦？"贵梅道："这是我命运，说他怎么！"一个对门的李直又道："他不仁，你不义。这样老淫妇，自己养汉，又要圈局媳妇，谎告；汪蛮谋占人家妇女，教唆词讼，我们明日到道爷处替他伸冤！"贵梅道："我如今已得放，罢了，不敢劳列位费心。"一步步挪到家中。朱寡妇正在那边与汪涵宇讲话，见了道："恶奴！若不是汪朝奉劝，监死你！不是他送饭，饿死你！"汪涵宇道："罢，罢！将就些。"贵梅不敢做声，两泪汪汪，到了房里。小妹进来见了，道："爷呀！怎拶做这样肿的？想是打坏了！你从不曾吃这苦，早知这样，便依了他们罢！"贵梅道："丈夫临终，我应承守他，断不失节，怎怕今日苦楚忘了？只是街坊上邻舍为我要攻击婆婆，是为我洗得个不孝的名，却添婆婆一个失节的名，怎好？我不能如丈夫分付奉养他，怎又污蔑他？"说了一番，夜间穿了几件缟素衣服，写四句在衣带上，道：

亲名不可污，吾身不容浼。

含笑向九泉，身名两无愧。

趁家人睡，自缢在园中古梅树下。正是：

节劲偏宜雪，心坚不异冰。

香魂梅树下，千古仰遗馨。

次早，老寡妇正又来骂他逼他，只见房中悄然，道："这恶奴想逃走了？"忙走下楼看时，前门尚闭，后门半开，寻去，贵梅已气绝在梅树下了，惊得魂不附体，来见汪涵宇。涵宇道："有事在官，只是惧罪自尽，不妨。"拿出五七两银子来，与寡妇买材，哄得出门，他自忙到婆子房内，把平日送他的席卷而去。婆子回来寻汪涵宇时，已是去了。又看自己楼上，箱笼又空，真是人财两失，放声大哭。邻舍们见汪涵宇去得慌忙，婆子又哭，想是贵梅拶打坏死了，那吴旺与李直悄地赶到水口，拿住汪涵宇，道："蛮子！你因奸致死人命，待走到那里去？"汪涵宇急了，买求，被二个身边挤了一空。婆子又吃地方飞申，亏毛通判回护自己，竟着收葬，也费了几两银子，房子也典与人。似此耽延，贵梅三日方敛，颜色如生，见者无不叹息称羡。后来毛通判为贪罢职。贵梅冤抑不伸，凄风淡月时节，常现形在古梅树下。四川喻士积有诗吊之。杨升庵太史为他作传，末曰：

呜呼，妇生不辰，遭此悍姑。生以梅为名，死于梅之株。冰操霜清，梅乎何殊！既孝且烈，汗青宜书。有司失职，咄哉可吁！乃为作传，以附露筋碑之跗。

李卓吾曰："孝烈"二字，杨太史特笔也。夫贵梅之死烈矣，于孝何与？盖贵梅所以宁死而不自白者，以姑之故也。不然，岂其不切齿痛恨于贿嘱之商，而顾忍死为之讳哉。书曰"孝烈妇"，当矣。死三日而尸犹悬，颜如生，众人虽知而不敢举。每日之暮，白月照梅，隐隐如见，犹冀有知之者乎？杨太史当代名流，有力者百计欲借一言以为重而不得，今孝烈独能得太史之传，以自昭明于百世，孝烈可以死矣！设使当其时贵池有贤者，果能慨然白之于当道，亦不过赐额挂匾，了一故事耳矣，其谁知重之乎？自此传出，而孝烈之形吾知其不复重见于梅月之下也！

雨侯曰：上行下效，相习而失身者多矣。不孝者更挟姑短以制姑。有怜而誉之者，身彰而姑污矣。孰若贵梅，巧为两全。

题　词

自夷光奏沼吴之功，祖其谋者为和戎，委红袖于腥膻，瘁玉颜于沙漠，曰："吾以柔其悍也。"吁嗟！非智术之姝，则虽尽中国之妖艳，只作其伎乐耳，何济于事。故必才如翠翘，亦可云粉黛中干城，至其一死殉人，忠义彪炳一世。

翠娱阁主人题

第七回　胡总制巧用华棣卿　王翠翘死报徐明山

鹿台黯黯烟初灭，又见骊山血。馆娃歌舞更何如，唯有旧时明月满平芜。　笑是金莲消国步，玉树迷烟雾。潼关烽火彻甘泉，由来倾国遗恨在婵娟。

右《虞美人》

这词单道女人遗祸。但有一班是无意害人国家的，君王自惑他颜色，荒弃政事，败丧国家，如夏桀的妹喜，商纣的妲己，周幽王褒姒，齐东昏侯潘玉儿，陈后主张丽华，唐明皇杨玉环；有有意害人国家，似当日的西施。但昔贤又有诗道：

谋臣自古系安危，贱妾何能作祸基。
但愿君王诛宰嚭，不愁宫里有西施。

却终是怨君王不是。我试论之。古人又有诗道昭君：

汉恩自浅胡自深，人生乐在相知心。

当日锦帆遨游，蹀廊闲步，采香幽径，斗鸡山坡，清歌妙舞馆娃宫中，醉月吟风姑苏台畔，不可说恩不深，不可说不知心，怎衽席吴宫，肝胆越国，复随范蠡遨游五湖？回首故园麋鹿，想念向日欢娱，能不愧心？世又说范蠡沉他在五湖，沉他极是，是为越去这祸种，为吴杀这薄情妇人，不是女中奇侠。独有我朝王翠翘，他便是个义侠女子。

这翠翘是山东临淄县人，父亲叫做王邦兴，母亲邢氏。他父亲是个吏员，三考满听选，是杂职行头，除授了个浙江宁波府象山县广积仓大使。此时叫名翘儿，已十五岁了：

眉欺新月鬓欺云，一段娇痴自轶群。

柳絮填词疑谢女，云和斜抱压湘君。

随父到任不及一年，不料仓中失火，延烧了仓粮。上司坐仓官吏员斗级赔偿。可怜王邦兴尽任上所得，赔偿不来。日久不完，上司批行监比。此时身边并无财物，夫妻两个慌做一团。倒是翘儿道："看这光景，监追不出，父亲必竟死在狱中。父亲死，必竟连累妻女，是死则三个死。如今除告减之外，所少不及百担，不若将奴卖与人家，一来得完钱粮，免父亲监比；二来若有多余，父亲、母亲还可将来盘缠回乡。使女儿死在此处，也得瞑目。"两老口也还不肯。延捱几日，果然县中要将王邦兴监比。再三哀求得放，便央一个惯做媒的徐妈妈来寻亲，只见这妈妈道："王老爹！不是我冲突你说，如今老爹要将小姐与人，但是近来人用了三五十两娶个妾，便思量赔嫁。如今赔是不望的，还怕老爹仓中首尾不清，日后贻累，那个肯来？只除老爹肯与人做小，这便不消赔嫁，还可多得几两银子。"王邦兴道："我为钱粮，将他丢在异乡，已是不忍的。若说作小，女人有几人不妒忌的？若使拈酸吃醋，甚至争闹打骂，叫他四顾无亲，这苦怎了！"不肯应声。媒婆自去了。

那诓捱了两限不完，县中竟将王邦兴监下。这番只得又寻这媒婆，道情愿做小。那妈妈便为他寻出一个人来。这人姓张名大德，号望桥。祖父原是个土财主，在乡村广放私债。每年冬底春初将来借人，糙米一石蚕罢还熟米一石。四月放蚕帐，熟米一石冬天还银一两，还要五分钱起利。借银九折分钱，来借的写他田地房产，到田地房产盘完了，又写他本身。每年纳邦银，不还便锁在家中吊打，打死了，原写本身只作义男，不偿命。但虽是大户，还怕徭役，生下张大德到十五六岁，便与纳了个吏，在象山又谋管了库。他为人最啬吝，假好风月，极是惧内。讨下一个本县舟山钱仰峰女儿，生得：

面皮靛样，抹上粉犹是乌青；嘴唇铁般，涂尽脂还同深紫。稀稀疏疏，两边蝉翼鬓半黑半黄；歪歪踹踹，双只牵蒲脚不男不女。圆睁星眼，扫帚星天半高悬；倒竖柳眉，水杨柳堤边斜挂。更有一腔如斗胆，再饶一片破锣声。人人尽道鸠盘茶，个个皆称鬼子母！

他在家里，把这丈夫轻则抓挦嚷骂，重便踢打拳捶。在房中服侍的，便丑似他十分，还说与丈夫偷情，防闲打闹。在家里走动，便大似他十岁，还说是丈夫勾搭，絮聒动喃。弄得个丈夫在家安身不得，只得借在县服役，躲离了他。

有个不怕事库书赵仰楼道："张老官！似你这等青年，怎挨这寂寞，何不去小娘家一走？"张望桥道："大娘儿须比不得浑家，没情！"赵书手道："似你这独坐，没人服事相陪，不若讨了个两头大罢。"张望桥只是摇头。后边想起浑家又丑又恶，难以近身，这边娶妾，家中未便得知，就也起了一个娶小的心。却好凑著，起初只要十来两省事些的，后来相见了王翘儿，是个十分绝色，便肯多出些；又为徐婆撮合，赵书手撺哄，道："他不过要完仓粮，为他出个浮收，再找几两银子与他盘缠，极是相应。"张望桥便也慨然。王邦兴有未完谷八十石，作财礼钱三十二两；又将库内银挪出八两找他，便择日来娶翘儿。临别时母子痛哭，翘儿嘱咐，叫他早早还乡，不要流落别所，不要以他为念。王邦兴已自去了。

这边翘儿过门，喜是做人温顺勤俭，与张望桥极其和睦，内外支持，无个不喜，故此家中人不时往来。一则怕大娘子生性惫赖，恐惹口面，不敢去说；二则因他待人有恩，越发不肯说，且是安逸。争奈张望桥是个乡下小官，不大晓世务。当日接管，被上首哄弄，把些借与人的作帐，还有不足，众人招起，要他出结。后边县官又有挪应，因坏官去，不曾抵还。其余衙门工食，九当十预先支去，虽有领状，县官未曾札放。铺户料价八当十预先领去，也有领状，没有札库。还有两廊吏书挪借，差人承追纸价未完，恐怕追比，倩出虚收。况且管库时是个好缺，与人争夺，官已贴肉揌，还要外边讨个分上，遮饰耳目。兼之两边家伙，一旦接管官来，逐封兑过，缺了一千八百余两，说他监守自盗，将来打了三十板。再三诉出许多情由，那官道："这也是作弊侵刻，我不管你。将来监下，重复央分上，准他一月完赃，免申上司。"可怜张望桥不曾吃苦惯的，这一番监并，竟死在监内。又提妻子到县。那钱氏是个泼妇，一到县中，得知娶玉翘儿一节，先来打闹一场，将衣饰尽行抢去。到官道："原是丈夫将来娶妾，并挪借与人，不关妇人事。"将些怕事来还银的，却抹下银子鳖在腰边，把些不肯还银冷租帐、借欠开出，又开王翘儿身价一百两。县官怜他妇人，又要完局，为他追比。王翘儿官卖，竟落了娼家。正是：

红颜命薄如鹅翼，一任东风上下飘。

可怜翘儿一到门户人家，就逼他见客。起初羞得不奈烦，渐渐也闪了脸，陪茶陪酒，终是初出行货，不会捉客。又有癖性，见些文人，他也还与他说些趣话，相得时，也做首诗儿；若是那些蠢东西，止会得酣酒行房，舍了这三五钱银子，吃酒时搂抱，要歌要唱，摸手摸脚，夜间颠倒腾挪，不得安息，不免撒些娇痴，倚懒撒懒待他。那在行的不取厌；取厌的不在行，便使性，或出些言语，另到别家撒漫。那鸨儿见了，好不将他难为，不时打骂。似这样年余，恰一个姓华名萼，字棣卿，是象山一个财主，为人仗义疏财，乡里都推尊他，虽人在中年，却也耽些风月，偶然来嫖他说起，怜他是好人家儿女，便应承借他一百两赎身。因鸨儿不肯，又为他做了个百两会，加了鸨儿八十两，才得放手。为他寻了一所僻静房儿，置办家伙，这次翘儿方得自做主张。改号翠翘，除华棣卿是他恩人，其余客商俗子，尽皆谢绝。但只与些文墨之士联诗社，弹棋鼓琴，放浪山水；或时与些风流子弟清歌短唱，吹箫拍板，嘲弄风月。积年余，他虽不起钱，人自肯厚赠他。先赔还了人上会银，次华棣卿银，日用存留，见文人苦寒，豪俊落魄的，就周给他。此时浙东地方，那一个不晓得王翠翘？

到了嘉靖三十三年，海贼作乱，王五峰这起寇掠宁、绍地方：

楼船十万海西头，剑戟横空雪浪浮。
一夜烽生庐舍尽，几番战血士民愁。
横戈浪奏平夷曲，借箸谁舒灭敌筹。
满眼凄其数行泪，一时寄向越江流。

一路来，官吏婴城固守，百姓望风奔逃，抛家弃业，挈女抱儿。若一遇着，男妇老弱的都杀了，男子强壮的着他引路；女妇年少的将来奸宿，不从的也便将来砍杀，也不知污了多少名门妇女，也不知害了多少贞节妇女。此时真是各不相顾之时，翠翘想起："我在此风尘，实非了局。如今幸得无人拘管，身边颇有资蓄，不若收拾走回山东寻觅父母，就在那边适一个人，也是结果。"便雇了一个人，备下行李，前往山东。沿途闻得浙西、南直都有倭寇，逡巡进发，离了省城叫船，将到崇德，不期海贼陈东、徐海又率领倭子杀到嘉、湖地面。城中恐有奸细，不肯收留逃难百姓。北兵参将宗礼领兵杀贼，前三次俱大胜，后边被他伏兵桥下，突出杀了，倭势愈大，翠翘只得随逃难百姓再走邻县。路上风声鹤唳，才到东，又道东边倭子来了，急奔到西；方到西，又道倭子在这厢杀人，又奔到东，惊得走投没路。行路强壮的凌虐老弱，男子欺弄妇人，恐吓抢夺，无所不至。及到撞了倭子，一个个走动不得，要杀要缚，只得凭他。翠翘已是失了挑行李的人，没及奈何，且随人奔到桐乡。不期徐海正围阮副使在桐乡，一彪兵撞出，早已把王翠翘拿了。

梦中故国三千里，目下风波顷刻时。

一入雕笼难自脱，两行情泪落如丝。

此时翠翘年方才二十岁，虽是布服乱头，却也不减妖艳。解在徐海面前时，又夹着几个村姑，越显得他好了。这徐海号明山，绰号“徐和尚”。他在人丛中见了翠翘，道：“我营中也有十余个子女，不似这女子标致！”便留入营中。先前在身边得宠的妇女，都叫来叩头。问他，知他是王翠翘，分付都称叫他做“王夫人”。

已将飘泊似虚舟，谁料相逢意气投。

虎豹寨中鸳凤侣，阿奴老亦解风流。

初时翠翘尚在疑惧之际，到后来见徐和尚输情输意，便也用心笼络他。今日显出一件手段来，明日显出一件手段来，吹箫唱曲，吟诗鼓琴，把个徐和尚弄得又敬又爱，魂不着体。凡掳得珍奇服玩，俱拣上等的与王夫人。凡是王夫人开口，没有不依的。不惟女侍们尊重了王夫人，连这干头目们那个不晓得王夫人？他又在军中劝他少行杀戮，凡是被掳掠的，多得释放。又日把歌酒欢乐他，使他把军事懈怠。故此虽围了阮副使，也不十分急攻。只是他与陈东两相犄角，声势极大。总制胡梅林要发兵来救，此时王五峰又在海上，参将俞大猷等兵又不能轻移。若不救，恐失了桐乡，或坏了阮副使，朝廷罪责，只得差人招抚，缓他攻击。便差下一个旗牌，这旗牌便是华萼。他因倭子到象山时，纠合乡兵驱逐得去，县间申他的功次，取在督府听用，做了食粮旗牌。领了这差，甚是不喜。但总制军令，只得带了两三个军伴，来见陈东、徐海。一路来好凄凉光景也：

村村断火，户户无人。颓垣败壁，经几多瓦砾之场；倭骨横尸，何处是桑麻之地。凄凄切切，时听怪禽声；寂寂寥寥，那存鸡犬影！

正打着马儿慢慢走，忽然破屋中突出一队倭兵。华旗牌忙叫：“我是总制爷差来见你大王的！”早已揪翻马下。有一个道：“依也其奴瞎咀郎！”（华言：“不要杀！”）各倭便将华旗牌与军伴一齐捆了，解到中军来，却是徐明山部下巡哨倭兵。过了几个营盘，是个大营，只见密密匝匝的排上数万髡头跣足倭兵，纷纷纭纭的列了许多器械。头目先行禀报，道：“拿得一个南朝差官！”此时徐明山正与王翠翘在帐中弹着琵琶吃酒，已自半酣了，瞪着眼道：“拿去砍了！”翠翘道：“既是官，不可轻易坏他。”明山道：“抓进来！”外边应了一声，却有带刀的倭奴约五七十个，押着华旗牌到帐前跪下。那旗牌偷眼一看。但见：

左首坐着个雄纠纠倭将，绣甲锦袍多猛勇；右首坐着个妖倩美女，翠翘金凤绝妖娆。左首的怒生铁面，一似虎豹离山；右首的酒映红腮，一似芙蕖出水。左首的腰横秋水，常怀一片杀人心；右首的斜拥银筝，每带几分倾国态。蒹葭玉树，穹庐中老上醉明妃；丹凤乌鸦，锦帐内虞姬陪项羽。

那左首的雷也似问一声道："你甚么官，敢到俺军前缉听？"华旗牌听了，准准挣了半日，出得一声道："旗牌是总制胡爷差来招大王的。"那左首的笑了笑，道："我徐明山不属大明，不属日本，是个海外天子，生杀自由，我来就招，受你这干鸟官气么？"旗牌道："胡爷钧语道，两边兵争，不免杀戮无辜。不若归降，胡爷保奏与大王一个大官。"左边的又笑道："我想那严嵩弄权，只论钱财，管甚功罪？连你那胡总制还保不得自己，怎保得我？可叫他快快退去，让我浙江。如若迟延，先打破桐乡，杀了阮鹗，随即踏平杭州，活拿胡宗宪。"旗牌道："启大王，胜负难料，还是归降。"只见左边道："哇！怎见胜负难料？先砍这厮！"众倭兵忙将华旗牌簇下。喜得右首坐的道："且莫砍！"众倭便停了手。他便对左首的道："降不降自在你，何必杀他来使，以激恼他？"左首的听了，道："且饶这厮。"华旗牌得了命，就细看那救他的人，不惟声音厮熟，却也面貌甚善。那右边的又道："与他酒饭压惊。"华旗牌出得帐，便悄悄问饶他这人，通事道："这是王夫人，是你那边名妓。"华旗牌才悟是王翠翘。"我当日赎他身子，他今日救我性命。"这夜王夫人乘徐明山酒醒，对他说："我想你如今深入重地，后援已绝，若一蹉跌，便欲归无路。自古没有个做贼得了的，他来招你，也是一个机括；他款你，你也款他，使他不防备，你便可趁势入海，得以自由。不然桐乡既攻打不下，各处兵马又来，四面合围，真是胜负难料。"明山道："夫人言之有理，但我杀戮官民，屠掠城池，罪恶极重，纵使投降中国，恐不容我，且再计议。"次早，王夫人撺掇，赏他二十两银子，还他鞍马军伴，道："拜上胡爷，这事情重大，待我与陈大王计议。"华旗牌得了命，星夜来见胡总制，备说前事。胡总制因想徐海既听王夫人言语，不杀华萼，是在军中做得主的了。不若贿他做了内应，或者也得力。又差华旗牌赍了手书礼物，又取绝大珍珠、赤金首饰、彩妆酒线衣服，兼送王夫人。此时徐明山因王夫人朝夕劝谕，已有归降之意，这番得胡总制书，便与王翠翘开读，道：

君雄才伟略，当取侯封如寄，奈何拥众异域，使人名之曰贼乎？良可痛也！倘能自拔来归，必有重委，皦日在上，断无负心，君其裁之！

两人看罢，明山遂对王夫人道："我日前资给，全靠掳掠，如今一归降，便不得如此，把甚养活？又或者与我一官，把我调远，离了部曲，就便为他所制了。"王夫人道："这何难？我们问他讨了舟山屯札，部下已自不离；又要他开互市，将日本货物与南人交易，也可获利；况在海中，进退终自由我。"明山道："这等，夫人便作一书答他。"翠翘便援笔写：

海以华人，乃为倭用。屡逆颜行，死罪死罪！倘恩台曲赐湔除，许以洗涤，假以空衔，屯牧舟山，便当率其部伍，藩辅东海，永为不侵不畔之臣，以伸衔环吐珠之报。

又细对华旗牌说了，叫他来回报，方才投降。这边正如此往来，那厢陈东便也心疑，怕他与南人合图谋害，也着人来请降，胡总制都应了。自轻骑到桐乡受降，约定了日期。只见陈东过营来见徐明山计议，道："若进城投降，恐有不测。莫若在城下一见，且先期去，出他不意。"计议已定。王翠翘对徐明山道："督府方以诚招来，断不杀害。况闻他又着人招抚王五峰，若杀了降人，是阴绝五峰来路了。正当轻裘缓带，以示不疑。"至日，陈东来约，同到桐乡城，俱着介胄，明山也便依他。在于城下，报至城中，胡总制便与阮副便并一班文武，坐在城楼上，徐海、陈东都在城下叩头。胡总制道："既归降，当贷汝死，还与汝一官，率部曲在海上为国家戮力，勿有二心。"两个又叩了头，带领部曲各归寨中。胡总制与各官道："看这二酋桀骜，部下尚多，若不提备他，他或有异志，反为腹心之患。若提备他，不惟兵力不足，反又起他畔端。弃小信成大功，势须剪除方可。"回至公署，定下一策，诈做陈东一封降书，说："前日不解甲，不入城，不从日期，都是徐海主意。如今他虽降，犹怀反侧。乞发兵攻之，我为内应。"叫华旗牌拿这封书与明山看，道："督府不肯信他谗言，只是各官动疑，可速辨明，且严为防御，恐他袭你。"明山见了，大骂道："这事都是你主张，缘何要卖我立功！"便要提兵与他厮杀。王翠翘道："且莫轻举。俗言先下手为强，如今可说胡爷有人在营，请他议事，因而拿下。不惟免祸，还是大功。"明山听了，便着人去请陈东，预先埋伏人等他。果是陈东不知就里，带了麻叶等一百多人来。进得营，明山一个暗号，尽皆拿下，解入城中。陈东部下比及得知来救，已不及了。从此日来报仇厮杀，互有胜负。王翠翘道："君屠毒中国，罪恶极多，但今日归降，又为国擒了陈东，功罪可以相准。不若再恳督府，离此去数十里有沈家庄，四围俱是水港，可以自守，乞移兵此处。仍再与督府合兵，尽杀陈东余党。如此则功愈高，尽可自赎。然后并散部曲，与你为临淄一布衣，何苦拥兵，日受惊恐？”去求督府，慨然应允，移往沈家庄。又约日共击陈东余党，也杀个几尽。只是督府恐明山不死，祸终不息，先差人赍酒米犒赏他部下，内中暗置慢药。又赏他许多布帛饮食，道陈东余党尚有，叫他用心防守。这边暗传令箭，乘他疏虞，竟差兵船放火攻杀。这夜明山正在熟寝，听得四下炮响，火光烛天，只说陈东余党，便披了衣，携了翠翘，欲走南营，无奈四围兵已杀至，左膊中了一枪。明山情急，便向河中一跳。翠翘见了，也待同溺。只听得道：“不许杀害王夫人！”又道：“收得王夫人有重赏！”早为兵士扶住，不得投水。次日进见督府叩头请死。督府笑道：“亡吴伯越，皆卿之功。方将与卿为五湖之游以偿子，幸勿怖也。”因索其衣装还之，令华旗牌驿送武林。王翠翘尝怏怏以不得同明山死为恨。华旗牌请见，曰：“予向日蒙君惠，业有以报。今督府行且赏君功，亦惟妾故。”拒不纳。因常自曰：“予尝劝明山降，且劝之执陈东，谓可免东南之兵祸，予与明山亦可藉手保全首领，悠游太平。今至此，督府负予，予负明山哉！”尽弃弦管，不复为艳妆。

不半月，胡总制到杭，大宴将士，差人召翠翘。翠翘辞病，再召才到，憔悴之容可掬。这时三司官外，文人有徐文长、沈嘉则，武人彭宣慰九宵。总制看各官，对翠翘道：“此则种、蠡，卿真西施也！”坐毕，大张鼓乐，翠翘悒郁不解。半酣，总制叫翠翘到面前，道：“满堂宴笑，卿何向隅？全两浙生灵，卿功大矣！”因命文士作诗称其功。徐文长即席赋诗曰：

　　仗钺为孙武，安攘役女戎。
　　管弦消介胄，杯酒殪枭雄。
　　歌奏平夷凯，钗悬却敌弓。
　　当今青史上，勇不数当熊。

沈嘉则诗：

　　灰飞烟灭冷荒湾，伯越平湖一笑间。
　　为问和戎汉公主，阿谁生入玉门关？

胡梅林令翠翘诵之，曰：“卿素以文名，何不和之？”翠翘亦援笔曰：

　　数载飘摇瀚海萍，不堪回盼泪痕零。
　　舞沉玉鉴腰无力，笑倚银灯酒半醒。
　　凯奏已看欢士庶，胡巢何处问郊坰。
　　无心为觅平吴赏，愿洗尘情理贝经。

督府酣甚，因数令行酒，曰：“卿才如此，故宜明山醉心。然失一明山矣，老奴不堪赎乎？”因遽拥之坐，逼之歌三诗。三司起避，席上哄乱。彭宣慰亦少年豪隽，属目翠翘，魂不自禁，亦起进诗曰：

转战城阴灭獍枭，解鞍孤馆气犹骄。

功成何必铭钟鼎，愿向元戎借翠翘。

督府已酩酊，翠翘与诸官亦相继谢出。次早督府酒醒，殊悔昨之轻率。因阅彭宣慰诗，曰：“奴亦热中乎？吾何惜一姬，不收其死力！”因九霄入谢酒，且辞归，令取之。翠翘闻之不悦。九霄则舣舟钱塘江岸，以舆来迎。翠翘曰：“姑少待。”因市酒肴，召徐文长、沈嘉则诸君，曰：“翠翘幸脱鲸鲵巨波，将作蛮夷之鬼，故与诸君子诀。”因相与轰饮。席半，自起行酒，曰：“此会不可复得矣，妾当歌以为诸君侑觞！”且弄琵琶，抗声歌曰：

妾本临淄良家子，娇痴少长深闺里。红颜直将芙蕖欺，的的星眸傲秋水。十三短咏弄柔翰，珠玑落纸何珊珊。洞箫夜响纤月冷，朱弦晓奏秋风寒。自矜应贮黄金屋，不羡石家珠十斛。命轻逐父宦江南，一身飘泊如转轴。倚门惭负妖冶姿，泪落青衫声揪揪。雕笼幸得逃鹦鹉，轻轲远指青齐土。干戈一夕满江关，执缚竟自羁囚伍。龙潭倏成鸳鸯巢，海滨寄迹同浮泡。从胡蔡琰岂所乐，靡风且作孤生茅。生灵涂炭良可测，彀弓拟使烽烟熄。封侯不比金日磾，诛降竟折双飞翼。北望乡关那得归，征帆又向越江飞。瘴雨蛮烟香骨碎，不堪愁绝减腰围。依依旧恨萦难扫，五湖羞逐鸱夷老。他时相忆不相亲，今日相逢且倾倒。夜阑星影落清波，游魂应绕蓬莱岛！

歌竟欷歔，众皆不怿。罢酒，翠翘起，更丽服，登舆，呼一樽自随，抵舟，漏已下。彭宣慰见其朱裳翠袖，珠络金缨；修眉淡拂，江上远山；凤眼斜流，波心澄碧；玉颜与皎月相映，真天上人。神狂欲死，遽起迎之，欲进合卺之觞。翠翘曰：“待我奠明山，次与君饮。”因取所随酒洒于江，悲歌曰：

星陨前营折羽旄，歌些江山一投醪。

英魂岂逐狂澜逝，应作长风万里涛！

又：

红树苍山江上秋，孤蓬片月不胜愁。

铩翎未许同遐举，且向长江比目游！

歌竟。大呼曰：“明山，明山！我负尔，我负尔！失尔得此，何以生为！”因奋身投于江。

红颜冉冉信波流，义气蓬然薄斗牛。
清夜寒江湛明月，冰心一片恰相俦。

彭宣慰急呼捞救，人已不知流在何处，大为惊悼。呈文督府，解维而去。正是：

孤篷只有鸳鸯梦，短渚谁寻鸾凤群？

督府阅申文，不觉泪下，道："吾杀之，吾杀之！"命中军沿江打捞其尸，尸随潮而上，得于曹娥渡，面色如生。申报督府，曰："娥死孝，翘死义，气固相应也。"命葬于曹娥祠右，为文以祭之，曰：

嗟乎翠翘！尔固天壤一奇女子也。冰玉为姿，则奇于色；云霞为藻，则奇于文；而调弦弄管，则奇于技。虽然，犹未奇也。奇莫奇于柔豺虎于衽席，苏东南半壁之生灵，竖九重安攘之大烈，息郡国之转输，免羽檄之征扰。奇功未酬，竟逐逝波不返耶！以寸舌屈敌，不必如夷光之蛊惑；以一死殉恩，不必如夷光之再逐鸱夷。尔更奇于忠，奇于义。尔之声誉，即决海不能写其芳也。顾予之功，维尔之功。尔之死，实予之死。予能无怃然欤！聊荐尔觞，以将予忱，尔其享之！

时徐文长有诗吊之曰：

弹铗江皋一放歌，哭君清泪惹衣罗。
功成走狗自宜死，谊重攀髯定不磨。
香韵远留江渚芷，冰心时映晚来波。
西风落日曹娥渡，应听珊珊动玉珂。

沈嘉则诗曰：

羞把明珰汉渚邀，却随片月落寒潮。
波沉红袖翻桃浪，魂返蓬山泣柳腰。
马鬣常新青草色，凤台难觅旧丰标。
穹碑未许曹瞒识，聊把新词续《大招》。

又过月余，华旗牌以功升把总，渡曹娥江。梦中恍有召，疑为督府。及至，璃楼玉宇，瑶阶金殿，环以甲士。至门，二黄衣立于外。更二女官导之，金钿翠裳，容色绝世。引之登阶，见一殿入云。玳瑁作梁，珊瑚为栋，八窗玲珑，嵌以异宝。一帘半垂，缀双明珠。外列女官，皆介胄，执戈戟。殿内列女史，皆袍带抱文牍。卷帘，中坐一人，如妃主，侧绕以霓裳羽衣女流数十人；或捧剑印，或执如意，或秉拂麈，皆艳绝。真牡丹傲然，名花四环，俱可倾国。俄殿上传旨，曰:“旗牌识予耶？予以不负明山，自湛罗刹巨涛。上帝悯予烈，且嘉予有生全两浙功德，特授予忠烈仙媛，佐天妃主东海诸洋。胡公诛降，复致予死，上帝已夺其禄，命毙于狱。尔其识之！”语讫，命送回。梦觉，身在蓬窗，寒江正潮，纤月方坠，正夜漏五鼓。因忆所梦，盖王翠翘仅以上帝封翠翘事泄于人。后胡卒以縻费军资，被劾下狱死，言卒验云。

雨侯曰：予尝读《唐书》，见时溥送黄巢姬妾至，帝临轩责问，其为首者对帝有云:“帝以不能死节责妇女，置公卿于何地乎？”帝命杀之市，临刑无戚容。盖薄命红颜，如风飘残萼，那能自主？卒能以死酬恩，宜其光史册也。

叙

嗟乎！补天无计，捧日犹有心乎！成败论人，必谓从亡者能复重耳于十八年后，此不过依栖避人。噫，嗟！知不可复而犹依依栖栖者四十年，此其心何如心欤！夫不能暴其心，尽显其迹，聊少传其事以留其心，翘首金马荒烟，巫山冷风，犹见一片英雄肝胆飞跃其上。

翠娱阁主人识

第八回　矢智终成智　盟忠自得忠

风雨绵山陌上田，凄凄犹带旧时烟。

羞将辛苦邀君宠，甘丧遗骸野水边。

这首诗单道战国时，一个贤士，姓介名子推。他原在晋献公朝中做下大夫之职，他见献公宠了个妃子，叫做骊姬，却把几个儿子：一个叫做申生，一个叫做重耳，一个叫做夷吾，都打发在外边镇守，他心中甚是不平。后来骊姬用下计策，差人对申生说，梦见他母亲求食，叫他去祭祀。那申生极孝，果然依他，备了祭祀祭献母亲，就来献胙。骊姬暗将毒药放在里边，献公打帐要吃，骊姬道:“食自外边来，还该他人尝之。”献公便将来与个小臣吃，不料吃下便死。献公见了大怒大恼。骊姬即便谮说：这是申生要毒死父亲，希图早早即位。又道他兄弟重耳，毕竟同谋。献公其时就差军马捉拿三人。申生道："父要子死，不敢不死。"竟不辨明，自缢在新城。重耳、夷吾各自逃往外国。当日介子推弃了官，随着重耳奔窜。周流日久，缺了盘费，到在五鹿山中，粮食俱绝。重耳是公子出身，吃惯膏粱，怎禁得这苦楚，便也饿倒。同行的人都面面相看，没有计策。独有子推在背地将自己股肉割来，烹与重耳吃，稍得存济。落后经历十八年，重耳亏秦国相助，得了晋国，做了诸侯。重赏那从行的人，倒忘了子推，子推也不言语。只是同事的却不安，道："当先在五鹿时，主上绝食，亏得子推，舍着性命，割股供他。这是首功，如今怎不赏他？"要与他理论。只见子推想道："我当日割股，也只要救全主上，全我为臣的事，并没个希望封赏意思。若依着他们，毕竟要报我，恰是放债要还模样，岂是个君臣道理？"便逃入绵山去了。这边晋文公忽然想起，要召他来，与他官爵，却寻不见。四面差人体访，道："在绵山。"去找寻时，又没踪影。这些愚夫跑了几日，没做理会。里边有一个人道："我想这山深旷，甚是难寻得到。不若放上一把火烧了山，他怕死，必竟出来。却不省了一番找探工夫？"众人道声："有理。"便四下去寻了些枯枝折树，败叶干柴，放起火来。烟焰四合，那些深山中住的人与藏的野兽，那一个不赶出来？子推见了道："这定是要逼我出去的缘故了！我当日不走是贪利，今日出去是贪生。世上安可着我这贪夫？不如死了罢！"便走入茅屋之中，任他烟焰逼迫身死。只见这些人守了两日，并不见有个介子推出来，只得又寻。直到穷谷之中，只见一个人一堆儿烧死在那壁，看来不是别人，正是介子推。这些人见了，互相怨畅，互相叹息，只得报与晋公。晋公听了也不胜悲伤，着有司以礼殡葬，仍立庙在绵山。死时是三月三日，仍禁民间每年这三日不许举火，叫做禁烟。这便是当先一个不避艰难，不贪利禄，一味为君的豪杰。不料我朝靖难时，也有这样一个好男子。

此人姓程名济，字君楫，朝邑人氏。他祖曾仕宋，入元与儿子却躬耕为业，不愿为官。生下此子，自小聪明，过目成诵。弱冠时与一个朋友，姓高名翔，字仲举，同在里中维摩寺读书。高翔为人慷慨肮脏，程济为人谦和委婉，两个生性不同，却喜意气甚合。忽一日有个西僧游方到这寺安下，那高仲举道他是异端，略不礼貌。只有程君楫道他是远方僧家，却与他交接，与他谈论。高仲举见了，道："程兄，这些游方和尚，一些经典不识，有时住在寺里，刮佛面上的金子，盗常住的花息，换酒换食，有时坐在人家门前，看他路径，诱他妇女，非盗即奸。若只抄化，诓人钱财的，也还是上品。兄理他做恁？”程君楫笑道：“好歹自是不同。”

一日，两人正在房中闲论，只见那西僧入来，对着程君楫道：“贫僧在此盘桓许久，明日欲往川中，来此话别。”高仲举便附程群楫耳道：“是要化盘缠了。”程君楫便自起烹茶，留他清话。那西僧又对高仲举道：“檀越亦是国器，但与此间程檀越，功名都显而不达。程檀越还可望令终。”仲举笑道：“功名是我们分内事，也不愁不显达。若说令终，大丈夫生在世间，也须磊磊咢咢，为子死孝，为臣死忠，便刎颈决脰，也得名标青史，何必老死牖下！”此时程君楫正烹茶来，听了道：“高兄，我道士荣杀身，无济于卫，倒不如宁武子忍死全君。”高仲举又待开言，西僧又道：“二位檀越一为忠臣，一为知士，不惟今日志向已定，后来所遇恰符。”茶罢，高仲举先去了。那西僧尚兀自坐着，对程君楫道：“檀越，老僧之言不诬，后当自验。”因在袖中摸出一卷书来，递与程君楫，道：“熟此，不能匡扶时艰，也可保全身命。”言罢起身，道：“三十年后，还与君相见。”两下作别。程君忙启书来一看，却是观星望气、奇门遁甲之书，道：“如今天下太平，要此何用？”又想此僧言语奇怪，也时尝有意无意去看他。遇晓得些的人，也虚心去问他。每日早晚暗暗去观星象望气色，也都累累有验。只是时正在洪武末年，海内宴安，可是英雄无用武之地。未几，才娶得一个妻子，又值了双亲交病，日间汤药不离，晚夕告天祈代，那有工夫到书上？到殁时，把一个新娶的媳妇衣装都变卖了，来备衣棺。一哭每至晕绝。庐墓三年，并不与媳妇同房，也无心出仕了。

不期诏举明经，有司把他与高仲举都荐入京，程君楫授了四川岳池县教谕，高仲举授了试御史。仲举留京，程君楫自携了妻子到任。此时天子遭元鞑子搔扰，也都染了夷人风习，又是兵争之后，都尚武不尚文。这些生员都里递报充的，那个有意在文字上？他却不像如今的教官，只是收拜见，索节钱，全不理论正事的。日逐拘这些生员在斋房里，与他讲解，似村学究训蒙一般。有亲丧又与周给，加意作兴。还有一种奇处，他善能行遁法，每日在岳池与诸生讲谈，却又有时在朝邑与旧相知亲友议论，每晚当月白风清时，仍旧去观察天象。到了一夕，是洪武甲戌十月间，忽见荧惑星守在心度上。这荧惑星为执法之星，出则有兵。心度是天子正位，金火犯之，占为血光不止，火来守之，占为国无主。程君楫见了，失惊道：“不好了！国家从此多事了。这不可不对朝廷说知，令他预防。”只见他夫人道：“天道渺茫，那可尽信？你又不是司天监，说甚么星象！”程教谕道：“这事众人不知，我独晓得，怎么不说？若得听信，免起干戈，岂不是南北生灵大幸？”即便上本道：“荧惑为蚩尤旗，所在兵兴。窃恐明年北方有暴兵起，乞固边防，饬武备，杜不虞，以安新祚。”本上，只见这些当国的道：“有这样狂生，妄言祸福！”又有几个心里皆在那厢要处置燕王的，疑心他来游说，即差官召他至京廷问。使命到来，其妻的道：“教你莫做声，果然今日惹出事来！”程教谕道：“何妨？我正要面阙一说。”其妻道：“你既去，我孤身也难回家，不若随你入京，看个下落。”两个一路到京。只见建文君责问他妄言惑众，要把他来处死。程教谕也不慌忙，叩头道：“臣小臣，据所见直言，期圣上消弥，不意反见罪。今且囚臣，若明年不验，杀臣未晚。”建文仁慈之君，便命囚于刑部。可怜程教谕：

直声拟作朝阳凤，囊首嗟同槛内猿。

入得刑部来，这狱卒诈钱。日间把来锁在东厮侧边，秽污触鼻；夜间把来上了柙床，有几个捉猪儿，骂狗儿，摆布他要钱。有几个作好道：“程老爹也是体面中人，不可冲撞他。管狱老爹要见面钱，提控要纸笔钱，我们有些常例，料必晓得，料必拿来。难道肯爱几个钱，把身子吃苦？”又有几个来激的道：“他这些酸子官，拿得甚钱出？不过把身子与面皮捱捱吧！”做好做歹，甚是难听。及至程奶奶着人来望，送些饭来，这些狱卒见他不来使用，故意着牢中死囚都抢去吃了。正在难过，喜得高御史知道程教谕被监，恐怕狱中人难为他，便也着长班来分付狱官、狱卒，叫不许啰唣，又不时差人送饮食、衣服来与他。又知他夫人在京，也不时送与柴米。夫人又自做些针指，足以自给。

囚禁半年，不料永乐爷封为燕王，在北平，因朝中齐尚书、黄太常虑诸王封国太大，兵权太重，要削他们封国，夺他们兵，废了周王、齐王，渐次及燕，以致起兵靖难，取了蓟州，破了居庸，攻下怀来，天下震动。其时朝廷差长兴侯耿炳文为将，督兵三十六万，前往征讨。高御史因上本道：“教谕程济，明于占候，谙于兵机，乞放他从军自效。”建文君准奏，即便差官召他入朝，升他为翰林院编修，充军师，护诸将北征。程编修谢了恩回家，夫妻相见，犹如梦中，各诉苦楚，共说高御史好处。正欲去拜谢，只见高御史已来拜望。程编修即忙出见，谢他周给。高御史道：“这是朋友当然，何必称谢。但只是北方兵起，已如兄言，不知干戈几时可息？”程编修叹息道：“仁兄，小弟时观星象，旺气在北，南方将星暗汶无色，胜负正未可知。”高御史道：“以兄大才，借著帷幄，必能决胜，勿负国家！”程编修道：“知而不言，罪在小弟。言如不用，弟亦无如之何！”两个别了。

这厢自听耿总兵择日出师，随军征讨，大兵直抵真定。程编修进见道：“敌兵虽屡胜，然人心尚未归。况辽东杨总兵、大宁刘总兵各拥重兵，伺其肘腋，未敢轻动。公不若乘此兵威，直抵北平，三面受敌，可以必胜！”不知这耿总兵长于守城，怯于迎战，且道自是宿将，耻听人调度，止将兵分屯河间、鄚州、雄县等处，不料靖难兵乘中秋我兵不备，袭破雄县，并取鄚州，直攻真定，杀得耿总兵大败入城。朝中闻知，召回耿总兵，另用曹国公李景隆。不知这曹国公又是个膏粱子弟，不谙兵机，又且愎谏自用，忮刻忌人。始初闻知耿总兵不听程编修，以致失律，便依他言语，乘靖难兵在大宁，乘虚攻他北平。及至都督瞿能攻破张掖门，反又恐他成功，传令候大兵同进。一夜之间，被燕兵把水淋了城上，冻得铁桶一般，如何攻打！军士们又日在雪中，冻得手足都僵，如何会战！那些靖难兵马都是北人，受惯寒苦，全不在心上。先是燕王提攻大宁兵来救，次后城中杀出，内外夹攻，景隆大败而走。后复战于白沟河，先胜后败。随走济南，被围三月。程编修与铁参政、盛统兵出奇战却。内召还景隆，以盛庸为将，编修遂与景隆还京师。

四年正月，复与魏国公徐辉祖率师援山东。四月，在齐眉山下大破靖难兵。魏国公与何总兵福、平总兵安都议勒石纪功，建碑齐眉山下，以壮军威。碑上尽载当日总兵与参赞力战官员姓名。竖碑的晚些，程编修独备牲醴，暗暗去祭那石碑。众人都道他不知捣甚鬼。不料就是这年，朝中道京师无人，召魏国公与程编修还朝。何总兵无援，不能守御。靖难兵长驱过此山，燕王爷见这新碑，问是甚么碑，左右答道：“是南兵纪功碑。”燕王爷听了大怒，道：“这厮们妄自矜夸，椎碎了！”只见帐前力士飞也似来，才椎得一下，又一个内侍跑来，道：“不要敲！爷叫抄碑上名字哩。”书写的来抄，碑上早已敲去一片，没了一个名字，却正是程编修的。后边这些碑上有名的，都不得其死，却不知有程编修。六月，各处兵降的降，败的败，靖难兵直至龙潭，又至金川门。曹国公各王献了门，京师大乱。此时程编修在京，忙对夫人说：“我将顾君，势不能顾卿矣。卿自为计。”夫人道：“妾计在一死，断不贻君之羞，烦君内顾。”言罢掩泪进房，解下系腰丝绦，悬梁自缢身死。正是：

莫因妾故萦君念，孰识吾心似若坚。

一死敢随陵母后，好披忠赤亟回天。

这边程编修竟奔入宫，只见这些内侍多已逃散，没人拦挡，直入大内。恰是建文君斜倚宫中柱上，长吁浩叹，道："事由汝辈作，今日俱弃我去，叫我如何？"望见程编修，道："程卿何以策我？"编修道："燕兵已入金川门，徐、常二国公虽率兵巷战，料也无济于事了。陛下宜自为计。"建文君道："有死而已！"只见里面马皇后出来，道："京城虽破，人心未必附他。况且各处都差有募兵官员，又有勤王将士，可走往就之，以图兴复。岂可束手待毙！"建文君道："朕孤身如何能去？"程编修道："陛下如决计出逊，臣当从行。"马后便叫宫人里边取些金珠，以备盘费。建文君便将身上龙衮脱去。早宫人已拿一匣来至，打开一看，却是杨应能度牒一张，剃刀一把。建文君见了，道："这正是祖爷所传，诚意伯所留，道后人有大变开此，想端为今日，朕当为僧了。急切得何人披剃？"程编修道："臣去召来。"这边马后另取金珠，那边程编修竟奔到兴隆寺，寻了主僧溥洽，叫他带了几件僧行衣服，同入大内，与建文君落了发，更了衣。建文君对溥洽道："卿慎勿泄！"溥洽叩首道："臣至死不言。"先出宫去了。建文君对马后垂泪道："朕不能顾卿了！但北兵入城，寻朕不得，必至研求，卿何以隐之？"马后道："圣上只顾去，臣妾当作诳楚之韩成，断不作事文之怀嬴！"两下痛哭分手。建文君为僧，程编修改装作一道人，从宫中地道里出天坛去了。正是：

天意潜移不可留，衮衣难驻旧神州。

飘零一似云无蒂，冉冉随风度岭头。

这厢马后送了建文君，便回入宫中，将当时在侧边见闻的宫人尽驱入宫，闭了宫门，四下里放起火来。马皇后着了衮冕，端坐火中而死。

几年硕德正中宫，谁料今来国运终。

一死不辞殉国事，化烟飞上祝融峰。

此时靖难兵已入城，见宫中火起，都道是建文君纵火自焚，大家都去拥立新君，护从成祖谒了陵，登极。当日群臣有不肯归附自尽的，有那周是修一起；不肯归附逃去的，有御史叶希贤一起；成祖所指名做奸党族灭的，方文学一起；还有高御史翔，他知北兵入城，着人去寻程编修，只见回复道："程编修不知去向，只有夫人自缢在房，尚未收敛。"高御史道："程君果以智自全了。"拿出几两银子，着人去殡敛程夫人，葬于燕子矶隙地，立石纪名。闻道宫中火发，建文君自焚，就制了斩衰，入宫哭临。恰遇着成祖登极之日，成祖见了大恼，道："你这干奸臣作此举动，殊是可怪！"高御史道："先君初无失德，今日宾天在殿下。虽云叔侄，犹是君臣，当为举哀发丧。自不行礼，反责行礼之臣？”成祖道：“他今日之死，俱是你们奸党陷他，还来强词！”叫：“驱出斩首！”高御史道：“我之此来，自分必死！但我死正从先君于九泉，日后你死何以见祖宗于地下？”便放声大骂。成祖越恼，传旨剐在都市，还又将他九族诛灭。可怜高御史：

酬君宁惜死，为国不知家。
义气凌云直，忠肝伴日斜。

不说高御史身死。话说建文君与程编修两个离了京城，还拜辞了皇陵，好生凄惨。两个商议，建文君主意道：“齐、黄二人在外征兵，又苏州知府姚善、宁波知府王琎、徽州知府陈彦回俱各起兵，不若投地以图恢复。”程编修道：“北兵入京，圣上出逊，上下人心解体，小人贪功害正，臣还虑此数人不免，如何能辅助圣上？不若且避向湖广不被兵之处，徐图机会。”建文君道：“似此仅可苟免一身，何如一死为愈！”两个只得向湖广进发。那建文君在路上呵：

水泻辞宫泪，山攒失国眉。
野花皆惹恨，芳草尽生悲。

只见建文君对程编修：“如今我你在路，也须避些嫌疑。以后你只称我师父，我只叫你做程道者，君臣二字再休题起了。”说罢，泪如雨下。道者见了，说：“人都道出家离烦恼，师父这烦恼是离不得的。但似这等悲哀郁抑，也是惹人疑处。师父还宜节哀。”建文道：“当日龙楼凤阁，今日水宿山栖；当日弁冕衮衣，今日缁衣皂笠，忧愁之极。也不想珍馐百味，粉黛三千，但想起祖爷百战，挣这天下，我又不曾像前代君王荒淫暴虐，竟至一旦失了，云水为僧，才一念及，叫我如何消遣！”两个反又悲伤了一番。于路一应肩挑行李，借宿买饭，俱是程道者支撑。后边建文君知道马皇后死于火，程道者访知他妻自缢，高御史不屈被刑，草草备了些祭礼，深夜在旷野之处祭奠了一番。以后凡遇春秋，高皇、太后、懿文太子、皇妃忌辰，俱各把些麦饭山蔬祭献。

行至黄州，建文君因为忧郁，感成一病。那程道者便借下个小庵歇宿，赎药调理，无所不至。建文君终是皇帝生性，自在惯了，有些需索不得，不免不快，形之词色。程道者略不在意，越加小心。忽一日，对程道者道：“我这沦落，于理应该。以你的才，若肯败节，怕不得官？就不然，回到家乡，田园还在，也可得个快乐。不若你去罢！”道者道：“一自入宫，臣妻已是自缢，绝无家累相牵。师父若无我，一步也如何去得！此后只愿恢复得成，同归金阙；

恢复不成，也同老草莽，再无退悔之心！”建文君道：“看此光景，恢复难望了。只是累你受苦，于心不安。”道者道：“师父且将息身体，莫把闲事在念。”一病数月，渐已痊安。道者见庵中人是有厌烦的意思了，便扶持建文君离了小庵，把些银子谢了他，再往武昌进发。正是：

难同皎日中天丽，却作游云海角浮。

行至长沙，有干无藉的人，倡为白莲教，拥一个妖僧为主。有一妖镜，妖僧照时，就见他头带平天冠，身穿衮龙袍；其余或是朝衣朝冠，或是金盔金甲，文武将吏；也有照出驴马畜生，都求妖僧忏悔，信从了他。那妖僧道：“天数我当为中原天子，汝等是辅弼大臣。汝等当同心合意，共享富贵。”当日山野愚民为他诳惑，施舍山积，聚作粮饷，结有党与数万，意将欲和乱。建文君要往相从，道者道：“这干人断不能济事，况他已拥立妖僧作主，必不为师父下。若去住从，徒取其辱。”建文君道：“与其泯泯死在道路，还是猛烈做他一番。”道者道：“不若待他作红巾之类，先扰乱了天下，离乱了人心，师父乘势而起。”建文君不听，到那地方，只见妖僧据一个大寺中。先有一来礼拜女人，生得标致，曾在镜中照得他带着皇后冠服，便立做皇后；还有好些妇女，做了嫔妃；两个徒弟湛然、澄然，做宰相，只是叫人念佛布施；两个村夫张铁、周逞做将军，也只取他身体瑰伟，形状凶猛。入伙的，先备礼见了宰相，后见妖僧，要称臣舞蹈。程道者对建文君说：“师父，你甘心么？”两个就不入伙。不多几时，他兵不是训练的，又没个队伍，不上一月，已被官兵剿除，还行州县捉拿余党。凡是游食僧道，多遭拘执。多亏得有了度牒，又是程道者遇着盘诘，或是用钱，或是用术，脱身入川。闻得重庆府大善庆里有一个僧人，极奇怪，好饮酒狂哭，不念经典，只是读《易经·乾卦》《离骚》，里人为他建有丛林，必竟是靖难遗臣，不若投他，暂时息肩。不期到得白龙山，此僧又已圆寂。有几个和尚，恰似祖传下的寺宇，那肯容留人？两人只得又离了，往来蜀中。一日在成都市上遇着一个箍桶的，一见建文君，便扯住大哭，拜倒在地，迎他回家，一市惊怪。及到家，却是一斗之室，不能容留。且因市上惊疑，势难驻足，只得又往别县。在江油时，供宿正觉禅寺，薄晚，只见一个补锅的挑了个担儿走入来。一见便掩了房门，倒地哭拜，道：“臣于市中已见陛下，便欲相认，恐召人物色，故特晚间来见，愿随陛下云游。”建文君垂泪道：“此来足征卿忠尽，但我二人衣食尝苦不给，尝累程道者餐粗忍冻，多卿又恐为累。且三人同行，踪迹难隐。卿可在此，朕已铭卿之忠矣。”补锅匠再三要随行，建文君再三谢却。

补锅匠只得将身边所有工银，约五七钱，却有百十余块，递上道者说："权备中途一饭之费。"垂泪叩辞去讫。此时微微听得朝廷差胡尚书访求张三丰，自湖广入川。程道者道："此行专为师父。"两人又舍了蜀中，往来云、贵二省，十余年，或时寄居萧寺，遭人厌薄；或时乞食村夫，遭他呵骂；或时阴风宿雨，备历颠危；或时受冻忍饥，备尝凄楚。尝过金竺长官司，建文君作一诗题在石壁上，道：

其一

风尘一夕忽南侵，天命潜移四海心。
凤返丹山红日远，龙归沧海碧云深。
紫微有象星还拱，玉漏无声水自沉。
遥想禁城今夜月，六宫犹望翠华临。

其二

阅罢《楞严》磬懒敲，笑看黄屋寄云标。
南来瘴岭千层迥，北望天门万里遥。
款段久忘飞凤辇，袈裟新换衮龙袍。
百官此日知何处，惟有群鸟早晚朝。

程道者也作一诗相和，道：

其一

吴霜点点发毛侵，不改唯余匪石心。
作客岁华应自短，避人岩壑未曾深。
龙蛇远逐知心少，鱼鹏依稀远信沉。
强欲解愁无可解，短筇高岫一登临。

其二

灶冷残烟择石敲，奔驰无复旧丰标。
迢迢行脚随云远，炯炯丹心伴日遥。
倦倚山崖成石枕，闲寻木叶补寒袍。
金陵回首今何似，烟雨萧萧似六朝。

建文君忽对程道者说："我年已老，恢复之事，竟不必言。但身死他乡，谁人知得？不若寻一机会回朝，归骨皇陵，免至泯没草野。"两个就也尝在闹市往来，却无人识认。一朝在云南省城游行，见有头踏过来，两人便站在侧边，偷眼一看，那轿上坐的却是旧臣严震直，奉使交趾过此。建文君即忙突出，道："严卿何处我？”那时严尚书听见，愕然忙跳下轿，道："臣不知陛下尚存，幸陛下自便，臣有以处。”等建文君去了，上轿回到驿中，暗想道："今日我遇了建文君，不礼请他回去，朝廷必竞嗔我;倘同他回去，朝廷或行害了，恰是我杀害他了。如何是好？”又叹息道："金川失守，我当为他死节，就如今为他死，已多活几十年了。”便于半夜自缢身死。次早，这边建文君又往见他，要他带回京，只见驿前人沸沸腾腾，道："不知甚原故，严爷自缢身死了。”县官在驿里取材取布，忙做一团。建文君听了，吃了一惊，道："我要去不得去，又害了他一条命！”只得与程道者隐入深山。

又是年余，是正统庚申，决计要回。走至云南省城大灵禅寺中，对住持道："我是建文皇帝。”这些和尚尽皆惊怪，报与抚按三司，迎接到布政司堂上坐定。程道者相随。对各官道："我朱允炆，前胡给事名访张儠俋，实是为我。今我年老，欲归京师，你们可送我至京。”三司只得将他供给在寺中，写本奏上，着驰驲进京。在路作诗曰：

牢落西南四十秋，萧萧白发已盈头。
乾坤有恨家何在，江汉无情水自流。
长乐宫中云气散，朝元阁下雨声收。
新蒲细柳年年绿，野老吞声泣未休。

迤逦而来，数月抵京。奉旨暂住大兴隆寺。朝廷未辨真伪，差一个曾经伏事的太监吴亮来认识。只见建文君一见，便道："吴亮，你来了么？”那吴太监假辨道："谁是吴亮？我是太监张真！”建文君道："你哄谁来？当日我在便殿，正吃子鹅，撇一片在地上赐汝，那时你两手都拿着物件，伏在地下，把舌来吃了，你记得么？”吴亮听得，便拜在地下，嚎啕大哭，不能仰视，自行覆命去了。

十年辞凤辇，今日拜龙颜。

只见当晚程道者走到禅堂，忽见一个胡僧，眉发如雪，有些面善，仔细去看他，只见那胡僧道："程先生，你大事了毕，老僧待你也久了。”程道者便也醒悟，是维摩寺向遇胡僧。就向前拜见了，道："劳师少待，我当随行。”时已初更，程道者来对着建文君道："吴亮此去，必来迎圣上了。臣相从四十年不忍分手，但圣上若往禁中，必不能从，故此先来告辞。”建文君道："我这得归骨京师，都是你的功。我正要对宫里道你忠勤，与你还乡，或与你一大寺住持，怎就飘然而去？”程道者道："臣已出家，名利之心俱断，还图甚还乡、住持？只数十年相随，今日一旦拜别，不觉怅然！”两个执手痛哭，道者拜了几拜，相辞。这边建文君入宫，那边程道者已同胡僧去了。其时朝中已念他忠来召他，各官也慕他忠来拜他。不知他已与胡僧两个飘然长往，竟不知所终。这便是我朝一个不以兴废动心，委曲全君，艰难不避的知士么！这人真可与介子推并传不朽。

雨侯曰：国破君亡，更望谁怜其忠？靖难中一干死节行遁诸君子，真忠臣也。然业为君臣，听其流离道路，每一念及，能无怃然乎！则程编修之间关卫主，固一忠之尤耳。

叙

忱不动金石，忱不精；思不通鬼神，思不深。忱精思深，鬼神作使：梦亦吾神追为破昧，恋亦吾神自为联聚。不尔，一膝下境若山河者多矣。然遐荒而合之，膝下而离之。若人何心，真不堪与王君作奴，真不得不借此作炉锤也。

翠娱阁主人撰

第九回　避豪恶懦夫远窜　感梦兆孝子逢亲

残日照山坞，长松覆如宇。啾啾宿鸟喧，欣然得所主。嗟我独非人，入室痛无父。跋涉宁辞远，栉沐甘劳苦。朝寻鲁国山，暮宿齐郊雨。肯令白发亲，飘泊远乡土。

“哀哀父母，生我劬劳。父母之恩，昊天罔极。”若使父母飘泊他乡，我却安佚故土，心上安否？故此宋时有个朱寿昌，弃官寻亲。我朝金华王待制祎，出使云南，被元镇守梁王杀害，其子间关万里，觅骸骨而还。又还有个安吉严孝子，其父问军辽阳，他是父去后生的，到十六岁，孤身往辽阳寻问，但他父子从不曾见面，如何寻得？适有一个乞丐问他求乞，衣衫都无，把席遮体。有那轻薄的道：“这莫不是你父亲？”孝子一看，形容与他有些相似，问他籍贯姓名，正是他父亲。他便跪拜号哭，为他沐浴更衣，替父充役。把身畔银子故意将来供与同伴，像个不思量回乡意思，使人不疑。忽然他驼了爷回家，夫妇子母重聚。这虽不认得父亲,还也晓得父亲在何处。如今说一个更奇特的，从不曾认得父亲面庞,又不知他在何处,坚心寻访,终久感格神明,父子团圆的。

这事出在山东青州府。本府有个安丘县，县里有个弃金坡，乃汉末名士管宁与华歆在此锄地得金,华歆将来掷去,故此得名。坡下有个住民,姓王名喜，是个村农，做人极守本分，有荒地十余亩，破屋两三椽。恰是：

几行梨枣独成村，禾黍阴阴绿映门。
墙垒黄沙随雨落，椽疏白荻逐风翻。
歌余荷耒时将晚，声断停梭日已昏。
征缮不烦人不扰，瓦盆沽酒乐儿孙。

他有一妻霍氏，有一个儿子，叫做王原。夫耕妇馌，尽可安居乐业。但百姓有田可耕，有屋可住，胡乱过得日子，为何又有逃亡流徙的？却不知有几件弊病：第一是遇不好时年，该雨不雨，该晴不晴，或者风雹又坏了禾稼，蝗虫吃了苗麦，今年田地不好，明年又没收成，百姓不得不避荒就熟。第二是遇不好的官府坐在堂上，只晓得罚谷罚纸，火耗兑头，县中水旱也不晓得踏勘申报，就勘报时也只凭书吏胡乱应个故事，到上司议赈济也只当赈济官吏，何曾得到平人？百姓不得不避贪就廉。第三是不好的里递当十年造册时，花分诡寄，本是富户，怕产多役重，一户分作两三户，把产业派向乡官举监名下，那小户反没处挪移，他的徭役反重。小民怕见官府，毕竟要托他完纳，银加三，米加四，还要津贴使费，官迟他不迟，官饶他不饶，似此咀啮小民，百姓也不能存立。

这王喜却遇着一个里蠹，姓崔名科，他是个破落户，做了个里胥，他把一家子都要靠着众人养活。王喜此时是个甲首，该有丁银；有田亩，该有税粮。他却官府不曾征比，便去催他完纳。就纳完了，他又说今年加派河工钱粮哩，上司加派兵饷哩，还要添多少。穷民无钱在家，不免延挨他两个日子，一发好不时时去搔扰。一到要他酒饭吃，肉也得买一斤，烧刀子也要打两瓶请他。若在别家吃了来时，鸡也拿他只去准折。略一违拗，便频差拨将来。其时正是国初典作之时，筑城凿池，累累兴师北伐，开河运米，正是差役极多、极难时节。王喜只因少留了他一遭酒，被他拨得一个不停脚，并不曾有工夫轮到耕种上，麦子竟不曾收得。到夏恰值洪武十八年，是抗旱时节，连茹茹都焦枯了，不结得米；便有几株梨枣，也生得极少，家中甚难过活。村中有一个张老三，对王喜道："王老大，如今官府差官赈济，也好骗他三五钱银子，你可请一请崔科，叫他开去。"王喜为差拨上，心上原也不曾喜欢他，只是思量要得赈济，没奈何去伺候他。他道："今日某人请我吃饭，某人请我吃酒，明日也是有人下定的，没工夫。"王喜回来对妻子道："请他他又道没工夫，怎处？"霍氏道："这明白是要你拿钱去。"王喜道："要酒吃还好去赊两壶，家里宰只鸡，弄块豆腐，要钱那里去讨？"霍氏道："咱身上还有件青绵布衫，胡乱拿去当百来文钱与他罢。"王喜拿了去半日，荒时荒年自不典罢了，还有钱当人家的？走了几处，当得五十钱。那王原只得两岁儿，看了又哭，要买馐馐吃。王喜也顾他不得，连忙拿了去见崔科。他家里道："南村抄排门册去了。"到晚又去，道："五里铺赵家请去吃酒去了。"一连走了七八个空往回，才得见崔科，递出钱去，道："要请你老人家家去吃杯酒，你老人家没工夫；如今折五十个钱，你老人家买斤肉吃罢。"那崔科笑了笑道："王大，我若与你造入赈济册，就是次贫也该领三钱银子，加三也该九分。这几个钱叫老子买了肉没酒，买了酒没肉，当得甚来？好歹再拿五十钱来，我与你开做次贫吧。"王喜回去闷闷不快，霍氏问时，他道："攮刀的嫌少哩！道次贫的有三钱，加三算还要我五十文！"霍氏道："适才拿钱来，原儿要个买波波不与他，还嫌少？哥，罢！再拿我这条裙去，押五十个与他。若得三钱银子赎了当，也还有一二钱多，也有几日过。"王喜只得又去典钱，典了送崔科，却好崔科不在，嫂子道："他在曹大户家造册，你有甚话，回时我替你讲。"王喜便拿出五十个钱，道："要他开次贫。"嫂子道："知道了，我教他开。"王喜道："奶奶不要忘了。"他嫂子道："我不忘记，分付他，料不敢不开。"王喜欢天喜地自回。

那嫂子果然钱虽不曾与崔科，这话是对他说的。怎奈崔科噇了一包子酒，应了，却不曾记得。到赈济时，一个典史抬到乡间，出了个晓谕，道："极贫银五钱，谷一石。次贫银二钱，谷五斗。照册序次给散。"只见乡村中扶老携幼，也有驼条布袋的，也有拿着栲栳的，王喜也把腰苎裙联做丫口赶来。等了半日，典史坐在一个古庙里唱名给散。银子每钱可有九分书帕，谷一斗也有一升凹谷，一升沙泥。先给极贫，王喜道："这咱不在里边的。"后边点到次贫，便探头伸脑去伺候，那里叫着？看看点完，王喜还道钱送得迟，想填在后边，不知究竟没有。王喜急了，便跪过去，崔科怕他讲甚么道："你有田有地的，也来告贫？"那典史便叫："赶出去！"王喜气得个不要，赶到崔科家里。他家里倒堆有几石谷，都是鬼名领来的，还有人上谢他的。他见了不由得不心头火发，道:“崔科！忘八羔子！怎诓了人钱财，不与人造册？”崔科道:“咄！好大钱财哩！我学骗了你一个狗抓的来。”王喜道:“我有田有地，不该告贫。你该诓这许多谷在家里么？我到县里首你这狗攮的！”崔科道:“你首！不首的是咱儿子！”便一掌打去。王喜气不过，便一头撞过来，两个结扭做一处。只见众人都走过来道王喜不是，道:“他歹不中也是一个里尊，你还要他遮盖，怎生撞他？”那崔科越跳得八丈高，道:“我叫你不死在咱手里不是人！明日就把好差使奉承你！”那王喜是本分的人，一时间尚气便伤了崔科，一想起后边事，“他若寻些疑难差使来害我，怎生区处”？把一天愤气都冰冷了，便折身回家。霍氏正领了王原立在门前，见王喜没有谷拿回，便道:“你关得多钱，好买馩馩与儿子吃。”王喜道:“有甚钱？崔科囚攮的得了咱钱，又不给咱造册，咱与他角了口，他要寻甚差使摆布咱哩！”霍氏道:“前日你不请得他吃酒，被他差拨了半年。如今与他角了口,料也被他腾倒个小死哩！”两个愁了一夜。清早起来，王喜道:“嫂子，如今时世不好，边上鞑子常来侵犯，朝廷不时起兵征剿，就要山东各府运粮接济，常见大户人家点了这差使，也要破家丧身的。如今恶了崔科，他若把这件报了我，性命就断送在他手里，连你母子也还要受累。嫂子，咱想咱一时间触突了崔科，毕竟要淘他气。不若咱暂往他乡逃避，过一二年回来，省得目前受害。”指着王原道:“只要你好看这孩子。”霍氏道:“哥，你去了，叫咱娘儿两个靠着谁来？你还在家再处。”王喜道:“不是这般说。我若被他算计了，你两个也靠我不得。这才是三十六着，走为上着。”且喜家徒四壁，没甚行囊收拾得了，与妻子大哭一场，便出门去了。正是：

　　鳄吏威如虎，生民那得留？
　　独余清夜梦，长见故园秋。

王喜起了身，霍氏正抱着王原，坐在家里愁闷，那张老三因为王喜冲突了崔科，特来打合他去陪礼，走来道:“有人在么？”霍氏道:“是谁？”张老三还道王喜在，故意逗他，耍道:“县里差夫的。”那霍氏正没好气，听了差夫只道是崔科，忙把王原放下，赶出来一把扭住张老三，道:“贼忘八！你打死了咱人，还来寻甚么！”老三道:“嫂子，是咱哩。”霍氏看一看，不是崔科，便放了。老三道:“哥在那厢？”霍氏道:“说与崔科相打，没有回来。”老三道:“岂有此理！难道是真的？”霍氏道:“怎不真？点点屋儿,藏在那里？不是打死，一定受气不过，投河了！”张老三道:“有这等事？嫂子，你便拴了门，把哥儿寄邻舍家去，问崔科要尸首，少也诈他三五担谷！”果然霍氏依了赶去，恰好路上撞着崔科，一把抓住道：“好杀人贼哩！你诓了咱丈夫钱，不与他请粮，又打死他！”当胸一把，连崔科的长胡子也扭了，崔科动也动不得。那霍氏带哭带嚷，死也不放。张老三却洋洋走来，大声道：“谁扭咱崔老爹？你吃了狮子心哩！”霍氏道：“这贼忘八打死咱丈夫，咱问他要尸首！”老三道：“你丈夫是谁？”霍氏道：“王喜！”老三道：“是王喜？昨日冲撞咱崔老爹，我今日正要寻他陪礼。”霍氏道：“这你也是一起的，你阎罗王家去寻王喜！咱只和你两个县里去！”扯了便走。张老三道：“嫂子，他昨两个相打，须不干咱事。”霍氏道：“你也须是证见。”霍氏把老三放了，死扭住崔科，大头撞去。老三假劝。随着一路又撞出一个好揽事的少年，一个惯劈直的老者，便丛做一堆。霍氏道：“他骗咱丈夫一百钱，不与丈夫请粮！”崔科道：“谁见来？”霍氏便一掌打去，道：“贼忘八！先是咱一件衫当了五十钱，你嫌少，咱又脱了条裙当五十钱，你瞎里不瞧见咱穿着单裤么！”这老者道：“崔大哥，你得了他钱，也该与他开。”霍氏道：“是晚间咱丈夫气不愤的去骂他，一家子拿去一荡子打死，如今不知把尸首撩在那里？”指着老三道：“他便是证见。咱和他县里去讲！”崔科道：“昨日是他撞咱一头，谁打他来？”老者道：“这等打是实了。嫂子，我想你丈夫也未必被他打死，想是粮不请得，又吃他打了两下，气不愤，或者寻个短见，或者走到那厢去了。如今依咱处，他不该得你钱不与你粮，待他处几担谷与你罢。”少年连叫：“是，是！”霍氏道：“你老人家不知道，他一向卖富差贫，如今上司散荒，他又诈人酒食才方报册，没酒食的写他票子领出对分，还又报些鬼名冒领官钱。咱定要官司结煞！”少年道：“这嫂子也了得哩！嫂子，官司不是好打的！凭他老人家处罢。”那老者道：“你当了裙衫也只为请粮，今日丈夫不见也只为请粮，我们公道，处少也说不出，好歹处五名极贫的粮与你，只好二两五钱银子、五担谷吧。”霍氏道：“谁把丈夫性命换钱哩！”崔科还在那里假强，张老三暗地对他道：“哥，人命还是假的，冒粮诈钱是真。到官须不输他妇人？”崔科也便口软，处到五两银子、八担谷。霍氏道：“列位老人家，我丈夫不知仔么？他日后把些差拨来，便这几两银子也不够使用，咱只和他经官立案，后边还有成说。”张老三道：“你如今须是女户，谁差得着？”霍氏还不肯倒牙，张老三道：“嫂子，这老人家处定了，崔老爹也一厘加不得了，你怕他后边有事，再要他写个预收条粮票，作银子加你。”众人团局，崔科也只得依处。霍氏也便假手脱散了伙，自与儿子过活。这边崔科劳了众人处分，少不得置酒相谢，又没了几两银子，不题。

却说王喜也是一味头生性，只算着后边崔科害他，走了出去，不曾想着如何过活。随身只带一个指头的刷牙，两个指的箸儿，三个指头的抿子，四个指头的木梳，却不肯做五个指头伸手的事，苦是不带半厘本钱，又做不得甚生理。就是闯州县，走街坊，无非星相风水课卜，若说算命，他晓得甚么是四柱？甚么是大限小限？官卯刃杀？要去相面，也不知谁是天庭？谁是地角？何处管何限？风水又不晓得甚来龙过脉，沙水龙虎？就起课也不曾念得个六十四卦熟，怎生骗得动人？前思后想，想起一个表兄，是个吏员，姓庄名江，现做定辽卫经历。不若且去投他。只是没盘缠，如何去得？不如挨到临清，扯粮船绕进京再处。果然走到临清，顶了一个江西粮船的外水缺，一路扯绕到通湾。吃了他饭，又得几钱工银，作了路费。过了京师，也无心观看。趱过了蓟州、永平，出了山海关，说不尽千辛万苦，才到得定辽卫。走至那边，衙门人道："目下朝廷差宋国公征纳哈出，差去催趱军粮不在。"等了两日，等得回来，去要见，门上道："你是告状的，除了帽，拴了裙进去；若是来拜，须着了公服，待我替你投帖。若肯见，请见。"王喜道："我只有身上这件衣服，你只替我说，表弟王喜拜就是了。"门上道："这里不准口诉，口里拜帖儿是行不通的。"王喜见他做腔，道："不打紧，我自会见。"自在那边伺候。恰值他出来，便向前一喏，道："表兄，小弟王喜在这里。"那庄经历把头一别，打伞的便把伞一遮去了。王喜大没意思。又等他回，便赶过去把轿杠攀住，道："表兄，怎做这副脸出来？"手下几掀掀不开，庄经历只得叫："请进私衙来。"两个相见，做了许多腔，道："下官误蒙国恩，参军边卫，止吃得这厢一口水，喜得军民畏伏。"王喜备细告诉遭崔科蔽抑，庄江道："敝治幸得下官体察民隐，却无此辈。"留了一箸饭，道："请回寓，下官还有薄程。"走到下处，只见一个人忙忙的送一封书帕，说"老爷拜上"，道："老爷在此极其清苦，特分俸余相送。公事多，不得面别。"去了。王喜上手便折，称来先先二钱六分，作三钱。王喜呆了半日，再去求见，门上不容他。又着人分付店主人，催起身。只得叹了几口气出门。思量无路可投，只得望着来时这条路走。

行了两日，过了广宁，将到宁远地方，却见征尘大起，是宋国公兵来。他站在大道之傍，看他一起起过去，只见中间一个管哨将官有些面善，王喜急促记不起，那人却叫人来请他去营中相见。见时，却是小时同窗读书的朋友全忠。他是元时义兵统领，归降做了燕山指挥佥事，领兵跟临江侯做前哨。一见便问他："缘何衣衫褴褛，在这异乡？"他备细说出来的情由，并庄表兄薄情。全忠道:“贤兄，如今都是这等薄情的，不必记他。但你目今没个安身之所，我营中新死了一个督兵旗牌，不若你暂吃他的粮。若大军得胜，我与你做些功，衣锦还乡罢。”王喜此时真是天落下来的富贵，如何不应允！免不得换了一副缠粽大帽，红曳撒，捧了令旗令牌，一同领兵先进。过了三坌河，却好上司拨庄经历解粮饷到前军来，见了王喜，吃一大惊，就来相见。说他荣行送了三两赆礼，求他方便收了粮。王喜道宁可他薄情，也便为他周旋。自随全先锋进兵。进兵时，可奈这些鸦雀日日在头上盘绕，王喜也便心上不安。那主将临江侯陈镛，又是个膏粱子弟，不晓得兵事，只顾上前，不料与大兵相失了，传令道:“且到金山屯兵，抓探大兵消息。”离金山还有百余里，一派林木甚盛，忽听得林子里一声铜角，闪出五六百鞑子来。临江侯倚部下有兵万余，叫奋勇杀上去。全指挥便挥刀砍死。谁知这是他出哨的兵，初时也胜他一阵，不料还有四五万大兵在后，追不过一二里，他大兵已到，跑得个灰尘四起，天地都黑。两边乱砍，全指挥马已中箭跌倒了，王喜便把自己的马与他骑，争奈寡不胜众，南兵越杀越少，鞑兵越杀越多，全军皆死。王喜因没了马，也走不远，与一起一二百人，只逃到林子边，被追着砍杀。王喜身中一枪，晕倒在地。两个时辰醒来，天色已晚，淡月微明。看一看地下时，也有折手的、折脚的、断头的、马踹的，都是腥血满身。那死的便也不动了，那未死的还在那里挣跳，好不惨伤！自己伤了枪，也不能走动，走在林子里。只见远远有人来，王喜道:“可可还剩得一个人，好歹与他走道儿罢。”到面前时，却是个妇人，穿着白，道:“王喜，你大难过了，还有大惊，我来救你。”便拾一枝树枝，在地下画一个丈来宽大圈子，道:“你今夜只在此圈里坐，随甚人鬼不能害你。异日还在文登与你相会。”说罢，这妇人去了。王喜道:“这所在有这妇人，非仙即佛。”又道文登相会，这话也不解。但坐在这圈中，若有鞑子来，岂不被他拿去？且坐了试一试看。”坐到初更，只听得林子背后唰唰风起，跳出一个夜叉来，但见:

两角孤峰独耸，双睛明镜高悬。朱砂鬓发火光般，四体犹如蓝靛。
臂比钢钩更利，牙如快刃犹铦。吼声雷动小春天，行动一如飞电！

竟望着王喜扑来。王喜不是不要走，却已惊得木呆，又兼带伤，跑不动了。只见那夜叉连扑几扑，到圈子边，就是城墙一般，只得把王喜看上几眼，吼了几声，回头见地上无数的死人，他便大踏步赶去，把头似吃西瓜般，嘘搜嘘搜，一连抓来啃上几十个，手足似吃藕般，咽散咽散，吃了几十条。那王喜看了，魂都没了。那夜叉吃饱了，把胸前揉上两揉，放倒头睡了一觉，跳将起来，双爪把死人胸膛挖开，把心肚又吃上几十副才去。渐渐天明，王喜道："若没这圈，咱一个也当不得点心哩！若得到家，咱也只拜佛看经，谢神圣罢了。"又到战场上看时，看见个人身边一个钞袋，似有物的，去捏一捏，倒也有五七两兵粮。他就去各人身边都搜一搜，倒搜得有七八十两。笑了笑道："惭愧！虽受了惊险，得这横财，尽好还乡度日了。"一个人孤孤影影、耽饥受饿了几日，走到辽阳。恰好撞见庄经历，只道他差回，忙请他到衙，问起，却是军败回来。他就道："足下如今临阵逃回，是有罪的了。下官也不敢出首，也不好留足下，还须再逃到别处。若再迟延，恐我衙门人知得不便。"王喜只得辞了。道："他原是薄情的，只是我身边虽有几两银子，回家去怕崔科来查我来历，我且到京师去做些生意。若好时，把妻子移来便是。"一路向着京师来，已不差得一日路，在路上叫驴，集儿上已没了，只得走着。看见远远一个掌鞭的骑着驴来，他便叫了。不料上驴时掌鞭的把他腰边一插，背后一搀，晓得他有物了；又欺他孤身客人，又不曾赶着队，挨到无人处所，猛地把驴鞭上两鞭，那驴痛得紧，把后脚一掀，把个王喜扑地一声，跌在道儿上。那掌鞭的将来按住，搜去暖肚内银两，跳上驴去了。比及王喜爬得起来，只见身边银子已被拿去，两头没处寻人，依然剩得一个空身。正是：

薄命邓通应饿死，空言巴蜀有铜山。

王喜站在道儿上，气了一回，想了一回，道："枉了死里逃生，终弄得一钱没有，有这等薄命！"走了半晌，见一个小火神庙，道："罢，罢！这便是我死的所在了。只是咱家妻子怎生得知？早知如此，便在家中，崔科也未便奈何得我死！"坐在神前，呜咽哭了半日。正待自缢，只听得"呀"地一声，里边门响，道："客官不可如此，人身难得！"却是五十来岁一个僧人。王喜把从前事告诉这僧人，僧人劝慰了一番，道："小僧大慈，是文登县成山慧日寺和尚，因访知识回来，不欺抱病在此两月，今幸稍痊，不若檀越与小僧同行到敝寺，小僧可以资助檀越还乡。"王喜道："小可这性命都是师父留的，情愿服事师父到宝刹。"过了两日，大慈别了管庙道人，与王喜一路回寺，路上都是大慈盘缠，到得寺中。原来这大慈是本寺主僧，那一个不来问候！大慈说起途中抱病，路上又亏这檀越扶持得回，就留王喜在寺中安寓。

一日，大慈与王喜行到殿后白衣观音宝阁，王喜见了，便下老实叩上十来个头，道："佛爷爷！果然在这里相会。"大慈道："檀越说救夜叉之患的便是此位菩萨么？敝寺原是文登县地界。”王喜因道：“前日原有愿侍奉菩萨终身，如今依了菩萨言语，咱在此出了家罢。”大慈道：“檀越有妻有子，也要深虑。”王喜道：“沙场上火神庙时，妻子有甚干？弟子情愿出家。”大慈道：“若果真心，便在此与老僧作个伴儿，也不必落发。前许资助盘费，今你不回，老僧就与你办些道衣，打些斋，供佛斋僧罢。”随即择了个好日，不两日点起些香烛，摆列些蔬果，念了些经文，与他起个法名叫做大觉，合寺因叫他大觉道者。自此王喜日夕在大慈房中搬茶运水，大慈也与他讲些经典，竟不思家了。

家中霍氏虽知他是逃在外边，却不知是甚所在，要问个信，也没处问，只是在家与儿子熬清受淡，过了日子。光阴迅速，王喜去时王原才得两周三岁，后边渐渐的梳了角儿读书，渐渐蓄了发。到十五六岁时，适值连年大熟，家中倒也好过了。常问起父亲，霍氏含着泪道：“出外未回。”到知人事时，也便陪着母亲涕泣思想。只是日复一日，不见人来，又没有音信，他问母亲道：“爹在外做甚？怎再不见他？”霍氏细把当日说起，王原道：“这等爹又不是经商，他在外边仔么过？我怎安坐在家不去抓寻？”便要起身。霍氏道：“儿！爹娘一般的，你爹去了你要去寻，同在一家的反不伴我。你若又去了，叫我看谁？”王原听了，果是有理，就不敢去。却日日不忘寻爹的念头。到十八岁时，霍氏因他年纪已大，为他寻了个邻家姓曾的女儿做媳妇，虽是小户人家，男家也免不得下些聘物，女家也免不得赔些妆奁，两个做亲。才得一月，那王原看妻子却也本分孝顺，便向母亲道：“前日要去寻爹，丢母亲独自在家里，果是不安；如今幸得有了媳妇，家中又可以过得，孩儿是明日便起身去寻父亲。”霍氏道：“你要去我也难留你，只是没个定向，叫你哪厢去寻？寻得见、寻不见好歹回来，不要使我记念！”又拿一件破道袍、一条裙道：“这布道袍，因你爹去时是秋天，不曾拿得去。这裙是我穿的，你父亲去当钱与崔科。这两件他可认得。你两边都不大认得，可把这个做一执照。”姑媳两个与他打点了行李，曾氏又私与他些簪珥之类，道：“你务必寻了回来，解婆婆愁烦。”王原便拜别起身。正是：

矢志寻乔木，含悲别老萱。
白云飞绕处，瞻望欲消魂。

想道他父亲身畔无钱，不能远去，故此先在本府益都、临淄、博兴、高苑、乐安、寿光、昌乐、临朐、诸城、蒙阴、莒州、沂水、日照各县，先到城市，后到乡村，人烟凑集的处在，无不寻到。又想道父亲若是有个机缘，或富或贵，一定回来。如今久无音信，毕竟是沦落了。故此僧道星卜下及佣工乞丐、里边都去寻访。访了几月，不见踪迹，又向本省济南、衮州、东昌、莱州各府找寻。也不知被人哄了几次，听他说来有些相似，及至千辛万苦寻去，却又不是，他并没个怨悔的心。见这几府寻不见，便转到登州，搭着海船行走。只见这日忽然龙风大作，海浪滔天，曾有一道《黄莺儿》咏它：

砂石走长空。响喧阗，战鼓轰。银墙一片波涛涌。看摧樯落篷，苦舟欹楫横。似落红一点随流送。叫天公，任教舴艋，顷刻饱鱼龙。

那船似蝴蝶般东飘西侧，可可里触了礁，把船撞得粉碎。王原只抱得一块板，凭他洛来洛去，上边雨又倾盆似倒下来，那头发根里都是水，胸前都被板磨破了。亏得一软浪，打到田横岛沙上搁住了，他便望岸不远，带水拖泥，爬上岸来。只见磨破的胸前经了海里咸水，疼一个小死，只得强打精神走起，随着路儿走去，只一个小小庙儿：

荒径蓬蒿满，颓门薜荔缠。神堂唯有板，砌地半无砖。鬼使趾欲断，判官身不全。苔遮妃子脸，尘结大王髯。几折余支石，炉空断篆烟。想应空谷里，冷落不知年。

王原只得走进里边暂息，向神前拜了两拜，道："愿父子早得相逢！"水中淹了半日一夜，人也困倦，便扯过拜板少睡。恍惚梦见门前红日衔山，止离山一尺有余，自己似吃晚饭一般，拿着一碗莎米饭在那里吃，又拿一碗肉汁去淘，醒来却是一梦。正是：

故乡何处暮云遮，漂泊如同逐水花。

一枕松风清客梦，门前红日又西斜。

正身子睡着想这梦，只听得祠门簌簌，似有人行走。定睛看处，走进一个老者来，头带东坡巾，身穿褐色袍，足着云履，手携筇杖，背曲如弓，须白如雪，一步步挪来，向神前唱了一个喏。王原见了，也走来作上一个揖。老者问："少年何来？"王原把寻亲被溺之事说了。老者点头道："孝子！孝子！"王原又将适才做的梦请教。那老者一想，道："恭喜，相逢在目下了。莎米根为附子，义取父子相见；淘以肉汁，骨肉相逢；日为君父之象，衔山必在近山，离山尺余，我想一尺为十寸，尺余十一寸，是一寺字。足下可即山寺寻之。"王原谢了老者，又喜得身上衣衫已燥，行李虽无，腰边还有几两盘缠，还可行走。使辞了老者，出了庙门，望大路前进。因店中不肯留没行李的单身客人，只往祠庙中歇宿。一路问人，知是文登县界，他就在文登县寻访。过了文登山，召石山，望海台，不夜城，转到成山。成山之下，临着秦皇饮马池，却有一座古寺，便是王喜在此出家的慧日寺。王原走到此处，抬头一看，虽不见壮丽闳伟，却也清幽壮雅。争奈天色将晚，不敢惊动方丈，就在山门内金刚脚下将欲安身。只见一个和尚搂着一个小沙弥，两个一路笑嘻嘻走将出来，把小沙弥亲了一个嘴。小沙弥道："且关了门着。"正去关门，忽回头见一个人坐在金刚脚下，也吃了一惊。小沙弥道："你甚么人？可出去，等我们关门。"王原道："我也是个安丘书生，因寻亲渡海，在海中遭风失了行李，店中不容，暂借山门下安宿一宵，明日便行。"这两个怪他阻了高兴，狠狠赶他。又得里面跑出一个小和尚来，道："你两个来关门这多时，干得好事！我要捉个头儿。"看他两个正在金刚脚边催王原出门，后来的便把沙弥肩上搭一搭，道："你若是极肯做方便的，便容他一宵，那里不是积德处？"沙弥道："这须要禀老师太得知。"沙弥向方丈里跑来，说："山门下有个人，年纪不上二十岁，说是寻亲的，路上失了水，没了行李，要在山门借宿。催逼不去，特来禀知师太。"大慈道："善哉！是个孝子了。那里不是积善处？怕还不曾吃夜饭，叫知客留他茶寮待饭，与他在客房宿。"只见知客陪吃了饭，见他年纪小，要留他在房中。那关门的和尚道："是我引来的，还是我陪。"王原道："小生随处可宿，不敢劳陪。"独自进一客房。这小和尚对着知客道："羞！我领得来，你便来寻！"知客道："你要思量他，只怕他翻转来要做倒骑驴哩！"

次早，王原梳洗了，也就在众僧前访问。众僧没有个晓得。将欲起身，来方丈谒谢大慈。大慈看他举止温雅，道："先生尊姓？贵处？"王原道："弟子姓王名原，青州府安丘县人。有父名为王喜，十五年前避难出外，至今未回。弟子特出寻访。"大慈道："先生可记得他面庞么？"王原道："老父离家时，弟子止得三岁，不能记忆。家母曾说是柑子脸，三绺须，面目老少不同，与弟子有些相似。"大慈道："既不相识，以何为证？"王原道："有老父平日所穿布袍，与家母布裙为验。"大慈听了半晌，已知他是王喜儿子了。便道："先生且留在这边，与老僧一观。"正看时，外边走进一个老道人，手里拿着些水，为大慈汲水养花供佛。大慈道："大觉道者，适才有一个寻亲的孝子，因路上缺欠盘缠，将两件衣来当，你可当了他的？"那道人看了一看，不觉泪下。大慈道："道者缘何泪下？"那道人道："这道袍恰似贫道家中穿的，这裙恰似山妻的，故此泪下。"大慈道："你仔么这等认得定？"那道者道："记得在家时，这件道袍胸前破坏了，贫道去买尺青布来补，今日胸前新旧宛然；又因没青线，把白线缝了，贫道觉得不好，上面把墨涂了，如今黑白相间；又还有一二寸，老妻把来接了裙腰，现在裙上。不由人不睹物凄然！”大慈道：“这少年可相认么？”道者说：“不曾认得。”大慈道：“他安丘人，姓王名原。”因指那道者对王原道：“他安丘人，姓王名喜。”王原听了，道：“这是我父亲了！”便一把抱住，放声大哭。诉说家中已自好过，母亲尚在，自己已娶妻，要他回去。

莫向天涯怨别离，人生谁道会难期。

落红无复归根想，萍散终须有聚时。

王道人起初悲惨，到此反板了脸，道：“少年莫误认了人，我并没有这个儿子！”王原道：“还是孩儿不误认，天下岂有姓名家乡相对、事迹相同如此的？一定要同孩儿回去！”王道人道：“我自离家一十五年，寄居僧寺，更有何颜复见乡里？况你已成立，我心更安，正可修行，岂可又生俗念？”王原道：“天下没有无父之人，若不回家，孩儿也断不回去！”又向大慈并各僧前拜谢，道：“老父多承列位师父看顾，还求劝谕，使我一家团圆，万代瞻仰！”只见大慈道：“王道者，我想修行固应出家，也有个在家出家的。你若果有心向善，何妨复返故土？如其执迷，使令嗣系念，每年奔走道途，枉费钱财，于心何安？依我，去的是。”众僧又苦苦相劝。王喜只得应允了。王原欢喜不胜，就要即日起身。大慈作偈相送：

草舍有净土，何须恋兰若？

但存作佛心，顿起西方钥。

又送王原道：

方寸有阿弥，尔惟忠与孝。

常能存此心，龙天自相保。

父子两个别了众僧，一路来到安丘。亲邻大半凋残，不大有认得的了。到家夫妻相见，犹如梦里。媳妇拜见了公公，一家甚是欢喜。

此时崔科已故。别里递说他以三岁失父，面庞不识，竟能精忱感格，使父复回，是个孝子，呈报县中。王原去辞，都道已开报上司了。其年正值永乐初年，诏求独行之士，本省备开王原寻亲始末，将他起送至京。圣上嘉其孝行，擢拜河南彰德府通判。王原谢恩出京，就迎了老两口赴任禄养。后因父母不伏水土，又告养亲回籍。不料数年间，父母年纪高大，相继而殁。王原依礼殡葬，自不必说。终日悲泣，岁至丧生。服阕荐补常德通判，再转重庆同知，所至皆能爱民报国。求忠臣必于孝子之门，有由然矣。

雨侯曰:忠必服伏官,孝则随寓可尽。高堂有亲而不能养,视此何如?读之者愧死矣!

鲁国男子曰:王原有传,与此大同小异。而其中叙里胥之横,失路之悲,可云曲至。

叙

昔有吊夏贵者云:“君年七十三,胡不六十九?呜呼夏相公,千古名不朽!”盖以为失节之年,唯恨其多也。若夫殉夫自矢,怡然投缳,节妇不至令生,而世且谓红颜有柔情而无侠骨,岂其然!然而一篇四六呈,一个贞烈扁,又不如君翼数语,能播烈妇于遐荒,垂烈妇于不朽矣!

翠娱阁主人题

第十回　烈妇忍死殉夫　贤媪割爱成女

廉耻日颓丧,举世修妖淫。朱粉以自好,靡丽竞相寻。香分韩氏帏,情动相如琴。自非奇烈女,孰砺如石心?蜉蝣视生死,所依在藁砧。同衾固所乐,同穴亦足歆。岂耽千古名,岂为一时箴!一死行吾是,芳规良可钦。

妇人称贤哲的有数种,若在处变的,只有两种:一种是节妇,或是夫亡子幼,或是无子,或是家贫,他始终一心,历青年皓首不变,如金石之坚;一种是烈妇,当夫之亡,便不欲独生,慷慨捐躯,不受遏抑,如火焰之烈。如今人都道慷慨易,从容难,不知有节妇的肝肠,自做得烈妇的事业;有烈妇的意气,毕竟做得节妇的坚贞。我太祖高皇帝首重风教,故即位未几,旌表辽东高希凤家为五节妇之门,裴铁家为贞节之门,总是要激砺人。但妇人中有可守而不守的,上有公姑,下有儿女,家事又尽可过,这时代亡夫养公姑,代亡夫教子嗣,岂不是好?他却生性好动不好静,饱暖了却思淫欲,天长地久,枕冷衾寒,便也不顾儿女,出身嫁人。或是公姑伯叔、自己弟兄为体面,强要留他,到后来毕竟私奔苟合,贻笑亲党。又有欲守而不能的,是立心贞静,又夫妇过得甚恩爱,不忍忘他,但上边公姑年老,桑榆景逼,妯娌骄悍,鹡鸰无依;

更家中无父兄，眼前没儿女，有一餐，没有一餐，置夏衣典卖冬衣，这等穷苦，如何过得日子？这便不得已，只得寻出身。但自我想来，时穷见节，偏要在难守处见守，即筹算后日。

却有一个以烈成节的榜样，这便无如苏州昆山县归烈妇。烈妇姓陈，他父亲叫作陈鼎彝，生有二女，他是第二。母亲周氏，生他时梦野雉飞入床帏，因此叫他做雉儿。自小聪明，他父亲教他识些字，看些古今《列女传》，他也颇甚领意。万历十八年，他已七岁，周氏忽然对陈鼎彝道："我当日因怀雉儿时，曾许下杭州上天竺香愿，经今七年，不是没工夫，便是没钱。今年私己攒下得两匹布，五七百铜钱，不若去走一代，也完了心愿。"陈鼎彝道："这两个女儿怎么？"周氏道："在家中没人照管，不若带了他去，也等他出一出景。"夫妇计议已定，便预先约定一支香船，离了家，望杭州进发。来至平望，日已落山，大家香船都联做一帮歇了。船中内眷都捉队儿上岸，上茅厕中方便。周氏与这两个女儿也上涯来，遇着一个白发老婆婆，却是有些面善。细看，正是周氏房分姑娘。他嫁在太仓归家，十九岁丧了丈夫，他却苦守，又能孝养公姑，至今已六十五岁，有司正在表扬题请，也与两个侄儿媳妇来杭烧香，大家都相见了。周氏也叫这两个女儿厮叫。姑娘道："好好几年不见，生得这两个好女儿，都吃了茶未？"道："大的已吃了，小的尚未曾。"正说，只见归家船上跳起一个小哥儿来，穿着纱绿绵绸海青，瓜子红袜子，毛青布鞋，且自眉目清秀。他姑娘见了，道："这是我侄孙儿，才上学，叫做归善世。倒也肯读书识得字，与你小女儿年纪相当。我作主，做了亲上亲罢。"周氏道："只怕仰攀不起。"那姑娘道："莫说这话，都是归亲。"下了船，便把船镶做一块。归家便送些团子、果子过来，这边也送些乌菱、塔饼过去。一路说说笑笑打鼓筛锣，宣卷念佛，早已过了北新关，直到松木场，寻一个香荡歇下。那姑娘又谈起亲事，周氏与陈鼎彝计议，道："但凭神佛罢，明日上天竺祈签，若好便当得。"

次日，就上了岸，洗了澡，买了些香烛纸马，寻了两乘兜轿，夫妻两个坐了，把两个女儿背坐在轿后。先自昭庆，过葛岭，到岳王坟，然后往玉泉、雷院、灵隐、三竺。两岸这些门店妇人，都身上着得红红绿绿，脸上搽得黑黑白白，头上插得花花朵朵，口里道："客官，请香烛去，里面洗澡，去吃饭。"再不绝声，好不闹热。一到上天竺，下了轿，走进山门，转到佛殿。那些和尚又在那边道："详签这边来，写疏这边来。"陈鼎彝去点蜡烛，正点第二枝，第一枝已被吹灭拔去了，只得随众把些牙降香往诸天罗汉身上一顿撒，四口儿就地上拜上几拜。陈鼎彝叫周氏看了两女儿，自去求签问婚姻之事。摸了个钱去讨签票时，那里六七个和尚且是熟落，一头扯，一头念道：

春日暖融融，鸳鸯浴水中。

由他风浪起，生死自相同。

又道："这是大吉签，求甚么的？"鼎彝道："是婚姻。"和尚道："正是婚姻签。有人破不可听他。"又骗三五个详签的铜钱。鼎彝正拿着签票来与周氏说时，只见几个和尚也有拿缘簿的，拿椽木的，拦这些妙龄妇女道："亲娘舍舍。"内中有一个被他缠不过，舍了一根椽子，和尚就在椽木上写道："某县信某氏，喜舍椽木一根。祈保早生贵子,吉祥如意。"写的和尚又要了几个钱。又道"公修公德，婆修婆德"，还要众人舍。内中一个老世事亲娘道："舍到要舍，只是你们舍了，又要刨去哄人。"那和尚便道："个亲娘那话！抱了你几次？哄了你几次？"这妇人红了脸便走。一齐出了寺门，到饭店吃了饭。苦是在寺里又被和尚缠，在阶上又被花子卧满街，叫的喊的，扯的拽的，轿夫便放箭一溜风，便往法相摸一摸长耳相真身，净寺数一数罗汉，看一看大锅，也不曾看得甚景致。回到船时，轿钱酒钱也去了一钱伍分一乘。抬的走的大约傍晚都到船中。那归老亲娘便问："求得签何如？"周氏便把签递去，老亲娘道："大吉，是好签了。我这里也求得一签，上上。"签道：

柳色满河律，桃花映水滨。

无边好光景，行乐在三春。

归老亲娘道："看起签来都是好，我们便结了亲罢。"一路船上都亲家称呼。到家不多几时，归家行了些茶，两家定了这门亲。

不料不上一年,陈鼎彝染病身亡,丢他母子三人,剩得破屋一间,薄田几亩。三人又做针指，凑来度日。后来长姊出嫁，止他母子二人。到万历三十一年，归善世年十八，烈女已年十九了。善世父亲因善世生得瘦弱，又怕他分了读书心，还未肯做亲。倒是善世母道："两边年纪已大，那边穷苦，要早收拾他。"遂做了亲。烈女自穷困来，极甘淡泊勤俭，事公姑极是孝顺，夫婿极是和睦。常对善世道："公姑老了，你须勉力功名，以报二亲。"每篝灯相向，一个读书，一个做针指。一日将次初更，善世正读书，忽然听见呜呜的哭声，甚是凄惨，道："是何处这哭声？可怜！"烈妇道："不读书，又闲听！是左邻顾家娘子丧了丈夫，想这等哭。"细细听去，又听得数说道："我的人！叫我无儿无女，看那个！”又道：“叫我少长没短，怎生过！”善世听了，不觉叹息道：“这娘子丈夫叫顾谌，是我小时同窗，大我两岁，做得三年夫妻，生有一女，又因痘子没了。他在日，处一个乡馆，一年五七两银子尚支不来，如今女人真是教他难过。倒不如一死完名全节。”又叹息道：“死也是难，说得行不得。”烈妇道：“只是不决烈，不肯死，有甚难处！”

似此年余，适值学院按临，善世便愈加攻苦，府县也得高取，学院也考了。只是劳心过甚，竟成弱症。始初还是夜间热，发些盗汗。渐渐到日间也热，加之咳嗽。爹娘慌张，请医调治。这疾原三好两怯的，见他好些，医生便道：“我甚么药去捉着了。”不数日又如旧，道：“一定他自欠捉摸。”痰疾加贝母，便买贝母。为虚加参，便买参。只是不好。可可院中发案无名，越发动气。床头有剑一口，拔来弹了几弹，道：“光芒枉自凌牛斗，未许延津得化龙！”不觉泪下。此后肌骨渐消，恹恹不起，自知不好了。烈妇适送药与他，他看了两眼，泪落道：“娘子，从今这药不须赎了，吃来无益，不如留这些钱财，与父母及你养赡。”烈女道：“官人，你且耐心。留得青山在，不怕没柴烧。只顾将息你病好，钱财那里惜得？”善世又叹息道：“谁将绛雪生岩骨，剩有遗文压世间。读甚么书！功名无成，又何曾有一日夫妻、子母之乐？”说罢，又执住了烈妇的手，说：“我病中曾为你思量打算。我虽与你是恩爱夫妇，料不能白头相守了。但若是我父母年力精强，还可照管得你，我可强你守；家事充足，你衣食不忧，我可强你守；若生得一男半女，你后日还望个出头，也可强你守。如今两个老人家年老，我为子的不能奉养，还望你奉养。你的日子长，他的日子短，上边照管人少了。家中原止可过日，只为我攻书，又为我病费了好些，强你守也没得供膳你。到子嗣上，可怜做了两年夫妻，孕也没一两个月，要承继过房也没一个，叫你看着何人？况且你母亲年纪大，没有儿子，你去嫁得一个有钱有势丈夫，还可看顾你母亲。故此你只守我三年，以完我夫妇情谊便是。”烈妇道：“我与你相从二年，怎不知我心性？倘你有不幸，我即与你同死，主意已定！”善世道：“娘子，你固要全节，也要全孝，不可造次！”正是：

　　鸡骨空床不久支，临危执手泪交垂。
　　空思共剪窗前烛，私语喁喁午夜时。

烈妇与丈夫说后，心已知他不起，便将自己箱笼内首饰典卖，买了两株杉木，分付匠人合了一副双樗、一副三樗的棺木。匠人道：“目下先赶那一副？”

烈妇道:“都是要的。”又发银子买布，都可做两副的料。人都道:“这娘子忒宽打料，不知数目。”不知他自有主见。过了数日，是十月初九日。虚极生痰，喘吼不住。便请过父母亲，在床上顿首道:“儿不孝，不能奉养爷娘了。不可为我过伤。”此时烈妇母亲也来看视，善世道:“岳母，你好调获你女儿，与他同居过活。我空负了个半子的名。”又对烈妇道:“你的心如金石,我已久知,料不失节。不必以死从我。”一席说得人人泪流。善世也因说到痛伤处，清泪满眼，积痰满喉，两三个白眼，已自气绝了。正是:

忌才原造物，药裹困英雄。

寂寞寒窗夜，遗编泣素风。

此时善世父母莫不痛哭。烈女把善世头捧了,连叫上几声,也便号啕大哭。见枕边剑，便扯来自刎。幸是剑锈，一时仅拔得半尺多。他母亲忙将他双手抱住,婆婆忙把剑抢去。烈妇道:“母亲！休要苦我。我已许归郎同死,断不生了！我有四件该死:无子女要我抚育，牵我肠肚，这该死;公姑年老，后日无有倚靠，二该死;我年方二十二,后边日子长,三该死;公姑自有子奉养,不消我,四该死。我如何求生？只是我妇人死后，母亲可就为我殡殓，不可露尸。”他母亲道:“我儿！夫妇之情，原是越思量越痛伤的，这怪不得你。况如今正在热水头上。只是你若有些山高水低，你兄弟又无一个，姊姊又嫁着个穷人，叫我更看何人！况且你丈夫临终有言,叫你与我过活。你怎一味生性,不顾着我？”烈妇道:“母亲，你但听得他临终之言，不知他平日说话。他当日因顾家寡妇年纪小，没有儿女，独自居住守寡，他极哀怜。道似他这样守极难，若是一个守不到头，又惹人笑，倒不如早死是为妙事。这语分明为我今日说，怎么辞一死？”他母亲见他一日夜水米不打牙，恐怕他身子狼狈，着人煎些粥与他吃。他拿来放在善世面前，道:“君吃我亦吃。”三日之间，家中把刀剑之类尽行收藏过了。凡是行处住处，坐时卧时，他母亲紧紧跟随。烈女道:“母亲何必如此？儿虽在此，魂已随归郎，活一刻徒使我一刻似刀刺一般。”未殓时，抚着尸哭道:“我早晚决死，将含笑与君相会九泉，这哭只恐我老母无所归耳！”殓时，出二玉珥，以一纳善世口中以为含，一以与母，道:“留为我含，九泉之下以此为信。”复宽慰母曰:“我非不怜母无人陪侍，然使我在，更烦母周恤顾管，则又未有益母亲。”其母闻言，见他志气坚执不移，也泫然流泪，道:“罢，罢！你死少不得我一时痛苦，但我年已老，风中之烛，倒也使我无后累。”便将原买的布匹都将来裁剪做烈妇衣衾，母子两个相对缝纫。只见他姑见了，道:“媳妇如此，岂不见你贞烈？但数日之间，子丧妇丧，叫我如何为情！”烈女道：“儿亦何心求贞烈名？但已许夫以死，不可给之以生。”他姑又对他母亲道：“亲母，媳妇光景似个决烈的；但我与你，岂有不委曲劝慰，看他这等死？毕竟止他才是！”周氏便泪落如雨，道：“亲母，你子死还有子相傍，我女亡并无子相依，难道不疼他，不要留他？”说了便往里跑，取出一把钉棺的钉，往地下一丢，道：“你看，你看！此物他都已打点了，还也止得住么？”其姑亦流泪而去。到第五日，家中见不听劝慰，也便听他。他取汤沐浴，穿了麻衣。从容走到堂上见舅姑，便拜了四拜，道：“媳妇不孝，从此不复能事舅姑了！”公姑听了，不胜悲痛。他公姑又含泪道：“你祖姑当日十九岁也死了丈夫，也不曾有子，苦守到今八十多岁，现在旌表。这也是个寡居样子，是你眼里亲见的。你若学得他，也可令我家门增光，丈夫争气，何必一死？”烈妇道：“人各有幸有不幸，今公姑都老，媳妇年少，岁月迢遥，事变难料，媳妇何敢望祖姑？一死决矣！”正是：

九原无起日，一死有贞心。

众亲戚闻他光景，也都来看他，也有慰谕他的，也有劝勉他的。他一一应接，极其款曲。到晚间，拿饭与他母亲，他也随分吃些。这些家中人也便私下议论道：“他原道郎吃我吃，怎如今又吃了？莫不有些回心转意么？”一个趁口叹的道：“便是前两日做着死衣服甚是急，今日倒懈懈的，衾褥之类还不完，一定有不死光景了。”又一个道：“死是那一个不怕的？只是一时间高兴说了嘴，若他细想一想，割杀头痛，吊杀喉痛，就是拿这刀与索子，也手软。你看他再过三头五日，便不题起死了。巴到三年，又好与公姑、叔婶寻闹头，说家中容不得，吃用没有，好想丈夫了。你看如今一千个寡妇里边有几个守？有几个死？”只见到晚来，他自携了灯，与母亲上楼。家中人都已熟睡，烈妇起来，悄悄穿了入殓的衣服，将善世平日系腰的线绦轻轻绾在床上自缢。正是：

赤绳恩谊绾，一缕生死轻。

此时咽喉间气不达，拥起来，吼吼作声。他母亲已是听得他，想道：“这人是不肯生了！”却推做不听得，把被来狠狠的嚼。倒是他婆婆在间壁房中听了，忙叫：“亲母！”这里只做睡着。他便急急披衣赶来，叫丫鬟点火时，急卒点不着。房门又闭着，亏得黑影子被一条小凳绊了一绊，便拿起来两下撞开了门。随着声儿听去，正在床中，摸去却与烈妇身子撞着，道：“儿！再三劝你，定要如此短见！”急切解不得绳子，忙把他身子抱起。身子不坠下，绳子也便松些，须臾灯来，解的解，扶的扶，身子已是软了。忙放在床上，灌汤度气，他母亲才来。众人道：“有你这老人家！怎同房也不听得？”停了半日，渐渐脸色稍红，气稍舒，早已苏了。张眼把众人一看，蹙着眉头道：“我毕竟死的，只落得又苦得一番！”大家乱了半夜，已是十四日。到了早晨，烈妇睡在床中，家中众亲戚都来劝他，你长我短，说了半日。他母亲道：“她身子极是困倦，不要烦了他。”众人渐渐出来。烈妇便把被蒙住一个头，只做睡着。到午间，烈妇看房中无人，忙起来把一件衣服卷一卷，放在被中，恰似蒙头睡的一般，自己却寻了一条绳，向床后无人处自缢死了。正是：

同穴有深盟，硁硁不易更。
心随夫共死，名逐世俱生。
磨笄应同烈，颓城自并贞。
愧无金玉管，拂纸写芳声。

饭后人多有来的，看一看道：“且等他睡一睡，不要惊醒他。”坐了半日，并不见他动一动。他母亲上前去，意待问他一声，恐他要甚汤水，觉得不闻一些声息，便揭被看时，放声大哭。众人一齐拥来，还只道死在床中，谁知被盖着一堆衣服。众人就寻时，见烈妇缢在床后，容貌如生，怡然别无悲苦模样，气已绝了半日了。这番方知他略饮食是缓人防闲的肚肠，又伏他视死如归坦然光景。遂殡殓了，与其夫一同埋藏在祖坟上。

其时文士都有诗文，乡绅都来祭奠，里递备述他贞烈呈县，县申府，府申道院待旌。归子慕为立传。如此烈妇，心如铁石，即使守，岂为饥寒所夺，情欲所牵，有不终者乎！吾谓节妇不必以死竖节，而其能死者，必其能守者也。若一有畏刀避剑肚肠，毕竟可以摇动，后来必守不成。

雨侯曰：妇人最恨勇于妒而怯于守，勇于制夫而怯于殉夫。奇哉烈妇！一死鸿毛，不笄而冠欤！至（以下原缺）

叙

自世以挑琴为趣，折齿为达，后生多相知、幼舆自负矣。抑知“白头”有怨，其为女子累固多，然有终则偶此不廉之女，中弃则有薄幸之讥，何似作一时坚忍哉。试一读之，可作斩淫之干将，愈淫之参术。

翠娱阁主人题

第十一回　毁新诗少年矢志　诉旧恨淫女还乡

香径留烟，蹀廊笼雾，个是苏台春暮。翠袖红妆，销得人亡国故。开笑靥夷光何在，泣秦望夫差谁诉？叹古来倾国倾城，最是蛾眉把人误！

丈夫崚嶒侠骨，肯靡靡绕指，醉红酣素？剑扫情魔，任笑儒生酸腐。娡相如绿绮闲挑，陋宋玉彩笺偷赋。须信是子女柔肠，不向英雄谱。

右调《绮罗香》

吾家尼父道："血气未定，戒之在色。"正为少年不谙世故，不知利害，又或自矜自己人才，自奇自家的学问。当着鳏居消索，旅馆凄其，怎能宁奈？况遇着偏是一个奇妙女，娇吟巧咏，入耳牵心，媚脸妖姿，刺目挂胆，我有情，他有意，怎不做出事来？不知古来私情，相如与文君是有终的，人都道他无行；元微之、莺莺是无终的，人都道他薄情。人只试想一想，一个女子，我与他苟合，这时你爱色，我爱才，惟恐不得上手，还有甚么话说？只是后边想起当初鼠窃狗偷的，是何光景？又或夫妇稍有衅隙，道这妇人当日曾与我私情，莫不今日又有外心么？至于两下虽然成就，却撞了一个事变难料，不复做得夫妇，你绊我牵，何以为情？又或事觉，为人嘲笑，致那妇人见薄于舅姑，见恶于夫婿，我又仔么为情？故大英雄见得定，识得破，不偷一时之欢娱，坏自己与他的行止。

话说弘治间有一士子，姓陆名容，字仲含，本贯苏州府昆山县人。少丧父，与寡母相依，织纴自活。他生得仪容俊逸，举止端详，飘飘若神仙中人，却又勤学好问，故此胸中极其该博，诸子百家，无不贯通。他父在时，已聘了亲，尚未毕姻。十八岁进了昆山县学。凡人少年进学，未经折挫，看得功名容易，便易懈于研墨，入于游逸。他却少年老成，志向远大，若说作文讲学，也不辞风雨，不论远近；若是寻花问柳，饮酒游山，他便裹足不入。当时有笑他迂的，他却率性而行，不肯改易。进学之后，有个父亲相好的友人，姓谢名琛，号度城，住在马鞍山下，生有一子一女。女名芳卿，年可十八岁，生得脸如月满，目若星辉；翠黛初舒杨柳，朱唇半吐樱桃；又且举止轻盈，丰神飘逸。他父亲是个老白相起家，吹箫、鼓琴、弹棋、做歪诗，也都会得，常把这些教他，故此这女子无件不通。倒是这兄弟谢鹏，十一岁却懵懂痴愚，不肯读书。谢老此时有了几分家事，巴不得儿子读书进学。来贺陆仲含时，见他家事萧条，也有怜他之意，道："贤契家事清淡，也处馆么？"陆仲含道："小侄浅学，怎堪为人师？"谢老道："贤契着此念头，便前程万里；自家见得不足，常常有余。老夫有句相知话奉渎，家下有个小犬，年已十一岁，未遇明师，尚然顽蠢。若贤侄不弃，薄有几间书房，敢屈在寒舍作个西席，只恐粗茶淡饭，有慢贤侄。束修不多，不成一个礼，只当自读书罢。"陆仲含道："极承老伯培植，只恐短才不胜任。"谢老起身道："不要过谦，可对令堂一说，学生就送关书来。"仲含随与母亲计议，母亲道："家中斗室，原难读书，若承他好意，不唯可以潜心书史，还可省家中供给，这该去。只是通家教书，要当真，他饮食伏待不到处，也将就些，切不可做腔。"果然隔了两日，谢老来送一个十二两关，就择日请他赴馆。陆仲含此时收拾了些书史，别了母亲，来到谢家，只见好一个庭院：

绕户溪流荡漾，覆墙柳影横斜。
帘卷满庭草色，风来隔院残花。

到得门，谢老与儿子出来相迎，延入中堂相揖，逊仲含上坐。仲含再三谦让，谢老道："今日西宾，自应上坐了。"茶罢，叫儿子拜了，送了贽，延入书房。此老是在行人，故此书房收拾得极其精雅：

小槛临流出，疏窗傍竹开。
花阴依曲径，清影落长槐。
细草含新色，拳峰带古苔。
纤尘惊不到，啼鸟得频来。

三间小坐憩，上挂着一幅小单条，一张花梨小几，上供一个古铜瓶，插着几枝时花；侧边小桌上，是一盆细叶菖蒲，中列太湖石；墨漆小椅四张，临窗小瘿木桌上，列棋枰磁炉。天井内列两树茉莉、一盆建兰。侧首过一小环洞门，又三间小书房，是先生坐的，曲栏绮窗，清幽可人。来馆伏侍的，却是一个十一二岁小丫鬟。谢老道："家下有几亩薄田，屋后又有个小圃，有两个小厮，都在那边做活，故此着小鬟伏侍，想在通家不碍。"晚间开宴，似有一二女娘窥笑的，仲含并不窥视他。自此之后，只是尽心在那厢教书。这谢鹏虽是愚钝，当不得他朝夕讲话，渐渐也有亮头。每晚谢老因是爱子，叫入内室歇宿。陆仲含倒越得空书斋独扃，恣意读书，十余日一回家，不题了。

只是谢老的女儿芳卿，他性格原是潇洒的，又学了一身技艺，尝道是"苏小妹没我的色,越西施少我的才”。几头有本朱淑真《断肠集》,看了每为她叹息,道:“把这段才色配个庸流，岂不可恨，倒不如文君得配着相如，名高千古！”况且又因老择配，高不成，低不就，把岁月蹉跎。看他冬夜春宵，好生悒怏。曾记他和《断肠集》韵，有诗道：

初日晖晖透绮窗，细寻残梦未成妆。
柳腰应让当时好，绣带惊看渐渐长。

平日甚是无聊无赖。自那日请陆仲含时，她在屏风后蹴来蹴去看他，见他丰神秀爽，言语温雅，暗想:“他外貌已是如此，少年进学，内才毕竟也好。似这样人，可是才貌两绝了。只不知我父亲，今日拣，明日择，可得这样个人么？”以此十分留意。自谢老上年丧了妻，中馈之事，俱是芳卿管。那芳卿备得十分精洁，早晚必取好天池松萝苦茗与他。那陆仲含道他家好清的，也是常事，并不问他。芳卿倒向丫头采菱问道:“先生曾道这茶好么？”采菱道:“这先生是村的,在那厢看了这两张纸呜呜的,有时拿去便吃,有时搁做冰冷的,何曾把眼睛去看一看青的黄的，把鼻子闻一闻香的不香的？”芳卿道:“痴丫头！这他是一心在书上，是一个狠读书秀才。”采菱道:“狠是狠的，来这一向,不曾见他笑一笑。”芳卿道:“你不晓的，做先生要是这样。若对着这顽皮,与他戏颠颠的，便没怕惧了，这也是没奈何。那一个少年不要顽耍风月的？”采菱道:“这样说起来是假狠了。”

处馆数月，芳卿尝时在楼上调丝弄竹，要引动他。不料陆仲含少年老成得紧，却似不听得般，并不在采菱、谢鹏面前问一声，是谁人吹弹。那芳卿见他这光景，道他致诚可托终身，偏要来惹他。父亲不在时，常到小坐憩边采花来顽耍，故意与采菱大惊小怪的，使他得知；有时直到他环洞门外，听他讲书。仲含却不走出来，即或撞着，避嫌折身转了去。谢鹏要来说姐姐时，自娘没后，都是姐姐看管，不敢惹他；却又书讲不出时，又亏姐姐把窃听的教道他，他也巴不得姐姐来听。芳卿又要显才，把自己做就的诗，假做父亲的，叫兄弟拿与他看。那陆仲含道:“这诗是戴了纱帽或是山人墨客做的。我们儒生只可用心在八股头上，脱有余工，当博通经史。若这些吟诗作赋弹琴着棋，多一件是添一件累，不可看他。”谢鹏一个扫兴而止。芳卿道:“怎小小年纪，这样腐气？”几番要写封情书着采菱送去，又怕兄弟得知。要自乘他归省时，到房中留此诗句，又恐怕被他人或父亲到馆中看见，不敢。一日又到书房中来听他讲书，却见他窗外晒着一双红鞋儿，正是陆仲含的。芳卿道:“看他也是好华丽的人，怎不耽风月？”忙回房中写了一首诗，道：

日倚东墙盼落晖，梦魂夜夜绕书帏。
何缘得遂生平愿，化作鸾凰相对飞！

叫采菱道：“你与我将来藏在陆相公鞋内，不可与大叔见。”又怕采菱哄他，又自随着他，远远的看他藏了方转。

绮阁痛形孤，墙东有子都。
深心怜只凤，寸缄托双凫。

又着采菱借送茶名色，来看动静。那采菱看见天色阴，故意道一句：“天要下雨了！”只见陆仲含走出来，将鞋子弹上两弹，正待收拾，却见鞋内有一幅纸在，扯出来时，上面是一首诗，他看了又看，想道：“这笔仗柔媚，一定是个女人做的，怎落在我鞋内？”拿在手中，想了几回，也援笔写在后首道：

阴散闲庭坠晚晖，一经披玩静垂帏。
有琴怕作相如调，寄与孤凰别向飞！

一时高兴写了，又想道：“我诗是拒绝他的，却不知是何人作，又倩何人与他？留在书笥中，反觉不雅。”竟将来扯得粉碎。采菱在窗外张见，忙去回覆。芳卿已在那里等信，道：“仔么了？”采菱道：“我在那里等了半日，不见动静，被我哄道：‘天下雨了！’他却来收这鞋子，见了诗儿，复到房中，一头走，一头点头播脑轻轻的读，读了半日，也在纸上写上几句，后边又将来扯碎了。想是做姐姐不过，故此扯坏。”芳卿道：“他扯是恼么？”采菱道：“也不欢喜，也不恼。”芳卿道：“他若是无情的，一定上手扯坏；他又这等想看，又和，一定也有些动情。扯坏时他怕人知道，欲灭形迹了，还是个有心人。”不知那陆仲含在那边废了好些心，道：“我尝闻得谢老在我面前说：儿子愚蠢，一女聪明，吹弹写作，无所不能，这一定是她做的，诗中词意似有意于我。但谢老以通家延我，我却淫其女，于心何安？况女子一生之节义，我一生之行简，皆系于此，岂可苟且！只是我心如铁石，可质神明；但恐此女不喻，今日诗来，明日字到，或至泄漏，连我也难自白。不若弃此馆而回，可以保全两下，却又没个名目！”正在摆划不下时，不期这日值谢老被一个大老挈往虎丘，不在家中。那芳卿幸得有这机会，待至初更，着采菱伴了兄弟，自却明妆艳饰，径至书房中来。走至洞门边，又想道：“他若见拒，如何是好？”便缩住了。又想道：“天下没有这等胶执的，还去看！”乘着月光，到书房门首，轻轻的弹了几弹。那陆仲含读得高兴，一句长，一句短，一句高，一句低，那里听得？芳卿只得咬着指头等了一回，又下阶看一回月，不见动静。又弹上几弹，偏又撞他响读时。立了一个更次，意与索然，正待回步，忽听得“呀”地一声，开出房来，却是陆仲含出来解手，遇着芳卿，吃了一惊，定睛一看，好一个女子：

肌如聚雪，鬓若裁云。弯弯翠黛，巫峰两朵入眉头；的的明眸，天汉双星来眼底。乍启口，清香满座；半含羞，秀色撩人。白团斜掩赛班姬，翠羽轻投疑汉女。

仲含道：“那家女子，到此何干？”那芳卿闪了脸，径望房中一闯。仲含便急了，道：“我是书馆之中，你一个女流走将来，又是暮夜，教人也说不清，快去！”芳卿道：“今日原也说不清了！陆郎，我非他人，即主人之女芳卿也。我自负才貌，常恐落村人之手，愿得与君备箕帚，前芳心已见于鞋中之词。今值老父他往，舍弟熟睡，特来一见。”仲含道：“如此学生失瞻了！但学生已聘顾氏，不能如教了。”芳卿即泪下道：“妾何薄命如此！但妾素慕君才貌，形之寤寐，今日一见，后会难期，愿借片时，少罄欢曲，即异日作妾，亦所不惜！”遂迁仲含之衣。仲含道：“父执之女，断无辱为妾之理，请自尊重，请回！”芳卿道：“佳人难得，才子难逢。情之所钟，正在我辈，郎何恝然？”眉眉吐吐，越把身子捱近来。陆仲含便作色道：“女郎差矣！节义二字不可亏。若使今日女郎失身，便是失节；我今日与女郎苟合，便是不义。请问女郎，设使今日私情，明日泄露，女郎何以对令尊？异日何日对夫婿？那时非逃则死，何苦以一时贻千秋之臭！”芳卿道：“陆郎，文君、相如之事，千古美谭。怎少年风月襟期作这腐儒酸态？”仲含道：“宁今日女郎酸我腐我，后日必思吾言。负心之事，断断不为！”遂踏步走出房外。芳卿见了，满面羞惭，道：“有这等拘儒，我才貌作不得你的妾？不识好！不识好！”还望仲含留他，不意仲含藏入花阴去了，只得怏怏而回。一到房中，和衣睡下，一时想起好羞：“怎两不相识，轻易见他？被他拒绝，成何光景？”一时好恼：“天下不只你一个有才貌的，拿甚班儿！”又时自解道：“留得五湖明月在，不愁无处下金钩。好歹要寻个似他的！”思量半夜，到天明反睡了去。采菱到来，道：“亲娘辛苦。”芳卿道：“撞着呆物，我就回了。”采菱道：“亲娘谎我，那个肯呆？”芳卿道：“真是。”把夜来光景说与他。采菱道：“有这样不识抬举的？亲娘捱半年，怕不嫁出个好姑夫？要这样呆物，料也不溜亮的！”芳卿点了点头。仲含这厢怕芳卿又来缠，托母亲抱病，家中无人，不便省亲，要辞馆回家。谢度城道：“怎令堂一时老病起来？莫不小儿触突，家下服侍不周？”仲含道：“并不是，实是为老母之故。”谢度城见他忠厚，儿子也有光景，甚是恋恋不释。问女儿道：“你一向供看他何如？”芳卿道：“极好，想为馆谷少，一个学生坐不住他身子。”谢度城见仲含意坚，只得听他，道：“先生若可脱身，还到舍下来终其事。”仲含唯唯。到家，母亲甚是惊讶，道：“你莫不有甚不老成处，做出事回来？”仲含道：“并没甚事。只为家中母亲独居，甚是悬念，故此回来。”母亲道：“固是你好意，但你处馆，身去口去，如今反要吃自己的了。”过几时，谢度城着人送束修，且请赴馆。只在附近僧寺读书。次年闻得谢老女随人逃走，不知去向。后又闻得谢老捡女儿箱中，见有情书一纸，却是在他家伴读的薄喻义。谢度城执此告官，此时薄喻义已逃去，家中止一母亲，拖出来见了几次官，追不出，只得出牌广捕。陆仲含听了，叹息道：“若是我当日有些苟且，若有一二字脚，今日也不得辨白了！”

荏苒三年，恰当大比，陆仲含遗才进场。到揭晓之夕，他母亲忽然梦见仲含之父道：“且喜孩儿得中了！他应该下科中试，因有阴德，改在今科，还得联捷！”母亲觉来，门前报的已是来了。此时仲含尚在金陵，随例饮宴参谒，耽延月余。这些同年也有在新院耍，也有旧院耍，也有挟了妓女在桃叶渡、燕子砚游船的，也有乘了轿在雨花台、牛首山各处观玩的。他却无事静坐，萧然一室，不改寒儒旧态，这些同年都笑他。事毕到家，谒母亲、亲友，也去拜谢度城。度城出来相见，道及：“小儿得先生开导，渐已能文，只是择人不慎，误延轻薄，遂成家门之丑。若当日先生在此，当不至此。”十分凄怆。

仲含在家中，母亲道及得梦事，仲含道：“我寒儒有甚阴德及人？”十月启行北上，谢老父子也来相送。一路无辞，抵京，与吴县举人陆完、太仓举人姜昂，同在东江米巷作寓。两个扯了陆仲含，同到前门朝窝内顽耍，仲含道：“素性怕到花丛。”两个笑了笑道：“如今你才离家一月，还可奈哩！”也不强他。两个东撞西撞，撞到一家梁家。先是鸨儿见客，道：“红儿有客！”只见一个妓者出来，年纪约有十七八岁，生得丰腻，一口北音，陪吃了茶，问了乡贯姓字。须臾一个妓女送客出来，约有二十模样，生得眉目疏秀，举止轻盈。姜举人问红儿道：“这是何人？”红儿道：“是我姐姐慧哥，他晓得一口你们苏州乡谭，琴棋诗写，无件不通。”正说时，慧儿送客已回，向前万福。红儿道：“这一位太仓姜相公，这位吴县陆相公，都是来会试的。”慧儿道：“在那厢下？”姜举人道：“就在东江米巷。”慧儿道：“两位相公俱在姑苏，昆山有一位陆仲含，与陆相公不是同宗么？”姜举人道：“近来同宗。”陆举人道：“他与我们同来会试，同寓，慧哥可与有交么？”慧儿觉得容貌惨然，道：“曾见来。”姜举人道：“这等我停会挈他同来。”姜举人叫小厮取一两银子，与他治酒。两个跳到下处，寻陆仲含时，拜客不在，等了一会来了。姜举人便道：“陆仲含，好个素性懒入花丛，却日日假拜客名头，去打独坐！”陆仲含道：“并不曾打甚独坐。”陆举人道：“梁家慧哥，托我致意。”仲含道：“并不曾晓得甚梁家慧哥。”姜举人道：“他却晓得你昆山陆仲含！”仲含道：“这是怪事！”姜举人道：“何怪之有？离家久，旅邸萧条，便适兴一适兴何妨？”陆仲含道：“这原不妨，实是不曾到娼家去。”正说间，又是一个同年王举人来，听了，把陆仲含肩上拍一拍，道：“老呆！何妨事，如今同去，若是陆兄果不曾去，姜兄输一东道请陆兄；如果是旧相与，陆兄输一个东道请姜兄，何如？”姜举人连道：“使得！使得！”陆仲含道：“这一定你们要激我到娼家去了，我不去！”姜举人便拍手道：“辞馁了！”只见王举人在背后把陆仲含推着道：“去！去！饮酒宿娼，提学也管不着，就是不去的，也不曾见赏德行。今日便带挈我吹一个木屑罢！”三个人簇着便走。走到梁家，红儿出来相迎，不见慧哥。王举人道：“慧哥呢？”红儿便叫：“请慧哥！姜相公众位在这里！”去了一会，道：“身子不快，不来。”盖因触起陆仲含事，不觉凄恻，况又有些惭惶，不肯出来。姜举人道：“这样病得快？定要接来！”王举人道：“我们今日东道都在他一见上，这决要出来的。”姜举人道：“若不是陆相公份上，就要捋毛了！”逼了一会，只得出来，与王举人、陆仲含相见了。陆仲含与他彼此相视，陆仲含也觉有些面善。慧儿却满面通红，低头不语。姜举人道：“贼！贼！贼！一个眼色丢，大家都不做声了！”王举人道：“两个不相识，这东道要姜兄做。”姜举人道：“东道我已做在此了。实是适才原问陆仲含。”须臾酒到，姜举人道：“慧娘！你早间道，曾见陆仲含，果是何处见来？”只见慧哥两泪交零，哽咽不胜。正是：

一身飘泊似游丝，未语情伤泪雨垂。

今日相逢白司马，重抱琵琶诉昔时。

向着陆仲含道：“陆相公，你曾在马鞍山下谢家处馆来么？”陆仲含道：“果曾处来。”慧儿不觉失声，哭道：“妾即谢度城之女芳卿也！记当日曾以诗投君，君不顾；复乘夜奔君，君不纳，且委曲训谕；妾不能用。未几君辞馆去，继之者为洪先生，挈一伴读薄生来。妾见其年少，亦以挑君者挑之，不意其欣然与妾相好。夜去明来，垂三月而妾已成孕矣。惧老父见尤，商之薄生为堕胎计，不意薄生愚妾以逃，骇妾谓予弟闻之予父，将以毒药杀予，不逃难免。因令予尽挈予妆奁，并窃父银十许两，逃之吴江伊表兄于家。不意于利其有，伪被盗，尽窃予衣装。薄生方疑而踪迹之，于遽蹴邻人，欲以拐带执薄生。予骇谓所窃父银尚在枕中，可以少资饘粥，遂走金陵。生佣书以活，予寄居斗室。邻有恶少，时窥予，生每以此疑，始之诟詈，继以捶楚，曰：'尔故能复萌耶？'虽力辩之，不我听。寻以贫极，暗商之媒，卖予娼家，诡曰偕予往扬投母舅，予甫入舟，生遽挈银去。予竟落此，倚门献笑，何以为情？于君昔日之言俱验，使予当日早从君言，嫁一村庄痴汉，可为有父兄、夫妻之乐，岂至飘泊东西，辱亲亏体？老父弱弟，相见何期？即此微躯，终沦异地！"言罢，泪如雨注。四人亦为悒怏。姜举人道："陆兄，此人诚亦可怜！兄试宿此，以完宿缘。"陆仲含道："不可，我不乱之于始，岂可乱之于终！"陆举人道："昔东人之女，今陌上之桑，何碍？"陆仲含挽首道："于心终不安。"亦踌躇，殊有不能释然光景。芳卿又对仲含道："妾当日未辱之身，尚未能当君子，况今日既垢之身，敢污君子？但欲知别来乡国景色，愿秉达旦之烛，得尽未罄，断不敢有邪想也！"众共赞成。陆仲含道："今日姜兄有红哥作伴，陆兄、王兄无偶，可共我三人清谭。"酒阑，姜举人自拥红儿同宿，二陆与王举人俱集芳卿房中。芳卿因叩其父与弟，仲含道："我上京时，令尊与令弟俱来相送。令尊甚健，令弟亦已能文。"芳卿因开箧出诗数首，曰："妾之愧悔，不在今日，但恨脱身无计！"三人因读其《自艾》诗，有曰：

月满空廊恰夜时，书窗清话尽堪思。
无端不作韦弦佩，飘泊东西无定期。

又：

客窗风雨只生愁，一落青楼更可羞。
惆怅押衙谁个是？白云重见故园秋。

《忆父》：

白发萧森入梦新，别时色笑俨然真。
何缘得似当垆女，重向临邛竭老亲。

《忆弟》：

喁喁笑语一灯前，玉树琼葩各自妍。
塞北江南难再合，怕看雁阵入寒烟。

王举人道："观子之诗，怨悔已极。到思亲想弟，令人怜悯。但只恐脱得身去，又悔不若青楼快乐。”芳卿道：“忆昔吴江逃时，备极惊怖；金陵流寓，受尽饥寒；今入风尘，腼颜与贾商相伍，遭他轻侮，所不忍言；略有厌薄，假母又鞭策相逼，真进退不得自快；惟恨脱之不早，怎还有恋他之意？”此时夜已三鼓，王、陆两人已被酒，陆伏几而卧，王倚于椅上，亦鼾声如雷。惟陆仲含自斟苦茗，时饮时停，与芳卿相向而坐。芳卿因蹙膝至仲含道：“妾有一言相恳，亦必难望之事。妾之落此，心甚厌苦，每求自脱，故常得人私赠，都密缄藏，约五十金，原欲遘有侠气或致诚人，托之离此陷阱，但当日薄生所得止五十金，龟子从中尚有所费，恐五十金尚不足。君能为我，使得返故园，生死衔结！”仲含道：“仆亦有此意，但以罄行囊不过五十金，恐不足了此事。芳卿若有此，仆不难任之。”仲含因与围棋达曙。早归，命仆人把一拜匣，内藏包头并线绦及梳掠送芳卿，芳卿随将所蓄银密封放在匣中，且与仆人一百钱，令与仲含，勿令人见。陆仲含便央姜、陆两个与龟子说，要为芳卿赎身。那龟子道：“我为他费银三百多两，到我家不上一年，怎容他赎？”王举人知道，也来为他说，自八十两讲到一百两，只是不肯。陆仲含意思要赎他，向同年亲故中，又借银百两凑与他，龟子还作腔，亏得姜举人发恶道：“这奴才！他是昆山谢家女子，被邻人薄喻义诓骗出来。你买良为娼，他现告操江广捕，如今先送他在铺里，明日我们四个与城上讲，着他要薄喻义，问他一个本等充军！”王、陆二人在中兜收，只一百六十两赎了。众同年都来与他作庆，他却于寓中另出一小房，与他居住，雇一个婆子伏侍，自己并不近他。陆举人道：“陆兄，既来之，则安之。岂有冷落他在这边之理？”仲含道：“陆兄，当日此女奔我时，也愿为我妾。我道：‘父执之女，岂可辱之为妾？’所以拒绝。若今日纳之，是负初心了！但谢翁待我厚，此女于我钟情，今日又有悔过之意，岂可使之沦落风尘？正欲乘便寄书，令其父取回耳！”姜举人听了，暗笑道：“强辞！且看后来。”陆举人与他同寓，果然见他一无苟且。

将及月余，各处朝觐官来。忽然一日，有个江山县典史来贺陆仲含，且送卷子钱。仲含去答拜，却是同乡人，曾于谢老家会酒，姓杨名春，是谢老之舅，芳卿母舅。说话之间，仲含道：“令甥女在此，老先生知道么？”杨典史道：“不知。”仲含道：“已失身娼家，学生助他赎身，现在敝旅。”杨典史道：“学生来时，曾见家姐夫，他为此女又思又恼，已致成病。老先生若如此救全，不惟出甥女于风尘，抑且救谢度城于垂死，感谢不尽！”仲含道：“这何足谢！但是目下要写书达他令尊，教他来接去，未得其便。如今老先生与他是甥舅，不若带他回去，使他父子相逢。”杨典史道：“以学生言之，甥女已落娼家，得先生捐金赎他，不若学生作主，送老先生为妾。如今一中举，娶妾常事。”仲含道：“岂有此理。即刻就送来。”回寓对芳卿说了。叫了一乘轿，连他箱笼，一一都交与杨典史。又将芳卿所与赎身五十金，也原封不动交还，芳卿道：“前日先生为我费银一百六十余金，尚未足偿。先生且收此，待贱妾回家补足。”仲含道：“前银不必偿还，此聊为卿归途用费。”芳卿谢了再三，别去。

这番姜、陆两人与各同年，都赞他不为色欲动心，又知他前日这段阴德。未几联捷，殿在二甲，做了兵部部属。告假省亲，一到家中，此时谢鹏已进学，芳卿已嫁与一附近农家，父子三人来拜谢。将田产写契一百六十两，送还他赎银。陆仲含道：“当日取赎，初无求偿之意。”毕竟不收。芳卿因设一生位在家，祝他功名显大。后转职方郎，尝沮征安南之师，止内监李良请乞，与内阁庸辅刘吉相忤，外转参政。也都是年少时持守定了。若使他当时少有苟且，也竟如薄生客死异地，贻害老亲，还可望功名显大么？正是：

煦煦难断是柔情，须把贞心暗里盟。
明有人非幽鬼责，可教旦夕昧平生。

雨侯曰：以鲁男子通下惠之变，拒人私奔，类亦能之，所难者谢馆而终不露耳，是真谓阴行善。

小 引

今之木天，养高之木天也，不复问箴规矣。今之上庠，薮秽之上庠也，不复解分谊矣。今之缇师，贪赀之缇师也，不复知轸恤矣。谁意三高，来于一时；谁谓三高，不可再于一时？虽然，无李公之忠忱，则石生又是陆万钟一流也，何足污笔端？而王生亦未肯作今之刘侨。

翠娱阁主人题

第十二回　宝钗归仕女　奇药起忠臣

劲骨连山立，孤忱傲石坚。素餐时诵《伐檀》篇。忍令圣朝多缺，效寒蝉。　胁折心偏壮，身危国自全。就中结个小姻缘。恰遇酬恩义士，起危颠。

右调《南柯子》

昔日南村《辍耕录》中载着一人，路见钱三百文，拾了藏在怀中。只见后边一个人赶上，道："兄拾得甚么？"此人道："不曾拾甚么。"这人道："我不要你的，只说是甚么。"此人在怀中摸出来，是三百青钱。那人叹息道："莫说几千几百，怎三百文钱也有个数？我适才远看是一串钱，弯腰去拾时，却是一条小蛇，不敢拾。这该你的，不消讲了！"可见钱财皆有分限。但拾人遗下的，又不是盗他的，似没罪过。只是有得必有失，得的快活，失的毕竟忧愁。况有经商辛苦得来，贫困从人借贷，我得来不过铢锱，他却是一家过活本钱。一时急迫所系，或夫妻、子母至于怨畅，忧郁成病有之；甚至有疑心僮仆，打骂至于伤命。故此古来有还带得免饿死的，还金得生儿子的，正因此事也是阴德。即世俗所传罗状元赴试京中，一路忧缺盘费，家人道："前日在下处拾得金环一双，换来可以济用。"罗状元道："不可。他家失了，追寻无获，不知做出甚事来。速可转去还他！"家人道："要还，待回来时还罢。如今若往返，也须费六七日工夫，不惟误了场期，越没有盘费了！"罗状元不听，定要转去。到得主家，家里道："是个丫鬟盗了，已打个垂死！"后来罗状元到京，恰场中被火，另改了场期，放榜时正中了状元。又有个姓李的，曾拾了四两银子。只见一个妇人要来投江，说："丈夫遭债逼，卖个女儿，得银四两，我一时失却。若是丈夫回来，必竟打死，不如自尽，也得干净。"李君听他说得凄楚，便将原银还了。过一年后，正要渡江，却遇那妇人抱了个小儿，一见李君，道："亏你前年救我，今日母子完全，乞到家里淡酒表意。"一扯扯到家中，吃酒未完，忽然风暴，那先过江的都被淹死，李君得免。这都是行阴德的报。人都道是"富贵生死，都是天定"，不知这做状元的，不淹杀的，也只是一念所感，仔么专听于天？待我只说一个人生何处不相逢，还钗得命之事。

我朝有位官人，姓李名懋先，字时勉，原籍金陵人氏，后边移居江西安福县，把表字改做名字，中了江西乡试，会试中永乐二年朱缙榜进士。做人极其忠厚，待物平恕，持身谨严，语言鲠直。到了三年正月，圣旨命解缙学士，将新进士才识英敏的，选文渊阁进学，当时喜得选在里边，授官庶吉士，司礼监供纸墨笔，光禄寺供早晚膳，礼部供油烛，工部择第宅，五日一出外宅，内官随侍，校尉笼马，好不荣耀。往常翰林不过养相度，终日做诗吃酒围棋，此时圣上砺精，每日令解学士教习。圣上闲时，也来试他策论，或时召至便殿，问经史、史乘，考误中道。庶吉士中有个刘子钦，也是名人，一日只因吃了两钟酒，睡在阁中。适值圣上差内侍来看见了，奏与圣上。圣上大怒，道："我阁中与他睡觉的么？"发刑部充吏。刘吉士便买了吏巾，到刑部中，与这些当该一体参谒，与这些人谈笑自如。圣上又着人去看，回覆，又传旨着他充皂隶。刘吉士也做起皂隶来。时人曾有几句道头巾伙中打扮：

黑漆盔，四个凹。孔雀毛，光皎洁。青战袍，细细折。红裹肚，腰间歇。毛竹刀，头带血。线捍枪，六块铁。来者何人？兀的力！

圣上又着人来看，回覆他在皂隶中毫无介意。圣上也赏他是个荣辱不惊的度量，假说道："刘子钦好无耻，还他官职！"依然做了吉士。圣上如此劝惩，那一个不用心进业？况李吉士又是一个劝学的人么！似此年余，不料丁了母忧回籍。三年服阕，止授刑部主事，明冤雪滞，部中都推他明决。九年，奉旨充纂修官，重修《太祖实录》。事完例有升赏，从部属复升翰林侍讲。这时节依旧是：

香含鸡舌趋兰省，烛赐金莲入玉堂。

话分两头。本京苏州胡同有一个锦衣卫王指挥，年纪才得三十来岁，娶一个嫂子，姓司，年纪也才二十八岁，夫妻两个极其和睦。忽一日永乐爷差他海南公干，没奈何只得带了两个校尉起身。那嫂子道："哥，你去了叫咱独自的，怎生过？"王指挥道："服侍有了采莲这丫头，与勤儿这小斯。若没人作伴，我叫门前余姥姥进来陪你讲讲儿耍子。咱去不半年就回了。"嫂子道："罢，只得随着你。只是海南有好珠子，须得顶大的寻百十颗捎来已咱。"王指挥道："知道了。"起了夫马前去。这余姥姥也时常进来相陪，争奈王嫂子只是长吁短叹，呆坐不快的。余姥姥道："王奶奶，你这样懒懒的，想是想王爷来。他是钦差官，一路有夫马，有供给。若是坐，便坐在各官上头；若是行，便走各官前头。那个不奉承？好不快活哩！想他作甚？你若不快，待咱陪着你，或是东岳庙、城隍庙去烧香，就去看做市儿消遣。正是这两日灯市里极盛，咱和你去一去来！"王奶奶道："咱走不得。"余姥姥道："着勤儿叫两个驴来，咱和奶奶带了眼纱去便了，在家里闷得慌。"果然带了个升箩大髻儿，穿了件竹根青缎子袄儿，带了眼罩儿，恰似：

淡雾笼花萼，轻烟罩月华。
神姬来洛浦，云拥七香车。

王奶奶叫勤儿搀上驴子，那掌鞭的豁上一声响鞭，那驴子扑剌剌怪跑，却似风送云一般，颠得一个王奶奶几乎坠下驴来。可可的走出大街，又撞着巡城御史，几声下来，叫王奶奶好没摆布。亏的掌鞭的赶到，扶得下驴，等他去了，又撮上驴。骑到灯市，余姥姥叫勤儿给了他钱，两个在灯市上闲玩。只见：

东壁铺张珠玉，西摊布列绫罗。商彝周鼎与绒纻，更有苏杭杂货。

异宝传来北虏，奇珍出自南倭。牙签玉轴摆来多，还有景东奇大。

王奶奶见了景东人事，道："甚黄黄，这等怪丑的？"余姥姥道："奶奶，这是夜间消闷的物儿。"正看时，只见一阵风起：

一片惊尘动地来，蒙头扑面目难开。

素衣点染成缁色，悔上昭王买骏台。

王奶奶正吹得头也抬不得，眼也开不得，又没处扯余姥姥时，又听得开道，便慌张张闪到人家房下檐去躲。风定，却见一个官骑着匹痴马，后边掌着黑扇过来，正是李侍讲拜客在那厢过。此时王奶奶寻得余姥姥，见时头上早不见了一只金钗。正是：

钗溜黄金落路隅，亡簪空有泣成珠。

心上着忙，急要去寻。余姥姥道："知道掉在那边？半尺厚灰沙，那里去寻？"只得浑帐寻了半日，也没心想再看，忙叫了两个驴回家。

一到家中，好生不快。余姥姥道："爷呀！这老媳妇叫你去的不是了！怎的你头上掉下，一些儿也不知道？"王奶奶道："是骑了驴把髻子颠得松松的，除眼纱时又是招动了，故此溜下来也不知道。"余姥姥道："好歹拿几两银子，老媳妇替你打一支一样的罢。"王奶奶道："打便打得来，好金子不过五七换罢，内中有一粒鸦青，一粒石榴子，一粒酒黄，四五颗都是夜间起光的好宝石。是他家祖传的，那里寻来？"说一会，焦躁一会，这一晚晚饭也不吃，夜间睡也睡不着，直到晌午，还没有起来。

不知这钗儿却是李侍讲马夫拾得，又是长班先看见，两个要分，争夺起来，且闹得李侍讲知道，分付取来看。只见钗儿金光耀目，宝色映人。李侍讲心下便想道：这钗儿料不是小户人家有的，也料不是几两银子价值的。为遗失了钗子，毕竟不知几人受冤，几人吃苦？怨畅的不知几时得了，忧郁的不知几时得舒？若是这两个花子拿去吃酒赌钱，不消一时就花费个罄尽。不如我与这钗儿一个明白！便对马夫与长班道："钗儿我收在这里，与你两个二两银子去买酒。"两个只得叩头而出。马夫道："这金子少也值五两，如今入了官，是老鼠养儿子——替猫闸！”长班道：“譬如不拾得，却不道渔人得利？”侧边的道：“老爷讨了些便宜，只当三脚分了。”那睚这李侍讲走进去，却写出一条纸来，道：“十三日灯市内拾金钗一支，失者说明来取。”贴了几日。只见这日余姥姥见王奶奶连日愁得饮食少吃，叫勤儿拿钱去买合汁。正在那边买时，却见一个婆子走来，那卖合汁的道：“认得来么？”婆子道：“咱媳妇家中不见的钗子是嵌珠子的，他是嵌宝石的，不对。”勤儿忙问时，道：“是东角头李翰林拾得支钗儿，叫人去认领。”勤儿听了，飞跑到家，道：“奶奶，钗儿有哩！”王奶奶道：“在那哩？”勤儿道：“在东角头李翰林家，奶奶去认！”王奶奶道：“我说了，你与余姥姥去认罢。”勤儿道：“适才一个说不对，他不肯，还是奶奶去。”王奶奶只得和余姥姥雇了驴，来到东角头，正值李侍讲送客出来。余姥姥过去见了个礼，李侍讲忙叫请起。余姥姥道：“十三日是老媳妇与锦衣卫王指挥奶奶在灯市失下钗儿一支，道是爷收得，特来说明，求爷给发。”李侍讲便叫说来。王奶奶过去一说，并没一毫儿差。李侍讲忙取来发与他。王奶奶见了泪下，忙过来叩头称谢。李侍讲道：“仕宦妻女，不消！”余姥姥道：“这等待他丈夫回时谢爷罢。”李侍讲道：“一发不消！”两个领了钗儿，一路快活回去。

不半年，王指挥回京，夫妻欢会，所不必言。问丈夫道：“你在广南曾带甚珠子来么？”丈夫道：“我已带得百十粒与你。”王奶奶道：“还有甚送得人的么？”因说自己同余姥姥灯市失钗，亏李侍讲给还，不然几乎忧愁病死。王指挥道：“这钗是我家祖传下来的，上边宝石值银数百，他清冷官肯还与你，我明日去谢他！”就备了些礼，是端砚、血竭、英石、玳瑁带、红藤蕈、沉速香、花梨文具、荔枝、龙眼、海味，来见李侍讲。李侍讲不知为些甚么。坐定，说起失钗原故，道：“若非大人，房下愁虑必致成病。今日夫妻重会，皆大人所赐！”李侍讲道：“这小事，何劳致谢？”送上礼单，李侍讲并不肯收。再三央求，李侍讲只是不肯。王指挥道：“余物也不值甚，只有血竭也是一时难得之物，大人可勉收了。”李侍讲且见苦苦的说，收了这一件进里边。李夫人道：“你这样冷气官，谁人来送礼？”李侍讲说起谢钗缘故，李夫人道：“这不该收他的。”李侍讲道：“他苦苦要我收。”又说道：“这血竭也是难得的，治金疮绝妙。”李夫人笑道：“正是，如今圣上杀鞑子，正要你去做前锋哩！”两个也说笑了一会。

过后数年，是永乐十九年。只见四月初八这夜，大内火光烛天，却是火焚了奉天殿、谨身殿、华盖殿三殿。圣上传旨求直言，李侍讲条陈一个本，是停工作、罢四夷朝贡、沙汰冗官、赈济饥荒、清理刑狱、黜赃官、罢遣僧道，优恤军士，共十五事，圣上也都施行。又到洪熙元年五月，李侍讲又上两个时政阙失的本，激怒了圣上，道他出位言事，叫武士把金瓜打。此时金瓜乱捶下来，李侍讲道："陛下纳谏如流，不意臣以谏死！"圣上传旨叫住，时已打了十八瓜，肋下骨头已折了三条。圣旨着扶出，改他作御史。李侍讲已是话都说不出了。抬到家中，昏晕欲绝。李夫人忙去请医买药，这些医人道："凡伤皮肉的可治，不过完他疮口长肉；伤在骨，已就难活了。况且肋骨折了三条，从那一个所在把手与他接？这除非神仙了！"李夫人听了，无计可施，唯有号泣，与他备办后事。不期过得一日，圣旨又着拿送锦衣卫。常言道："得罪权臣必死，得罪天子不死。"只是到了卫，少不得也要照例打一套，管你熬得熬不得，打了落监。管监却是王指挥，见了李御史，道："我闻得今日发一李御史来，不知正是恩人！"忙叫收拾狱厅边一间小房，把他安下，又着人去请医生。管监的做主，狱卒谁敢措勒？连忙请到医生，医生道："这位老爷，学生已看了。肋骨已断，不可医治了。"王指挥道："你再瞧一瞧。"王指挥去把衣裳掀起看，只见半边红肿，肿得高高的。医生才把手去摸，李御史大声叫起疼来。医生道："奇事！昨日看时，肋骨三条都断的，怎今日却都相接？"李御史又有丝肠没力气道："两日被肋骨不接，交擦得疼不可言。今早是用梃棍一闪，忽然接了。"医生道："都是老爷精忠，感格上天保佑，不然医生也难治。但须得好血竭才妙。"王指挥道："有！我在广南曾带来。"着小厮去取。去了一晌，回报道："寻得没有，想送了翰林李爷了。"王指挥想了想，道："果是送了李爷。"就着人去李御史家取。夫人捡了半日，捡得出来。拿到狱中，王指挥着医生如法整治，将来敷上。可是：

　　忠何愁折肋，义欲起残生。

当时王指挥又着人对李夫人道："李爷儒官，久处冷局，又在客边，狱中供给医药，都不要费心，我这里自备。"自此之后，无日不来看视，自为敷药，与他讲些白话慰安他。李御史伏枕一个多月，才得安痊。时常亏得王指挥在狱中照管，却也不大烦恼。或时与王指挥说些忠臣孝子、义士高人的典故，王指挥也时常来说些朝中新政，街市上时事，消遣时日。

本年洪熙爷宴驾，宣德爷登基。次年改元，也不赦得。直到十月，例有冷审，刑部锦衣卫都有狱囚册献上，内开李御史名字。圣上见了，想起他当日触怒先帝的事，次日设朝传旨拿来面讯。此时一个锦衣卫官领了旨，飞也似到卫监，取出李御史来缚了，从东华门押解进来。李御史此时全无悔惧模样。一边起解，一边圣旨宣过王指挥，道：“李时勉不必缚来，你可竟押至西角头处决！”那王指挥接了这旨，却似心头上有个鹿儿突突地撞，脚下一条绳儿绊住走不去一般。道：“才方旨意拿来，还可办上几句，在死里求生，如拿去杀，再没救了！”走出西华门，便叫一个校尉到李衙去，叫李夫人可到西角头与李爷一面。一边着人寻上好棺木，道：“不能够救他，只好把他从厚殓殡，资助他妻子回乡去罢。”走到临门口，簌簌掉下泪来，道：“李先生！再要与你在这边讲些天话也不能够了！”忙问李爷时，狱卒道：“适才许爷领旨抓去了。”王指挥道：“这等我且覆旨看他消息。”来覆旨时，李衙史已蒙圣恩，怜他翰院儒臣，却能言人所不敢言，不可深罪，不惟不杀，反脱去他枷杻，仍旧着他做翰林院侍读，纂修永乐爷实录。

此时李夫人听了报，正悲悲咽咽，赶到西角头，只见家僮没命似跑来，道：“奶奶！爷回家了！”李夫人听得，满心欢喜，忙回家时，却是从天落下一个李侍讲一般！正是：

三载囹圄困仪羽，各天幽恨梦魂知。

今朝忽得金鸡放，重向窗前诉别离。

一个诉不尽狱中苦楚，一个说不尽家中萧条，两下又都同称扬王指挥知恩报恩，这数年管顾。正说间，王指挥又来恭贺。李侍讲与夫人都出来拜谢。王指挥道：“这是大人忠忱天祐，学生有甚功？”李侍讲留了饭。后边有这些同年故旧来望，李侍讲只得带了几年不曾带白梅头纱帽，穿了几年不曾穿黰气圆领，出去相见。王指挥家从此竟作了通家往还。本年因纂修升了学士，正统改元，升了春坊大学士。其时王指挥因弱症病亡。先时李侍讲为他迎医，也朝夕问候。殁时亲临哭奠。遗下一子一女，一子年已十六，为他就勋戚中寻了一头亲事，也捐俸劝他行聘。一女为他择一个文士，也捐俸为他嫁送。末后他儿子荫袭时，为他发书与兵部，省他多少使费。

七年十一月，李学士升了北京祭酒。这国子监是聚四方才俊之地，只因后边开个纳粟例，杂了些白丁，祭酒都不把这些人介意，不过点卯罚班，就是季考也假眼瞎，任这些人代考抄窃，止取几个名士放在前列罢了。还有些无耻的，在外面说局诈人。李祭酒一到任，便振作起来。凡一应央分上，讨差免历，与要考试作前列的一概不行，道：“国学是天下的标准，须要风习恬雅，不得寡廉鲜耻。”待这些监生，真是相好师生。有贫不曾娶妻的，不能葬父母的，都在餐钱里边省缩助他。有病的，为他医药。勤读的，大加奖赏。一个国学,弄得灯火彻夜。英国公闻得他规矩整饬,特请旨带侯伯们到国子监听讲。李祭酒着监生把《四书》《五经》各讲一章，留宴，只英国公与祭酒抗礼，其余公侯都傍坐，监生歌《鹿鸣》诗，真是偃武修文气象。争奈这时一个太监王振，专用着一个锦衣卫指挥马顺，因直谏支解了一个翰林侍讲刘球，因执法陷害了一个大理寺少卿薛瑄，那些在朝文武也弄得巡抚叩头如捣蒜，侍郎扯腿似烧葱，那一个不趋炎附势？只这李祭酒便要元旦一个拜帖角儿，也是不肯的，道：“我是国学师表，岂可先为奔兢？”王振恼了，着人缉访他的过失,那里有一丝事迹？只因是他作兴士子,这些士子来得多了,庭前枯柏倒了,碍住庭中，不便行礼，将来砍了去。王振就奏他擅伐官树，将来枷在国子监前。王振意思道：“李侍讲年纪已大，枷了几日，不是气死，也应累死。”只见国学数千监生,都穿了这一套儿衣巾,都在紫禁城外午门号哭,乞圣上恩赦。内中独有一个监生姓石名大用，独在通政司上本，请以身代，大意道：

臣不敢谓祖宗有枷大臣之制，亦不敢谓伐树罹枷项之法，更不敢谓时勉为四朝耆旧宜赦,独念时勉景入桑榆,势有不堪,忝为师表,辱有不可,而臣谊在师生，理应身代。伏乞圣恩怜准，庶臣得伸师弟之情，国亦无杀老臣之名，士亦无可辱之体。

本上去，圣上看了，传旨放免。李祭酒道：“士可杀不可辱，我亦何面目复对诸生！”遂上本乞致仕，与家眷回家。行李萧条，不及二三杠。诸生涕泣奔送，填街塞道。李祭酒回家，正统元年病卒，赐谥文毅。至成化中，又赠礼部侍郎，改谥忠文。大都李公忠肝义胆，历久不磨;姜性桂质，至老不变;以忠激义，至于相成。两两都各传于后。

雨侯曰：王指挥结于恩，武夫伎俩；石监生激于义，文士肝肠。皆可为忠之助，托忠并传。

石隐曰:成祖时,翰林谏者有罗汝敬暨公,正统时刘球,天顺时罗一峰,成化时章懋、黄仲昭，弘治时邹智、庄泉，正德时舒芬，嘉靖时郭希颜、杨慎，万历初吴中行、赵用贤，此后则寥寥矣。向非缪西溪，几成绝响。

叙

鸰原至今日而可慨极矣。利浓而情淡，势轧而心离，闺中有犲虎而一室成参商，可胜言哉！豆然同根，比比而是。若今之师生，更不如友朋，荒陆氏之庄，为边生之诮，谁复作恤孤之想。落落寰中，乃有若人，悌悌师师，真东流之砥矣。愿借寡情者一读，当泚盈面而汗涤背。

翠娱阁主人题

第十三回　击豪强徒报师恩　代成狱弟脱兄难

冷眼笑人世，戈矛起同气。试问天合亲，伦中能有几？泣树有田真，让肥有赵礼。先哲典型存，历历可数比。胡为急相煎？纷纷室中阋。池草徒萦梦，杕杜实可倚。愿坚不替心，莫冷傍人齿。

四海之内皆兄弟，实是宽解之词。若论孩稚相携，一堂色笑，依依栖栖，只得同胞这几个兄弟。但其中或有衅隙，多起于父母爱憎，只因父母妄有重轻，遂至兄弟渐生离异。又或是妯娌牴忤，枕边之言日逐谮毁，毕竟同气大相乖违。还又有友人之离间，婢仆之挑逗。尝见兄弟起初嫌隙，继而争竞，渐成构讼，甚而仇害，反不如陌路之人，这也是奇怪事。本是父母一气生来，倒做了冰炭不相入。试问人，这弟兄难道不是同胞？难道不同是父母遗下的骨血？为何颠倒若此？故我尝道：弟兄处平时，当似司马温公兄弟，都到老年，问兄的饥，问兄的寒，煦煦似小儿相恤。处变当似赵礼兄弟。汉更始时，年饥盗起，拿住他哥子要杀，他知道赶去，道："哥子瘦，我肥，情愿我替兄。"贼也怜他义气，放了。至于感紫荆树枯，分而复合，这是田家三弟兄，我犹道他不是汉子，人怎不能自做主张，直待草木来感动？即一时间性分或有知愚，做兄的当似牛弘，弟射杀驾了车的牛，竟置之不问；做弟的当似孙虫儿，任兄惑邪人，将他凌辱不怨。不然王祥、王览同父异母兄弟，王祥卧冰之孝，必能爱弟；那王览当母亲要药死王祥时，他夺酒自吃，母亲只得倾了。凡把疑难的事与他坐，他都替做。不同母的也如此，况同父母的弟兄！我朝最重孝友，洪武初，旌表浦江郑义门，坐事解京，圣旨原宥，还擢他族长郑琏为福建参政。以后凡有数世同居的，都蒙优异。今摘所同一事，事虽未曾旌表，其友爱自是出奇。

话说浙江台州府太平县，宣德间有个姚氏弟兄，长名居仁，次名利仁，生得仪容丰丽，器度温雅，意气又激烈，见义敢为，不惟性格相同，抑且容貌如一。未冠时，从一个方方城先生。这先生无子，止得妻马氏生得一个女儿慧娘，家事贫寒。在门还有个胡行古，他资质明敏，勤于学问。一个富尔谷，年纪虽大，一来倚恃家事充足，无心读书，又新娶一事，一发眷恋不肯到馆。一个夏学，学得一身奸狡，到书上甚是懵懂，与富尔谷极其相合。先生累次诫谕他，他两人略不在意。五人虽是同门，意气犹如水火。后来两姚连丧父母，家事萧条，把这书似读不读。只有胡行古进了学。夏学做了富尔谷帮闲。

一日方方城先生殁了，众门生约齐送殓。两姚与胡行古先到，富尔谷与夏学后来。那富尔谷原先看得先生女儿标致，如今知他年已长成，两眼只顾向孝堂里看。那女儿又因家下无人，不住在里边来往，或时一影，依稀见个头，或时见双脚。至哭时，嘤嘤似鹂声轻啭。弄得个富尔谷耳忙眼忙，心里火热，双只眼直射似螃蟹，一个身子酥软似蜒蚰。这三人原与他不合，不去采他。只有夏学，时与他掗家怀说话，他也不大接谈。事完散酒，只见夏学搭了富尔谷肩头走，道："老富，你今日为甚么出神？"富尔谷道："我有一句心腹对你说。方先生女儿，我见时尚未蓄发，那时我已看上他，只是小，今日我算他已年十六了。我今日见他孝堂里一双脚，着着白鞋子，真是笋尖儿；又亏得风吹开布帏，那一影真是个素娥仙子，把我神魂都摄去了！老夏怎弄个计议，得我到手，你便是个活古押衙！"夏学道："这有何难！你只日日去帮丧，去嗅他便了。"富尔谷道："只今日已是几乎嗅杀，若再去，身子一定回来不成了！你只仔么为我设法弄来作妾。"夏学道："罢了，我还要在你家走动，若做这样事，再来不成了，作成别个罢！"富尔谷道："房下极贤。"夏学道："我日日在你家，说这话，你尊脸为甚么破的？昨日这样热，怎不赤剥？"富尔谷把夏学一拳，道："狗呆！妇人们性气，不占些强不歇。我们着了气，到外消遣便罢了；他们不发泄得，毕竟在肚中，若还成病，又要赎药，你道该让不该让？"夏学道："是！是！只是如今再添个如夫人，足下须搬到北边去，终日好带眼罩儿，遮着这脸嘴！"两个笑了一回。夏学道："这且待小弟缓图。"

次日，夏学就借帮丧名色，来到方家。师母出来相谢，夏学道："先生做了一生老学究，真是一穷彻骨，亏了师母这等断送，也是女中丈夫。”师母道：“正是，目下虽然暂支，后边还要出丧营葬，毫忽无抵。”夏学道：“这何难！在门学生，除学生贫寒，胡行古提不起个穷字，两姚虽是过得，啬吝异常，只有富尔谷极甚挥洒。师母若说一声，必肯资助。”师母道：“他师生素不相投，恐他不肯。”夏学道：“只因先生酸腐，与他豪爽的不同。不知他极肯周济，便借他十来两，只当牯牛身上拔根毛。他如今目下因他娘子弱症，不能起床，没人管家，肯出数几百金寻填房的，岂是个不肯舍钱人？只是师母不肯开口，若师母肯下气，学生当得效劳。”师母道：“若肯借三五两也勾了。”夏学别了，来见富尔谷道：“老富，我今把这啬鬼竟抬做了大豪侠了！我想他是孤儿寡妇，可以生做。不若择一个日，拿五十两银子，几个缎子，尽说借他。他若感恩，一说便成，这就罢了；若他不肯，生扭做财礼；只凭我这张口，何如？”富尔谷道：“二十两罢！”夏学道：“须说不做财礼，毕竟要依我，我这强媒，也还该谢个五十两哩！”富尔谷只得依说，拿了五十两银子，两个缎子，两个纱与他。他落了十两，叫小厮一拜匣捧定，来见师母，道：“师母！我说他是大手段人，去时恰好有人还他本银四十两，把四个尺头作利钱，我一谈起，他便将此宗付我。我叫他留下四个尺头，他道：‘一发将去，怕不够用。’学生特特送来。”师母道：“我只要三五两，多余的劳大哥送还。”夏学道：“先生腐了一生，又有师母物自来而取之，落得用的，师母条直收了。”这边马氏犹豫未决，夏学一边就作了个揖，辞了师母，一径出门去。只是慧娘道：“母亲，富家在此读书，极其鄙吝，怎助这许多？宁可清贫，母亲只该还他的是。”马氏便央人去请夏学，夏学只是不来，马氏也只得因循着。不一日，举殡日子到了，众人斗分祭奠。富尔谷不与份子，自做一通祭文来祭，道：

呜呼先生！我之丈人。半生教书，极其苦辛。早起晏眠，读书讲经。腐皮蓝衫，石衣头巾。芊头须绦，俭朴是真。不能高中，金榜题名。一朝得病，呜呼命倾。念我小子，日久在门。若论今日，女婿之称。情关骨肉，汪汪泪零。谨具薄祭，表我微情。乌猪白羊，代以白银。呜呼哀哉，尚飨！

夏学看了，道：“妙！妙！说得痛快！”富尔谷道：“信笔扫来，叶韵而已。”姚居仁道：“只不知如何做了先生之婿？”姚利仁道：“富兄，你久已有妻，岂有把先生的女的作妾之理？”夏学道：“尧以二女与舜，一个做正妻，一个也是妾，这也何妨。”姚利仁道：“胡说！这事怎行得通！”只见里边马氏听得，便出来道："富尔谷！先生才死得，你不要就轻薄我女儿！先生临终时，已说定要招胡行古为婿，因在丧中，我不题起，你怎么就这等轻薄？"姚居仁道："不惟辱先生之女，又占友人之妻，一发不通！"富尔谷道："姚居仁！关你甚事？"姚利仁道："你作事无知，怎禁得人说？"富尔谷道："我也用财礼聘的，仔么是占？"马氏道："这一发胡说了，谁见你聘礼？"夏学道："这是有因的。前日我拿来那四十两银子，四个尺头，师母说是借他的，他道却是聘礼。"马氏道："你这两个畜生！这样设局欺我孤寡！"便向里边取出银缎，撒个满地。富尔谷道："如今悔，迟了，迟了！"与夏学两个跳起身便走，被姚利仁一把扯转。夏学瘦小些，被姚利仁一扯，扯得猛，扯个番筋斗，道："这那个家里，敢放刁？好好收去，让胡兄行礼。若不收去，有我们在这里，学生的银子，师母落得用的，过几时，我们公众偿还。"夏学见不是头，道："富兄原不是怕那里没处娶妾，做这样歪事！"拾起银缎来，细细合数，比原来时少了五两一定。夏学道："师母既是要干净与胡兄，这五两须胡兄召，他如今如何肯折这五两？"胡行古自揣身边没钞，不敢做声。又是姚居仁道："我代还！"夏学道："这等，兄兑一兑出，省得挂欠。"姚居仁道："怎这样慌？五日内我还便罢了！"夏学道："求个约儿。"姚居仁道："说出就是了。"夏学道："寄服人心。"姚利仁道："便写一约与他何妨？"夏学就做个中人，写得完，也免不得着个花字，富尔谷收了。各人也随即分散回家。夏学一路怨畅富尔谷："这事慢慢等我搏来，买甚才？弄坏事！"富尔谷道："我说叫先生阿爱也晓得有才，二来敲一敲实。"夏学道："如今敲走了！这不关胡行古事，都是两姚作梗，定要出这口气。布得二姚倒，自然小胡拱手奉让了。"富尔谷道："何难？"我明日就着小厮去讨银子，出些言语，他毕竟不忿赶来嚷骂，关了门，打上一顿，就出气了。"果然第二日就着小厮去讨银子，恰好撞着姚居仁，居仁道："原约五日，到五日你来。"小厮道："自古道：'招钱不隔宿。'谁叫你做这好汉？"居仁道："这奴才，这等无状！"那小厮道："谁是你奴才？没廉耻！欠人的银子，反骂人！"居仁听了，一时怒起，便劈脸一掌，道："奴才！这掌寄在富尔谷脸上，叫他五日内来领银子！"那小厮气愤愤自去了。

此时，居仁弟兄服已满，居仁已娶刘氏，在家月余，利仁也聘定了县中茹环女儿，尚未娶回。刘氏听得居仁与富尔谷小厮争嚷，道："官人，你既为好招银子，我这边将些首饰当与他罢。"居仁道："偏要到五日与他，我还要登门骂他哩！"晚间利仁回来，听得说，也劝："大嫂肯当了完事，哥哥可与他罢，不要与这蠢材一般见识。”第二日，刘氏绝早将首饰把与利仁，叫他去当银子。那富家小厮又来骂了，激得居仁大怒，便赶去打。那小厮一头走一头骂，居仁住了脚，他也立了骂。居仁激得性起，一直赶去。这边利仁当银回来，听得哥哥打到富家，他也赶来，不知那富尔谷已定下计了。昨日小厮回时，学上许多嘴，道居仁怎么骂尔谷，又借他的脸打。富尔谷便与夏学商议，又去寻了一个久惯帮打官司的，叫做张罗，与他定计。富尔谷道：“我在这里是村中皇帝，连被他两番凌辱，也做人不成，定要狠摆布他才好！”张罗道：“事虽如此，苦没有一件摆布得他倒的计策。”正计议时，恰好一个黄小厮送茶进房，久病起来，极是伶仃，放得茶下，那夏学提起戒尺，劈头两下，打个昏晕。富尔谷吃了一惊，道：“他病得半死的，怎打他？”夏学道：“这样小厮，死在眼下了，不若打死，明日去赖姚家。你的钱势大，他两个料走不开！”张罗连声道：“有理，有理！”富尔谷听了，便又添上几拳几脚，登时断气。只是这小厮是家生子，他父亲富财知道，进来大哭。夏学道：“你这儿子病到这个田地，也是死数了。适才拿茶，倾了大爷一身，大爷恼了，打了两下，不期死了。家主打死义男，也没甚事。”富财道：“就是倾了茶，却也不就该打杀。”张罗道：“少不得寻个人偿命，事成时还你靠身文书罢。”富尔谷道：“他吃我的饭养大的，我打死也不碍。你若胡说，连你也打死了！”富财不敢做声，只好同妻子暗地里哭。三人计议已定，只要次日哄两姚来，落他圈套。不料居仁先到，嚷道：“富尔谷！你怎叫人骂我？”富尔谷道：“你怎打我小厮？”正争时，利仁赶到，道：“不必争得，银子已在此了。”那富尔谷已做定局，一把将姚居仁扭住厮打，姚居仁也不相让。利仁连忙劝时，一时间那里拆得开？张罗也赶出来假劝，哄做一团，只见小厮扶着那死尸，往姚居仁身上一推，道：“不好了！把我们官孙打死了！”大家吃了一惊，看时，一个死尸头破脑裂，挺在地上。富尔谷道：“好，好！你两兄弟仔么打死我家人？”居仁道：“我并不曾交手，怎图赖得我？”富尔谷道：“终不然自死的？”姚利仁道：“这要天理！”张罗道：“天理，天理，到官再处！”两姚见势不像，便要往家中跑。富尔谷已赶来圈定，叫了邻里，一齐到县。正是：

坦途成坎坷，浅水蹙洪波。
巧计深千丈，双龙入网罗。

县中是个岁贡知县，姓武，做人也有操守明白。正值晚堂，众人跪门道：“地坊人命重情！”叫进问时，富尔谷道：“小人是苦主。有姚居仁欠小的银子五两，怪小的小厮催讨，率弟与家人沿路赶打，直到小的家里，登时打死，里邻都是证见。”知县叫姚居仁：“你仔么打死他小厮？”姚居仁道：“小的与富尔谷，俱从方方城同窗读书，方方城死时，借他银五两，他去取讨，小的见他催迫，师母没得还，小的招承代还。岂期富尔谷日着小厮来家吵闹，小的拿银还他，虽与富尔谷相争，实不曾打他小厮。”富尔谷道：“终不然我知道你来，打杀等的？”知县叫邻里，其时一个邻舍竹影，也是富尔谷行钱的，跪上去道：“小的里邻叩头。”知县道：“你仔么说？”这边就开口道：“小的在富尔谷门前，只见这小厮哭了在前边跑，姚居仁弟兄后边赶，赶到里边，只听得争闹半饷，道打死了人。”知县道：“赶的是这个小厮么？”道：“是。”知县道：“这等是姚居仁赶打身死的情实了。把居仁、利仁且监下，明日相验。”那富尔谷好不快活，对张罗道：“事做得成狠了些。”不知张罗的意思，虽陷了姚家弟兄，正要逐儅儿做富尔谷。头一日已自暗地叫富财藏了打死官孙的戒尺，如今又要打合他买仵作，就回言道：“狠是狠了，但做事留空隙把人，明日相验，仵作看见伤痕，不是新伤，是血汗两三日，报将出来，如何是好？你反要认个无故打死家僮，图赖人命罪了，这要去摁撒才好！”富尔谷道：“这等我反要拿出钱来了？”夏学道：“要赢官司，也顾不得银子。”吃他一打合，只胡卢提叫他要报伤含糊些，已诈去百余两。富财要出首，还了他买身文书，又与他十两银子，张罗又叫他封起留作后来诈他把柄。富尔谷好不懊恨。只是居仁弟兄落了监，在里边商议。居仁道：“看这光景，他硬证狠，恐遭诬陷。我想事从我起，若是定要逼招，我一力承当，你可推开，不要落他井中。”利仁道：“哥哥！你新娶嫂嫂，子嗣尚无，你一被禁，须丢得嫂嫂不上不落，这还是我认。你还可在外经营。”到了早饭后，知县取出相验。此时仵作已得了钱，报伤道：“额是方木所伤，身上有拳踢诸伤。”知县也不到尸首边一看，竟填了尸单，带回县审。两个一般面貌，连知县也不知那一个是姚居仁，那一个是姚利仁。叫把他夹起来要招。利仁道：“赶骂有的，实不曾打。就是赶的，也不是这小厮。”知县又叫竹影道：“这死的是富尔谷小厮么？”竹影道：“是他家义男富财的儿子。”知县道：“这等是了！”要他两兄弟招。居仁、利仁因富尔谷用了倒棒钱，当不得刑罚，居仁便认是打死。利仁便叫道：“彼时哥可与富尔谷结扭在一处，缘何能打人？是小的失手打死的。”居仁道：“是小的怪他来帮，打的。”利仁道：“小人打死是实，原何害哥哥？只坐小的一人！”知县道：“姚利仁讲得是。”叫富尔谷：“他两人是个同窗，这死也是失手误伤，坐不得死罪。”富尔谷道：“老爷！打死是实，求爷正法！”知县不听。

此时，胡行古已与方方城女儿聘定了，他听得姚居仁这事，拉通学朋友为他公举冤诬。知县只做利仁因兄与富尔谷争斗，从旁救护，以致误伤。那张罗与夏学又道骑虎之势，撺哄富尔谷用钱，把招眼弄死了，做了文书解道，道中驳道："据招赶逐，是出有意，尸单多伤，岂属偶然？无令白镪有权，赤子抱怨也！"驳到刑厅，刑厅是个举人，没甚风力，见上司这等驳，他就一夹一打，把姚利仁做"因官孙之殴兄，遂拳梃之交下"，比"斗殴杀人，登时身死"律绞，秋后处决；还要把姚居仁做"喝令"。姚利仁道："子弟赴父兄之斗，那里待呼唤？小的一死足抵，并不干他事。"每遇解审，审录时，上司见他义气，也只把一个抵命，并不深求。姚居仁在外竟费了书耕种，将来供养兄弟。只是刘氏在家，尝尝责备居仁道："父母遗下兄弟，不说你哥子照管他，为何你做出事叫他抵偿？"居仁道："我初时在监计议，他道：'因你新嫁，恐丢你，误你一生。'说我还会经营，还可支撑持家事，故此他自认了，实是我心不安。如今招已定，改换也改不得了。"刘氏道："你道怕误我一生，如今叔叔累次分付，叫茹家另行嫁人，他并不肯，岂不误了婶婶一生？"倒是居仁在外奔忙，利仁在监，有哥哥替他用钱，也倒自在。倒是富尔谷却自打官司来，尝被张罗与富财串诈，家事倒萧条了。

日往月来，已是三年，适值朝廷差官恤刑。此时刘氏已生一子周岁，因茹氏不肯改嫁，茹家又穷，不能养活，刘氏张主接到家中，分为两院，将家事中分，听他使用。闻得恤刑将来，刘氏道："这事虽云诬陷，不知恤刑处办得出办不出？不若你如今用钱邀解子到家，你弟兄面貌一般，你便调了，等他在家与婶婶成亲。我你有一子，不教绝后了。"居仁连声道是。果然邀到家中，买了解子，说要缓两日，等他夫妇成亲，解子得钱应了。利仁还不肯做亲，居仁道："兄弟妇既不肯改嫁，你不与成亲，岂不辜负了他？若得一男半女，须不绝你后嗣。"利仁才方应承。到起解日，居仁自带了枷锁，嘱咐兄弟道："我先代你去，你慢慢来。"正是：

相送柴门晓，松林落月华。

恩情深棣萼，血泪落荆花。

解人也不能辨别，去见恤刑，也不过凭这些书办，该辨驳的所在驳一驳，过堂时唱一唱名，他下边敲紧了，也只出两句审语了帐。此时利仁也赶到衙门前，恐怕哥受责。居仁出来，便分付利仁先回："我与解人随后便到。"不期居仁与利氏计议已定，竟不到家，与解人回话就监。解人捎信到家，利仁大哭，要行到官禀明调换。解子道：“这等是害我们了，首官定把我们活活打死。你且担待一月，察院按临时，必然审录，那时你去便了。”利仁只得权且在外。他在家待嫂，与待监中哥子，真如父母一般，终是不能一时弄他出来。但天理霎时虽昧，到底还明。也是他弟兄在这几时灾星。忽然一日，张罗要诈富尔谷，假名开口借银子，富尔谷道：“这几年来，实是坎坷，不能应命。”张罗道：“老兄强如姚利仁坐在监里，又不要钱用！”富尔谷见他言语不好，道：“且吃酒再处。”因是烫酒的不小心，飞了点灰在里边，斟出来，觉有些黑星星在上，张罗用指甲撩去。富尔谷又见张罗来诈，心里不快，不吃酒，张罗便疑心。不期回家，为多吃了些食，泻个十生九死，一发道是富尔谷下药。正要发他这事，还望他送钱，且自含忍不发。不期富尔谷拿不出，担搁了两月。巧巧这年大比，胡行古中了。常对家里道：“我夫妇完聚，姚氏二兄之力，岂期反害了他！”中时自去拜望，许周济他，不题。

一日，赴一亲眷的席，张罗恰好也在坐。语次，谈起姚利仁之冤，张罗拱阔，道：“这事原是冤枉，老先生若要救他，只问富财便了。”胡行古也无言，次日去拜张罗请教。张罗已知醉后失言，但是他亲来请教，又怪富尔谷药他，竟把前事说了。胡行古道：“先生曾见么？”张罗道：“是学生亲眼见的。”又问：“有甚指证么？”道：“有行凶的戒尺与买嘱银子，现在富财处。”胡行古听了，便辞了，一竟来与姚利仁计议。又值察院按临，他教姚利仁把这节事去告，告富尔谷杀人陷人。胡行古是门生，又去面讲。按院批：“如果冤诬，不妨尽翻成案。”批台、宁二府理刑官会问。幸得宁波推官，却又是胡行古座师，现在台州查盘。胡行古备将两姚仗义起衅，富尔谷结党害人，开一说帖去讲。那宁、台两四府，就将状内干连人犯，一齐拘提到官。那宁波四府叫富财道：“你这奴才！怎么与富尔谷通同，把人命诬人么？”富财道：“小的并不曾告姚利仁。”四府道：“果是姚利仁打死的么？”那富财正不好做声，四府道：“夹起来！”富财只得道：“不是，原是夏学先将戒尺打晕，后边富尔谷踢打身死，是张罗亲眼见的。”四府道：“你怎么不告？”富财道：“是小的家主，小的仔么敢告？”又叫张罗，张罗也只得直说。四府就着人追了戒尺、买求银两，尸不须再检，当日买仵作以轻报重，只当自要自了。夏学与富尔谷还要争辩，富财与张罗已说了，便难转口。两人四府喝令：各打四十。富尔谷拟“无故杀死义男，诬告人死罪未决，反坐”律徒。夏学加工杀人，与张罗前案硬证害人亦徒。姚利仁无辜，释放宁家。解道院时，俱各重责。胡行古又备向各官说利仁弟兄友爱，按院又为他题本翻招。居仁回家，夫妇、兄弟完聚，好不欢喜。外边又知利仁认罪保全居仁，居仁又代监禁，真是个难兄难弟。那夏学、富尔谷设局害人，也终难逃天网。张罗反覆挟诈，也不得干净。虽是三年之间，利仁也受了些苦楚，却也成了他友爱的名。至于胡行古之图报，虽是天理必明，却也见他报复之义。这便是：

错节表奇行，日久见天理。

笑彼奸猾徒，终亦徒为尔。

雨侯曰：丈夫意气，当为人排难解纷，况在师弟，况在昆季乎！吾所取者，两姚皆持必死之心。

赤憨曰：无义气男子，天下益多奸诡；无终定天理，人世更多不平。此回大可惩劝。

叙

“此道今人弃如土”，宁复向沦落中问友人哉！然友不在沦落中见，于何处见？只在杯酒趋附中欤？故论友者当以此为法。即如周蓼洲以托孤得祸，苏郎中以急友得死，亦是友谊宜然，不欲令王参军独有千古耳。彼势在胶漆，势去抟沙，既杀其身，寻覆其家，亦独何心，亦独何心！

翠娱阁主人

第十四回　千秋盟友谊　双璧返他乡

屈指交情几断魂，波流云影幻难论。

荒坟树绝徐君剑，暮市蛛罗翟相门。

谁解绨袍怜范叔，空传一饭赠王孙。

扶危自是英雄事，莫向庸流浪乞恩。

世态炎凉，俗语尝道得好：只有锦上添花，没有雪中送炭。即如一个富人，是极吝啬，半个钱不舍的，却道我尽意奉承他，或者也怜我，得他资给。

一个做官的，是极薄情不认得人的，却道我尽心钻拱他，或者也喜我，得他提携。一介穷人，还要东补西拆把去送他。若是个处困时，把那小人图报的心去度量他，年幼的，道这人小，没长养；年老的，道人老，没回残；文士笑他穷酸；武夫笑他白木；谨慎的，说道没作为；豪爽的，道他忒放纵。高不是，低不是，只惹憎嫌，再没怜惜。就是钱过北斗，任他堆积；米烂成仓，任他烂却，怎肯扶危济困？况这个人，又不是我至亲至友。不知豪侠汉子，不以亲疏起见，偏要在困穷中留意。昔日王文成阳明先生，他征江西桃源贼，问贼道："如何聚得人拢？"他道："平生见好汉不肯放过，有急周急，有危解危，故此人人知感。"阳明先生对各官道："盗亦有道，若是如今人，见危急而坐视，是强盗不如了！"国初曾有一个杜环，原籍江西庐陵，后来因父亲一元游宦江南，就住居金陵。他父亲在日，曾与一个兵部主事常允恭交好。不期允恭客死九江府，单单剩得一个六十岁母亲张氏，要回家，回不得，日夕在九江城下哭。有人指引他道："安庆知府谭教先，是你嘉兴人，怎不去见他？"张氏想起，也是儿子同笔砚朋友，当日过安庆时，他曾送下程请酒，称他做伯母，毕竟有情。谁料官情纸薄，去见时，门上见他衣衫褴褛，侍从无人，不与报见。及至千难万难得一见，却又不理，只得到金陵来。其时一元已殁，这张氏问到杜家，说起情事，杜环就留他在家。其妻马氏，就将自己衣服与他，将他通身褴褛的，尽皆换去。住了一日，张氏心不死，又寻别家，走了几家，并没人理，只得又转杜家，他夫妇就是待父母般，绝无一毫怠慢。那张氏习久了，却忘记自己流寓人家，还放出旧日太奶奶躁急求全生性来，他夫妻全不介意。屡写书叫他次子伯章，决不肯来。似此十年，杜环做了奉祀，差祭南镇，与伯章相遇，道他母亲记念，伯章全不在心，歇了三年方来。又值杜环生辰，母子抱头而哭，一家惊骇，他恬然不动。不数月，伯章哄母亲，道去去来接母亲，谁知一去竟不复来。那杜环整整供他二十年，死了又为殡殓。夫以爱子尚不能养母，而友人之子，反能周给，岂不是节义汉子！

不知还有一个，这人姓王名冕字孟端，浙江绍兴府诸暨人。他生在元末，也就不肯出来做官，夫耕妇织，度这岁月。却读得一肚皮好书，便韬略星卜，无所不晓；做得一手好文字，至诗歌柬札，无所不工。有一个吉进，他见他有才学，道："王兄！我看你肚里来得，怎守着这把锄头柄？做不官来，便做个吏。你看如今来了这些鞑官，一些民情不知，好似山牛凭他牵鼻，告状叫准便准，叫不准便不准；问事说充军就充军，说徒罪就徒罪；都是这开门接钞，大秤分金。你怎么守死善道？”王孟端仰天哈哈大笑，道：“你看如今做官的甚样人，我去与他作吏？你说吏好，不知他讲公事谈天说地，轮比较缩脑低头。得几贯枉法钱，常拼得徒流绞斩。略惹着风流罪，也不免夹打敲捶。挨挨挤挤，每与这些门子书手成群；摆摆摇摇，也同那起皂隶甲首为伍。日日捧了案卷，似草木般立在丹墀，何如我或笑或歌，或行或住，都得自快？”这便是燕雀不知鸿鹄志了。后边丧了妻，也不复娶，把田产托了家奴管理，自客游钱塘。与一个钱塘卢太字大来交好，一似兄弟一般。又联着个诗酒朋友，青田刘伯温。他尝与伯温、大来，每遇时和景明，便纵酒西湖六桥之上，或时周游两峰、三竺，登高陟险，步履如飞。大来娇怯不能从，孟端笑他道：“只好做个文弱书生。”一日，席地醉饮湖堤，见西北异云起，众人道是景云，正分了个“夏云多奇峰”韵，要做诗，伯温道：“甚么景云？这是王者气，在金陵，数年后，吾当辅之！”惊得坐客面如土色，都走了去，连卢大来也道：“兄何狂易如此！”也吓走了。只有王孟端陪着他，捏住酒钟不放。伯温跳起身，歌道：

云堆五彩起龙纹，下有真人自轶群。
愿借长风一相傍，定教麟阁勒奇勋！

王孟端也跳起来，歌道：

胸濯清江现籀纹，壮心宁肯狎鸥群？
茫茫四宇谁堪与，且让儿曹浪策勋！

两个大醉而散。闲中两人劝他出仕，道：“兄你看，如今在这边做官的，不晓政事，一味要钱的，这是贪官；不惟要钱，又大杀戮，这是酷官；还有嫉贤妒能，妄作妄为，这是蠢官，你道是行我的志么？丈夫遇合有时，不可躁进。”

更数年，卢大来因人荐入京，做了滦州学正，刘伯温也做了行省都事。只是伯温又为与行省丞相议论台州反贼方国珍事，丞相要招，伯温主剿。丞相得了钱，怪伯温阻挠他，劾道“擅作威福”，囚禁要杀他。王孟端便着家人，不时过江看视，自己便往京师为他申理。此时脱脱丞相对国，他间关到京，投书丞相道：

法戒无将，罪莫加于已著。恶深首事，威岂贷于创谋。枕戈横槊，宜伸忠义之心；卧鼓弢弓，适长奸顽之志。海贼方国珍，蜂虿余孽，疮痏微毒。揭竿斥澹，疑如蚁斗床头；弄楫波涛，恰似沤漂海内。固宜剪兹朝食，何意愎彼老谋。假以职衔，是畔乱作缙绅阶级；列之仕路，衣冠竟盗贼品流。欲弥乱而乱弥增，欲除贼而贼更起。况复误入敌彀，坚拒良图。都事刘基白羽挥奇，欲尽舟中之敌；赤忱报国，巧运几前之筹。止慷慨而作末谈，岂守阃而妄诛戮。坐以擅作威福，干法不伦；竟尔横讨羁囚，有冤谁雪？楚弃范增，孤心脊将无似之；宋杀岳飞，快仇雠谅不异也！伏愿相公，秤心评事，握发下贤。谓畔贼犹赐之生全，宁幕寮混加之戮辱。不能责之剿捕，试一割于铅刀；请得放之田里，使洗愆于守剑。敢敷尘议，乞赐海涵。

书上，脱脱丞相看毕，即行文江浙丞相释放刘伯温，又荐他做翰林承旨。王孟端道："此处不久将生荆棘，走狐兔，排贤嫉正，连脱公还恐不免，我缘何在此？"且往滦州探望卢大来。只见卢大来两边相见，卢大来诉说："此处都是一班鞑子，不省得我汉人言语，又不认得汉人文字，那个晓尊师重傅？况且南人不服水土，一妻已是病亡，剩下两个小女，无人抚养。我也不久图南回，所苦又是盘费俱无，方悔仕路之难！"王孟端道："兄你今日才得知么！比如你是个穷教职，人虽不忌你的才，却轻你。甘清受淡，把一个豪杰肚肠、英雄的胸次，都磨坏了。你还有志气，熬不过求归。有那些熬不过，便去干求这些门生，或是需索这些门生，勒拜见，要节礼，琐琐碎碎，成何光景！又如刘伯温，有志得展，人又忌他的才，本是为国家陈大计，反说他多事，反说他贪功。这个脏肮之身，可堪得么？我如今去便遨游五岳、三山，做个放人；归只饮酒、做诗，做了废士，甚要紧？五斗折腰，把这笑与陶渊明笑！兄且宁耐。我日下呵，遍走齐鲁诸山，再还钱塘探望伯温。"就别了卢大来，大来不胜凄怆。他走登州，看海市；登泰山，上南天门；过东、西二天门，摩秦无字碑；踞日观，观日出；倚秦观望陕西，越观望会稽；上丈人、莲花诸峰，石经桃花诸峪；过黄岘、雁飞众岭，入白云、水廉、黄花各洞；盥漱玉女、王母、白龙各池；又憩五大夫松下听风声。然后走阙里，拜孔庙，遨游广陵、金陵、姑苏，半载方到家。刘伯温已得他力，放归青田隐居。不期卢大来在滦州，因丧偶悲思成了病，不数月，恹恹不起，想起有两个女儿，一个馨兰，一个傲菊，无所依托，只得写书寄与王孟端道：

弟际蹇运，远官幽燕，复遘危疾，行将就木，计不得复奉色笑矣！弱女馨兰、傲菊，倘因友谊，曲赐周旋，使缙绅之弱女，不落腥膻，则予目且瞑，唯君图之！

孟端回杭不过数日，正要往看伯温，忽接这书，大惊道："这事我须为了之！"便将所有田产，除可以资给老仆，余尽折价与人，得银五十余两，尽带了往滦州进发。行至高邮，适值丞相脱脱率大兵往讨张士诚。为逻兵所捉，捉见赞画龚伯璲。孟端道：“我诸暨王冕也！岂肯从贼作奸细乎？”伯璲连忙下阶相迎，道：“某久从丞相，知先生大名。今丞相统大兵至此，正缺参谋，是天赐先生，助我丞相。愿屈先生共事，同灭剧贼。”王孟端道：“先生，焉有权臣在内，大将能立功于外？今日功成，则有震主之威；不成，适起谗谮之口。方为脱公进退无据。虽是这般说，小生辱脱公有一日之知，当为效力。但是我友人殁在滦州，遗有二女，托我携归杭。脱公此处尚有公等，二女滦州之托，更无依倚，去心甚急，不可顷刻淹滞。”龚伯璲道：“这等公急友谊，小生也不能淹留。”就在巡哨士卒里边，追出王孟端原挈行李，又赠银三十两，王孟端不肯收。龚伯璲道：“此公去滦州，也是客边，怕资用不足，不妨收过。”还赠他鞍马、上都公干火牌一张，道：“得此可一路无阻。”又差兵护送一程。果然王孟端得鞍马、火牌，一路直抵滦州，到州学探访时，只见道：“卢爷已殁，如今新学正孛罗忽木已到任了。”问他家眷时，道：“他有两小姐，一个小厮。一个大小姐，十三岁，因卢爷殁了，没有棺木，州里各位老爷，一位是蒙古人，一位色目人，一位西域人，都与卢爷没往来，停了两日，没有棺木，大小姐没极奈何，只得卖身在本州万户忽雷博家，得他棺木一口，银一两，米一石，看殡殓卢爷去了。还有一个小厮，一位十岁小姐，守着棺木，新爷到任，只得移在城外，搭一个草舍安身。说道近日也没得吃用，那小厮出来求乞，不知真不真？”王孟端便出域外寻问，问到一个所在。但见：

茹茹梗编连作壁，尽未搪泥；芦席片搭盖成篷，权时作瓦。绳枢欲断，当不得刮地狂风；柴户偏疏，更逢着透空密雪。内停一口柳木材，香烟久冷；更安一个破沙罐，粒米全无。草衣木食，那里似昔日娇娥？鹄面鸠形，恰见个今日小厮。可是逢人便落他乡泪，若个曾推故旧心！

王孟端一问，正是卢大来棺木、家眷，便抚棺大哭道：“仕兄！可惜你南方豪士，倒做了北土游魂！”那小姐与小厮也赶来嘤嘤的哭了一场。终是旧家规模，过来拜谢了。王孟端见她垢面蓬头，有衫无裤，甚是伤感。问他姐姐消息，道：“姐姐为没有棺木，自卖在忽雷万户家。前日小厮乞食到他家，只见姐姐在那厢，把了他两碗小米饭，说府中道他拿得多了，要打，不知仔么？”王孟端便就近寻了一所房儿住下，自到忽雷府中来。

这忽雷是个蒙古人，祖荫金牌万户，镇守滦州，他是个胜老虎的将军，家中还有个赛狮子的奶奶。大凡北方人，生得身体长大，女人才到十三岁，便可破身。当日大小姐，自家在街上号泣卖身，忽雷博见他好个身分儿，又怜他是孝女，讨了他，不曾请教得奶奶。付银殡葬后，领去参见奶奶，只得叩了个头，问道：“哪里人？”小姐道：“钱塘人。”他也不懂，倒是侧边丫鬟道：“是南方人！”问道：“几岁了？”答应：“十三岁。”只见那奶奶颜色一变，只为他虽然哭泣得憔悴了些，本来原是修眉媚脸，标致的；又道是在时年纪，怎不妒忌？巧巧儿忽雷博回家来，问奶奶道：“新讨的丫鬟来了么？他也是个仕宦之女。”奶奶道：“可是门当户对的哩！”忽雷道：“咱没甚狗意，只怜他是个孝心女儿。”奶奶道：“咱正怪你怜他哩！”分付：“新娶丫鬟叫做定奴，只教他灶前使用。”苦是南边一个媚柔小姐，却做了北房粗使丫鬟。南边烧的是柴，北边烧的煤，先是去弄不着。南边食物精致，北边食物粗粝，整治又不对绺。要去求这些丫鬟教道，这边说去，那边不晓；那边说来，这边不明。整治的再不得中意。南边妆扮是三柳梳头，那奶奶道：“咱见不得这怪样！”定要把来分做十来路，打细细辫儿披在头上。鞑扮都是赤脚，见了他一双小小金莲，他把自己脚伸出来，对小姐道：“咱这里都这般，走得路，你那缠得尖尖的，甚么样，快解去了！”小姐只得披了头，赤了脚，在厨下做些粗用。晚间着两个丫头伴着他宿，行坐处有两个奶奶心腹丫头贵哥、福儿跟定，又常常时搬嘴弄舌。去得半年，不知打过了几次。若是忽雷遇着，来讨了个饶，更不好了，越要脱剥了衣裳，打个半死。亏得一个老丫都卢，凡事遮盖他。也只是遮盖的人少，搠舌头的多。几番要寻自尽，常常有伴着，又没个空隙。只是自怨罢了。一日在灶前，听得外面一做小花子叫唤，声音厮熟，便开后门一看，却是小厮琴儿，看了两泪交流，可是：

相见无言惨且伤，青衣作使泪成行。
谁知更有堪怜者，洒泣长街怀故乡。

忙把自己不曾吃的两碗小米饭与他。凑巧福儿见了，道：“怪小浪淫妇！你是孤老来，怎大碗饭与他？”小姐道：“是我不吃的。”福儿道：“你不吃，家里人吃不得？”又亏得都卢道：“罢，姐姐！他把与人须饿了他，不饿我，与他遮盖咱。”那琴儿见了光景便飞跑，也不曾说得甚的，小姐也不曾问得。常想道：“我爷亲临殁，曾有话道：‘我将你二人托王孟端来搬取回杭，定不流落。’不知王伯伯果肯来么？就来，还恐路上兵戈阻隔，只恐回南的话也是空。但是妹儿在外，毕竟也求乞，这事如何结果？”不料王孟端一到，第二日便拿一个名帖，来拜忽雷万户。相见，孟端道：“学生有一甥女，是学正卢大来女，闻得他卖身在府中，学生特备原价取赎，望乞将军慨从，这便生死感激的事！”忽雷道：“待问房下。”就留王孟端在书房吃茶，着人问奶奶。只见贵哥道：“怕是爷使的见识，见奶奶难为了他，待赎了出去，外边快活！”奶奶道：“怕不敢么？”福儿道：“爷料没这胆气，奶奶既不喜他，不若等他赎去，也省得咱们照管，只是多要他些罢了！”奶奶听了，道：“要八两原价，八两饭钱，许他赎去。”忽雷笑道：“那要得许多？”王孟端道：“不难。”先在袖中取出银子八两，交与忽雷，道：“停会学生再送四两，取人便了。”随即去时，那奶奶不容忽雷相见，着这两个丫鬟传话，直勒到十六两，才发人出来。王孟端叫乘轿子，抬了到城下，小姐向材前大哭，又姊妹两个哭了一场，然后拜谢王孟端道：“若非恩伯，姊妹二人都向他乡流落！”王孟端道：“这是朋友当为之事，何必致谢。”就为他姊妹、小厮做些孝服，雇了人夫、车辆。车至张家湾雇船，由会通河回。此时脱脱丞相被谗谮谪死，赞画龚伯璲弃职归隐。前山东、江淮一带，贼盗仍旧蜂起，山东是田丰，高邮张士诚，其余草窃，往往而是。也不知担了多少干系，吃了多少惊恐，用了多少银两，得到杭州，把他材送到南高峰祖坟安葬了。先时，卢大来长女已许把一个许彩帛子。后边闻他死在滦州，女儿料不得回来，正要改娶人家，得王孟端带他二女来，也复寻初约，次女孟端也为他择一士人。自己就在杭州，替卢大来照管二女。

不觉五年，二女俱已出嫁。金华、严州俱已归我太祖。江南参知政事胡大海，访有刘伯温、宋景濂、章溢，差人资送至建康。伯温曾对大海道：“吾友王孟端，年虽老，王佐才也，不在吾下，公可辟置帐下。”留书一封，胡参政悄悄着人来杭州请他。这日王孟端自湖上醉归，恰遇一人送书，拆开看时，乃是刘伯温书，道：

> 弟以急于吐奇，误投盲者，微兄，几不脱虎口。虽然躁进招尤，怀宝亦罪。以兄王佐之才，与草木同腐，岂所乐欤？幕府好贤下士，倘能出其底蕴，以佐荡平，管乐之勋，当再见今日。时不可失，唯知者亟乘之耳！

王孟端得书，道：“我当日与刘伯温痛饮西湖，见西北天子气，已知金陵有王者兴。今金陵兵马所向成功，伯温居内，我当居外，共兴王业。”就弃家来兰溪，闻得金华府中变，留将蒋英、刘震作乱，刺死胡参政。他便创议守城，自又到严州李文忠左丞处借兵报仇，直抵城下。蒋英、刘震连夜奔降张士诚。李左丞便辟他在幕下，凡一应军机进止，都与商议。此时张士诚闻得金、处两府都杀了镇守，大乱。他急差大将吕珍领兵十万，攻打诸、全。孟端与李左丞计议，先大张榜文，虚张声势，惊恐他军心。又差人进城，关合守将谢再兴，内外夹攻，杀得吕珍大败而走。次年四月，诸、全守将谢再兴，把城子畔降张士诚，攻打东阳。他又与李左丞来救东阳，创议要在五指岩立新城，可与谢再兴相拒，李左丞就着他管理。他数日之间早已筑成高城深池，是一个雄镇。张士诚差李伯升领兵攻城，那边百计攻打，他多方备御，李左丞亲来救应，李伯升又是大败。后来李左丞奉命取杭州，张士诚平章潘原明遣人乞降，孟端劝左丞推心纳之，因与左丞轻骑入城受降。左丞就着孟端协同原明镇守杭州，时已六十余。未几，以劳卒于杭州。卢氏为持三年丧，如父丧一般。识者犹以孟端有才未尽用，不得如刘伯温共成大业，是所深恨。然于朋友分谊，则已无少遗恨，岂不是今人之所当观法！

雨侯曰：友道之衰，与得反覆子，不如得皮面交。若夫间关脱友人于囹圄，脱友人子女于沦落，真今之晏平仲，而一种傲骨，更自可嘉。用虽未究，谊足千古。

题　词

人有贵贱，天之赋性无贵贱。家之老仆，国之耆臣，一也。第新进易亲，老成易远，遂有不能伸其志之时。若因志不伸，遂尔敛手，则亦非仆之贞。夫以必忱必恪者矢心，以疑颠疑狂者正主，觉费祎止除黄皓，犹是失着也。谁谓奴隶中无人，不堪入人笔札？

翠娱阁主人识

第十五回　灵台山老仆守义　合溪县败子回头

天生豪杰无分地，屠沽每见英雄起，马前曾说卫车骑。难胜纪，淮南黔面开王邸。　偶然沦落君休鄙，满腔义侠人相似，赤心力挽家声坠。真堪数，个人绝胜章缝士。

右调《渔家傲》

如今人鄙薄人，便骂道“奴才”，不知忘恩负义、贪利无耻，冠盖中偏有人奴；抱赤披忱、倾心戮力，人奴中也多豪杰。说他是奴，不过道他不知书，不晓道理，那道理何尝定在书上？信心而行，偏有利不移、害不夺的光景。古来如英布、卫青，都是大豪雄，这当别论。只就平常人家说，如汉时李善，家主已亡，止存得一个儿子，众家奴要谋杀了分他家财，独李善不肯，又恐被人暗害，反带了这小主逃难远方，直待抚养长大，方归告理，把众家奴问罪，家财复归小主。元时又有个刘信甫，家主顺风曹家，也止存一孤，族叔来占产，是他竭力出官告理清了。那族叔之子又把父亲药死诬他，那郡守听了分上，要强把人命坐过来。信甫却挺身把这人命认了，救了小主。又倾家把小主上京奏本，把这事辨明，用去万金。家主要还他，他道："我积下的，原是家主财物，仔么要还？"这都是希有的义仆。

我如今再说一个。话说四川保宁府合溪县有一个大财主，姓沈名阆，是个监生。他父也曾做个举人同知，家里积有钱财。因艰于得子，娶有三个妾，一个李氏，一个黎氏，一个杨氏。后来黎氏生得一个儿子，此时沈阆已四十余岁了，晚年得子，怎不稀奇？把来做一个珍宝一般，日日放在锦绣丛中，肥甘队里。到六岁时，也取了个学名，叫做沈刚。请一个先生开蒙，只是日午，才方二个丫头随了出来。那先生便是个奶公，他肯读，便教他读几句；若不肯，不敢去强他。肯写，与他写几个；不肯，再不敢去教他。一日出来，没一个时辰，又要停几刻与他吃果子，缘何曾读得书。到了十三岁，务起名来，请一个经学先生，又寻上两个伴读，一个是先生儿子花纹，一个是邻家子甘毳，有了一个老陪堂，又加上两个小帮闲，也不晓得什么样的是书，什么样的是经，什么样的是时文。轮着讲书，这便是他打盹时候，酣酣的睡去了。轮着作文，这便是他嚼作时节，午后要甚鱼面肉面，晚间要甚金酒豆酒。梦也不肯拈起书，才拈起，花纹道："哥！有了三百两，怕不是个秀才？讨这等苦！"才捉着笔，甘毳道："哥！待学典吏么？场中不看字的！"这沈刚略也有些资质，都不叫他把在书上，倒教他下得好棋，铺得好牌，掷得好色子。先时抛砖引玉，与他赌东道，先输几分与他。后边渐渐教他赌起钱来。先时在馆中两个人把后边拱他，到后渐渐引他去闯寡门，吃空茶。那沈刚后生家，怎有个见佛不拜之理？这花纹、甘毳两个本是穷鬼，却偏会说大话，说："钱财臭腐，仔么恋着他做个守钱虏？"没主意的小伙子被两个人一扛，扛做挥金如土。先时娘身边要，要得不如意，渐渐去偷。到后边没得偷，两个叫去借，人不肯借，叫他把房屋作戳，一时没利还，都一本一利借票，待父天年后还足。

此时他家有个家人，叫做沈实，他也是本县宋江口人，父亲沈俭，也是沈家家人。他从小在沈阆书房中伏事，沈阆见他小心忠厚，却又能干，自己当家后，把一个当铺前后房产，还有隔县木山，俱着他掌管。只是这人心直口快，便沈阆有些不好，他也要说他两句。沈阆晓得他一团好心，再不责备他，越好待他。只是沈阆年纪有了，只在家中享福，那知儿子所为？倒是沈实耳朵兜着，眼睛抹着，十分过意不去，尝在沈阆面前，劝他教沈刚读书。沈阆道："我独养儿子，读出病来怎处？好歹与他纳个监罢！"后边又劝他择个好先生，又道："左右是读书不成的，等他胡乱教教罢！"沈实见老家主这等将就，在外嫖赌事也不敢说了。只是沈刚已是十七岁，在先一周时，也曾为他用了三百两，定下一个樊举人女儿，平日尝来借贷，会试一次，送一次礼，所费也不下数百两了。这番去要做亲，还不曾寻得个女儿到手，也不知故意掯勒，道："有几个连襟都是在学，且进学做亲。"再三去说，只是不肯。沈刚见未得做亲，越去嫖。先生怕失了馆，也不来管他。这两个伴读的，只图吃酒插趣，也不管他银子怎么来的。东道、歇钱之外，还又撺掇他打首饰，做衣服，借下债负岂止千金，只瞒得个沈阆。似此半年，喜得学道按临。去央樊举人开公折，樊举人道："我有了亲子，又是七八个女婿，那时开得许多？只好托同袍转封。"开端只出了三四十金。沈阆怕这时不进，樊举人还要作难，去寻分上，寻得一个，说是宗师母舅，三面议成，只等进见，应承了封物，按临这日，亲见他头巾圆领进去，便就信了。不知他是混在举人队里一见，宗师原不细查，正是一起脱空神棍。见了宗师出来，便说："已应承了，先封起来银子，待考后我与送破题进去查取。"沈阆听了，一发欢喜得紧，连忙兑了三百两足纹，又带了些使费，到他下处城外化生寺去封，正兑时，不防备一班光棍赶进来一打，尽行抢去。沈阆吃打了一顿，只饶得不送官，气得整整病了两个月，出案也料得没名了。不期这宗师又发下了五名不通及白卷童生，提父兄，恭喜却在里边。流水央了个份上，免解，又罚了三十两修学，沈阆这一气竟不起了。沈实每日也进来问病，沈阆道："我当日只为晚年得此一子，过于爱惜，不听你劝，不行教训，不择先生，悔无及矣！但他年幼，宗族无人，那樊举人料只来剥削，不来照管。你可尽心帮扶，田产租息，当中利银，止取足家中供给，不可多与浪费。"沈实哭泣受命，不知沈刚母子在侧边，已是含恨了。

沈阆一殁，棺殓是沈实打点，极其丰厚。又恐沈刚有丧，后边不便成亲，着人到樊家说，那樊家趁势也便送一个光身人过来。数日之间，婚丧之事都是沈实料理。只是沈刚母子甚是不悦，道："我是主母，怎么用钱反与家奴作主！”又外边向借债负，原约待父天年，如今来逼讨，沈实俱不肯付，沈刚与母亲自将家中存下银两一一抵还。只是父丧未举未葬，正在那里借名儿问沈实要银子，却又听信花、甘两个撺哄，道祖坟风水不好，另去寻坟。串了一个风水厉器，道："尊府富而不贵，只为祖坟官星不显，禄陷马空。虽然砂水环朝，但是砂抱而不贵，水朝而不秀，以此功名淹蹇，进取艰难。若欲富贵称心，必须另寻吉地。"沈刚听了，也有几分动心，又加上花、甘两个撺掇，便一意寻风水。丢了自家山偏不用，偏去寻别处山。寻了一块荒山，说得龙真穴正，水抱山回，又道是亥龙落脉，真水到堂，定是状元宰相、朱紫满门之地。用价三百多两，方才买得。倒是他三个回手得了百两。又叫他发石造坟，不下百金，两个又加三扣头除。及至临下葬打金井时，风水叫工人把一个大龟预先埋在下边，这日掘将起来，连众人都道是个稀奇之地了，少不得又撮了他一块礼。这时沈实虽知他被人哄骗，但殡葬大事，不好拦阻，也付之无可奈何。就是他母亲黎氏，平日被沈阆制住，也有些不像意。如今要做个家主婆腔，却不知家伙艰难，乱使乱用，只顾将家里积落下的银子出来使，那沈实如何管得？葬了沈阆，不上百日，因沈刚嫌樊氏没赔嫁，夫妻不和。花、甘两个一发引他去嫖个畅快。见他身边拿得出，又哄他放课钱，从来不曾有去嫖的放借，可得还么？又勾引几个破落户财主，到小平康与他结十弟兄：一个好穿的，姓糜名丽；一个好吃的，姓田名伯盈；一个好嫖的，姓曹名日移；一个好赌的，姓管名缺；一个好顽要的，姓游名逸；一个贪懒的，姓安名所好；一个好歌唱的，姓侯名亮，连沈刚、花、甘共十人，饮酒赌钱。他这小官家，只晓得好阔快乐，自己搂了个妓女小银儿，叫花纹去掷，花纹已是要拆拽他的了；况且赢得时，这些妓者你来抢，我来讨，何曾有一分到家？这正是赢假输真。沈实得知，也忍耐不住，只得进见黎氏，道："没的相公，留这家当也非容易，如今终日浪费嫖赌，与光棍骗去，甚是可惜！"黎氏道："从来只有家主管义男，没有个义男管家主。他爷挣下了，他便多费几个钱，须不费你的，我管他不下，你去管他？"沈实吃了这番抢白，待不言语，舍不得当日与家主做下铁桶家私，等闲坏了。

一日，沈刚与花纹、甘毳在张巧儿家吃早饭回来，才到得厅上，沈实迎着，厮叫一声，就立在侧边。沈刚已是带酒，道："你有甚说？"沈实道："小人原不敢说，闻得相公日日在妓女人家，老相公才没，怕人笑话。"沈刚正待回答，花纹醉得眼都反了，道："此位何人？"沈刚道："小价。"花纹道："我只道足下令亲，原来盛价倒会得训诲家主！”甘毳道：“老管家自要压小家主。”沈刚也就变脸道：“老奴才！怎就当人面前剥削我？你想趱足了要出去，这等作怪！”沈实道：“我生死是沈家老奴，再没此心，相公休要疑我。”连忙缩出去。花纹与甘毳便拨嘴道：“这样奴才是少见的！”便撺掇逐他。此时沈刚身伴两个伏事书房小厮，一个阿虎，一个阿獐。花、甘两个原与他苟且的。一日叫他道：“我想你们两个正是相公从龙旧臣，一朝天子一朝臣，怎么还不与你管事？你请我一个东道，我叫去了那沈实，用你。”这阿虎、阿獐听了，两个果然请上酒店，吃了一个大东。花纹道：“虽然如此，也不要你们搬是斗非，搠得沈实脚浮，我好去他荐你。”两个小厮果然日日去了黎氏与沈刚面前说他不是。家中银子渐渐用完，渐渐去催房租，又来当中支银子。沈实道：“房租是要按季收的，当中银子也没个整百十支的理。”少少应付些住了。争奈那沈刚见糜丽穿了几件齐整衣服，花纹一嘴鼓舞他去做，便也不顾价钱做来披挂。田伯盈家里整治得好饮食，花纹、甘毳极口称赞，道：“这是人家安排不出的。”沈刚便赌气认贵，定要卖来厮赛。侯亮好唱，他自有一班串戏的朋友，花纹帮衬沈刚家里做个囊家，这一干人就都嚼着他，肉山酒海，那里管嚼倒大山。或是与游逸等轮流寻山问水，傍柳穿花，有时轿马，有时船只。那些妓者作娇，这两个帮闲吹木屑，轿马船只都出在沈刚身上。至于妓者生日，妈儿生日，都撺哄沈刚为他置酒庆贺，众人乘机白嚼。还又拨置他与曹日移两个争风，他五钱一夜，这边便是八钱，他私赠一两，这边二两；便是银山也要用尽！正是这些光棍呵：

舌尖似蜜骨如脂，满腹戈矛人不知。

纵使邓通钱百万，也应星散只些时！

一日正在平康巷，把个吴娇儿坐在膝上，叫他出筹码，自己一手搂着，一手掷，与管缺相赌，花纹捉头儿，且是风骚得紧：

怀有红颜手有钱，呼卢得雉散如烟。

谁知当日成家者，拮据焦劳几十年！

不期一输输了五十两，翻筹又输二十两。来当中取，沈实如何肯发？阿虎去回道：“没有！”吴娇儿道：“没有银子成甚当！”甘毳道：“老家主不肯。”花纹便把盆来收起，道：“没钱扯甚淡！”弄得沈刚满面羞惭，竟赶到当中，适值沈实不在。花纹更耸一嘴，道：“趁他不在，盘了当，另换一个人罢！”甘毳道：“阿虎尽伶俐，听教训，便用他管更好！”沈刚便将银柜、当房锁匙都交与阿虎。叫管帐的与收管衣饰的一一点查，并不曾有一毫差池，沈实回来，得知在里厢盘当，自恃无弊，索性进去，交典个明白。点了半日一夜，也都完了。那花纹暗地叫沈刚道："一发问他讨了房租帐簿，交与阿獐；封了他卧房，赶他出去，少也他房中有千百两！"沈刚果然问他要了帐簿，赶到家中，把他老婆、儿女都撵出房去。看时，可怜房中并不曾有一毫梯己钱财，有一件当中首饰衣服。沈刚看了也没意思，道："我虽浪费银子，也是祖父的，怎么要你留难？本待送他到官，念你旧人，闻得云台、离堆两山，我家有山千来亩，向来荒芜，不曾砍伐，你去与我清理召佃。房里什物衣服，我都不要，你带了妻小快去，不要恼我！"此时里边黎氏怪他直嘴。李氏只是念佛看经，不管闲事；杨氏掳了一手，看光景不好，便待嫁人，却又沈刚母子平日不作他的。沈实带了老婆秦氏，儿子关保，在灵前叩了几个头，又辞别了三个主母，又别了小主母樊氏，自到山中去了。

不上三月，当中支得多，阿虎初管，也要用些，转撤不来，便将当物转戳大当酬应；又两月，只取不当了。房租原是沈实管，一向相安的，换了阿獐，家家都要他酒吃，吃了软口汤，也就讨不起，没得收来。花纹道："怕有银子生不出利钱？"又要纳粮当差，讨不起租，撺掇他变卖嫖赌，交结朋友。自己明得中人钱，暗里又打偏手。樊氏闻这两个光棍引诱嫖赌，心里也怪他，尝时劝沈刚不要亲近这些人，只是说不入。父亲没不三年，典当收拾，田产七八将完，只有平日寄在樊举人户下的，人不敢买，樊家却也就认做自己的了。常言道："败子三变：始初蛀虫，坏衣饰；次之蝗虫，吃产；后边大虫，吃人。"他先时当人的，收人利钱，如今还债，贱卖与人，拿衣饰向人家当，已做蛀虫了。先时贱价买人产，如今还债，贱卖与人，就蝗虫了。只是要做大虫时，李氏也挈了囊橐，割宅后一个小花园，里边三间书房，在中出家了；杨氏嫁人去了；奴婢逃走去了；只得母亲与老婆。母亲也因少长没短，忧悉病没了。外边酒食兄弟渐也冷落；妓女也甚怠慢；便是花、甘二个，也渐踪迹稀疏，只得家中闷坐。樊氏劝他务些生理，沈刚也有些回头。把住房卖与周御史，得银五百两，还些债，剩得三百两。先寻房子，只见花、甘这两个又来弄他，巧巧的花纹舅子有所冷落房屋，人移进去便见神见鬼，都道里边有藏神。花纹道："你这所房子没有人买的了，好歹一百两到你，余外我们得。"他便与甘毳两个去见沈刚，领他去看。不料花纹叫舅子先将好烧酒泼在厢房，待沈刚来看时，暗将火焠着，只见遍地阴阳火光。沈刚问道："那地上是甚么？"花纹与甘毳假做不看见，道:“有几件破坛与缸，买了它便移出去。”沈刚心里想:“地下火光，毕竟有藏，众人不见，一定是我的财！”暗暗欢喜。成契定要二百五十两，花、甘两个打合,二百两。沈刚心里贪着屋中有物,也就不与较量。除中人酒水之外，着实修理，又用了五十余两，身边剩得百余金。樊氏甚是怨怅，道他没算计。沈刚道:“进门还你一个财主！”两个择日过屋,便把这节事告诉樊氏。樊氏道:“若有这样福，你也不到今日了。”捱得人散，约莫一更多天气，夫妻两个动手，先在厢房尽头掘了一个深坑。不见一毫。又在左侧掘了一个深坑，也不见动静。一发锄了两个更次，掘了五六处，都二三尺深，并不见物。身体困倦得紧，只得歇了。高卧到得天明，早见花纹与舅子赶来。沈刚还是梦中惊醒，出来相见。花纹道:“五鼓我舅子敲门，说昨日得一梦，梦见他母亲说，在厢房内曾埋有银子二坛，昨夜被兄发掘。今日我同来讨，我道鬼神之事，不足深信，他定要我同来，这一定是没有的事。”那人一边等他二人说话，一边便潜到厢房里一看，道:“姐夫，何如？现现掘得七坑八坎在此！”花纹也来一张，道:“舅子也说不得，写契时原写:‘上除片瓦下连基地，俱行卖出。’这也是他命。”沈刚说:“实是没有甚物。”花纹道:“沈兄也不消赖，卖与你今日是你的了，他怎么要得？”那人便变起脸来，道:“你捧粗腿，奉承财主么？日下圣上为大工差太监开采，我只出首追助大工，大家不得罢！”沈刚惊得木呆，道:“恁凭你里边搜！”那人道:“便万数银子也有处藏，我怎么来搜？只是出首罢！”花纹道:“狗呆！若送了官，不如送沈兄，平日还好应急。沈兄，你便好歹把他十之一罢！”沈刚道:“我何曾得一厘？”花纹道:“地下坑坎便是证见。兄可处一处，到官就不好了。”那人开口要三千，花纹打合，要五百，后来改做三百。没奈何,还了他这所房子,又贴他一百两。夫妻两个无可栖身,樊氏道:“我且在花园中依着小婆婆，你到灵台山去寻沈实，或者他还怜你有之。”沈刚道:“我不听他好话，赶他出去，有甚脸嘴去见他？还寻旧朋友去。”及至去寻时，有见他才跨脚进门，就推不在的;又有明听他里边唱曲吃酒，反道“拜客未回”的;花纹轿上故意打盹不见;甘毳寻着了，假做忙，一句说不了就跑。走到家中，叹气如雷。樊氏早已见了光景，道:“凡人富时来奉承你的，原只为得富，穷时自不相顾。富时敢来说你的，这是真为你，贫时断肯周旋。如今我的亲也没干，你的友也没干，沈实年年来看望，你是不睬他，依我还去见他的是。”樊氏便去问李氏借了二钱盘费与他，雇了个驴，向灵台山来。问沈实时，没人晓得。问了半日，道:“此处只有个沈小山，他儿子做木客的，过了小桥，黄土墙里便是。”沈刚骑着驴过去，只见一个墙门，坐着许多客作在里边吃饭，沈刚不敢冒实进去，只在那边张望，却见一个人出来，众人都站起来，这人道：“南边山上木头已砍完未？”只见几个答道：“完了。”又问道：“西边山上木头曾发到水口么？”几个答道：“还有百余株未到。”这人道：“你们不要偷懒才是。”沈刚一看，正是沈实，分付完了正待进去，沈刚急了，忙赶进去，把沈实一扯，道：“我在这里！”这人回头道：“你是谁？”一见道：“呀，原来是小主人！”忙请到厅上，插烛似拜下去，沈刚连忙还礼。沈实就扯一张椅放在中央，叫老婆与媳妇来叩头。沈刚看一看，上边供着沈阆一个牌位与他亡母牌位，就也晓得他不是负义人了。众客作见了他举家这等尊礼，都不解其意。倒是沈刚见人在面前，就叫沈实同坐，沈实抵死不肯，便问小主母与沈刚一向起居，沈刚羞惭满面，道：“人虽无恙，只是不会经营，房产尽卖，如今衣食将绝。”此时沈实更没一句怨怅他的说话，道：“小主莫忧，老奴在此两年，已为小主积下数百金在此，尽可供小主用费。”就将自己房移出，整备些齐整床帐，自己夫妻与以下人都“相公”不离口。沈刚想道：“这个光景，我是得所了，只我妻儿怎过？”过了一晚，只见早早沈实进来见，道：“老奴自与相公照管这几座山，先时都已芜荒，却喜得柴草充塞，老奴雇人樵砍，本年已得银数十两。就把这庄子兴造，把各处近地耕种取息，远山木植，两年之间，先将树木小的遮盖在大树阴下，不能长的先行砍伐，运到水口发卖，两年已得银七百余两，老奴都一一封记。目下有商人来买皇木，每株三钱。老奴已将山中大木，尽行判与，计五千株，先收银五百两，尚欠千两，待木到黄州抽分主事处关出脚价找还。已着关保随去。算记此山，自老奴经理，每年可出息三百余两，可以供给小主，现在银千余，还可赎产，小主勿忧！”就在里边取出两个拜匣，一个小厢，点与沈刚，果是租钱卖钱，一一封记。沈刚道：“我要与娘子在此，是你住场，我来占，心上不安，要赎祖房，不知你意下何如？”沈实道：“我人是相公的人，房产是相公房产，这些银两也是相公银两。如今便同相公去赎祖房，他一时尚未得出屋，主母且暂到这边住下。余银先将好产赎回，待老奴为相公经理。”沈刚道：“正是！我前日一时之误，把当交与阿虎，他通同管当的人，把衣饰暗行抵换，反抵不得本钱来。阿獐管房产，只去骗些酒吃，分文不讨。如今我把事都托你，一凭你说。”两个带了银子去赎祖房，喜得周家不作住居，肯与回赎，只召了些中人酒水之费，管家、陪管在里边撺掇的要钱，共去七百两之数。只见花、甘两个与这些十弟兄，闻他赎产，也便来探望，沈刚也极冷落待他，因房子周家已租与人，一时未出，夫妇两个仍到灵台山下山庄居住。花、甘两个，见了他先时弄得精光，如今有钱赎产，假借探望，来到山庄。沈刚故意阔他，领他看东竹林，西桑地，南鱼池，北木山，果是好一派产。这两个就似胶样，越要扰拢来，洒不脱了。沈刚在山庄时，见他夫妻、媳妇自来服事，心也不安，他始终如一，全无懈怠之意。关保回，带有银千余，沈实都将来交与沈刚。沈刚就与沈实将来仍购典当衣物，置办家伙，仍旧还是一个财主。只是樊氏怕沈刚旧性复发，定要沈实一同在城居住。沈实只得把山庄交与关保，叫他用心管理，以后租息一应俱送进城，与主人用度。

一到城，出了屋，亲眷也渐来了。十弟兄你一席，我一席，沈刚再三推辞不住，一连暖屋十来日。末后小银儿、张巧、吴娇也来暖屋置酒，就是这班十弟兄，直吃到夜半，花、甘两个一齐又到书房内："我们掷一回，要一要！"这也是沈刚向来落局常套，只是沈实不曾见。这回沈实知道，想说前日主人被这干哄诱，家私荡尽，我道他已回心，谁知却又不改，这几年租，够他几日用？须得我撒一个酒疯了！就便拿了一把刀，一脚踢进书房，此时众人正掷得高兴，花纹嚷道："还我的顺盆！"听得门响，急抬头看时，一个人恶狠狠拿了刀站在面前，劈脑揪翻花纹在地，一脚踏住，又把甘毳劈领结来揿住，把刀搁在脖项里。这两个已吃得酒多，动弹不得，只是叫："饶命！"其余十弟兄，见沈实行凶，急促要走时，门又吃他把住了。有的往桌下躲，有的拿马椅子遮，小银儿便蹲在沈刚胯下，张巧闪在沈刚背后，把沈刚推上前，吴娇先钻在一张凉床下，曹日移也钻进去，头从他的胯下拱。吴娇道："这时候还要取笑！"东躲西缩。只有田伯盈坐在椅上动不得，只两眼看。那沈实大声道："你这干狗男女！当先哄弄我官人破家荡产也罢，如今我官人改悔，要复祖遗业，你们来暖屋这也罢，怎做美人局，弄这些婆娘上门，又引他赌，这终不然是赌房？我如今一个个杀了，除了害！"把刀"荡"的一声，先在田伯盈椅上一敲，先把个田伯盈翻筋斗跌下椅来。要杀甘毳，沈刚道："小山！你为我的意儿我已知道，只是杀了人我也走不开！"沈实道："这我自偿命！"甘毳急了，沸反叫："饶命！"道："以后我再不敢来了，若来跌折孤拐！"花纹道："再来烂出眼珠！"沈刚也便跪下赌誓道："我再与他们来往斗赌，不逢好死！"死命把刀来夺。那沈实流泪道："罢，罢！我如今听相公说，饶你这干狗命，再来引诱，我把老性命结识你！"一掀，甘毳直跌倒壁边。花纹在地下爬起来，道："酒都惊没了！"田伯盈也在壁边立起身来，道："若没椅子遮身，了不得！"只见桌底下走出糜丽，床底下钻出曹日移、吴娇，糜丽推开椅子，管缺掳得些筹码，却又没用。沈实道："快走！"只见这几个跌脚绊倒飞跑，那小银儿、张巧、吴娇，也拐也拐，你牵我扯走出门：

剑挺青萍意气豪，纷纷鬼胆落儿曹。
休将七尺昂藏骨，却向狂夫换浊醪！

沈刚也不来送，只得个沈实在里边赶，丫头小厮们掩了嘴笑。樊氏见这干人，领些妓者在家吃酒，也有些怪他，坐在里边，听得说道沈实在外边要杀，也赶出来，看见人去，便进书房道："原不是前翻被这干光棍哄个精光，后边那个理你？如今亏得他为你赎产支持，怎又引惹这些人在家胡行？便迟穷些儿也好，怎么要霎时富，霎时穷？"沈刚道："前日这些人来，我也不理；说暖屋，我也苦辞。今日来了，打发不像，我也并不曾与妓者取笑一句，骰子也不曾拈着。"樊氏道："只恐怕见人吃饭肚肠痒，也渐要来。"沈刚道："我也赌下誓了。"正说，那沈实赶进，就沈刚身边叩下了四个头，道："老奴一点鲠直，惊触相公。这不是老奴不存相公体面，恐怕这些人只图骗人，不惜羞耻，日逐又来缠绕，一败不堪再复。如今老奴已得罪相公，只凭相公整治。"樊氏道："相公平日只是女儿脸，踢不脱这干人，至于如此，你这一赶，大是有功！"沈刚道："这些人我正难绝他，你这恐吓，正合我意。我如今闲只在房中看书，再不出去了。"果然沈刚自此把诸事托与沈实，再不出外。这些人要寻，又不敢进来，竟断绝了。后来沈实又寻一个老学究，陪他在家讲些道理，做些书柬，又替他纳了监，跟他上京，援例干选了长沙府经历，竟做了个成家之子。沈实也活到八十二岁才死，身边并无余财；儿子也能似爷，忠诚谨慎；沈刚末后也还了他文书，作兄弟般看待。若使当日没有沈实在那厢经营，沈刚便一败不振。后边若非他杜绝匪人，安知不又败？今人把奴仆轻贱，谁知奴仆正有好人。

雨侯曰：楚大夫鬻拳，因其主荒于酒色，劫之以兵，曰兵谏。兵谏也是谏，若拘拘主仆之分，虽可曰谨饬，却亦终是庸奴。

题　词

昔张靖之无子，自省曰："予有何咎？"群妾曰："即多置予辈，亦咎也。"靖之笑而遣之。独二人不去，时正妙年；公殁，即自闭阁中，垂白方出。盖其能守即不去时已定。谁谓妾媵中无人？若夫抚孤于穷，难矣；更抚正室之孤，不更难欤！卓哉三夫人，知不辱吾弟之笔。

翠娱阁主人撰

第十六回　内江县三节妇守贞　成都郡两孤儿连捷

峡云黯黯巫山阴，岷源汩汩江水深。地灵应看产奇杰，劲操直欲凌古今。有笺不写薛涛咏，有琴岂鼓文君音。石镜纤月照夜杼，白帝轻风传秋砧。凄然那惜茹蘖苦，铿尔益坚如石心。白首松筠幸无愧，青云兰桂何萧森。我今谩写入彤管，芳声永作闺中箴。

这首诗，单咏几个蜀中女子。蜀中旧多奇女子，汉有卓文君，眉若远山，面作桃花色，能文善琴。原是寡居，因司马相如弹《凤求凰》一曲挑他，遂夜就相如，有识的人道他失节。又有昭君琵琶写怨，坟草独青，也是个奇女子。但再辱于单于，有聚麀之耻。唐有薛涛，人称他做女校书，却失身平康，终身妓女。蜀有两徐妃，宫词百首，却与子荒淫逸游，至于失国。还有花蕊夫人，蜀亡入宋，他见宋太祖，有诗道："二十万人齐解甲，并无一个是男儿。"才色都可称，后来又宠冠宋宫，都有色有才，无节无德，不知女子当以德以节为主。节是不为情欲所动，贫贱所移，豪强所屈，坚贞自守。德是不淫、不盗、不贪、不悍、不妖，骄奢懒惰，利口轻狂。但内中淫泆窃盗，悍泼懒惰，不是向上事，都妇人所羞。独贪啬就托言说是做人家，骄就托言说是存体面，轻狂便托言风逸，利口便托言伶俐，这不易除，然一个朴实都可免得。只是一个妒字最难，一个相形便不能禁遏。如晋谢安石夫人，子弟称咏《关雎》诗，说他不妒，夫人问："此诗是谁人作的？"道："是周公。"夫人道："若是周婆，毕竟不作了。"就是我朝有个杨侍郎，因妻妒忌杀妾，至于下狱；一个朱知县因后妻妒忌，杀前妻之子，至于身死杖下，真有妖悍之妇，夫不能制，遂为所累的。若是视妾如姊妹，视他人子如己子，能死守不变，岂不是有节有德！

这事也只在蜀中成都府内江县，县中有一个大族，姓萧名腾，字仲升；一个兄弟名露，字季泽，也是孝友人家，两个少年都读书。后边不能成就，萧仲升改纳了吏，萧季泽农庄为活。仲升娶的是阴氏，已有一子世建。季泽娶的是吴氏。吴氏因见自己成亲已久，尚无子息，一日对季泽道："人说无官一身轻，有子万事足。如今我尚无子息，不若娶一个妾，使有生长。"季泽道："我与你夫妇甚是恩爱，不要生这个余事。况且你年尚少，安知你不生长？倘讨一个，不知做人何如？或至生气。"吴氏道："生气与不生气都在我。"便着媒婆与他寻亲，自己去相，要人物齐整的。只见吴氏妹子知道，来见道："姐姐，从来男子没个好人，都好的是怜新弃旧。若与他名色娶妾，寻个丑头怪脑的与他，还恐怕他情人眼内出西施；若寻了个年纪又小、又标致、好似你的，丈夫必竟喜他。况且夫妻们叫做君子夫妻，定没那些眉来眼去，装妖撒痴光景，觉得执板，这些人只要奉承家主，要他喜欢，那件不做出来？自然他亲你疏。起初时还服你教训，到后来一得宠，或是生了儿子，他就是天蝴蝶有了靠山，料不服你。姐姐，你只想一想：他在那边他两个调情插趣，或是他两个在床里欢笑，你独自一个冷冷清清，怎生过得？你若说为生儿子，别人的肉须贴不在自己身上，你若生一个儿子出来，岂不反被他劈去一半家私？姐姐，你莫听姐夫骗，他们未讨小一样脸，讨了小又一样脸，后来悔得迟了！"吴氏不听。相来相去，相了一个本县梧桐里住的李家女儿，十八岁。吴氏便把自己钗梳卖来娶了。娶到家中，为他打点一间房，动用床帐都与自己一般。妹子又来道："姐姐，你这样为姐夫娶妾，人都道你贤惠了；便里边兜搭些人也不信。你如今须把他一个下马威，不要好颜待他。做个例，一月或是许姐夫去一遭，或是两遭。日里须捉他坐在面前，出亲眷人家去须带了去。晚间锁了他房门，不要等姐夫不听你分付，偷去惯了。"吴氏笑道："汉家自有制度，不须妹妹费心。"妹子道："姐姐，不是我多说。三朝媳妇，月里孩儿，是惯不得的。人说'好是假，自淘气是真'，你不听得我，那边朱监生老婆做人本份，只为一时没主意，应了丈夫讨小，后来见丈夫意思偏向，气不忿吊死了；还有个党公子，撇了大娘子，与小住在庄上不回去，家里用度不管。这都是前船就是背后眼。"无奈吴氏执定主意。到后来萧季泽虽是两下温存，不免顾此失彼，吴氏绝不介意。喜得李氏又极笃实，先没那些作态，哄老公局度。又谨饬，待吴氏极小心。不半年有了娠，吴氏就不把家中用叫他做，临产十分调护，喜得生了个儿子。妹子又叫他把李氏嫁了:“这儿子后来只认得你，当得亲生。”又不听。与他做三朝，做满月，雇奶子抚养，并不分个彼此。到六岁上学读书，取名世延，小世建两岁，生得且是聪明伶俐。

这年萧仲升因两考满，复疏通□考又满要赴京，考功司办了事，送文选司题与冠带。这吏员官是个钱堆,除活切头、黑虎跳、飞过海,这些都是个白丁。吏部书办作弊,或将远年省祭咨取不到人员,必是死亡,并因家贫、路远、年高,弃了不来，竟与顶补;或是伪印，将札上填有实历考满起送，并援纳行款题请冠带;或将卯簿挪移，籍册走拶，使得早选。这是吏部作弊了。还吏员自己作弊,是央人代考贴桌等项,捷径是部院效劳,最快的是一起效劳堂官亲随。吏部折衣服的叫做渔翁撒网，一起班官随出入扛衣箱的叫做二鬼争环，提夜壶的叫做刘海戏蟾，报门引进的叫做白日见鬼，这些可以作考中，免省祭，还可超选得好地方。萧腾也只是随流平进，选了一个湖广湘阴巡检候缺，免不得上任缴凭。因妻阴氏自生世建后,身体多疾,不惟不复生育,又不能管家。娶一个妾同行，是富顺县陈见村之女，年十九岁，却也生得有些颜色，还又晓得一手女工针指，更性格温柔，做人谨慎。阴氏因自己多病喜静，竟不因陈氏标艳，怕他专宠，有忌嫉的肚肠。陈氏也并不曾有一毫撒娇作痴，在丈夫前讨好，在背后间离光景。两个似姊姐般在任，真是一双两好:

风细娇荷对语，日晴好鸟和鸣。

不数湘灵二女，一双倾国倾城。

至任候缺,幸得新来一个知府,是他旧服事的县尊,就作兴差委着他署事。混了两年，后来实授。拿了一起江洋强盗，不曾送捕厅，竟自通申，恼了捕厅。那强盗又各处使钱,反说他贪功生事。任满了不准考满,只得回家。弟兄相会,季泽道:“哥哥，我们都有田可耕，有子可教，做这等卑官作甚?”便家中请了一个先生，教世建、世延读书。两个在家只是训子务农，甚是相安。不期此年天灾流行，先病了一个萧腾。请了一个医生来，插号叫做李大黄，惯用大黄，他道:“胸隔有食，所以发热。下边一去，其热自清。”不知他下早了，邪热未清，反据于中，一连五六日不好。只得又请一个，叫甘麻黄，喜用麻黄，问道:“今日是七日了么?”道:“是七日。”他道:“这等该发汗。”一大把麻黄，只见是吃大黄多的,便汗出不止。萧仲腾自知不好,忙讨笔砚,写得几个字,道;“世建年已十一，已有头角，将来必竟成人，贤妻可为我苦守;陈氏随我七年，无子，年纪尚小，可与出身;家中田亩租税，贤弟为我料理。”写毕气绝。其时阴氏母子哭做一团，萧季泽为他料理殡殓。正是：

风雨萧条破鹡鸰，不堪凄咽泪交零。

人生聚散浑难定，愁见飘飘水上萍。

萧季泽料理仲升丧事，不上十余日，不期这病最易缠染，却又病倒。家中见那两个医人不济，又去请两个医人。一个叫顾执，他来一见他一妻一妾立在侧边，都有些颜色，道："这不消说得，内伤外感，是个阴证。"撮药是附子理中汤。又一个任意又到，看了脉，道："是少阳。"经家里说："适才雇大医道是阴症。"任意道："胡说，他晓得看甚病！"也撮了一帖，加减小柴胡汤。家中倒不知用那一帖好！次日，只得都接来，两个争得沸反。顾执道："你破我生意！"任意道："你一窍不通！"正争时，喜得李氏家里荐得一个医生何衷来，道："二位不是这样了！人家请我们看病，怎请我来争？须要虚心。如今第二日了，当用些发表攻理的药，拿箱来，我们各出几种。"一个认定太阴，一个认定少阳，一个放些果子药，你一撮，我一撮，一扶也到十四日。如今又为要用人参、不用人参争了！昔日有个大老，极会说笑话。一日有个医者定要请教。大老道："没甚得说。只我家一个小厮，他把一个小坛装些米在里面，一个老鼠走了进去，急卒跳不出来，小厮把火箸烧红了去刺它。只见一火箸下去，那老鼠'噫'这样一声；又一火箸，又一声，又一火箸，又一声。"那大老便不言语了。医者又问道："后来如何？"大老道："三个'噫'医死了，还有甚么讲？"这便是萧家故事了。幸得萧季泽已预料不起，先已分叫吴氏、阴氏一同守寡，看管萧氏的这两儿；李氏虽有子，但年纪止廿六岁，恐难守节，听他改嫁，不可索他的钱。可怜一月间，两弟兄呵：

树摧谢氏玉，枝折田家荆。

剩有双珠在，呱呱夜泣声。

吴氏也少不得书礼殡殓埋葬。两边寡妇，彼此相倚。过了百余日，阴氏因遗言，叫陈氏出嫁，陈氏挥泪道："我生作萧家人，死作萧家鬼，况大娘多病，我愿相帮，愿管小郎，断无二心！"阴氏道："我亦久与你相依，不忍言。但你无子，恐误你青春，不若出嫁。"两个都涕泪交流，哭了一场。那边吴氏怕李氏年小，不肯守，又萧季泽遗命，叫他出嫁，日日看了世延痛哭，道："你小小儿子靠谁照管？"李氏听了，便罚誓道："天日在上，我断不再醮，决老死萧家！"牖下与吴氏两个朝夕相傍，顷刻不离，抚育儿子，不分彼此。

其时陈、李两家父母因两人年小，萧家又穷，都暗地里来劝他出嫁。劝陈氏的道："你家贫寒，怕守不出。况且你无子，守得出时也是大娘儿子，须不亲热。你到老来没个亲儿倚靠，不如趁青年出嫁，还得个好人家。"劝李氏的道："结发夫妻，说不得要守。你须是他妾，丢了儿子，吴氏要这股家私，怕弟男、子侄来夺，自然用心管他，何苦熬清受淡，终身在人喉下取气？"又有一干媒婆，听得说萧家有两个小肯嫁人，就思量撮合嫌钱来说。媒婆道："某家丧了偶要娶个填房。"本等人已四五十岁，道："只得三十多岁，人又生得标致，家事又好，有田有地。"本有上五六个儿女，却说："只得一两个儿女，又没公婆，去时一把撩绳都任手里，还有人服事，线手不动，安枕快活。""某家乡宦目下上任，不带大奶奶，只要娶个二奶奶同去，这是现任一路风骚。到任时只他一个，就是大奶奶一般收的礼，括的钞，怕走那里去？还没有公子，生出来便是公子，极好。""还有一家大财主，因大娘子病，起不得床，家中少了个管家人，要娶个二娘，名虽做小，实是做大。""还有个木商，是徽州人，拿了几千银子，在这里判山发木，不回去的，要娶两头大，这都是好人家。"两三个媒婆撞着，便道："这是我认得的，也不曾问这边肯不肯？"便道："替你合做了，你管女家，我管男家。"或至相争。都把这些繁华富贵来说，还又争道："我说的好，他说的不好！"阴氏与吴氏还看陈氏、李氏光景，不拒绝他。倒是他两个决烈道："任你甚人家，我是不嫁，以后不须来说！"一个快嘴的便道："二娘'嫁'字心里肯，口里不说的，这只是大娘主张，不须问得。二位便守到三年，也终须散场，只落得老了年纪。"缠着不去，直待陈氏、李氏发怒，还洋洋的走去道："且看！只怕过几个月还要来请我们哩。不要假强！"似此都晓得他两个坚心守寡，都相安了。

不期阴氏原生来怯弱，又因思夫哀毁过度，竟成了个弱症。陈氏外边支持世建读书，内理调停阴氏药饵，并无倦怠。吴氏、李氏也不时过望。阴氏对陈氏道："我病已深，便药饵也不能好，这不须费心了。况我死，得见夫君地下，也是快事。只是世建尚未成立，还要累你。若得他成人，不唯我九泉瞑目，便是你丈夫也感你恩德！"又叫世建道："你命蹇，先丧了父，如今又丧我。你平日我多病，全亏亲娘管顾。如今我死，止看得他了。你须听他教诲，不可违拗。大来要尽心孝顺，不要忘了他深恩。努力功名，为父母争气！"又向吴氏，托他照管，彼此饮泣。不数日早已命终。陈氏又行殡殓。他家里父母又来说他："萧家家事原甚凉薄，如今又死了一个，断送越发支持不来了。就是世建，得知他后来何如？生他的尚且管不了，没了，你怎管得？不若趁早，萧家无人，也没人阻挡得你，若再迟延，直到家产日渐零落，反道你有甚私心，不能为他管守，或是世建不成人，忤逆不肖，不能容你，那时人老花残，真是迟了！”陈氏听了，痛哭道：“世建这个小儿，关系萧家这一脉断续，若丢了他，或至他不能存活，或至他流于下贱，是萧家这脉无望了！我看得世建身子重，就看得我这身子不轻，如今任他仔么穷苦，我自支撑，决不相累。我自依着二房两个寡妇，尽好作伴，不要你管，再不要你胡缠！”他自与吴氏、李氏互相照顾，产上条粮，亲族的婚丧礼仪，纤毫不缺。也经过几个荒欠年程，都是这三个支持。每日晚必竟纺纱织麻，监督儿子读书至二三更，心里极是怜惜他。读书不肯假借他，不似如今人家，动口说是他爷没了，将就些，在家任他做娇作痴，或是逞逛撒泼，一字不识，如同牛马，一到十四五岁，便任他在外交结这些无籍棍徒，饮酒宿娼，东走西荡，打街闹巷，流于不肖。正是：

画荻表节劲，丸熊识心苦。

要令衰微门，重振当年武。

至于两人出外附学束脩，朋友交际、会文供给，这班寡妇都一力酬应。

这两个小儿从小聪明勤读，加之外边择有明师，家中又会教训，十二三岁便会做文字，到十五岁都文理大通。其时还是嘉靖年间，有司都公道，分上不甚公行，不似如今一考，乡绅举人有公单，县官荐自己前列，府中同僚一人荐上几句，两司各道一处批上几个，又有三院批发本府过往同年亲故、两京现任，府间要取二百名，却有四百名份上，府官先打发份上不开，如何能令孤寒吐气？他两个撞了好时候，都得府间取了送道。道中考试又没有如今做活切头代考、买通场传递夹带的弊病，里边做文字都是硬砍实凿，没处躲闪，纳卷又没有衙役割卷面之弊，当时宗师都做得起，三院不敢批发，同僚不敢请托，下司不敢干求，挠他的权。故此世建、世延两个都小小儿进了学。其时内江一县哄然，都称扬他三个不唯能守节，又能教子，有许多豪门贵族，都要将女儿与他。他三人不肯，道：“豪贵人家女多娇痴，不能甘淡薄，失教训。”止与两家门户相当的结了亲。世建娶了个余氏，世延娶了个杨氏，都各成房立户。这三个寡妇又不因他成了人，进了学，自己都年纪大，便歇，又苦苦督促他，要他大成。不期世建妻余氏生得一个儿子，叫做萧蘅，余氏又没了，陈氏怕后妻难为他，又道眼前只得这个孙儿，又自行抚养他，不教系儿子读书的心。果然这两个儿子都能体量寡母的心肠，奋志功名，累累考了优等，又都中了举。登堂拜母，亲友毕集。过数日，又去坟上竖旗立匾。其时这三个方才出门，到山中时，道:“如今我们可不负他三人于地下矣！”冬底，两弟兄到京，也后先中了进士。回来省亲祭墓，好生热闹！正是：

廿载深闺痛未亡，那看收效在榆桑。

堂前松柏欣同茂，阶下芝兰喜并芳。

后来世建做了知县，世延做了御史，都得官诰封赠父母。生的拜命，死的焚黄，这三节妇都各享有高年。里递公举，府县司道转申，请旨旌表。李南洲少卿为他作《双节传》，道:“堂前之陈，断臂之李，青史所纪，彤管有炜焉。然皆为人妻者也，而副室未之前闻也；皆异地者也，而一门未之前见也；皆异时者也，而一代未之前纪也；喜其难乎，亶其传乎！”而杨升庵太史又为立传。

雨侯曰：嗟乎！妻妾之际，生死之间，非其度溟渤而能柔，操松筠而能刚，其将处之而咸宜乎！然而始终不为谗间所夺，始不失欢，终不失守，毕竟得力在刚决，不得谓妇德专主柔也。

又曰：予生母身生予姊弟凡五人，而嫡母倪悉视犹己出，各观其成人。两母又茹荼饮苦称未亡者二十余年，三迁断机不殊孟，截发剉荐不殊陶。乃萧氏有记，而两母泯泯也。读之不胜泫然。知草野而湮没者益多矣！

叙

男儿不死成大功，非如俗言“大难后当有大福”。只是动心忍性，识透胆雄，置身生死之外，故白刃交前而不惊，浮议交挠而不动。岂如王昭远孺子，以铁如意指挥三军，自比武侯，竟作亡虏哉！虽然，襄毅知献，文端知人，不然，一本兵挠之，一纨绔佐之，其不坏国家几希矣。

翠娱阁主人题

第十七回　逃阴山运智南还　破石城抒忠靖贼

仗钺西陲意气雄，斗悬金印重元戎。

沙量虎帐筹何秘，罂渡鲸波计自工。

血染车轮螳臂断，身膏齐斧兔群空。

归来奏凯麒麟殿，肯令骠骑独擅功。

大凡人臣处边陲之事，在外的要个担当，在内的要个持重。若在外的手握强兵数十万，不敢自做主张，每每请教里边取进止，以图免后来指摘，岂不误了军机！在内的身隔疆场千百里，未尝目击利害，往往遥制阃外，凭识见以自作禁中颇收，岂不牵制了军事？故即如近年五路丧师，人都说是□□□□人马骁劲，丧我的将帅，屠我士卒。后来辽广陷没，人都说是□□□奸谋诡计，陷我城池。不知若能经抚和衷，文武效力，朝中与阃外同心应手，如古时卒知将意，将知帅意，谋有成局，而后出师，那得到这丧师失地的田地！故此，若是真有胆力的人，识得定，见得破，看定事，做得来，何必张张惶惶，惊吓里边，张大自己的功？看定这人做得来，何必纷纷纭纭，挠乱外边，图分人的功？内外协心，内不专制，外不推委；又不忌功嫉能，愎谏任意，不惜身家，不辞艰苦，就是灭虏而后朝食的事情，也是容易做的。

我曾想一个榜样来：我朝有个官人，姓项名忠，字荩臣，浙江嘉兴府嘉兴县人。中正统七年进士，选刑部主事，升员外。正统十四年七月，北虏也先犯边，太监王振创议御驾亲征，举朝谏阻，王振不从。留了御弟郕王监国，与几个大臣居守，凡朝中大小官员，有才力谋略的，都令从驾。十七日出师。但见：

阵列八方，队分五色。左冲雄，右突武，前茅英，后劲勇，都拥着天子中央；赤羽日，白旄月，青盖云，皂纛雾，都簇着圣人黄钺。浩荡荡雪戟霜戈，行如波涌；威凛凛雷钲霆鼓，势若山移。但只是顶盔贯甲，不免是几个纨袴儿郎；挺剑轮枪，奈何皆数万市井子弟。介胄虽然鲜朗，真羊质而虎皮；戈矛空自锋铦，怕器精而人弱，正是：平日贪他数斗粮，今朝难免阵前亡；爹娘妻子走相送，只恐骸骨何年返故乡！

大驾出了居庸关，过怀来，到宣府，那边报警的雨也似来。这阉奴王振倚着人马多，那里怕他！还作威福，腾倒得户、兵二部尚书，日日跪在草里。百官上本请回驾的，都叫他掠阵，督兵上前。先是一个先锋西宁侯宋谟、武进伯朱贵，遇着虏兵，杀得片甲不还。驸马井源接应，也砍得个七零八落。每日黑云罩在御营顶上，非风即雨，人心惶惑。钦天监道："天象不吉！"这阉奴才思想还京。到鸡鸣山，鞑兵追来，遣成国公朱勇断后，被他赶到鹞儿岭，杀个精光。八月十四将到怀来城，他又不就进城，且在土木地方屯扎人马。

只见一夜鞑兵已团团围定。各管兵官只得吩咐排下鹿角，地上铺了些铁蒺藜钉板，鞑子也不敢来冲营。只是营中没了水，穿井到二丈，没个水影儿。一连三日，鞑子势大，救兵又不敢来，那阉奴慌得没法处。却是鞑子先差人讲和，这阉奴便叫大学士曹鼐写敕与和。也不待讲和的回，他竟叫拔营。这一个令传下，这些兵士便跑，那里分个队伍。那鞑兵早已赶到了，也不管官员、将士乱砍。这些兵士只顾逃去，那一个愿来迎敌与护驾！可怜一望里呵：

白草殷红，黄沙腥赤。血泻川流，尸横山积。马脱鞍而悲嘶，剑交卧而枕藉。创深血犹滴，伤寡气犹息。首碎驼蹄劲，躯裂霜锋剧。将军颈断，空金甲之流黄；元辅身殂，徒玉带之耀碧。吊有乌鸦，泣唯鼯鼪。梦绕金闺，魂离故国。浪想珠襦，空思马革。生长绮罗丛，零落阴山碛。恨化鬼磷飘，愁绪浓云湿。试风雨于战场，听呜呜之哀泣！

莫说二十万军，王振这阉奴，把内阁曹鼐、张益，尚书鄺埜、王佐，国公张辅，一干文武官员，不知是车辗马踏，箭死刀亡，都没了。还弄得大驾蒙尘，圣上都入于虏营。后边也亏得于忠肃定变，迎请还朝。只是当时鞑兵撩乱，早已把项员外抓了去，囚首垢面，发他在沙碛里看马。但见项员外原是做官的，何曾受这苦楚？思想起来，好恼好苦："若论起来英雄失志，公孙丞相也曾看猪，百里大夫也曾牧牛，只是我怎为羯奴管马，倒不如死休！"又回想道："我死这边，相信的道我必定死国，那相忌的还或者道我降夷，皂白不分。还要死个爽快。"在那沙碛里已住了几日，看这些臊子，每日不见一粒大米，只是把空里养的牛羊骡马，又或是外边打猎捉来的狐兔黄羊、獐麀熊鹿，血沥沥在火上炙了吃，又配上些牛羊乳酪。吃罢，把手在胸前袄子上揩抹。这搭袄子可也有半寸厚，光耀耀的油腻却无一些儿轮到他。项员外再三想："罢！在这里也是死，逃去拿住也是死，大丈夫还在死里求生！"便就在管的马中相上了两匹壮健的在眼里，乘着夜间放青，悄悄到皮帐边，听他这些鞑子鼾声如雷，他便偷了鞍辔，赶来拴上，慌忙跳将起去，又为肚带拴不紧，溜了下来，只得重又拴紧；骑了一匹，带了一匹，加上两鞭，八支马蹄扑碌碌乱翻银盏，只向着南边山僻处所去。日间把马拴了吃草，去山凹里躲，夜间便骑了往外跑。偏生躲在山里时，这些臊子与鞑婆、小鞑骑了马山下跑来跑去，又怕他跑进山来，好不又惊又怕！却又古怪，那边马嘶，这边马也嘶起来，又掩它的口不住，急得个没法，喜是那边鞑子也不知道。似此三日，他逃难的人不带得粮，马也何尝带得料，一片瞭地不大分辨，东跑西跑，一日也三百余里，虽是轮流骑，却都疲了伏倒了，任你踢打，只是不肯走起来。没及奈何，只得弃马步走，昼伏夜行。

山险向人攲，深松暗路岐。
惊尘舞飞处，何处辨东西！

不一日，闯到一个山里。一条路走将进去，两边石块生得狼牙虎爪般。走到山上一望，四围石壁有数十丈，便无别路可来。山顶平旷，可以住得。前边还有座小山，山空中都筑着墙，高二三丈，有小门，宛然是个城。城中有几个水池。项员外看了，道："这是个死路了！"喜得无人，身子困倦，便在松树下枕了块石头睡去。只见□个人道："项尚书，这是石城山，你再仔细看一看，□下山北去。"项员外惊醒，擦擦眼，却见那壁树根下一个青布包。拿来看时，却是些棋炒肉脯。他道天赐之物，将来吃了些。又在石池内掏了些水吃。多余棋炒肉脯藏了，便觉精神旺相，就信步下山，往北行走。又是两日，渐渐望见墩台，知道近边了，便走将近去。只见墩上军道："咄！甚汉子，敢独自这厢走！"项员外道："这是甚么地方？"墩军道："是宣府。"项员外道："我是中国随驾官，被鞑子拿去，逃回的。"墩军道："你是官，你纱帽员领呢？"项员外道："拿了去，还有哩？"墩军道："你不要哄我。停会出哨的回，我叫带你去。"项员外在墩下坐了半日，果然出哨的来，墩军与他讲了。就与他马骑，送到总兵府，回哨就禀了总兵郭登。这总兵是文武兼全的，又好贤下士，听说是刑部员外，就请相见。只见这项员外日日在树林中躲凹，身上衣服就扯得条条似的，头不见木梳面，可也成了个饼，脸不见水面，又经风日，憔黑可怜。郭总兵叫取冠带，梳洗相见。及至着靴时，腿上又是鲜血淋漓，蒺藜刺满脚底，也着不得靴。行了礼，送在客馆，着人为他挑去。向来只顾得走，也不知疼痛，这番挑时，几至晕去。将息了半月余，郭总兵为备衣装，资送到京。上本面阙，蒙圣恩准复原职。此时家眷在京，正欲得一实信，开丧回南。不意得见，真是喜从天降！后来升郎中，转广西副使。洁己爱民，锄强抑暴。道："当日我为虏擒去，已拼一死报国，如今幸生，怎不舍生报国！"

天顺三年，因他曾在虏中，习知边事，升陕西廉使。整饬边事，训练士卒，修筑墩台，积谷聚粮，士民悦服。适丁母艰，士民赴京上民本请留。夺情起复，升大理卿。又奏留，改巡抚陕西右副都御史。成化元年，鞑贼挖延绥边墙抢掳，二年来犯边，都被项副都设奇制胜，大败鞑贼，一省士乐民安。不期到三年间，固原镇个土鞑满四，他原是个鞑种，他祖把丹率众归降，与了个平凉卫千户。宗族亲戚随来的，精壮充军，其余散在平凉、崇信各县，住牧耕种射猎，徭役极轻，殷富的多。满四是个官舍家事，又有收罗一班好汉杨虎力、南斗、火敬、张把腰，常时去打围射猎。一日赶到石城，身边见一个雪色狐狸，满四一箭射去，正中左腿。满四纵马赶去，直赶入深山，一条路追去，只是追不着。刚赶到平地上，马一个前失，落下马来，狐狸也不见了。只见张把腰一马赶到，道："哥跌坏了么？好个所在，咱每不知道。这番鞑子来，咱们只向这厢躲。"火敬一起也到了，道："鞑子是咱一家人，他来正好赶着做事，咱们怎去躲？"大家一齐下马去瞭看，道："这高山上喜得又有水。"盘桓了一回下来，不题。

只是这张把腰是个穷土鞑，满四虽常照管他，也不够他用。尝时去收拾些零落牛羊儿，把手弄惯了。一日往一个庄子上，见人一只牛且是肥壮，他轻轻走去把牛鼻上插上一个大针，自己一条线远远牵着。走不上半里，撞着一班人田里回来，道："这是我家牛，怎走在这里！"去一看，道："是那人偷牛了！"赶上把张把腰拿住，打上一顿。正是双拳敌不得四手，怎生支撑？回去告诉火敬，火敬大恼："你寻牛去罢，怎打我兄弟？明日处他！"过得五六日，火敬与南斗一干人装做鞢子赶将来，弓上弦，刀出鞘，一吓的把这些人吓走，一家牛羊都赶去了。不知这个是致仕张总兵的庄子，被他访知，具状在陈抚台。

其时适有个李俊是通渭县人，他包揽钱粮，侵用了不完，县中来拿，他拒殴公人，逃在满四家中。又有个马骥，是安东卫军余，醉后与人争风，把人打死，逃奔满四。各处访知，都来提拘。兵道苏燮着他族中指挥满琦要人，满琦只得带了二十多个家丁去拿。满四便聚了众人计议，南斗道："兵爷来拿，此去九死一生，没个投死之理！"李俊道："大丈夫就死，也须搅得天下不太平，怎束手就缚！"满四道："凭着咱胆气，料没得与他拿去！只他官兵来，奈何？"马骥道："大哥长他人志气，便这些官兵，只好囔饭！鞑子来，惊得不敢做声；待他去了十来里，放上一个炮，去赶一赶儿，有甚武艺？若来，定教他片甲不回！"满四道："咱这里须人少。"杨虎力道："目今刘参将到任，冯指挥在咱们人家要磕头礼，不若着人假他一张牌，每户加银多少，又着去催促，要拿去追比。人心激变，那时我们举事，自然听从。前日看的石城山，是个天险，我们且据住了。再着人勾连套虏，做个应手。势大攻取附近城池，不成逃入套去，怕他怎生？"满四连声："有理！"先着杨虎力督领各家老少，牛羊家产，走入石城山。这厢满琦已是来了，摆了几对执事，打了把伞，自骑了匹马，带了二十余家丁，走到堡里。满四欢然出来相见，道：“上司来提，这须躲不去。”就分头着人领他的家丁去吃酒饭，一面唤人，那边布定了局，到一家，一家杀，二十多个家丁执事，不消半个时辰，都开除了。满玮吃了两钟酒，等到日斜，不见人来，叫满四去催促，满四道：“就来了。”只见火敬一干提了血淋淋二三十颗首级进来，惊得满玮魂不附体。满四道：“从咱则生，不从则死！”一把扯满玮上马，同入石城山，把堡子一把火烧了罄尽，都在石城山顶安身。那时李俊又去煽哄这些土鞑，便有千余之众。参将刘清知道，便领兵赶来。只见这一支兵：

介胄锈来少色，刀枪钝得无铓。旌旗日久褪青黄，破鼓频敲不响。
零落不成部伍，萧疏那见刚强。一声炮响早心忙，不待贼兵相抗。

正行时，那厢满四道：“不要把他近山，先与他一个手段！”自己骑了匹白马，挺枪先行，这班马骥、南斗一齐随着，远远见了刘参将，忙叫扎住。满四一条枪，侄儿满能一杆刀，直冲过来。刘参将见兵势凶锐，无心恋战，拨回马便走。其余军士也只讨得个会跑，早已被他杀死百数，抢去衣甲刀枪数百，满四欢喜回兵。刘清雪片申文告急，陈巡抚便会了任总兵，着都司刑端、申澄领各卫兵讨捕。这边满四探听这消息，更集众商议。杨虎力道：“咱兵少，他兵多，不要与他对敌。且等他进山来，只须如此如此，便可全胜。”摆布已定。那刑都司哨见无人，果然直抵山下。只听得一声喊起，石头如雨点下来。申澄督兵救援，早被一石块打着面门，死在山下。刑都司带着残兵逃之夭夭了。贼复整兵出城追赶，大赢一阵。贼势大震，穷民都去随他。镇巡只得题本，请兵剿杀。奉旨着陈巡抚任总兵，会同宁夏吴总兵、延绥王都堂合兵征讨。先是吴总兵到，他道：“这等小贼，何必大兵齐集？只与固原兵马，连夜前进，便可取贼首如探囊！”一面照会了王巡抚、任总兵，便浩浩荡荡望前征进。不上走得数十里，只见南斗领了一干人，说：“情愿投降。”吴总兵不听，只顾进兵。参谋冯信进见，道：“我兵连夜兼行，不免疲敝，不若且屯兵少息。”吴总兵道：“胡说！贼是假降以欺我兵，岂可迟滞以缓军心！”传令且杀上。前面早是满能领精兵接战，正是以逸待劳之法。只是南兵多，贼兵少，人心不要求胜，未便退后。正在那里大战，只见山两边一声炮响，又杀出两队人马：一边是火敬、李俊，一边是马骥、南斗，这两支生力兵如从天降，我兵三面受敌，如何抵敌得住？便大败而归。杀得任、吴两总兵直退守东山，才得扎住。遗下军资器械不计其数，都被满四等搬去。这番满四越得志，山下扎下几个寨，山路上筑了两座关，分兵攻打静宁州，抢夺粮饷。贼势猖獗，连连进京报警。圣旨便拿了陈巡抚，任、吴两总兵，并刘参将、冯指挥俱以军令失机听勘。随升项副都做了总督，刘玉做了总兵，督率甘州、凉州、延绥、宁夏、陕西各镇兵证讨。

项总督一到固原，大会文武，议进兵方略。人都道石城险峻，不易攻打，止宜坐困。总督道："石城形势我已知道，若说坐困，屯兵五万，日费数千，岂可令师老财匮！"分兵六路，自屯中路，延绥镇巡屯酸枣沟，伏羌伯毛忠屯木头沟，京军参将夏正屯打刺赤，宁夏总兵林胜屯红城子，陕西都司张英屯羊房堡，各路都着先锋出兵。延绥兵进攻的正值着满能寨栅，两边合战，被满能杀死二十多人，只得暂退。过了三日，总督传令，六路齐举。此时贼见官兵势大，都撤了营寨，都入石城。先是伏羌伯兵到，奋勇攻杀，破到山路上两座关隘，山路窄狭，被他两边飞下乱石弩箭，又伤了一个伏羌伯。刘玉闻报大怒，与项总督督兵直抵城下大战，被贼兵抵死拒战，围在中间。众兵惶惶，都思逃窜。刘总兵身中飞箭，家丁已折了几个。一个千户房旄，见贼势凶勇，自己支撑不来，折身便走，早被项总督伏剑斩于马前，取头号令。众将士见了，莫不舍命砍杀，杀退贼兵，及斩了他首级数百。遣人奏捷，就奏伏羌伯毛忠战死。又揭报内阁与兵部，道："各镇兵俱集，分为六路困贼。贼已敛兵入城，犹如釜中之鱼。止虑叛贼钩连北虏，救援入寇。喜得时虽仲冬，黄河未冻，虏兵不能渡河，又已不时差人哨探，拨兵防御，可以无虞。"

此时内阁大学士彭时他看了揭，已晓得项总督甚有经纬，灭贼有日了。只是兵部程尚书担扶不住，道："满四原是鞑种，必竟要去降虏。那时虏兵一合，关中不保了。"题本要差抚宁侯朱永领京兵四万，前往帮助。抚宁侯就把事来张大，要厚给粮饷，大定赏格。正像近年李如桢总兵往救开铁时，不曾会得在外边争先杀战，只晓得在里边兢气争赏。那彭阁老票旨，只叫抚宁侯整饬戎装，待报启行。一时官员都纷纷道："彭阁老轻敌，定要送了陕西才歇！"奉旨与兵部会议，彭学士道："满四若四散出掠，他势还大，还要虑他。他如今退入山中，我兵分了六路团团困定，要通虏时，插翅也飞不出！不过一月，料一个个生擒献俘了。京军只有空名，都不堪战阵。目今四万人一动，工部便要备器械银两，户部便要备行粮，贵部便要措马价。出师之日，还要犒赏，震动一番，无益于事。不若且止。"其时商学士辂道："看项荩臣布置，力能来贼，不必张惶。"程尚书道："人只知京军不行，可以惜费。若使关中震摇，不知挪用费更大，且至误国！"彭学士道："足下计京军何时可到固原？"程尚书道："在明年二三月。"彭学士道："这等缓不及事。看这光景，岁终必能破贼。且据项总督所奏，止须朱永率宣大精兵五千沿边西来，贼平自止，若使未平，当协力进剿。明明已示一个不必发兵的意思了。”程尚书忿然出阁，道：“不斩数人，兵不得出！”不知项总督已把贼困住，机会不可错过，每日与陕西巡抚马文升率兵围城，身坐矢石之下，并不畏怯。有将士拿防牌与他遮护，总督道：“人各有性命，何得只来卫我！”麾而去之。

征衫满战尘，破险入嶙峋。

灭贼全凭胆，忠君岂惜身！

又对众官道：“我昔年被掳鞑中，备观城形胜，山顶水少，只靠得几个石池，不足供他数千人饮食。”又上边少柴，分付拨兵断他采樵汲水，若是道路遇着，擒拿追杀，真把个满四困得是瓮中之鳖。每日统兵到城下搦战，他又不敢出来。及至日暮鸣金收军，他又出兵追来。项总督差指挥孙玺领兵八百，屯驻东山，若城中贼出，便截其归路，前后夹攻。贼兵看了，半个不敢出城。又来请降。要项总督亲至城下。项总督便单骑前往。刘总兵恐有不测，将兵屯着，自全装贯带，陪着总督。马巡抚也到。那贼在门边排下许多精锐，都带着盔甲，拿着兵器，耀武扬威。马巡抚叱他收敛进城，满四与马骥诉说：“遭刘参将、冯指挥激变，原非本心，求天爷免死投降。”项总督分付道：“刘、冯二人激变，朝廷已扭解进京，已正法了。尔要降速降，可保你命！”又对满玮道：“你原非反贼，为何尚自倔强？”满玮便叩头道：“当日被他劫来，今日教人进退两难，只求都爷赦宥。”项总督就准降，带了满玮归营。到次日，那贼又在城下立起木栅，讨战不降。项总督与马巡抚计议，道：“兵屯城下月余，师已老了。倘或黄河水冻，虏兵南来，若两处抵敌，势分力薄。若他或是乘我懈怠，连兵合虏，势更猖獗。这功要速成！”与马巡抚计议伐木做厢车攻城。又用大将军炮攻打，城中震得山摇地动，胁从贼人渐渐出降。总督都给与执照，许他近地安插，不许人生事。降者无日没有。满四军势渐渐衰弱，杨虎力见势头不好，心里想道：“当初谋反，竟该结队逃入套中，可以存活。如今这山中是个死路，四下兵围住，料不能脱身，不如投降！”及至项总督营中，又自思他是与满四一起首恶，恐不肯饶他，好生惊恐。只见项总督叫近前来，道：“你为满四谋主，本不该饶你。但我誓不杀降，倘你若能献计，生擒得满四出来，原有赏格。擒获满四赏银五百两、金一百两，子孙世袭指挥。这赏与官，我一一与你，断不相负。”刘总兵使刮刀与他赌誓。杨虎力思量半日，道：“满四党羽虽然降的多，还有个侄儿满能，骁勇绝伦，马骥、南斗一干尝在左右，要在城中擒他不能；不若哄他出城，天爷自行擒获，这个便可。”总督道：“这等明日你可着他到东山口，我这里用计擒他！”与了他酒食，着他归城。有两个两司道：“虎力，满四亲信，今日来降是假降，看我兵势。正该斩首，孤他羽翼。不该放他回营。”总督道：“贼势大则相依，势败则相弃，有甚亲信？他如今见我兵势，从则必死；投降诱擒满四，可以得生，还有官赏。怎不依我？真否明日便见。”东山口是延绥兵信地，总督带兵五千，到他信地，道：“你这支兵连日厮杀辛苦，今日我代你守。”将兵分为左右翼，只待满四出来。那边杨虎力逃去，见了满四，以手加额道：“恭喜我们有了生路了！”满四忙问时，道：“适才到项总督营边探听，见他兵心都已懈怠，又听得鞑子杀到延绥地方。延绥将官怕失守，要撤兵回去，进军中来辞他，说自要分兵来守东山口，不若乘他兵马新来，营寨未定，冲他一阵，杀他一个胆寒。若杀了他总督，其兵自退，俺们乘势杀出，投了鞑子，岂不得生？”满四道：“有这机会！”马骥道：“我们一齐杀出去！”满四道：“割鸡焉用牛刀？只我领一千精兵去勾了。你们守城，怕有别路兵来攻打。”次日，吃了些饭，整点一支人马，杀出城来。只见：

白马飞如雪，蛇矛色耀霜。
乡旗招飐处，罗刹出旻苍。

立马山上一望，果然一支兵远远离开，又有一支兵到，打着皂纛旗，满四道：“这是老项了。我且做个张翼德百万军中取上将头！”拍马下山，竟至东山口。官军中瞭望见一个骑白马的出城，也知是满四来了，各作准备。满四到了军前，挺枪直进。刘总兵也舞刀来迎。两边部下：

撩乱舞旌旗，轰轰振鼓鼙。
愁云连汉起，杀气压城低。
血染霜戈赤，尘扬马首迷。
战余谁胜算，折戟满沙堤。

此时项总督拔剑督战，延绥王巡抚见贼兵出城，也督兵相接，马巡抚指挥伏兵齐起，截住贼兵后路。满四大叫：“中计了！”大家努力杀出。杀到前，是项总督兵；杀到左，王巡抚兵；杀到右，刘总兵兵；后边马巡抚兵。往前，后又到。左首杀出，右边又兵来。箭如雨发，先射倒了白马。城里要发兵救援，又怕别路官兵乘虚袭城，只得听他。杀到两个时辰，满四渐渐力乏，官兵如潮似来，不能抵当。满四被项总督标下把总常得胜拿了，其余尽行杀死。马巡抚道：“贼首已擒，城中丧胆，可乘势攻城。”项总督道：“战了半日，士卒皆疲。石城险峻，一时难破，且待明日。”就将满四上了囚车，差人奏捷，止住抚宁侯兵马。

次日攻城。城中闻得满四被擒，都心慌撩乱。只有马骥、南斗道：“我们当在死中求活，还杀出去，破围逃命，怎住在城里，滚汤泼老鼠，一窝儿死？”拼死杀将出去。这边兵见总督捉了满四，也都要立功，一齐攒住，把这两个要杀杀不出，要回回不得，一个个都被生擒活捉，各在总督处报功。城里李俊、张把腰都战死，尚有火敬，他还在那里要守。刘总兵道：“自这几番战阵，已擒三个贼首，擒杀从贼数千，所存不多，不若撤兵引他散去。不然五万人屯在此，每日钱粮费大。”项总督道：“贼杀我一伯、三都司，官兵死者数千，若纵他去，后日必为陕西后患。且贼不过守一二日自散，下令凡贼人逃出城，向南的罢了，往北投虏的俱要擒拿！”此时城中人住马不住，你守我不肯，只顾得自己，那里顾家属。一夜一齐逃出，被总督分兵擒杀，都不得漏脱。只有满能逃在青山洞，被官兵把火熏出来，也拿了。先行搜山，又拿得贼五百多名。破城捉获他家属数千，内中杨虎力的家属，就行给还虎力。总督自到山上一看，只见当日枕石卧梦之处，并石池石墙，宛然如故，也不免睹今悲昔。又恐留这地胜，还是后患，传令拨兵万名，把石城险阻尽行平去，拆毁古墙，立石山顶纪功，写当日平贼日月并征讨的各官，又将诸军士的骸骨起一个大冢，杀猪羊祭他。回兵固原，犒赏各处将士。生擒贼有千余，除将满四、马骥、南斗、火敬并罪大的二百名囚车献俘京师，其余都斩首军门。又增设一千户所防守。捷奏，朝廷旨下：项总督与马、王二巡抚各升一级，刘玉升左都督，其余有功官员依次升赏，杨虎力也得蒙恩免死。

后项总督仍回院办理朝事，至成化六年荆襄流民李胡子作乱，项总督又奉命往讨平，发流民还乡，计四十余万。八年，讨平野王贼王洪。十年，升刑部尚书。十一年，转兵部尚书。适值汪直开西厂，荼毒缙绅士民，项尚书上疏奏劾，反为中伤，廷勘削籍。汪直败，仍复官。家居二十六年，悠优山水，卒赠太子太保，赐谥襄毅，与祭葬。盖唯公有此多福，自不湮没于胡沙，然亦唯公历尽艰苦，自不湮惜死之心，故卒能成大功于关中、荆楚，所在尸祝，天之福豪杰者多矣。

雨侯曰：当日本兵之处固原，小题大做。天启中本兵之处辽左，大题小做。然今日本兵曰战，经抚亦曰战，宁若襄毅之不肯顺本兵益师，至彭文宪之内主，洞中机宜亦内阁所难也。

题　词

世尝为妇人恨者，曰妒。妒直为富贵人恨，穷酸止得一妻，朝夕相守，何妒之有？所可恨，直见小耳。此出《异纪》，君翼衍而成书。如不以出于富贵而有傲心，暂落贫贱而有馁心，俱可作闺中女范。至于王守择婿，亦云具眼，是宜与并传。

翠娱阁主人题

第十八回　拔沦落才王君择婿　破儿女态季兰成夫

怪是裙钗见小，几令豪杰肠柔。梦雨酣云消壮气，滞人一段娇羞。乐处冶容销骨，贫来絮语添愁。　谁似王娘见远，肯耽衾枕风流。漫解钗金供菽水，勖郎好觅封侯。鹏翮劲抟万里，鸿声永著千秋。

右调《菩萨蛮》

世上无非富贵、贫贱两路。富贵的人，思衣得衣，思食得食，意气易骄，便把一个人放纵坏了；贫贱的人，衣食经心，亲朋反面，意气易灰，便把一个人折挫坏了。这其中须得一提醒，一激发。至于久居骄贵，一旦寥落，最是难堪；久在困苦，一旦安乐，最是易满，最不可少这提醒、激砺一着。如苏秦，他因妻嫂轻贱，激成游说之术，取六国相印，后就把这激法激张仪，也为秦相。这都是激的效验。但朋友中好的过失相规，患难相恤；其余平交，不过杯酒往还，谈笑度日，哪个肯要成他后日功名，反惹目前疏远？至到父兄之间，不免伤了天性。独有夫妻，是最可提醒、激发的。但是这些妇人遇着一个富贵良人，穿好吃好，朝夕只是撒些娇痴，或是承奉丈夫，谁晓得说他道他？若是贫的，或是粗衣淡饭，用度不克，生男育女，管顾不到，又见亲戚邻里富厚的来相形容，或相讽笑，本分的还只是怨命，陪他哭泣怨叹，丈夫知得，已自不堪；更有那强梁的，便来吵闹，絮聒柴米，打骂儿女，寻死觅活，不恤体面，叫那丈夫如何堪得？怕不颓了志气？是这些没见识女子内，不知断送了多少人。故此人得贤妻，都喜得内助，正喜有提醒、激发处，能令丈夫的不为安逸、困苦中丧了气局，不得做功名中人。像战国时乐羊子妻，因其夫游学未成回来，他将自家织的布割断，道："为学不成，如机之断，不得成布。"乐羊子因这一点醒，就努力为学，成了名儒。又唐时有个杜羔妻刘氏，他因夫累举不第，知他将回，写一首诗寄去，道：

郎君的的有奇才，何事年年被放回。
如今妾面羞君面，郎若回时近夜来。

杜羔得诗，大惭大愤，竟不归家，力学举了进士。这皆贤哲妇人，能成夫的。

到我朝，也有好女子，落在江西南昌府丰城县中。这丰城有一个读书的，姓李名实甫。他父亲姓李号莹斋，曾中进士，初选四川内江知县，那时实甫只七八岁。其时父亲回家祭祖，打点上任，凡是略沾些亲的，那一个不牵羊担酒来贺？今日接风，明日送行，那一日不笙歌聒耳、贺客盈门？正是：

堂前痴客方沾宠，阶下高朋尽附炎。

好笑一个李实甫，那一个豪门宦族除没女儿的罢了，有女儿的，便差上两三岁，也都道"好个公子"，要与他结亲。李知县道儿子小，都停着，待后日，自择吉赴任去了。一到，参谒上司，理论民词，真个是纤毫不染，视民如伤。征收钱粮，只取勾转解上司，并不加耗；给发钱粮，实平实兑，并不扣除；准理词讼，除上司的定罪，其余自准的，愿和便与和，并不罚谷要纸；情轻的，竟自赶散；势豪强梗的，虽有份上，必不肯听，必竟拘提，定要正法；堂上状好准好结，弄得这二、三、四衙生意一毫也没。不是他不肯批去，事大，衙头掯勒他呈堂，这人犯都情愿呈堂，或是重问他罪，重罚他谷，到堂上又都免了，把什么头由诈人？至于六房，他在文书牌票上极其详细，一毫朦胧不得。皂甲不差，俱用原告。衙门里都一清如水，百姓们莫不道好。

谁料好官不住世，在任不上两年，焦劳过度，一病身故。临终，对夫人道："我在任虽无所得，家中薄田还有数亩，可以耕种自吃。实甫年小，喜得聪明，可叫他读书，接我书香一脉。我在此原不妄要人一毫，除上司助丧水手，有例的可收他；其余乡绅、里递、衙役祭奠，俱不可收，玷我清名。"说罢气绝。正是：

谩有口碑传德政，谁将大药驻循良？
魂归故国国偏远，泪落长江江共长。

此时衙内哭做一团。二衙便为他申文上司，为他经理丧事。可怜库中既无纸赎，又无兑头，只得些俸粮柴薪、马丁银两未齐，不过百两，将来备办棺木、衣衾并合衙孝衣。此时本县粮里怜他清廉，都来助丧。夫人传遗命，一概不收。

止是抚院、司道府间有些助丧水手银两，却也辗转申请批给，反耽延了许久，只够得在本县守候日用，路上盘缠。母子二人扶柩下舡，本县衙官免意思来一祭，倒是百姓哭送了二十余里。一路回来，最没威势的是故官家小舡，虽有勘合，驿递里也懈懈的来支应，水手们也撒懒不肯赶路。母子凄凄守着这灵柩：

亭亭孤月照行舟，人自伤心水自流。

艳骨已成兰麝土，云山漫漫使人愁。（集唐）

迤逦来到家中。亲邻内有的道是："可惜是个好官，天没眼！"有的道："做甚清官！看他妻子怎生样过活？"他母子经营殡葬，葬时只不过几个乡绅公祭。有几个至亲来送，也止是来应故事，那得似上任时闹哄，送上船或送一两程才散光景。逡巡年余，乡绅中分子初时还来搭他，到后来李夫人渐渐支应不来，不能去。便去，公子小，不入达，没有来理他，他率性竟不去了。家中有几个能干家人，原是要依势擢些钱来靠的，见公子小，门房冷落，都各生心。大管家李荣，他积攒些私房，央人赎身去了。还有个李贵，识得字，在书房中服事的，他投靠了张御史，竟自出去。一个小厮来福，他与李夫人房中丫鬟秋香勾搭，掏摸一手逃去，告官追寻，也没踪迹。止有个老苍头李勤，只会噇饭，不会支持。遗下田有百余亩，每亩也起租一石。租户傲他孤寡，拖欠不完，老苍头去催讨，吃他两瓶酒，倒为他说穷说苦。每年反要纳粮当差，不免典衣戤饰，日渐支撑不来。故此公子先时还请先生，后来供膳不起，也便在外附读。且喜他聪明出人，过目成诵，把父亲留下子史诗赋，下到歌曲，无不涉猎。守得孝满，年纪十五六岁，夫人也为他寻亲，但只是低三下四人家。公子又道自家宦门旧族，不屑要他。至乡宦富家，又嫌李公子穷，不肯。起初也有几个媒妈走来走去，落后酒没得噇，饭没得吃，便也不肯上门。逢着考试，公子虽是聪明，学力未到，未必能取。要年家们开填，撇不面情过的，将来后边搭一名。府间价重，就便推托，尚未得进。公子见功名未成，姻亲未就，家事又寥落，大是不快。只是豪气未除，凡是文会上、酒席上遇着这干公子、富家郎，他恃着才胜他，不把他在意。见这些人去趋承他，偏要去扫他，或是把他文字不能处着实涂抹，或是故意在人前联诗作要难他。所以这干人都道他轻薄，并不肯着他。他也便自放，常自做些诗歌词曲，有时在馆中高歌，有时在路上高唱，甚而市井小人也与他吃酒歌唱，道："我目中无非这一流，还是这一起率真，不装腔。"满城中不晓得他是发泄一种牢骚不平之气，尽传他是狂荡之士。以耳为目的乡绅，原没有轸恤故旧的肚肠，听得人谤他，都借来推道:“是不肖子，不堪培植。”那李公子终不望他们提携。似此又年余。

忽一日，一个王翊庵太守，也是丰城人，与他父亲同举进士，同在都察院观政。他父亲做知县病故，王太守初任工部主事，转抽分员外，升河道郎中，又升知府。因在任直谅，忤了上司，申文乞休，回到家中。在乡绅面前问起:“李年兄去后家事何如？后人何如？”这些乡绅都道:“他家事凌替，其子狎近市井游棍，饮酒串戏，大坏家声。”王太守听了，却也为他叹息。次日就去拜李夫人。公子不在，请年嫂相见。王太守问了些家事，又问公子。夫人道:“苦志读书，但未遇时。”王太守也道他是护短的言语，也不相信。送了些礼，又许后边周济，自去了。李公子回，夫人叫他答拜。李公子次早，也便具帖来王太守宅中。不料王公不在，门上见他面生，是不大往来的了，又是步行，一个跟随的老苍头又龙钟褴褛，接帖时甚是怠慢。公子不快，只投一帖，不候见就回。彼此不题。

偶然一晚，王太守在一乡绅家吃酒回家，其时大月，只听远远一个人在月下高唱，其声清雅。王太守坐轿内细听，却是一个《桂枝香》:

> 云流如解，月华舒彩。吐清辉半面窥人，似笑我书生无赖。笑婆娑影单，婆娑影单，愁如天大，闷盈怀。何日独把蟾宫桂，和根折得来。　学深湖海，气凌恒岱。傲杀他绣虎雕龙，写向旁人都不解。笑侏儒与群，侏儒与群，还他穷债，且开怀。富贵原吾素，机缘听天付来。

王太守听了道:“这一定是个才人，落魄不偶的。”着人去看来，那小厮便赶上前，把那人一瞧;那人见了，道:“谁不认得李相公，你瞧甚么？”那小厮转身便跑，对王太守道:“那人道是甚李相公。细看来，似前日老爷不在家，来拜老爷的李公子。”王太守道:“一定是李家年侄了。快请来相见。”家人忙去相请。王太守便也下轿步来，抬头一看，却也好个仪表:

> 昂藏骨格，潇洒丰神。目摇岩下电，灼烁射人；脸映暮天霞，光辉夺目。乱头粗服，不掩那年少风流；不履不衫，越显出英雄本色。正是：美如冠玉轻陈孺，貌若荷花似六郎。

王太守与那人相揖了，便道:“足下莫非李莹斋令郎么？”那人便道:“卑末正是。不敢动问老先生是何人？”王太守道:“老夫便是王翊庵。”那人便道:“这等是王年伯了。小侄一时失于回避。”王太守道:“老夫与令先尊同第时，足下尚是垂髫，故老夫尚未识荆。可喜贤侄如许豪爽，应能步武前人。”李公子道：“惭愧，功名未成，箕裘未绍。”王太守道：“前见年嫂，道贤侄力学攻文，不胜欣快。更日还要屈过与小儿、小婿会文。”李公子道：“定得趋赴。”说毕，两下分手。李公子笑道：“可笑这年伯，你那儿子、女婿只好囊酒袋饭，做得甚文字，却要我去同作文？到作文时，可不羞死了他！”仍旧高歌步月而回。

次日，王太守因前日曾应承周济，着人送白银五两，白米五石，就请李公子明日赴会。李公子至日便欣然前去。一到，王太守便出相见。公子致谢，王太守道：“些须不足佐菽水，何烦致谢！”吃了茶，延进花园里面。却是三间敞厅，朱棂绿槛，粉壁纱窗。厅外列几行朱朱粉粉的妖花，厅内摆几件斑斑驳驳的古董。只见里边早有先生，姓周号公溥，是南昌府学一个有名廪生，引着两王太守公子：长字任卿，次字檟之；两个王太守女婿：一个刘给事公字，字君遹；一个曹副使公子，字俊甫，一齐都相见了。家僮早已列下几个坐儿，铺下笔砚。王太守便请周先生出题。周先生再三谦让，出了两个题目。王太守还要出，周先生道：“只两艺罢。”那王任卿把一本《四书》翻了又翻；王檟之便想得面无人色，坐在椅上动也不动；刘君遹在敞厅外走来走去，再不停足；那曹俊甫似个做得出的模样，在那厢写了几行，扯去了又写，写了又扯，也不曾成篇；只有李公子点了几点头，伸开纸来，一笔扫去，午饭后两篇已完了。正是：

入瓮攒眉笑苦吟，花砖日影又移阴。

八叉谁似温郎捷，掷地还成金石音。

王太守逊周先生看，周先生不肯，推了半日，周先生看了，道：“才气横轶，词调新雅，这是必售之技。”王太守也接过去看了一看，道：“果然笔锋犀利，英英可爱。”收在一边。那四个也有有了些草的，也有一字未成的，王太守恐妨众人文思，邀李公子到水阁上去，问道：“一向失问，贤侄令岳何人？”公子道：“小侄尚未有亲。”王太守又沉吟了一会，将晚，里面已备下酒肴，先生忙帮衬道：“列位相公，有未完的吃酒后请罢。”众人便都坐了。席上，那李公子应对如流，弄得四位公子好似泥塑木雕一般。酒罢，李公子自去了。王太守回来讨文字看，一个篇半，是来得去不得的文字；两个一篇，都也是庸谈；一个半篇，煞是欠通。王太守见了，也没甚言语，倒叫先生有些不安。王太守进内，见了夫人道：“今日邀李家年侄与儿子、女婿作文，可笑我两儿、女婿枉带这顶头巾，文理俱不甚通，倒是李郎虽未进学，却大有才气。看来不只一青衿终身。”夫人道：“你儿子、女婿都靠父亲骗的这顶头巾，原不曾会做文字。既你看得他好,可扶持他进学,也不枉年家分谊。”王太守道：“正是。适才问他，尚未有亲。我两个女婿，都是膏粱子弟，愚蠢之人。我待将小女儿与他，得一个好女婿，后边再看顾他。夫人意下何如？”夫人道：“李郎原是宦家，骨气不薄；你又看得他好，毕竟不辱门楣。但二女俱配豪华，小女独归贫家，彼此相形，恐有不悦。”王太守道：“我那小小姐识见不凡，应不似寻常女流，不妨。”次日，竟到书房对周先生道：“昨见李生文字，学力尚未充，才华尽好。”周先生道：“是进得的。”王太守道：“岂止进而已！竟待招他作婿，敢烦先生为我执柯。”先生道：“曾与夫人相商么？后边恐厌他清贫，反咎学生。”王太守道：“学生主意已定，决不相咎。”去后，只见刘君遹道：“我丈人老腐，不知那里抄得这几句时文，认他不出，便说他好，轻易把个女儿与他。”曹俊甫道：“若是果然成亲，我辈中着这个穷酸，也觉辱没我辈。”王櫄之道：“不妨，我只见母亲，说他又穷，又好吃酒、串戏，自然不成。”先生道：“令尊要我去说，怎生得好？”王任卿道：“先生自去。料他不敢仰攀。”先生去见了李公子，又请见李夫人，说及亲事，公子推却。夫人道：“既承王大人厚意，只是家贫不能成礼。”先生去回覆，王太守道：“聘礼我并不计。”这边李夫人见他意思好，便收拾些礼物，择日纳彩。那王任卿兄弟狠狠的在母亲前破发，母亲道：“你父亲主意定了，说他不转。”两兄弟见母亲不听,却去妹子前怨畅父母道:“没来由害你！家又贫寒,人又轻狂,若成亲,这苦怎了？”王小姐只不言语。后边两个嫂嫂与两个姐姐又假做怜惜，来挑拨他道：“人又尚未进，不知读得书成么？又家中使唤无人，难道娇滴滴一个人，去自做用么？小姐可自对爹爹一说。”小姐听得不奈烦，道：“这事我怎好开口？想爹爹必有主见。”两嫂嫂与姐姐见他不听,便番转脸来,当面嘲笑,背地指搠他。小姐略不介意。

过了数月,李家择日毕姻。王太守与夫人加意赠他,越惹得哥嫂不喜欢。所喜小姐过门，极其承顺孀姑，敬重夫婿。见婆婆衣粗食淡，便也不穿华丽衣服。家里带两房人来，他道他在宦家过，不甘淡薄，都发回了，只留一个小厮，一个丫鬟。家中用度不给，都不待丈夫言语，将来支给，并没一些娇痴骄贵光景。只是李公子他见两个舅子与连襟都做张致，装出宦家态度，与他不合，他也便傲然，把他为不足相交。倒是旧时歌朋酒友，先日有豪气无豪资，如今得了妆奁，手头宽裕，尝与他往还。起初王小姐恐拂他意，也任他。后来见这干人也只无益有损，微微规讽他，李公子也不在心上。

一日，王太守寿日，王小姐备了礼先往。到得家中，父母欢悦如故，只是哥嫂与姐姐不觉情意冷落。及至宾客来，报刘相公、曹相公来，两个哥嫂便起身奉迎。报李公子来，道："甚贵人么，要人迎接！"直至面前，才起身相揖。这李公子偏古怪。小姐来时，也留不甚阔服、绫袜朱履与他打扮，他道："我偏不要这样外边华美。只是寻常衣服，落落穆穆走来；相揖时，也只冷冷不少屈。但是小姐见了，已大不然。又见哥哥与刘、曹两姐夫，说笑俱有，立做一团，就是亲友与僮仆都向他两人虚撮脚；到李公子，任他来去，略不加礼。及至坐席，四人自坐一处，不与同席。李公子想也有不堪，两眼只去看戏，不去理他。看到得意之处，偶然把箸子为他按拍。只见他四人一齐哄笑起来。里面大姨道："想心只在团戏上，故此为他按拍。"二位嫂嫂道："做一出与丈人庆寿也可。"小姐当此，好生不快，不待席终，托言有疾，打轿便行。母亲苦死留他，不肯。此时李公子闻得小姐有疾，也便起身，两个舅子也不强留。行到芒湖渡口，只见小姐轿已歇下，叫接相公一见，便作色道："丈夫处世，不妨傲世，却不可为世傲。你今日为人奚落，可为至矣！怎全不激发，奋志功名？"因除头上簪珥，可值数十金，道："以此为君资斧，可勉力攻书，为我生色。且老母高年，河清难待，今我为君奉养，菽水我自任之，不萦君怀。如不成名，誓不相见！"遂乘轿而去。李公子收了这些簪珥，道："正是炎凉世态，不足动我；但他以宦室女随我，甘这淡薄，又叫他受人轻笑，亦是可怜。我可觅一霞帔报母亲，答他的贫守。"因就湖旁永福庵赁一小房读书。王小姐已自着人将铺陈柴米送来了。此后果然谢绝宾朋，一意书史，吟哦翻阅，午夜不休。每至朔望归家定省，王小姐相见，犹如宾客一般，止问："近日曾作甚功课么？"如此年余，恰值科考。王太守知他力学，也暗中为他请托。县中取了十名，府中也取在前列，道中取在八名，进学。入学之日，王太守亲自来贺，其余亲戚也渐有拢来的了。正是：

萤光生腐草，蚁辈聚新膻。

不隔数日，王小姐对公子道："你力学年余，谅不止博一青衿便了。今正科举已过，将考遗才，何不前往？功名正未可知。"公子道："得陇足矣！怎又望蜀？"小姐不听，苦苦相促，只得起身。府间得王太守力取了，宗师考试，却是遗才数少。宗师要收名望府县前列，抚按观风批首紧要分上，又因时日急迫，取官看卷，又在里边寻自己私人，缘何轮得他着？只得空辛苦一场。回时天色尚未暮，忽然大雨骤至，顷刻水深足许，遥见一所古庙，恰是：

古木萧森覆短垣，野苔遮径绿无痕。
山深日暮行人绝，唯有蛙声草际喧。

到得庙中，衣衫尽湿。看看昏黑，解衣独坐，不能成寐。将次二更，只听得庙外喧呼，公子恐是强人，甚是惊恐。却是几盏纱灯，拥一贵人，光景将及到门，听得外边似有人道："李天官在内，暂且回避。"又听分付道："可移纱灯二盏送回。"忽然而散。公子听了，却也心快。只是单身庙中，凄冷坐立不住。又失意而回，怕人看见。恰值雨止，竟跣足而回。到家，老仆与小厮在庄上耘田不回，止得一个从嫁来粗婢又熟睡，再也不醒。王小姐只得自来开门。见了道："是甚人拿灯送你？"公子道："停会对你说。"进了门，就把庙中见闻一一说知。小姐道："既然如此，没有个自来的天官，还须努力去候大收。"

幽谷从来亦有春，萤窗休自惜艰辛。
青灯须与神灯映，暂屈还同蠖屈伸。

极热天气，小姐自篝灯续麻，伴他读书。将次到七月尽，逼他起身。公子道："罢了，前日人少，尚不见收。如今千中选一，似海底捞针，徒费盘缠无益。"小姐道："世上有不去考的秀才么？"到晚间，还逼他读书，叫他看后场。公子笑道："那里便用得他着？"逼不过，取后场来看，是篇《蛟龙得云雨论》，将来读熟了。次早起身，跟的小厮挑了行李，赶不得路。一路行来，天色已晚。捱城门进得，各饭店都已关了，无处栖止。公子叫小厮暂在人家檐下看着行李，自到按院前打听。清晨寻歇家，在院前行来行去，身子困倦，便在西廊下打盹。不期代巡梦中梦见一条大黑龙蟠在西廊下，惊醒道："必有奇人！"暗暗传出道："凡有黑夜在院前潜行打听的，着巡捕官羁留，明辰解进。"此时深夜，缘何有人？四下看，止得一个秀才，就便在睡中拿住。李公子急切要脱身时，又无钱买脱，只得随他。明辰解进，只见御史在堂上大声道："你是甚人？敢黑夜在我衙前打点！"公子对道："生员是丰城新进生。闻得太宗师大收遗才，急于趋赴，过早，在院前打盹，别无他情。"御史见是个秀才，已道他是梦中龙了。问了名字，分付一体考试。及至到考时，因梦中梦龙，便出《蛟龙得云雨论》题。李公子便将记的略加点窜，赶先面教。其余这些人，完得早的，只用钱买得，收在卷箱内好了；还有挨不上，不得收的。他却得御史先看，认得他，竟批取了。后边取官来，看见是代巡所取，也便不敢遗落，出案有名。王太守便着人送卷子钱，送人参，邀去与两个公子同寓，头场遇得几个做过题目，他便一扫出来。二、三场，两个王公子道他不谙，毕竟贴出。不期他天分高，略剽窃些儿，里边却也写得充满，俱得终场，人都为他吃惊。归家，亲友们就有来探望送礼的了。到揭晓之夜，李公子未敢信道决中，便高卧起。只见五更之时，门外鼎沸，来报："中了三十一名。"王衙是他丈人，也有人报去。里边忙问："是大相公？是二相公？"道："是李相公。"王家兄弟正走出来时，吃了一个扫兴。王太守倒喜自家有眼力，认得人。此时李衙里早是府县送捷报旗竿，先时冷落亲戚都来庆贺。李夫人不甚礼貌。王小姐道："世情自是冷暖，何必责备他？但使常如此等他趋承便好。"还有赎身去李荣，依旧回家，李夫人不许，又是王小姐说："他服事先边老爷过，知事便留他罢。"内外一应支费，王小姐都将自己妆奁支持，不叫李夫人与丈夫费心。旗匾迎回，李公子拜毕母亲，深谢岳丈提携，小姐激劝。此后闹哄哄吃赛鹿鸣，祭祖。人都羡李知县阴德，产这等好子孙。有道李夫人忍苦教子成名，有道王太守有识见，知人得婿。谁得知王小姐这等激发劝勉。既中后，王氏兄弟与刘、曹两连襟不免变转脸来亲热，斗分子贺他，与他送行。李公子也不免因他向来轻玩，微有鄙薄之意。又是王小姐道："当日你在贫穷，人来轻你，不可自摧意气；今日你得进身，人来厚你，也不可少带骄矜。举人、进士也是人做来的。"又为他打点盘缠，赍发上京。

凡人志气一颓，便多扼塞；志气一鼓，便易发扬。进会场便中了进士，殿试殿了二甲十一名。观政了告假省亲，回来捐资修葺了向日避雨神祠。初选工部主事，更改礼部，又转吏部，直至文选郎中。掌选完，迁转京堂，直至吏部尚书，再加宫保。中间多得夫人内助，夫妻偕老，至八十余岁。生二子，一承恩荫，一个发了高魁。不惟成夫，又且成子。至今江右都传做美谈。

雨侯曰：嗟乎！丈夫不能自奋，乃必借助裙衩乎？然得妇如此，可无《北门》之赋，知裨益不浅也！

序

予尝自笑有侠肠而无侠才,负侠气而无侠资。观此何人不可作侠哉!第恐一带纱帽，便不为济人而为迫人耳。固宜君翼之喜谈而乐道之。

翠娱阁主人识

第十九回　捐金有意怜穷　卜屯无心得地

干济吾儒事，何愁箧底空。
脱骖非市侠，赠麦岂贪功。
饭起王孙色，金怜管叔穷。
不教徐市媪，千载独称雄!

天下事物，尽有可以无心得，不可有心求，自钱财至女色，房屋官禄，无件不然。还有为父母思量,利及一身;为一身思量,利及后嗣。这是风水一说。听信了这些堪舆，道此处来龙好，沙水好，前有案山，后有靠，合甚格局，出甚官吏，捐金谋求，被堪舆背地打偏手。或是堪舆结连富户，做造风水，囤地骗人。甚至两边俱系富家，不肯归并一家。或是两人都谋此地，至于争讼，后来富贵未见，目前先见不安。还有这些风水，见他喜好风水，都来骗他。先一个为他造坟,已是说得极好,教他费尽钱财。后边一个又来破发,道是不好,复行迁改。把个父母搬来搬去,骨殖也不得安闲。不知这风水却有自然而来的。如我朝太祖葬父，舁至独龙冈，风雨大至，只闻空中道:“谁人夺我地?”下边应道:“朱某。”太祖因雨暂回，明日已自成坟。这是帝王之地，所不必言。就如我杭一大家，延堪舆看风水，只待点穴，忽两堪舆自在那厢商议，道:“穴在某处，他明日礼厚，点与他;不厚，与他右手那块地。”不期为一个陪堂听了，次日见堪舆所点，却是右手的，他就用心。后来道:“如今生时与你朝夕，不知死后得与你一块么?”因问他求了这块地，如今簪缨不绝。一家亦因堪舆商议，为女儿听了，道在杨梅树下，后来也用计讨了，如今代代显宦。这都有鬼使神差般。但有一人，却又凭小小一件阴骘，却得了一块地，后来也至发身。

话说福建三山，有一个秀才，姓林名茂，字森甫，他世代习儒，弱冠进了一个学。只是破屋数椽，瘠田数亩，仅可支持，不能充给。娶了一个妻黄氏，做人极其温柔，见道理，甘淡泊。尝道这些秀才一入了学，便去说公话事，得了人些钱财，不管事之曲直，去贴官府的脸皮，称的是老父师、太宗师，认的是舍亲敝友。不知若说为人伸冤，也多了这些侠气；若是党邪排正，也关阴骘；镇日府县前奴颜婢膝，也不惜羽翎。若为穷所使，便处一小馆，一来可以藉他些束脩，资家中薪水，二来可以益加进修。盖人做了一个先生，每日毕竟要讲书，也须先理会一番，然后可讲与学生。就是学生庸下，他来问，也须忖量与他开发。至于作文，也须意见、格局、词华胜似学生，方无愧于心，故此也是一件好事。只是处馆也难，豪宦人家，他先主一个意要寻好先生，定要平日考得起的，这些秀才见他豪宦可扰，也人上央人去谋；或是亲家，或是好友，甚是出荐馆钱与他陪堂，要他帮衬，如何轮得到平常人？况且一捱进身，虽做名士模样，却也谦卑巽顺，笼络了主翁，猫鼠同眠，收罗了小厮；又这等和光同尘，亲厚了学生。道人都是好奉承的，讲书有句像，便道“特解”，作文有一句是，便与密圈。在人前与他父母前称扬，学生怎不喜他？这便是待向上学生了。还有学生好懒惰的，便任他早眠晏起，读书也得，不读书也得；作文也可，不作文也可。就是家中有严父，反为他修饰。自做些文字，与他应名。若父亲面试，毕竟串他小厮，与他传递。临考，毕竟撺哄主人，为央分上；引领学生，为寻代考。甚至不肖的，或阚或赌，还与帮闲。只要固目下馆，那顾学生后来不通，后来不成器？故此阔馆也轮不着林森甫。仅在一个颜家，处一个半斤小馆，是两个小鬼头儿，一个聪明些，却要顽；一个本分些，却又读不出书。喜得一个森甫有坐性，又肯讲贯，把一个顽的拘束到不敢顽，那钝的也不甚钝。学生虽是暂时苦恼，主翁甚是欢喜。捱到年，先生喜得脱离苦根，又得束脩到手，辞了东家起身。东翁整了一桌相待，临行送了修仪，着个小厮挑了行李，相送回家：

一窗灯影映青毡，书债今宵暂息肩。
不作凰皇将九子，且亲鸳鹭学双骞。
床头声断歌鱼铗，囊底欣余润笔钱。
莫笑书生镇孤另，情缘久别意偏坚。

不说森甫在路，且说麻叶渡口，有个农庄，姓支名佩德，年纪已近三十岁，父母蚤亡，遗得几亩荒山、两亩田地，耕种过活。只是没了妻室，每日出入，定要锁门。三餐定要自家炊煮。年年春夏衣服，定要央人，出些缝补钱、浆粉钱，甚是没手没脚。到夜来，虽是辛苦的人一觉睡到天亮，但遇了冬天长夜，也便醒一两个更次，竟翻覆不宁，脚底上一冷直冷到腿上，脚尖一缩，直缩到嘴边，甚是难过。一日回来吃饭，同伴有人锄地，他就把锄头留在地上，回了去时，却被人藏过。问人，彼此推调，他叫道："是那个儿子藏过我的！"一尖嘴的道："你儿子还没有娘哩！"众人一齐笑将起来。他就认真，说人笑他没有老婆。他一发动情起来，回去坐在门前纳闷。一个邻舍老人家巫婆见了他，道："支大官！一发回来得蚤，你为煮粥煮饭，一日生活只有半日做，况没个洗衣补裳的，甚不便当。何不寻个门当户对的，也完终身一件事？"支佩德道："正要在这里寻亲，没好人家。"巫婆道："你真要寻亲，我倒有个好头代，是北乡郑三山的女儿，十八岁，且是生得好，煮茶做饭，织布绩麻，件件会得。匡得一个银子，他娘有私房，他自有私房，倒有两个银子赔嫁，极好极相应。"支佩德道："他肯把我这穷光棍？"巫婆道："单头独颈，有甚不好！"支佩德道："还没有这许多银子。"巫婆道："有底桩的，便借两两何妨？"支佩德听了，心花也开，第二日安排个东道，请他起媒。巫婆道："这亏你自安排，若一讨进门，你就安闲了。"吃了个妈妈风回去。择日去到那边说，郑家道他穷，巫婆道："他自己有房子住，有田有地，走去就做家主婆，绝好人家，他并不要你赔嫁，你自打意不过与他些，他料不争你！"郑三山听得不要赔嫁，也便应承。他来回报，支佩德也乐然，问他财礼。巫婆道："多也依不得，少也拿不出，好歹一斤银子罢！"支佩德摇头道："来不得，我积攒几年，共得九两，如今那里又得这几两银子？"巫婆道："有他做主，便借些，上一个二婚头也得八九两，他须是黄花闺女，少也得十二两，还有谢亲、转送、催妆、导日，也要三四两。"支佩德自度不能，巫婆道："天下没有娘儿两个嫁爷儿两个事！你且思量，若要借，与你借，除这家再没相应亲事了。"支佩德思量了一夜，道："不做得亲，怕散了这宗银子，又被人笑没家婆。说有赔嫁，不若借来凑了，后来典当还他。"算计定了，来见巫婆，道："承婆婆好意，只是那家肯借？"巫婆道："若要借，我房主邹副使家广放私债，那大管家尝催租到我这里，我替你说。"果然一说就肯，九折五分钱，借了六两，约就还。巫婆来与他做主，先是十两，后来加杂项二两，共十二两，多余二三两，拿来安排酒席。做了亲，廿七八光棍，遇了十八九娇娘，你精我壮，且是过得好。但只是郑家也只是个穷人家，将饼卷肉，也不曾赔得。拿来时，两只黑漆箱，马桶脚桶，梳桌兀凳，那边件件都算钱，这边件件都做不得正经。又经支佩德先时只顾得自己一张嘴，如今两张嘴，还添妻家人情面份，只可度日，不能积落还人。邹衙逼讨，起初指望赔嫁，后来见光景也只平常，也不好说要他的典当。及至逼得紧，去开口，女人也欣然，却不成钱，当不得三五两，只得挪些利钱与他管家，来请他吃些酒，做花椒钱。拖了三年，除还积到本利八两。那时年久要清，情愿将自己地一块写与，不要；又将山卖与人，都不捉手。也曾要与颜家，颜家道逼年无银。先时管家日日来吵，里边有个管家看他女人生得甚好，欺心占他的，串了巫婆，吓要送官。巫婆打合，女人准与他。正在家逼写离书，那女人急了，道："我是好人家儿女，怎与人做奴才？我拼一个死，叫邹家也吃场官司！"外边争执，不知里边事，他竟开了后门，赶到渡头，哭了一场，正待投水——这原是娶妻的事，先时要娶妻，临渴掘井；后来女家需索，挑雪填井；临完债逼，少不得投河奔井——不期遇了救星，林森甫看见妇人向水悲哭，也便疑心，就连忙赶上，见他跳时，一把扯住，道："不要短见！"女人只得住了。问他原故，他将前后细诉：

羞向豪门曳绮罗，一番愁绝蹙双蛾。
恨随流水流难尽，拼把朱颜逐绿波！

森甫道："娘子，你所见差了，你今日不死，豪家有你作抵，还不难为你丈夫。如你死，那债仍在你丈夫身上还，毕竟受累了。你道你死，你丈夫与母家可以告他威逼，不知如今乡宦家逼死一个人，哪个官肯难为他？也是枉然。喜得我囊中有银八两，如今赠你，你可将还人，不可作此短见。"便箧中去检此银，只见主家仆揿住道："林相公！你辛苦一年，才得这几两银子，怎听他花言，空手回去？未免不是做局哄你的，不可与他！"森甫道："我已许他，你道他是假，幸遇我来，若不遇我，他已投河了，还哄得谁！"竟取出来，双手递与。这娘子千恩万谢接了，又问："相公高姓？后日若有一日，可以图报！"森甫笑而不对。倒是仆人道："这是三山林森甫相公，若日后有得报他，今日也不消寻死了！"两边各自分手。森甫分了手，回到家中，却去问妻子觅得几分生活钱，犒劳仆人，仆人再三推了不要，自回家去。到晚，森甫对其妻趦趄的道："适才路上，遇着一个妇人，只为丈夫欠了宦家银八两无还，要将他准折，妇人不欲，竟至要投水，甚是可怜！"那黄氏见他回时，不拿银子用，反向黄氏取还，道或是成锭的，不舍得用。及半晌不见拿出来，也待问他，听得此语，已心会了，道："何不把束脩济他，免他一死？"森甫道："卑人业已赠之，也晓得娘子有同志，只是年事已逼，恐用度不敷。”黄氏道：“官人既慨然救人，何故又作此想？田中所入，足备朝夕，薪水之费，我女工所得，足以当之，切勿介意。”森甫听了，也觉欣然。捱到除夜，一物不买。宗族一个林深，送酒一壶与他，他夫妻收了他的，冲上些水，又把与小厮不收的银子，买了半斤虾，把糟汁煮了，两个分岁。森甫口占两句道：

江虾糟汁煮，清酒水来淘。

两个大笑了一场，且穷快活。外边这些邻人亲族，见他一件不买，道：“好两个苦做人家的，忙了一年，鱼肉不舍得买！”后边有传他济人这节事，有的道：“亏他这等慷慨！还亏他妻子，倒也不絮聒他。”有的道：“没算计穷儒！八两银子，生放一年，也得两数利钱，怎轻易与人？可不一年白弄卵？便分些儿与他也罢，竟把一主银子与人，这妇人倒不落水，他银子倒落水了？”他也任人议论，毫无追悔。除夜睡时，却梦到一个所在，但见：

宇开白玉，屋铸黄金。琉璃瓦沉沉耀碧，翡翠舒翎；玳瑁楼的的飞光，虬龙脱海。碧阑干外，列的是几多瑶草琪花；白石街中，种的是几树怪松古柏。触目是朱门瑶户，入耳总仙乐奇音。却如八翼扣天门，好似一灵来海藏。

信步行去，只见柱上有联，镌着金字，道：

门关金锁锁，帘卷玉钩钩。

须臾过了黄金阶，渐上白玉台。只见廊下转出一个道者，金冠翠裳，贝带朱履，道：“林生何以至此？”森甫就躬身作礼。那道者将出袖中一纸，乃诗二句，道：

鹧鸪之地不堪求，麋鹿眠处是真穴。

道：“足下识之！”言讫，相揖而别。醒来正是三更。森甫道：“梦毕竟有些奇怪。”次日即把门关二句，写了做春联，粘在柱上。只见来的亲友，见了都笑：“有这等文理不能秀才，替你家有甚相干，写在这边？”又有一个轻薄的道：“待我与他换两句。”是：

蓬户遮芦席，苇帘挂竹钩。

有这样狂人，那森甫自信是奇兆。

到了正月尽，主家来请，他自收拾书籍前往。当日主人重他真诚，后来小厮回去，说他舍钱救人，就也敬他个尚义，着实礼待他。一日，东翁因人道他祖坟风水庸常，不能发秀，特去寻一个杨堪舆来，他自称“杨救贫”之后，他的派头与人不同。他知道人说风水先生常态是父做子破，又道撺哄人买大地，打偏手。他便改了这腔，看见这家虽富，却是臭吝不肯舍钱，风水将就去得，他便极其赞扬道："不消迁改。"只有撒漫，方才叫他买地造坟，却又叫他两边自行交易，自不沾手。不知那卖主怕他打退船鼓，也听与他。又见穷秀才阔宦，便也与他白出力一番，使他扬名，故此人人都道他好。颜家便用着他，他初见卖弄道："某老先生是我与他定穴，如今乃郎又发。某老先生无子，是我为他修改，如今连生二子。某宅是我与他迁葬，如今家事大发。某宅是我定向，如今乃郎进学。如今颜老先生见爱，须为寻一大地，可以发财发福的。"说得颜老好生欢喜，就留在书房中歇宿。森甫也因他是个方外，也礼貌他。

一日间与颜老各处看地，晚间来宿歇。颜老与杨堪舆、林森甫、三个儿一桌儿吃饭。颜老谈起，森甫至诚有余，又慈祥慷慨，旧岁在舍下解馆而去，遇见一妇人将赴水，问他是为债逼，丈夫要卖她，故此自尽。先生就把束脩尽行赠他，这是极难得事。杨堪舆道："这妇人可曾相识么？"森甫道："至今尚不知他是何等人，家住在何处，叫甚名字。"杨堪舆道："若不曾深知，怕是设局。"森甫道："吾尽吾心，也不逆他诈。"堪舆道："有理有理！如此立心，必发无疑。但科第虽凭阴骘，也靠阴地，佳城何处，可容一观么？"森甫不觉颜色惨然，道："学生家徒四壁，亡亲尚未得归浅土。"杨堪舆道："何不觅一地葬之，学生当为效劳，包你寻一催官地，一葬就发。"森甫道："只恐家贫，不能得大地。"杨堪舆道："这不在大钱才有。人用了大钱，买了大片山地，却不成穴。就是看来，左右前后环拱关锁尽好，穴不在这里。人偶然一二两得一块地，却可发人富贵，这只在有造化巧遇着。"颜老道："先生，若果寻得有价钱相应的，学生便买了送先生。"杨堪舆道："这也不可急遽，待我留心寻访便了。"那杨堪舆为颜家寻了地，为他定向点穴，事已将完，因闲暇在山中闲步，见一块地，大有光景。归来道："今日看见一地，可以腰金，但未知是何人地，明早同往一看，与主家计议。"次日，森甫与杨堪舆同去，将到地上，忽见一个鹿劈头跳来，两人吃了一惊，到地上看时，草都压倒，是鹿眠在此，见人惊去。杨堪舆道："这是金锁玉钩形，那鹿眠处正是穴，若得来为先生一做，包你不三年发高魁，官至金紫，得半亩之地，也便够了，但不知是谁家山地？"林森甫心中暗想："地形与梦中诗暗合，穴又与道者所赠诗相券。"便也欢喜：

佳气郁菁葱，山回亥向龙。

牛眠开胜域，折臂有三公。

正在那边徘徊观看，欲待问，只见这隔数亩之远，有个人在那边锄地，因家中送饭来，便坐地上吃饭。森甫便往问他，将次走到面前，那妇似有些认得，便道："相公不是三山林相公么？"堪舆道："怎这妇人认得？"妇人便向男子前说了几句，那男子正是支佩德，丢了碗，与妇人向森甫倒身下拜，道："旧年岁底，因欠宦债，要卖妻抵偿，他不愿，赴水，得恩人与银八两，不致身死。今日山妻得生，小人还得山妻在这厢送饭，都是相公恩德！"森甫道："小事何足挂齿！"因问："相公因何事到此？"森甫道："因寻坟地到此。"佩德道："已有了么？"堪舆道："看中此处一地，但不知是谁家的？"支佩德道："此山数亩，皆我产业。若还可用，即当奉送。"堪舆便领着他，指道："适才鹿眠处，是这块地略可。"支佩德道："自此起，正我的地！"便着妻先归，烹了家中一只鸡。遂苦苦邀了森甫与杨堪舆到家，买了两坛水酒，道："聊为恩人点饥。"吃完，即当面纸一张，写了山的四至都图，道出买与林处，杨堪舆作中。送与森甫。森甫决不肯收。杨堪舆把森甫捏一把，道："这地是难得的，且将机就机！"森甫再三坚拒道："当日债逼，使你无妻；今日白花你产，使你必致失所。这断不可！"支佩德道："这边山地极贱，都与相公，不过值得七八两，怎还要价！"森甫道："我当日与你，原无心求偿，你肯卖与我，必须奉价收契。"杨堪舆道："林先生不必过执。"森甫不肯。次日，支佩德自将契送到颜家，恰遇颜老，问："两个有些面善。"道："我是有些认得你，那里会来？"支佩德道："是旧年少了邹副使债，他来追逼，曾央间壁钟达泉来，要卖产与老爹，连见二次，老爹回覆。后来年底催逼得紧，房下要投河，得这边林相公救了，赠银八两。昨日林相公同一位杨先生看地，正是小人的，特写契送来的。"颜老道："旧岁林相公赠银的，正是你令正？"又叹息道："我遍处寻地，旧年送地来不要。他无心求地，却送将来。可见凡事有数，不可强求。"领进来，见了森甫。颜老道："即是他愿将与先生，先生不妨受他的。况前已赠他银子，不为白要他产。"森甫只是不肯。两边推了半日，颜老道："老夫原言助价。"到里边拿出银三两付他，遂收了契。杨堪舆便与定向点穴。支佩德却又一力来营造。择了日，森甫去把两口棺木移来。掘下去，果然热气如蒸。人人都道是好坟，杨堪舆有眼力；不知若没有森甫赠银一节，要图他地也烦难哩！

森甫此时学力已到，本年取了科举，次年弘治戊午，中了福建榜经魁。己未连捷，自知县升主事，转员外，又迁郎中，直至湖广按察司副使。历任都存宽厚仁慈，腰了金，这虽是森甫学问足以取科第，又命中带得来，也因积这阴功，就获这阴地，可为好施之劝。

雨侯曰：酸儒惜钱如膏，欲以周人难。辛苦年余，方（以下残缺）

题　词

因友及友，庚斯千古美谭。然孺子一时之真情，亦足以感激其恻隐。唯红颜相向，了不动其热心，纳之帐中，历以岁月，真耐久之朋也。读之应笑柳下惠犹恐是瞬息之矜持，鲁国男子全不济事。

翠娱阁主人撰

第二十回　不乱坐怀终友托　力培正直抗权奸

《易》著如兰，《诗》咏鸟鸣。涤瑕成嫩，厥唯友生。贫贱相恤，富贵勿失。势移心贞，迹遐情密。淡疑水而固疑潦，斯不愧五伦之一！

右《朋友箴》

当初刘孝标曾做《广绝交论》，着实说友道的薄，财尽交疏，势移交断，见利相争，见危相弃。忽然相与，可叫刎颈，一到要紧处，便只顾了自己。就如我朝阉宦李广得宠，交结的便传奉与官。有两个好朋友，平日以道学自励的，谈及李广得宠之事，一个道："岂有向阉奴屈膝之理！"到次日，这个朋友背了他去见时，不料已先在那里多时了。此是趋利。就是上年逆珰用事时，攻击杨、左的，内中偏有杨、左知交；弹射崔、魏的，内中偏有崔、魏知己。此岂故意要害人？不过要避一时之害。不知这些人，原也不堪为友，友他的也就是没眼珠，不识人的人！若是我要友他，毕竟要信得他过，似古时范、张，千里不忘鸡黍之约；似今时王凤洲与杨焦山，不避利害，托妻寄子。我一为人友，也要似古时庞德公与司马徽，彼此通家，不知谁客谁主。似今时马士权待徐有贞，受刑濒死，不肯妄招。到后来，徐有贞在狱时许他结亲，出狱悔了，他全不介意，这才不愧朋友。若说一个因友及友，不肯负托，彼此相报，这也是不多见的人。

如今却说一个人，我朝监生姓秦名翥，字凤仪，湖广嘉鱼人氏。早年丧母，随父在京做个上林苑监付，便做京官子弟，纳了监在北京。后边丁忧回家，定了个梅氏，尚未做亲，及至服满，又值乡试，他道待乡试回来毕姻。带了一个家人，叫做秦淮，一个小厮，叫做秦京，收拾了行李，讨了一只船，自长江而下。只见：

水连天去白，山夹岸来青。

苇浦喧风叶，渔舲聚晚星。

一路来，不一日已到扬州。秦凤仪想起，有一个朋友，姓石名可砺，字不磷，便要去访他。不知这石不磷也是嘉鱼人，做人高华倜傥，有胆气，多至诚，与人然诺不侵。少年也弄八股头，做文字，累举不第，道："大丈夫怎么随这几个铜臭小儿，今日拜门生，明日讨荐书，博这虚名？"就撇了书，做些古文诗歌，弹琴击剑，写字画画。虽不肯学这些假山人、假墨客，一味奴颜婢膝的捧粗腿，呵大卵胞；求荐书，东走西奔；钻管家，如兄若弟。只因他有了才，又有侠气，缙绅都与他相交，尝往来两京，此时侨寓在扬州城砖街上。秦凤仪到钞关边停了船，叫秦淮看船。带了秦京，拿了些湖广土仪，莲肉、湘簟、鲟鳇鱼鲊之类，一路来访石不磷。却也有人晓得他。偶然得个人说了住处寻来，凑巧石不磷在家，数间厅事，几株花木，虽无车马盈门，却也有求诗的，乞画的，拜访的，高朋满座。一见凤仪，两个是至交，好生欢喜。忙送了这些人，延入书斋留饭，问些故乡风景，平日知交，并凤仪向来起居。随即置了酒，拉了两个妓，同游梅花岭。盘桓半晌，秦凤仪别了要下船，石不磷道："故人难得相遇，便在此顽耍数日何妨？"秦凤仪道："怕舟子不能担待。"只见石不磷停了一会，似想些什么，道："这等，明日兄且为我暂住半晌，小弟还有事相托。"凤仪道："恭候。"次日船家催开船，凤仪道："有事且慢。"将次早饭时，石不磷却自坐了一乘轿，又随着一乘轿，家人挑了些箱笼行李之类，来到船边。恰是石不磷和一个二八女子，这女子生得：

花疑娇艳柳疑柔，一段轻盈压莫愁。

试倚蓬窗漫流盼，却如范蠡五湖游。

下了船叫女子见了秦凤仪，就在侧边坐了。石不磷道："这女子不是别人，就是敝友窦主事所娶之妾。扬州地方人家都养瘦马，不论大家小户，都养几个女儿，教他吹弹歌舞，索人高价，故此娶妾的都在这里寻了两个媒妈子，带了五七百开元钱，封做茶钱，各家看转。出来相见，已自见了他举动、身材、眉眼，都是一目可了的。那媒妈子又掀他唇，等人看他牙齿；卷他袖，等人看他手指；挈起裙子，看了脚；临了又问他年纪，女子答应一声，听他声音。费了五七十个钱，浑身相到。客冬在北京，过临清，有个在京相与的内乡窦主事，见管临清钞关，托我此处娶妾。小弟为他娶了此女，但无人带去，担延许久，只道小弟负托。如今贤弟去，正从临清过，可为小弟带一带去。"秦凤仪听了，半日做不得声，心里想道："他是寡女，我是孤男，点点船中，怎么容得？况此去路程二千里，日月颇久，恐生嫌疑。"正在应不得、推不得时节，只见石不磷变色道："此女就是贤弟用了，不过百金，仔么迟疑！"取出一封与窦主事书，放在桌上，他自登岸去了。

一叶新红托便航，雨云为寄楚襄王。

知君固是柳下惠，白璧应完入赵邦。

这时秦凤仪要推不能，却把一个湿布衫穿在身上，好生难过。就在中舱另铺下一个铺，与他歇宿，自己也就在那边一张桌儿上，焚香读书。那女子始初来也娇羞不安，在船两日，一隙之地，日夕在面前，也怕不得许多羞，倒也来传茶水，服事秦凤仪。凤仪好生不过意。行不过一二日，早是高邮湖，这地方有俗语道："高邮湖，蚊子大如鹅！"湖岸上有一座露筋庙，这庙中神道是一个女子，生前姑嫂同行避难，借宿商人船中。夜间蚊子多，其嫂就宿在商人帐中，其姑不肯。不期蚊子来得多，自晚打扑到五鼓，身子弱，弄得筋骨都露，死在舟中。后人怜他节义，为他立庙，就名为"露筋娘娘"。秦凤仪到这地方，正值七月天气，一晚，船外飞得如雾，响得似雷，船里边磕头撞脑都是。秦凤仪有一顶纱帐，赶了数次，也不能尽绝。那女子来船慌促，石不磷不曾为他做得帐子，如何睡得？凤仪睡了，听他打扑再不停手，因想起"露筋娘娘"这事，恐怕难为了他，叫他床中来宿。女子初时也作腔，后边只得和衣来睡在脚后。那家僮听得，道："我家主今日也有些熬不过了。这女儿子落了靛缸，也脱不得白了！"倒在那里替主人快活，替女子担忧。似此同眠宿起，到长淮，入清河，过吕梁洪，向闸河，已去了许多日子。来到临清，只见秦凤仪写了个名帖，小厮拿了石不磷这封书，来见窦主事。小厮把书捏捏，道："只怕不是原封了！"到了衙门，伺候了半晌，请相见。见了，送上石不磷这封书，留茶，问下处，说在船中。窦主事就来回拜，看见是只小舟，道："先生宝眷也在舟中么？"秦凤仪道："学生只一主一仆，没有家眷。"只见那主事脸色一变，吃了一盅茶就回。坐在川堂好生不快，心里想道："这石不磷好没来由！

这等一个标致后生，又没家眷，又千余里路，月余日子，你保得他两个没事么？”也不送下程请酒，只是闷坐。到晚想起，石不磷既为我娶来，没个不收的理，分付取一乘轿，到水次抬这女子。这女子别时甚不胜情，把秦凤仪谢了，上轿到衙。那主事一看，果然是绝色，又看他举止都带女子之态，冷笑道：“我不信！”便收拾卧房安下，这夜就宿在女子房中。夜间一试，只见轻风乍触，落红乱飞，春意方酣，娇莺哀啭。那窦主事好不快活。又想道：“天下有这样人！似我老窦，见了这女子，也就不能禁持，他却月余竟不动念，真是圣人了！”不曾起床，便分付，叫：“秦相公处送双下程一副，下请书，午间衙中一叙！”这边家人见窦主事怠慢，道：“我说想有些不老成，窦爷怪了。”天明，秦凤仪也催开船，家人又道：“再消停，窦爷不欢喜，或者小奶奶还记念相公。”正开船，不上一里，只见后边一只小船飞赶来，道：“窦爷请秦相公！”赶上送了下程。秦凤仪不肯放转去，差人死不肯，只得转去。相见时，窦主事好生感谢，道：“学生有眼不识先生，今之柳下惠了！学生即写书谢石不磷，备道足下不辜所托。就是足下此行，必定连捷。学生曾记敝乡有一节事，一个秀才探亲，泊船渭河，夜间崖上火起，一女子赤身奔来，这秀才便把被与他拥了，过了一夜而去。后来在场中，有一个同号秀才做成文字，突然病发，道：‘可惜了，这几篇中得的文字用不着。’竟与了这秀才。揭晓时，这秀才竟高中了。那时做文字的秀才来拜，道：‘生平在文字上极忌刻，便一个字不肯与人看，怎那日竟欣然与了足下？虽是足下该中，或者还有阴德？’再三问到，那举人道：‘曾记前岁泊船渭河，有一女因失火赤身奔我，我不敢有一毫轻薄，护持至晓送还，或者是此事。’那秀才便走下来作上两个揖，道：‘足下该中，该中！”便学生效劳也是应该的。前日女子，正是房下！当日房下道及，学生不信天下有这好人，今日却得相报。自学生想起来，先生与小妾同舟月余，纤毫不染，绝胜那孝廉，但学生不知何以为报耳！”随着妾出来拜谢，送两名水手作赆礼，凤仪坚辞。窦主事道：“聊备京邸薪水，不必固辞。”又叫：“秦相公管家，也赏银二两。”自写书谢不磷去了。正是：

临岐一诺重千金，肯眷红颜负寸心？
笑杀豫章殷傲士，尺书犹自付浮沉。

秦凤仪到京，恰值司成考试，取了前列，在西山习静了几时，一体入场。他是监生，这“皿”字号中，除向已拨历挂选，这是只望小就，无意中式的；又有民间俊秀，装体面应名，虽然进场，写来不成文字的，还有怕递白卷被贴出，买了管贡院人，整整在土地庙里坐一日一夜的；实落可中的也不多。秦凤仪便中了个经魁。顺天府中吃了鹿鸣宴，离家远，也不回去了，仍旧在西山里习静。恰好窦主事回京，转了员外，不时送薪米，到得春试时，又中了进士。窦主事授他秘诀，道："卷子有差失，不便御览，可带海螵蛸骨进去，遇差错可擦去。又'皇帝陛下'四字，毕竟要在幅中，可以合式。"秦凤仪用这法，果然得了二甲赐进士出身。未及选官，因与同乡李天祥进士、同年邹智吉士交往，彼此都上疏论时政，道："进君子，退小人；清政本，开言路。"触忤了内阁，票本道："秦凤仪与李天祥俱授繁剧衙门县丞，使老成历练。"吏部承旨，天祥授陕西咸宁县县丞，凤仪授广西融县县丞。凤仪也便辞了朝，别了窦员外。窦员外着实安慰一番，道："烟瘴之地，好自保重。暂时外迁，毕竟升转。年少仕路正长，不可介意。"又为他讨了一张勘合，送了些礼。

一路出来，路经扬州，秦凤仪又去见石不磷。石不磷道："贤弟好操守，不惟于贤弟行捡无玷，抑且于小弟体面有光！当贤弟沉吟时，已料贤弟必能终托。"因问他左迁之故。凤仪备道其事。石不磷道："贤弟，官不论大小好歹，总之要为国家干一番事。如今二衙，不过是水利、清军、管粮三事。若是水利，每年在农工歇时，督率流通堤防，便旱时有得车来，水时有得泄去，使不至饥荒，是为民，也是为国。清军为国家足军伍，也不要扰害无辜。管粮不要纵歇家包纳、科敛小民；不要纵斗斛踢斛、淋尖，鱼肉纳户；及时起解，为国也要为民。如今谪官，还要做前任模样，倨傲的讨差回家，或是轻侮同列；懒惰的寻山问水，不理政事；不肖的谋差谋印，恣意扰民，这须不是索位而行的事，贤弟莫作腐话看。"因送他在金焦两山登眺了两日。不磷又见柳州在蛮烟瘴雨中，怕他不堪，路上还恐有险阻，要同他到任。秦凤仪道："小弟浮名所使，兄何苦受此奔涉！"不磷不听，陪他到家，做了亲，相帮他雇了一只大船之任。行了几日，正过洞庭，两个坐在船上，纵酒狂歌，只见上流飞也似一只船来，水手一齐失色，道："不好了！贼船来了！"石不磷便掣刀在手。那船已是傍将过来，一挠钩早搭在船上，一个人便跳过船来。那石不磷手快，一刀砍断挠钩，这边顺风，那边顺水，已离了半里多路。这强盗已是慌张了，石不磷却又一刀剁去，此人一闪，不觉跌入舱中。石不磷举刀便劈，秦凤仪说道："不可，不可！这些人尽有迫于饥寒，不得已为盗的，况且他也不曾劫我，何必杀他！"石不磷道："只恐我们到他手里，他不肯留我。"便扶他起来，只见这人呵：

阔额突然如豹，疏眸炯炯如星。胡须一部似钢针，启口声同雷震。

并无一毫惧怯。秦凤仪道："好一个好汉，快取酒与他压惊！"秦淮道："这是谢大王不杀恩了！"吃酒时，只见他狼吞虎嚼，也没有一毫羞耻。秦凤仪道："我看兄仪度，应非常人。但思兄在此胡行，不知杀了多少人，使人妻号子哭。若使方才兄一失手，恐兄妻子亦复如此，兄何不改之！"那人道："我广西熟苗，每年夏秋之交，毕竟出来劫掠。今承分付，便当改行！"正饮酒时，船上人又反道："贼又来了！"却是贼船道贼首被杀，齐来报仇。四橹八桨，飞似赶来。将近船，那人道："不得无礼！"这干人只把船傍拢来，都不动手。这人便挥手向秦凤仪、石不磷谢了，一跃而过，其船依旧箭般去了。石不磷道："'饶人不是痴'，若方才砍了他，如今一船也毕竟遭害，还是凤仪远见！"凤仪道："偶然一哀怜他，也不曾虑到此事。"

行了许久，到了湘潭。那边也打发几个人、一只船来迎接。石不磷便要辞回，秦凤仪定要他到任上。不一日到了任，只见景色甚是萧条，去谒上司，有的重他一个新进士，有的道他才得进步就上本，是个狂生，不理他。还有的道他触忤内阁，远选来的，要得奉承内阁，还凌轹他！一个衙宇，一发"齐整"，但见：

烂柱巧镶墨板，颓椽强饰红檐。破地平东缺西穿，旧软门前拷后补。川堂巴斗大，纸糊窗每扇剩格子三条；私室庙堂般，朽竹笆每行搁瓦儿几片。古桌半存漆，旧床无复红。壁欹难碍日，门缺不关风！

还有一班衙役，更好气象：

门子须如戟，皂隶背似弓。管门的向斜阳捉虱，买办的沿路寻葱。衣穿帽破步龙钟，一似卑田院中都统！

每日也甚兴头：

立堂的一庭青草，吆喝的两部鸣蛙。告状有几个噪空庭鸟雀喳喳，跪拜有一只骑出入摇铃饿马。

秦凤仪看了这光景，与石不磷倒也好笑，做下一首诗，送石不磷看，道：

青青草色映帘浮，宦舍无人也自幽。
应笑儒生有寒相，一庭光景冷于秋。

石不磷也作一首：

堪笑浮生似寄邮，漫将凄冷恼心头。
相携且看愚溪晚，傲杀当年柳柳州！

不数日，石不磷是个豪爽的人，看这衙斋冷落，又且拘局得紧，不能歌笑，竟辞秦凤仪去了。凤仪已自不堪,更撞柳州府缺堂官,一个署印二府,是个举人,是内阁同乡。他看报,晓得凤仪是触突时相选来的,意思要借他献个勤劳儿,苦死去腾倒他,委他去采办大木,到象山、乌蛮山各处。这山俱是人迹罕到处所,里边蚺蛇大有数围,长有数十丈,虎、豹、猿、猱,无件不有,被秦凤仪一火烧得飞走,也只数月,了了这差。他又还憎嫌他糜费,在家住得不上五七日,又道各峒熟苗,累年拖欠粮未完,着他到峒征收。这些苗子有两种:一种生苗,一种熟苗。生苗是不纳粮当差的,熟苗是纳粮当差的,只是贪财好杀,却是一般。衙门里人接着这差委的牌,各人都吃一惊,道:"这所在没钱赚,还要赔性命,这所在那个去?"你告假,我托病,都躲了。只有几个吃点定了,推不去的,共四个皂隶:一个马夫,一个伞夫,一个书手,一个门子。出得城,一个书手不见了,将次到山边,一个伞夫,把伞"扑"地甩在地下,装肚疼再不起来,只得叫门子打伞,那开路的皂隶又躲了。没奈何,自带了缰,叫马夫喝道,那门子道:"老虎来了!"喊了一声,两个又躲了魆静。秦凤仪看了又好恼,又好笑,落落脱脱,且信着马走去,那山且是险峻:

谷暗不容日,山高常接云。

石横纡马足,流瀑湿人巾。

秦凤仪正没摆拨时,只听得竹篆里簌簌响,钻出两个人来。秦凤仪道:"你是灵岩峒熟苗么?我是你父母官,你快来与我控马,引我峒里去。"这苗子看了不动。秦凤仪道:"我是催你粮的,你快同我走。"只见这苗子,便也为他带了马进去。过了几个山头,渐有人家,竹篱茅舍,也成村景。走出些人来,言语侏儒,身上穿件杂色彩衣,腰系一方布,后边垂一条似狗尾一般。女人叫夫娘,穿红着绿,耳带金环,也有颜色。见这两个人为他牵马,道:"是你爹娘来?"这两个回道:"是咱们父母官。"一路引去,听得人纷纷道:"头目来了!"却是一个苗头走来,看了秦凤仪便拜,道:"恩人!怎到这个所在来?"凤仪一看,正是船上不杀他的强盗。秦凤仪跳下马,道:"我在此做了融县县丞,府官委我来催粮。"这苗目道:"催粮再没一个进我峒来的,如今有我在不妨,且到我家坐地,我催与父母。"到他家里,呼奴使婢,不下一个仕宦之家,摆列熊掌、鹿脯、山鸡、野彘与村酒。秦凤仪叫那人同坐,那人道:"同坐,父母体便不尊了。"便去敲起铜鼓,驼枪弄棒,赶上许多人来,他与他不知讲些甚么,又着人去各峒说了,不三日之间,银子的,布的,米谷的,都拿来。那人道:"都要送出峒去。"自己与秦凤仪控马,引了这些人,相随送到山口,洒泪而别。

秦凤仪自起地方夫搬送到府，积年粮米都消。二府又道他得峒苗的赃，百般难为。恰喜得一个新太府来，这太府正是窦员外，临出京时，去见内阁，内阁相见，道："这地方是个烟瘴地方，当日曾有一个狂生，妄言时政，选在那边融县做个县丞，这个人不知还在否。但是这个不好地方，怎把先生选去？且暂去年余，学生做主，毕竟要优擢足下！"窦知府唯唯连声而退，心下便想道："怎老畜生你妨贤病国，阻塞言路，把一个言官弄到那厢，还放他不过？"想起正是秦凤仪，又怕他有小人承内阁之意，或者害他，即起身上任。只见不曾出城，有一个科道送书，道："秦生狂躁，唯足下料理之。"窦知府看了大恼。路经扬州，闻石不磷不在，也不寻访。未到任长差来迎，便问："融县秦县丞好么？"众人都道他好。到了任，同知交盘库藏文卷，内有"各官贤否"，只见中间秦凤仪的考语道：

恃才傲物，黩货病民。

窦知府看了一笑，道："老先生，秦生得罪当路，与我你何干？我们当为国惜才，贤曰贤，否曰否，岂得为人作鹰犬！"弄得一个二府羞惭满面，倒成了一个仇隙。数月后，秦凤仪因差到府，与窦知府相见，竟留入私衙，秦凤仪再三不肯，道是辖下。窦知府道："我与足下旧日相知，岂以官职为嫌？"秦凤仪只得进去。把科道所托的书与秦凤仪看了，又把同知的考语与看。秦凤仪道："县丞在此，也知得罪时相，恐人承风陷害，极其谨饬。年余奔走，不能亲民事，何尝扰民，况说通贿？"窦知府道："奸人横口诬人，岂必人之实有？但有不佞在，足下何患！考语我这边已改了。"道：

一勤莅事，四知盟心。

秦凤仪道："这是台台增植，穷途德意，但恐为累！"窦知府笑道："为朋友的死生以之。他嗔我不过一削夺而已，何足介怀！足下道这一个知府，足增重我么？就今日也为国家惜人材，增直气，原非有私于足下。"因留秦凤仪饮：

作客共天涯，相逢醉小斋。
趋炎图所丑，盛德良所怀。

两个饮酒时，又道："前娶小妾，已是得子。去几丧偶，全得小妾主持中馈。"定要接出来相见。自此，各官见府尊与他相知，也没人敢轻薄他。只是这二府与窦知府合气，要出血在秦凤仪身上。巡按按临时，一个揭帖，单揭他"采木冒破，受贿缓粮"。过堂时，按院便将揭内事情扳驳得紧。窦府尊力争，道："采木不能取木，虚费工食，是冒破；他不半年，采了许多木头。征粮不能完粮，是得钱缓；他深入苗峒，尽完积欠，还有甚通贿？害人媚人，难为公道！”这会巡按也有个难为秦凤仪光景，因“害人媚人”一句，牵了他心，倒避嫌，不难为他。

停了半年，秦凤仪得升同州州同。窦知府反因此与同知交讦，告了致仕，同秦凤仪一路北回。秦凤仪道：“因我反至相累！”窦知府道：“贤弟，官职人都要的，若为我要高官，把人排陷，便一身暂荣，子孙不得昌盛！我有田可耕，有子可教。罢了，这不公道时世，还做甚官！”后来秦凤仪考满，再转彰德通判，做了窦知府公祖，着实两边交好。给由升南工部主事，转北兵部员外，升郎中，升扬州知府。恰好窦知府又荐地方人材，补凤翔知府，升淮扬兵道。此时石不磷方在广陵，都会在一处。两个厚赠石不磷，成一个巨富人。呜呼！一言相托，不以女色更心，正是“贤贤易色”。一日定交，不以权势易念，真乃贫贱见交情！若石不磷非知人之杰，亦何以联两人之交？三人岂不足为世间反面寡情的对证！

雨侯曰：交不难一时之热，而难于到底如初。舟中同帐而不乱，权贵相逼而不移，更何事能寒其盟而夺其志！世有若人，当甘为执晏生。

叙

国家刑名，在内寄法司，在外寄臬司。府州县刑狱，率先谳臬司，而臬司上之三法司，臬司正执要之地。乃府为不日之同僚，知、推又他日之言路，则有据其成牍而已。覆盆之冤，有谁与烛？第为上不可轻示其意，使下有希旨之人，而亦终不可不精为研求，祈悉其情也。使世得石廉使百辈布天下，当使东海不旱，燕台不霜。

翠娱阁主人

第二十一回　匿头计占红颜　发棺立苏呆婿

金鱼紫绶拜君恩，须念穷檐急抚存。
丽日中天清积晦，阳春遍地满荒村。

四郊盗寝同安盂，一境冤空少覆盆。

亹亹弦歌歌化日，循良应不愧乘轩。

读圣贤书，所学何事？未做官时须办有匡济之心，食君之禄，忠君之事。一做官时更当尽展经纶之手。即如管抚字，须要兴利除害，为百姓图生计，不要尸位素餐；管钱谷，须要搜奸剔弊，为国家足帑藏，不要侵官剥众；管刑罚，须要洗冤雪枉，为百姓求生路，不要依样葫芦。这方不负读书，不负为官。若是戴了一顶纱帽，或是作下司凭吏书；作上司凭府县，一味准词状、追纸赎、收礼物，岂不负了幼学壮行的心？但是做官多有不全美的，或有吏才未必有操守，极廉洁不免太威严，也是美中不美。

我朝名卿甚多，如明断的有几个：当时有个黄绂，四川参政。忽一日，一阵旋风在马足边刮起，忽喇喇只望前吹去。他便疑心，着人随风去，直至崇庆州西边寺，吹入一个池塘里才住。黄参政竟在寺里，这些和尚出来迎接。他见两个形容凶恶，他便将醋来洗他额角，只见洗出网巾痕来。一打一招，是他每日出去打劫，将尸首沉在塘中。塘中打捞，果有尸首。又有一位鲁穆，出巡见一小蛇随他轿子后边，也走入池塘。鲁公便干了池，见一死尸缒一磨盘在水底。他把磨盘向附近村中去合，得了这谋死的人。还有一位郭子章，他做推官，有猴攀他轿杠，他把猴藏在衙中。假说衙人有椅，能言人祸福，哄人来看。驼猴出来，扯住一人，正是谋死弄猢狲花子的人。这几位都能为死者伸冤，不知更有个为死者伸冤，又为生者脱罪的。我朝正统中，有一位官，姓石名璞，仕至司马，讨贵州苗子有功。他做布政时，同僚夫人会酒，他夫人只荆钗布裙前去。见这各位夫人穿了锦绸，带了金银，大不快意。回来，石布政道："适才会酒，你坐第几位？"道："第一位。"石布政道："只为不贪赃，所以到得这地位，若使要钱，怕第一位也没你坐分。"正是一个清廉的人，谁晓他却又明决。

话说江西临江府峡江县有一个人家，姓柏名茂，号叫做清江，是个本县书手。做人极是本分，不会得舞文弄法，瞒官作弊，只是赚些本分钱儿度日。抄状要他抄状钱，出牌要他出牌钱，好的便是吃三盅也罢。众人讲公事，他只酣酒，也不知多少堂众，也不知那个打后手。就在家中，饭可少得，酒脱不得。吃了一醉，便在家中胡歌乱唱，大呼小叫，白了眼是处便撞，垂着头随处便倒，也不管桌，也不管凳，也不管地下。到了年纪四十多岁，一发好酒。便是见官，也要吃了盅去，道是壮胆。人请他吃酒，也要润润喉咙去，道打脚地。十次吃酒，九次扶回，还要吐他一身作谢。多也醉，少也醉，不醉要吃，醉了也要吃。人人都道他是酒鬼。娶得一个老婆蓝氏，虽然不吃酒，倒也有些相称：不到日午不梳头，有时也便待明日总梳；不到日高不起床，有时也到日中爬起；鞋子常是倒跟，布衫都是油腻，一两麻绩有二十日，一匹布织一月余，喜得两不憎嫌。单生一女，名叫爱姐，极是出奇，她却极有颜色，又肯修饰：

眉蹙湘山雨后，身轻垂柳风来。

雪里梅英作额，露中桃萼成腮。

人也是数一数二的。只是爹娘连累，都道他是酒鬼的女儿，不来说亲。蹉跎日久，不觉早已十八岁了。愁香怨粉，泣月悲花，也是时常所有的。

一日，有个表兄，姓徐叫徐铭，是个暴发儿财主。年纪约莫二十六七，人物儿也齐整。极是好色，家中义儿媳妇、丫头不择好丑，没一个肯放过。自小见表妹时，已有心了。正是这日因告两个租户，要柏清江出一出牌，走进门来，道："母舅在家么？"此时柏清江已到衙门前，蓝氏还未起，爱姐走到中门边，回道："不在。"那蓝氏在楼上听见是徐铭，平日极奉承他的，道："爱姐，留里边坐，我来了。"爱姐就留来里边坐下，去煮茶。蓝氏先起来，床上缠了半日脚，穿好衣服，又对镜子掠头，这边爱姐早已拿茶出来了。徐铭把茶放在桌上，两手按了膝上，低了头，痴痴看了道："爱姑，我记得你今年十八岁了。"爱姐道："是。"徐铭道："说还不曾吃茶哩！想你嫂嫂十八岁已养儿子了。"爱姐道："哥哥是两个儿子么？"徐铭道："还有一个怀抱儿，雇奶子奶的，是三个。"爱姐道："嫂嫂好么？"徐铭故意差接头，道："丑，赶不上你个脚指头！明日还要娶两个妾。"正说时，蓝氏下楼，问："是为官司来么？"吃了茶，便要别去。蓝氏道："明日我叫母舅来见你。"徐铭道："不消，我自来。"次日，果然来，竟进里边。见爱姐独坐，像个思量什么的，他轻轻把他肩上一搭，道："母舅在么？"爱姐一惊，立起来道："又出去了。昨日与他说，叫他等你，想是醉后忘了。"徐铭道："舅母还未起来？"爱姐道："未起，我去叫来。"徐铭道："不要惊醒他。"就一把扯爱姐同坐。爱姐道："这甚么光景。"徐铭道："我姊妹们何妨？"又扯他手道："怎这一双笋尖样的手不带一双金镯子与金戒指？"爱姐道："穷，那得来？"徐铭道："我替妹妹好歹做一头媒，叫你穿金戴银不了。只是你怎么谢媒？"觍觍觎觎的缠了一会，把他身上一个香囊扯了，道："把这谢我罢！"随即起身，道："我明日再来。"去了。

此时爱姐被他缠扰，已动心了。又是柏清江每日要在衙门前寻酒吃，蓝氏不肯早起，这徐铭便把官事做了媒头，日日早来，如入无人之境。忽一日拿了支金簪、两个金戒子走来，道："贤妹，这回你昨日香囊。"爱姐道："甚么物事？要哥哥回答。"看了，甚是可爱，就收了。徐铭道："妹妹，我有一句话，不好对你说。舅舅酒糊涂，不把你亲事在心，把你青年误了。你嫂嫂你见的，又丑又多病，我家里少你这样一个能干人。我与你是姊妹，料不把来做小待。"爱姐道："这要凭爹娘。"徐铭道："只要你肯，怕他们不肯？"就把爱姐捧在膝上，把脸贴去，道："妹妹，似我人材、性格、家事，也对得你过。若凭舅老这酒糟头，寻不出好人。"爱姐道："兄妹没个做亲的。"徐铭道："尽多，尽多。明做亲多，暗做亲的也不少。"爱姐笑道："不要胡说。"一推立了起身。只听得蓝氏睡醒讨脸汤，徐铭去了。

自此来来往往，眉留目恋，两边都弄得火滚。一日，徐铭见无人，把爱姐一把抱定，道："我等不得了。"爱姐道："这使不得！若有苟且，我明日仔么嫁人？"徐铭道："原说嫁我。"爱姐道："不曾议定。"徐铭道："我们议定是了。"爱姐只是不肯。徐铭便双膝跪下，道："妹子，我自小儿看上你到如今，可怜可怜！"爱姐道："哥哥不要歪缠，母亲听得不好。"徐铭道："正要他听得，听得强如央人说媒了。事已成，怕他不肯？"爱姐狠推，当不得他恳恳哀求，略一假撇呆，已被徐铭按住，撳在凳上。爱姐怕母亲得知，只把手推，鬼厮闹道："罢，哥哥饶我罢！等做小时，凭你。"徐铭道："先后一般，便早上手些儿更妙。"爱姐只说一句："羞答答，成甚模样？"也便俯从。早一点着，爱姐失惊要走起来。苦是怕人知，不敢高声。徐铭道："因你不肯，我急了些。如今好好儿的，不疼了。"爱姐只得听他再试。柳腰轻摆，修眉头蹙，嘤嘤甚不胜情。徐铭也只要略做一做破，也不要定在今日尽头。爱姐已觉烦苦极了，鲜红溢于衣上。

娇莺占高枝，摇荡飞红萼。
可惜三春花，竟在一时落。

凡人只在一时错，一时坚执不定，贞女淫妇，只在这一念关头，若一失手，后边越要挽回越差，必至有事。自此一次生，两次熟，两个渐入佳境。兴豪时也便不觉丢出一二笑声，也便有些动荡声息。蓝氏有些疑心。一日，听得内坐起边竹椅"咯咯"有声，忙轻轻蹙到楼门边一张，却是爱姐坐在椅上，徐铭站着把爱姐两腿架在臂上，爱姐两支手搂住徐铭脖子，下面动荡，上面亲嘴不了。蓝氏见了，流水跑下楼下。两个听得响丢手时，蓝氏已到面前，要去打爱姐时，徐铭道：“舅母不要声张，声张起来，你也不像。我们两个已约定，我娶他做小，只不好对舅母说。如今见了，要舅母做主调停了。十八九岁还把他留在家里，原也不是。”爱姐独养女儿，蓝氏原不舍难为的，平日又极趋承这徐铭，不觉把这气丢在东洋大海，只说得几声：“你们不该做这事，叫我怎好？酒糊涂得知怎了？”只是叹气连声。徐铭低声道：“这全要舅母遮盖调停。”这日也弄得一个爱姐躲来躲去，不敢见母亲的面。第二日，徐铭带了一二十两首饰来送蓝氏，要他遮盖，蓝氏不收。徐铭再三求告，收了。道：“这酒糊涂没酒时，他做人执泥，说话未必听；有了酒，他使酒性，一发难说话。他也只为千择万选，把女儿留到老大，若说做你的小，怕人笑他，定是不肯。只是你两个做到其间，让你暗来往罢。”三个打了和局，只遮柏清江眼。甥舅们自小往来的，也没人疑心。任他两个倒在楼上行事，蓝氏在下观风。日往月来，半年有余。蓝氏自知女儿已破身，怕与了人家有口舌，凡是媒婆，都借名推却。那柏清江不知头，道：“男大须婚，女长须嫁，怎只管留他在家，替你做用？”蓝氏乘机道：“徐家外甥说要他。”那柏清江带了分酒，把桌来一掀，道：“我女儿怎与人做小？姑舅姊妹嫡嫡亲，律上成亲也要离异的。”蓝氏与爱姐暗暗叫苦。又值一个也是本县书手简胜，他新丧妻，上无父母，下无儿女，家事也过得。因寻柏清江，见了他女儿，央人来说。柏清江道他单头独颈，人也本分，要与他。娘儿两个执拗不定，行了礼，择三月初九娶亲。徐铭知道也没奈何。一日，走来望爱姐，爱姐便扯到后边一个小园里胡床上，把个头眠紧在他怀里，道：“你害我，你负心！当时我不肯，你再三央及许娶我回去，怎竟不说起？如今我破冠子怎到人家去？”徐铭道：“这是你爹不肯，就是如今你嫁的是简小官，他在我后门边住，做人极贫极狠，把一个花枝般妻子叫他熬清守淡，又无日不打闹，将来送了性命。如今把你凑第二个。”爱姐道：“爹说他家事好。”徐铭道：“你家也做书手，只听得他爹打板子，不听得你爹赚银子。”爱姐听了，好生不乐，道：“适才你说在你后门头，不如我做亲后，竟走到你家来。”徐铭道：“你家没了人，怕要问你爹讨人，累你爹娘。”爱姐道：“若使我在他家里，说是破冠子，做出来到官，我毕竟说你强奸。”徐铭道：“强奸可是整半年奸去的？你莫慌，我毕竟寻个两全之策才好。”

杨花漂泊滞人衣，怪杀春风惊欲飞。
何得押衙轻借力，顿教红粉出重围。

爱姐道：“你作速计议。若我有事，你也不得干净！”徐铭一头说，一头还要来顽要，被爱姐一推，道：“还有甚心想缠帐？我嫁期只隔得五日，你须在明后日定下计策覆我。”徐铭果然回去，粥饭没心吃，在自己后园一个小书房里，行来坐去，要想个计策。只见一个奶娘王靓娘，抱了他一个小儿子进园来要，就接他吃饭。这奶娘脸儿虽丑，身体苗条，与爱姐不甚相远，也争得一双好小脚。徐铭见了道：“这妮子，我平日寻寻他，做杀张致。我与家人媳妇、丫头有些帐目，他又来缉访我，又到我老婆身边挑拨，做他不着罢。”筹画定了，来回覆爱姐。爱姐欢喜，两个又温一温旧，回来。做亲这日，自去送他上轿。

那简小官因是填房，也不甚请亲眷。到晚，两个论起都是轻车熟路，只是那爱姐却怕做出来，故意的做腔做势。见他立拢来，脸就通红，略来看一看，不把头低，便将脸侧了，坐了灯前，再不肯睡。简小官催了几次，道：“你先睡。”他却：

锦抹牢拴故殢郎，灯前羞自脱明珰。

香消金鸭难成寐，寸断苏州刺史肠。

漏下二鼓，那简小官在床上摸拟半日，伸头起来张一张，不见动静。停一会又张，只见他虽是卸了妆，里衣不脱，靠在桌上。小简道：“爱姑，夜深了，你困倦了，睡了罢。”他还不肯。小简便一抱抱到床里，道：“不妨得，别个不知痛痒，我老经纪，伏事个过的。难道不晓得路数？”要替他解衣。扭扭捏捏又可一个更次，到主腰带子与小衣带子都打了七八个结，定不肯解。急得小简情极，连把带子扯断。他道：“行经。”小简道：“这等早不说！叫我吃这许多力。”只得搂在身边，干调了一会睡了。三朝，女婿到丈人家去拜见。家中一个小厮，叫做发财。爱姐道：“你今做新郎，须带了他去。还像模样。”小简道：“家中须没人做茶饭与你。”爱姐道：“不妨。单夫独妻，少不得我今日也就要做用起。”小简听了好不欢喜。出门半晌，只见一个家人挑了两个盒子，随了一个妇人进门，爱姐也不认得。见了，道是徐家着人来望、送礼。爱姐便欢天喜地，忙将家中酒肴待他。那奶子道：“亲娘，我近在这里，常要来的，不要这等费心。”爱姐便扯来同坐，自斟酒吃与他。外边家人正是徐豹，是个蛮牛，爱姐也与他酒吃。吃了一会，奶娘原去得此货，又经爱姐狠劝，吃个开怀，醉得动不得了。外边徐豹忙赶来，道：“待我来伏事他。”将他衣服脱下，叫爱姐将身上的衣服脱了与他，内外新衣与他穿扎停当。这奶子醉得哼哼的，凭他两个挦弄。徐豹叫爱姐快把桌上酒肴收拾，送来礼并奶子旧衣都收拾盒内，怕存形迹被人识破。他早将奶子头切下，放入盒里。爱姐扮做奶子，连忙出门。

纷纷雨血洒西风，一叶新红别院中。

纪信计成能诳楚，是非应自混重瞳。

徐铭已开后门接出来，挽着爱姐道:“没人见么？”爱姐道:“没人。”又道:“不吃惊么？”爱姐道:“几乎惊死,如今走还是抖的。”进了后院,重赏了徐豹。又徐铭更一面叫人买材，将奶子头盛了，雇仵作抬出去。只因奶子日日在街上走东家，跑西家的，怕人不见动疑，况且他丈夫来时也好领他看材，他便心死。一面自叫了一乘轿，竟赶到柏家，小简也待起身，徐铭道:“简妹丈当日近邻，如今新亲，怎不等我陪一钟？”扯住又灌了半日，道:“罢，罢！晚间有事做，十分醉了，不惟妹丈怪我，连舍妹也怪我。”大家一笑送别了。只见小简带了小厮到家。一路道:“落得醉,左右今日还是行经。”踉踉跄跄走回,道:“爱姑,我回来了。你娘上覆你,叫你不要记挂。”正走进门,忽见一个尸首,又没了头，吃上一惊，道:“是、是、是那个的？”叫爱姑时，并不见应，寻时，并不见人。仔细看时，穿的正是爱姐衣服。他做亲得两三日，也认不真，便放声哭起“我的人”来，道:“甚狠心贼！把我一个标标致致的真黄花老婆杀死了！”哭得震天响。邻舍赶来，发财道:“是不知甚人，把我们新娘杀死。”众人便跟进来，见小简看着个没头尸首哭。众人道:“是你妻子么？”小简道:“怎不是？穿的衣服都是，只不见头。”众人都道奇怪，帮他去寻，并不见头。众人道:“这等该着人到他家里报。”小简便着发财去报。柏清江吃得个沉醉，蓝氏也睡了，听得敲门，蓝氏问时，是发财。得了这报，放声大哭，把一个柏清江惊醒，道:“女大须嫁，这时他好不快活在那里，要你哭！”蓝氏道:“活酒鬼！女儿都死了！”柏清江道:“怎就弄得死？我不信。”蓝氏道:“现有人报。”柏清江这番也流水赶起来,道:“有这、有这等事？去！去！去！”也不戴巾帽，扯了蓝氏，反锁了门，一径赶到简家。也只认衣衫，哭儿哭肉，问小简要头。小简道:“我才在你家来,我并不得知。”柏清江道:“你家难道没人？”小简道:“实是没人。”蓝氏道:“我好端端一个人嫁你,你好端要还我个人,我只问你要！斧打凿，凿入木！”小简对这些邻舍道:“今日曾有人来么？”道:“我们都出外生理，并不看见。”再没一个人捉得头路着。大家道:“只除非是贼，他又不要这头！又不曾拿家里甚东西，真是奇怪！”胡猜鬼混，过了一夜。

天明，一齐去告。告在本县钮知县手里。知县问两家口词:一边是嫁来的，须不关事；一边又在丈人家才回，贼又不拿东西，奸又没个踪影。忙去请一个蒙四衙计议。四衙道:“待晚生去相验便知。”知县便委了他。他就打轿去看了，先把一个总甲道："是地方杀死人命大事，不到我衙里报，打下十板发威！"后边道："这人命奇得紧！都是偿得命，都是走不开的！若依我问，平白一个人家，谁人敢来？一定新娘子做腔不从，撞了这简胜酒头上，杀死有之；或者柏茂夫妻纵女通奸，如今奸夫吃醋，杀死有之；只是岂有个地方不知？这是邻里见他做亲甚齐备，朋谋杀人劫财也是有的。如今并里长一齐带到我衙中且发监，明日具个由两请。"果然把这些人监下。柏茂与简胜央两廊人去讲，典史道："论起都是重犯，既来见教，柏茂夫妻略轻些，且与讨保。"这些邻舍是日趁日吃穷民，没奈何，怕作人命干连，五斗一石，加上些船儿钱，管官包儿、小包儿、直衙管门包儿，都去求放，抹下名字。他得了，只把两个紧邻解堂。里长，他道不行救护，该十四石，直诈到二两才歇。

次日解堂，堂尊道："我要劳长官问一个明白，怎端然这等葫芦提？我想这人柏茂嫁与简胜，不干柏茂事了。若说两邻，他家死人，怎害别人？只在简胜身上罢。"把个简胜双夹棍，简胜是小官儿，当不过，只得招"酒狂一时杀"人。问他要头，他道："撇在水中，不知去向。"知县将来打了二十监下。审单道：

简胜娶妻方三日耳，何仇何恨，竟以酒狂手刃，委弃其头，惨亦甚矣。律以无故杀妻之条，一抵不枉。里邻邴魁、荣显坐视不救，亦宜杖惩。

多问几个罪，奉承上司，原是下司法儿。做了招，将一干人申解按察司，正是石廉使。他审了一审，也不难为，驳道："简胜三日之婚，爱固不深，仇亦甚浅，招曰'酒狂'，何狂之至是也；首既不获，证亦无人，难拟以辟。仰本府刑厅确审解报。"这刑厅姓扶，他道："这廉宪好多事，他已招了水头去，自然没处寻；他家里杀，自然没人见。"取来一问，也只原招，道：

手刃出自简胜口供，无人往来，则吐之邴魁、荣显者，正自杀之证也。虽委头于水，茫然无迹，岂得为转脱之地乎？

解去，石廉使又不释然，道："捶楚之下，要使没有含冤的才好。若使枉问，生者抱屈，那死的也仇不曾雪，终是生死皆恨了。这事我亲审，且暂寄监。"他亲自沐浴焚香，到城隍庙去烧香，又投一疏道：

璞以上命，秉宪一省，神以圣恩，血食一方。理冤雪屈，途有隔于幽明，心无分于显晦。倘使柏氏负冤，简胜抱枉，固璞之罪，亦神之羞。唯示响迩，以昭诬枉。

石廉使烧了投词，晚间坐在公堂，梦见一个"麥"字，醒来道："字有两个'人'字，想是两个人杀的。"反复解不出，心生一计，吊审这起事。

人说石廉使亲提这起，都来看。不知他一捱直到二鼓才坐，等不得的人都散了。石廉使又逐个问。简胜道："是冤枉！实是在丈人家吃酒，并不曾杀妻。"又叫发财，恐吓他，都一样话。只见石廉使叫两个皂隶上前，秘密分付道："看外边有甚人拿来！"皂隶赶出去，见一个小厮，一把捉了，便去带进，石廉使问他："你甚人家，在此窥伺？"小厮惊得半日做不得声，停了一会，道："徐家。"石廉使问道："家主叫甚名字？"小厮道："徐铭。"石廉使把笔在纸上写，是"双立人"一个"夕"字，有些疑心。道："你家主与那一个是亲友？"小厮道："是柏老爹外甥。"石廉使想道：莫非原与柏茂女有奸，怪他嫁杀的？叫："放去。这起犯人且另日审。"外边都哄然笑道："好个石老爷，也不曾断得甚无头事。"过了一日，又叫两个皂隶："你密访徐铭的紧邻，与我悄地拿来。"两个果然做打听亲事的，到徐家门前问。他左邻卖鞋的谢东山，折巾的一个高东坡，又哄他出门，道："石老爷请你。"两个死挣，皂隶如何肯放？到司，石廉使悄悄叫谢东山道："徐铭三月十一的事你知道么？"谢东山道："小的不知。"石廉使道："他那日曾做甚事？"道："没甚事。"石廉使道："想来！"想了一会，道："三月他家曾死一个奶子。"石廉使道："谁人殡殓、扛抬？"道："仵作卢麟。"石廉使即分付："登时叫仵作卢麟，即刻赴司候检柏氏身尸！"差人飞去叫来。石廉使叫卢麟："你与徐铭家抬奶子身尸在何处？"道："在那城外义冢地上。"石廉使道："是你入的殓么？"道："不是小人。小人只扛。"石廉使道："有些古怪么？"卢麟道："轻些。"石廉使就打轿，带了仵作到义冢地上，叫仵作寻认。寻认了一会，认出来。石廉使道："仍旧轻的么？"仵作道："是轻的。"石廉使道："且掀开来。"只见里边骨碌碌滚着一个人头。石廉使便叫人："速将徐铭拿来！"一面叫柏茂认领尸棺。柏茂夫妻望着棺材哭，简胜也来哭。谁知天理昭昭，奶子阴灵不散，便这头端然如故。柏茂夫妻两个哭了半日，揩着眼看时，道："这不是我女儿头！"石廉使道："这又奇怪了，莫不差开了棺？"叫仵作，仵作道："小人认得极清的。"石廉使道："只待徐铭到便知道了。"两个差人去时，他正把爱姐藏在书房里，笑那简胜无辜受苦："连你爹还在哭……"听得小厮道"石爷来拿"，他道一定为小厮去看的缘故，说："我打点也无实迹。"爱姐道："莫不有些脚蹋？"徐铭笑道："我这机谋，鬼神莫测。从那边想得来？"就挺身来见。

不期这两个差人不带到按察司，竟带到义冢地。柏茂、简胜一齐在，一口材掀开。见了吃上一惊，道："有这等事？"带到，石廉使道："你这奴才！

你好好将这两条人命一一招来！”徐铭道：“小的家里三月间原死一个奶子，是时病死的。完完全全一个人，怎只得头？这是别人家的。”卢麟道：“这是你家抬来的三摚松板材。我那日叫你记认，见你说‘不消’，我怕他家有亲人来不便，我在材上写个‘王靓娘’，风吹雨打，字迹还在。”石廉使叫带回衙门。一到，叫：“把徐铭夹起来！”夹了半个时辰，只得招：“是因奸不从，含怒杀死。”石廉使道：“他身子在那里？”徐铭道：“原叫家人徐豹埋藏。徐豹因尝见王靓娘在眼前，惊悸成病身死，不知所在。”石廉使道：“好胡说！若埋都埋了，怎分作两边？这简胜家身子定是了。再夹起来！要招出柏氏在那里，不然两个人命都在你身上！”夹得晕去，只得把前情招出，道：“原与柏氏通奸，要娶为妾。因柏茂不肯，许嫁简胜。怕露出奸情，乘他嫁时，假称探望，着奶子王靓娘前往，随令已故义男徐豹，将靓娘杀死，将柏氏衣衫着上，竟领柏氏回家。因恐面庞不对，故将头带回。又恐王氏家中人来探望，将头殓葬，以图遮饰。柏氏现在后园书房内。”石廉使一发叫人拘了来。问时，供出与徐铭话无异。石廉使便捉笔判：

徐铭奸神鬼蜮，惨毒虺蛇。镜台未下，遽登柏氏之床；借箸偏奇，巧作不韦之计。纪信诳楚，而无罪见杀，冯亭嫁祸，而无辜受冤。律虽以雇工从宽，法当以故杀从重。仍于名下追银四十两，给还简胜财礼。柏茂怠于防御，蓝氏敢于卖奸，均宜拟杖。柏氏虽非预谋杀人，而背夫在逃，罪宜罚赎官卖。徐豹据称已死，姑不深求。余发放宁家。

判毕，将徐铭重责四十板。道：“柏氏，当日人在你家杀，你不行阻滞，本该问你同谋才是。但你是女流，不知法度，罪都坐在徐铭身上。但未嫁与人通奸，既嫁背夫逃走，其情可恶！”打了廿五。“柏茂！本该打你主家不正，还可原你个不知情，已问罪，姑免打。”蓝氏纵女与徐铭通奸，酿成祸端，打了十五。徐豹取两邻结状：“委于五月十九身死。”姑不究。卢麟扛尸原不知情，邻里邴魁等该问他一个“不行觉察，不行救护”，但拖累日久，也不深罪。还恐内中有未尽隐情，批临江府详究。即已是石廉使问得明白了，知府只就石廉使审单敷演成招，自送文书，极赞道：“大人神明，幽隐尽烛。知府不能。”赞一辞、称颂一番罢了。

后来徐铭解司，解院，都道他罪不至死，其情可恶，都重责。解几处，死了。江西一省都仰石廉使如神明，称他做“断鬼石”。若他当日也只凭着下司，因人成事，不为他用心研求，王靓娘的死冤不得雪，简胜活活为人偿命，生冤不得雪，徐铭反拥美妾快乐，岂不是个不平之政？至于柏茂之酒，蓝氏之懒，卒至败坏家声；徐铭之好色，不保其命；爱姐之失身，以致召辱，都是不贤，可动人之羞恶，使人警醒的。唯简胜才可云无妄之灾，虽在缧绁，非其罪也。

雨侯曰：人情险于山川，岂能尽烛然。要使折狱，无不尽之心，心尽而情自出。故吾以为钩箝之吏，胜依样之胡芦，如石公之不顾情面而屡行批驳，卒得其情，司道中罕有。

引

汉三辅多良吏，而赵广汉见事风生，钩箝缉奸，亦擅能称。诚以其望哺如雏，不可无卵翼；其挚猛如鹰，又不得不驱击。驱击，正以为卵翼也。不然有惠可怀，无威可摄，以处常可也，御变奈何？如巙崍者，不可云贪天功为己力也。

翠娱阁主人题

第二十二回　任金刚计劫库　张知县智擒盗

蜂虿起须臾，最束庸愚手。惟是号英雄，肯落他人囿。　笑谈张险局，瞬息除强寇。共羡运谋奇，岂必皆天祐。

右调《生查子》

从古最不好的人，莫如强盗窃贼，人人都是切齿的。不知原非父母生出来就是贼盗，只是饥寒难免，或是祖业原无贻留，自己不会营运，时年荒歉，生计萧条，在家有不贤妻子琐聒，在外有不肖朋友牵引，也便做出事来：小则为贼，大则为盗，甚而至于劫牢劫库，都是有的。但是为官，在平时要禁游惰，行乡约，拘他身心；遇凶年也须急蠲免，时赈济，救他身家，人自学好的多，毕竟盗息民安。若是平常日子不能锄强抑暴，缓征薄敛，使民不安其生，是驱民为盗；不能防微杜渐，令行禁止，使民敢于作奸，是养民为盗；及至盗起，把朝廷仓库，自己身命一齐送他，岂不可笑！以我论之，若临民之上，只处平静无事时节，一味循良也够了。若当事机仓猝，成败治乱只在转眼之间，毕竟要个见机明慧，才是做官的手段。即如先年诸理斋先生名燮，他被谪通判在广西，其年适当朝觐，县无正官，上司便委他去一个属县掌印。这日恰值守道临府，只得离县往府迎接。路上遇风吹折了引导蓝旗，他便急回府中，且不去接官，忙进牢点押。不期牢中有几个海贼与外边的相应，被他进去一搜，搜出器械，他就拿来勘问。正勘问时，他又行牌属县，叫衙官整肃人役，把守狱库。也不待问完，交与本府一个孙推官研究，他自带了民壮复赶到县，恰值强盗劫库，在县与人役拒敌，恰得他带人到县赶散。各官都称诵他神明，他道："强贼越狱，未有外无应而能成事者。料他□□□去接上司劫狱，此计不遂，故此乘□□□□□□来劫库，理之显在，没有神术。只是这个还在事尚未成，我可预防的。"据我闻见，还有个事起于卒，终能除盗保身，这也是极能的能吏。

我朝嘉靖间有一位官人，姓张名佳胤，号崌崍，曾在两浙做巡抚。此时浙江因倭子作乱，设有十营兵士，每月人与粮银一两；后来事平要散他，只是人多一时难散，止把兵粮减做一半银、一半钱给他。但当时钱不能行，他粮不够吃，自然散去。不料这些兵中间有个马文英、杨廷用作起秏来，拥到巡抚辕门，鼓噪进去讲。这巡抚没担当，见人来一跑，反被他拿去，把他丢在草荐上，还把他要上称竿，逼得司道应许复他粮，又与他二千两犒赏才罢。奏上朝廷，旨下九卿会议，便会推了张佳胤督抚浙江军门。他闻报便单骑上道，未及择日到任。

先是杭州遭兵变之后，盗贼蜂起，有几个好事乡官因盗贼搅扰，条陈每巷口要添造更楼，居民轮流巡逻。只是乡宦大户、生员官吏俱已有例优免，止是这些小户人家轮守。可怜这些小户辛苦一日，晚间又要管巡更。立法一新，官府正在紧头里，毕竟日夜出来查点，不造的要问罪，不巡逻的要打要申，又做了巡捕官的一个诈局。小民便不快，道："我们穿在身上，吃在肚里，有甚偷去？如今忙了一日，夜间又与乡官大户管贼。小民该吃苦的！"便有一个余姚老学究丁仕卿来条陈，官府不理。又闪出几个来拥了多人去告，又不理。大家便学兵样，作起怪来。放火烧了首事乡宦住屋，尽拆毁了更楼，汹汹为变。张副都闻了这消息，兼程到省，出示禁约。这些无赖扯毁告示，反又劫掠人财物，抢夺人酒食，这边放火，那边劫财。张副都知道大恼，暗暗请游击徐景星商议已定。此时掺木营兵十营，八营出海守汛，只有两营守省。张副都分付游击徐景星，率领把总哨官至辕门听令，便与总哨队什道："往日激变兵心固失于调停，不尽是尔等之罪；今日民乱，尔等若能为我讨捕，便以功赎罪，只是不许恣行杀戮。”又叫杨文营、马廷用二人，分付道：“有功不唯赎罪，还有重赏。”杨、马两个随了徐游击出来。乱民听得发兵，那乖滑的得一手躲了。还有这些不识俏的，还这等赶阵儿，一撞兵来，束手就缚，中间也有无辜的，捆到辕门。先把拒敌官兵与身边搜有金银的，砍了五十多人，其余也打死百余，省城大定。张副都犒赏了这两营。马文英、杨廷用都与冠带，安了他心。汛毕八营都回，暗着徐游击访了那八营助乱的，与马、杨共九个，先日计议定了。择日委兵巡顾副使下操，十营齐赴教场。这厢徐游击暗暗差人将这九人擒下，解入军门，历数他倡乱凌辱大臣罪状，绑出枭首，就将首级传到教场。顾副使正操，只见外边传这血淋淋九个头进来，众军正在惊愕，顾副使与徐游击便传令道：“你们都得命了，快些向北谢恩！”众人没个主意，都面北叩头。顾副使又分付：“当日作乱，你等都该处死。如今圣上天恩，都爷题请，止坏了为首九人，你们都免死。以后要尽心报国，不可为非！”循例颁了些赏，十营寂然。你看他何等手段？何等方略？不知他平日已预有这手段了！

当时初中进士，他选了一个大名府滑县知县。这滑县一边是白马山，一边滑河，还有黎阳津、灵昌津，是古来战争之地。还附近高鸡泊，是唐窦建德为盗之处。人性慓悍，盗贼不时出没。他一到任，立意在息盗安民，训练民壮。就里选出十六个好汉，轮番统领，缉捕巡警城里四隅、城外四乡。这十六个人叫做：元善、卜兆、平四夷、和颜、禹鼎、狄顺、贝通、明鉴、伏戎、成治、纪绩、席宠、麻直、柯执之、昝盛、经纶，都是膂力精强，武艺纯熟，又伶俐机巧。每轮八个管巡，八个衙前听差。且喜贼盗不生，人民乐业。不知人不激不发，这些无赖光棍平日惯做歹事，如今弄得鸡犬也没处掏一个，自然穷极计生。

本县有个惯做剪绺头儿、坐地分赃的，叫做吉利，他不管你用铜皮用铜钱，剪得来要孝顺他；若不来，他会叫缉捕拿着你。又有一个应捕头儿、惯养贼的，叫做荀奇，由你挖壁扒墙，撬门掇窗，他都知道是那个手迹，一时孝顺不到，他去抓来送官。一个做响马的，叫做支广，尝时抓得些儿，到一个姓桑绰号桑门神家赌博。这桑门神家里是个惯开赌场，招引无赖，惯撮些头儿，收管放筹，买尊买酒过日子的。这吉利、荀奇、支广一班儿坐落在他家耍子。忽一日赌兴正高，却是你又缺管，我又无银，赌来都不畅意。支广道：“兄弟，我连日生意少，怎你们也像没生意？”吉利道：“可恨张知县，他一来叫这些民壮在这闹市巡绰，这些剪绺的靠是人丛中生意，便做不来，连我们也干搁！”荀奇道：“正是。我也吃他的亏，冷了他们的生意，便绝了我衣食饭碗。”桑门神道：“生意各别，养家一般。只许他罚谷罚纸，开门打劫，不许我们做些勾当？”支广道：“如今我们先动手他起来，勾合一班，打入私衙，或是劫了他库，大家快活受用一受用，便死也甘心！”吉利道：“我们这几个人做得甚来？还须再勾几个可做！”荀奇道：“我那些部下可也有四五十个，叫他齐来。”支广道：“那些鼠窃狗偷的当得甚事？须我那几个哥哥来才好。”桑门神道：“寻来时须带挈我，不要撇了我！”支广道：“自然。”便一个头口，赶到高鸡泊前，寻着一个好朋友，叫做张志，绰号张生铁，也是常出递枝箭儿、讨碗饭吃的。两个相见，道：“哥，一向哩？”支广道：“哥，生意好么？”张志道：“我只如常。这些客如今等了天大明才行，也毕竟二三十个结队，咱一两个人了他不来！已寻了几个兄弟，哥可来么？”支广道：“兄弟也要做一绉儿，也只为人少，故来寻哥。”张志道：“贤弟挈带一挈带，是甚么客人？”支广道：“不是。”悄悄附耳道：“滑县县库。”张志道：“这事甚大，又险。”支广道：“我们那一主银子不从险来？客人的货有限，库中是豆麦熟时，征够有六七千银子，这才够咱们用！”张志道：“然虽如此，你我合来不过百余个人，怕不济事。我这里还有一个任金刚任敬，他开着个店，外边卖酒，里边下客，得些自来买卖，极有志气，也须合着他才好。咱与你去寻他来！”两个便到任敬店中来。任敬正立在柜里，见了张志，便走出来，邀进里面一座小小三间厅上坐下。任敬道：“此位何人？”张志道：“咱朋友姓支名广，特来拜大哥的。”任敬道：“是有何见教？”张志蹴去他耳边，轻轻的道：“他有一主大财，特来照顾哥哥。”任敬道：“是甚么财？”张志又近前道：“是滑县库里。”任敬道：“这财在县里有人，不容易要他的。哥！过得罢了，走这险做甚么？”张志道：“哥！你过得些，咱过不得哩。银子可有多的么！哥不去，咱自去。”任敬道：“冒失鬼！且住着，待咱想。怎轻易把性命去博钱！”坐了一会，吃了杯茶，只见任敬走了进去。须臾戴了一顶纱帽，系了一条带，走将出来。张志便赶将过去，磕一个头道：“爷！小人磕头。”任敬道：“起来。”大家笑了一笑。张志道：“哥！这里来这副行头？”任敬道：“二月间，是一个满任的官，咱计较了他，留下的。兄弟，咱戴了像个官么？”张志道：“像。只是带些武气。”任敬道：“正要他带武哩。”连忙进去脱了冠带，来附耳与张志说了几句。张志拍手道：“妙，妙！我道是毕竟哥有计较。”任敬道：“论起这事，只咱两做得来。”张志道：“是。

咱前年在白马山,遇着个现世报。他道:‘拿宝来！’咱道:‘哥递一枝箭儿来。’那厮不晓得递甚箭。我笑道:‘哥性命恁不值钱，撞着一个了得的，干干被他送了！’那厮老实，道:‘咱不晓得这道儿，嫂子嫌咱整日在家坐，教咱出来的。不利市，咱家去罢！’咱道:‘哥也是恁造化，停会有一起客人，十来个，你照样问他，他不肯下马，你道:“且着一个上来！”咱便跑来，包你利市。’那厮道:‘他来找怎生？’我道:‘现世报！适才独自不怕，有帮手倒怕！’照这样做去，客人不下马，吃咱上去一连三枝箭，客人只求饶命。咱去拿了两个挂箱，一个皮匾，赏一个挂箱与他，教他以后再不可出来。这便是只两个做了营生！”任敬道:“怎还叫过不得？”张志道:“自古‘空里来，巧里去’，不半年，了在巢窝儿并在赌场上了。”任敬道:“但这劫库也不是小事，这也要应手，我又还寻两个人去。支兄不消得说，就是支兄所约的，也毕竟借重，没有个独吃自痾的理！”支广道:“多谢哥带挈。”须臾，只见又到了三个虎体彪形的大汉，相见了，大家一齐在酒店中坐下。任敬指着对张志与支广道:“这三个都是咱兄弟。一个步大，他家有两个骡子，他自己赶脚，捉空也要布摆两个人;这阙老三，他虽是个车夫，颇有本事;这个桓福，是云昌津渡子，也是个河上私商。”说了姓名，就对这三人道:“后日早晨，咱有用着你处！”三人道:“哥有用咱处，汤火不辞！”任敬道:“明日阙老三与步老大与咱雇一辆大车，后日早在南门伺候。只见咱与张大哥抓一个人出来，都来接应。支大哥与你约的朋友，也都在南门车边取齐。一辆车坐了十多人也动疑，桓大哥可带小船一支，与咱家丁二人应咱，以便分路。是必不可误事！”正是：

闲云傍日浮，萧瑟野风秋。

浅酌荒村酒，深筹劫库谋。

六个人吃得一个你醉我饱分手，都各干自己的事，支广、步大一起自在门外，桓福自在津口，不题。只见这日张知县正坐堂，忽有门上报道:“外边有锦衣卫差官见爷。”张知县心下也便狐疑,且叫:“请！”便迎下卷篷来。却是一个官，一个校尉,随着行了礼。那官道:“借步到后堂有话。”张知县只得请进后堂留茶。又道:“请避闲人。”张知县一努嘴，这些门子吏书都躲了。也不曾坐下，那官一把扯住张知县，道:“张爷，不要吃惊！咱不是差官，咱是问爷借几千银子用的！”那校尉早已靴内嗖地一声掣出一把刀来。张知县见了，道:“不必如此，学生断不把银子换性命。只下官初到，钱粮尚未追征，库中甚虚，怎么好！”那官道:“爷不必赖，咱已查将来了！”拿出一个手摺来，某限收银若干，某限收银若干，库中也不下一万。张知县见了，侵着底子，也不敢辨。道："是也差不远，只是壮士不过得钱，原与学生无仇，不要坏学生官。若一时拿去这些银子，近了京师，急卒不能解，名声播扬，岂不我要削职！况且库中银子，壮士拿去也不便用，不若我问本县大户借银五千，送与二位，不曾动着库中，下官还可保全草芥前程，二位亦可免异日发露。"那官道："五千也不够咱用，你不要耽延弄咱！"张知县道："五千不够使，便加二千，若说弄二位，学生性命在二位手里，这断不敢！"那校尉道："便库中银胡乱拿些去罢，谁有工夫等！"张知县道："这不但为学生，也为二位。"那官道："只要找截些！"张知县便叫听事吏。此时衙门人已见了光景，不肯过去，叫不过。一个兵房吏喻士奎过去，也是有算计的人。张知县道："我得罪朝廷，奉旨拿问。如今二位讲他里面有亲识，可以为我挽回，急要银七千两，你如今可为我一借。"喻外郎道："在那厢借？"张知县道："拿纸笔来，我写与你。"拿过纸笔，便写道：

丁二衙、朱三衙、刘四衙，共借银一千两；
吏平四夷等，共借银六百两；
书手元善等，共借银四百两；
当铺卜兆四铺，各借银四百两；
富户狄顺八户，各借银三百两；
里长柯执之八名，各借银一百两。

又对这吏道："这银子我就在今年兑头火耗、柴薪马丁内扣还，决不差池！银子不妨零碎，只要足纹。"打发了吏去，张知县就与那官同坐在侧边一间书房内。那校尉看一看是斗室，没有去路，他便拿把刀只站在门口。张知县道："下官早间出来，尚未吃午膳，二位也来久了，吃些酒饭何如？"那官道："通得。"张知县便叫备饭。只见外边拿上两桌饭与酒进来，递那官，那官不吃，道："你先用。"张知县道："你怕咱用药来？多虑！"便放开肚皮，每样吃上许多，一连斟上十来大杯酒，笑道："何如？"这两个见了，酒虽不敢多吃，却吃一个饱。只是喻外郎见了三个衙头，合了这一起民壮，道："老爷叫借银，却写出你们□□人，明白借银子是假，要在我们身上计议救他了。如今仔么处？"明鉴道："如今这贼手拿着刀子紧随着老爷，动不动要先砍老爷，毕竟要先骗除得这贼才好！"众人道："这贼急切怎肯离身？"伏戎道："罢！做咱们不着，喻提控，这要你先借二三百两银子做样，与他看；众兄弟料绞的，哨马的，顺袋的，都装了石块；等咱拿着个挂箱，先是喻提控交银子哄他来时，咱捉空儿照脑袋打上他一挂箱，若打交昏晕好了，或者打得他这把刀落，喻提控趁势把老爷抢进后堂；咱们这里短刀、石块一齐上，怕不拿倒他！只是列位兄弟都要放乖觉些。”经纶道：“这计甚好！”三个衙头道：“果好，果好！”喻外郎便去库上挪出二三百两银子，平四夷与元善装了书吏，准备抢张知县。其余都带了石块，身边也有短棍铁尺短刀，一齐到县。喻士奎到书房门口，禀道：“蒙老爷分付借银，各处已借够了六千两，还欠一千没处设处。”张知县道：“这一个大县，挪不出这些些银子来！叫他们胡乱再凑些，十分不够，便把库里零星银子找上罢！如今这干人在那边？”道：“都在堂上。”张知县便一把扯了那官，道：“我们堂上去收去。”那官也等了一会，巴不得到手，就随出来。只见三个衙头都过来揖，卷篷下站上一二十个人，都拿着拜匣皮箱，哨马料绞，累累块块，都是有物的。那官道：“张爷可点八个精壮汉子与咱拿着，张爷自送咱到城门外。”张知县道：“这不难。只是这借来银子，下官也倒过一过眼，怕里边夹些铅锡，或是缺上许多兑头，哄了二位去，我倒还他实银实秤。也要取几封兑，取几封瞧。”那两个见已是到手银子，便凭他兑。张知县叫取天秤过来，那喻士奎便将一张长桌横在当中，请那官儿看兑，早把假官与张知县隔做两下。只有校尉还拿着刀，紧紧随着。这边喻外郎早把银子摆上一桌，拆一封，果然好，雪白粉边细丝。哪里得知：

漫道钱归箧，谁知鸟入樊。

伏戎也就手捧一个顺袋，是要先兑模样，挤近校尉身边，兑一封倒也不差，张知县对着校尉道：“你点一点收去。”校尉正去点时，那伏戎看得清，把顺袋提起扑直一下子照头往那校尉打下，一惊一闪，早打了肩上。喻士奎与平四夷一捉，早把张知县捉入川堂，把川堂门紧紧拴好。那官儿见了慌张，拔出小刀赶来，门早已闭上。一脚踢去，止落得一块板，门不能开。校尉流水似把刀来砍伏戎，伏戎已是走到堂下。三个衙头四衙已护张知县进后堂了，三衙走得躲在典史厅，二衙是个岁贡，老了走得慢，又慌，跌了一跤，亏手下扶在吏房躲避。堂下石块如雨似打来，假官便往公座后躲，校尉把张椅子遮。这边早已都有器械，竟把仪门拴上，里边传道：“不要走了两个贼人！生擒重赏！”这两人听了，好不焦躁。瞧着石块将完，那官儿雷也似大吼一声，一手持刀，一手持桌脚，赶将出来，道：“避我者生！挡我者死！”那校尉也挺着刀夹帮着。这些民壮原也是不怕事好汉，又得了张知县分付，如何肯放他？

一齐攒将拢来，好场厮杀：

剑舞双龙，枪攒众蟒。纱帽斜按，怒吽吽闹鬼钟馗；戈戟重围，恶狠狠投唐敬德。一边的势孤援绝，持着必死之心；一边的戮力显功，也有无生之气。怒吼屋瓦震，战酣神鬼惊。纵饶探囊取物似英雄，只怕插翅也难逃网罟！

始初堂上下来还两持厮杀，只为要奔出门，赶下丹墀，被这些民壮一裹，却围在中央，四面受敌。刀短枪长，那官儿料不能脱，大叫一声，道："罢！咱中了他缓兵之计，怎受他凌辱！"就把刀来向项下一刎，山裂似一声响，倒在阶下。

未见黄金归橐，却教白刃陨身。

假校尉见了慌张，也待自刎，只见伏戎道一声"着"！早把他腿上一枪，也倒在地。众人正待砍时，元善道："老爷分付要活的！"只见一齐按住捆翻，假校尉只叫："罢了！"众人扯向川堂，禀："假官自刎，假校尉已拿了。请爷升堂。"张知县便出来坐了，堂上丹墀里边排了这些民壮，都执着刀枪，卷篷下立了这干皂隶，都摆了刑具，排了衙。先是二三衙来作揖问安，后边典史参见，处郎庭参，书手、门子、皂隶、甲首、民壮依次叩了头。张知县分付各役不许传出去，掩了县门，叫："带过那强盗来！"张知县道："你这奴才好大胆！朝廷库怎么你来思量他？据你要银七千，这也不是两个人拿得，毕竟有外应，余党作速招来！"那假校尉道："做事不成，要杀便杀！做我一个不着罢，攀甚人！"张知县道："夹起来！"他只是不做声。张知县一面分拨人到城外市镇渡口，凡系面生可疑之人暗暗巡缉；一面分付将假校尉敲夹。那校尉支撑不过，只得招承：假官叫做任敬，自己叫做张志。又要他招余党，只得又招：原是任敬张主，要劫了库；还要张知县同人役送出城外，打发银子上车先行；还要张知县独自送几里才放回；雇车辆在城外接应的有支广、步大、阙三、吉利、荀奇、桑门神六个，车去在昌灵津水口接应的，是桓福与任敬家里两个火家绞不停、像意吃三人。张知县即刻佥牌，两处捉拿。一路赶到城外集儿上。先是卜兆在那边，看一辆大车、几个骡子在那里吃料，有几个人睡在车里，有几个人坐在人家门首，似在那边等人的。卜兆已去踹他，不知正是步大一起。步大与阙三叫车子五鼓前来，这厢支广已邀了荀奇、吉利、桑门神，说道："只要他来收银子，那个不到？"只是支广一起是本地人，怕有人认得，便睡在车中。步大、阙三两个坐在人家等待。初时巳牌模样，渐渐日午，还不见影，欲待进城打听，又怕差了路，便赶不着队，分不着银子，故此死定在那厢等。不期差人来拿，四衙随着，内中一个做公的，怕一捉时走了人，不好回话，先赶出城，见了车子，道："是甚的车？本县四爷要解册籍到府，叫他来服事。"步大听了，便赶来："我们李御史家里车，叫定的，你自另雇。"那公人道："胡说！本县四爷叫不你车动！"揪住步大便打。这些人欺着公人单身，便来发作。卜兆与众人便来团，把这几个帮打的都认定了。典史到叫："拿！"众人已把这来争闹的共八个、两个车夫背剪绑起来，起解进城。一路又来拿桓福。到河边道："那里是揽载船？"各船都撑拢，问："是要那去？"大的嫌大，小的嫌小，有一支不来揽，偏去叫他。掀开篷，只见三个雕青大汉，坐在船中。要叫他，他不肯，众人晓得是桓福了。道："任敬攀了你，你快走！"只见这三个人脸都失色，桓福便往水中一跳，早被一挠钩搭住。船里一行五个，都拿进城来。

一到，张知县叫他先供名字，一个个供来。张知县把张志供的名字一对，只有四个，韩阿狗、施黑子、华阿缺、戚七、张老二、任秃子、桓小九都是供状上没名的。张知县将这几个细审，两个是车夫，两个是船户，这三个张老二是张志哥子，任秃子任敬兄弟，桓小九桓福儿子。张知县道："韩阿狗、施黑子是车夫，华阿缺、戚七船户，他不过受雇随来，原非知情；张老二、任秃子、桓小九这是任敬等家丁，虽供状无名，也是知情的了。"将张志与支广等各打四十，张老二、任秃子、桓小九各打二十，韩阿狗四个免打，下了轻罪监，其余下大监。分付刑房取刑，把任敬、张志比照"造谋劫库，持刀劫刺上官"律为首；支广、荀奇、吉利、桑门神、步大、阙三、桓福，比例"劫库已行而未得财者"律为从、从重律；绞不停、像意吃、张老二、任秃子、桓小九比"劫库已行而未得财者"为从、从轻律；韩阿狗、施黑子、华阿缺、戚七，原系车夫船户受雇而来，并不与谋，供明释放。连夜成招，申解大名府，转解守巡道，巡抚，巡按，具题参他这干"处畿省之地，恣鬼域之谋，持刃凌官，拥众劫库，事虽未竟，为恶极深，宜照响马例枭示"。

圣旨依拟，着巡按监决，将张志枭首，支广等斩首，绞不停等充军。张知县、巡抚、巡按都道他贤能，交荐，后来升到部属，转镇江知府，再转两司，升抚台。若使当日是个萎靡的，贪了性命把库藏与了贼人，失库毕竟失官；若是个刚狠的，顾了库藏，把一身凭他杀害，丧身毕竟丧库；何如谈笑间，把二贼愚弄，缓则计生，卒至身全库亦保守，这都是他胆略机智大出人头地，故能仓卒不惊。他后来累当变故，能镇定不动，也都是这厢打的根脚。似支广一干，平日不务生理，妄欲劫掠至富，任敬家即可以自活，却思履险得财，甚至挈弟，陷了兄弟，携子，害了儿子，这也可为图不义之财的龟鉴。

雨侯曰:定生慧，唯其不惊于变故，故能出奇擒贼。虽然，若非知人，能罗此一千智勇之士,恐上呼而下不应。至长兴之乱,杀身偏在心膂之人,广宁之失,从逆正为推置之将,唯以一死了局,不能为国家擒乱贼,固城池;若此者，当无为嵴崃所笑。

题 辞

穷相亲，利相背，宁独市井然哉！名之所在，不难杀同侪以邀之；势之所宗,何惜倾知故以附之。吾恐章奏中之白刃更惨也,况乎占气转身,则又嫁祸之尤欤！吾谁欺乎！倘亦难逃冰镜耳。是宜辑之以作今日之彰。

翠娱阁主人书

第二十三回　白镪动心交谊绝　双猪入梦死冤明

交情浪欲盟生死，一旦临财轻似纸。何盟誓，真蛇豕，犹然嫁祸思逃死！　天理昭昭似，业镜高悬如水。阿堵难留身弃市，笑冷旁人齿！

右调《应天长》

如今人最易动心的无如财，只因人有了两分村钱，便可高堂大厦，美食鲜衣，使婢呼奴，轻车骏马。有官的与世家不必言了，在那一介小人，也装起憨来，又有这些趋附小人，见他有钱，希图叨贴，都凭他指使，说来的没有个不是的，真是个钱神。但当日有钱还只成个富翁，如今开了个工例。请书的萤窗雪案，朝吟暮呻，巴得县取，又怕府间数窄分上多；府间取了，又怕道间遗弃;巴得一进学，侥幸考了前列，得帮补，又兢兢持持守了二三十年，没些停降，然后保全出学门，还只送教职、县佐贰。希有遇恩遴选，得选知县、通判。一个秀才与贡生，何等烦难！不料银子作祸，一窍不通，才丢去锄头、匾挑，有了一百三十两，便衣巾拜客，就是生员；身子还在那厢经商，有了六百，门前便高钉“贡元”匾额，扯上两面大旗，偏做的又是运副、运判，通判、州同，三司首领，银带绣补，就夹在乡绅中出分子请官，岂不可羡？岂不要银子？虽是这样说，毕竟得来要有道理。若是贪了钱财，不顾理义，只图自己富贵，不顾他人性命，谋财害命，事无不露。究竟破家亡身，一分不得。

话说南直隶有个靖江县，县中有个朱正，家事颇颇过得。生一子叫名朱恺，年纪不上二十岁，自小生来聪慧，识得，写得，打得一手好算盘。做人极是风流倜傥，原是独养儿子，父母甚是爱惜。终日在外边闲游，结客相处，一班都是少年浪子，一个叫做周至，一个叫做宗旺，一个叫做姚明，每日在外边闲行野走，吃酒弹棋，吹箫唱曲。因家中未曾娶妻，这班人便驾着他寻花问柳。一日，三四个正挨着肩同走，恰好遇一个小官儿，但见：

额覆青丝短，衫笼玉笋长。色疑娇女媚，容夺美人芳。小扇藏羞面，轻衫曳暗香。从教魂欲断，无复忆龙阳。

那朱恺把他看了又看，道：“甚人家生这小哥？好女子不过如此！”那宗旺道：“这是文德坊裘小一裘龙的好朋友，叫陈有容，是他紧挽的。”朱恺道：“怎他这等相好得着？”姚明道：“这有甚难？你若肯撒漫，就是你的紧挽了。待我替你筹画。”姚明打听他是个寡妇之子，极在行的。次日绝早，姚明与朱恺两个，同到他家，敲一声门，道：“陈一兄在家么？”只见陈有容应道：“是谁？”出来相见了，问了姓名，因问道：“二位下顾，不知甚见教？”姚明道：“朱兄有事奉渎，乞借一步说话。”三个同出了门，到一大酒店，要邀他进去，陈有容再三推辞，道：“素未相知，断不敢相扰。”姚明便一把扯了，道：“四海之内，皆兄弟也！陈兄殊不脱洒！”陈有容道：“有话但说，学生实不在此。”朱恺道：“学生尽一个意思，方敢说。”陈有容道：“不说明，不敢领。”姚明道：“是朱敝友要向盛友裘兄处戤几两银子，故央及足下。足下是个小朋友，若在此扯扯拽拽，反不雅了！”三个便就店中坐下，朱恺只顾叫：“有好下饭拿上来！”摆了满桌。陈有容只是做腔不吃，姚明便放开箸子来，吃一个饱。吃了一会，那陈有容看朱恺穿得齐整，不似个借银的，故意道：“二位有约在这边么？”姚明道：“尚未曾写，还要另日奉劳。”那朱恺迷迷吐吐，好不奉承。临起身，又捏手捏脚，灌上两盅，送他下楼。故意包中打开，现出三五两银子，丢一块与店家，道：“你收了，多的明日再来吃。”别了。

次日侵早，朱恺丢了姚明自去，叫得一声，陈有容连忙出来道：“昨日多扰！”朱恺道：“小事！前日苏州朋友送得小弟一柄粗扇在此，转送足下。”

袖中取来，却是唐伯虎画，祝枝山写，一柄金面棕竹扇；又是一条白湖绸汗巾儿。陈有容是小官生性，见了甚觉可爱，故意推辞道："怎无功受禄？"朱恺道："朋友相处，怎这样铢两！"推了再四，朱恺起身往他袖中一塞，陈有容也便笑纳，问道："兄果是要问老裘借多少银子？此人口虽说阔，身边也拿不出甚银子，且性极吝啬，不似兄慷慨。"朱恺便走过身边，附耳道："小弟不才，家中颇自过得，那里要借银子？实是慕兄高雅，借此进身。倘蒙不弃，便拜在令堂门下，与兄结为弟兄。"此时陈有容见朱恺人也齐整，更言语温雅，便也有心，道："不敢仰攀！"朱恺道："说那里话，小弟择日便过来拜干娘！"朱恺自去了。不多时，裘龙走来，见了陈有容拿着这柄扇子，道："好柄扇儿！"先看了画，这面字读也读不来，也看了半日，道："那里来的？"有容道："是个表兄送的。"裘龙道："你不要做他表子，是那个？"道："是朱诚夫，南街朱正的儿子。"裘龙道："哦！是他？是一个浪子，专一结交这些无赖，在外边饮酒、宿娼、赌钱，这人不该与他走。况且向来不曾听得你有这门亲。"有容道："是我母亲两姨外甥。"裘龙听了，就知他新相与了，也甚不快。从此脚步越来得紧，钱也不道肯用。这陈有容也觉有些相厌。不过两日，朱恺备了好些礼，来拜干娘。他母亲原待要靠陈有容过活，便假吃跌收了他礼物，与他往来。朱恺常借孝顺干娘名色，买些时新物件来，他母亲就安排留他，穿房入户，做了入幕之宾。又假眼瞎，任他做不明不白的勾当。朱恺又因母亲溺爱，常与他钱财，故此手头极松，尝为有容做些衣服。两个恰似线结鸡，双出双入，真是割得头落。

那裘龙来时，母亲先回报不在家。一日，伺候得他与朱恺吃了酒回来，故此回报不得，只得与他坐下。那裘龙还要收罗他，与他散言碎语，说平日为他用钱，与他恩爱。那陈有容又红了脸，道揭他顶皮。勉强扯去店中，与他作东赔礼，他又做腔不肯吃，千求万告，要他复旧时，也不知做了多少态，又不时要丢。到后来朱恺踪迹渐密，他情谊越疏，只是不见。及至路上相遇，把扇一遮过了。裘龙偏要捉清，去叫住他，朱恺却又站在前面等。陈有容就有心没相，回他几句话，一径去了。裘龙见了，怎生过得？想道："这个没脸耻的！年事有了，再作腔得几时？就是朱恺，你家事也有数，料也把他当不得老婆，我且看他！"又一回想道："我当日也为他用几分银子，怎就这样没情？便朱恺怕没人相与，偏来抢陈有容！"不觉气冲冲的。一日朱恺带着陈有容、姚明一干弟兄在酒楼上唱曲吃酒，巧巧的裘龙也与两个人走来。陈有容见了，便起身。只见裘龙道："我这边也坐一坐，怎就要去？"一把扯住。陈有容道："我家中有事，去去便来。"裘龙那里肯放。朱恺道："实是他家有事，故此我们不留他。"裘龙道："你不留，我偏要留！"一把竟抱来放在膝上。那陈有容便红了脸，道："成甚么模样！"裘龙道："更有甚于此者！"朱恺道："人面前也要存些体面！"裘龙便把陈有容推开，立起身道："关你甚事，你与他出色？"那陈有容得空，一溜风走了。朱恺道："好扯淡！青天白日，酒又不曾照脸，把人搂抱也不像，却怪人说！"裘龙道："没廉耻小畜生！当日原替我似这样惯的，如今你为他，怕也不放你在心坎上！"又是一个人道："罢！不要吃这样寡醋。"姚明道："甚寡醋？他是干弟兄，旁观不忿，也要说一声！"裘龙道："我知道还是入娘贼！"朱恺道："这厮无状！你伤我两个罢，怎又伤他母亲？"便待起身打去。那裘龙早已跳出身，一把扯住，道："什么无状？"众人见了，连忙来拆，道："没要紧，为甚么事来伤情破面！"两个各出了几句言语，姚明裹了朱恺下楼，裘龙道："我叫你不要慌，叫你两个死在我手里罢了！"两下散了火。

朱恺仍旧自与陈有容往来，又为姚明哄诱，渐渐去赌，又带了陈有容在身边，没个心想，因为盆中不熟，自己去出钱，却叫姚明掷色，赢来三七分钱：朱恺发本得七分，姚明出手得三分。不期姚明反与那些积赌合了条儿，暗地泻出，不该出注偏出大注，不该接盆翻去抢。输出去倒四六分分，姚明得四股，却是姚明输赢都有，朱恺只是赢少输多。常时回家索钱，他母亲对朱正道："恺儿日日回家要钱，只见拿出去，不见拿进来，日逐花哄，怕荡坏身子。你也查考他一查考。"果然朱正查访，见他同走有几个积赌，便计议去撞破他，不料他耳目多，赶得到赌场上，他已走了，回来不过说他几声"习成不改"，甚是不快。只是他母亲道："恺儿自小不拘束他，任他与这些游手光棍荡惯了，以后只有事生出来，除非离却这些人才好。我有个表兄盛诚吾，见在苏州开缎子店，不若与他十来个银子兴贩，等他日逐在路途上，可以绝他这些党羽。"朱正点头称是。

次日，朱正便对朱恺道："我想你日逐在家闲荡，也不是了期，如今趁我两老口在，做些生意，你是个�嗻的人，明日与你十来个银子，到苏州盛家母舅处，撺贩些尺头来，也可得些利息。"朱恺道："怕不在行。"朱正道："上马见路，况有人在彼，你可放心去。"说做生意，朱恺也是懒得，但闻得苏州有虎丘各处可以顽耍，也便不辞。朱正怕他与这干朋友计议变卦，道："如今你去，不消置货，只是带些银子去。今日买些送盛舅爷礼，过了明后日，二十日起身罢！”朱恺便讨了几钱银子，出去买礼，撞见姚明，道：“大哥那里去？”朱恺道：“要买些物件，到苏州去。”姚明道：“是那个去？”朱恺道：“是我去。”姚明道：“去做甚么？”朱恺道：“去买些尺头，来本地卖。”姚明道：“几时起身？”朱恺道：“后日早。”姚明道：“这等我明日与大哥发路。”朱恺道：“不消，明日是我做东作别。”姚明就陪他买了些礼物，各自回家。

次日果然寻了陈有容，与姚明、周至、宗旺，一齐到酒楼坐下。宗旺道：“不见大哥置货，怎就起身？”朱恺道：“带银子去那边买。”陈有容道：“多少？”朱恺道：“百数而已。”周至道：“兄回时，羊脂玉簪，纱袜，天池茶，茉莉花，一定要寻来送陈大兄的了。”姚明道：“只不要张公衖、新马头顽得高兴，忘了旧人！”朱恺道：“须吃袭龙笑了，断不！断不！”到会钞时，朱恺拿出银子，道：“这番作我别敬，回时扰列兄罢！”众人也就缩手谢了分手。宗旺道：“明日陈兄一定送到船边。”朱恺道：“明日去早，不消。”姚明道：“送君千里，终须一别。也便省了罢。”朱恺自回。只有姚明，因没了赌中酒，心里不快，正走时，只见背后一个人叫道：“姚二哥！那里去？”正是赌行中朋友钱十三，道：“今日赵家来了个酒，你可去与他来一来。”姚明道：“不带得管。”钱十三道：“你常时大主出，怕没管？”姚明暗道：“苦！我是慷他人之慨，何尝有甚银子？”利动人心，也便走去。无奈朱恺不在，稍管短，也就没胆，落场掷着是跌八，尖五，身边几钱碎银输了，强要去复，连衣帽也除光，只得回家。一到家中，迎着家婆开门，见他这光景，道：“甚模样！前日家中没米，情愿饿了一顿，不曾教你把衣帽来当，怎今日出去，弄得赤条条的？要赌，像朱家有爷阁在前边，身边落落动，拿得出来；去赌，你有甚家计，也要学样？我看你平日只是叨贴他些，明日去了，将什么去买这衣帽！”姚明道：“没了朱恺，难道不吃饭？”家婆道：“怕再没这样一个酒了！”絮絮聒聒，再不住声。弄得姚明，翻翻复复，整醒到天明，思出一条计策。忙走起来，寻了一顶上截黑、下截白的旧绒帽；又寻了一领又蓝又青、一块新一块旧的海青，抖去些黰气，穿上了；又拿了一件东西，悄悄的开了门，到朱恺家相近。

此时朱恺已自打点了个被囊，一个挂箱，雨伞、竹笼等类，烧了吉利纸出门。那父亲与母亲送在门首，道：“一路上小心，早去早回！”朱恺就肩了这些行李走路。才转得个弯，只见姚明道：“朱大哥！小弟正来送兄，兄已起身了，此去趁上一千两！”朱恺道：“多谢金口！”姚明道：“兄挑不惯，小弟效劳何如？”朱恺道：“岂有此礼？”两个便一头说，一头走，走到靖江县学前，此时天色黎明，地方僻静，没个人往来。朱恺是个娇养的，肩了这些，便觉辛苦，就庙门槛上少息。姚明也来坐了。朱恺见他穿戴了这一套，道：“姚二哥，怎这样打扮？”姚明道：“因一时要送兄，起早了，房下不种得火，急率寻不见衣帽，就乱寻着穿戴来了。”随即叹息道：“小弟前日多亏兄维持，如今兄去，小弟实难存活！”朱恺道：“待小弟回时，与兄商量。”姚明道：“一日也难过，如何待得回来？兄若见怜，借小弟一二十两在此处生息，回时还兄，只当兄做生理一般。”朱恺道：“这迟了，如今我已起行，教我何处挪攒？”姚明道：“物在兄身边，何必挪攒？”朱恺道：“奈是今日做好日出去，怎可借兄？”提了挂箱，便待起身。姚明把眼一望，两头无人，便劈手把挂箱抢下，道：“借是一定要借的！”往文庙中径走。朱恺道：“姚兄，休得取笑！”便赶进去。姚明道：“朱兄，好借二十两罢！”朱恺道：“岂有此理？人要个利市！”忙来夺时，扯着挂箱皮条，被姚明力大，只一拽，此时九月，霜浓草滑，一闪，早把朱恺跌在草里。姚明便把来按住，扯出带来物件，却尺把长一把解手刀。朱恺见了，便叫：“姚明杀人！”姚明道：“我原无意杀你，如今事到其间，住不得手了！”便把来朱恺喉下一勒，可怜：

夙昔盟言誓漆胶，谁知冤血溅蓬蒿，
堪伤见利多忘义，一旦真成生死交。

姚明坐在身上，看他血涌如泉，咽喉已断，知他不得活了，便将行囊背了，袖中搜有些碎银、锁匙，拿来放在自己袖里，急急出门。看见道袍上溅有血渍，便脱将来，把刀裹了，放在肋下。跨出学宫，便是得命一般，只见天已亮了，道：“我又不出外去，如今背了行囊，倘撞着相识，毕竟动疑，如何是好？”姊姊在此相近，便将行囊背到他家。正值开门，姚明直走进去，见了姊姊，道：“前日一个朋友，央我去近村帮行差使，今日五鼓回来，走得倦了，行囊暂寄你处，我另日来取。”姊姊道：“你身子懒得，何不叫外甥驮去？”姚明道：“不消得，左右没甚物在里边，我自来取。”就把原搜锁匙开了挂箱，取了四封银子，藏在袖内。还有血衣与刀，他暗道：“姊夫是个盐捕，不是好人，怕他识出，仍旧带了回去。”将次走到家中，却见一个邻人陈碧，问道：“姚辉宇那里回，这样早？”姚明失了一惊，道：“适才……才去洗澡回来！”急急到家，忙把刀与衣服塞在床下，把银子收入箱中。家婆还未起来。吃些饭，就拿一封银子，去赎了衣帽回来。家婆问道：“怎得这衣帽转来？”姚明道：“小钱不去大不来，一遭折本一遭翻。今日被我翻了转来，还赢他许多银子。”就拿银子与妇人看，道：“你说朱恺去了我难过，这银子终不然也靠朱恺来的？”妇人家小意见，见有几两银子，也便快活，不查他来历了。

话说靖江有一个新知县，姓殷名云霄，是隆庆辛未年进士，来做这知县未及一年，正万历元年，他持身清洁，抚民慈祥，断事极其明决，人都称他做“殷青天”。一日睡去，正是三更，却见两个猪跪伏在他面前，呶呶的有告诉光景，醒来却是一梦：

霜冷空阶叫夜虫，纱窗花影月朦胧。
怪来头白辽东豕，也作飞熊入梦中。

那殷知县道：“这梦来得甚奇！”正在床中思想，只见十余只乌鸦，咿咿哑哑，只相向着他叫。这些丫鬟、小厮，你也赶，我也赶，它那里肯走？须臾出堂，这些乌鸦仍旧来叫，也有在柏树上叫的，也有在屋檐边叫的，还有侧着头，看着下边叫的。殷知县叫赶，越赶越来。殷知县叫门子道：“你下去分付，道有甚冤枉，你去，我着人来相视！”门子掩着嘴笑，往堂下来分付。这堂上下人也都附耳说：“好捣鬼！”不期这一分付，那鸦“哄”一声，都飞在半天，殷知县忙叫皂隶：“快随去！”皂隶听了乱跑，一齐赶出县门。人不知什么缘故，问时，道：“拿乌鸦！拿乌鸦！”东张西望，见一阵都落在一个高阁上，人道是学中尊经阁，又赶来，都沸反的在着廊下叫。众人便跑到廊下，只见一个先跑的，一绊一跤，直跌到廊下，后边的道：“是……原来一个死尸！一个死尸！”看时项下勒着一刀，死在地下，已是死两日的。忙到县报。时这厢朱正早起开门，见门上贴一张纸，道：“是甚人把招贴粘我门上？”去揭时，那贴粘不大牢，随手落下，却待丢去，间壁一个邻人接去，道：“怎写着你家事？”朱正忙来看时，上写：“朱恺前往苏州，行至学宫，仇人裘龙劫去。”朱正便失惊道：“这话跷蹊！若劫去便该回来了。近日他有一班赌友，莫不是朱恺将银赌去，难于见我，故写此字逃去？却又不是他的笔，且开了店，再去打听。”又为生意缠住。忽听街坊上传道：“文庙中杀死一个人了！”朱正听了，与帖上相合，也不叫人看店，不顾生意，跳出柜便走。走到学宫，只见一丛人围住，他努力分开人进去，看了不觉放声大哭。这时知县正差人寻尸亲，见他痛哭，便扯住问，他道：“这是我儿子朱恺！”众人便道：“是甚人杀的？”朱正道：“已知道此人了！”便同差人到店中取了粘贴。他母亲得知，“儿天”“儿地”哭个不了。朱正一到县中，便大哭道：“小的儿子朱恺，二十日带银五十两前往苏州，不料遭仇人裘龙杀死在学宫，劫去财物。”殷县尊道：“谁是证见？”朱正便摸出贴子呈上县尊，道：“这便是证见。”殷县尊道：“是何人写的？何处得来？”朱正道：“是早间开门，粘在门上的。”殷知县笑道：“痴老子！若道你儿子写的，儿子死了；若道裘龙，裘龙怎肯自写出供状？若是旁观的，既见，他怎不救应？这是不足信的！”朱正道：“老爷！裘龙原与小人儿子争丰有仇，实是他杀死的！他曾在市北酒店里说，要杀小人儿子。”殷知县道：“谁听见？”朱正道：“同吃酒姚明、陈有容、宗旺、周至，都是证见。”殷知县道：“明日并裘龙拘来再审。”

次日，那裘龙要逃，怕事，越敲实了。见官又怕夹打，只得设处银子。来了班上，道打得一下一钱，要打个出头。夹棍长些，不要收完索子。临审一一唱名，那殷知县偏不叫裘龙，看见陈有容小些，便叫他，道：“裘龙仔么杀朱恺？”有容道：“小的不知，是月初与小的在酒店中相争，后来并不知道。”县尊道：“叫下去！人犯都在二门侯候，待我逐名叫审！”又叫周至，道：“裘龙杀朱恺事，有的么？”周至：“小的不知，只在酒店相争是有的。”殷知县道：“可取笔砚与他，叫自录了口词。”周至只得写道：“裘龙原于本月初三与朱恺争丰相斗，其杀死事情，并不得知。”又叫宗旺，也似这等写了。临后到姚明，殷知县看他有些凶相，便问他：“你多少年纪了？”道：“廿八岁，属猪的。”殷知县又想与梦中相合。也叫他写，姚明写道：“本月初三日，裘龙与朱恺争这陈有容相斗，口称要杀他二人，至于杀时，并不曾见。”殷知县将三张口词仔细看了又看，已知杀人的了。道：“且带起寄铺！”即刻差一皂隶，臂上朱标：“仰拘姚明两邻赴审。”皂隶赶去，忙忙的拿了两个。殷知县道：“姚明杀死朱恺，劫他财物，你可知情？”两个道：“小人不知。”殷知县道：“他二十日五鼓出去杀人，天明拿他衣囊、挂箱回家，仔么有个不见？”一个还推，只是陈碧道：“二十天明，小人曾撞着，他说洗澡回来，身边带有衣服，没有被囊等物。”殷知县道：“他自学宫到家，路上有甚亲眷？”陈碧道：“有个姊姊，离学宫半里。”殷知县又批臂着人到他姊家，上写道：“仰役即拘姚氏，并起姚明赃物赴究，毋违！”那差人火人火马赶到他家，值他姊夫不在，把他姊姊一把抠住，道：“奉大爷明文：起姚明盗赃！”姊姊道：“他何曾为盗，有甚赃物在我家？”差人道：“二十日拿来的，他已扳你是窝家，还要赖？”他外甥道：“二十日早晨，他自出去回来，驼不动，把一个挂箱、被囊放在我家，并没甚赃。”差人道：“你且拿出来，同你县里去办。”即拿了两件东西，押了姚氏到县。叫朱正认时，果是朱恺行李。打开看时，止有银二十两在内。殷知县便叫姚氏："他赃是有了，他还有行凶刀仗，藏在那边？"姚氏道："妇人不知道。他说出外回来，驮不动，止寄这两件与妇人，还有一件衣服，裹着些甚么，他自拿去。"再叫陈碧，道："你果看见他拿甚衣服回家么？"陈碧道："小人见来。"殷知县道："这一定刀在里边！"即差人与陈碧到姚明家取刀，并这二十两银子。到他家，他妻子说道："没有。"差人道："大爷明文，搜便是了！"各处搜转，就是灶下，凡黑暗处，松的地也去掘了掘，并不见有。叫他开箱笼，止得两只破箱，开得第二只，看见两封银子，一封整的，一封动的。差人道："你小人家，怎有这两封银子？这便是赃了！"妇人听了，面色都青，道："这是赌场上赢来。"逼他刀杖，连妇人也不知。差人道："这赖不过的，赖一赖，先拿去一板子，再押来追！"妇人道："我实不知，我只记得二十日早回，我未起，听得他把甚物丢在床下，要还在床下看。"差人去看时，只见果有一团青衣，打开，都是血污，中间卷着解手刀一把，还有血痕。众人道："好神明老爷！"带了他妻并凶器、赃银回话。

殷知县见了，便叫带过姚明一起来。那殷知县便拍案大怒，道："有你这奸奴！你道是他好友，你杀了他，劫了他，又做这匿名，把事都卸与别人！如今有甚说？"口词与匿名帖递下去，道："可是你一笔的么？"公人才知，写口词时，殷知县已有心了。姚明一看，妻子、姊姊、赃仗都在面前，晓得殷知县已拘来问定了，无言可对。不消夹得，县尊竟丢下八支签，打了四十，便援笔写审单道：

审得姚明与朱恺，石交也。财利熏心，遽御之学官，劫其行李，乃更欲嫁祸裘龙，不惨而狡乎！劫赃已存，血刃其在，枭斩不枉矣！姚氏寄赃，原属无心；裘龙波连，实非其罪，各与宁家。朱恺尸棺，着朱正收葬。

审毕，申解了上司。那姚明劫来银子不曾用得，也受了好些苦。裘龙也懊悔道不老成，为一小官，争闹出言轻易，若不是殷青天，这夹打不免，性命也逃不出！在家中供了一个殷爷牌位，日逐叩拜。只有朱正，银子虽然得来，儿子却没了，也自怨自己溺爱，纵他在外交游这些无赖，故有此祸。后来姚明准"强盗得财伤人"律，转达部，部复取旨处决了。可是：

漫言管鲍共交情，一到临财便起争。
到底钱亡身亦殒，何如守分过平生？

殷中尊曰：以利合者，以利而败，岂不然哉！恺之见杀，以厚明也，故信其诱而不避，示其有而不疑。明也利有所重，爱有所轻，相与俱毙。悲夫！

雨侯曰：推食未咽，遽成推刃。恺以比匪为招，明以负心为应，奇矣！乃明之巧，在思嫁祸，而孰知奸以此露哉！总之财不可横得，人不可厚诬。至殷中尊之发伏，不愧青天之谣。

序

马谡曰：攻心为上。沛公曰：吾宁斗智不斗力。贺若弼品第隋诸将曰：战将勇将，而非大将，大将固不于戈戟争雄也。善于用夷者必如范老子之用□之罗，用间者当如老种之间野利。何难灭夷而朝食？吾盖于希仪深有取。

翠娱阁主人题

第二十四回　飞檄成功离唇齿　掷杯授首殪鲸鲵

莲幕吐奇筹，功成步武侯。
南人消反侧，北阙奏勋猷。
襦袴歌来暮，旌旄卷素秋。
笑谈铜柱立，百世看鸿流。

用兵有个间谍之法，是离间他交好的人，孤他羽翼，没人救应；或是离他亲信的人，溃他腹心，没人依傍。但审情量势，决决信得他为我用，这才是得力处。若今平辽倚西虏，西虏在奴酋，势不能制奴酋，在我势不受我制，徒受要挟，徒费赏赍，只是羁哄他，难说受我间谍之计。不特西虏，我朝先以冠带羁縻他，目今为乱为患中国的，东有建酋，黔有安位、奢崇明。奴酋之事不必言，安、奢二酋，一个杀了巡抚，攻城夺印垂两三年，困捉了樊龙、樊虎，后来崇明部下刺死崇明，献送首级，也是内间之力；独有安位，杀抚臣王三善，杀总兵鲁钦，尚未归命；这也只在将士少谋。西南士官最桀骜，致大兴师动众的，是播州杨应龙，还有思恩府岑濬，田州府岑猛，这几个都因谋反被诛。我且说一个岑猛，见用间得力，见将官有谋。

这岑猛他祖叫岑伯颜，当初归我朝，太祖曾有旨：岑、黄二姓，五百年忠孝之家，礼部好生看他。着江夏侯护送岑伯颜为田州土官知府，职事传授于子孙，代代相继承袭，也传了岑永通、岑祥、岑绍、岑鉴、岑镛、岑溥，每有征调，率兵效用。就是岑猛，也曾率兵攻破姚源叛苗，剿杀反贼刘召，也曾建功。其妻是归顺知州岑璋的女儿，生三个儿子：邦彦、邦佐、邦相。名虽是个知府，他在府中不下皇帝。

说他官室：

画阁巧镂蹙柏，危楼尽饰沉香。花梨作栋紫檀梁，檐缀铜丝细网。绿绮裁窗映翠，金铺钉户流黄。椒花泥壁暗生光，岂下阿房雄壮！

说他池馆：

香径细攒文石，露台巧簇花砖。前临小沼后幽岩，洞壑玲珑奇险。百卉时摇秀色，群花日弄妖妍。五楼十阁接巫天，疑是上林池馆。

说他衣服：

裘集海南翠羽，布绩火山鼠毫。鲛宫巧织组成袍，蜀锦吴绫笼罩。狐腋暖欺雪色，驼绒轻压风高。何须麟补玉围腰，也是人间绝少！

说他珍宝：

珠摘骊龙颔下，玉探猛虎巢中。珊瑚七尺映波红，祖母绿光摇动。帘卷却寒奇骨，叶成袜軨神工。猫睛宝母列重重，那数人间常用！

说他古玩：

囊里琴纹蛇腹，匣中剑炳龙文。商彝翠色簇苔茵，周鼎朱砂红晕。逸少草书韵绝，虎头小景宜人。牙签万轴列鱼鳞，汉迹秦碑奇劲。

说他器用：

簟密金丝巧织，枕温宝玉镶成。水晶光映一壶冰，玉斝金杯奇称。屏刻琉璃色净，几镶玳瑁光莹。锦帏绣幄耀人明，堪与皇家争胜！

说他姬侍：

眉蹙巫山晚黛，眼横汉水秋波。齿编贝玉莹如何？唇吐朱樱一颗。鬓亸轻云甪甪，貌妍娇萼猗猗。秦筝楚瑟共吴歌，燕赵输他婀娜。

说他饮食：

南国猩唇烧豹，北来黄鼠驼蹄。水穷瑶柱海僧肥，脍落霜刀细细。翅剪鲨鱼两腋，髓分白凤双栖。荔枝龙眼岂为奇，琐琐葡萄味美。

世代相沿，有增无损。又府中有金矿，出金银，有宝井，出宝石。府城内外有凌时、呰马、万洞等四十八甲，每甲有土目卢苏、王受等；共四十八甲，每轮一个供他饮食支用；有事每甲出兵一百，可得四千八百，好不快活！只是这些土官像意惯了，羞的是参谒上司，凡遇差出抚巡，就差人到家送礼，古玩珍奇，不惜万金。若是收了他的，到任他就作娇，告病不来请见，平日还有浸润；若是作态不收，到任只来一参，已后再不来，任满回时，还来打劫。所以有司识得这格局，只是恐吓诈他些钱罢了。岑猛累次从征，见官兵脆弱，已有轻侮中国的心了。一日，只见田州江心浮出一块大石，倾卧岸边，民间谣言道："田石倾，田州兵，田石平，田州宁。"岑猛怪他，差人去锤凿。不期去得又生，似日夜长的般。又来了一个呆道士钱一贞，原在柳州府柳侯祠内守祠。祠中香火萧条，靠着应付。始初带了这祖传的金冠象简，朱履绣衣，做醮事甚是尊重；后来只为有了个徒弟，要奉承他，买酒买肉，象简当了，换了块木片；金冠当了，换个木的；一弄把一领道衣当去，这番却没得弄了，常是在家中教徒弟伏章做些水火炼罢了。一日穷不过，寻本道经去当酒吃。检出一本，也是祖传抄下的书，上面有斩妖缚邪、祈晴祈雨的符咒，在家没事记了，就说我曾斩妖伏邪。近村中有个妇女，有个奸夫，不肯嫁人，假装做着邪的。爹娘不知，请他去。他去把几块砖摆了，说是设狱，要拿那妖怪进去。鹤儿舞，踹了半日罡；鬼画符，写了半日篆；赶到女人房里，念了都天大雷公的咒。混帐到晚。那奸夫冷笑了，却乘着阴晦，背后大把泥打去，惊得他"太乙救苦天尊"不绝声，抄近欲往树林里走。又被树枝钩住了雷巾，喊叫"有鬼"！那奸夫赶上，把他打上几个右手巴掌，噀了几个噀唾，还又诈他袖中衬钱折东。回来整整病了一月好得。又遇府中祈雨，里递故意要他这说嘴道士，他又不辞。花费府县钱粮，五方设五个坛，五只缸注水，坛下二十四个道士诵经，二十四个小儿洒水。自家去打桃针，不期越打越晴。一会偶见云起，道："请县官接雨！"那知一个干天雷，四边云散了。知县跪了半日大恼，将了打了十五，逐出境。只得丢了徒弟，出外云游。

恰值岑猛因看田州石浮江岸，寻人魇镇，他便赶去见了。他道："老爷曾读《鉴》，岂不闻汉宣帝时山石自立么？这正是吉兆，不须得禳。且贫道善相，老爷有天日之表；又会望气，田州有王气，后边必至大贵！"岑猛喜甚，就留在府中。插科打诨，已自哄得岑猛；他又平日与这些徒弟闲耍，合得些春药，又道会采战长生，把与岑猛；哄得岑猛与他姬妾，个个喜欢，便也安得身。

田州原与泗城州接界，两处土目因争界厮打，把这边土目打伤了，岑猛便大恼，起兵相杀。钱一真道："我已请北斗神兵相助，往必大胜！"不知岑猛的兵是惯战之兵，岂有不胜之理？连破泗城州兵马几次。那知州大恼，雪片申文呈他谋反。司道拿住这把柄，来要诈他。岑猛笑道："这些赃官！我又不杀他朝廷的百姓，攻夺朝廷的城池，我两家相争，要你来闲管！他要钱，我偏不与他钱！"这些官扫了兴，便申到抚台。这抚台也有个意儿要他收拾，他恼不肯来；委司道勘理，他又不来相见；司道就说他跋扈不臣，不受勘理。巡抚就题本，命下议剿。议处了兵粮，分兵进讨。算计得第一路险要是工尧隘口，岑猛已差儿子邦彦与个土目陆绶率兵守把。众议参将沈希仪，他谋略超群，武勇出世，着他带兵五千攻打。那边岑猛听得抚台议剿，仰天笑道："当初累次征讨，都亏得我成功，如今料没我的对手！我把来捉田鸡似要一个拿一个，怕不够我杀！"钱一真道："小道前日望气而来，今日相逼，正逼老爷早成大业。江中石浮，正是老爷自下而升的兆。"两个只备些房中之术快乐。听得省中发兵，第一路沈参将领兵攻打工尧隘，便吃了一惊，道："此老足智多谋，真我敌手！"分付陆绶只是坚守，不许出战。一边又差出头目胡喜、邢相、卢苏、王绶各路迎敌守把。此时沈参将已逼隘口一里下寨，分兵埋伏左右山林，自领兵出战，无奈只是不出。沈参将在寨中与监军田副使两个计议道："岑猛自恃险固，他四面固守，以老我师；若乘兵锐气，前往急攻，我自下仰攻，他自上投下矢石，势甚难克。这须智取，不可力攻。"田副使道："正是。此酋闻力尚有余，斗智则不足。势须绝他外援，还图内间，可以有功。"沈参将道："他外援有两支：一支武靖州岑邦佐，是他儿子。他父子之情，难以离间，我已差兵阨住他两下往来之路了；还虚声说要发兵攻武靖，除逆党，他必自守，不敢出兵。只有归顺知州岑璋，是他丈人，但闻得他女儿失宠，岑璋道是丈人分尊，岑猛道是知府官尊，两个相下，近虽以儿女之情不能断绝，以我观之，这支不惟不为外援，还可为我内应。"田副使道："妙，妙！但我这边叫他不要救援，难保不为阴助。这须以术驾驭他绝妙。"沈参将便把椅子移近，与田副使两上附耳低言了一会。只见叫旗牌赵能领差，赵能便过来跪下，田副使亲写一牌与他。沈参将又叫近前，悄悄分付了几句，赵能便连夜往归德进发。

灭寇计须深，军中计断金。
兵符出帷幄，狂贼失同心。

这归德州知州是岑璋，也是个土官，他长女与岑猛为妻，生有三子，后边岑猛连娶了几个妾，恩爱不免疏了。这岑氏偏是吃醋捻酸，房中养下几个鬼见怕的丫头，偏会说谎调舌："今日老爷与某姨笑"，"今日与某姨顽"，"今日与某姨打甚首饰"，"今日与某姨做甚衣服"，"今日调甚丫头"。这岑氏毕竟做嘴做脸，骂得这侍妾们上不得前，道他哄汉子，打两下也有之；把一个岑猛道："你是有了得意人，不要近我！"不许他近身，又不与他去，数说他。弄了几时，弄得岑猛耳顽了，索性闪了脸，只在众妾房中，不大来。这些妾见了岑猛光景，也便不怕他，等他嚷骂哭叫，要寻死觅活，只不理账。以此岑璋差人探望，只是告苦去，道他"欺爷官小没用"，故此把他凌辱。岑猛因与其妻不睦，便待岑璋懈怠，两边原也不大亲密。不料沈参将知这个孔隙，就便用间，着赵能口称往镇安泗城，便道过归顺。岑璋向来原托赵旗牌打探上官消息的，这日听得赵能过不来见，心里大疑，便着人来追他。赵能假说限期紧急，不肯转。这些差人定要邀住，只得去见。两个相揖了，岑璋道："赵兄，公冗之极，怎过门不入？"赵旗牌道："下官急于请教，奈近于公事，不得羁迟。"言罢，又要起身。岑璋道："怎这等急？一定要小饭！"坐定，岑璋道："赵兄，差往那边？"赵能道："就在左远。"岑璋道："是那边？"赵能迟疑半日，道："是镇安与泗城。"岑璋听了，不觉色变，心里想道："泗城是岑猛仇敌，镇安是我仇家，怎到这边不到我？"越发心疑。那赵旗牌又做不快活光景，只中叹气，不时要起身。岑璋定要留宿，又在书房中酌酒，岑璋道："赵兄，你平日极豪爽，怎今日似有心事？"他又不做声，岑璋道："莫不于我有甚干碍？"赵旗牌又起身，叹上一口气，岑璋便不快道："死即死耳！丈夫托在知己，怎这等藏头露尾？徒增人疑！"赵能便垂泪道："今日之事，非君即我，我不难杀一身以救君全家，只是家有老母幼子，求君为我看管耳。"岑璋便道："岑璋有何罪过，至及全家？"赵能道："各官道你是岑猛丈人，是个逆党，声势相倚，势当剪除，意思要镇安、泗城发兵剿灭。今我泄漏军机，罪当斩首。想为朋友死，我亦无辞！"就拿出牌看：

　　广西分守梧州参将沈，为军务事：看得归顺州知州岑璋系叛贼岑猛逆党，声势相倚，法在必诛。仰该府督同泗城州知州，密将本官挟兵马整饬，听候檄至进剿。如违，军法从事。倘有漏泄军机，枭斩不贷！

右仰镇安府经历司准此

岑璋看了，魂不附体，连忙向赵能拜道："不是赵兄，镇安与我世仇，毕竟假公济私，我全家灭绝了！只是我虽与岑猛翁婿，岑猛虐我女如奴隶，恨不杀他！今天兵讨罪，我岂有助之理！今赵兄肯生我，容我申文洗雪。"赵能道：

“便洗雪也没人信你，还须得立奇功，可以保全身家。”岑璋想了一想，道：“兄弟得是。若消□□我，我先为沈公建一大功，十日之内，还取岑猛首级献沈爷麾下！”赵能道：“做得来么？只怕无济于事，我你都不免！”岑璋：“不妨。”因附耳说了一会，道：“这决做得来的。三日后叫沈参将领兵打工尧隘，只看兵士两腋下缀红布的，不要杀他。”赵能道：“事不迟，你快打点。”岑璋连忙写一禀帖道：

归德州知州岑璋□□死罪。璋世受皇恩，矢心报国。属逆婿之倡乱，拟率众以除奸。岂以一女，致累全家？伏乞湔其冤诬，赐之策励；祈锄大憝，以成伟功。

又封了许多金珠与赵旗牌，叫他送田副使、沈参将。赵能道：“他两个是不爱钱的，我且带去赂他左右，叫他撺掇。只是足下不可失约！我误军机，不消说是一死，却替不得足下！”岑璋道：“我就发兵。”差头目马京、秦钺领兵三千，前至工尧隘。又写书一封与岑邦彦道：

闻天兵抵境，托在骨肉，有胜惊惶。特选精兵二千，以当一面。幸奏奇捷，以慰老怀。

邦彦接书大喜，就留他两个头目协同守隘。这边赵旗牌回覆，田副使与沈参将看了大喜，道：“虏入吾彀中矣！”赵旗牌将发兵打隘事说了，又献金珠，二人道：“这不好受他的。但还他，他必生疑。你且收下，待班师时给还。”一面就议打隘事。沈参将道：“我差细作打听他粮饷屯在隘后一里之地，已差精勇十个爬山越岭去放火焚毁，以乱他军心。期在明日。明早我就进兵！”次日三个炮响，留五百守寨，沈参将领三千为前军，田副使督兵一千五百为后应，径到隘前，上边矢石如雨。这边各顶捱牌滚牌，步步挨进，直逼隘口，只是大石塞定，不能前去。忽见隘后黑烟四起，火光通红，岑邦彦忙自去救时，马京与秦钺大喊道：“天兵已进隘了！”先领兵一跑，田州兵也站脚不住便走，那一个来射箭、抛打石块？这边沈参将传令拆去石块，一齐杀进。陆绶还领几个残兵要来抵敌，被沈参将兵砍做肉泥。归德兵赶不上的，都张着两腋，执兵不动，沈参将已预先分付不杀。追去时，岑邦彦已因惊堕马，被马踹死。沈参将自鸣金收军，与田副使整队而进。一面差人督府报捷。先时岑猛只怕得一个沈参将，听得他阻住工尧隘口，又听得归德差兵二千协守，一发道是万全无事，日日与钱一贞讲些笑话儿，与群妾吃些酒，或歌或舞，且是快活。忽听得道工尧隘已失，岑邦彦已死，心胆俱碎，道：“我怕老沈，果然是他为害！”

忙传令土目韦好、黄笋督兵三千迎敌沈参将，罗河、戴庆把守城池。沈参将兵已是过了险阻，望平川进发，只见前面来了一阵苗兵：

人人虎面，个个狼形。火焰焰红布缠头，花斑斑锦衣罩体。诸葛弩满张毒矢，线杆枪乱点新锋。铛铛鸣动小铜锣，狠狠思量大厮杀！

那韦好、黄笋正舞动滚牌滚来，沈参将便挺着长枪杀去，滚得忙，搠得快，一枪往他臂上点去，韦好已倒在地下，众军赶上砍了。黄笋见了，倒滚转逃去了。这厢田副使又驱兵杀进。苗军也是英勇，奈没了头目，只得走回。各路土目闻得工尧隘失，兵至城下，逃的逃了，有胆量的还来协理守城。各路官兵俱乘虚而入，都到田州，绕城子安下营垒。岑猛登城一看，好不心惊，道："似此怎了！要降未必容我，要战料不能胜，守也料守不来，如何得好！"坐在府中，寻思计策。钱道士道："三十六着，走为上着。不若且逃夭夭，不要坐在这里等他拿去！"只见归德两个头目进来相见，道："天兵势大，不能抵挡！小人们主意，且率领本部杀开重围，护送老爷与家眷到我归顺，再图后举。"钱道士道："正是。大人且去，留公子守城。到归顺借他全州人马，再招集些各洞苗蛮来救，岂可坐守孤城！"岑猛便叫韦好与卢苏、王受辅佐邦佐守城，自向归顺讨救。将兵都留下，止带得四五十个家丁，收拾了些细软，打发妻妾都上了马，悄悄开了北门，马京当先，秦钺拥后，岑猛居中，一齐杀出。三更天气巡更知觉，报得赶来，他已去远了。只有沈参将已与归顺预定谋画，怕他从容生变，逃向别处，一路差人放炮，又于别路虚插旌旗，使他死心逃往归德。将到隘口，只见一支兵来，岑猛怕是官兵邀截，却是岑璋。下马相见，道："前日闻得工尧隘破，怕天后临城。特来策应，喜得相遇。"两个并马进城，在公馆安下。岑璋就请去吃酒，道："贤婿，敝州虽小，可以歇马。你不若一边出本辩冤，道原系泗城州仇揭，初非反叛朝廷；又一边招集旧时部回，还可复振；再不地连安南，可以逃至彼安身，官兵也无如何矣！"就为他觅人做本稿揭帖。次日复请他吃酒，准备发本，岑猛就带了印去。正写时，有人来报道："田州已被官挟打破，罗河拒战被杀，三公子与卢苏一起不知去向，现在发兵四处搜捕老爷与公子！"岑猛面如土色。只见岑璋斟上一杯酒，差人送来，道："官兵搜君甚急，不能相庇，请饮此杯，遂与君诀。"岑猛看了，却是杯鸩酒。看了大怒道："老贼敢如此无礼！"又叹道："一时不深思，反落老贼计中！"四顾堂下，见带刀剑的约有四五十人，自己身边并无一个，都是岑璋使计，在外边犒赏，都已灌醉擒下。他料然脱身不得，便满饮这杯，把杯劈脸望岑璋甩去。须臾七窍中鲜血迸流，死于座上。

杯酒伏干戈，弦歌有网罗。

英雄竟何在，热血洒青莎。

岑璋叫把他首级取了，盛在匣中，着人悄悄的送与沈参将——这边各路正在猜疑，道他走在安南，走在武靖，四处打探。田副使已草就露布道：

玉斧画大渡之河，宋德未沦百粤；铜柱标点苍之麓，汉恩久被夜郎。易鳞介而衣裳，化刀剑为牛犊。白狼槃木，宜歌向化于不忘；金马碧鸡，共颂天威于不朽。素受羁羁，谁外生成。今逆酋岑猛，九隆余绪，六诏游魂。锡之鞶带，久作在鞲之鹰；宠以轩轺，宜为掉尾之犬。乃敢触轮以纤臂，肆虿如毒蜂。巧营燕垒，浪比丸泥；计藉蚁封，竟云磐石。包茅不入，来享不闻。阴崖朽木，甘自外于雨濡；大野槁枝，首召端于霜陨。罪与昆仑而俱积，恶同昆明而俱深，乃勤明旨，於赫天威；五道出师，一战尽敌。幕府老谋方召，留一剑以答恩；奇略范韩，散万金而酬士。白羽飞而纤月落，黄钺秉而毒霭消。前茅效命，后劲扬威。战酣转日，纠纠貔虎之师；阵结屯云，济济鹳鹅之列。或槎山而通道，或浮罂以渡军。或借筹而樽俎折冲，或枕戈而鼓鼙起士。杀戒五伐六伐，谋深七纵七擒。尸积山平，血流水赤。首恶岂逋诛，已县稿街之首；胁从敢逃戮，终为京观之魂。再鼓而妖魅清，三驾而氛祲息。威灵丕振，疥癞不存。从此帝曰康哉，雨露风霆莫非教；民日安矣，生杀予夺皆知恩。挂弓卧鼓，四郊无烽燧之惊；鼓腹含哺，百郡酟弦歌之化。地埒禹服，德并尧天。烈与汤武而齐驱，仁并唐虞而首出。

岑猛首级解至军门，军门具题，把田副使与沈参将做首。圣旨重行升赏。议改田州为流官知府。

后边岑猛部下土目卢苏、王受作乱，朝廷差王阳明总督。阳明先平江西宁王，威名大著，这两土目情愿投降，只求为岑猛立后。阳明把他旧管四十八甲割八甲做田州，立岑猛三子邦相，改府为田宁府，府用流官作知府，卢苏等九人作土巡检。又因苗夷畔服不常，议要恩威素著大将镇守，题请把沈参将以副总兵管参将事驻札田宁府，一应生苗熟苗都服他，卢苏还率兵随他征讨，尽平藤峡八寨乱苗立功。后升总兵，镇广西。他出兵神出鬼没，凡有大伙苗夷据住高箐深洞、阻兵劫掠的，他定发兵往剿，来的奸细都被他擒获。平日预备兵粮，择日讨贼时，今日传至某处驻札，明日传至某处屯兵，莫说苗人不知道他来捣巢，连兵也不知。一日托病，众将官问安，他道：“连日抑郁，欲思出猎，请君能从乎？”各将官点选精锐从行，依他将令前去，却又是捣红华洞作乱生苗。其余小小为寇、不安生理的，他当时黑夜差人在山崖上放上一个炮，惊得这些苗夷逃的逃，躲的躲，跌死的跌死，家中妻子都怨怅道：“怎不学好，惹老沈！”都来投降，愿一体纳税，再不敢为非，一省安戢。即岑猛，若非他有奇计，使他翁婿连兵，彼此援应，毕竟不能克。那时赦他们，威令不行；若定要剿他，他固守山险，一时不克；行军一日，日费万金，岂特广西一省受害！故善用兵的，一纸书贤于十万师。那些土官，莫看今日奢崇明作乱被诛，石柱宣抚司秦夫人被奖，也该知警，只看此一节岑猛得死，岑璋得生，也可明乎顺逆，思想趋避了。

雨侯曰：将不在力在智，而尤在于同心。倘当日驰檄归德，而忌功者曰通夷、曰贪功生事奈何？故当日吾固美沈公之能用知，而犹幸其能行其知，则吾尤致望于文臣矣！

题　词

造物何尝弄人，人自入其颠倒。巧则巧，一事百惠，迪吉而从逆凶。滔滔汩汩之中，巧以其妻予之而不受，竟以酬拯溺之人耳。一拯人且然，益知历年四百，天之酬神禹未为厚也。

翠娱阁主人题

第二十五回　凶徒失妻失财　善士得妇得货

纷纷祸福浑难定，摇摇烛弄风前影。桑田沧海只些时，人生且是安天命。斥卤茫茫地最腴，熬沙出素众所趋。渔盐共拟擅奇利，宁知一夕成沟渠。狂风激水高万丈，百万生灵倏然丧。庐舍飘飘鱼鳖浮，觅母呼爷那相傍。逐浪随波大可怜，萍游梗泛洪涛间。天赋强梁气如鳄，临危下石心何奸！金珠已看归我橐，朱颜冉冉波中跃。一旦贫儿作富翁，猗顿陶朱岂相若。谁知飘泊波中女，却是强梁鸳凤侣。姻缘复向他人结，

讼狱空教成雀鼠。嗟嗟人散财复空，赢得人称薄幸侬。始信穷达自有数，
莫使机锋恼化工。

天地间祸福甚是无常，只有一个存心听命，不可强求。利之所在，原是害之所伏。即如浙江一省，杭、嘉、宁、绍、台、温都边着海，这海里出的是珊瑚、玛瑙、夜明珠，砗磲、玳瑁、鲛鮹，这还是不容易得的物件。有两件极大利，人常得的，乃是渔、盐。每日大小鱼船出海，管甚大鲸、小鲵，一罟打来货卖。还又有石首、鲳鱼、鳓鱼、呼鱼、鳗鲡各样，可以做鲞；乌贼、海菜、海僧，可以做干；其余虾子、虾干、紫菜、石花、燕窝、鱼翅、蛤蜊、龟甲、吐蛈、风馔、蟺涂、江蜛、鱼鳔，那件不出海中，供人食用、货贩？至于沿海一带，沙上各定了场分，拨灶户刮沙沥卤，熬卤成盐，卖与商人。这两项，鱼有渔课，盐有盐课，不惟足国，还养活滨海人户与客商，岂不是个大利之薮！

不期崇祯元年七月廿三日，各处狂风猛雨，省城与各府县山林被风害，坍墙坏屋，拔木扬沙，木石牌坊俱被风摆，这一两摆，便是山崩也跌倒，压死人畜数多。那近海更苦，申酉时分，近海的人望去海面黑风白雨中间，一片红光闪烁，渐渐自远而近，也不知风声水声，但听一派似雷轰虎吼般近来，只见：

急浪连天起，惊涛卷地来。白茫茫雪巘平移，乱滚滚银山下压。一泊两泊三四泊，那怕你铁壁铜垣？五尺六尺七八尺，早已是越墙过屋！叫的叫，嚷的嚷，无非觅子寻妻；氽的氽，流的流，辨甚富家贫户！纤枝蔽水，是千年老树带根流；片叶随波，是万丈横塘随水滚。满耳是哭声悲惨，满眼是水势汪洋。正是：陆地皆成海，荒村那得人？横尸迷远浦，新鬼泣青磷！

莫说临着海，便是通海的江河浦港，也都平长丈余，竟自穿房入户，飘凳流箱，那里遮拦得住？走出去，水淹死；在家中，屋压杀；那个逃躲得过？还有遇着夜间时水来，睡梦之中都随着水赤身露体氽去，凡是一个野港荒湾，少也有千百个尸首，弄得通海处水皆腥赤。受害的凡杭、嘉、严、宁、绍、温、台七府，飘流去房屋数百万间，人民数千万口，是一个东南大害，海又做了害薮了！但是其间贫的富，富的贫，翻覆了多少人家；争钱的，夺货的，也惹出多少

事务。内中却有个生意谋财的，却至于失财失妻；主意救人的，却至于得人得财，这也是尽堪把人劝戒。

话说海宁县北乡有个姓朱的，叫做朱安国，家事也有两分，年纪二十多岁，做人极是暴戾奸狡。两年前曾定一个本处袁花镇郑寡妇女儿，费这等两个尺头、十六两银子，摆在本年十月做亲。他族分中却也有数十房分，有一个族叔叫做朱玉，比他年纪小两岁，家事虽穷，喜做人忠厚，朱安国倚着他年小家贫，时时欺侮他。到了七月廿三日，海水先自上边一路滚将下来，东门海塘打坏，塔顶吹堕于地，四回聚涌灌流北乡，低的房屋、人民、牛羊、鸡犬、桑麻、田稻、什物氽个罄尽，高的水也到楼板上。朱安国乖猾得紧，忙寻了一只船，将家私尽搬在船中，傍着一株绝大树缆了，叫家中小厮阿狗稍了船，他自簑衣箬帽立在船上，捞氽来东西。此时天色已晚，只见水面上氽过两个箱子，都用绳索联着，上面骑着一个十七八岁女子，一个老妇人也把身子扑在箱上氽来，见了朱安国，远远叫道："救人！救人！救得情愿将东西谢你！"安国想道："这两个女人拼命顾这箱子，必定有物！"四顾无人，他便起个恶念，将船拨开去，迎着他手起一篙，将妇人一搠，妇人一滑，忙扯得一个索头，那女子早被箱子一荡，也滚落水，狠扯箱子。朱安国又是一篙，向妇人手上下老实一凿，妇人手疼一松，一连两个翻身，早已不知去向了。他忙把箱儿带住，只见这女子还半浮半沉，扑着箱子道："大哥！没奈何，只留我性命，我将箱子都与你，便做你丫头，我情愿。"安国看看，果然好个女子，又想道："斩草不除根，萌芽依旧发。我若留了他，不惟问我讨箱子，还要问我讨人命，也须狠心这一次！"道："我已定亲，用你不着了！"一篙把箱子一掀，女人身子一浮，他篙子快，复一推，这女子也汩汩渌渌去了：

> 汩天波浪势汤汤，母子萍飘实可伤。
>
> 惊是鱼龙满江水，谁知人类有豺狼！

他慢慢将箱子带住了，苦是箱子已装满了一箱水，只得用尽平生之力，扯到船上，沥去些水，叫阿狗相帮扛入船，忙了半夜，极是快活。只是那女子一连儿滚，吃了五六口水，料是没命了，不期撞着一张梳桌，她命不该死，急扯住它一只脚，把身扑上，漾来漾去，漾到一家门首撞住，这家正是朱玉家里。朱玉先见水来，就赤了脚，赤得脚时，水已到腿边了。急跳上桌，水随到桌边，要走，走不出门，只得往楼上躲，听得这壁泥坍，那厢瓦落，房子也阁阁响，朱玉好不心焦。又听得什么撞屋子响，道："晦气！现今屋子也难支撑，在这里，还禁得甚木植磕哩！”黑影子内开窗看，是一张桌子，扑着个人在上面。那人见开窗，也嘤嘤的叫：“救人！”朱玉道：“我这屋子也像在水里一般了，再摆两摆，少不得也似你要落水，怎救得你？罢！且看你我时运，捱得过，大家也都逃了性命出，逃不出再处。”便两只手狠命在窗子里扯了这女子起来，沥了一楼子水，那张桌子撞住不走，也捞了起来。这夜是性命不知如何的时节，一个浸得不要，蹲在壁边吐水；一个靠着窗口，看水心焦，只见捱到天明，雨也渐止，水也渐退，朱玉就在楼上煨了些粥请他吃，问他住居。他道：“姓郑，在袁花镇住，爷早殁，止得一个娘。昨日水来，我娘儿两个收拾得几匹织下的布、银子、铜钱、丝绵、二十来件绸绢衣服、首饰；又一家定我的十六两财礼，两匹花绸，装了两个小黑箱，缚做一块。我母子扶着随水氽来，到前边那大树下，船里一个强盗，把我母亲推下水去，又把我推落水中，箱子都抢去，是这样一个麻脸，有廿多岁后生，如今我还要认着他，问他要！只是我亏你救了性命，我家里房屋已氽光，母亲已死，我没人倚靠，没甚报你，好歹做丫头服侍你罢！”朱玉道：“那人抢你箱子，须无证见，你既已定人，我怎好要你？再捱两日，等你娘家、夫家来寻去罢！”朱玉在家中做饭与他吃，帮他晒晾衣服，因他有夫的，绝没一毫苟且之心。

水退，街上人簇簇的道：某人得采，捞得两个箱子；某人收得多少家伙；某人氽去了多少什物，某人几乎压死；某人幸不淹杀。朱玉的紧邻张千头道：“我们隔壁朱小官也造化，收得个开口货！”众人道：“这合不来，倒要养他！”一个李都管道：“不妨，有人来寻，毕竟也还些饭钱，出些谢礼，没人来，卖他娘，料不折本！”张千头道：“生得好个儿，朱小官正好应急。”适值朱玉出来，众人道：“朱小官！你鼻头塌了，这是天付来姻缘！”朱玉道：“甚么话！这女人并不曾脱衣裳困，我也并不敢惹他。”只见李都管道：“呆小官！这又不是你去拐带，又不是他逃来，这是天灾偶凑。待我们寻他爷和娘来，说一说明，表一表正。”朱玉道：“他袁花郑家，只得娘儿两个，前日扶着两个箱子氽来，人要抢他箱子，把娘推落水淹死，只剩得他了。他又道先前已曾许把一个朱家，如何行得这等事？”李都管道：“甚么朱家，这潮水不知氽到那里去了！我看后日是个好日，接些房族亲眷拢来，做了亲罢，不要‘狗咬骨头，干咽唾’！”正说，只见朱玉娘舅陈小桥在城里出来望他，听得说起，道：“外甥，你一向不曾寻得亲事，这便是天赐姻缘，送来佳配，我做主！我做主！”前日朱玉捞得张抽头桌，倒也有五七两银子；陈小桥便相帮下帖，买了个猪，一个羊，弄了许多酒，打点做亲。

只是那日朱安国夺了两个箱子，打开来，见了许多丝布铜钱、银子、衣服，好不快活。又懊悔道："当时一发收了这女子，也还值几个银子！"又见了两匹水浸的花绸，一封银子，却有些认得，也不想到，且将来晾上一楼，估计仔么用。只听得外面叫声，却是朱玉来请他吃亲事酒，他就封了一封人情。到那日去赴筵，但见里面有几个内眷，把这女子扮打得花花朵朵，簇拥出来，全不是当日在水里光景了：

涂脂抹粉一时新，袅袅腰肢煞可人。

缭绕炉烟相映处，君山薄雾拥湘君。

两个拜了堂，谒见了亲邻，放铳吹打，甚是兴头。只是这女子还有乐中之苦：

烛影煌煌照艳妆，满堂欢会反悲伤。

鸾和幸得联佳配，题起慈乌欲断肠。

这些亲邻坐上一屋，猜拳行令，吃个爽快。只朱安国见女人有些认得，去问人时，道："水氽来的。"又问着张千头，张千头道："这原是袁花郑家女儿，因海啸，娘儿两个坐着两个箱子氽来，撞了个强盗抢了箱子，推他落水，娘便淹死了，女儿令叔收得，他情愿嫁他，故此我们撺掇，叫他成亲。"朱安国道："袁花那个郑家？"张千头道："不知。"朱安国道："我也曾定一头亲在袁花，也是郑家，连日不曾去看得，不知怎么？"心里想道："莫不是他？"也不终席，赶回去。这边朱玉夫妇自待亲戚酒散，两个行事，恰也是相与两日的，不须做势得，真白白拾了个老婆。只是朱安国回去，看箱里那几锭银子与花绸，正是聘物，不快活得紧。一夜不困，赶到袁花郑家，地上片瓦一椽没了，复身到城里，寻了原媒张篦娘，是会篦头、绞脸、卖鬏髻、花粉的一个老娘婆，说起袁花郑家被水氽去，张篦娘道："这也是天命，怨不得我。"朱安国道："只是如今被我阿叔占在那边，要你去一认。"张篦娘道："这我自小见的，怕不认得？"便两个同走。先是张婆进去，适值朱玉不在，竟见了郑氏，道："大姑娘！你几时来的？"那郑氏道："我是水发那日氽来的。"张篦娘道："老娘在那里？"郑氏哭道；"同在水里氽来，被个强人推在水里淹死了！"张篦娘道："可怜！可怜！如今这是那家，姑娘在这里？"郑氏道："这家姓朱，他救我，众人撺掇叫我嫁他。"张篦娘道："那个大胆主的婚？现今你有原聘丈夫在那，这是这家侄儿，他要费嘴！"郑氏惊的不敢做声。张篦娘吃了一杯茶去了。朱玉回来，郑氏对他一说，朱玉也便慌张，来埋怨李都管，李都管倒也没法。只见朱安国得了实信，一径走到朱玉家来，怒吼吼的道："小叔！你收留迷失子女不报官，也有罪了，却又是侄妇，这乱了伦理，你怎么处！"朱玉正是无言，恰好郑氏在里面张见他模样，急走出来，道："强贼！原来是你么？你杀死我母亲，抢了我箱子，还来争甚亲！"朱安国抬头一看，吃一惊，道："鬼出了！"还一路嚷出去，道："有这等事！明日就县里告你，你阿叔该占侄儿媳妇的么！"回去想了一夜，道："我告他占我老婆，须有媒人作证；他告我谋财杀命，须无指实。况且我告在先，他若来告时，只是拦水缺。自古道，先下手为强！"这边亲邻倒还劝朱玉处些财礼还他，他先是一张状子告在县里，道：

灭伦奸占事：切某于天启六年二月，凭媒张氏礼聘郑敬川女为妻。兽叔朱玉贪女姿色，乘某未娶，带棍劈抢，据家淫占，理说不悛，反行狂殴。泣思亲属相奸，伦彝灭绝，恃强奸占，法纪难容。叩天剪除断给，实为恩德。上告。

县尊准了，便出了牌，差了两个人，先到朱安国家，吃了东道，送了个堂众包儿，又了后手，说自己明媒久聘，朱玉强占。差人听了这些口词，径到朱玉家来，见朱玉是小官儿，好生拿捏，道："阿叔奸占侄儿媳妇，这是有关名分的。据你说收留迷失子女，也是有罪，这也是桩大事！"朱玉忙整一个大东道，央李都管陪他。这讲公事是有头除的，李都管为自己，倒为差人充拓，拿出一个九钱当两半的包儿，差人递与李都管道："你在行朋友拿得出？譬如水不氽来，讨这妇人，也得斤把银子，也该厚待我们些！"只得又添到一两二钱。一个正差董酒鬼，后手三钱；贴差蒋独桌，到后手五钱。约他诉状，朱玉央人作一纸诉状，也诉在县里，道：

劫贼反诬事：切某贫民守分，本月因有水灾，妇女郑氏，众怜无归，议某收娶。岂恶朱安国先乘郑氏避患，劫伊箱二只，并杀伊母胡氏，惧郑氏告理，驾词反诬。叩拘亲族朱凤、陈爱、李华等电鞫，殄贼超诬，顶恩上诉！

谢县尊也准了，出了牌，叫齐犯人，一齐落地。差人销了牌，承行吏唱了名，先叫原告朱安国上去，道："小的原于天启六年，用缎四匹，财礼十六两，聘郑氏为妻，是这张氏作媒，约在目今十月做亲。不料今遇水灾，恶叔乘机奸占。"谢县尊听了，便问道："莫不是水氽到他家，他收得么？这也不是奸占了。"便叫张氏，问道："朱安国聘郑氏事有的么？"张氏道："是妇人亲送去的。"

县尊道:“这妇人可是郑氏么？”张氏道:“正是。”又叫朱玉:“你怎么收留侄妇，竟行奸占？”朱玉道:“小人七月廿三日在家避水，有这妇人氽来，说是袁花人，母子带有两个黑箱，被人谋财害了母亲，剩得他，要小人救。小人救在家里，等他家里来寻。过了五六日，并无人来，他说家里没人，感小的恩，情愿与小的做使女。有亲族邻人朱凤等，说小的尚未有妻，叫小的娶了。小的也不认得他是侄妇，后来吃酒时，郑氏认得朱安国是推他母子下水、抢他箱子的人，妇人要行告理，他便来反诬。”县尊道：“你虽不知是侄妇，但也不该收迷失女子。”朱玉道:“小的也不肯收，妇人自没处去。”县尊叫郑氏，问道:“你母亲在日曾许朱安国来么？”郑氏道：“曾许一个朱家，不知是朱安国不是朱安国？”张篦娘道：“这是我送来的礼，怎说得不是？”郑氏道：“礼是有，两匹花绸，十六两银子，现在箱内，被这强贼抢去，还推我落水。”县尊道:“你既受朱家聘，也不该又从人了。”郑氏道:“老爷，妇人那时被这强贼劫财谋命，若不是朱玉捞救，妇人还有甚身子嫁与朱家？”县尊道：“论理他是礼聘，你这边私情，还该断与朱安国才是。”郑氏道：“老爷！他劫妇人财，杀妇人母，又待杀妇人，这是仇家，妇人宁死不从！”县尊道:“果有这样奇事？”叫:“朱安国！你怎谋财谋命？”朱安国叩头道:“并没这事！”郑氏道：“你歇船在大树下，先推我母亲，后推我，我认得你。还有一腊梨小厮稍船，你还要赖！只怕劫去箱子与赃物在你家里，搜得出哩！”朱安国道：“阿弥陀佛！我若有这事，害黄病死！你只要嫁朱玉，造这样是非！”县尊道:“也罢！”叫郑氏:“你道是仔么两个箱？我就押你两人去取来！”郑氏道：“是黑漆板箱二个，一个白铜锁，后边脱一块合扇；一个是黄铜锁，没一边铜馆。”县尊又问道：“箱内是甚么物件？”就叫郑氏报，一个书手写：

丝一百二十两，计七车。绵布六匹。苎布二匹半。绵兜斤半。铜钱三千二百文。锭银五两。碎银三两。银髻一顶。银圈一个。抹头一圈。俏花八枝。银果子簪二枝。玉花簪四枝。银古折簪二枝。银戒指八个。银穵一枝。银环二双。水红绵绸一匹。红丝绸袄一件。官绿丝绸袄一件。月白绵绸袄一件。青绢衫一件。红绸裙一条。蓝绸裙一条。大小青布衫三件。蓝布衫二件。白布裙二条。红布袄一件。沙绿布裙一条。聘礼红花绸一匹。沙绿花绸一匹。聘银四锭十六两。田契二张。桑地契一张。还有一时失记的。

县尊就着两个差人，同朱安国、郑氏去认取：“这两箱如有，我把朱安国定罪；如无，将郑氏坐诬。”差人押了到朱安国家，果见两双黑箱，郑氏道：“正是我的！”朱安国说：“不是！”差人道：“是不是，老爷面前争！”便叫人扛了，飞跑到官。朱安国还是强争，郑氏执定道：“是我的！”谢县尊道：“朱安国，我也着吏与你为一单，你报来我查对。”朱安国道：“小的因水来，并做一处乱了，记不清。”县尊道：“这等竟是他的了！”朱安国无奈，故乱报了几件。只见一打开，谢县尊道：“不必看了，这是郑氏的！”朱安国叩头道：“实是小的财物，那一件不是小的苦挣的？”谢县尊道：“且拿起来，你这奴才，你箱笼俱未失水，他是失水的；你看他那布匹、衣服，那件没有水渍痕？你还要强争！”检出银子、铜钱，数都不差。谢县尊叫：“夹起来！”倒是朱玉跪上去道：“小的族兄止得这子，他又未曾娶妻；若老爷正法，是哥子绝了嗣了。况且劫去财物，已经在官，小的妻子未死，只求老爷天恩！”谢县尊道：“他谋财劫命，俱已有行，怎生饶得？”众人又跑上去道：“老爷，日前水变，人家都有打捞的，若把作劫财，怕失物的纷纷告扰，有费天心。据郑氏说，杀他母亲，也无见证。”朱安国又叩头道：“实是他箱子撞了小人的船，这女子震下水去，并不曾推他，并不曾见老妇人。小的妻子情愿让与叔子，只求老爷饶命！”县尊道：“看你这人强梁，毕竟日后还思谋害朱玉，这决饶不得！”朱安国又叩头道：“若朱玉后日有些长短，都是小人偿命！”亲族邻里又为叩头求饶，县尊也就将就出审单道：

朱安国乘危射利，知图财而不知救人，而已聘之妻遂落朱玉手矣，是天祸凶人夺其配也。人失而宁知已得之财复不可据乎！朱玉拯溺得妇，郑氏感恩委身，亦情之顺；第郑氏之财归之郑氏，则安国之聘亦宜还之安国耳。事出异常，法难深绳，姑从宽宥，仍立案以杜讼端。

县尊道：“这事谋财谋命，本宜重处。正是灾荒之时，郑氏尚存，那箱子还只作捞取的，我饶你罪，姑不重究。朱安国还着他出一结状，并不许阴害朱玉，我这里还为他立案，通申三院。”众人都叩谢了出来。那边朱玉与郑氏，欢欢喜喜领了这些物事家去，到家请邻舍，请宗族，也来请朱安国。朱安国自羞得没脸嘴，不去。他自得了个花枝样老婆，又得了一主钱，好不快活：

一念慈心天鉴之，故教织女出瑶池。
金缯又复盈筒箧，羞杀欺心轻薄儿！

只见朱安国叹气如雷，道：“当初只顾要财，不顾要人，谁知道把一个老婆送与了叔子，还又把到手的东西一毫不得，反吃一场官司，又去了几两银子，把追来的财礼也用去一半！”整日懊悔不快，害成一个黄病，几乎死了。里间都传他一个“黑心不长进”的名。朱玉，人道他忠厚慈心，都肯扶持他。

这可不见狠心贪财的，失人还失财；用心救人的，得人又得财！祸福无门，唯人自召。故当时曾说，江西杨溥内阁，其祖遇江西洪水发时，人取箱笼，他只救人，后来生了杨阁老，也赠阁老，这是朱玉对证。又到福建张文启，与一姓周的避寇入山，见一美女，中夜周要奸他，张力止，护送此女至一村老家，叫他访他家送还。女子出钗钏相谢，他不受。后有大姓黄氏，招文启为婿，成亲之夕，细看妻子，正山中女子，是护他正护其妻，可为朱安国反证。谁谓一念之善恶，天不报之哉！

雨侯曰：钱财有命，君子落得为君子，小人落得为小人，不必衡之得失之介。然借此得失，可以醒庸人之心。

小　引

仆有嫌其妻丑者，主以金杯酌酒与之，继酌以磁杯，问以孰美，曰："皆美。"主曰："如是，不必嫌其妻矣。"今之求丽色者，何见解竟出两人下哉！聚妖丽以戕生者，杨诚斋谓以阎罗王未尝出勾，子何自行投到？如此被愚者，予亦谓以世网自疏，人何密之！

翠娱阁主人撰

第二十六回　吴郎妄意院中花　奸棍巧施云里手

绰约墙头花，分辉映衢路。色随煦日丽，香逐轻风度。蛱蝶巧窥伺，翩翩竞趋附。缱绻不复离，回环故相慕。蛛网何高张，缠缚苦相怖。难张穿花翅，竟作触株兔。

朱文公有诗云："世上无如人欲险，几人到此误平生！"见得人到女色上最易动心，就是极有操守的，到此把生平行谊都坏。且莫说当今的人，即如往古楚霸王，岂不是杀人不眨眼的魔君，轮到虞姬身上，到死犹然恋恋。又如晋朝石崇，爱一个绿珠，不舍得送与孙秀，被他族灭。唐朝乔知之爱一妾，至于为武三思所害。至若耳目所闻见，杭州一个秀才，年纪不多，也有些学问，只是轻薄好挨光，讨便宜。因与一个赌行中人往来，相好得紧，见他妻子美貌，他便乘机色搭。故意叫妇人与他首饰，着他彻夜去赌，自己得停眠整宿。还道不像意，又把妇人拐出，藏在坟庵里。他丈夫寻人时，反帮他告状，使他不疑。自谓做得极好，不意被自家人知觉，两个双双自缢在庵中。把一个青年秀才，陪着红粉佳人去死，岂不可惜？又还有踹人浑水，占了人拐带来的女人，后来事露，代那拐带的吃官司，吃敲吃打；奸人妻子，被人杀死；被傍人局诈，这数种，却也是寻常有的，不足为奇。如今单讲的是贪人美色，不曾到手，却也骗去许多银子，身受凌辱的，与好色人做个模样。

话说浙江杭州府，宋时名为临安府，是个帝王之都，南柴北米，东菜西鱼，人烟极是凑集，做了个富庶之地，却也是狡狯之场。东首一带，自钱塘江直通大海，沙滩之上灶户各有分地，煎沙成盐卖与盐商，分行各地。朝廷因在杭州菜市桥设立批验盐引所，称掣放行，故此盐商都聚在杭城。有一个商人姓吴名爚，字尔辉，祖籍徽郡，因做监，寓居杭城箭桥大街，年纪三十二三，家中颇有数千家事。但做人极是啬吝，真是一个铜钱八个字，臭猪油成坛，肉却不买四两。凭你大熟之年，米五钱一石，只是吃些清汤不见米的稀粥。外面恰又装饰体面，惯去闯寡门，吃空茶，假耽风月，见一个略有些颜色妇人，便看个死。苦是家中撞了个妪人，年纪也只三十岁，却是生得胖大，虽没有晋南阳王保身重八百斤，却也重有一百廿。一个脸大似面盘，一双脚夫妻两个可互穿得鞋子。房中两个丫鬟，一个秋菊，年四十二，一个冬梅，年三十八。一个髻儿，长歪扭在头上，穿了一双靸鞋，日逐在街坊上买东买西，身上一件光青布衫儿，龌龊也有半寸多厚。正是：

何处生来窈窕娘，悬河口阔剑眉长。
不须轻把裙儿揭，过处时闻酱醋香。

只因家中都是罗刹婆、鬼子母，把他眼睛越弄得饿了，逢着妇人，便出神的看。时尝为到盐运司去，往猫儿桥经过。其时桥边有个张二娘，乃是开机坊王老实女儿，哥哥也在学，嫁与张二官，叫名张彀。张家积祖原是走广生意，遗有账目，张彀要往起身进广收拾，二娘阻他，再三不肯，只留得一个丫鬟桂香伴他。不料一去十月有余，这妇人好生思想，正是：

晓窗睡起静支颐，两点愁痕滞翠眉。
云髻半鬔慵自整，王孙芳草系深思。

尝时没情没绪的倚着楼窗看，一日恰值着吴尔辉过，便盯住两眼去看他。妇人心有所思，那里知道他看？也不躲避。他道这妇人一定有我的情，故此动不也动，卖弄身份。以后装扮得齐齐整整，每日在他门前幌，有时遇着，也有时不遇着。心中尝自道："今日这一睃，是丢与我的眼色；那一笑，与我甚是有情！"若不见他在窗口时，便踱来踱去，一日穿梭般走这样百十遍。也是合当有事，巧巧遇着一个光棍，道："这塌毛甚是可恶，怎在这所在哄诱人良家妇女！"意思道他专在这厢走动，便拿他鹅头。不料一打听，这妇人是良家，丈夫虽不在家，却极正气，无人走动。这光棍道："待我生一计弄这蛮子！"算计定了，次日立在妇人门首，只见这吴尔辉看惯了，仍旧这等侧着头，斜着眼，望着楼窗走来。光棍却从他背后轻轻把他袖底一扯，道："朝奉！"吴尔辉正看得高兴，吃了一惊，道："你是甚人？素不相认。"这光棍笑道："朝奉，我看你光景，想是看想这妇人。"吴尔辉红了脸，道："并没这事，若有这事，不得好死，遭恶官司！"光棍道："不妨，这是我房下，朝奉若要，我便送与朝奉。"吴尔辉道："我断不干这样事！"板着脸去了。次日这个光棍又买解，仍旧立在妇人门前，走过来道："朝奉，舍下吃茶去！"吴尔辉道："不曾专拜，叨扰不当！"那光棍又陪着他走。说："朝奉，昨日说的，在下不是假话。这房下虽不曾与我生有儿女，却也相得，不知近日为些甚么，与老母不投，两边时常兢气，老母要我出他。他人物不是奖说，也有几分，性格待我极好，怎生忍得？只是要做孝子，也做不得义夫。况且两硬必有一伤，不若送与朝奉，得几十两银子，可以另娶一个。他离了婆婆，也得自在。"吴尔辉道："恩爱夫妻，我仔么来拆散你的？况且我一个朋友，讨了一个有夫妇人，被他前夫累累来诈，这'带箭老鸦'谁人要他？"光棍道："我写一纸离书与你是了！"吴尔辉道："若变脸时，又道离书是我逼写的，便画把刀也没用。我仔么落你局中！"光棍道："这断不相欺！"吴尔辉道："这再处。"自去了。

到第三日，这光棍打听了他住居，自去相见。吴尔辉见了，怕里面听得，便一把扯着，道："这不是说话处。"倒走出门前来。那光棍道："'覆水难收'，在下再无二言。但只是如今也有这等迷痴的人，怪不得朝奉生疑。朝奉若果要，我便告他一个官府执照，道他不孝，情愿离婚，听他改嫁，朝奉便没后患了。"吴尔辉沉吟半日，道："怕做不来。你若做得来，拿执照与我时，我兑二十两；人到我门前时，找上三十两，共五十两。你肯便做！"光棍道："少些！似他这标致，若落水，怕没有二百金？但他待我极恩爱，今日也是迫于母命没奈何，怎忍做这没阴骘事？好歹送与朝奉，一百两罢！"吴尔辉道："太多！再加十两。"两边又说，说到七十两，先要执照为据，兑银。此时光棍便与两个一般走空骗人好伙计商量起来，做起一张呈子，便到钱塘县。此时本县缺官，本府三府署印，面审词状，这光棍递上呈子，那三府接上一看：

具呈人张青，呈为恳恩除逆事：切青年幼丧父，依母存活，上年蹇娶悍妇王氏，恃强抵触，屡训不悛，忤母致病，里邻陈情、朱吉等证。痛思忤逆不孝，事关“七出”，觝妇不去，孀母不生。叩乞批照离嫁，实为恩德。上呈。

那三府看了呈，问道：“如今忤逆之子，多系爱妻逆母，你若果为母出妻，可谓孝子；但只恐其中或是夫妻不和，或是宠妾逐妻，种种隐情，驾忤逆为名有之。我这边还要拘两邻审。”光棍道：“都是实情，老爷不信，就着人拘两邻便是。”三府便掣了一根签，叫一个甲首分付道：“拘两邻回话。”这甲首便同了光棍，出离县门，光棍道：“先到舍下，待小弟邀两邻过来。”就往运司河下便走，将近肚子桥，只见两人走来，道：“张小山！仔么这样呆？”光棍便对张甲首道：“这是我左邻陈望湖，这是右邻朱敬松。”那敬松便道：“小山，夫妻之情，虽然他有些不是，冲突令堂，再看他半年、三月处置。”光棍道：“这样妇人，一日也难合伙，说甚半年、三月！”陈望湖道：“你如今且回去，再接他阿哥，同着我们劝他一番，又不改，离异未迟！”光棍道：“望湖，我们要做人家的人，不三日、五日大闹，碗儿、盏儿甩得沸反，一月少也要买六七遭，便一生没老婆，也留他不得。如今我已告准，着这位老牌来请列位面审，便准离了。”敬松道：“只可打拢，仔么打开？我不去，不做这没阴骘事！”甲首道：“现奉本县老爷火签拘你们，怎推得不去？”陈望湖道：“这也是他们大娘做事拙，实的虚不得！”光棍道：“今日我们且同到舍下坐一坐，明日来回话。”甲首道：“老爷立等。”敬松道：“这时候早堂已退了，晚堂不是回话的时节，还是明日罢！”陈望湖道：“巧言不如直道，你毕竟要了落老牌，屋里碗碟昨日打得粉碎，令正没好气，也不肯替你安排，倒不如在这边酒店里坐一坐罢！”四个便在桥边酒店坐下，一头吃酒一头说。敬松道：“看不出好一个人儿，怎么这等狠？”陈望湖道：“令堂也琐碎些，只是逆来顺受，不该这等放泼，出言吐语，教道乡村！”甲首道：“这须拿他出来，拶他一拶，打他二十个巴掌，看他怕不怕！”光棍道：“倒也不怕的。”敬松道：“罢！与他做甚冤家？等他再嫁个好主顾！”差人道：“不知甚么人晦气哩！”吃了一会，光棍下楼去了一刻，称了差使钱来。差人不吃饭，写了一个饭票。这三个都吃了饭，送出差使钱来。差人捏一捏，道：“这原不是斗殴、户婚、田土，讲得差使起的，只是也还轻些。”敬松道：

"这里想有三分银子，明日回话后，再找一分。"差人道："再是这样一个包儿罢！"陈望湖道："酌中，找二分罢。"差人道："明日我到那边请列位。"望湖道："没甚汤水，怎劳你远走，明日绝早，我们三个自来罢！"差人道："这等明早懊来桥边会,火签耽延不得的！"次早差人到得桥边,只见三个已在那边,就同到县中伺候。升了堂,差人过去缴签,禀道:"带两邻回话的。"三府便道:"仔么说？"光棍道："小人张青，因妻子忤逆母亲，告照离异，蒙着唤两邻番问。今日在这边伺候。"三府道："那两邻怎么说？"只见这两个道："小人是两邻，这张青是从小极孝顺的，他妻子委是不贤，常与他母亲争兢，前日失手推了母亲一跤，致气成病，以致激恼老爷。"三府道："这还该拿来处！"光棍便叩头道："不敢费老爷天心，只求老爷龙笔赐照。"三府便提起笔写道：

王氏不孝，两邻证之已详，一出无辞矣。姑免拘究，准与离异。

批罢，光棍道："求老爷赐一颗宝！"三府便与了一颗印。光棍又用了一钱银子挂了号，好不欣然。来见吴尔辉。吴尔辉看了执照，道："果然你肯把他嫁我？"光棍道："不嫁你告执照？"尔辉满心欢喜，便悄悄进去，拿了一封银子——十七两摇丝,三两水丝。光棍看了,道:"兑准的么？后边银水还要好些,明日就送过来。"尔辉道："我还要择一日，今日初七,十一日好，你可送到葛岭小庄上来。"那光棍已是诓了二十两到手了。

第二日，央了个光棍，穿了件好齐整海青，戴了顶方巾，他自做了伴当，走到张家来。那光棍先走到坐启布旁边，叫一声："张二爷在家么？"妇人在里边道："不在家！"光棍便问道："那里去了？"里边又应道："一向广里去，还未回。"只见戴巾的对光棍道："你与他一同起身的，怎还未回？"光棍道："我与他同回的，想他不在这边，明日那边寻他是了。"戴巾的转身便去。那妇人听了，不知甚意，故忙叫："老爹请坐吃茶，我还有话问！"那人已自去了。妇人道："桂香，快去扯他管家来问！"此时这光棍故意慢走，被桂香一把拖住，道："娘有话问你！"光棍道："不要扯，老爹还要我跟去拜客！"桂香只是拖住不放，扯到家中。妇人问道："你们那家？几时与我二爷起身？如今二爷在那边？"这人趑趄不说。妇人叫桂香拿茶来，道："一定要你说个明白！"光棍道："我姓俞，适才来的是我老爹，叫我在广东做生意，你们二爷一同起身。因二爷缺些盘缠，问我借了几两银子，故此我老爹来拜。"妇人道："他仔么没盘缠？"光棍道："他银子都买了苏木、胡椒与铜货，身边剩得不多，故此问我们借。"妇人道："他几时起身？"光棍道："是三月初三。"妇人道：

“你几时到的？”光棍道：“前月廿八。”妇人道：“怎同来他又不到？你说‘明日那边寻’，是那边？”光棍道：“我说明日再寻他，不曾说那边。”妇人道：“我明明听得的，好管家，说了我谢你！”光棍道：“说了口面狼藉，又是我的孽！”又待要走，妇人便赶来留，说：“桂香！我针线匾里有一百铜钱，拿来送管家买酒吃！”光棍道：“说便说，二娘不要气。”妇人道：“我不气便了。”光棍道：“你二爷在广时，曾嫖一个杨鸾儿，与他极过得好，要跟二爷来，二爷不肯。直到临起身，那杨鸾儿哭哭啼啼，定要嫁他，身边自拿出一主银子把二爷赎身，二爷一厘不曾破费。因添了一个内眷，又讨了一个丫头，恐怕路上盘缠不够，问我借银十两同来。”妇人道：“既同来，得知他在那里？”光棍道：“这不好说。”妇人道：“这一定要说！”光棍道：“这内眷生得也只二娘模样，做人温柔，身边想还有钱，二爷怕与二娘合不来，路上说要寻一个庄，在钱塘门外，与他住；故此到江头时，他的货都往进龙浦赤山埠湖里去，想都安顿在庄上，目下也必定回了。”妇人道：“如何等得他回，一定要累你替我去寻他！”光棍道：“我为这几两银子，毕竟要寻他，只是不好领二娘去，且等明日寻着了他来回复。”这光棍骗了一百钱去了。这妇人气得不要，人上央人，去接阿哥王秀才来，把这话一说，连那王秀才弄得将信将疑，道：“料也躲不过，等他自回。”妇人道：“他都把这些货发在身边发卖，有了小老婆，又有钱用，这黑心忘八还肯回来？好歹等那人明日回覆，后日你陪我去寻他！”兄妹两个吃了些酒，约定自去。等到初十下午，只见这光棍走将来，桂香看了忙赶进去，道：“那人来了！”这妇人忙走出，道：“曾寻着么？”光棍道：“见了，在钱塘门外一个庄上。早起老爹去拜，你二爷便出来相见，留住吃饭，这货虽发一半到店家，还未曾兑得银子，约月半后还。姨娘因我是同来熟人，叫我到里面与我酒吃，现成下饭烧鸭、熩蹄子、湖头鲫鱼，倒也齐整。姨娘不像在船中穿个青布衫，穿的是玄色冰纱衫，白生绢袄衬，水红胡罗裙，打扮得越娇了。二爷问我道：‘你曾到我家么？’我道：‘不曾。’他说：‘千定不可把家中得知！’昨日不曾分付得，我又尖了这遭嘴。”这妇人听了，把脚来连顿几顿，道：“有这忘八，你这等穿吃快活，丢我独自在家！明早央你替我同去寻他！”光棍道：“怕没工夫，况且我领了你去，张二爷须怪我，后边不好讨这主银子。”妇人道：“你只领我到，我自进去罢，日后银子竟在我身上还，没银子，我便点他货与你！”又留他吃了些酒，假喃喃的道：“没要紧又做这场恶！”妇人又扎缚他道：“我们明日老等你，千定要来！”光棍去了。妇人隔夜约定轿子，又约了王秀才。

清晨起来，煮了饭，安排了些鱼肉之类。先是轿夫到，次后王秀才来，等了半晌，这光棍洋洋也到。那人好不心焦，一到便叫他吃了饭，分付桂香看家。妇人上了轿，王秀才与光棍随着，一行人望钱塘门而来。

这厢吴尔辉自行了执照，料得稳如磐石，只是家中妪人不大本分，又想张家娘子又是不怕阿婆的，料也不善，恐怕好日头争兢起来。他假说芜湖收账，收拾了铺陈，带了个心腹小郎欢哥，一个小厮喜童，来到湖上，赁了个庄，税了张好凉床，桌椅，买了些动用家伙，碗盏簇新，做顶红滴水月白胡罗帐，绵绸被单收拾得齐齐整整，只等新人来。只见这张家轿夫抬个落山健，早已出钱塘门，光棍与王秀才走了一身汗，也到城外。妇人推开帘儿问道：“到也不曾？”光棍道：“转出湖头便是。只是二娘这来，须见得张二爷好说话。若他不在，止见得姨娘，他一个不认账，叫我也没趣。况且把他得知了，移了窠，叫我再那里去寻？如今轿子且离着十来家人家歇，等我进去先见了，我出来招呼，你们便进去；我不出来，你们不要冲进。我真要骗他到厅上，叫他躲不及你们方好。”王秀才连声道：“有理！有理！”就歇下轿，王秀才借人家门首坐了。光棍公然摇摆进去，见了吴尔辉，吴尔辉道：“来了么？”光棍道：“轿已在门前，说的物可见赐。”吴尔辉说：“待人进门着。”光棍道：“这吴朝奉！轿在门前，飞了去？只是在下也有些体面，就是他令兄，也是个在庠朋友，见在外边送；当面在这时兑银子去，不惟在下不成模样，连他令兄也觉难为。如今我自领了银子去，等他令兄进来。只是他令兄，朝奉须打点一个席儿待一待，也是朝奉体面。”吴尔辉便叫小厮去看，道：“果然轿子歇在十来家门前。”尔辉便叫小厮去叫厨子，将银子交出，都不是前番银子，一半九二、三逼冲，一半八程极逼火。光棍道：“朝奉不忠厚！怎拿这银子出来？要换过！”吴尔辉道：“兄胡乱用一用罢！这里寓居，要换不便。”光棍定要换，吴尔辉便拿出一两逼火，道：“换是没得换，兄就要去，这两作东罢！”光棍恐怕耽延长久，妇人等不得，赶进来便假脱手道：“罢，罢！再要添也不成体面！”作辞去了。走到轿边，道：“两个睡得高兴，等了半日才起来，如今正在厅上与个徽州人说话，快进去！”妇人听了，忙叫轿夫，一个偏在那里系草鞋带不来，妇人恨不得下轿跑去，便与王秀才一同闯进庄门。吴尔辉正穿得齐齐整整的，站在那边等王秀才，这妇人一下轿，道：“欺心忘八！讨得好小！”那吴尔辉愕然道：“这是你丈夫情愿嫁与我，有甚欺心？”妇人一面嚷，王秀才道：“舍妹夫在那里？”吴尔辉道：“学生便是。”王秀才道：“混帐！舍妹夫张二兄在那里？”吴尔辉道：“他收了银子去了，今日学生就是妹夫了。”王秀才道：“他收拾银子躲了么？闻他娶一个妾在这里！”吴尔辉道：“娶妾的便是学生。”王秀才道：“妹子不要嚷，我们差来了！娶妾的是此位，张二已躲去了，我们且回罢！”吴尔辉道：“仔么就去？令妹夫已将令妹嫁与学生，足下来送，学生还有个薄席，一定要宽坐！”王秀才道：“这等叫舍妹夫出来！”吴尔辉道：“他拿了银子去了，还在轿边讲话。”此时说来，都是驴头不对马嘴，妇人倒弄得打头不应脑，没得说。王秀才道：“方才轿边说话的，是俞家家人，是领我们来寻舍妹夫的，那里是舍妹夫！”吴尔辉道：“那是你前边令妹夫，他道令妹不孝，在县中告了个执照，得学生七十两银子，把令妹与学生作妾。”王秀才道：“奇事，从那边说起！舍妹夫在广东不回，是这个人来说与他同回，带一个妾，住在这厢。舍妹特来白嘴，既没有妾在此罢了，有甚得你银子，嫁你作妾事？”吴尔辉道：“拿执照来时兑去二十，今日兑去五十，明明白白令妹夫得银子去，仔么没人得银？”扯了王秀才道：“学生得罪，宅上不曾送得礼来，故尊舅见怪，学生就补来。桶儿亲，日后正要来往，恕罪，恕罪！”王秀才道：“仔么说个礼，连舍妹早丧公婆，丈夫在广，有甚不孝？谁人告照？”吴尔辉道：“尊舅歪厮缠！现有执照离书在此。”忙忙的拿出来看，王秀才看了，道：“张青也不是舍妹夫名字。是了！你串通光棍，诓骗良人妻子为妾！”一把便来抢这执照，吴尔辉慌忙藏了，道：“你抢了，终不然丢去七十两银子？这等是你通同光棍，假照诓骗我银子了！”王秀才道：“放屁！”一掌便打过去。吴尔辉躲过，大叫道：“地方救人！光棍图赖婚姻打人！”王秀才也叫道：“光棍强占良人妻子！殴辱斯文！”哄了一屋的人，也不知那个说的是。王秀才叫轿夫：“且抬了妹子回去，我自与他理论！”吴尔辉如何肯放？旁边人也道：“执照真的，没一个无因而来之理。”两下甚难解交。巧巧儿按察司湖船中吃酒回，一声：“屈！”叫锁发钱塘县审。

发到县来，王秀才说是秀才，学中讨收管；吴尔辉先在铺中受享一夜。次日王秀才排了“破靴阵”，走到县中，行了个七上八落的庭参礼，王秀才便递上一张是“假照诓占事”，道：“生员有妹嫁与张彀。土豪吴爚乘他夫在广，假造台台执照，强抢王氏，以致声冤送台，伏乞正法。”你一句，我一句。那三府道：“知道，我一定重处！”就叫这一起。只见吴爚也是一张状子道“诓动事”，道：“无子娶妾，遭光棍串同王氏，诓去银七十两。”那三府道：“王生员，你那妹子没个要嫁光景，怎敢来占？”王秀才道：“生员妹子，原有夫张彀，在广生理。土豪吴爚贪他姿色，欺他孤身，串通光棍，假称同伙，道生员妹夫娶妾在吴爚家，诓生同妹子去。若不是生员随去，竟为强占了。”三府叫吴爚道：“你怎敢强占人家子女？”吴爚道：“小人因无子要娶妾，王氏夫张青拿了爷台执照，说他妻子不孝，老爷准他离异，要卖与小的。昨日他送这妇人到门，兑七十两银子去，却教这王生员道小人强占，希图白赖。”就递上抄白执照。三府道：“王生员，这执照莫不是果有的事？”王秀才道：“老大人！舍妹并无公婆，张彀未回，两邻可审，现在外边。”三府道：“叫进来！”只见众邻里一齐跪在阶下。三府道：“叫一个知事体的上来。”一个赵裁缝便跪上去。三府道：“张青可是你邻里么？”赵裁道：“小的邻舍只有张彀，没有张青。”三府道：“是张彀么？”赵裁道：“是，是。”三府道：“如今在那里？”赵裁道：“旧年八月去广里未回。”三府道：“王氏在家与何人过活？”赵裁道：“他阿婆三年前已死，阿公旧年春死在广东，家里止有一个丫头桂香。”三府道：“他前日为甚么出去？”赵裁道：“是大前日，有个人道他丈夫讨小在钱塘门外，反了两日赶去的。余外小的不知。”三府道：“你不要谎说。”赵裁道：“谎说前程不吉。”三府道：“你莫不是买来两邻？”赵裁慌道：“见有十家牌，张彀过了，‘赵志裁缝生理’便是小的。”三府讨上去一看，上边是：

周仁酒店　吴月织机　钱十淘沙　孙经挑脚　冯焕篦头　李子孝行贩王春缝皮　蒋大成摩镜

共十个，并没个“陈清、朱吉”，心里也认了几分错，就叫吴爚道：“执照是你与张青同告的么？”吴爚道：“是张青自告的。”三府道：“你娶王氏，那个为媒？”吴爚道：“小的与他对树剥皮，自家交易的。”三府道：“兑银子时也没人见了？”吴爚道：“二十两摇丝，五十两冲头，都是张青亲收。”三府道：“在那家交银？妇人曾知道么？”吴爚道：“昨日轿子到门交的银子，原说瞒着妇人的。”三府道：“好一个兀突蠢才！娶妾须要明媒。岂有一个自来交易的！”吴爚道：“小的有老爷执照为据。”三府道：“拿上来！”吴爚道：“小的已抄白在老爷上边。真本在家里。”三府便叫前日拘张青两邻差人。那甲首正该班，道：“是小的。”三府道：“张青住在那里？”答应道：“说在荐桥。”三府道：“你照旧拘他与两邻来！”甲首道：“那日他自来的，小的并不曾认得所在。”三府道：“又是一个糊涂奴才！”三府便叫：“王生员，我想你两家都为人赚了！你那妹子原无嫁人的事，不消讲了。”便叫吴爚：“你这奴才！若论起做媒没人，交银无证，坐你一个诓骗人家子女也无辞。”吴爚便叩头道：“老爷，冤枉！”“只是你还把执照来支吾，又道见妇人到门发银，也属有理。如今上司批发，不可迟延，限你五日内，与那差人这奴才寻获张青，若拿不到，差人三十板；把这‘朦胧告照，局骗良人妇女’罪名坐在你身上！”叫讨的当保。王生员与王氏、邻里暂发宁家。可笑这吴爚，在外吃亲友笑，在家吃妇人骂，道：“没廉耻！入娘贼！瞒我去讨甚小老婆，天有眼，银子没了，又吃恶官司！”耐了气，只得与差人东走西闯，赔了许多酒食，那里去寻一个人影儿？到第四日，差人对吴爚道：“吴朝奉，我认晦气，跑了四日了，明朝该转限，我们衙门里人，匡得伸直脚打两腿，你有身家的人，怎当得这拷问？况且朦胧诓骗，都是个该徒的罪名，须寻得一个分上才好！”吴爚原是一个臭吝不舍钱的，说到事在其间，也啬吝不得，便与他去寻分上。正走间，一个人道：“张二倒回来了，王秀才妹子着甚鬼，东走西跑打官司！”差人道：“我们也去看看，莫不是张青？”走时，只见张家堆上许多货，张彀还立在门前收货，妇人立在帘边，这张二且是生得标致，与张青那里有一毫相像？吴爚见了，越觉羞惭。正是：

柳姬依旧归韩子，叱利应羞错用心！

差人打合吴爚，寻了一个三府乡亲，倒讨上河，说要在王氏身上追这七十两银子。分上进去，三府道：“他七十两银子再不要提起罢了，只要得王秀才不来作对，说你诓骗，还去惹他？但是上司批发，毕竟要归结，止可为他把事卸在张青身上，具由申覆。”只这样做，又费两名“水手”。三府为他具由，把诓骗都说在张青身上，照提缉获。吴爚不体来历，罚谷，事完也用去百十两。正是：

羊肉不吃得，惹了一身膻。

当场街坊上编上一个《挂枝儿》，道：

吴朝奉，你本来极臭极吝。人一文，你便当做百文。又谁知落了烟花阱。人又不得得，没了七十金。又惹了官司也，着甚么要紧！

总之，人一为色欲所迷，便不暇致详，便为人愚弄。若便吴君无意于妇人，棍徒虽巧，亦安能诓骗得他？只因贪看妇人，弄出如此事体，岂不是一个好窥瞷良家妇女的明鉴？古人道得好：“他财莫要，他马莫骑。”这便是个不受骗要诀！

雨侯曰：告照必审两邻而后准，县令亦精明矣，而卒售其欺。说者曰：惜不拘人一审。不知两邻可假，妇人亦何不可假之有？甚哉，听讼之难也！

吴朝奉恋色亡财，却又散财免罪，黄金有用，竿牍有权，不其然乎？呵呵！

冷眼郎曰：骗吴朝奉，则曰告照，是从徽人怕事处打入；诳张二娘，则曰娶妾，是从女子妒忌处想出，妙处更在有意无意，令人自堕其术中。此等机械，真是颠倒一世。使筹边悟主者而具此作用，又何患主威不霁、边患不宁耶！

序

师之体尊矣，今曰寻馆、固馆，嗟乎！患得患失，何所不至哉！得此可醒贪夫之误人子弟、瞎汉之自误其子弟者，此型谓作愚蒙之教师也可。

翠娱阁主人识

第二十七回　贪花郎累及慈亲　利财奴祸贻至戚

莫笑迂为拙，须知巧是穷。奇谋秘计把人蒙，浪向纤纤蜗角、独称雄。

忮险招人忌，骄盈召鬼恫。到头输巧与天公，落得一身萧索、枉忡忡！

右调《南柯子》

这调是说巧不如拙。我尝道："拙的计在迟钝，尺寸累积，鸠巢燕垒，毕竟成家；巧的趋在便捷，一旦繁华，海市蜃楼，终归消灭。况且这天公又怜拙而忌巧，细数从来文中巧的莫如班、马，班固死于狱中，史迁身下蚕室；武中巧的莫如孙、吴，孙膑被庞涓刖足，吴起被楚宗室射死；诗中巧的莫如李、杜，李白身葬采石，杜甫客死四川；游说中巧的莫如苏、张，苏秦车裂齐国，张仪笞辱楚相。就是目今巧窃权是阉宦魏忠贤，只落得身磔家藉，子侄死徙；巧趋附是崔尚书一流，崔宦戮尸，其余或是充军，或是问徒，或是罢职，看将起来真是巧为拙奴，巧为拙笑。就我耳中所闻，却有个巧计赚人，终久自害的。

说话浙江绍兴府山阴县，有一个乡宦姓陈，自进士历副使，因与税监抗衡，至仕回家。夫人郑氏生有一子，止得九岁。到是初中时，在扬州娶得一个如夫人姓杜，生有一子，已是十七岁了，唤名陈镳，字我闲，已娶李侍御次女为妻。陈副使为他求师，略在亲友面前讲得一声，只见这边同年一封荐书、几篇文字，道："此人青年笃学，现考优等，堪备西席。"这相知一封荐书、几篇文字，道："此人老成忠厚，屡次观场，不愧人师。"又有至亲至友荐的。陈副使摆拔不下，道："青年的文字毕竟合时，但恐怕他轻佻，没坐性；老成的毕竟老于教法，但恐怕笔底违时。"正迟疑间，适值李亲家李侍御荐一个先生，姓钱名流，字公布，前道帮补，新道又是一等第六，是个时髦。陈副使道："丈人为女婿访求，必定确的了。"便自家去一拜，就下了一个请书。只见这先生年纪三十多岁，短胡，做人极是谦虚，言语呐呐不出口，叩他经史，却又响应。陈副使道："小儿虽是痴长，行文了两年，其实一窍不通，今遇老师，一定顿开茅塞。"钱公布道："末学疏浅，既蒙老先生、李老先生重托，敢不尽力！"陈副使想道："我最怪如今秀才，才一考起，便志气嚣，逞才傲物，似这先生，可谓得人了！"谁知这钱公布，他笔底虽是来得，机巧甚是出人。他做秀才，不学这些不肖日夕上衙门，自坏体面。只是往来杭州代考，包覆试三两一卷；止取一名，每篇五钱；若只要黑黑卷子，三钱一首，到府间价又高了。每考一番，来做生意一次。及至帮补了，他却本府专保冒籍，做活切头。他自与杭、嘉、湖富家子弟包倒，进学三百两：他自去寻有才、有胆、不怕事秀才，用这富家子弟名字进试，一百八十两归做文字的，一百二十两归他。复试也还是这个人，到进学却是富家子弟出来，是一个字不做，已是一个秀才了。回时大张旗鼓，向亲邻道冒籍进学。又捱一两年，待宗师新旧交接时，一张呈子，改回原籍，怕不是个秀才？是一个大手段人。陈副使不知道，送了张五十金关书，择日启馆，却在陈副使东庄上。但见：

> 翠竹敲风，碧梧蔽日。疏疏散散，列几树瑶草琪葩；下下高高，出几座危楼高阁。曲房临水倚，朱栏碧槛水中浮；孤馆傍山开，碧瓦红檐山畔出。香拂拂花开别径，绿荫荫树满闲阶。萧条草满少人来，一鸟不鸣偏更寂。

这先生初到馆，甚是勤谨，每日讲书讲文，不辞辛苦，待下人极其宽厚。陈公子是公子生性，动不动打骂，他都为他委曲周旋劝解。以此，伏侍僮仆没一个不喜欢。就与陈公子，或称表字，或称老弟，做来文字只是圈，说来话只是好，有时园中清话，有时庄外闲行。陈公子不是请个先生，倒是得个陪堂，两边殊是相安。忽一日对陈公子道："我闲，知道令岳荐我来意思么？"陈公子道："不知。"钱公布道："令岳闻知令尊有个溺爱嫡子之意，怕足下文理欠通，必至为令尊疏远，因我是他得意好门生，故此着我来教足下，足下可要用心，不可负令岳盛意！"陈公子道："正是，连日家父来讨文字，学生自道去不得，不敢送去。”钱公布道：“足下文字尽清新，送去何妨？”陈公子道：“这等明日送去罢！”钱公布道：“这且慢！令尊老甲科，怕不识足下新时调，还得我改一改拿去。”次早，将来细细改了，留得几个“之、乎、也、者”字，又将来圈了，加上批语送去。果然陈副使看了大喜，道这先生有功，对如夫人说。这如夫人听得儿子文理通，也大欢喜，供给极是丰厚。后边陈副使误认了儿子通，也曾大会亲友面课，自在那边看做，钱公布却令小厮将文字粘在茶杯下送与他，照本誊录。一次陈公子诈嫌笔不堪写，馆中取笔，文字藏在笔管中与他；把一个中外都瞒得，陈公子是个能人了。但是钱公布这番心，一来是哄陈副使，希图固馆；二来意思要得陈公子感激，时尝赍助，不料只博得一个家中供给齐整。便是陈公子也忘记了自己本色，也在先生面前装起通来，谭文说理。先生时常在他前念些雪诗儿，道：“家中用度不足，目下柴米甚是不给，欲待预支些修仪，不好对令尊讲。”陈公子不过答应得声：“正是呢。”也不说是学生处先那几何。几番又道缺夏天衣服，故意来借公子衣服，要动他，公子又不买。钱公布心中便也怏怏，道：“这不识好的，须另用法儿敲他！”一晚步出庄门，师徒两个缓缓的走，打从一个皮匠门首过，只听得一声道：“打酒拿壶去！”这声一似新莺出谷，娇鸟啼花，好不呖呖可听。师徒二人忙抬头看时，却是皮店厨边立着一个妇人，羞羞缩缩，掩掩遮遮，好生标致：

鬐拥轻云堕，眉描新月湾。
嫣然有余媚，袅娜白家蛮。

天下最好看的妇人，是月下、灯下、帘下，朦朦胧胧，十分的美人有十二分！况村庄之中，走出一个年纪不上二十来，眉目森秀，身体娇柔，怎不动人？钱公布道：“这妇人是吃钟儿的。”陈公子道：“先生怎知道？”钱公布道：“我只看见他叫打酒，岂不吃钟儿？”陈公子道：“那秋波一转，甚是有情！”钱公布道：“谁教你生得这等俏？也是合当有事。”陈公子走不过十数间门面，就要转来，来时恰好皮匠打酒已回，妇人伸手来接，青苧衫内露出只白森森手来，岂不可爱！陈公子便是走不动般，伫了一会方去。回到庄中，道：“好一个苧罗西子！却配这个麦粞包！”钱公布道：“只因老天配得不匀，所以常做出事来。你想这样一个妇人，配这样一个蠢汉，难道不做出私情勾当？”陈公子道：“只怕也有贞洁的。”钱公布道：“我闲，那个人心不好高，只因他爹娘没眼，把来嫁了这厮；帽也不戴一顶，穿了一领油腻的布衫，补洞的水袜，上皮湾的宕口草鞋，终日手里拿了皮刀，口中了衔了苧线，成甚模样？未必不厌他！若见一个风流子弟，人物齐整，衣衫淹润，有不输心输意的么？虽然是这样说，我们读书人，须要存些阴德，不可做这样事。”谁知陈公子晦气到了，恰是热血在心，不住想他，撇开先生，常自观望。似此数日，皮匠见他光景，有些恼了，因是陈公子，不敢惹他。

只见这日钱公布着了一双旧鞋，拿了十来个钱，去到他家里打掌，把鞋脱与他，自坐着等。巧巧陈公子拜客回来，见了道：“先生在这里做甚么？”钱公布道：“在这里打掌。”陈公子便捱到先生身边，连张几张，不见。钱公布道：“你先回去。”那陈公子笑一笑道：“让你罢！”去了。那皮匠便对钱公布道：“这是高徒么？”钱公布道：“正是，是陈宪副令郎。”皮匠便说：“个娘戏！阿答虽然不才，做个样小生意，阿答家叔洪仅八三，也是在学；洪论九十二舍弟，见选竹溪巡司；就阿答房下，也是张堪舆小峰之女。咱日日在个向张望？先生借重对渠话话，若再来张看，我定用打渠，勿怪粗鲁！”钱公布道：“老兄勿用动气，个愚徒极勿听说，阿答也常劝渠，一弗肯改，须用本渠一介大手段。”洪皮匠道：“学生定用打渠！”钱公布道：“勿用，我侬有一计，特勿好说。”便沉吟不语。皮匠道：“驼茶来，先生但说何妨。”钱公布道：“渠侬勿肯听教诲，日后做向事出来，陈老先生毕竟见怪，渠侬公子，你侬打渠，毕竟吃亏。依我侬只是老兄勿肯读作孔。”皮匠道：“但话。”钱公布道：“个须分付令正哄渠进，老兄拿住了要杀，我侬来收扒，写渠一张服辨，还要诈渠百来两银子，渠侬下次定勿敢来！”皮匠欢天喜地，道：“若有百来两银子，在下定作东请老先生！”钱公布道：“个用对分！”皮匠道：“便四、六分罢！只陈副使知道咱伊！”钱公布道：“有服辨在东，怕渠。”此时鞋已缝完，两个又附耳说了几句分手。到得馆中，陈公子道：“先生今日得趣了！”钱公布道：“没甚趣，女子果然好个女子，拿一钟茶出来请我，一发洁净、喷香！”陈公子道：“果然？”钱公布道：“真当！”陈公子道：“这先生吃醋，打发我回，便同吃钟茶也不妨！”钱公布道：“妇人倒是有情的，只是这皮匠有些粗鲁，不好惹他。”陈公子道：“先生，你本怕我括上手，把这话来矬我！”钱公布道：“我好话，若惹出事来，须不关我事！”陈公子一笑，自回房去了。

次日，把脚下鞋子拆断了两针线脚，便借名缝绽，到他家来。只见皮匠不在，叫了两声，妇人出来道：“不在家！”陈公子看时，越发俊俏，道：“要他做些生活不在，大娘子胡乱替我缝一缝罢！”那妇人笑道：“不会！”公子便脱下来递去，道：“大娘子看一看，不多几针！”妇人来接时，公子便捏上一把，甚是软滑柔润。那妇人脸上一红，道："相公，斯文家不要粗鲁！"公子也赔笑了一笑。妇人道："明日来罢！"公子道："明日晚来。"妇人道："晚他在邻家吃酒未得回，晌午罢！"公子趑趄出门，妇人也丢一个眼色，缩进去了。陈公子巴不得天明，又巴不得天晚，打扮得齐齐整整，戴了玉簪、金乞、金茉莉筌，一身纱罗衣服，袖子内袖了二三两小锞儿，把一条白纱汗巾包了，对小厮道："我出去就来，不必跟我。"径到皮匠家来。此时局已成了，听得他叫，皮匠便躲了，教妇人在里面回报："不在。"陈公子听得声"不在"，便大踏步跳来。妇人已怜他落局，暗把手摇道："不要来！"那公子色胆如天，怎肯退步？妇人因丈夫分付，只得往楼上便跑。陈公子也跟上，一把抱住，便把银子渡去。那妇人接了，道："且去，另日约你来！"陈公子道："放着钟不打，待铸？"一连两个亲亲，伸手去扯小衣，只听得楼门口脚步响，回头看时，皮匠已拿了一把皮刀赶来了。公子急了，待往楼窗跳下，一望楼又高，舍不得性命，心又慌，挪不得脚步，早被皮匠劈领一把，撳在地下。忙把刀来切时，却被妇人一把抢去，道："王大哥，做甚贼势！"那皮匠便将来骑住，劈脸墩上两拳，公子便叫："饶命！"妇人又道："打杀人也要偿命，不要蛮！"公子又叫："娘子救命！"只见凳上放着这妇人一双雪白好裹脚，被皮匠扯过来，将手脚捆住。这公子娇细人，惊得莫想挣一挣。正捆时，只听得先生高高的唱着本待学过来，公子便高叫："先生救我一救！"皮匠道："我也正要捉这蛮子一同送官！"便跳下身来，往下便走。却好先生正到门前，被皮匠一把揪住，便是两掌。钱公布道："这厮这样可恶！"皮匠道："你这蛮子，教学生强奸人妇女，还要强嘴！"钱公布道："那那有有这这样样事？"陈公子又叫："先生快来！"一结一纽，两个一同上楼。钱公布道："我教你不要做这样事！令尊得知，连我体面何在？"那皮匠又赶去陈公子身上狠打上几下，道："娘戏个！我千难万难讨得个老妈，你要戏渠！"公子熬不得，道："先生快救我！"

野花艳偏奇，狂且着贪想。
浪思赤绳系，竟落青丝网！

先生便问道："老兄高姓？"皮匠道："我是洪三十六！"先生便说："洪兄，愚徒虽然弗好，实勿曾玷污令正。如今老兄已打了渠一顿，看薄面饶了渠，下次再弗敢来！"皮匠道："'苍蝇戴网子，好大面皮！'虽是不曾到手，也叫渠亲了两个嘴，定用打杀！"钱公布道："罢，饶了渠，等渠再赔老兄礼罢！"皮匠道："'打虎不倒被虎咬。'我弗打杀，定用送官，立介宗案！"钱公布道：

“到官也须连累尊正。”皮匠摇得头落，道：“也顾勿得！”亏得妇人道：“我宁可死，决勿到官个！你怕后患，写渠一张，放了渠去罢。”公子道：“一凭娘子！”钱公布道：“洪兄，放渠起来写。”皮匠只不做声。钱公布道：“你还有甚题目话么？”皮匠道：“我还要三百两银子，饶渠性命！”钱公布道：“那得多呵！送五两折东赔礼……”皮匠便跳起道：“放屁！你家老妈官与人戏，那三五两便歇！”钱公布道：“不要粗糙。”公子捆缚不过，便道：“先生，加他些！”自十两起直，加至一百两，皮匠还做腔，又亏得妇人道：“没廉耻，把老婆骗我，还只顾要！”皮匠与公布怕做出马脚来，便住手。一时没现钱，把身上衣服，头上簪、乞都除去。先生又到馆中，将他衣被，有七八十两玩器、手卷，都押在他家，限三日内银赎，才放陈公子起来，手脚已麻了。又拿了一枝烂头笔，一张纸，要他写。公子没奈何，只得随着皮匠口里说写去：

立服辨人陈某，不合于今四月廿三日，窥见邻人岑氏颇有姿色，希图奸宿，当被伊夫洪三十六拿住，要行送官。是某情极，央求亲人钱某求释，如或不悛，仍行窥伺，听凭告理。立此服辨是实。

写到“听凭告理”处，皮匠还念两句道：“如岑氏遭逼不愤，致生事端，亦某抵偿。”陈公子也待下笔，倒是钱公布道：“这事断没有得，不消写，不写了。”公子与钱公布俱押了字，方得出门。那陈公子满脸惭惶，钱公布又路上动喃道累他受气，累他陪口分拆，“后生家干这样没要紧事”！陈公子默默无言。到得房中，房中已收拾得罄尽，只得回家对他妻说，某好友要将田戤银百两，骗得出来。果是先生去了半日，随着人把衣服、书玩都一一搬来。只说妇人留住了金乞、玉簪，说不曾有。次日连皮匠夫妇俱已搬去。公子甚是欢喜，道：“省得拿这张服辨在此劫持我。”不知里边有许多委曲。二十四日，陈公子回家去设处银子，他就暗地到皮匠家去，分了这些物件，只捡好玉瓶古炉、好手轴袖回馆中，又吃了他一个肥东。到了廿五日，陈公子拿了银到馆，交付钱公布，道：“先生，银子已有了，快去赎来，怕老爷到馆不见这些玩物生疑！”公布道：“我就去！只是你忒老实，怎都是纹银？你可收去十两，我只拿九十两去，包你赎来！”打发他出房，就将九十两银子收入书箱，把这几件玩物带到皮匠家，慌慌张张的径入里边。皮匠道：“银子来了么？”钱公布道：“还要银子？那日我这节事众小厮都分付了，独不曾吩咐得一个，被他竟对主母说了。主母告诉了陈副使，昨日便叫了陈公子回去，说他不肖，今日亲自府间下状，连公子都告在里边，说你设局诓诈，明日准准差公来。我想这事怎好？我得钱，累你受害？故此把这些物件都归了你，把你作官司本，只不要扯我在里边！”皮匠便跌脚道：“这原是你教我的，如今这些物件到官都要追出去，把我何用？”妇人道：“我叫你不要做这事，如今咱伊？还是你依同我将这多呵物件，到陈衙出首便罢！”钱公布道：“这‘拿头套枷戴’，勿可！勿可！陈老先生只为钱，你不若把个些物件还了陈公子，等渠还了爷，便无话哉，便公差来，你暂躲一躲便了！”皮匠还没主意，倒是妇人立定主意交还，止落得几两陈公子赌与他的银子，钱公布自着人搬回了。他夫妻两个计议，怕一到官要难为，苦使家私无些，便收拾做一担儿，两个逃往他乡，实何尝得这九十两银子，勒他簪、乞？到午节边，先生回，陈公子把存下十两银子分五两送他，又送几件玩器，彼此相忘。直至午节后复到馆，师生越加相得。

一日，两个在竹荫中闲谈，只见花径两个人走将进来，要见钱相公与陈相公。钱公布道：“是甚么人？”两个俱披着衫儿与他相见。那两人道：“小人是本府刑厅，有事来见二位相公。”钱公布道：“刑厅有甚事来见我们？”那两人道：“小可唐突，钱相公不讳流、陈相公不讳镳么？”钱公布道：“正是。”两人道：“这等小可来得不差了！本主奉有按院批准洪三十六告词，特来奉请二位相公。”钱公布道：“我们并不晓这人。”陈公子早已脸色惊白了。只见年纪老成公差道：“昨日那原告来请封条去封尸棺，两在下曾会来，道是个皮匠，陈相公倚势强奸他妻岑氏，以致身死。”钱公布道：“捉奸见双，有何凭证？”那后生公差道：“岂有无证之理。”他道有陈相公的服辨，买求的银子与钱相公过付；这事二位相公自与他分理，不干二在下事。”陈公子听得事逼真，低了头思想，不发一言。公布道：“官差吏差，来人不差，且备饭！”陈公子叫摆饭在水阁，问他两个姓名：一个姓吴名江，号仰坡；一个姓冯名德，号敬溪。两个略谦一谦，便坐上边。在席上假斯文，不大吃，又掉文淡，道：“敝厅主极是公明，极重斯文，二位去见，必定周施；况有令尊老爷分上，这蛮子三十板，一名老徒稳稳。二在下没有个不效劳，就是两班门上一应人，若是两在下管的，便没敢来做声，就是仵作，也听两在下说的。”吃了半日，假起身告辞，钱公布假相留，冯敬溪道：“正是，扰了半日，牌也不送看一看，倒是白捕了。伙计看牌虽有个例，如今二位相公体面中，且先送看！”吴仰坡便在牌包中捡中一张纸牌来，双手递与钱公布。公布便与陈公子同看，上写道：

绍兴府理刑厅为奸杀事：本月初六日，蒙浙江巡按御史马，批准山阴县告人洪三十六告词到厅，合行拘审，为此，仰役即拘后开人犯，赴厅研审，毋违。须致牌者。

计拘：陈镳、钱流（俱被犯）；张德昌、岑岩（俱干证）；洪三十六（原告）　　差人：吴江

钱公布看了，将来送还，道："张、岑两人是甚么人？"吴仰坡道："是他亲邻。"说罢，师生两个计议，送他差使钱，是六两作十两。钱公布道："拿不出。"加到九两作十五两。钱公布递去，那吴仰坡递与冯敬溪，道："伙计，二位相公盛意，你收了。"那冯敬溪捏在手中，道："多谢二位相公，不知是那一位见惠的？两在下这一差非是小可，原是接老爷长差，又央门官与管家衬副，用了一二十两，才得到手，怎轻轻易易拿出这个包儿来？也须看'理刑厅'三个字！"吴仰坡道："伙计，这是看牌包儿，若说差使钱，毕竟我你二人，一人一个财主！"陈公子听了木呆，钱公布附耳道："口大，怎么处？"陈公子道："但凭先生，今日且打发他去！"钱公布道："这不是甚差使钱，因馆中有慢。"吴仰坡便插了一句道："这等明日陈爷那边去领赏罢！"陈公子忙道："不要去，只到这厢来！"钱公布道："因慢，以此折东，差使后日了落。"吴仰坡道："敝主甚是性急，洪三十六又在那厢催检尸，二位相公投到了若不出去，敝主出文书到学道申请，恐二在下也扶持不得！"钱公布道："且耽延两日！"两个差人便起身作别，道："这等后日会。"

饮若长鲸吸，贪如硕鼠能。

从教挽大海，溪壑正难平！

送了两个差人出去，钱公布连声叹气，道："罢了，这前程定用送了！"又对陈公子道："这事弄得拙，须求令岳、令尊解纷。"陈公子道："家父知道定用打杀，还是先生周支。"公布道："我怎周支得？须求孔方！如今若是买上不买下做，推官向贴肉揌，少也得千金；检尸仵作也得三百；个日铺堂也要百来两；再得二三百两买嘱这边邻里，可以胜他，这是一着。恐怕他又去别处告。若上和下睦做，上边央了分上，下边也与洪三十六讲了，讨出了那张服辨，买了硬证，说他自因夫妻争殴身死，招了诬，可也得千余金！"陈公子道："怎不见官，免致父亲得知方好。"钱公布咬指道："这大难！"想了又想，道："有个机会，目今李节推行取，你如今匡得二百时银与差人，教他回你在京中令岳处，我游学苏州，里边还要一个三百金分上，不然即推疑我们脱逃。书房中也得二百时银，教他搁起莫催。洪三十六也得五七百金，与他讲绝私和，不要催状。待到新旧交接，再与差人、与书房讲，竟自抹杀，这可以不见官。但这项银子就要

的，如何是好？还再得一个衙门中熟的去做事方好。”陈公子道：“又去央人彰扬，只累先生罢！但急切如何得这银子？”钱公布道：“这须不在我，你自家生计策，或者亲友处借贷些。”陈公子道：“如今这些乡绅人家，欠他的如火之逼，借与他其冷如冰，谁人肯借？”钱公布道：“自古道：‘儿女之情，夫妻之情。’你还到家中计议，或者令堂有些私房，令正嫁资少可支持。后日差人就来了，被他逼到府前，四尊有令尊体面讨保，这也还好。若道人命事大，一落监，这使费还多，你自要上紧！”陈公子思量无计，只得回家。走到房，拿来茶水，只是不吃，闷闷昏昏，就望床中睡去。他夫妇是过得极恩爱的，见他这个光景，便来问他，道：“为着甚事来？”只见陈公子道：“是我作事差，只除一死罢！”李小姐道：“甚事到死的田地？说来！”陈公子只是拭泪不说。李小姐道：“丫鬟，叫书童来我问他！”陈公子道：“不要叫，只是说来，你先要怪我！”李小姐道：“断不怪你！”陈公子便将前日被皮匠逼诈，如今他妻死告状，与先生计议事都说了。李小姐也便惊呆，道：“因奸致死，是要偿命的，如何是好？”陈公子越发流泪，道：“我只是一死！”李小姐道：“若说丈人在家，教他与你父亲去讲，还是白分上，好做。若说要二三千银子，便我有些，都将来生放，箱中不过一二百，首饰一时典换不及，母家又都随任，无可掇挪，怎生来得？不若先将我身边银子，且去了落差人，待我与婆婆再处！”

可笑陈公子是娇养惯的，这一惊与愁，便果然病起。先将银子寄与钱公布，教他布置，自己夫妻在家中暗地着人倒换首饰，一两的也得五钱，折了好些。那边钱公布又雪片般字儿来，道：“洪三十六又具状吊尸棺，房里要出违限。”真是焦杀！这边陈公子生母杜氏闻得他病，自到房来，媳妇迎着。问道：“为甚忽然病起来？”李小姐道：“是个死症，只是银子医得！”杜氏道：“是甚话？”来到床边看了儿子，道：“儿！你甚病？”陈公子也只不应。李小姐要说时，他又摇头。杜氏道：“这甚缘故？”李小姐道：“嫡亲的母亲，便说何妨！”便将前事细细说了一遍，道：“故此我说是死症，只要银子。”杜氏听了，不觉吃了一惊，道：“儿子，你真犯了死症了！我记得我随你父亲在关内做巡道时，也是一个没要紧后生，看得一个寡妇生得标致，串通一个尼姑骗到庵中，欺奸了他。寡妇含羞自缢，他家告状，县官审实，解到你父亲那边，也有分上，你父亲怪他坏人节，致他死，与尼姑各打四十，登时打死，这是我知道的，怎今日你又做这事？你要银子，你父亲身做清官，怎有得到我？就你用银挣得性命出来，父亲怪你败坏他门风，料也不轻放你！”叹一口气道：“我也空养了你一场！”立起身去了。到晚间，千思万想，一个不快活起来，竟自悬梁缢死。正是：

舐犊心空切，扶危计莫筹。
可怜薄命妾，魂绕画梁头。

到得次日，丫鬟见了，忙报陈副使。陈副使忙来看时，果是缢死，不知甚么缘故。忙叫两个伏侍丫鬟来问时，道：“不知！”再三要拷打，一个碧梧丫头道：“日间欢欢喜喜的，自看大相公回来，便这等不快；吃晚饭时，只叹一口气道：‘看他死不忍，要救他不能。’只这两句话！”陈副使想道：“为儿子病，也不必如此。”正坐在楼上想，此时陈公子在房中来看，陈公子抚着尸在那边哭。只见书房中小厮书童，走到陈公子身边，见他哭，又缩了开去。直待哭完了，蹴到身边，递了一个字与他，不期被陈副使看见，问道：“是甚么字？这等紧要？”书童道：“没甚字。”问公子，公子也道：“没有。”陈副使便疑，拿过书童要打，只得说：“钱相公字儿。”陈副使便讨来看，公子道：“是没紧要事。”副使定要逼来，却见上边写道：“差人催投文甚急，可即出一议！”陈副使见了道：“我道必有甚事！”问公子时，公子只得直奏。陈副使听了大恼，将公子打上二三十，要行打死，不留与有司正法。却是李小姐跪下为他讨饶，道：“亡过奶奶只这一点骨血，还求老爷留他！”陈副使哭将起来，一面打点棺木殡殓，一面便想救儿子之计。问公子道：“妇人是本日缢死的么？”公子道：“事后三日搬去，那时还未死。初十日差人来，说是死了告状。”副使道：“若是妇人羞愤自缢，也在本日，也不在三日之后。他如今移在那里，可曾着人打听么？”公子道：“不曾。”副使道：“痴儿！你一定被人局了！”教把书童留在家中，要去请一个陪堂沈云峦来计议。恰好此人因知如夫人殁了来望，陈副使忙留他到书房中，那云峦问慰了。陈副使便道：“云老，近日闻得不肖子在外的勾当么？”沈云峦道：“令郎极好，勤学，再不见他到外边来，并没甚勾当。”陈副使道：“云老不要瞒我，闻得不肖子近日因奸致死一个妇人，现告按院，批在刑厅。”沈云峦道：“这是几时事？”陈副使道：“是前月。”沈云峦道：“这断没有的。‘一个霹雳天下响’，若有这事，街坊上沸反，道‘陈乡宦公子因奸致死了某人家妇人’，怎耳里并不听得？”陈副使道：“不肖子曾见牌来。”沈云峦道：“这不难，晚生衙门极熟，一问便知。”就接陈公子出来，问了差人名姓模样，原告名字，朱语，便起身别了陈家父子，径到府前，遇着刑厅书手旧相知徐兰亭，沈云峦道：“兰老一向！”两个作了揖。沈云峦道：

"连日得采？"徐兰亭道："没事。"沈云峦道："闻得陈副使乃郎人命事，整日讲公事不兴？"徐兰亭道："没有。"沈云峦道："是按院批的。"徐兰亭道："目下按院批得三张：一张是强盗，上甲承应；一张是家财，中甲承应；我甲是张人命，是个争地界打杀的，没有这纸状子。"云峦道："有牌，差一个甚吴江，老成朋友。"兰亭道："我厅里没有个吴江，只有个吴成，年纪三十来岁，麻子；一个新进来的吴魁，也只廿五六岁；没有这人。莫不批在府县？"沈云峦说："是贵厅。"兰亭道："敝厅实是没有。"沈云峦得了这信，便来回覆陈副使，副使道："这等是光棍设局诓我犬子了！"云峦道："这差不多。看先生很主张用钱，一定也有跷蹊！"陈副使道："他斯文人，断无这事。"云峦道："老先生不知，近日衙门打发，有加二除的，怕先生也便乐此。如今只拿住假差，便知分晓！"

这是三日开丧，先生见书童不来，自假吊丧名色来催。这边陈公子因父亲分付，假道："有银几百两与先生拿去，却有吊丧的人不得闲，先生便一边陪丧，一边守银。"不期这陈副使与沈云峦，带了几个家人在书房中。巧巧这两个假差走来，管园的道："相公去见公子便来，二位里面请坐。"一进门来门早关上。两个撞到花厅，只见陈副使在那厢骂道："你这两个光棍，便是行假牌、逼死我夫人的么？"那小年纪的倒硬，道："官差吏差，来人不差。现奉有牌！"副使道："拿牌来看！"那小年纪的道："厅上当官去看！"沈云峦道："你两个不要强，陈爷已见刑厅，道没有这事，仔么还要争？"这两个听了这一句，脸色皆青，做声不得。陈副使便问："洪三十六在那边？"两个答应不出。沈云峦道："这等你二人仔么起局？"陈副使叫声："打！"这些管家将来下老实一顿，衣帽尽行扯碎，搜了纸牌。陈副使问他："诈过多少银子？"道："止得六十两。"沈云峦道："令郎说一百二十，可见先生倒得六十两。"陈副使道："这是先生串你们来的么？"两个被猜着了，也不回言。陈副使教拴了，亲送刑厅，一边教公子款住先生。到得府前，阴阳生递了帖，陈副使相见，陈副使道："有两个光棍手持公祖这边假牌，说甚人命，吓要小儿差使，诈去银一百二十两，西宾钱生员付证。如今又要打点衙门，与了落书房银三百两，小儿因此惊病，小妾因此自缢，要求公祖重处！"那四府唯唯。副使递过假牌，便辞起身。四尊回厅，就叫书房拿这牌与看，道："这是那个写的牌？"众书吏看了，道："厅中原没这事，都不曾写这牌，便是花押，也不是老爷的；甲首中也没吴江名字。"四府听了，便叫陈乡宦家人与送来两个光棍带进，道："这牌是那里来的？"两人只叫："该死！"四府叫："夹起来！"这些衙门人原不曾得班里钱，又听得他假差诈钱，一人奉承一副短夹棍，夹得死去。那年纪小的招道："牌是小的，朱笔是舅子钱生员动的。"四府问："那洪三十六在那边？"道："并不曾认的，干证也是诡名。"四尊道："这等你怎生起这诈局？"道："也是钱生员主张。"四尊道："诈过多少银子？"道："银子一百二十两，钱生员分去一半。"四尊道："有这衣冠禽兽！那一名是吴江？"道："小人也不是吴江，小的是钱生员妹夫杨成，他是钱生员表兄商德。"四尊道："钱生员是个主谋了！如今在那里？"道："在陈副使家。"四尊叫把这两人收监，差人拿钱生员。

陈管家领了差人，径到家中，先把问的口词对家主说了，然后去见钱公布。道："钱相公，外边两个刑厅差人要见相公！"钱公布道："仔么来到这里？"起身来别陈公子，道："事势甚紧，差人直到这里。"公子也只无言，陪客送得出门，却不是那两人。钱公布道："二位素不相识。"两个道："适才陈副使送两个行假牌的来，扳有相公，特来奉请。"钱公布慌了，道："我是生员，须有学道明文，才拿得我。"差人道："拿是不敢拿相公，只请去见一见儿。"钱公布左推右推推不脱，只得去见四尊。四尊道："有你这样禽兽！人家费百余金请你在家，你驾妇人去骗他，已是人心共恶；如今更假官牌去，又是官法不容，还可留你在衣冠中？"钱公布道："洪三十六事，生员为他解纷，何曾骗他？"四道："假牌事仔么解？"公布道："假牌也不是生员行使。"四尊道："朱笔是谁动的？且发学收管，待我申请学道再问！"钱流再三恳求，四尊不理，自做文书申道。次日陈副使来谢，四尊道："钱流薄有文名，不意无行一至于此，可见如今延师，不当徇名，只当访其行谊。如夫人之死，实由此三人，但不便检验，不若只坐以假牌。令郎虽云被局，亦以不检招衅，这学生还要委曲！"陈副使道："公祖明断，只小犬还求清目！"四尊道："知道，知道！"过了数日，学道批道："钱流设局阱人，假牌串诈，大干行止，先行革去衣巾，确审解道。"四尊即拘了钱流，取出这两个假差，先问他要洪三十六，杨成、商德并说："不曾见面。"问钱流，钱流道："搬去不知去向。"四尊要卫护陈公子，不行追究，单就假牌上定罪，不消夹得，商德认了写牌，钱流也赖不去佥押，杨成、商德共分银一半，各有三十两贼，钱流一半，都一一招成。四尊便写审单道：

钱流，宫墙跻、跖也。朱符出之掌内，弄弟子如婴孩；白镪敛之囊中，蔑国法如弁髦。无知稚子，床头之骨欲支；薄命佳人，梁上之魂几绕。即赃之多寡，乃罪之重轻。宜从伪印之条，以惩奸顽之咎。商德躬为写牌，杨成朋为行使，罪虽末减，一徒何辞！陈镳以狂淫而召衅，亦匍匐之可矜。

宜俟洪三十六到官日结断。张昌、岑岩，俱系诡名，无从深究。

四尊写了，将三人各打三十。钱流道："老爷，看斯文份上！"四尊道："还讲斯文？读书人做这样事！"画了供，取供房便成了招。钱流准"行使假牌吓诈取财"律，为首，充军；杨成、商德为从，拟徙；申解。三个罪倒轻了。当不得陈副使各处去讲，提学、守、巡三道，按察司、代巡各处讨解，少也是三十。连解五处，只商德挣得命出。可怜钱公布用尽心机要局人、诈人，钱又入官，落得身死杖下。正是：

阱人还自阱，愚人只自愚。

青蚨竟何往？白骨委荒衢！

后来陈副使课公子时，仍旧一字不通，又知先生作弊误人，将来关在家中，从新请一个老成先生另教起。且喜陈公子也自努力，得进了学，科考到杭。

一日书童叫一个皮匠来上鞋子，却是面善。陈公子见了道："你是洪三十六？"那皮匠一抬头，也认得是陈公子，便捣蒜似叩头，道："前日都是钱相公教的！相公这些衣服、香炉、花瓶各项，第三日钱相公来，说老爷告了状，小人一一央钱相公送还，并不曾留一件！"陈公子道："我有九十两银子与你。"皮匠又磕头道："九厘也不曾，见眼睛出血！"书童道："你阿妈也吊死了么？"皮匠道："还好好在家，相公要，就送相公。只求饶命！"陈公子笑了又笑，道："去，不难为你！"皮匠鞋也不缝，挑了担儿飞走。书童赶上，一把扯住，皮匠道："管家，相公说饶我了！管家你若方便，我请你呷一壶！"书童道："谁要你酒吃？只替我缝完鞋去。"似牵牛上纸桥般，扯得转来。书童又把钱公布假牌事一一说与，那皮匠道："这贼娘戏！他到得了银子，惊得我东躲西躲两三年，只方才一惊可也小死，打杀得娘戏好！"陈公子又叫他不要吃惊，叫书童与了他工钱去了。方知前日捉奸，也是钱公布设局。可见从今人果实心为儿女，须要寻好人，学好样，若只把耳朵当眼睛，只打听他考案，或凭着亲友称扬，寻了个倨傲的人，不把教书为事，日日奔走衙门，饮酒清谈，固是不好；寻了一个放荡的人，终日把顽耍为事，游山玩水，宿娼赌钱，这便关系儿子人品；若来一个奸险的，平日把假文章与学生哄骗父兄，逢考教他倩人怀挟，干预家事，挑拨人父兄不和，都是有的。这便是一个榜样，人不可不知。

雨侯曰：昔子瞻戏章子厚曰："一肚皮谋反家事。"若胸中无经纬，也是一个迂儒；若不以机权御人，而以机诈欲阱人，吾恐鬼神忌之矣。

小　引

穷达会有时，英雄岂无泪？骖骐骥而服轭，宜为昂首之鸣；息鲲鹏于水涯，终见凌风之举。时习兮行见湍发，骖行者浸成蹶趋。何事蝇营，遽从狗窦。履危机而自快，入奇彀而不知。笔墨无灵，漫乞灵于钟磬；文章无用，思见用于梵吟。不倚人而倚天，良可丑也；不信己而信鬼，或承羞乎！且成笔底之花，笑破旁人之口。

翠娱阁主人撰

第二十八回　痴郎被困名缰　恶髡竟投利网

壮夫志匡济，蠹简为津梁。朝耕研田云，暮撷艺圃芳。志不落安饱，息岂在榆枋。材借折弥老，骨以磷逾强。宁逐轻薄儿，肯踵铜臭郎！七幅豁盲者，三策惊明王。杏园舒壮游，兰省含清香。居令惩缪格，出俾凋瘵康。斯不愧读书，良无惭乘黄。穷达应有数，富贵真所忘。毋为贪心炽，竟入奸人缰。

右五言排律

男儿生堕地，自必有所建立，何必一顶纱帽？但只三考道是奴才官，例监道是铜臭，这些人借了一块九折五分钱重债出门，又堂尊处三日送礼，五日送礼，一念要捉本钱，思量银子，便没作为，贡举又道日暮途穷，岁贡捱出学门原也老迈，恩选孝廉岂无异才？却荐剡十之一，弹章十处八，削尽英雄之气。独是发甲，可以直行其志，尽展其才，便是招人忌嫉，也还经得几遭跌磕，进士断要做的。虽是这样说，也要尽其在己。把自己学问到识老才雄，悟深学富，气又足，笔又锐，是个百发百中人物，却又随流平进，听天之命，自有机缘。如张文忠，五十四中进士，遭际世庙，六年拜相，做许多事业，何妨晚达？就是嘉兴有个张巽解元，文字纰缪，房官正袋在袖中，要与众人发一番笑话，不期代巡见了讨去，看做个奇卷，竟作榜首，是得力在误中，后来有一起大盗，拿银三千，央他说分上，在宾馆中遇一吏部，是本府亲家。吏部谭文，将解元文字极其指摘唾骂，骂了请教姓名，他正是解元，自觉惭惶，竟一肩为他说了这分上，是又得力在误中。人都道可以幸胜，又见这些膏粱子弟、铜臭大老得中，道可以财势求，只看崔铎等到手成空！还有几个买了关节，自己没科举，有科举又病，进不得场，转卖与人；买得关节被人盗去，干赔钱；买关节被中间作事人换去，自己中不着，还有事露，至于破家丧身，被哄银子被抢，都是一点躁心，落了陷阱。又有一个，也不是买关节，只为一念名心未净，被人赚掇，不唯钱财被诓，抑且身家几覆。

话说湖州有个秀才姓张，弱冠进了学，家里田连阡陌，广有金银，呼奴使婢，极其富足。娶妻沈氏，也极有姿色，最妙是个不妒，房里也安得两个有四五分姿色丫头，一个叫做兰馨，一个叫做竹翠。还有两个小厮，一个叫做绿绮，一个叫做龙纹，服侍他。有时读书，却是：

柔绿侵窗散晓阴，牙签满案独披寻。
飞花落研参朱色，竹响萧萧和短吟。

倦时花径闲步：

苔色半侵屐，花稍欲殢人。
阿谁破幽寂，娇鸟正鸣春。

客来时一室笑谭：

对酒恰花开，诗联巧韵来。
玄诠随尘落，济济集英才。

也是个平地神仙，岂是寒酸措大！一日，只见其妻对着他道：“清庵王师父说，南乡有个道睿和尚，晓得人功名迟早、官职大小，附近乡官、举、监，都去拜在门下。你也去问一问。”张秀才道：“仔么这师姑与这和尚熟？我停日去看他。”恰好一个朋友也来相拉，他便去见他。不知这和尚是个大光棍，原是南京人，假称李卓吾第三个徒弟，人极生得齐整，心极玲珑，口极快利，常把些玄言悟语打动乡绅，书画诗词打动文士，把些大言利嘴诳惑男妇。还有个秘法，是奉承结识尼姑。尼姑是寻老鼠的猫儿，没一处不钻到，无论贫家富户宦门，借抄化为名，引了个头，便时常去闯。口似蜜，骨如绵，先奉承得人喜欢，却又说些因果，打动人家，替和尚游扬赞诵。这些妇女最听哄，那个不背地里拿出钱，还又撺掇丈夫护法施舍？但他得了这诀，极其兴了。还又因这些妖娆来拜师的，念佛的，引动了色火，便得两个行童徒孙，终不济事，只得重贿尼姑，叫他做脚勾搭。有那一干或是寡妇，独守空房，难熬清冷；或是妾媵，丈夫宠多；或是商贾之妇，或是孝夫之妻，平日不曾餍足他的欲心，形之怨叹，便为奸尼乘机得入。还有喜淫的借此解淫，苦贫的望他济贫，都道不常近妇人面，毕竟有本领，毕竟肯奉承，毕竟不敢向人说，有这几件好，都肯偷他。只这贼秃见援引来得多，不免拣精拣肥；欲心炽，不免不存形迹；那同寺的徒弟徒孙，不免思量踹浑水，捉头儿，每每败露，每每移窠，全无定名。这番来湖州，叫做道睿，号颖如，投了个乡绅作护法，在那村里谭经说法。这王师姑拜在他门下，因常在张家打月米，顺口替他荐扬。又有这朋友叫做钟暗然，来寻他同去，好一个精舍：

径满松杉日影微，数声清梵越林飞。

花烹梭水禅情隽，菜煮馕蓠道味肥。

天女散花来艳质，山童面壁发新机。

一堂寂寂闲钟磬，境地清幽似者稀。

先见了知客，留了茶，后见颖如，看他外貌极是老成镇重：

满月素涵色相，悬河小试机锋。

凛凛泰山乔岳，允为一世禅宗。

叙了些闲文。张秀才道："闻得老师知人休咎、功名早晚，特来请教。"颖如道："二位高明，这休咎功名只在自身，小僧不过略为点拨耳！这也是贵乡袁了凡老先生已事。这老先生曾遇一孔星士，道他命中无子，且止一岁贡，历官知县。后边遇哲禅师指点，叫他力行善事，他为忏悔，后此老连举二子，发甲，官至主政。故此小僧道在二位，小僧不过劝行忏悔而已。就是这善行，贫者行心，富者行事，都可行得。就如袁了凡先生宝坻减粮一事，作了万善，可以准得，故此和尚也尝尝劝行，尝尝有验，初不要养供小僧作善行也。"钟暗然道："张兄，你尚无子，不若央颖老师起一愿，力行千善，祈得一子；这只在一年之间，就见晓报的。况且你们富家，容易行善。"张秀才道："待回家计议。"钟暗然道："这原是你两个做的事，该两个计议。"两个别了，一路说："这和尚是有光景的，我自积我的阴德，他不骗我一毫，使得，使得！"钟暗然道："也要你们应手。"

果然张秀才回去计议，那尊正先听了王师姑言语，只有撺掇，如何有拦阻？着人送了二两银子、两石米，自过去求他起愿。颖如道："这只须先生与尊正在家斋戒七日，写一疏头，上边道'愿力行善事多少，求一聪明智慧、寿命延长之子'，就是了，何必老僧？"张秀才道："学生不晓这科仪，一定要老师亲临。"颖如见他已着魔了，就应承他。到他家中，只见三间楼上，中悬一幅赐子白衣观音像，极其清雅。他尊正也过来相见。颖如就为他焚符起缘，烧了两个疏头，立了一个疏头，只是这和尚在楼上看了张秀才尊正与这两个丫头，甚是动火：

呖呖一群莺啭，袅袅数枝花颤。

司空见惯犹闲，搅得山僧魂断。

这边夫妻两个应好日起愿，那边和尚自寻徒孙泄火。似此张秀才夫妻遂立了一个行善簿，上边逐日写去：今日饶某人租几斗，今日让某人利几钱，修某处桥助银几钱，砌某处路助银几钱，塑佛造经，助修寺，助造塔，放鱼虾，赎龟鳖。不上半年，用去百金，一千善立完，腹中已发芽了，便请他完愿。张秀才明有酬谢，其妻的暗有酬谢。自此之后，常常和尚得他些儿。只是和尚志不在此。

不期立愿将半年，已是生下一个儿子。生得满月，夫妻两个带了到精舍里，要颖如取名，寄在观音菩萨名下。颖如与他取名“观光”，送了几件出乡的小僧衣、小僧帽，与他斋佛、看经，左右都出豁在张秀才身上。夫妻两个都在庵中吃斋，王师姑来陪。回家说劝劝行善有应，不若再寻他起一个愿求功名。张秀才道：“若说养儿子，我原有些手段，凑得来；若说中举，中进士，怕本领便生疏，笔底坌滞，应不得手。”其妻道：“做看。”巧是王师姑来，见了他夫妇两个，道：“睿老爷怠慢相公、大娘！”沈氏道：“出家人甚是搅他！”王尼道：“前日不辛苦么？”沈氏道：“有甚辛苦？正在这里说，要睿师父一发为我们相公立愿，保佑他中举，我们重谢他。”王尼道：“保佑率性保个状元，中了状元，添了个护法了，还要谢？只是要奶奶看取，见尼姑这事实搭搭做得来；上科县里周举人，还有张状元、李状元，都是他保的，我们出家人怎肯打诳语？我就去替相公说。只是北寺一尊千手千眼观音要装，溪南静舍一部《法华经》缺两卷，我庵里伽蓝不曾贴金，少一副供佛铜香炉，这要相公亲娘发心发心，先开这行善簿子起。”沈氏道：“当得！当得！”吃了些斋，就起身来见颖如。一个问讯道：“佛爷好造化！前日立愿求子的张相公，又要求个状元。要你立愿，他求个儿子，起发他布施酬谢，也得二三十两；这个愿心，怕不得他五七十金？”颖如道：“我这里少的那里是银子？”王尼道：“是，是，少个和尚娘！”颖如道：“就是个状元可以求得的？”王尼道：“要你的，求不来，要你赔！把几件大施舍难他，一时完不来的，便好把善行不完推。这科不停当，再求那科，越好牵长去，只是架子要搭大些！”颖如道：“不是搭架子，实是要他打扫一所净室，只许童男、童女往来。恨我没工夫，我也得在他家同拜祷三七日才好。”王尼道：“你没工夫，我来替。”颖如道：“怕你身子洁不洁净！”王尼道：“你倒身子洁净么？有些符咒文疏，这断要你去的，只是多谢你些罢了！”他两个原有勾搭，也不必定要在这日，也不必说他。去回覆道：“去说满口应随，道要礼拜三七日，怕他没工夫。我道张相公仔么待你？便费这二十日工夫，张相公料不负你！”

张秀才夫妇欣然打扫三间小厅，侧首三间雪洞，左道铺设一张凉床、罗帐、净几、古炉、蒲团等项，右首也是床帐，张秀才自坐。择了日，着人送了些米、银子，下一请书，去请他来。厅内中间摆设三世佛，玉皇、各位神祇，买了些黄纸，写了些意旨，道：“原行万善，祈求得中状元。”只见颖如道：“我见道家上表，毕竟有个官衔，甚么上清三洞仙卿、上相九天采访使，如今你表章上也须署一个衔才好。”张秀才道：“甚么官衔，填个某府某县儒学生员罢！”颖如道：“玉帝面前表章是用本色了，但这表要直符使者传递，要进天门，送至丘、吴、张、葛名天师，转进玉帝。秀才的势怎行得动？须要假一个大官衔，签署封条牒文，方行得去。”张秀才道：“无官而以为官，欺天了。”颖如道：“如今俗例有借官勘合，还有私书用官封打去，图得上官前，想也不妨！”张秀才道：“这等假甚么官？”颖如道：“圣天子百灵扶助，率性假个皇帝。”张秀才道：“这怎使得？”颖如道：“这不过一时权宜上得，你知我知，哄神道而已！”两个计议，在表函上写一个道“代天理物、抚世长民、中原天子、大明皇帝张某谨封”，下用一个图书，牒上写道“大明皇帝张”，下边一个花押，都是张秀才亲笔，放在颖如房中。先发符三日，然后斋天进表。每日颖如作个佛头，张秀才夫妇随在后边念佛，做晚功课。王尼也常走来，哄得他是活佛般。苦是走时张秀才随着，丢些眼色，那沈氏一心只在念佛上，也不看他，夜间沈氏自在房中宿，有个“相见不相亲”光景。到了焚表，焚之时，颖如都将来换过了。

堪笑痴儒浪乞恩，暗中网罟落奸髡。
茫茫天远无从问，尺素何缘达帝阍。

鬼混了几日，他已拿住了把柄，也不怕事，况且日日这些娈童艳婢，引得眼中火发，常时去撩拨这两个小厮。每日龙纹、绿绮去伏侍他。一日，他故意把被丢在床下，绿绮钻进去拾时，被他按住，急率走不起，叫时，适值张秀才在里边料理家事，没人在，被他弄一个像意。一个龙纹小些，他哄他作福开裆，急得他哭时，他道：“你一哭，家主知道，毕竟功德做不完。家主做不得状元，你也做不成大管家！”一破了阵，便日日戏了脸替这两个小厮缠，倒每日张秀才夫妇两个斋戒，他却日日风流。就是兰馨、竹秀，沈氏也尝使他送茶、送点心与他，他便对着笑吟吟道："亲娘，替小僧作一个福儿！"两个还不解说。后来兰馨去送茶，他做接茶，把兰馨捏上一把。兰馨放下碗飞跑，对沈氏道："颖如不老实。"沈氏道："他是有德行和尚，怎干这事？你不要枉口拔舌！"兰馨也便不肯到他房里，常推竹秀去。一会竹秀去，他见无人，正在那边念经，见了竹秀，笑嘻嘻赶来一把抱定。那竹秀倒也正经，道："这甚模样？我家里把你佛般样待，仔么思量做这样事！"颖如笑道："佛也是做这样事生出来的，姐姐便做这好事！"竹秀道："你这贼秃无礼！"劈头两个栗暴。颖如道："打凭你打，要是要的！"涎着脸儿，把身子去迭，手儿去摸。不料那竹秀发起性来，乘他个不备，一掀，把颖如掀在半边，跑出房门："千贼秃！万贼秃！对家主说，叫你性命活不成！"颖如道："我活不成？你一家性命真在荷包里！"竹秀竟赶去告诉沈氏。颖如道："不妙！倘或张秀才知机，将我打一顿，搜了这张纸，我却没把柄！"他就只一溜走了。竹秀去说，沈氏道："他是致诚人，别无此意，这你差会意，不要怪他！"只听得管门的道："睿师太去了！"张秀才夫妇道："难道有这样事？一定这丫头冲撞，且央王师姑接他来终这局！"不知他先已见王师姑了。王尼道："佛爷！张家事还不完，怎回来了？"颖如道："可恶张家，日久渐渐怠慢我，如今状元是做不成了。他如今要保全身家，借我一千银子造殿！"王尼道："一千银子？好一桩钱财，他怎么拿得出？"颖如道："你只去他说，他写的表与牒都在我身边，不曾烧，叫他想一想利害。"王尼道："这是甚话？叫我怎么开口？"只见张家已有人来请王尼了。王尼便邀颖如同去，颖如道："去是我断不去的，叫他早来求我，还是好事！"颖如自一径回了。

这王尼只得随着人来先见沈氏。沈氏道："睿师太在这里，怎经事不完去了？"王尼道："正是，我说他为甚么就回？他倒说些闲话，说要借一千两银子，保全你们全家性命。"沈氏道："这又好笑！前日经事不完，还要保禳甚的？"此时张秀才平日也见他些风色，去盘问这两个小厮，都说他平日有些不老成，张秀才便恼了。见了王尼，道："天下有这等贼秃！我一桩正经事，他却戏颠颠的，全没些致诚，括我小厮，要拐我丫头，是何道理？"王尼道："极好的呢，坐在寺里，任你如花似玉的小姐、奶奶拜他问他，眼梢也不抬。"沈氏道："还好笑说要我一千银子，保全我一家性命。"张秀才听到这句，有些吃惊，还道是文牒都已烧去，没踪迹，道："这秃驴这等可恶！停会着人捉来，打上一顿送官！”王师姑：“我也道这借银事开不得口。”他道：“你说不妨，道相公亲笔的表章文牒都不曾烧，都在他那里，叫相公想一想利害。”张秀才道：“胡说！文牒我亲眼看烧的。你对他说，莫说一千，一钱也没得与他，还叫他快快离这所在！”沈氏道：“这样贪财好色的和尚，只不理他罢了，不必动气。”王师姑自回了。到庵里去回覆，怨畅颖知道：“好一家主顾，怎去打断了？张相公说你不老实，戏弄他小厮、丫鬟。”颖如道：“这是真的。”王尼道：“阿弥陀佛！这只好在寺里做的，怎走到人家也是这样？就要，也等我替你道达一道达才好，怎么生做？”颖如笑道：“这两个丫头究竟也还要属我，我特特起这衅儿。你说的怎么？”王尼道：“我去时张相公大恼，要与你合嘴，亏得张大娘说罢了。”颖如笑道：“他罢我不罢，一千是决要的！”王尼道：“佛爷！你要这银子做甚？”颖如道：“我不要银子，在这里作甚和尚？如今便让他些，八百断要的，再把那两个丫鬟送我，我就在这里还俗。”王尼道：“炭堑八百、九百，借银子这样狠？”颖如道：“我那里问他借，是他要送我的买命钱！他若再做一做腔，我去一首，全家都死！”王尼道：“甚么大罪，到这田地？我只不说！”颖如道：“你去说，我把你加一头除，若不说，把你都扯在里边！”王尼道：“说道‘和尚狠’，真个狠！”只得又到张家来，把颖如话细细告诉。

沈氏对张秀才道：“有甚把柄在他手里么？”张秀才又把前事一说，沈氏道：“皇帝可假得的？就烧时也该亲手烧，想是被他换去，故此他大胆，你欠主意，欠老成！”张秀才道：“这都是他主谋。”沈氏道：“须是你的亲笔，这甚么处？”张秀才道：“岂有我秀才反怕和尚之理？他是妖僧哄我，何妨？”嘴里假强，心中也突突的跳。那王尼听了“头除”这句话，便扯着沈氏打合。道：“大娘！这和尚极是了得的，他有这些乡官帮护，料不输与相公。‘一动不如一静’，大娘劝一劝，多少撒化些，只当布施罢。常言道：‘做鬼要羹饭吃！’”沈氏道：“他要上这许多，叫我怎做主？况这时春二三月，只要放出去，如何有银子收来与他？”王尼道：“我不晓得这天杀的，绝好一个好人，怎起这片横心！他说造殿，舍五十两与他造殿罢！”张秀才道：“没这等事，舍来没功德！”沈氏道：“罢，譬如旧年少收百十石米，赏与这秃罢！”王尼只得又去，道：“好了，吃我只替他雌儿缠，许出五十两。”疑如道：“有心破脸，只这些儿？”王尼道：“你不知道，这些乡村大户，也只财主在泥块头上，就有两个银子，一两九折五分钱，那个敢少他的，肯藏在箱里？得收手罢！”人极计生，颖如道：“银子没有，便田产也好，五百两断断要的！”王尼道：“要钱的要钱，要命的要命，倒要我跑！”赶来朝着沈氏道：“说不来，凭你们，再三替你们说，他道便田产，也定要足到五百！张相公打意得过，没甚事不要理他，作腔作势，连我也厌！”张秀才道：“没是没甚事。”沈氏道：“许出便与他，只是要还我们这几张纸。”王尼道：“若是要他还甚么几张纸，他须要拿班儿，依我五十两银子、十亩田，来我庵里交手、换手罢！”张秀才假强摇头，沈氏口软，道：“便依你，只是要做得老到！”跑了两日，颖如只是不倒牙。王尼见张家夫妇着急，也狠命就敲紧，敲到五十两银子、四十亩田，卖契又写在一个衙院名下，约定十月取赎。临时在清庵里交，他又不来，怕张秀才得了这把柄去，变脸要难为他。又叫徒弟法明临下一张，留着做把柄，以杜后患。张秀才没极奈何，只得到他静室，他毕竟不出来相见，只叫徒弟拿出这几张纸来。王尼道：“相公自认仔细，不要似那日不看清白！”张秀才果然细看，内一张有些疑心。法明道：“自己笔迹认不出，拿田契来比么？”张秀才翻覆又看一看，似宝一般收下袖中，还恐又变，流水去了。王尼却在那边逼了十两银子，又到张家夸上许多功。张秀才与了他五两银子、五石米，沈氏背地又与他五七两银子、几匹布。张秀才自认晦气，在家叹气叫屈，不消说了。

颖如也怕张秀才阴害他，走到杭州。他派头大，又骗着一个瞎眼人家，供养在家，已是得所了。只是颖如还放不这两个丫头下，又去到王尼庵中，道：“我当日还留他一张牒文，做防身的。我如今不在这边，料他害我不着。不若一发还了他，与他一个了断。如今他家收上许多丝，现在卖丝，我情愿退田与他，与我银子，这只完得旧事，新事只与我两个丫头罢了。”王尼道：“这做过的事怎又好起浪？明明白白交与他这四张纸，怎又好说还有一张？”颖如道：“当日你原叫他看仔细，他也看出一张不像，他却又含糊收了，他自留的酒碗儿，须不关你我事。”王尼道：“是倒是，只是难叫我启口。就是你出家人，怎带这两个丫头？”颖如道：“我有了二三百两银子，又有两个女人，就还了俗，那个管我！”王尼道：“一日长不出许多头发！”颖如道：“你莫管我，你只替我说。”王尼道：“不要，你还写几个字脚儿与我，省得他疑我撮空！”疑如道：“不难，我写，我写！”写道：

> 张秀才谋做皇帝文字，其真迹尚在我处。可叫他将丫头兰馨、竹秀赠我，并将前田俱还价，我当尽还之。不则出首莫怪！

写了道：“歇半月，我来讨回覆。”去了。王尼道：“也是不了事件，还与他说一说。”又到张家来。恰是沈氏抱着儿子吃乳，张秀才搭着肩头，在那厢逗他要。只见王尼走到，相唤了。王尼对着张秀才道："好不老成相公！当日仔么替你说，又留这空洞儿等和尚钻？"张秀才道："甚空洞儿？"王尼道："你当日见有一张疑心，该留住银子，问颖如要真的，怎胡乱收了，等他又起浪？"便递出这张字儿，其时兰馨在面前，王尼故意作要景他，道："难道这等花枝样一个姐儿，叫他去伴和尚？"沈氏道："便与他，看他仔么放在身边！"王尼道："放在身边,包你这两个姐姐快活！"张秀才看字待扯,沈氏笑道："且慢，我们计议，果若断绝得来，我就把兰馨与他！"只见兰馨便躲在屏风后哭去。

雨余红泪滴花枝，惨结愁深不自持。

羞是书生无将略，和戎却自倩蛾眉。

正说时，却遇舅子沈尔谟来，是个义烈汉子，也是个秀才。见他夫妻不快，又听得兰馨哭，道："妹子将就些，莫动气！"沈氏道："我做人极将就，他哭是怕做和尚婆！"张秀才忙瞅一眼，沈氏道："何妨得？我哥哥极直、极出热，只为你掩耳偷铃，不寻个帮手，所以欺你。"便把这事认做自家错，道："是我误听王尼姑，他又不合听和尚哄，写其官衔，遭他捏住，诈去银子五十两，并田四十亩。如今又来索诈,勒要兰馨、竹秀,故此我夫妇不快,兰馨这里哭。"沈尔谟道："痴丫头！人人寻和尚，你倒怕他。"又大声道："妹子！这妹夫做拙了，要依他。他不要田，便与他银子。没有，我那边拿来与他，丫头他也不便，好歹再与他二十两罢！不要'刀口上不用，用刀背上钱'！"张秀才忙摇手叫他不要说时，那里拦得住，都被王尼听了。须臾整酒在书房，三个在那边吃。沈尔谟道："妹子,这是老未完、诈不了的,毕竟要断送这和尚才好。如今我特把尼姑听见，说我们肯与他银子，哄他来。县尊我与妹夫都拜门生，不知收了我们多少礼,也该为我们出这番力,且待此秃来动手。"两个计议已定，只等颖如来。不期这和尚偏不失信，到得月尽来了。王尼把事说与他，道："他舅肯借银子,丫头与你二十两自讨。"颖如道："怕讨不出这等好的。"王尼道："看他势头，还肯得出，多勒他几两就是，定要这绊脚索？"颖如道："也是省得有了他，丢了你。叫他明日我庵中交银。"王尼来说，沈氏故意把银子与他看了，约在次日。这边郎、舅两个去见县尊，哭诉这节情事。县尊道："有这等光棍和尚！"便吩咐四差人，叫即刻拿来，并取他行李。张秀才便拿出二十两送了差人，自己还到庵里，只见王尼迎着，道："在这里等了半日！"颖如倚着在自己庵里,就出来相见。只见驼拜匣的两个后生放下拜匣,将颖如缚住。颖如忙叫徒弟时，张秀才径往外跑，又领进六个人来，道是县里访的，搜了他出入行囊。这些徒弟都各拿了他些衣钵走了，那个来顾他？带至县里，适值晚堂，县尊道："你这秃厮！敢设局诈人？"颖如道："张生员自谋反，怕僧人发觉，买求僧人！"县尊道："有甚么证据？"道："拜匣中有他文牒。"忙取出来看了，道："这又不干钱谷、刑名，是个不解事书生胡写的，你就把来做诈端？"便拔签叫："打四十！"一声"打"！早拿下去。张秀才用了银子，尿浸的新猫竹板子着着实打上四十下。文牒烧毁，田契与银子给还，颖如下监。徒弟逃去，没人来管，不二日血胀死了。尝戏作一颂子云：

睿和尚，祝发早披缁。夜枣三更分行者，菩提清露洒妖尼，犹自起贪痴！

睿和尚，巧计局痴迷。贪想已看盈白镪，淫心犹欲搂娇姿，一死赴泥犁！

在监中搁了两日，直待禁子先递病呈，后递绝呈，才发得出来，也没个人收葬，这便是设局害人果报。张秀才也因事体昭彰，学道以行检退了前程。若使他当日原是个书呆子，也只朝玩夜读，不能发科甲，也还作秀才；只为贪而愚，落人机阱；又得县令怜才，知他不过一时愚呆，别无他想，这身家才保得，诈端才了得；还又至状元不做得，秀才且没了，不然事正未可知。不可为冒进的鉴戒么？

雨侯曰：秀才不会自取功名，假钱神，借权要，甚而乞灵和尚，羞之极矣！愚受局而贪得死，都可作今笑柄。

题　词

禹恶旨酒，汤不迩声色，不殖货利，文王徽柔懿恭，此皆先四者绝之也。然圣人能绝之于先，庸人悔之于后，智者鉴之已往，慎之将来。使能三复于败辙，吾知四者之为人用、不为人祸已。此回大可令人警惕。

翠娱阁主人撰

第二十九回　妙智淫色杀身　徐行贪财受报

酒为误基，色为祸资。唯贪招愆，气亦似之。辗转纠缠，宁有已时！桀殒妹喜，纣丧酒池。回洛亡隋，举世所嗤。刚愎自庸，莽也陈尸。覆辙比比，曷不鉴兹？聊付管彤，明者三思！

世上称为累的，是酒色财气四字，这四件，只一件也够了，况复彼此相生！故如古李白乘醉，丧身采石，这是酒祸。荀倩爱妻，情伤身毙，这是色祸。慕容彦超聚敛、吝赏，兵不用力，这是财祸。贺拔岳尚气，好争被杀，这是气祸。还有饮酒生气被祸的是灌夫，饮酒骂坐，触忤田蚡，为他陷害。因色生气被祸的是乔知之，与武三思争窈娘，为他谤杀。因财生气被祸的是石崇，拥富矜奢，与王恺争高，终为财累。好酒渔色被祸的是陈后主，宠张丽华、孔贵嫔，沉酣酒中，不理政事，为隋所灭。重色爱财被祸的是唐庄宗，宠刘后，因他贪黩，不肯赏赉军士，军变致亡。这四件甚是不好，但传闻中一事，觉件件受害都在里边，实可省人。

话说贵州有个都匀府，辖下麻哈州，也是蛮夷地方，州外有座镇国寺，寺中两房和尚。一边东房，主僧悟定，这房是守些田园花利，吃素看经，杜门不出，不管闲事的。西房一个老僧悟通，年纪七十多岁，老病在床不出。他有个徒弟妙智，年纪四十，吃酒好色，刚狠不怕事的；徒孙法明，年纪三十来岁，一身奸狡；玄孙圆静，年纪十八九，标致得似一个女人。他这房悟通会得经营算计，田产约有千金，现银子有五七百两，因富生骄，都不学好。有了一个好徒弟，他还不足，要去寻妇人。本地有个极狡猾略有几分家事的土皇帝，叫做田禽，字有获，是本州的礼房吏，常来寺里扯手，好的男风，倒把圆静让他。把一个禅居造得东弯西转，曲室深房，便是神仙也寻不出。

这悟通中年时，曾相处一个菩提庵秋师姑，年纪仿佛，妙智也去踹得一脚浑水。当日有一个秋尼徒弟管净梵，与妙智年纪相当，被秋尼吃醋，管得紧，两个有心没相。亏得秋尼老熟病死，净梵得接脚，与妙智相往。法明又搭上他徒弟洪如海，彼此往来，已非一日。只是两个秃驴得陇望蜀，怪是两个尼姑年纪相当，生得不大有颜色，又光头光脑，没甚趣向，要寻一个妇人。师徒合计，假道人屠有名出名，讨了个官卖的强盗婆，叫做钮阿金，藏在寺中，轮流受用。那屠有名有些不快，他便贴他几两银子，叫他另讨。这屠有名拿去便嫖，便吃，吃得稀醉，就闯进房里寻阿金，道："娼妇躲在那里？怎撇了我寻和尚！"妙智定要打他，法明出来兜收。屠有名道："罢，师父！没有个有名没实的，便四个一床夹夹儿！"法明连道："通得。"便拿酒与他。他道："酒，酒，与我好朋友！"拿住钟子不放，一面说，一面吃，道："师父，不是我冲撞你，都是这酒，故此我怪他，要吃他下去！"绵绵缠缠，缠到二三更，灌得他动不得，才得脱身去快活，如此不止淘他一日气了。毕竟妙智狠，做一日灌他一个大醉，一条绳活活的断送了他。

三杯壮胆生仇隙，一醉昏沉赴杳冥。

浪道酒中能证圣，须知荷锸笑刘伶。

自家寺里的人，并无亲戚，有了个地老虎管事，故没人来说他。搁两日，抬到寺后，一把火烧了。这番两个放心作乐。就是两个尼姑，因他不去，就常来探访他，他只留在外边自己房里，不令他到里轩，也都不知。争奈两个人供一个人，一上一落，这个人倒不空；这边两个合一个，前边到任，后边要候缺。过去佛却已索品兴尽，未来佛耳朵里听的，眼睛里看的，未免眼红耳热难熬。要让一边又不怯气，每日定要滚做一床。只是妙智虽然年纪大些，却有本领，法明年纪虽小，人儿清秀，本事也只平常。况且每日一定要让妙智打头，等了一会，欲火动了，临战时多不坚久，妇人的意思不大在他。他已识得，道："三脚虾蟆无寻处，两脚婆娘有万千！"便留心了。去到人家看经，便去涎脸思量勾搭。

一日，在城里一家人家看经。隔壁帘里几个内眷，内中有两个绝色，他不住偷眼去看他。那妇人恼了，折拽他，故意丢一眼，似个有情，他正看经时，把他袖底一扯，他还不解，又扯一扯，低头去看，是一个竹箬包的包儿，帘里递来的，偷便轻轻的丢在袖里。停会看时，两个火热馒头，好不欢喜。坐定又扯，又递一个火热箬包，他又接了，回头一看，却是那最标致的。这个口里喃喃假念，心里只想如何近他。一会众人道："那里烧布衣臭？"彼此看，没有。又一会，法明长老袖子烟出，看时袖里一块大炭，把簇新几件衣服烧穿。连声道："适间剪烛落下个灯煤。"忙把手揿水泼，几件衣服都是酱了：

难禁眼底馋光，惹出身边烈焰。

那边女人欢笑，他就满面羞惭，不终事去了，只是这色心不死，要赌气寻一个。恰好遇着个姓贾的寡妇，原住寺中房子，法明讨房租尝见的，年纪廿二三，有五六分颜色。挣得一副老脸，催修理，要让租，每常撩口。法明也尝做些人情，修理先是他起，银子是他后收，便七成当八成，九分半作一钱，把这些私恩结他。丈夫病时，两个就有些摸手摸脚，只不得拢身。没了丈夫，替他看经，衬钱都肯赊，得空便做一手儿。这些邻舍是他房客，又道这是狠过阎罗王的和尚，凶似夜叉的妇人，都不敢来惹他。况且房子临着他寺中菜园，极其便当，死不满百日，他便起更来，五鼓去，尝打这师父偏手。他还心里道："我在这里虽是得手，终久贼头狗脑，不得个畅快，莫若带他进寺中，落得阔他一阔。不要等阿金这狗妇，只道独他是个奇货，装憨！"这贾寡妇原是没有娘家，假说有个寡居姑娘，要去搭住。将家伙尽行卖去，一个晚出了门，转身从寺后门中，竟到了西房。进了小厅，穿过佛堂，又进了一带侧房，是悟通与圆静房。转了一小衕，一带砖墙小门，是妙智、法明内房；当中坐启，两边僧房。坐启后三间小轩，面前摆上许多盆景，朱栏纱窗，是他饮酒处，极其幽雅。又转侧边一带白粉门，中有一扇暗门，开进去是过廊，转进三间雪洞，一间原是阿金住，一间与贾氏。两个相见，各吃一惊。妙智道："一家人不要疑忌！"四个都坐在一堆，喜得这两个女眷，恰好老脸，便欣然吃了一会，四个滚作一床：

> 桃径游蜂，李蹊聚蝶。逞着这纷纷双翅，才惊嫩蕊，又入花心；凭着这袅袅娇姿，乍惹蜂黄，又沾蝶粉。颤巍巍风枝不定，温润润花露未晞。战酣人倦，菜园中倒两个葫芦；兴尽睡浓，绿沼里乱一群鸳鹭。正是：那管秽污三摩地，直教春满梵王宫。

两个好不快活。

只见一日圆静忙忙的走来，神色都失。妙智问他是甚缘故，圆静道："不好说得，我一向在田有获家，两边极是相好，极是相知。他的老婆怀氏与妾乐氏，都叫我小师父，都是见的。有两个丫头，大的江花，十八岁；小的野棠，十三岁，时常来书房里耽茶、送水。江花这丫头极好，常道：'小师父，你这样标致，我嫁了你罢！'又替他里边的妾拿香袋与我，拿僧鞋与我，逼着要与我好。我一时间不老成，便与他相处。后来我在那边歇时，田有获毕竟替我吃酒，顽到一二更才去。去得，他就蹴出来陪我，后边说田有获妾喜我标致，要我相见。我去时，他不由分说，一把抱住，道：'小冤家！莫说他爱你，我也爱你！前日你替他在书房中做得好事，教我看得好不气。如今你抢了我的主顾去，依然要你赔！'我见他比江花生得又好，一时闯进去，出不得来，只得在那边歇了。缠了一夜辛苦，出来得迟，撞了野棠，又慌忙落了一个头上搭儿，不料野棠拾了，递与他怀氏，怀氏收了。昨日与乐氏争风，他便拿出来道：'没廉耻！你有了个小和尚够了，还要来争？'江花来对我说，吃我走来，他来白嘴怎处？"妙智道："不妨，他也弄得你，你也弄得他小阿妈兑换！"法明道："不是这样说，我们作和尚的，有一件好，只怕走不进去，走了进去，到官便说不得强奸，自然替我们遮盖。田有获是个有手段光棍，他为体面，断不认账。只是你以后不要去落局，来是断不来说的。”圆静道：“既然如此，他丫头江花要跟我逃来，索性该领来，他决不敢来讨。”法明道：“这却使不得！”果然田有获倒说野棠造谤，打了几下；后来见圆静不来，知是实事，他且搁起，要寻事儿弄他。

恰值本州州尊升任，一个徐州同署事，是云南嵩明县人，监生出身，极是贪狠。有个儿子徐行，字能长，将二十岁，妻真氏标致，恩爱得紧。患了个弱病，医人道须得萧散几时才好。田有获就荐到寺里来，徐州同道：“我现任官，须使不得。”田有获道：“暂住几日不妨。”就在西房小厅上暂住，拨了个门子、一个甲首服事，田有获不时来望，来送小菜他。当日圆静与田有获相好时，已曾将寺中行径告诉他，他就在徐公子面前道：“徐公子，你曾散一散到他里边去么？绝妙的好房，精致得极！”公子道：“怎不借我？”田有获道：“这借不得的！”便在徐公子耳边附耳说了一会。徐公子笑道：“有这等事？”两个别了。田有获故意闯到圆静房里，抱住一连做了几个嘴，道：“狗才！丢得我下，一向竟不来看我，想是我冲突了你，不知是师公吃醋，还是新来收南货的徐相公，忘了我！”两个抱着笑。只见妙智怕田有获来寻圆静甚事，也赶来，却是抱住取笑。田有获忙叫：“妙公走来！你莫怪我，我两个向来相与的。只为他见怪，向来不肯望我，特来整个东道赔礼。”便拿出三钱一块银子，道：“妙公，叫道人替我做东道请他。”正说，法明走来，道：“这怎要田相公作东？圆静薄情，不望相公，该罚圆静请才是。”妙智道：“也不要田相公出，也不要圆静罚，田相公到这里，当家请罢了！”大家一笑坐下。说起徐公子，田有获道：“这些薄情的。”把手抄一抄，道：“又恶又狠，好歹申府申道，极恶的恶人，他儿子须好待他些。”须臾摆上酒肴，田有获且去得此货，四个人猜拳行令，吃个热闹，扯住了妙智的耳朵灌，捏住了法明的鼻头要他吃，插科打诨，都尽开怀：

怀中浮绿蚁，春色满双颐。
争识留连处，个中有险巇。

大家吃酒。不知这正是田有获追住这两个，使徐公子直走魏都。果然这徐公子悄悄步入佛堂，就过僧房，转入墙门，闯入小轩：

静几余残局，茶炉散断烟。
萧萧檐外竹，写影上窗间。

真是清雅绝人。四顾轩侧小几上，菖蒲盆边一口小金磬，他将来“精、精”三下，只听得划然一声，开出一扇门，笑嘻嘻走出两个女人来，道：“是那一个狗秃走来？”跑到中间，不提防公子凹在门边，早把门拦住，道：“好打和尚的，试打一打我！”抬眼看这两个：

一个奶大胸高，一个头尖身小。一个胖憨憨好座肉眠床，一个瘦伶伶似只瘪鸭子。一个浓描眉，厚抹粉，妆点个风情；一个散挽髻，斜牵袖，做出个窈窕。这是：蘼芜队里逢蒿树，饿鬼丛中救命王。

这两个正要进去，不得进去，徐公子戏着脸去呆他。这边行童送茶，不见了徐公子，便赶来寻着田有获，道：“徐相公在么？”田有获假醉，瞪着眼睛道：“一定殿上散心去了。”把法明一推，道：“你去陪一陪！”法明走得出去，只见行童慌慌张张的道：“徐相公在轩子里了！”田有获道：“也等他随喜一随喜。”那妙智听了是有心病的，竟往里面跑来，只见徐公子把门拦住，阿金与贾寡妇截定在那里，惊得呆的一般。徐公子道：“好和尚，做得好事！我相公在这里，也该叫他陪我一陪，怎只自快活？”叫：“门子拴这狗秃去！”妙智一时没个主意，连忙叩头，道：“只求相公遮盖！”

门户锁重重，深闭倾城色。

东风密相窥，漏泄春消息。

那徐公子摇得头落要处，那田有获假装着醉，一步一跌，撞将进来，道：“好处在，我一向也不知道！”见了两个妇人，道：“那里来这两个尿精，想是公子叫来的妓者？相公不要秽污佛地？”徐公子道：“他这佛地久污的了，我今日要与他清净一清净！”田有获又一把去扯妙智起来：“我这徐相公极脱洒的！”那妙智还是磕头。徐公子对田有获道：“这两个秃驴，不知那边奸拐来的。我偶然进来遇见，一定要申上司究罪，毁这寺！”田有获连连两个揖道：“公子，‘不看僧面看佛面’，再不看学生狗面，饶了他罢！”徐公子道：“这断难饶的！”田有获道：“学生也赔跪，饶了他，等他送五十两银子买果子吃！”徐公子道：“我那里要他钱？我只要驱除这秃！”田有获道：“我就拜，一定要相公宽处！”一踵跌了一跤。妙智道：“田相公处一处。”田有获道：“相公，待他尽一个礼罢了！”徐公子道：“既是田先生说，送我一千。”田有获道：“来不得，来不得！吃得把这几个和尚、两个婆娘称，好歹一百。”徐公子道：“他一房性命都在我手，怎只一百两？我只叫总甲与民壮拿他！”折身就走。妙智死命扯住。田有获道：“相公，实是来不得，便二百罢！”这公子如何肯，一措措到五百两，诉穷说苦，先送二百两，田有获做好做歹，收了。

谩喜经颜入掌，那堪白镪归人。

田有获道和尚料不怕他再敢生变，且到明日来了账。不期到晚，妙智叹气如雷，终是法明有些见识，道："师父，我们只藏过这两个，没有指实，就不怕他了。他现任官儿子，该在僧房里住，诈人么？"妙智道是，忙进里边，与这两个叙别，连夜把这两个妇人戴了幅巾、缁衣，不敢出前门，怕徐公子有心伺候，掇条梯子趴墙。法明提了灯笼，远远先走，妙智随了，送到菩提庵来敲门。净梵开门，见了法明，道："甚风吹你来？"道："送两个师父与你。"净梵到里头一相，道："怪见有了这两个师父，竟不采我。我这里庵小，来往人多，安身不得！"妙智再三求告，许他三钱一日，先付现银十两。后边妙智为事，净梵见他久住，银子绝望，琐聒起来，两个安身不牢，只得另寻主顾去了。

妙智师徒两个如今放心。早起田有获来，要足五百两数，这两个和尚你推我攮，道："我们和尚钱财，十方来的，得去也难消受，怎要得我们的？如今只有两条穷命在这里，他现任子弟，怎该倚官诈人？"田有获挑一句："昨日是他拿住把柄，所以我只得替你许他。若要赖他的，须得移窠才好。"法明道："我们原没甚的。"田有获道："若是闪了开去，可以赖得了；只是他爷在这里做官，怕有后患。"妙智道："我还要告他！"田有获道："告他须用我证见，不打紧，我打发他去，只要谢我。"来见徐公子，道："昨说僧人一时来不及，求公子相让。"徐公子道："昨日我因先生说，饶了他一房性命，申到上司，怕他一房不是死！怎么还说让？"田有获把椅移一移近，道："把柄没了，他不知藏在何处去，如今还在那边油嘴，可即回与令尊商议摆布他！"徐公子假道："这都是公哄我了，公缓住我，叫和尚赖我钱！"田有获道："公子，得放手时须放手罢！"公子道："公欺我，公欺我！"便竟自带人起身去了。田有获道："如今他使性走去，毕竟说与乃尊，还修饰才是。"妙智道："我们'和尚钱财性命，性命卵袋'，挪二百两也是多的。只等他升任，田相公，你作作硬证，这二百两定要还我！"田有获道："是，是！"那厢徐公子回去，果然把这桩事说与徐州同，州同道："怎不着人来通知我？可得千金，轻放了，轻放了！"公子道："他昨日送得二百两，讲过今日还有三百，他竟然赖了。"徐州同顿足道："你不老到，你不老到！不妨，有我在。"叫一个皂隶，封了一两银子，道："老爷说公子在这厢搅扰，这些须薄意谢你的薪水之资。公子还吃得你们这里的泉水好，要两瓶。"这两个和尚得志得紧，道："薪水不收，要水，圆静领他去打两吊桶！"差人回覆。徐州同还望他来收火，发出水去，道："这水不是泉水，要换。"他端只将这水拿两瓶去，徐州同看了大恼。

田有获原要做和尚一裆儿报仇，自己要索他百来两谢，见事走了滚，故意在徐州同面前搠他，道："他还要上司告公子。"徐州同越恼，要寻事摆布。正值本州新捉着一伙强盗杨龙等，就分付狱卒，教攀他做窝家，"我饶他夹打"。杨龙果然死口攀了，登时出牌，差人拿妙智、法明。两个先用了一块差使钱，一到，不由分剖就夹，要他招赃，两个抵死不招，下了重监。田有获道："他还有个圆静，是打财的，决该拿来，要他身上出豁。"徐州同即便拘来一夹，讨保，教田有获去赴水，要他一千。圆静只得卖田卖地，苦凑五百，央田有获送去。田有获乘此机会，也写得十来亩田。不意徐州同贪心不满，又取出来一夹，这妙智是个狠和尚，气得紧，便嚷道："我偷妇人，罪有所归；你儿子诈了我二百，你又诈我五百，还不如意，得这样钱，要男盗女娼！"徐州同体面不像，便大恼道："这刁秃驴！你做了强盗，怪老爷执法污蔑我！"每人打了四十收监。与儿子计议，道："刁僧留不得！"取了绝呈。可怜这两个淫僧，被狱卒将来上了匣床，脸上搭了湿毛纸，狱卒道："这不关我事，冤有头，债有主，你只寻徐爷去！"一时间活活闷死。倒还不如屠道人，也得一醉：

脂香粉腻惹袈裟，醉拥狂淫笑眼斜。
今日朱颜何处在？琵琶已自向他家。

又：

披缁只合演三车，眷恋红妆造祸芽。
怨气不归极乐国，阴风圜土鬼燐斜。

寺中悟通年纪已老，因念苦挣衣钵一朝都尽，抑郁身死。圆静因坐窝赃，严追自缢。起根都只为一个圆静奸了田有获的妾，做了火种；又加妙智、法明拐妇人，做了衅端，平白里把一个好房头至于如此。

徐州同为此事，道间把做贪酷逐回。在任发狠诈人，贴状的多，倒赃的亦不少，衙门几个心腹却被拿问。田有获因署印时与徐州同过龙说事，问了徒。百姓又要抢徐州同行李，徐州同将行李悄悄的令衙役运出，被人乘机窃去许多。自己假做辞上司，一溜风赶到船边，只见四个和尚立在船边。抬头一看，一个老的不认得，这三个：一个妙智，一个法明，一个圆静。这一惊非同小可，慌忙下船，数日来惊忧悒郁，感成一个怔忡，合眼便见这四个和尚，自家口里说道："他罪不至死，就是赖了公子的钱可恼，但我父子都曾得他钱，怎就又伤他性命？原也欠理！"时常自言自语，病日重，到家便作经事，超度禳解，济得甚事？毕竟没了。临没对儿子道："亏心事莫作，枉法钱莫贪。"

笑是营营作马牛，黄金浪欲满囊头。

谁知金丧人还丧，剩有污名奕世流！

喜得宦囊还好，徐公子将来从厚安葬，却常懊悔自家得了二百两，如何又对父亲说,惹出如许事端？渐觉心性乖错。向娶一妻真氏,人也生得精雅,又标致，两个甚是和睦，这番因自己心性变得不好，动辄成争。家里原有两个人，如今打发管庄的管庄，管田的管田，家里只剩得一房家人徐福，年纪三十四五；一个丫头翠羽，十五岁；一个小厮婉儿，十三岁。自己功不成，名不就，游嬉浪荡，也喜去阙，丢了一个真氏在家，甘清守静。还又道自在外阙，怕他在家阙，日渐生疑，没要紧一节小事，略争一争，就在自己书房，捧了个翠羽整整睡了半月,再不到真氏房中。真氏只因当他不得的暴戾,来不来凭他。他倒疑心，或时将他房门外洒灰记认，或时暗净他房门粘封皮。那真氏觉得，背地冷笑。偏古怪，粘着封儿常被老鼠因是有浆咬去，地下灰长因猫狗走过踏乱，他就胡言枉语来争。这真氏原是个本分人，先着了气，不和他争，他便道有虚心事，故此说不出，这是“一疑无不疑”。一日从外边来，见一个小和尚，一路里摇摇摆摆走进来，连忙赶上，转一个弯就不见了，竟追进真氏房中，只见真氏独坐刺绣。真氏见他竖起两道眉，睁起两只眼，不知着甚头由，倒也一慌。他自赶到床上张一张，帐子掀一掀，床下望一望，把棍子搠两搠，床顶上跳起一看，两只衣厨打开来寻，各处搜遍。真氏寻思倒好笑他。他还道:“藏得好，藏得好！”出去又到别处寻。叫过翠羽要说，翠羽道:“实没有。”拶婉儿，婉儿说:“是没人。”还到处寻觅、嚷叫，从此竟不进真氏房中。每晚门户重重，自去关闭、记认。真氏见光景，心中不快，道:“遇这等丈夫，无故受他这等疑忌，不发一死罢了！”倒是徐福妻子和氏道:“大娘！你若一死，倒洗不清，耐烦再守三头五月，事决明白，他回心转意，还有和美日子。自古道得好:‘好死不如恶活。’且自宽心。”可怜那真氏呵：

愁深日似深填黛，恨极时将泪洗妆。

一段无辜谁与诉，几番刺绣不成行。

徐公子书房与真氏卧房隔着一墙，这日天色已晚，徐公子无聊无赖在花径闲行，只见墙上一影，看时却是一个标致和尚，坐起墙上，向着内房里笑。徐公子便怒从心起，抉起一块砖打去，这砖偏格在树上落下，和尚已是跨落墙去了。徐公子看了大怒：

墙阴花影摇，纤月落人影。

遥想孤帏中，双星应耿耿。

道："罢，罢！他今日真赃实犯，我杀他不为过了！"便在书房中，将一口剑在石上磨，磨得风快，赶紧进房来，又道："且莫造次，再听一听。"只听得房中大有声响，道："这淫妇与这狗秃正高兴哩！"一脚踢去，踢开房门，真氏在梦中惊醒，问："是谁？"徐公子早把剑来床上乱砍，真氏不防备的，如何遮掩得过？可怜一个无辜好女人，死在剑锋之下：

身膏白刃冤难白，血与红颜相映红。

案上一灯，欲明欲灭，徐公子拿过来照时，只见床上只得一个真氏，拥着一条被，身中几剑气绝。徐公子道："不信这狗秃会躲！"又听得床下有声，道："狗秃在了！"弯着腰，忙把剑在床底上搠去，一连两搠，一只狗拼命劈脸跳出来，徐公子惊了一跌，方知适才听响的是狗动。还痴心去寻这和尚，没有。坐在房中想这事如何结煞，想一想道："如今也顾不得丑名，也顾不得人性命！"竟提了剑走出中堂来，叫："徐福！徐福！"和氏道："相公昨日打发去庄上未回。"徐公子道："这等怎处？没处摆布，这做婉儿不着！"赶到灶前叫婉儿，叫了八九声，只见他应了又住，等了一会，带着睡踵将出来。徐公子等得不耐烦，一剑砍去，便砍死了。一连杀了两个人，手恰软了，又去擂了半日，切下两个头，已是天亮。和氏和翠羽起来，看见灶下横着婉儿的尸，房中桌上摆着两个头，公子提着一把剑呆坐，床里真氏血流满床。和氏暗想："自己丈夫造化，不然就是婉儿了！"忽然见徐公子吃了些早饭，提头而去，两个看着真氏痛哭，替他叫冤说苦。这徐公子已赶到县间去，哄动一城人，道："徐家杀死奸夫、奸妇！"也有到他家看的，也有到县前看的，道："真是个汉子！"连真家也有两三个秀才羞得不敢出头，只着人来看打听。

须臾县尊升堂。姓饶，贵州人，选贡，精明沉细，是个能吏。放投文，徐公子就提了头过去，道："小人徐州同子徐行，有妻真氏，与义男婉儿通奸，小人杀死，特来出首。"那饶县尊就出位来，道："好一个勇决汉子！只不是有体面人家做的事。"一眼看去，见一颗头一点儿的，便叫取头上来。却见一个妇人头，颇生得好，一个小厮，头发才到眉。县尊便道："这小厮多少年纪了？"徐行道："十四岁。"那县尊把带掇了一掇，头侧了一侧，叫打轿相验，竟到他家，轿后拥上许多人。县尊下轿进去，道："尸首在那边？"徐行道："在房里。"进房却见床上一个没头女尸，身上几剑，连砍碎的，身上还紧紧裹着一条被。县尊看了，道："小厮尸怎不在一处？"道："在灶前。"到灶前，果见小厮尸横在地上，身中一剑，上身着一件衣服，下身穿一条裤子。县尊叫扯去裤子，一看，叫把徐行锁了，并和氏、翠羽都带到县里。道："徐行，你这奴才！自古'撒手不为奸'，他一个在床上，一个在灶前，就难说了。况且你那妻子尚紧拥着一条被，小厮又着条裤，这奸的事越说不去了。若说平日，我适才验小厮，尚未出幼，你仔么诬他？这明明你与妻子不睦，将来杀死，又妄杀一个小厮解说，你欺得谁？"叫取夹棍，登时把徐行夹将起来。徐行道："实是见一和尚扒墙进真氏房中，激恼杀的。"县尊道："这等小厮也是枉杀了！你说和尚，你家曾与那寺和尚往来？叫甚名字？"徐行回话不来，叫："丢在丹墀内！"叫和氏，道："真氏平日可与人有奸么？"和氏道："真氏原空房独守，并没有奸，只是相公因阙，自己不在家，疑心家中或者有奸情，镇日闹吵，昨晚间就是婉儿并不曾进真氏房中，不知怎的杀了真氏，又杀小厮。"叫翠羽，翠羽上去，与和氏一般说话。县尊道："徐行！你仔么解？"徐行只得招了：因疑杀妻，恐怕偿命，因此又去杀仆自解。县尊大恼道："既杀他身，又污他名，可恶之极！"将来重打四十。这番真家三两个秀才来讨命，道："求大宗师正法抵命，以泄死者之冤！"县尊道："抵命不消讲了。"随出审单道：

真氏当傲狠之夫，恬然自守，略无怨尤，贤矣！徐行竟以疑杀之，且又牵一小童以污蔑，不惨而狡欤！律以"无故杀妻"，一绞不枉。

把徐行做了除无故杀死义男，轻罪不坐外，准"无故杀妻"律，该秋后处决。解道院，复行本府刑厅审。徐行便去央分上，去取供房用钱，要图脱身。不知其情既真，人所共恶，怎生饶得？刑厅审道：

徐行无故惨杀二命，一绞不足以谢两冤，情罪俱真，无容多喙！

累次解审，竟死牢中：

冤冤相报不相饶，圜土游魂未易招。

犹记两髡当日事，囹圄囊首也萧条。

这事最可怜的是一个真氏，以疑得死。次之屠有名，醉中杀身。其余妙智，虽死非罪，然足偿屠有名。徐行父子，阴足偿妙智、法明。法明死刑，圆静死缢，亦可为不守戒律、奸人妇女果报。田禽淫人遗臭，诈人得罪，亦可为贪狡之警。总之，酒色财气四字，致死至祸，特即拈出，以资世人警省。

雨侯曰：此回一派奸人，转转死于四字之中，非四字之为孽，奸人自作之孽也。就此事悟其非，则入于贤矣。观者莫负提斯苦心！

序

士人屈首于二“句子”曰：一篇八股，俗情大似夏虫于冰。况一顶进贤冠，便有花酒耗其精，簿书劳其神，奔竞瘦其体，奸在旁而不得知，即知而不果剔，愚侮玩弄，有必至矣。斯集其鬼窟中之秦镜，士大夫之指南乎！谓宜人诵一通于入政之初。

翠娱阁主人题

第三十回　张继良巧窃篆　曾司训计完璧

衽席藏戈，虿蜂有毒，不意难防。哂笑轻投，威权下逮，自惹抢攘。英雄好自斟量，猛然须奋刚肠。理破柔情，力消欢爱，千古名芳。

右调《柳稍青》

历代尝因女色败亡，故把女色比做兵，道是女戎。我道内政不出壶，女人干得甚事？若论如今做官，能剥削我官职，败坏我行谊，有一种男戎。男戎是甚么？是如今门子。这些人出来是小人家儿子，不大读书晓得道理，偶然亏得这脸儿有些光景，便弄入衙门。未得时时节，相与上等是书手、外郎，做这副腻脸，捱他些酒食；下等是皂隶、甲首，做这个后庭，骗他银子。耳朵里听的，都是奸狡瞒官作弊话；眼睛里见的，都是诡诈说谎骗钱事。但只是初进衙门，胆小怕打，毕竟小心，不过与轿夫分几分押保、认保钱，与监生员递呈求见的，骗他个包儿，也不坏事。尝恐做官的喜他的颜色，可以供得我玩弄；悦他的性格，可以顺得我使令，便把他做个腹心。这番他把那一团奸诈藏在标致颜色里边，一段凶恶藏在温和体度里面。在堂上还存你些体面，一退他就做上些妖痴，插嘴帮衬。我还误信他年纪小没胆，不敢坏我的事。把他径窦已熟，羽翼已成，起初还假我的威势骗人，后来竟盗我威势弄我，卖牌批状，浸至过龙，撞木钟，无所不至。这番把一个半生灯窗辛苦，都断送在他手里了。故有识的至他，也须留心驾驭，不可忽他。我且道一个已往的事。

我朝常州无锡县，有一个门子，姓张名继良，他父亲是一个卖菜的，生下他来，倒也一表人材，六七岁时，家里也曾读两句书，到了十四五岁，越觉生得好：

双眸的的凝秋水，脸娇宛宛荷花蕊。

柳眉瓠齿绝妖妍，贯玉却疑陈孺子。

恰也有好些身分，浅颦低笑，悄语斜身；含情弄态，故故撩人，似怨疑羞，又频频拒客：

徙倚类无骨，娇痴大有心。

疑推复疑就，个里具情深。

可惜一个标绝的小厮，也到绝时年事，但处非其地，也不过与些市井俗流，游食的光棍，东凹西靠，赚他几分钱罢了。不料十五岁上娘亡，十六岁上爷死，这样人家穿在身上，吃在肚里，有甚家事？却也一贫彻骨。况且爹亲娘眷都死，那里得人照管？穿一领不青不蓝海青，着一双不黑不白水袜，拖一双倒根鞋，就是如花似玉颜色，也显不出来了。房钱没得出，三餐没人煮，便也捱在一个朋友家里。不期这朋友是有妻小的，他家婆见他脸色儿有些丰艳，也是疑心。不免高兴时也干些勾当儿，张继良不好拒得，浅房窄屋，早已被他知觉，常在里边喃喃骂道："没廉耻，上门凑！青头白脸好后生，捱在人家，不如我到娘家去，让你们一窠一块！"又去骂这家公道："早有他，不消讨得我，没廉没耻，把闲饭养闲人！"就茶不成茶，饭不成饭，不肯拿出来，还饶上许多絮聒。张继良也立身不住，这朋友也难留得。又捱到一家朋友，喜得光棍，日间彼此做些茶饭儿过日，夜间是夫妇般。只是这人且会吃寡醋。张继良再穷，也便趁着年纪，滥相处几个，他知得便寻闹，又安不得身。亏得一个朋友道："锡山寺月公，颇好此道，不若我荐你在那边栖身。"便领他去寺中见月公，道："我这表弟十六岁，父母双亡，要在上刹出家，我特送来。"月公道："我徒弟自有，徒孙没有，等他做我徒孙罢！"就留在寺中。这张继良，人是极会得的，却又好温性儿，密得月公魂都没，替他做衣服，做海青。自古道："人要衣装，马要鞍装。"这一装束，便弄得绝好了。

也是他该发迹，本县何知县忽一日请一个同年游锡山。这何知县是个极好男风，眼睛里见不得人的，在县里吏书、皂快，有分模样的，便一齐来，苦没个当意的。这时同年尚未来，他独坐甚是无聊，偶然见张继良一影，他见是个扒头，便道："甚么人？"叫过来问时，是本寺行童。何知县道："不信和尚有这等造化，我老爷一向寻不出一个人！"问他："有父兄么？"道："没有。"那答应的声儿娇细，一发动人。就道："你明日到县服侍我罢，我另眼看你！"

他自吃酒去了。月公得知，甚是不快活，道："仔么被他看见了？父母官须抗他不得。"两个叙别了一夜，只得送他进县，分付叫他小心服侍，闲暇时也来看我一看。一进衙门，何知县道："你家中无人，你就在后堂侧边我书房中歇落。"本日就试他，是惯的，没甚畏缩，还有那些媚态。何知县就也着了迷，着库上与他做衣服，浑身都换了绸绫，每日退堂，定要在书房中与他盘桓半日，才进私衙。他原识两个字，心里极灵巧，凡一应紧要文书、词状、简札，着他收的，问起都拿得来，越发喜他有才。又道他没有亲眷，没人与他兜揽公事；又向在和尚寺里，未免晓得在衙门作弊；况且又在后堂歇落，自己不时叫在身边，也没人关通，凡事托他做腹心，叫他寻访。不知这衙门中书吏皂甲极会钻，我用主文，他就钻主文；我用家人，他就钻家人；这番用个门子，自然寻门子。有那烧冷灶的，不曾有事寻他，先来相处他，请酒送礼，只拣小官喜欢的香囊、扇子、汗巾之类送来，结识他做个靠山。有那临渴掘井的，要做这件，大块塞来，要他撺掇。皂甲要买牌讨差，书吏要讨承行，渐渐都来丛他。内中也有几个欺他暴出龙，骗他，十两公事做五两讲。又有那讨好的，又去对他讲，道这件事毕竟要括他多少，这件事不到多少不要与他做。他不乖的也教会了，况且他原是个乖的人。但是"官看三日吏，吏看三日官"，官若不留些颜色，不开个空隙把他，他也不敢入凿。先是一个何知县，因他假老实，问他事再不轻易回覆，侧边点两句，极中窍，便喜他，要抬举他。一日佥着一张人命牌，对张继良道："这差使是好差，你去，那个要的，你要他五两银子，佥与他。"一个皂隶莫用知得，就是五两时银来讨，正与张继良说，一个皂隶魏匡，一个眼色，张继良便回莫用道少，这边魏匡就是五两九成银递去。张继良见光景可掯，道要十两，魏匡便肯加一两。这边一个李连，忙央一个门子，送八两与张继良。魏匡拿得银子来，这厢已佥了李连，张继良已将牌递与了。一日有张争有私状子，原烧冷灶的一个吏房书手陈几，送他两匹花绸，要他禀发。张继良试去讨一讨，不料何知县欣然。这番衙门里传一个张继良讨得差，讨得承得，有一个好差，一纸好状子，便你三两我五两只求得个他收。他把几件老实事儿结了何知县，知县说着就依他，就也不讨，讲定了，见佥着这牌，便道原差某人，该差某人，某人接官该与，某人效劳该与。何知县信得他紧,也就随他说写去。呈状也只凭他道是原行,或是该承。还有巧处，该这人顶差，或该他承应，他把没账差牌、呈状踏在前面；佥与了他，便没个又差又批的理，这就是夺此与彼的妙法。到后他手越滑，胆越大，人上告照呈子，他竟袖下，要钱才发。好状子他要袖下，不经承发房挂号，竟与相知。莫说一年间他起家，连这几个附着他的吏书皂甲，也都发迹起来。何知县也道差使承行，左右是这些衙门里人，便颠倒些也不是坏法，故此不在意。不知富的有钱买越富，穷的没钱买越穷。一个官，一张呈状，也不知罚得几石谷，几个罪。若撞着上司的，只做得白弄，他却承行、差使都有钱赚，他倒好似官了。

其时一个户房书手徐炎，见他兴，便将一个女儿许与他，一发得了个教头，越会赚钱。却又衙门人无心中又去教他，乘有一个人有张要紧状子，连告两纸不准，央个皂隶送二两，叫他批准，皂隶因而就讨这差，自此又开这门路。书手要承应，皂隶要差，又兜状子来与他批，一二两讲价。总之，趁着这何知县尝与他做些歪事，戏脸惯了，倚他做个外主文，又信他得深了，就便弄手脚，还不曾到刑名上。争奈又是狱中有狱卒牢头要诈人钱，打听有大财主犯事，用钱与他，要他发监。他又在投到时叫写监票，可以保的竟落了监，受尽监中诈害，人知道了，便又来用钱，要他方便。至于合衙门人，因他在官面前说得话，降得是非，那个不奉承？那个敢冲突他？似库书库吏收发上有弊，吏房吏农充参，户房钱粮出入，礼房礼仪支销，兵房驿递工食，刑房刑名，工房造作工价，那一房不要关通他？那一处不时时有馈送？甚至衙头书房里，都来用钱要批发，二、三、四衙都有礼送他。阖县都叫他做“张知县”。先时这何知县也是个要物的，也有几个过龙的书吏，起初不曾合得他，他却会得冷语，道这事没天理，不该做的，那何知县竟回出来。或时道这公事值多少，何知县押住要添，累那过龙的费尽口舌，况且事又不痛快，只得来连他做。连着要打那边三十，断不是廿五下；要问他十四石，断不是一两三；要断十两，断不是九两九钱；随你甚乡官阔宦，也拗不转。外边知道消息，都不用书吏，竟来投他。他又乖觉，这公事值五百，他定要五百；值三百，定要三百；他里边自去半价儿要何知县得。其余小事儿，他拿得定，便不与何知县，临审时三言两语一点掇，都也依他。外边撞太岁、敲木钟的事，也做了许多。只有他说人是非，那个敢来说他过失？把一个何知县，竟做了一个傀儡：

　　简书百里寄专成，闾里须教诵政声。
　　线索却归豪滑手，三思应也愧生平。

凡是做官，不过爱民礼士，他只凭了一个张继良，不能为民辨明冤枉，就是秀才、举、监，有些事日日来讨面皮，博不得张继良一句。当时民谣有道：“弓长固可人，何以见君王？”又道：“锡山有张良，县里无知县。”乡官纷纷都要等代巡来讲他是非。亏得一个同年，省亲回来的周主事，知道这消息来望他，见一门子紧捱在身边，他看一看，道：“年兄，小弟有句密语。”何知县把头一侧，门子走开。周主事道：“年兄，这不是张继良么？”何知县道：“是，年兄仔么认得？”周主事道：“外边传他一个大名。”何知县道：“传他能干么？”周主事说：“太能了些，几乎把年兄官都坏了！”何知县道：“他极小心，极能事。”周主事道：“正为年兄但见其小心，见其能事，所以如此；若觉得，便不如此了。外边士民都说年兄宠任他，卖牌准状，大坏衙门法纪。”何知县道：“这一定衙门中人怪他，故此谤他。”周主事道：“不然，还道他招权纳赂，大为士民毒害。”何知县道：“年兄，没有这样事！”周主事道：“年兄，此人不足惜，还恐为年兄害！外面乡绅虽揭他的恶，却事都关着年兄。小弟是极力调停，只恐陈代巡按临，上司有话，怎么处？”何知县颜色不怡，周主事也别了。

只见何知县走到书房中，闷闷不悦。张继良捱近身边，道：“老爷，适才周爷有甚讲？”何知县一把捏住他手，道：“我不好说得。”张继良道：“老爷那一事不与小的说，这事甚么事，又惹老爷不快？”何知县把他扯近，附耳道：“外边乡绅怪我，连我都谤在里边，周爷来通知，故此不快。”张继良便跪了道：“这等老爷不若将小的责革，以舒乡绅之愤，可以保全老爷。”何知县一把抱起，放在膝上道：“我怎舍得！他们不过借你来污蔑我，关你甚事？”张继良道：“是老爷除强抑暴，为了百姓，自然不得乡绅意，要害老爷，毕竟把一个人做引证。小的不合做了老爷心腹，如今任他乡绅流谤，守巡申揭，必定要代巡自做主。小的情愿学貂蝉，在代巡那边包着保全老爷。”何知县道：“我进士官，纵使他们谤我，不过一个降调，经得几个跌磕，不妨。但只是你在此恐有祸，不若你且暂避。”张继良道：“小的也不消去，只须求老爷仍把小的作门役送到按院便是。”何知县道：“我正怕你在此有祸，怎还到老虎口中夺食！倘知道你是张继良怎处？”张继良道：“不妨，老爷只将小的名字改了，随各县大爷送门役送进，小人自有妙用。”何知县还是摇头。

过个半月，按院巡历到常州，果然各县送人役，张继良改做周德，何知县竟将送进。也是何知县官星现，这陈代巡是福建人，极好男风。那张继良已十七岁了，反把头发放下，做个披肩，代巡一见，见他矬小标致，竟收了。他故意做一个小心不晓事光景，不敢上前。那代巡越喜，道是个笃实人，伏侍斟酒时，便低着头问他，道：“你是无锡那里人？”道：“在乡。”他脸也通红。

代巡道："你是要早晚服侍我的，不要怕得，晚间就留在房中。"这张继良本是个久惯老手，倒假做个畏缩不堪的模样，这代巡早又入他彀：

才离越国又吴宫，媚骨夷光应与同。

尺组竟牵南越颈，奇谋还自压终童。

初时先把一个假老实愚弄他，次后就把娇痴戏恋他，那代巡也似得了个奇宝。凡是门子进院，几时一得宠不敢做别样非法事？若乞恩加赏，这也是常情。他在那边木木讷讷，有问则答，无问则止，竟不乞恩讨赏。陈代巡自喜他，每次赏从厚。要赏他承差，他道日后不谙走差不愿，道办也不愿，道是无锡人，求赏一个无锡典吏，陈代巡竟赏。闲时也问及他本地风俗，他直口道："乡官凶暴，不肯完纳钱粮，又狠盘弄百姓，日日告债告租，一县官替他管理不了，略略不平，就到上司说是非，也不知赶走多少官，百姓苦得紧。"已自为何知县解释。又得查盘推官与本府推官都是何知县同年，也为遮盖，所以考察过堂，得以幸全。

及至代巡考察、审录、比较、巡城、阅操各事都完，因拜乡宦，只见纷纷有揭。代巡有了先入之言，只说乡宦多事。后边将复命，纠劾有司，已拟定几个，内中一个因有大分上来，要改入荐，只得把何知县作数。取写本书吏要待写本，张继良见了，有些难解，心里一想，道："我叫他上不本成！"恰值日该书办众人发衣包，先日把陈代巡弄个疲倦，乘他与别门子睡，暗暗起来，将他印匣内关防取了，打入衣包里边。次日早堂，竟行发出这关防，先寄到他丈人徐炎家，徐炎转送了何知县：

篆文已落段司农，裴令空言量有容。

始信爱深终是祸，变兴肘腋有奇凶。

次早用印，张继良把匣一开，把手一摸，又假去张一张，只见脸通红，悄悄来对陈代巡道："关防不见！"陈代巡吃了一惊，还假学裴度模样，不在意，一连两个腰伸了，道："今日困倦，一应文书，都明日印。"坐在后堂不悦。张继良倒假做慌忙，替他愁。陈代巡道："不妨，这一定得我衙门中盗去印甚文书，追得急反将来毁了，再待一两日，他自有。"等了两三日不见动静，这番真是着急，知是门子书办中做的事，一打拷追问，事就昭彰，只得装病不出，叫掌案书办计议。书办听得也呆了，只教且在衙门中寻。这四个门子、两个管夫、八个书办，着鬼的般，在衙门里那一处不寻到？还取夫淘井，也不见有。寻思无计，内中一个书办道："如今寻不出，实是不好，闻得常州府学曾教官，是个举人出身，极有智谋，不若请他来计议。”果然小开门请曾教官看病，他是泰和人，极有思算、有手段的。曾教官道：“什么人荐我？我从不知医。”一到传鼓，请进川堂相见了，与坐留茶，赶去门子，把这失印一节告诉他。那教官也想一会，道：“老大人，计是有一个，也不是万全；老大人自思在本府尝与那个有隙？曾有参何人？”陈代巡也想一想，附耳道：“我这里要参无锡何知县。”曾教官道：“这印八分是他，如今老大人只问他要。”陈代巡道：“我问他要，他不认怎生？”曾教官道：“也只教他推不得。目下他也在这厢问安，明日老大人暗将空房里放起火来，府、县毕竟来救，老大人将敕交与别县，将印竟交与他，他上手料不敢道‘看一看内边有关防没有’，他不得已毕竟放在里。他若不还，老大人说是他没的，也可分过。这是万或可冀之策，还求老大人斟酌行之。”陈代巡道：“这是绝妙计策，再不消计议得，只依着做去。”曾教官道：“教官还有一说，观此人既能盗印，他把奸人已布在老大人左右了，此事不能中伤，必复寻他事。况且今日教官之谋，他也毕竟知道，日后必衔恨教官，这还祈老大人赦他过失，使他自新。这在老大人可以免祸，在教官可以不致取怨。”代巡点头道：“他若不害我，我也断不害他。”留了一杯茶，就送了教官出来，还倚张继良做个心腹，叫与一个掌案书办行事，在里边收拾花园中一间小书房，推上些柴烧将起来。

这边何知县自张继良进了院去，觉得身边没了个可意人，心中甚是不快。到参谒时，略得一望，相见相亲，越觉懊恼。喜得衙门中去了他，且是一清，凡有书信，都托徐炎送与何知县考察。过堂无事，何知县满心欢喜，这一定是张继良的力，好一个能事有情的人。这日只见徐炎悄悄进见，何知县知有密事，赶开人，叫他近来。只见递出一个信并印，何知县见了访款，倒也件件是真，条条难解。又见关防，笑道：“这白头本也上不成！”收了，重赏徐炎。打听甲首报按院有病不坐，他又笑道：“是病个没得出手！”也思量要拟薛嵩送金盒与田承嗣般惊他一个，两边解交，恐怕惹出事来，且自丢起，将关防密密随着身子。此时也只因问代巡安，来到府中。这日正值张知县来拜，留茶，两个闲谭。只见一个甲首汗雨淋淋赶来，道：“禀老爷，察院里火起，太爷去救去了！”这知县连起身，何知县打轿相随。那知府已带了火钩火索，赶入后园去了。这两个赶到，却早代巡立在堂上，在那里假慌，见他两个道：“不要行礼，不要行礼！不知仔么，空屋里着起来，多劳二位！”忙取过来敕寄与张知县，把印匣递与何知县，道：“贤大尹且为我好收。”递得与他，自折身里面去了：

烟火暗庭除，奔赴急吏胥。

片时令璧返，画策有相如。

须臾火熄，吩咐道："一应官员晚堂相见。"

那张继良见何知县接了印匣，已自跌脚道："你是知道空的，仔么收他的，如今怎处？"这何知县掇了个空印，到下处好生狐疑，道："这印明明在我这里，他将印匣与我，我又不好当面开看，如今还了印，空费了张继良一番心；若不还时，他赖我盗印，再说不明，如何是好？"想了半日，道："没印两个一争就破脸，不好收拾；有印，或者他晓得我手段，也不敢难为我，究竟还的是。"将印放在匣内，送到院前。先是知府进见，问慰了留茶；次得张知县交敕，何知县交印，就问候，代巡也留茶送出。这班书办晓得匣里没印，不敢拿文书过来用印，倒是代巡叫："连日不曾佥押用印文书，拿过来！"众人倒惊道："印没了，难道押下写一'印'字的理？把甚么搭？难道这两日那里弄得方假印来？被人辨认出也不像！"都替代巡踟蹰。只见文书取到，批佥了，叫张继良开匣取印，只见一颗印宛然在里边，将来印了。书办们已知这印如何在何知县身边，"周德原是何知县送来的人，一定是他弄手脚了"！次日何知县辞回，巡按留饭，道："贤大尹好手段！"何知县道："不敢！"便诌一个谎道："知县未第时，寄居在本地能仁寺读书，邻房有一人，举止奇秘，知县知他异人，着实加礼。一日在家，他薄晚扣门，携着一人首，道在此有仇已报，有恩未酬。问知县借银二十两酬之。知县将银饰相赠，许后有事相报，别来音信杳然。数日前，忽中夜至衙，道：'奸人谤你，代巡有意信谗，我今取其印，令不得上疏，可以少解。'知县还要问个详细，只见他道：'脱有缓急，再来相助。'已飞身去了。知县细看，果是代巡的。要送来，怕惹嫌疑不敢。昨蒙老大人委管印匣，乘便呈上。"代巡道："有这等事！前已知无锡乡绅豪横，作令实难，虽有揭贴，本院这断不行的。贤大尹能廉介，本院还入荐剡。贤大尹只用心做官，总之不忤乡绅便忤了士民了！"何知县谢了自回县。

陈代巡初时也疑张继良，印来到时竟疑了八分，但是心爱得他紧，不肯动他。何知县又说这一篇谎，竟丢在水里。果然复命举劾，不惟不劾何知县，又得荐；曾教官也在教职内荐了，得升博士。一县乡绅都尽惊骇，道："是神钻的！若是这样官荐，那一个不该荐？这样官不劾，那一个该劾？如此作察院，也负了代巡之名！"有的道："如今去了个张门子，县中也清了好些，应是这缘故。”不多几时，只见按院批下一张呈子，是吏农周德的，道在院效劳，乞恩赏顶充户房吏农王勤名缺。是个现缺，那个敢来争他的？这是陈代巡复命，要带张继良进京。张继良想道：“自为何知县进院，冷落了几时不赚钱，如今还要寻着何知县补，若随去越清了。”故此陈代巡要带他复命，他道家有老母，再三恳辞，只愿在本县效役，可以养母。陈代巡便叫房里查一个本县好缺与他，还批赏好些银两。送到扬州，陈代巡还恋恋不舍。他记挂县中赚钱，竟自回了：

计就西施应返越，谋成红线自归仙。

他一到县，做了亲，寻了大宅住下。参见了何知县，喜得不胜，感得不胜。县里这些做他羽翼的，欢喜他靠山复来，接风贺喜，奉承不暇。这些守本分的，个个攒眉。向来吏书中有几个因他入院，在这厢接脚过龙，门子有几个接脚得宠，不惟缩手，也还怕他嫉忌。知机的，也就出缺告退；不识势的，也便遭他陷害。先时在县，还只当得个知县，凌轹一县的人，如今自到了察院去，也便是个察院了，还要凌轹知县，说道：“他这个官亏我做的，不然，这时不知是降是调，赶到那里去了！”六房事，房房都是他，打官司没一个不人上央人来见他。官司也不消何知县问得，只要他接银子时怎么应承，他应承就是了。一个何知县，只在堂上坐得坐，动得动笔罢了。一年之间，就是有千万家私的，到他手里，或是陷他徭役，或人来出首，一定拆个精光，留得性命也还是绝好事。县里都传他名做“拆屋斧头”“杀人刽子”。何知县先时溺爱他，又因他救全他的官，也任着他。渐渐到后来，立紧桌横头，承应吏捧得一宗卷过来，他先指手划脚，道“这该打”，“这该夹”，“这该问罪”，竟没他做主，他觉不成体面。又是他每事独提，不与何知县。又不与里边主文连手，里边票拟定的，他都将来更乱。向来何知县也得两分，自此只得两石谷，两分纸，他还又来说免。更有他作弊处：凡一应保状，他将来裁去印上状格，填上告词，日子是何知县亲标，就作准出牌，来买便行搁起。和息罚谷，自行追收，不经承发挂号，竟没处查他。何知县甚是不堪，道：“周外郎！你也等我做一做，你是这样，外观不雅。难道你不怕充军徒罪的？”他也不睬，只是胡行。何知县几次也待动手，但是一县事都被他乱做，连官不知就里，一县人都是他心腹，没一个为官做事的。那周德见他愤愤的，道：“先下手为强，莫待他薄情，反受他的祸！”挽出几个举人生员，将他向来受赃枉法事在守道府官处投揭，这番里边又没个张继良，没人救应，竟谪了闲散。

私情不可割，公议竟难逃。

放逐何能免，空为泽畔号！

张继良自援了两考，一溜风挈家到京弄了些手脚，当该官办效劳，选了一个广州府新会县主簿，到家闹哄哄上了任。有的人道："没天理，害了这许多人，却又兴，得官！"他到任又去厚拱堂官，与堂官过龙，执行准事惯了，又仍旧作恶害人。靠了县尊，有一个生员家里极富，家中一个丫头病死，娘家来告。他定要扭做生员妻打死，要诈他，又把他一个丫头来拶。秀才哄起来，递了揭，三院各处去讲，百姓乘机来告发，刑厅会同查盘官问。这查盘是韶州府推官，自浙江按察司照磨升来的，正是何知县。知是张继良，当日把他坏事，又揭害他的事，一一说与广州推官，两个会问时，撳定他几件实事，坐了他五百赃，问了充军。着实打了他二十，在广州府监里坐得个不要，家眷流落广州，这的是张继良报应。但是这些人有甚人心！又有一班狡猾的驾着，有钱要撰，有势就使，只顾自饭碗里满，便到充军摆站，败坏甚名检。做官官职谪削事小，但一生名检已坏；仔么不割一时之爱，至如养痈一般，痈溃而身与俱亡，此是可笑之甚。故拈出以佐仕路观感。

雨侯曰：虎败于门蠹，甚矣，刚之易柔而藏刚狠于柔，正莫遏也！窒欲防微，敢为当道借箸。

叙

富贵功名之借途，今且为贪淫之资，骄奢恶薄之渐。仕籍才挂，辄求倾城，搜佳丽，便作鄙夷糟糠之思；未几变起闺阃，为愤争，为忌疾；一身宛转其间，不得，便以身与官随之，是亦仕途中胡相士也。薄幸何必卖妻，得报何必在一死。人自思之。

翠娱阁主人识

第三十一回　阴功吏位登二品　薄幸夫空有千金

新红染袖啼痕溜，忆昔年时奉箕帚。茹荼衣垢同苦辛，富贵贫穷期白首。朱颜只为穷愁枯，破忧作笑为君娱。无端忽作附炎想，弃我翻然地上芜。散同覆水那足道，有眉翠结那可扫。自悔当年嫁薄情，今日翻成不自保。水流花落两纷纷，不敢怨君还祝君。未来光景竟何在？空教离合如浮云。

右《去妇词》

眉公云：福厚者必忠厚，忠厚而福益厚；薄福者必轻薄，轻薄而福益薄。真是薄幸空名，营求何在！笑是吾人妄作思想，天又巧行窥伺，徒与人作话柄而已。"富易交，贵易妻。"这两句不知甚么人说的？如今人作为口实。但是富易交之人，便是不可与友的人，我先当绝他在臭味未投之先，也不令他绝我在骄倨之日。只是一个妻，他苦乐依人，穷愁相守。他甘心为我同淡泊可爱，就是他勉强与我共贫穷可怜，怎一朝发迹，竟不惜千金买妾，妄生爱憎，是我处繁华，他仍落莫，倒不如贫贱时得相亲相爱。我且试把一个妄意未来之钱，竟去久婚之配，终至钱物不得，客死路旁的试说一说。

话说直隶江阴县有一个相士胡似庄，他也是个聪明伶俐人儿，少年师一个袁景庄先生学相，倒胡诌得来。娶一个妻叫马氏，生相矮小，面色紫膛，有几点麻。喜得小家出身，且是勤俭得紧，自早至晚，巴家做活，再不肯躲一毫懒。这胡似庄先生人丛中摆张轴儿，去说天话勾人，一日去骗得几个乡里人，分得两三张纸，也不过赚得二三分铜钱银子，还有扯不入来时。只是他在外边行术，毕竟也要披件袍仗儿动人，这件海青是穿的，立了一日肚饿，也到面店中吃碗。苦是马氏在家有裙没裤，一件衫七补八凑，一条脚带七接八接，有一顿没一顿在家捱，喜是甘淡薄性儿，再没个怨丈夫光景。那胡似庄弄得一个没生意，返回家来贼做大，叹气连声，道："只为你的相贫寒，连我也不得发达！"马氏再也不应他。真个难捱，亏得一个房主杨寡妇，无子，止得一女。尚未适人，见马氏勤苦，不来讨他房钱，还又时常周济。一日，杨寡妇偶然到他家中，急得马氏茶也拿不一盅出，却是胡似庄回来，母子去了。胡似庄问道："方才那女子那家？"道："是房主人家。"胡似庄道："也似一个夫人，等我寻个贵人与他，报他的恩。"不题。

他行术半年，说些眼前气色，一般也吃他闯着几个，生意略兴。他道："我们方术人，要铺排大，方动得人。"积攒得一百七八十块银子，走到银店里一销，销得有五钱多些。买了三匹稀蓝布，几枝细竹竿，两条绳，就在县前撑了。凭着这张嘴，一双眼睛，看见衣服齐整的拱上一篇；衣衫褴褛的讲上几句，一两句讨不马来，只得葫芦提收拾。亏他嘴活，倒也不曾吃大没意思。

面有十重铁甲，口藏三寸钢钩。
惯钩来人口气，乱许将相公侯。

一日，立在县前。只见县里边走出几个外郎来。内中一个道："我们试他一试。"齐环住了这帐儿下。一个捱将近来。他个个拱上几句，道"一定三尹"，"一定二尹"，"可发万金"，"可发千金"，将次相完。有这等一个外郎，年纪二旬模样，也过来一相。他暗暗称奇，道："此位却不是吏道中人。他两颧带杀，必总兵权，骨格清奇，必登八座；虎头燕颔，班超同流；鹤步熊腰，萧何一辈。依在下相，一妻到老，二子送终，寿至八旬，官为二品。目下该见喜，应生一个令郎。"一个外郎道："小儿尚未有母，娶妻罢。"胡似庄道："小子并无妄言，老兄请自重。"这人笑道："我如今已在吏途中混了，有甚大望？"胡似庄道："老先生高姓大名？后日显达，小生要打抽丰。"这人道："说他仔么？"却是一个同伴要扯他同走，怪胡似庄缠住，道："是兵房徐老官，叫做徐晞，在县里西公廨住。"

风尘混迹谁能鉴，长使英雄叹暗投。
喜是品题逢识者，小窗嘘气欲冲牛。

本日亏这一起人来，胡似庄也赚了钱数骚铜，回到家中道："我今日撞得一个贵人，日后要在他身上讨个富贵！"正说，只见一个丫鬟拿了些盐菜走来，道："亲娘见你日日淡吃，叫我拿这些菜来。"恰是杨家。胡似庄道："多谢奶奶亲娘，承你们看顾，不知亲娘曾有亲事么？我倒有一头绝好亲事，还不晓要甚人家？"丫头道："不过是过当得人家，只是家里要入赘。"胡似庄道："我明日问了来说。"丫头去了。胡似庄道："妙，妙！后面抽丰且慢，先趁一宗媒钱。"马氏道："媒不是好做的，如今杨奶奶且是好待，不要因说媒讨打吃。"胡似庄道："不妨。"次日，拿一个钱，买了个帖子，来拜徐晞。恰值官未坐，还在家下。徐外郎道："昨承先生过奖。"胡似庄道："学生这张嘴，再不肯奉承，再不差。依学生，还该读书才是。"徐外郎道："这不能了。"正说间，堂上发梆，徐外郎待起身，胡似庄一把扯住，道："还有请教。昨闻老先生未娶，不知要娶何等人家？"徐外郎道："学生素无攀高之心，家事稍可存活，只要人是旧家，女人齐整罢了。"胡似庄道："有一寡居之女，乃尊二尹殁了，家事极富，人又标致，财礼断是不计的。公若入赘，竟跌在蜜缸里了。"徐外郎道："学生竟在得人，不在得财。"胡似庄道："先生，如今人说有赔嫁，瞎女儿也收了。只是这女儿，房下见来，极端庄丰艳，做人又温克。"徐外郎要上堂，忙忙送他。他又道："学生再不说谎的！"别了。来县前骗了几分银子，收拾了走到杨家。杨家小厮杨兴道："胡先生来还房钱么？"道："有话要见奶奶。"其时杨寡妇已听丫鬟说了，便请进相见。胡似庄先作五七八个揖，谢平日看取，就道："昨日对阿姐说，有一个本县徐提控，年纪不上二十岁，才貌双全，本县大爷极喜他，家事极好。我前相他，是大贵之人，恰与令爱相对，学生待要作伐。若奶奶肯见允，明日他来拜学生，可以相得，这人温柔，极听在下说，可以成得。特来请教。"杨寡妇道："老身没甚亲眷，没个打听。先生，他根脚也清，家事果好么？"胡似庄道："学生不打听得明白，怎敢胡说？"寡妇道："不是过疑，只这些走街媒婆只图亲事成，便人家义男还道是旧族人家，一文钱拿不出还道是财主，四五十岁还道廿来岁，后生有疾的，还道齐整，更有许一百财礼，行聘时只得五六十两哄人，事到其间，不得不成。就是难为了媒人，女儿已失所了，故此要慎重。"胡似庄道："奶奶，须知学生是学做媒的？那里有这些好狡！这徐老官是出得钱起，现参，日日有钞括。若说人品年纪明日便见。"吃了杯茶，出来。

次日，徐外郎果然来拜。杨寡妇先在里边张望，胡似庄又在徐外郎前，极口赞扬一翻。去后，又在杨寡妇前读上几句相书，说他必贵。这杨寡妇已是看中了人物，徐外郎处胡似庄一力撺掇，竟成了这亲，徐外郎就入赘他家。胡似庄也得了两家谢礼，做了通家往还。一日，徐外郎在家，只见这胡似庄领了一个人来见，衣衫褴褛得紧，徐外郎与他相见坐了。胡似庄道："这一个是我表外甥，他叫史温，是廿三都里当差的。本都里有一户史官童，他为三丁抽一事在金山卫充军，在籍已绝，行原籍勾补。他与史官童同姓不亲，各立户头的，里长要诈他丢儿，他没有，要卸过来。这事在贵房，特来相恳。"徐外郎道："既是户绝，自应免勾，岂有把别户代人当军之理！你只明日具呈。我依理行。"正说了，送出门。那杨兴悄悄走来，把胡似庄一拽，要管家包儿。胡似庄笑道："连相公怕还脱白，你的在我身上补来。"杨兴道："你招得起，不少房钱了。"大家分手。

次日，果然史温具呈，他便为清查，原系别籍。正在做稿回卫，却是胡似庄又来道："舍亲要求清目，特具一杯奉屈，这是芹敬。"徐外郎道："令亲事我已周支，只要回衙了，也不须提酌。"胡似庄道："脱一名军小事，若没有提控，这时佥妻起解，炒菜当肉香。提控不要嫌怠慢罢。"一把扯了步出城，见破屋一间，桌凳略具。那史温忙出来相迎。茶罢，便是几盘下饭，也不过只鸡鱼肉而已，却也精洁，酒不上三巡。那胡似庄放开肚皮大嚼一阵，吃得盘碟将完，忙失惊道："忘了！忘了！今日县里邹都堂家成一块坟地，要我作中，为邀徐提控跑来，讲久才成。仔么有煮成饭，与他人吃的？不得奉陪了！"立起便走。徐外郎也待同行，胡似庄道："如此是学生得罪了。一定还要一坐！"徐外郎只得坐下。史温相送出门，把门带上，二人一去不来。天色又将晚，徐外郎踌蹰没个不别而行之理，只见里边闪出一个妇人来：

容色难云绝代，娇姿也可倾城。
不带污人脂粉，偏饶媚客神情。
脸琢无瑕美玉，声传出谷新莺。
虽是村庄弱质，娇娆绝胜双成。

这妇人向前万福了，走到徐外郎身边，看他也是不得已的，脸上通红，言语羞缩，说不出来。一会道："妾夫妇蒙相公厚恩，实是家寒无可报答，剩有一身，愿伏侍相公。"徐外郎头也不抬，道："娘子，你是冤枉事，我也不过执法任理，原不曾有私于你。钱也不要，还敢污蔑你么？"言罢起身。妇人一把扯住，道："相公，我夫妇若被勾补，这身也不知丧在那里！今日之身原也是相公之身！"徐外郎道："娘子，私通苟合，上有天诛，下有人议，若我今日难保得你一身，却使你作失节之人，终为你累。你道报德，因你我亏了心，反是败我德了！"妇人道："这出丈夫之意，相公不妨俯从。不然，恐丈夫嗔我不能伏侍相公！"徐外郎道："这断不可！我只为你就行罢了。"忙把门拽，门是扣上的，着力一拽才开。连道："娘子放心，我便为你出文书。"赶了回来。

方寸有真天，昭然不容晦。
肯恋瞬息欢，顿令红妆浼。

史温是与胡似庄串通的，在一个附近古庙里捱了一夜，直到早饭时才回。道："去了么？没奈何，没钱做身子着！"其妻道："他昨晚不肯，就去了。"史温道："没这等事！这事原是我强你的，也不妨。"其妻道："实是没事，苦留不依。"史温便呆了，道："不好了！这些拖牢洞的狗吏，原是食在嘴头，钱在心头，见钱欢，见你不见钱，就不欢，一定做出来！"其妻道："他说就行。"史温道："正是没钱就行出来！且走趱几钱银子，再央胡似庄去求求他。"走到县前，胡似庄丛紧许多人，说不得话。直待人散，悄悄扯胡似庄道："昨日事不妥，怎处？"胡似庄道："美人局是极好的，难道毕竟是钱好？"史温道："如今东挪西凑，设处得五钱银子，央你去再求。"史温留胡似庄在庄中吃了两壶，走去见徐外郎。只见杨兴在门前道："不在。"胡似庄道："提控昨日出去，几时回的？"道："傍晚就回。"这番两个信他真没事。史温道："管家，提控在那边？"杨兴道："不知道。"胡似庄晓得，便在史温身边取出银子，与他一幌，道："招的在这边！"杨兴道："我买物事才回，我与你去问一声。"胡似庄道："史大官，你道何如？毕竟要钱，昨日没钱，自然没干。"只见杨兴走来道："在。是我不曾回，他先回的。"两个就进去相见。徐外郎道："昨日多扰。"胡似庄道："昨日得罪，失陪。"徐外郎道："所事今日已佥押用印，我亲手下了封筒，交与来勾差人，回是户绝了。"胡似庄看一看史温道："拿出来。"史温便将出那五钱银子，道："昨日提控见弃，今日有个薄意。"徐外郎道："这断不收！老丈当贫困之时，又是诬陷。学生可以与力便与力，何必索钱？"胡似庄道："意思不是成的，看薄面。"徐外郎道："若我收，把我一团为人实心都埋没。兄自拿回！"胡似庄道："恭敬不如从命，徐提控是赚大钱的，那在些须！"史温便下拜道："这等愚夫妇只立一生位，保佑提控前程远大罢了。"别了出来。杨兴赶来扯住要钱，胡似庄打合与他一个三分包儿。史温又称一个二钱银子谢了胡似庄。

本年一考役满，转参又得兵房。凡有承行，都做些阴骘。似此三年，两考了，进京，考功司拨在工部营缮司当该。不期皇木厂被焚，工部大堂与管厂官心焦，道："将甚赔补？"只得呈堂转题。此时大堂姓吕名震，做成本稿，正与管贩主事看稿计议，此时徐当该恰随本司在堂上，看见本上道"烧毁大木三千株"，也是他福至心灵，过去禀大堂道："这本上，恐圣旨着管厂官吏赔补，毕竟贻害。不若将大木上加'拣存'二字，或者可以饶免。"吕尚书道："这也说得是。你叫甚名字？"道："营缮司当该徐晞。"吕尚书道："好，倒也有识见。"依此具题。只见圣旨道："既有拣存的，免追补。"这番一部都道："好个徐当该了得！"吕尚书也奇他，恰值着九卿荐举人材，吕尚书就荐举了他，升了个兵部武库司主事。

材生岂择地，人自多拘牵。
素具萧曹才，何妨勒凌烟。

一边去取家眷，胡似庄也来贺喜。因是他做媒，在杨奶奶面前，说得自己相术通神，作娇要随行，道县间生意萧条，差不多这几个人都骗过了，还到京中觅封荐书，东跑西走，可以赚块大钱。徐奶奶道："我老爷虽做了主事，却终久吏员出身，人不重他，恐你去不大得力。不若等转外官，来请你。"胡似庄道："只恐贵人多忘事。"徐奶奶道："断不！"又厚赠了他，起身。他也勉强寻些赆礼，还与杨兴送行。临行，他妻马氏也借了两件衣服来相送。杨奶奶母子也有私赠。一行到了北京。果是徐主事出身吏员，这些官员轻他，道："我们灯窗下不知吃了多少辛苦，中举中进士，若是侥幸中在二甲，也得这个主事。殿了三甲，选了知县、推官。战战兢兢，要守这等六年，能得几个吏部、两衙门？十有八九得个部属，还有晦气，遇了跌磕降调，六年也还巴不来。怎他日逐在我们案前跑走驱役的，也来夹在我们队里？"有一个厉主事，他是少年科第的，一发不奈烦，常在他面前故意把吏员们来骂，道"你这狗吏长狗吏短"，徐主事恬然绝不在意。众人也向厉主事道："既做同僚，也存些体面。"厉主事道："那里是我们同袍？我正要打狗与猢狲看！"常是这样作呆，无奈徐主事反谦恭欢笑，倒也觉没意思才歇。本年厉公病死。他须不似徐主事，须有三百个同年，却也嗔他暴戾，也不过体面上吊赙罢了。倒亏得徐主事，怜他少年初任京官，做人也清，宦囊凉薄，为他经理赍助，送他棺椁还乡。人上见这个光景，都道他量大能容，又道他忠厚，肯恤孤怜寡。

在部数年，转至郎中。实心任事，谙练边防。宣德十年九月，朝议会推，推他兵部右侍郎，都察院右佥都御史，巡抚甘肃等处地方。前任巡抚得知命下，便差了个指挥，率领军士至京迎接，因未起身。夫人在私寓说起胡似庄相术颇通，未曾看他，如今到任，等他来说一个小小分上，也是一番相与。徐抚台便也点头。夫人就差了杨兴，还与他一个公干小票，叫他同胡似庄到任所相见。他自与夫人杨奶奶一齐离京，一路呵：

> 旌干摇日影，鼓吹杂鸿声。林开绣帐，与宝幰而交辉；风飏红尘，逐香车而并起。打前站，诈得驿丞叫屈；催夫马，打得徒夫呼冤。席陈水陆，下马饭且是整齐；房满帟帷，上等房极其整肃。正是：纷纷武士拥朱轮，济济有司迎节钺。

一到任，那一个守巡参游不出来迎接？任你进士官，也要来庭参谒见他。金带豸绣，好不整齐。

这边杨兴有了小票，是陆路马二匹，水路船一只，口粮二分，他都折了一半，来到家中。此时胡似庄年已四十多岁，生意萧条，正是难过。一日把原先画的各样异相图粘补一粘补，待要出去，只听得外面叫一声："胡相公在么？"胡似庄在门里一张，连忙走将出来，道："杨大叔，几时回来的？小弟不知，风也不接。"杨兴道："不消。"胡似庄就一连两个揖，请来上坐，道："老爷、奶奶、太奶奶好么？”道:“都好。老爷已升甘肃巡抚。”胡似庄道:“一发恭喜。学生因家寒，不曾问候。”杨兴道:“正是。老爷、夫人也道你薄情。”胡似庄慌道:“这老爷上明不知下暗，我们九流，说谎骗人，只好度日，那里拿得三两出来做盘缠上京，况且又要些礼仪，实是来不得，不是不要来。”杨兴道:“我也似这样替你解，如今老爷叫请你任上相见。”胡似庄又惊又喜道:“果有这事么？”杨兴道:“果然。只是说来分上，要三七分分。”胡似庄道:“既承老爷不忘旧，大叔提携，但凭但凭。”杨兴道:“这等停五六日与先生同行。”胡似庄忙叫马氏打点饭，马氏在里边也替他欢喜，忙脱一个布衫，把胡似庄去当，买鱼买肉。自立在中门边，问老爷、奶奶的万福。须臾，胡似庄买了酒食回来，胡似庄与杨兴对酌，灌得杨兴一些动不得还未住。两个约了日期起身。只见这胡似庄倒不快活起来。马氏道:“好了，徐老爷这一来请，少也趁他十来两，我们有年把好过。”胡似庄道:“正是，正是。”一头且想道:“我这一去，少也得湖绸二匹，湖绵二觔。杨奶奶所好是苏州三白、火腿、白鲞，还再得些好海味，还要路上盘费，要得十来两才好。这那里得来？”翻翻覆覆过了一夜，将天亮，生出一个计来，道:“我想我这妻子生得丑，又相也相得寒，连累我一生不得富贵。况且我此去，要措置那边去的盘缠，又要打点家里安家，越发来不得。不如卖了他，又有盘缠，又省安家，出脱了这寒乞婆，我去赚上他几百两，往扬州过，讨了一个绝标致的女子回到江阴，买一所大宅子，再买上百来亩肥田，呼奴使婢，快活一快活。料他也没这福！”便四处兜人，巧是史温夫妇勤俭，家事已好了，不料其妻病亡，留下两个儿女没人照管，正要寻亲。他去见道:“史大哥，我前相你日下该有刑克，令正也该身亡，果然。只是丢下两个儿女，你男人照管不来，怎处？”史温道:“正是。如今待将就娶一个重婚的，作伴罢了。”胡似庄道:“我到有个表妹，年纪已近三十，人儿生得不如令正，恰是勤俭。也因丧偶，在我舍下，亲族无人，我做得主。他也不要甚财礼，只有十多两债是要还人，这是极相应的。我料不要你媒钱。”史温道:“可以相得么？”胡似庄道:“不消得，我学生断不肯误人。你看我为你脱军一节，拿定做得与你做。”史温倒也信他，说道:“来不得。”与了十二两银子。他才说:“这是房下，不是表妹。穷得紧，要到徐都院任上去，没钱，只得如此。我与你原是朋友，没甚名份，娶得的。”此时史温倒心中不快，却闻得他老婆勤俭，也罢了。胡似庄回到家中，对马氏道:“我如今设处得几两银子，要往徐老爷任上。你在家中无人养赡，我已寄你在一个史家，我去放心。明早叫轿送你去。”马氏道：“你去不过半年，我独自个熬清受淡过罢。又去累人！”胡似庄道：“罢，你只依我。”夜间两个叙别，只说叙个数月之别，不期倒也做个永别。第二日轿已在门，马氏上轿，来到史家。只见点着花烛，不解其意。不意进门，史温要与交拜，马氏不肯。史温道：“胡先生要到甘肃去，已有离书退与我了。”马氏气得哑口无言，道：“这薄情的！你就拿定一时富贵，就把我撇去了。我也须与你同有十来年甘苦，并没一些不好，怎生下得？”要转去时，也没得把他做主，只得从了史温。

薄命似惊花，因风便作家。

才悲沾浅草，又复寄枯槎。

胡似庄一溜风与杨兴去了。杨兴知道，也怪他薄情。一路行着这张小票，倒也不消盘缠。来到甘州，此时徐佥都已到任半年了。他与杨兴在外先寻了两个人情，一个是失机指挥，只求免过铁不要翻黄，子孙得荫袭的，肯出三千两；一个要补嘉峪关管兵马总，三百两，都应了。心里想道：“大的说不来说小的。”封停当了物，私自许杨兴一个加三，两个进见，送了些礼，就留在里面书房中。晚间小酌，那胡似庄把身子略在椅上沾得一沾，横一躬竖一躬，道：“老爷威望一路远播，这兵部尚书手掌上的了。”徐佥都道：“到此已是非望，还敢得陇望蜀？”胡似庄道：“不然。当日萧何也曾作丞相，一定还要大拜。”满口奉承而已。徐佥都问他家事，极道“凉薄”，问他妻子，也含糊道“好”。不知里头徐夫人母子，在杨兴前问起家中亲眷，也问起马氏，杨兴道：“因要来没盘缠，要买礼没钱，卖与史温了。”徐夫人道：“我这里也不消得礼，倒是我要看他夫妻，反拆他夫妻了。”杨兴道：“他也原主意要在扬州讨个标致的，故此卖了。”徐夫人听到这句，也大恼道：“未见风先见雨，怎就见得打帐富贵了，把一个同甘苦的妻子卖去？这真薄情人！如今我们盛来趋我，若是寥落，也不在他心上了。”就不与相见。过了两日，说起这份上，徐佥都道：“把总事小，率性听了你那指挥的，你也得二三千金，家中夫妇好过。”次日升堂，正值外边解审，将来一造板子打死，免了揭黄。胡似庄怕外边赖了他的银子，就辞了要回。徐佥都也送了他五六十金。因他有银子路上不便，假认他作亲，还分付一个浙直采买马市官，叫带他回家。他一出衙门，央分上的已置酒交还银两。贫人骤富，好不快活，一连在甘州嫖上几夜，东道歇钱已去几两。

不数日马市官起行，他也赶着同走。一路算计道：“有心这样快话，率性在扬州做三百两不着，讨二个小、两个丫鬟；县里吴同知房子要卖，倒也齐整，也得八百;还又张小峰他有田八十亩,央我作中出卖,没有主子,好歹回去买了;衣服、首饰、酒器、动用家伙，也得三百；余下一千，开个小小当儿。我那妇人那有这等福消受！一路算计,可也一夜没半夜睡。马市官又因他是都院亲,极其奉承,每日上坐吃酒,说地谈天。这一夜快活得紧,大六月吃上许多烧刀子,一醉竟醉死在驿里。

囊中喜有三千，筹算不成一梦。
那知薄命难消，竟作道傍孤冢。

此时已离甘州五六日，马市官只得拿银子出来，为他殡殓。又道他辞抚时好端端的，如今死了，怕抚台见疑，将他行李点明固封差人缴上。还将病故缘因并盘出银两数目，具一密揭，报与徐抚台。一日抚台正坐，外面投文，递有禀揭，并有行李。看揭，是胡似庄已故，缴他的行李，吃了一惊。分付抬进私衙，拿了揭来见夫人，道:“我本意欲扶持胡似庄，不料倒叫他死在异乡。”开他行李箱笼，见自己赠他的，与外面参游把总送他程仪赆礼，也不下八百余金。又有银三千，内中缺了十二两，查他的日用使费帐，却是嫖去。徐佥都道:“我着意作与他一场，不意只用得十二两银子，反死异乡，想银子这等难消受！”只见徐夫人方才道:“只这十二两是偿他的。他这样薄幸人，也该死哩！”徐佥都道:“夫人何所见，道这两句？”徐夫人道:“胡相士极穷，其妻马氏极甘淡泊，真是衣不充身，食不充口守他。幸得相公这厢看取，着人请他,他妻喜有个出头日子,他却思量扬州另娶,将他卖了与人。可与同贫贱,不与同安乐,岂有人心的所为！原卖马氏十二两盘费,故我道十二两是偿他的。才将得志,便弃糟糠,故我道他薄幸。”徐佥都也叹息道:“可见负心的天必不佑,若使胡似庄不作这亏心事，或者享有此三千金也未可知。”

富贵方来便易心，苍苍岂肯福贪淫。
囊金又向侯门献，剩有游魂异国吟。

将银子收了,差一个管家,与他些盘缠,发遣他棺木回家。封五十两为他营坟,一百两访他妻马氏与他。这管家到家，胡相士又无弟男子侄，只得去寻他妻，道:“在城外史家。”去时，家里供着一个徐佥都生位，正是他因脱军时供的。见说与他妻银子，不胜感激，道:“他时犬马相报。”管家就将胡相士棺木托他安葬，自己回话。后来徐佥都直升到兵部尚书，夫妻偕老。只可笑胡似庄能相人不能相自，能相其妻不是财主的，怎不相自己三千金也消不起？马氏琵琶再抱，无夫有夫;似庄客死他乡，谁怜谁惜？如今薄情之夫，才家温食厚,或是须臾峥嵘，同贫贱之妻，毕竟质朴不容华，毕竟节啬不骄奢，毕竟不合，遂嫌他容貌寝陋，不是富贵中人，嫌他琐屑，没有大家手段，嫌疑日生，便有不弃之弃，记旧恨、问新欢，势所必至。那妇人能有几个有德性的，争闹又起了。这也不可专咎妇人之妒与悍，还是男子之薄故。此段我道薄情必不看，却正要薄情的一看。

雨侯曰：暗室不欺，徐尚书何常责天之报；糟糠不顾，胡相士岂计身之亡？造化自巧为偿，人宜善为趋避。

题　词

语云：在德不在鼎。一鼎古而其经家之覆、国之亡不知凡几矣，犹且以为奇物，毕智殚力以为图。得之逆，失之不愈速乎？“子不磨墨，墨且磨子”，智哉其言已。

翠娱阁主人撰

第三十二回　三猾空作寄邮　一鼎终归故主

世情变幻如云乱，得失兴亡何足叹。金人十二别秦宫，又见铜仙泣辞汉。由来富贵是皇家，开落须臾春日花。且将虚衰任物我，放开眼界休嗟呀。鬼蜮纷纷满世路，相争却似荷盘露。方圆离会无定所，劝君只合徇天赋。

造化小儿尝把世间所有，颠弄世间，相争相夺，逞智逞强，得的喜，失的忧，一生肺肝，弄得不宁。不知识者看来，一似一场影戏，人自把心术坏了，机械使了。我观人最可无、人最要聚的是古玩，他饥来当不得食，寒来当不得衣，半个铜钱不值的，被人哄做十两百两。富贵时十两百两谋来的，到穷来也只做得一分二分。如唐太宗要王羲之《兰亭记》，直着御史萧翼扮做商人到山阴，在智永和尚处赚去，临死要殉入棺中，后被温韬发陵，终又不得随身。恒玄见人有宝玉，毕竟赚他赌，攫取他的，及至兵败逃亡，兵士拔刀相向，把只碧玉簪导要买命。可笑，杀了你，这玉簪不是他的么？我朝有一个大老先生，因权奸托他觅一古画，他临一幅与之，自藏了真迹，竟为权奸知得，计陷身死。还有一个大老先生，闻一乡绅有对碧玉杯，设局迫取了；后来他子孙还礼，也毕竟夺去此杯，还至子孙受他凌辱。这都是没要紧，也不过与奸人、小人同做一机轴，令人发一场笑便了。

试说直隶徐州有个秀才，姓任名杰，字天挺，祖也曾做云南副使，父是一个监生，才选得一个湖广都司副断事，未到任病亡，援纳等项费去银千余两，无处打捞，还揭下许多债负。任天挺只得将田地推抵，孑然一身，与一个妻惠氏苦苦过日。喜得任天挺勤学好问，沉心读书，早已进学本州。只是家事寥落，不能存济，又没个弟兄为他经营。惠氏娘家也好，又因时常去借贷无还，也没脸嘴再说，衣衫典尽，渐渐家伙也难留。

这年恰值大比，满望得名科举，或者还望一个中，不期遇了一个酒糊涂，考时也是胡乱。至出案时，尽了些前道前列，两院观风，自己得钞的，与守巡批发，做了一等；其余本地乡绅春元，自己乡亲开荐，衙门人役禀讨，都做二等；倒剩下真材。任天挺早已在剩数里边，只得与这起穿了衣巾，拿了手本，捱去求续。门上又推攮不放。伺候得出来，他伞一遮，一跑去了。众人情急，等得他回时，远远扯住轿扛，也有求的，也有嚷的，也有把手本夹脸甩的，只不放他进门。知州被缠不过，道捡卷续取，喜得续出一名来。不意学院截下，不得赴考，只得闷坐家中。

适遇一个父亲手里的帮闲水心月来，道："官人，如今时势，只论银子，那论文才？州中断要份上，若靠文字，便是锦绣般他只不看，怎处？这还该文、财两靠。"任天挺道："不是我不央分上，奈家中柴米不敷，那得银子请托？"水心月道："瘦杀牯牛百廿斤，你们这样人家，莫说衣饰，便书画古玩，可也有百两银子！"任天挺道："衣饰苦已当完，书是要的，画与古玩也都当去，不甚有了。"又想道："还有一个鼎。"水心月道："不是那龙纹鼎么？这我经手，窦尚书家卖与你们的。讨一百二十两，后边想三十两买的。"任天挺道："这是六十两。"水心月道："是，想是加到六十两。这样物件还留在家？真看米饿杀！只是这件东西也是穷憎嫌，富不要，急难脱手的。拿来我看一看。"任天挺果然去取出来，却是玛瑙座，沉香盖，碧玉顶，一座龙纹方炉，放在一个紫檀匣内：

点点朱砂红晕，纷纷翡翠青纹。微茫款识灭还明，一片宝光莹莹。
嗅去泊然无气，敲时哑尔无声。还疑三代铸将成，岂是今时赝鼎！

水心月看了，道："好一个鼎！倒也装饰得好。"打扮价钱多似鼎，仔细看了一看，道："任相公，也不知甚人骗了窦尚书，如今又转骗令尊。凡古铜入水千年则青，入土千年则绿，人世传玩则有朱砂斑，如今都有，便是伪做了。"任天挺道："我先君眼力不错，尝道可值三百。"水心月道："这些贵公子识古董也只三脚猫，看得是红红绿绿便好了，自道在行，偏不在行。如今亏得这装点，可以得十来两银。"任天挺道："怎这等天渊相隔？这等我且留着。"水心月道："正是，正是。"去了。倒是他妻惠氏道："这些东西当不得羹，做不得饭，若是你得了科举，中得举，做得官，怕少这样东西？"任天挺道："也有理。"次日来见水心月，道："那鼎我甚不舍，倒是房下说，不若且卖去，成名再置。"水心月道："好说。如今放在家里也没要紧，只是我也认不真，南门有个詹博古，不若拿到他家一估，就知真假了。我在门边候。"任天挺去取鼎时，他已与詹博古说定，博古一上手，弹一弹，看一看，道："可惜！好个模样儿，却是假的。"水心月道："这他令尊估过几处才买，都道值一百多两。"詹博古笑一笑，道："零头是值，如今卖马的卖鞍罢。这个座儿，盖与顶、匣儿倒也值几两，骗得着骗他十来两，骗不着五七两罢了。"水心月道："我不信，不信。"任天挺拿了对水心月，道："有甚主见么？可拿去卖一卖看。"道："州前有个孙家，他家倒收古玩。相公相托，我拿去与一看。"任天挺道："你拿去，便二三十两罢。"递与水心月，自己回家。

水心月去见孙家，也是个监生。见了这鼎，道："好一个鼎！要多少？"道："要三百两。"孙监生道："六十两。"水心月道："不肯。若要，实得一百五十两。一百两到他，五十两我的后手。"孙监生只肯八十，道："留着再估。"他一竟来见任天挺，道："恭喜！有了主见了。先寻周参政家，不要。又到邵御史家，还得四两。王公子家，也还八两。临后到孙监生家，被我一哄，也到十二两了。留在那壁，候相公分付。"任天挺道："实是六十两买的，便三十两罢。"水心月摇头道："不能。"只见里边惠氏叫任天挺，道："便十二两，把六两央了府考，六两盘缠应试罢了。"任天挺道："好歹廿四两，事完送兄加一。"水心月道："我巴不得为你多要些，也是相处份上。这些财主便宜了他，他也不知，只说是他有钱杀得人落。我去与你做，做不来只看得。"正回家，恰见詹博古在家，道："水兄得采！"水心月道："没甚兴头。"詹博古道："州前孙监生是我赌场中最相知，他适才接我去，看一个古鼎，正是早间估的。我就极力称赞，只是早间那主儿是个败落人家，又不识货的，料得二三十两可以打倒，兄里边可坐小弟一脚儿！"水心月道："兄来迟了。我已回覆卖主，道孙家止肯八十，他还不肯，怎打得落？兄再去称扬一称扬，八十之外，与兄八刀。"詹博古辞了，心里想："这厮央我估做假的，岂有与他八十之理？他要独捉，不肯分些儿把我。记得在我店里估时，挑水的张老儿也来看一看，与他叹口气，毕竟有因。我去问他。"将次到家，适值张老儿挑担水别家去，詹博古忙叫一声，张老儿歇下。博古道："老张，早间拿香炉来看的人，你可认得么？"老张道："他便是任副使孙子。这香炉，我还认得是我旧主人窦公子的。卖时，我还披着发，我捧去。那时他父亲好不兴，如今他却自捧出来要卖，故此我见了叹气。"詹博古道："如今住在那里？"老张道："督税府东首一所破落房子内。"詹博古问了，径来。任天挺正在家等水心月，詹博古叫了声："有人么？"任天挺出来相见。詹博古道："早间那炉，相公实要多少？"任天挺道："原价六十，如今少些罢。"詹博古道："曾对一个敝友讲，他是少了宦债，要拿去推的，出不起大钱，只可到十五六两之数。相公假的当了真的卖，他少的当了多的推，两便益些，不知肯么？"任天挺道："水兄在此已还我十六两了。兄要，好歹三十两罢。"詹博古道："相公再让些，我叫那人添些，明早过来。"

这边去后，那水心月去与孙监生杀到一百，还假不肯。拿了鼎来，心里想道："孙监生是决要的了，任天挺是急要卖的了，不若我贱打了他的，得老孙高价，家中原有自己积下银八两，又当了三两，出些八九成银，做十二两。"连晚来见任天挺，道："那人不肯，只肯十二两。银子与鼎都在这里，凭你要那一件！"任天挺道："再十二两罢！"水心月道："十二厘也不能够！宁可我白效劳罢。"任天挺暗想："卖与詹博古，已还了十六两；不卖，怕詹的不来，走了稍。"道："天晚了，银子兄且带回，明日再议。"水心月道："正是。这也不可强你。夜间再与令正商议一商议。"夫妻两个正商议不下，早起詹博古已同一人来了。拿出鼎去，那人再三憎嫌，詹博古再三撺掇，兑出二十两。任天挺看看，银子比水心月多八两，又拴整，不似昨日的，便假吃跌道："这廿四两断要的！"詹博古道："这事成，相公也毕竟要谢我两数银子，如今我不要罢！"任天挺收了银子，詹博古捧着鼎去了。

马牛役役岂言烦，居积深思及后昆。
冢上松杉方欲拱，龙纹已自向他门。

早饭时，水心月拿定决肯的，来时，惠氏回报："籴米去了，不在。"水心月道："这穷鬼那里弄得丢儿来？"午后又去，道："香炉的事肯不肯？如不肯，我好还他银子。"只听得里边道："不卖了！"倒吃了一惊，想道："他要卖没这样快，想是那里那得一二两银子就阔起来，少不得是我囊中之物！"只见路上遇着任天挺赎当回来，水心月还拿着这银子，道："所事如何？不要，我好将银子还孙家。"任天挺道："价太少。"水心月道："这是足价，一厘也加不得。你再寻人看。"任天挺故意要塞他嘴，道："倒亏得古董店，出二十两拿去了！"水心月道："不是那姓詹的么？"道："正是！"水心月道："那银子莫不有假？"任天挺道："都是好的。早间籴米，如今赎当，都是他。"水心月木呆了半日，道："也不知骗着那个！"别了去。一路想道："一个白老鼠赶去与老詹，自己银子不赚得！"去见詹博古，一见，道："老詹好造化，你倒得彩了！也亏我领来。"詹博古道："待我寻着主儿，一百两之外，与兄八刀。"水心月一个扫兴，来回报孙监生，道："被詹博古抢买去了！"孙监生道："我昨日一百两还不肯，他那有这主大钱？"水心月道："不晓得。"那孙监生便怪了詹博古，心里想一想道："他是有个毛病的，前日赢了二十多两，想是把来做揎头，夺买我的。我如今有个处，我做一百博他罢。"

原来这詹博古收些古董在清行里，也常在大老里边顽耍，不过是助助兴儿，是个有赢脸没输脸的，赢了二三十两便快活，一输就发急就慌。孙监生算定了，邀了个舅子惠秀才、外甥钮胜，合伙要局詹博古。着人去道："相公闻得你买了个好鼎，要借看一看。"这詹博古原只思量转手趁人些儿，巴不得要钓上孙监生，少也有一百，把来揩磨了半日，带到孙家，大家相见。孙监生看了看，道："好个鼎！正是我前日见的，你多少买了？"詹博古道："照相公价。"孙监生道："百两？"詹博古道："差不多。"孙监生连声道："好！"坐了一会，孙监生道："舍亲在此，同到书房小酌。"坐在书房里，可有一个时辰，不见酒来。钮胜道："没兴，我们掷一掷，詹老兄也来。"詹博古道："没管。"惠秀才道："鼎就是管了。"詹博古也想几次赢了，就技痒，打了筹码，不料这三个做了一路，只拣手硬的与他对，詹博古不敢大注出，这三个偏要大注庄他，早已输了二十多两。詹博古心慌，把骰子乱甩，众人又趁他手低一赶，到晚输下六十两，这鼎也就留在孙家作当头了。大家吃一会散讫。

次早，詹博古急急来翻筹，不期胆怯，又输了二十两。做几日连输，弄到一百八十两，只得把炉归了孙监生。孙监生应银打发，原议输只独召，赢时三七分分，孙监生出不过四五十两。却好水心月走来，见了道："詹兄便宜，二十两买的做一百八十输，有甚不好？"

莫作得时欢忭，休为失处嗟呀。
须信世间尤物，飘流一似飞花。

詹博古也就知他们局赌他了，喜的是亏得买时占了便宜，故此输时做得这许多，恼的是连自己这二十两也弄没了。闷闷昏昏正在家里坐着，只见一个人走来，京帽屯绢道袍，恰是督税府王司房的小司房时必济，走来道："詹兄，目下税府陈增公公寿日，王爷已寻下许多寿锦、玉杯、金卮，还要得几件古铜瓶炉之类，我特来寻你。"詹博古道："家下止有一个商尊，汉牛耳鼎，兄可拿去一看。"只见去了。第二日来道："王爷道，商尊'商'字不好听，牛耳鼎'牛'字不雅，再寻别一件。"詹博古道："没有。只有一个龙纹鼎，我输了孙监生赌钱，被他留在那里，委是个好鼎！"时必济道："要多少？我与你赎，怕不赎来！"果然时必济去拿出两个元宝，道："王爷着你去赎来，再找上。"去时，巧巧遇水心月，见他来赎，故意在孙监生面前耸嘴儿，道："这鼎实值三百，他不得这价，断不来赎！"孙监生就不肯起来，要一百八十。詹博古道："这鼎先时你只要用一百两买，如今我兑一百两，该还我了。"孙监生道："先时推一百八十两赌钱，我要一百八十两。"詹博古道："赌钱也没讨足数的。"水心月道："兄呀，他当日看鼎分上，便把你多推些，如今论银子，他自要一百八十两。"往返了几次，只是不肯。王司房因是次日要送礼，又拿出一个元宝来，孙监生只做腔不肯，詹博古强他不过也罢了。倒恼了一个王司房，道："送是等不着送了，但他这等撇古，我偏要他的！"打听得他家开一个典铺，他着一个家人拿了一条玉带去当，这也是孙监生晦气，管当的不老成，见是玉带，已是推说不当，那人道："你怕我来历不明么？我是贺总兵家里的。你留着，我寻一个熟人来。"去得不多一会，只见一个人闪进来，看见条玉带，道："借过来一看。"管当的道："他是贺总兵家要当的，还未与他银子。"这人不容分说，跳进柜来，拿过一看，道："有了贼了！"就外边走上七八个人来，把当里四五个人一齐拴下，道："这带是司房王爷代陈爷买来进上的，三日前被义男王勤盗去，还有许多玩器。如今玉带在你这里，要你们还人！还要这些赃物！"把这个当中人惊得面如土色，早已被拿进府中。先见两个小掌家内相王司房过去讲了几句，那小内相叫："抓过来！"先是一人一套，四十京板，一拶一夹，要他招贼。管当道："实是贺总兵家里人来当的，不与小的相干。"小内相便着人去问贺家，道："家里别没有玉带，别没人去当。"两内相道："这等你明明是个贼了，还要推谁！你道是当的，你寻这个人来与咱！你偷盗御用物件，便该斩！你擅当御用物件，也该充军！据王司房告许多赃，一件实百件实，且拿去墩了！拿他家主追！"一面把这几个人墩在府中，一面来拿孙监生。孙监生没奈何，央了两个乡官，王司房做了主，只不许他相见。又寻了些监生秀才去，撞了这两个蛮掌家，道：“他盗了咱进御玉带，还要抄没他！干你鸡巴鸟事来闲管！”嚷做一团，全没一些重斯文意思，众人只得走了。孙监生家里整整齐齐坐了八个牢子，把了他八十两差使钱，还只要拿孙监生，没有要拿女人。逼得孙监生急了，只得央几个至亲惠秀才一干去拜王司房，门上不肯通报。早去伺候他出来，道府中事忙去了。直到将午后他回来，只得相见。坐定，众人道：“舍亲孙监生他家人不知事，当了老先生玉带，如今被拿，实是家人不知事，与主人无干。就是余赃，这干人不过误当，并不知道。求老先生开恩。”王司房道：“寒家那有玉带？是上位差学生买来进御的。有些古玩酒器，这是家下之物。只要还了学生这些物件，把这几人问罪，不及令亲罢了。”惠秀才道：“实是没有。”王司房道：“我知道令亲极好古董，专惯局赌人的，窝藏人盗来的。赃若不还，令亲窝家也逃不去。上位还要具疏题他偷盗御用器物，这样事列公也少管！”众人见说不入，只得辞了。

来见孙监生说起，孙监生道：“是了，是了。他说我局赌，应是为龙文鼎起的祸了。”惠秀才道：“既晓得病，就要服药。这些内官虎头蛇尾，全凭司房拨置，放得火，也收得火，毕竟要去寻他。”孙监生道：“这等做你不着。”惠秀才道：“我去不妥。王司房见我们正人，发不话出。又道我们有前程，日后要倒赃，断是要做腔。还只寻他家走动行财的。”孙监生道：“他先时曾叫詹博古来赎鼎，如今还去寻詹博古。”詹博古道：“不曾与他相识。”复身又央时必济说：“情愿送鼎，要他收局。”时必济道：“如今单一个鼎收不局来了。”却见王司房，道：“我仔么要这铜炉，一钱五分买了一斤，只要他还我金银酒器罢了。”时必济道：“委实没有，求爷见处罢。”王司房道：“这等两掌家处要他收拾。”时必济道：“他仔么收拾得？这还要爷分上。”王司房道：“没有我得一个惫炉，却应银了落之理？还要他自去支持！”回覆孙监生，只得送了鼎，又贴他金杯二对，银台一盏，尺头两个，内相二百两，衙门去百金，玉带还官，管当人问个“不应”完事。这孙监生鼎又不得，还赔了好些银子。

龙纹翠色郁晴岚，触处能生俗子贪。

谁识奸谋深似海，教人低首泣空函。

这边为鼎起上许多口面，那厢任天挺倒亏了这鼎脱得这几两银子。果然六两银子取了个一等，到道里取了一名遗才，剩下银子足备家中盘费。着实去读，落在个《易》二房。这房官是淮安府推官，要荐他做解元。大座师道他后场稍单弱,止肯中在后边些。房官不肯,要留与他下科做解元。又得《易》四房。这位房官道:“兄不要太执,不知外边这人便中六十他也快活的。你不看见读书的,尽有家事寒的,巴不得侥幸。一日难过,况是三年。又有因座师鳖气不中得,一个疲倦,终身不振,有愤郁致死的。不如且中他,与兄会场争气罢。”本房倒也听了,中在中间七十名上。中后谒见座师,师极言自己不能尽力,不能中他作元,负他奇才。不知这任天挺果是只要得中,顾甚先后?到家,夫妻两个好生欢喜。任天挺对惠氏道:“亏得这个鼎央得份上,那有场外举人?故此人要尽人事,听天命。”惠氏道:“莫说份上,只这几个月饱食暖衣,使你得用心读书,也是鼎的功。”就兑了二十两银子,来见詹博古。博古备说自己夺买了这鼎,被孙监生怪恨局去,折了廿两;孙监生又因王司房来买不肯,被他计害,也折数百金;如今已归王司房,不能赎了。任举人怏怏而回。对惠氏道:“可惜这鼎是我父所遗,又是我功臣,如今不能复回了。”惠氏道:“你道是功臣,看起这两家没福消受,便也是祸种了。”

将次十一月,任举人起身进京。不期到就联捷,中了进士,在京观政,一个穷儒,顿然换了面目。选了黄州推官,却也就是乡试房师的公祖。一路出京,到家声势赫奕。当日水心月这干,也就捱身帮闲趋奉。正打点起身,只见税监陈增身死了。这些爪牙都是一干光棍,动了一个本,弄他出来,也有做司房的,也有做委官的。一个村镇便扯面黄旗,叫是皇店,诈害商民,着实遭他扰害。有司执持的便遭参题革任,官民皆是痛恨的。如今没了主,被这些官民将来打死的打死,沉水的沉水。王司房是奏带参随,拿来监了。要着我清查经手钱粮并陈增家私,是淮安推官审问。那王司房原做过个主簿,家里也有数千,没来由贪心不足,又入这网,是他一做司房时便打点做的了。他意思只求免打,少坐些赃私,可以挣出头,晓得任推官是淮安推官的门生,又是公祖,央水心月来钻。任推官道:“这些人蠹国嚼商,死有余辜,我不管!”水心月道:“如今罪料不到死,不过充军,他也是不求减的。只怕四府重刑拷打,要求老爷说将就些;还有给主赃,少不得要坐的,求坐少些。这也不伤阴骘事。”任推官只是不肯。又央惠氏兄弟惠及远再三来说,道:“这干光棍诈人钱财,原是不义的,正该得他些,不为过。”请到二千分上,饶打少坐赃。先封银一千两,金银酒器约有五百两,这遭龙文鼎、白玉瓶、一张断纹琴、端溪鸲鹆眼砚,还有手卷杂玩封着。正要去说,恰好淮安四府把这件事做贶礼送来,叫他说,任推官就随机发一封书,为王司房说要少坐赃饶打。果然审时，那四府逐款款审过，连孙监生也在被害数内。孙监生道："他的解京赃多，料输不我着，省了这奔波。"不出官。四府也不来提，只就现在一问，道："据你为害诈人，今日打死你不为过，坐你十万赃也该！如今我从宽。"打了二十板，坐赃二万，做拨置内臣充军。王司房已自甘心。这边任推官银子古董酒器已自落手，任推官道："看这些物事，我也不介意。喜得这鼎是我功臣，今日依然还我。"惠氏道："你曾记得卖鼎时我说，若得中举做官，料不少这东西，此言可应么？"

小窗往事细追寻，自是书中却有金。

指顾竟还和氏璧，笑他奸诡枉劳心。

后来任推官屡任，道："财物有主，詹博古还是以财求的，孙监生便以术取，王司房却以势夺，如今都不能得，终归于我。财物可以横得么？"所至都清廉自守，大有政声。就此一节看，如今人捐金聚古玩，把后人贱卖，为人智取，也是没要紧；若是乘人的急，半价买他，夺人所好，用强使术；还怕不是我传家之物，还是我招祸之媒哩！高明人为何如？

雨侯曰："黄金用尽教歌舞，留与他人乐少年。"可为积聚者长叹。至于智术攘夺，转生报复，吾尤不愿人蕴此毒种也。

叙

人道迩，天道远。不知人易私，天最公。公则无濡滞，无漏网，不令生死含怨也。奇矣哉雷乎！一震之下，恶者骈首就戮，而冤者不至叹覆盆。殆与六月之雪并奇矣！

翠娱阁主人题

第三十三回　八两银杀二命　一声雷诛七凶

天意岂渺茫，人心胡不臧？

阴谋深鬼蜮，奇阱险桁杨。

鉴郎奸难匿，威神恶必亡。

须严衾影惧，遮莫速天殃。

暗室每知惧，雷霆恒不惊。人心中抱愧的，未有不闻雷自失。只因官法虽严，有钱可以钱买免，有势可以势请求，独这个雷，那里管你富户，那里管你势家？故我所闻有一个牛，为雷打死，上有朱字，道他是唐朝李林甫，三世为娼、七世牛，这是诛奸之雷。延平有雷击三个忤逆恶妇：一个化牛，一个化猪，一个化犬，这是剿逆之雷。一蜈蚣被打，背有“秦白起”三字，他曾坑赵卒二十万，是剪暴之雷。一人侵寡嫂之地，忽震雷缚其人于地上，屋移原界，是惩贪之雷。一妇因娶媳无力，自佣工他人处，得银完姻。其媳妇来，不见其姑，问夫得知缘故，当衣饰赎姑，遭邻人盗去，其媳愤激自缢。忽雷打死邻人，银还在他手里，缢死妇人反因雷声而活，这是殄贼之雷。不可说天不近。《辍耕录》又载，一人欲谋孤侄，着婢买嘱奶娘，在乳中投毒，正要放他口中，忽然雷震，婢与奶娘俱死，小儿不惊。若迟一刻，小儿必死，道是性急之雷，已是奇了。还有一雷之下，杀七个谋财害命凶徒，救全两个无辜之人，更事之出奇了！

话说苏州府嘉定县，有一瞩城乡，有一乡民，姓阮名胜，行一，人取他个号叫敬坡。母亲温氏，年已六十多岁。一妻劳氏，年才二十多岁，也有几分颜色。至亲三口，家里有间小小住屋，有五七亩田，又租人几亩田，自己勤谨，早耕晚耘，不辞辛苦。那妇人又好得紧，纺得一手好纱，绩得一手好麻，织得一手赛过绢的好布。每日光梳头，净洗脸，炊煮三餐之外，并不肯偷一刻的闲，能得六七家邻舍也住得散，他也并不肯走开去闲话。家中整治些菜蔬，毕竟好的与婆婆，次些的与丈夫，然后自吃，并不贪嘴。就是家事日渐零落，丈夫挣不来，也没个怨怅的意思，琐碎话头。莫说夫妻相安，婆婆欢喜，连乡里乡间也都传他一个名，道：“阮大遇得个好家婆，又勤谨，又贤惠！”但是妇人能干，能不出外边去，这全靠男子。无奈阮大一条忠厚怕事的肚肠，一副女儿脸，一张不会说的嘴。苏淞税粮极重，粮里又似老虎一般嚼民，银子做准，扣到加二、三；粮米做准，扣到加四、五；又乱派出杂泛差徭，干折他银子；巧立出加贴帮助，科敛他铜钱；不说他本份怜他，越要挤他。还租时，做租户的装穷说苦，先少了几斗，待他逼添，这等求爷告娘，一升升拿出来，到底也要少他两升；他又不会装，不会说。还有这些狡猾租户，将米来着水，或是洒盐卤、串凹谷，或是熬一锅粥汤，和上些糠，拌入米里，叫“糠拌粥”；他又怕人识出，不敢。轮到收租时节，或是送到乡宦人家，或是大户自来收取，因他本份，都把他做榜样，先是他起；不惟吃亏，还惹得众人抱怨，道："他做例不好，连累众人多还！"还要打他，骂他，要烧他屋子，只得又去求告。似此几年，自己这两亩田戤与人赔光了。只是租人的种，出息越少，越越支撑不来。一个老人家老了，吃得做不得，还亏家中劳氏能干，只是纺纱。地上出的花有限，毕竟要买，阮大没用，去买时只是多出钱，少买货。纺了纱，纺了布，毕竟也阮大去卖，他又毕竟少卖分把回来。日往月来，穷苦过日子，只是不彀。做田庄人，毕竟要吃饭，劳氏每日只煮粥，先滗几碗饭与阮大吃，好等他田里做生活；次后把干粥与婆婆吃，道他年老，饿不得；剩下自己吃，也不过两碗汤、几粒米罢了。穿的衣服，左右是夏天，女人一件千补百衲的苎布衫，一腰苎布裙、苎布裤；男人一件长到腰，袖子遮着肘褂子，一条掩膝短裩，或是一条单稍；莫说不做工的时节如此，便是邻家聚会吃酒，也只得这般打扮。正是他农家衣食甚是艰难得紧：

> 催耕未已复促织，天道循环无停刻。农家夫妇何曾闲，捻月锄里岂知息。夜耨水没踝，朝耕日相逼。嗟晴苦雨愁满怀，直是劳心复劳力。布为他人衣，谷为他人殖。才复偿官租，私贷又孔亟。大儿百结悲悬鹑，小儿羹藜多菜色。嗟彼老夫妇，身前颇黎黑。朝暮经营徒尔为，穷年常困缺衣食。谁进祁寒暑雨箴，剜肉补疮诉宸极。遍选循良布八方，击壤重见雍熙域！

他两个人虽苦，倒也相安。只是邻舍中有这两个光棍，一个是村里虎鲍雷，是个里书，吃酒撒泼，欺善怕恶，凡事出尖，自道能的人；一个是村中俏花芳，年纪也到二十，只是挣得一头日晒不黄的头发，一副风吹不黑的好脸皮，装妖做势，自道好的人，与鲍雷是紧挽好朋友。这花芳见阮大穷，劳氏在家有一餐，没一餐，披一爿挂一片，况且阮大忧愁得紧，有个未老先老光景；他道这妇人毕竟没老公的心，毕竟甘清淡不过，思量这野食，自己也是一表人材，要思量勾搭他。二十岁不冠巾的老扒头，他自己还道小，时常假着借锄头、借铁扒名色，或是假献勤，替他带饭到田头去，把身子戤了他门拮，道："一嫂！亏你得势，我们一日也不曾做得多呵！又要煮饭，又要纺纱织布，这人家全是你做的！"劳氏道："不做那得吃！"花芳道："一嫂，那不做的，倒越有得吃哩！"常这等奖他，要他喜欢。又时道："一嫂！一哥靠得个锄头柄，一嫂靠得这双手，那做得人家起？只好巴巴结结过得日子，只是捱得熟年，怕过不得荒年，也不是常算！"把这等替他计较的话儿，要把他打动。还有絮絮的话："我看一哥一会子老将下来，真是可惜，后生时不曾快乐得，这光阴蹉过了。就是一嫂，也觉得苍老些。也还是一嫂会打扮，像前村周亲娘，年纪比一嫂大五七年，每日蓬子头，赤子脚，一发丑杀子人，且是会养儿女，替个里皮三哥一发过得好。那周绍江自家穷，没得养请他，竟放他这条路！"把这榜样撩拨他。争奈这劳氏是懒言语的，要甚物事，递与了他，便到机上织布，车边纺花，任他戏着脸，只当不见；说着话，一只耳朵进，一只耳朵出，只做不听得一般，真是没处入凿。他没处思量，不知那里去打了一只银簪，两个戒指，拿来样与他看，道："这是皮三官央我打与周亲娘的，加一工钱，不吃亏么？这皮三官，为周亲娘破费得好钱！周亲娘做这身子不着，倒也换得他多哩！首饰、衣裳，又每日大鱼大肉吃！"把这私通有利益哄他。他又只是不理，扫兴得紧。那痴心人偏会痴想，道："脸儿扳扳，一问就肯。他不做声，也只是不好开口。"他便大了个胆，一日去带饭，把他手掌捏上一把，只见劳氏便竖起眉、睁着眼，道："臭小乌龟！那介轻薄！"花芳连道："失错！失错！"拿了饭飞跑。劳氏也只恼在心里，怕动丈夫的气，不说。只是花芳低了头跑时，也不顾人乱撞，劈头撞了一个人，饭篮儿几乎撞翻，恰是鲍雷。鲍雷一把抱住道："小冤家！那介慌？"花芳道："是怕饭迟了。"鲍雷道："贼精！迟了饭关你事？一定有甚，要对我说！"花芳被他抱住不放，只得把捏劳氏被骂说了。鲍雷道："这妇人阮大料也不留牢，好歹讨了他的罢了，偷的长要吃惊。"花芳道："他这样个勤谨家婆，又好个心，他肯放他？"鲍雷道："消停，包你教他嫁你便了！"

可可天启七年，这一年初夏，百忙里阮大母亲温氏病了个老熟，劳氏日逐去伏事，纺绩工夫没了一半。这牵常的病已费调理，不期阮胜因母亲病心焦了，又在田中辛苦，感冒了风寒，又病将起来，一病病了十四日，这人便瘦得骷髅一般。此时劳氏理病人尚没钱，那有钱雇人下田？这田弄得一片生，也不知个苗，分个草，眼见秋成没望了。没将息，还又困了半月，阮胜勉强挣来，坐在门前：

骨瘦崚如削，黄肌一似涂。
临风难自立，时倩杖来扶。

劳氏正叫道："门前有风，便里面坐罢！"不期一邻舍尤绍楼、史继江肩着锄头，一路说来，见了，尤绍楼道："恭喜，阮敬老好了！我们三分一个与他起病。"史继江道："也是死里逃生，只是田荒了怎处？"正说，鲍雷插将来道："啊呀！

阮敬老好了，恭喜！恭喜！”阮胜道:“荒田没得吃，左右是死数！”鲍雷道:“除了死法有活法，只捱得今年过，明年春天就有豆，可度活了！”阮胜道:“田荒了，家中什物换米吃，当柴烧了，寡寡剩得三个人，怎么捱？”鲍雷道:“有了人，就好设处了。譬如死了，那个还属你？”尤绍楼道:“他靠的是大嫂，怎说这话！”鲍雷道:“你不看《祝发记》:有米三口生，无米三口死。夫人奶奶也换米！”大家散了。

过了两日，实是支持不来，阮胜倒也想鲍雷说话有理，对着劳氏道:“我娘儿两个亏你拾得这性命，但病死与饿杀总只一般。不若你另嫁一个，一来你得吃碗饱饭，我母子仅可支持半年，这也是不愿见的事，也是无极奈何！”劳氏道:“宁可我做生活供养你们，要死三个死，嫁是不嫁的！”过了两日，实没来路，两日不上吃得两顿。只见温氏道:“媳妇！我想我们病人，再饥了两日毕竟死了，不若你依了丈夫，救全我们两个罢！”劳氏听了，含泪不语。阮胜也就着媒婆寻人家。花芳听了，去见鲍雷道:“阮胜老婆是实了，怎得嫁我？”鲍雷道:“不难，打点四两银子，包你打他个烂泥桩！”花芳道:“只不要说我。前日调了他，怕他怪。”鲍雷道:“正该说你！晓得你是风月人儿，这一村也标致你不过。”鲍雷自倚着他强中硬保惯了，又忒要为花芳，道是二两银子，二两票子陆续还。阮胜道:“待我与房下计议。”劳氏道:“有心我出身，也要够得养你母子半年，二两银子，当得些甚事？”温氏道:“这人四两银子拿不出，必是穷人。你苦了他几年，怎又把个穷鬼？且另寻。”阮胜便回报:“阿妈不肯。”鲍雷冷笑了一笑，道:“且停一日，我教他凑足四两罢！”花芳来见，道:“哥有心周旋，便是四两现物，只早做两日亲，也便好了！”鲍雷道:“不要急，要讨的毕竟要打听我们两邻。我只说有夫妇人，后边有祸的，那个敢来讨？稳稳归你！且搁他两日。”鲍雷正计议搁他，不料前村一个庾盈，家事也有两分，春间断了弦，要讨亲。听得劳氏肯嫁，他已知得他是个极勤谨妇人，竟也不打听，着个媒人来说，财礼八两，又自家说要成个体面，送了一只鹅，一肘肉，两只鸡，两尾鱼，要次日做亲。劳氏见了，不觉两泪交流，两个夜间说不出几年绸缪艰苦，一个教他善事新人，一个教他保养身体。一个说，也是不得已，莫怨我薄幸；一个说，知是没奈何，但愿你平安，可也不得合眼。到天明，婆媳两个又在那边哭了说，说了哭，粥饭不吃，那个去打点甚酒肴？到晚媒婆走来，三口儿只得哭了相送出门：

白首信难偕，伤心泪满怀。

柴门一相送，咫尺即天涯。

这些邻舍，鲍雷因不替花芳成得事，与花芳都不来；其余尤绍楼、史继江，还有个范小云、郎念海、邵承坡，都高高兴兴走来相送。他这边哭得忙，竟也不曾招接，扑个空散了。次早，花芳故意去扫鲍雷，道："我来谢你这撮合山！你估计包得定，怎走了帕子外去？"鲍雷道："不消说，我替你出这口气，叫那讨老婆的也受享不成！"知得众人噇不酒着，偏去景他，道："昨日有事失陪，他打点几桌奉请？"史继江道："昨日走去，留也不留，我自回家打得坛白酒，倒也吃了快活。"尤绍楼道："不晓事体的！嫁了一个人，得了十来两银子，不来送也须请我们一请。"范小云道："昨日没心想，或者在今日？"邵承坡道："不像！葱也不见他买一个钱，是独吃自屙了！"郎念海道："怕没个不请之理。"鲍雷道："列位，吃定吃他的不着了，晚间到是小弟作一东罢！"果然鲍雷抬上两埕酒、安排两桌，去请这五个。邵承坡怕回席不肯来，被他一把扯住，也拖将来。猜拳行令，吃个八六三，大家都酒照脸了。鲍雷道："可耐阮大这厮欺人，我花小官且是好，我去说亲，他竟不应承；列位去送，也不留吃这一盅；如今只要列位相帮我，拆拽他一番，若不依的，我先结识他！"众人见他平日是个凶人，也不敢逆他，道："使得，使得，只不知出甚题目？"鲍雷见众人应了，便又取酒来，叫道："壮一壮胆，吃了起身！"又道："你们随我来，银子都归你们，我只出这口气！"乘着淡月微茫，赶到阮大后门边来。

可怜这阮大娘儿两个，有了这八两银子，算计长，算计短，可也不睡，藏起床头。听得鲍雷抉笆离，就走起来，摸出门边，只见鲍雷正在那厢掇门。忙叫："有贼！"鲍雷早飞起一脚，踢在半边，花芳赶上，照太阳两下，久病的人，叫得一声，便呜呼了！尤绍楼见了，道："鲍震宇，仔么处？"鲍雷道："事到其间，一发停当了婆子，拿银子与你们！"郎念海道："我们只依着大王就是了！"那黑影子里，温氏又撞将起来，大家一齐上，又结果了。鲍雷去寻时，一双旧竹笼，里边是床被缐，有两件绵胎。又去寻，寻到床头阮大枕下，草荐上一块破布，千结万结的包着。鲍雷拿了银子，大家同到家中，一人一两三钱，六个均分。这五个人穷不得，这主银子也都收了，道："你仔么一厘不要？"鲍雷道："原说不要。"不知他阮胜户绝，这间屋子只当是他们的了。其时花芳道："大哥，他这两个尸首怎处？"鲍雷道："包你有人偿命，若不偿命。还是我们一主大财！"便指天划地，说出这计策来。

众人听了，齐声道："好，这脱却干净！凡是见的就要通知，不可等他走了！"一行计议了，自行安息。

却说劳氏虽然嫁了，心里不忘阮大母子两个，道："原约道三日婆婆拿两个盒儿来望我，怎不见来？"要自去望看。庾盈道："你是他家人，来的两日又去，须与人笑话，我替你去看个消息。"戴了一顶瓦楞帽，穿了一领葱色绵绸道袍，着双宕口鞋，一路走将过来。花芳迎着道："庾大哥！来回郎么？"庾盈笑道："房下记念他母子，叫我来望一望。"花芳道："好不忘旧！"便去寻鲍雷去了。庾盈自向阮家来，见门关得紧紧的，心里道："这时候还睡着，想只为没了这妇人两个又病，便没人开门闭户。"要回去，不得个实信，便敲门，那里得应？转到后门边，只见这笆篱门半开，便趁步走进去。才把门推，是带拢的，一推豁达洞开。看时，只见门边死着阮大，里边些死着温氏，惊得魂不附体，转身便走。将出柴门，听一声道："庾大郎！望连联么？好个一枝花娘子，没福受用，送与你！"就一把扯着手，道："前日送来的鸡鹅还在，可以作东，怎就走去？待小弟陪你也吹个木屑！"扯了要同进去。庾盈道："来望他娘儿两个，不知仔么死了！"鲍雷笑道："昨日好端端的，怎今日死得快？不信！"扯了去看，只见两个尸首挺着。鲍雷道："这甚缘故？"庾盈道："我并不知道！"鲍雷道："你在他家出来，你不知道，那个知道？兄来得去不得了！"便叫："尤绍楼在么？"一叫却走过两三个来。鲍雷道："昨日阮家娘儿两个好端端的，今日只有庾盈走出来，道他娘儿两个已死了。列公，这事奇么？"尤绍楼道："这事奇怪！庾仰仔么说？"庾盈道："我房下教我来望，前门敲不开，我转进后门去，只见两个死人在地下。我并不晓得甚缘故，并不关我事。"史继江道："只是仔么死得快，恰好你来见？也有些说不明！"范小云道："如今做庾仰不着，等他收拾了这两个罢！"花芳道："还要做个大东道请我们！"鲍雷道："这小官家不晓事，这须是两条人命，我们得他多少钱，替他掩？做出来，我们也说不开个同谋！"邵承坡道："庾仰仔么？"庾盈道："叫我仔么！这天理人心，虚的实不得。我多大人家，做得一个亲，还替人家断送得两个人？"鲍雷道："只要你断送倒便宜了！"花芳道："兄也是你悔气！若我讨了他的老婆，我也推不脱。庾仰处好。"庾盈道："我处？终不然我打杀的？"鲍雷道："终不然我打杀的？"鲍雷见庾盈口牙不来，中间没个收火的，料做不来，兜胸一把结了，道："我们到县里去！"这些人听他指挥的，便把一个庾盈一齐扛到县里。正是：

高张雉网待冥鸿，岂料翩翩入彀中。

任使苏张摇片舌，也应难出是非丛！

此时劳氏听得，要寻人来救应，也没个救应，早被这些人扯了，送到县中。

县官是宁波谢县尊，极有声望，且是廉明。鲍雷上去禀道：“小的们是暡城乡住民，前日有邻人阮胜，因穷将妻子嫁这庾盈，昨夜阮胜母子俱是好的，今日小的们去看时，只见庾盈在他家走来，说道：‘阮胜母子都死了！’小的们招集排队去看时，果然两个都死在地下。小的们因事关人命，只得拿了庾盈，县呈在台前。”县尊道：“你叫甚名字？”道：“小人鲍雷。”县尊道：“那两个是他紧邻？”尤绍楼道：“小的尤贤与那史应元，是他相近，委是他家死两个人，庾盈说与鲍雷，小的们知道的。”县尊道：“仔么一个近邻不知些声息？”尤贤道：“小的与他隔两亩棉花地。”史应元道：“小的与他隔一块打稻场，实不听得一毫动静。”叫庾盈道：“你仔么说？”庾盈道：“小人前日用银八两，娶阮胜妻为妻。今日小人妻子教小人去望，小人见前门不开，去到后门边推进去，只见他母子已死。”县尊道：“你进去有人见么？”道：“没人见。”县尊便委三衙去相尸，回覆道：“阮胜阴囊踢肿，太阳有拳伤，死在后门内；温氏前后心俱有拳伤，死在中门边，俱系殴死。已着地方收尸。”县尊见了回覆手本，道：“我道没个一齐暴亡之理。我想这一定是八两银子为害了！那夜莫不有甚贼盗么？”尤贤道：“并不听见有。”县尊道：“这还是你两个紧邻见财起意，谋财害命！”尤贤与史应元道：“老爷！小的与他老邻居极过得好的，怎为这八两银子害他两条性命？这明是庾盈先奸后娶了劳氏，如今虽讨了有夫妇人，怕有后患，故此来谋害他，要移祸把小的们邻里。老爷，不是光棍敢讨有夫妇人？老爷只问他来做甚么，仔么前门不走走后门？这是天网恢恢，撞了鲍雷。不然他打杀了，小的们替他打没头官司！”一片话却也有理。县尊便道：“庾盈，我想妇人既嫁，尚且与他义绝，你仔么倒与他有情？”庾盈道：“实是小的妻子记念，着小的去望。”县尊道：“就望，怎不由他前门，却由后门？这都可疑。这一定假探望之名，去盗他这几两银子，因他知觉，索性将他谋害，这情是实了！”庾盈道：“爷爷，冤枉！实是去时已死在地下了。”鲍雷道：“看见他死，也该叫我们地方，为何把他门层层带上竟走？不是我撞见问起，直到如今我们也不得知。杀了偿命，理之当然，不要害人！”庾盈道：“其实冤屈！这还是你们谋财害他的。”鲍雷道：“我还得知你来推与你？从直认了，省这夹打！”谢知县叫把庾盈夹起来，夹了，把来丢在丹墀下；半日叫敲，敲上五六十，庾盈晕了去，只得招："是打杀的！"教放了夹棍，又叫："爷爷！实是无辜，被这一干倾陷的！宁可打死不招。"谢知县疑心，教将将庾盈收监，尤贤等讨的当保再审。这些人虽是还怀鬼胎，见光景道也不妨，却称赞尤绍楼会说话，鲍雷帮衬得好，一齐回到家中。苦只是苦了个庾盈，无辜受害。那劳氏只在家拜天求报应。这日还是皎日当天，晴空云净。只见：

灿灿烁火飞紫焰，光耀耀电闪金蛇。金蛇委转绕村飞，紫焰腾腾连地赤。似塌下半边天角，疑崩下一片山头。怒涛百丈泛江流，长风弄深林虎吼！

一会子天崩地裂，一方儿雾起天昏，却是一个霹雳过处，只见有死在田中的，有死的路上的；跪的、伏的，有的焦头黑脸，有的遍体乌黑。哄上一乡村人，踏坏了田，挤满了路。哭儿的、哭人的、哭爷的，各各来认：一个是鲍雷，一个是花芳，一个是尤绍楼，一个史继江，一个范小云，一个邵承坡，一个郎念海，却是一块儿七个：

衬人乃衬己，欺人难欺天！
报应若多爽，举世皆邪奸。

里递做一桩奇事呈报。劳氏也去替庾盈出诉状，道："遭鲍雷等七个人陷害，今七人俱被天谴，乞行审豁。"县尊见了，事果奇特，即拘七八家属。只见尤贤的儿子，正拿了这分的一两三钱银子去买材，被差人拿住，一齐到官。县尊一吓，将鲍雷主谋，花芳助力，众人分赃，一一供出。县尊因各犯都死，也不深究，只将银子追出，将庾盈放了。房屋给与劳氏，着他埋葬温氏。庾盈虽是一时受诬，不数日便已得白。笑是鲍雷这七凶，他道暗室造谋，神奇鬼秘，又七个证一个，不怕庾盈不偿命。谁知天理昭昭，不可欺昧。故人道是问官的眼也可瞒，国家的法也可骫，不知天的眼极明、威极严，竟不可躲。若使当日庾盈已成狱也不奇，七人剩一个也不奇，谁知昭昭不漏如此乎？可以三省！

雨侯曰：今之邑令，有威者多，称明者少。故慑于威者犹欲炫其明，安得神雷遍天下乎？吾知奸风少戢矣。

叙

尝读《颠仙传》，而不胜起敬也。不作丹铅之外道，不为吐纳之自守，置身于李韩国、刘诚意之间。不待功成拂衣，不至有弓藏狗烹之叹。噫！知兴知机，胜郭璞辈多矣。其颠也，同希夷之卧，两人真足并峙仙籍。

翠娱阁主人识

第三十四回　奇颠清俗累　仙术动朝廷

有腹皤然，有发卷然。须萧萧而如戟，口沥沥而流涎。下混犬豕，上友圣贤。心炯炯兮常灵，是其颠也而犹仙！

右《周仙赞》

天地以正气生圣贤豪杰，余气生仙释之流。释不在念佛看经，仙岂在烧丹弄火？但释家慈悲度人，要以身入世。仙家清净自守，要以身出世。先把一个身子如痴如狂，断绝妻子利名之想。然后把个身子处清，高卧山林也使得；把个身子处浊，栖迟玩世也得；把个身子在市井，友猪侣犬，人也不能縻我以衣食；把个身子在朝廷，依光近日，人也不能拳我以富贵。却又本性常存，色身难朽，常识帝王在将达未达之间，又超然远举，不受世染，这便是真仙。若那些炼丹养气，也只旁门；斩妖缚邪，还是术士。在宋，识宋太祖在尘埃之中，许他是做紫薇帝星，闻他陈桥兵变即位称帝，抚掌欢庆，道："天下自此定矣！"因而堕驴。后来三聘五召不肯就官，赐他宫女洁然不近，这是陈抟。我朝异人类聚，一个冷谦，怜友人贫，画一门、一鹤守着，令他进去取钱。后来内库失钱，却见他友人遗下一张路引，便来拿友人。友人急了，供出他来。他现做协律郎，圣旨拘拿，到路上他要水吃，吃了，一脚插入水瓶中，后边和身隐在瓶里，拿的人只得拿这瓶去见圣上，问时，他在瓶里应，只不肯出来。圣上大怒，击碎此瓶，问时片片应，究竟寻不出。一个金箔张，在圣上前能使火炙金瓶，瓶内发出莲花。又剪纸作采莲舟，在金水桥河下，许多娇女唱歌，他也跃身在舟，须臾风起，船开金箔张俱不见。这也是汉左慈一流。若能识太祖在天下未定时，有个铁冠道人，有个张三丰。至能识天子，又能救天子在疾病之中，终飘然高逝，天子尊礼之，不肯官爵，这个是周颠仙。

颠仙家住江西建昌县。江西山有匡庐，水有鄱阳，昔许旌阳仙长尝于此飞升，是个仙人之薮。他少年生得骨格崚嶒，气宇萧爽，也极清雅。六七岁在街上顽耍，曾有一头陀见了一看，道："好具仙骨，莫教蹉坏了！"及到了十四岁，家里正要与他聘亲，忽然患起颠病来：

眼开清白复歪斜，口角涎流一似蜗。
晓乞街坊惊吠犬，晚眠泥滓伴鸣蛙。
千丝缕结衣衫损，两鬓蓬松鬓发鬖。
潦倒世间人不识，且将鸾凤混乌鸦。

风狂得紧，出言诳诞。家中初时也与他药吃，为他针灸，后来见他不好，也不睬他，任他颠进颠出。他渐渐在南昌市上乞起食来，也不归家。人与他好饮食，吃；便与他秽污的，也吃。与他好说，笑；打骂他，也是笑。在街上见狗，也去弄他，晚来又捧着他睡。尝时在人家猪圈、羊棚中，酣打得雷一般，人还道他是贼，后边人都认得他是周颠，也不惊异。

此时我太祖起兵滁和，开府金陵了。他不拘与人说话乞食，先说了"告太平"！庸人那解其意？一日，忽然在街上叫道："满城血！满城血！"好事的道他胡说，要打他，他不顾而去。一路乞食到南京，不多时，降将祝宗复反，杀个满城流血。游到金陵，适值太祖建都在那厢，他披着件千拼百凑、有襟没里的件道袍，赤了脚，蓬了头，直撞到马前，一个大躬，道："告太平！"太祖吃了一惊，问，人是颠的，也不计较他。他便日日来马首缠道："告太平！"手下扯不开，赶不退。太祖道："这颠人打也不知痛，拿烧酒来与他吃！"他却：

一杯复一杯，两碗又两碗。那管瓮头干，不怕钟中满。何须肴和馔？那问冷和暖？放开大肚吃，开着大口咽。筛的不停筛，灌的不停灌。面皮不见红，身子不见软。人道七石缸，我道漏竹管。人道醉酩酊，他道才一半。李白让他海量，刘伶输他沉湎。他定要吸干瀚海涛千尺，方得山人一醉眠。

他斜着眼，歪着个头，口似灌老鼠窟般只顾吃，看那斟酒的，倒也斟不过了。他道："也罢！难为你了，把那壶赏与你吃。"那人正待拿去，他跳起夺住，道："只道我量不济要你替，还是我吃！"一个长流水，又完了。跳起身，道："不得醉！不得醉！"把张口向太祖脸上一呵，道："一些酒气也没，那一个再舍些？"太祖道："再吃便烧死！"道："烧不死，烧不死！内烧烧不死，你便外烧！"

太祖道:“仔么外烧?”道:“把缸合着烧!”太祖道:“不难!”叫取两只缸,取柴炭来,他欣然便坐在缸中。兵士将缸来盖上,攒了好些炭,架上许多柴,一时烧将起来。只听烘烘般的柴声,逼剥是炭声,可也炼了一夜,便是铜铁可烊,石也做粉。这些管添炭的道:“停会要见,是个田鸡干了!”又个道:“还是灰!”比及太祖升帐,只听得缸一声响,爆做两开,把炭头打得满地是,缸里端然个周颠。他舒一舒手,叩一叩齿,擦一擦眼,道:“一觉好睡,天早亮了!”这些兵士看了倒好笑,道:“莫说他皮肤不焦,连衣褶儿也不曾烂坏一些,真是神仙!”先时太祖还也疑他有幻术,这时也信他是个真仙,也优待他。帐下这些将士都来拜师,问他趋避。周颠道:“你的问趋避,活也是功臣,死也是个忠臣。”平章邵荣来见,周颠道:“莫黑心,黑心天不容!”邵荣不听,谋反被诛。

其时太祖怕他在军中煽惑了军心,把他寄在蒋山寺,叫寺僧好待他。住持是吴印,后来太祖曾与他做山东布政,因太祖分付,每日齐整斋供他,他偏不去吃,偏在遍寺,遍山跳转。走到后山树林里,看见微微烟起,他便闯去,见是一坛狗肉,四围芦柴、草鞋煨着,道:“我前煨不熟你,今日却被这秃煨熟了!”双手拿了,竟赶到讲堂,“扑”地一甩!众僧见了掩口。周颠道:“背面吃他,当面怕他!”几个“哈哈”走了。众僧自在那厢收拾。到了夜,众僧在堂上做个晚功课,搂了个沙弥去房中睡。他到中夜,把他门鼓一般擂,道:“你两个干得好事,还不走下来!”去惊他搅他。见僧人看经,就便要他讲,讲不出,大个栗暴打去。说是入定,他偏赶去,道:“你悟得甚么?悟得婆娘那个标致,银子仔么赚?”说止静,他偏去把那云板敲。今日串这和尚的房,那日串那和尚的房,藏得些私房酒儿,都拿将出来,一气饮干无滴。佛殿日屙屎,方丈屡溺尿。没个饥,没个饱,拿着就吃,偏要自上灶,赶将去,把他锅里饭吃上半锅,火工道人来说他,便拿着火叉打去。其时还是元末,各寺院还着元时的风俗,妇人都来受戒,他便拍手道:“一阵和尚婆!”扯住那些男子,道:“不识羞!领妻子来打和尚!”妇人们到僧房去受戒,他也捱将去。一寺那一个不厌他?却没摆布他处。一日走到灶前,见正煮着一锅饭,熬上大锅豆腐,灶上灶下忙不及,只见他两手拿了两件,道:“我来与你下些椒料儿!”两只手一顿捻,捻在这两个锅里,却是两撅干狗屎。这些和尚、道人见了,你也唾唾,我也掩嘴,一阵去了。他一跳坐在灶栏上,拿一个木杓兜起来,只顾吃。众和尚见他吃了一半,狗屎末都吃完了,大家都拿了淘箩、瓦钵一齐赶来,他道："你这些秃驴，藏着妆佛钱，贴金钱，买烛钱，烧香钱，还有衬钱，开经钱，发符钱，不拿出来买吃，来抢饭！"坐得高，先"霹栗扑碌"把手一掠，打得这些僧帽满地滚，后边随即两只手如雨般把僧头上栗暴乱凿，却也吃这些僧人抢了一光。还有两碗米饭，一个小沙弥半日夹不上，这番扑起灶上来盛，被他扯住耳朵，一连几个栗暴，打得沙弥大哭，道："这疯子！你要吃我要吃，怎蛮打我？"这些和尚也一齐上道："真呆子！这是十方钱粮，须不是你的，怎这等占着不容人？"

餐松茹术神仙事，岂乐蝇营恋俗棼。
却笑庸僧耽腐鼠，横争蚁穴故纷纭。

周颠笑道："你多我吃来，我便不吃你的。"此后莫说粥饭不来吃，连水也不来吃。众僧怕太祖见怪，只得拿去与他吃，他只是不吃。厨头道："'好汉饿不得三日。'莫睬他，他自来！"故意拿些饮食在他面前吃，他似不见般。似此半月，主僧只得来奏与太祖。太祖知他异人，分付："再饿他！"这些和尚怪得他紧，得了这句，把他锁在一间空房里，粥饭汤水纤毫不与。他并不来要，日夜酣酣的睡。太祖常着人来问，寺僧回官道："如今饿已将一月，神色如故。"太祖特一日自到寺中。举寺迎接。只见他伏在马前，把手在地上画一个圈儿，道："你打破一桶，再做一桶！"这明明教道：陈友谅、张士诚这两个大寇，使他连兵合力，与我相杀，我力不支，若分兵攻战，也不免道尾不应。只该先攻破了一个，再攻一个。正是刘军师道："陈友谅志大而骄，当先取之；张士诚是自守虏，当后边图他。"也是此意。太祖到寺中，见他颜色红润，肌肤悦泽，声音洪亮，绝不是一个受饿的，叫撤御馔与他吃，随行将士带有饮食，与他的可也数十人吃不了，他也不管馒头馓蒸，干粮煤炒，收来吃个罄尽。这班僧人道："怪道饿得，他一顿也吃了半个月食了，只当饿得半月！"又一个道："只是这肚皮忒宽急了些！"太祖依然带他在军中。他对这些和尚道："造化了你们，如今拐徒弟也得个安稳觉儿，吃酒吃狗肉也不管了！"

其时陈友谅改元称帝，率兵围住南昌。太祖在庐州领兵来救，叫他来，问道："陈友谅领兵围住南昌，我如今发兵去救，可好么？"他连把头颠几颠，道："好，好！"太祖道："他如今已称帝，况且他势强，我势弱，恐怕对他不过！"那周颠伸起头，看一看天，摇手道："上面有你的，没他的，不过两个月狂活，休要怕他！"太祖一笑。择日兴师时，只见他拿了根拐杖，高高的舞着，往前跳去，做一个必胜模样。太祖整兵十万，下了船，沿江向南昌进发，只一路都是逆水，水势滔滔汩汩滚下来，沿江都是芦苇，没处扯牵，一日不过行得几里儿。太祖心焦，着人来问，周颠道："此行去几时得遇顺风？"周颠道："有，有，有，就来了！只是有胆行去，便有风助你；没胆不去，便没风！"差人回覆，太祖催督各军船只前进，行不上二三里，只见：

天角乱移云影，船头急溅浪花。虚飘飘倒卷旗旛，声晰晰响传芦叶。前驱的一似弩乍离弦，布帆斜挂；后进的一似泉初脱峡，篷扇高悬。山回水转，入眼舟移；浪激波分，迎耳水泻。正是：雀舫急如梭，冲风破白波。片时千里渡，真不愧飞舸！

初时微微吹动，倏然风势大作，各只兵船呼风发哨，都放了桡楫，带着篷脚索，随他前进，飘飘一似泛叶浮槎，一会才发皖城，早已来至小孤山了。风涌浪起，江中癞头鼋随水洋洋漾将来。那江猪水牛般大，把张莲蓬嘴"铺、铺"的吹着浪，一个翻身拱起身子来，一个翻身漾起头来，在江心作怪。这时周颠正坐在兵船上，看见了，道："这水怪出现，前头毕竟要损多人！"不期太祖不时差人来听他说话的，听了这句大恼，道他煽惑军心，分付："把这颠子撇在江里，祭这些水怪！"帐下一个亲军都指挥韩成便领了钧旨，也不由分说，赶将来夹领子一把扯住，道："先生！不关我事，都是你饶舌惹的祸。你道'损人多'，如今把你做个应梦大吉罢！"周颠道："你这替死鬼要淹死我么？你淹，你淹！只怕我倒淹不死，你不耐淹！"早被他"扑通"一声，甩下水去。众人道："这两个翻身，不知那里去了！"却又作怪，上流头早漾下一个人来，似灼龟人家画的画儿，人坐在大龟背上模样，正是周颠坐在一个大白盖癞头鼋身上来了。众人都拍手笑道："奇！"韩成分付叫："推！"军士一齐把篙子去推，果然两个水窝儿又下去了。众人道："这番要沉到底了！"正看时，却又是骑牛的牧童，跨在一个江猪身上，又到船边，衣服也不曾沾湿。众人道："他是道家，学的水火炼，前日火炼不死，今日水炼一定也不死。"一个好事的水手道："'三遭为定'，这遭不死，再不死了！"劈头一篙打去，那周颠又侧了下水。众人道："这番一定不活！"那知他又似达磨祖师般，轻轻立在一枝芦上，道："列位，承费心了！"众人道："真神仙！"韩成道："周先生！我如今与你见殿下，若肯饶便饶了你，不要在这边弄障眼法儿哄人。"周颠道："去，去，去！"那芦柴早已浮到船边，周颠举身跃上船来，韩成与他同见太祖。太祖道："仔么同他来？"韩成道："推下水三次，三次淹不死。"只见周颠伸了个头，向太祖道："淹不死，你杀死了罢！"太祖笑道："且未杀你。"适值船中进膳，太祖就留他在身边，与他同吃，他也不辞。到了第二日，他驼了拐杖，着了草鞋，似要远去的模样，向着太祖道："你杀了么？"太祖道："我不杀你，饶你去。"周颠看一看，见刘伯温站在侧边，道："我去，我去！你身边有人，不消得我。此后二十五年，当差人望你。还有两句话对你说，道：

临危不是危，叫换切要换。

他别了，便飘然远去，行步如飞。

这厢太祖与陈友谅相持，舟凑了浅，一时行不得，被汉兵围住。正危急之时，得韩成道："愿为'纪信诳楚'。"就穿了太祖衣服，自投水中，汉兵就不来着意，又得俞通源等几只船来，水涌舟活，脱了这危难，这是"临危不是危"。韩成的替死，又已定了。"叫换切要换"，这也在鄱阳湖中：正两边相杀，忽然刘伯温在太祖椅背后连把手挥，道："难星过度，难星过度，快换船！"太祖便依了，正过船时，一个炮来，原坐船打得粉碎。他又见在刘伯温先了。此后他踪迹秘密，并不来乞食入城，但认得的，常见他在匡庐诸山往来。本年太祖破陈友谅，定江湖；又平张士诚，取苏、杭；分兵取元都，执陈友定，有福建；降何真，有两广；灭明玉珍，取四川；灭元梁王，取云、贵；天下大定。从此尽去胡元的腥膻，举世的叛乱才见太平，他逢人"告太平"的，正是先见。到二十五年，太祖忽患热症，太医院一院医官都束手，满朝惊惶。忽然一个和尚：

面目黑如漆染，须发一似螺卷。

一双铁臂捧金函，赤脚直趋玉殿。

赤着一双脚，穿件破偏衫，竟要进东长安门来。门上挡住，拿见阁门使刘伯温之子刘璟。道："小僧奉周颠分付，道圣上疾病，非凡药之所能治，特差小僧进药二品。他说曾与令尊有交，自马当分手，直至今日。"刘阁门道："圣上一身，社稷所系，诸医尚且束手不敢下药，他药不知何如，怎生轻易引奏？"赤脚僧道："君父临危，臣子岂有不下药之理？况颠仙不远千里，差山僧送药，若阁门阻抑不奏，脱有不讳，岂无后悔！"刘阁门为他转奏，举朝道："周颠在匡庐，仔么知道圣上疾病，这莫非僧人谎言？"只是太祖信得真，取出一看，内封道：

温凉石一片。其石红润，入手凉沁心骨。温凉药一丸。圆如龙眼，亦淡红色，其香扑鼻。

道："用水磨服。"又写方道："用金盏注石磨药，注之沉香盏服。"圣上展玩，已知奇药,即叫磨服。医官如法整治,只见其药香若菖蒲,醆底凝朱,红彩迴异。圣上未刻进药,到酉末遍体抽掣,先觉心膈清凉,烦燥尽去。至夜遍体邪热皆除,霍然病起,精神还比未病时更好些,道:“朕与周颠别二十五年,不意周颠念朕如此!”次日设朝,廷见文武臣僚,召赤脚僧见,问他周颠近在何处?几时着你来?那僧道:“臣天眼尊者侍者,半年前,周颠仙与臣师天眼尊者同在广西竹林寺,道紫薇大帝有难,出此一函,着臣赍捧到京投献。臣一路托钵而来,至此,恰值圣上龙体不安,臣即恭进。”圣上道:“如今还在竹林寺么?”僧人道:“他神游五岳三山,踪迹无定,这未可知,期臣进药后,还于竹林寺相见。”圣旨着礼部官陪宴,着翰林院撰御书,道:“皇帝恭问周神仙。”差一个官,与赤脚僧同至竹林寺,礼请周神仙诣阙。差官与赤脚僧一路夫马应付,风餐水宿,来至竹林寺。寺僧出来迎接了,问:“周颠仙在么?”道:“在竹林里与天眼尊者谈玄。”那差官赍了御书,同赤脚僧前去,但见:

满前苍翠,一片笙竽。清影离离,绿凤乘风摇尾;翠稍历历,青鸾向日梳翎。苍的苍,紫的紫,海底琅玕;低的低,昂的昂,澄湖翻浪。梢含剩粉,青女理妆;笋茁新苞,佳人露指。因烟成媚色,逐风斗奇声。迎日弄金晖,丽月发奇影。郁郁清凉界,泠泠山佛林。

只见左首石凳上坐着一位:

卷发半垂膝,双眸微坠星。金环常挂耳,玉麈每随身。蚕眉狮鼻稀奇相,十八阿罗第一尊。

右首坐着一个:

长髯飘五柳,短髻耸双峰。坦腹皤如斗,洪声出似钟。色身每自混泥沙,心境莲花浑不染。

赤脚僧先过来问讯了,次后差官过来,呈上御书,周颠将来置在石几上恭诵了。差官道:“上意说圣躬藉先生妙药,沉疴顿起,还乞先生面诣阙庭。”周颠道:“山人麋鹿之性,颇厌拘束,向假佯狂玩世,今幸把臂入林,若使当日肯戮力竖奇,岂不能与刘伯温立驱中原?今日伯温死而山人生,真喜出世之早,宁复延颈以入樊笼哉!就是日前托赤脚侍者致药,敢只不忘金陵共事之情,原非有意出世,妄希恩泽也。使者幸为山人善辞!”差官道:“圣上差下官敦请,若先生不往,下官何以复命?下官分付驿递,明日整齐夫马,乞先生束装同行。”周颠道:“山人一杖一履,何装可束?亦断不仆仆道途以烦邮传,往是断不往的了!”次日,差官整备夫马复往。只见竹林如故,石几宛然,三人都不见影,止在石几上有一书，是答圣上的。忙叫寺僧问时，道："三人居无床褥，行无瓢笠，去来无常，踪迹莫测。昨夜也不知几时去的，也不知去向。"

云想飘然鹤想踪，杯堪涉水杖为龙。

笑人空作鸿冥慕，知在蓬莱第几峰？

差官只得赍书复命，道："已见颠仙，他不肯赴阙，遗书一封，飘然远去。"圣上知他原是不可招致的，也不罪差官。后来又差官访张三丰，兼访颠仙。名山洞府，无不历遍，竟不可得。至三十一年，赤脚僧又赍书到阙下，也不知道些甚么，书在宫禁不传。圣上念他当日金陵夹辅之功，又念他近日治疾之事，亲洒翰墨，为他立传，道:《周颠仙传》，与御制诸书并传不刊。

雨侯曰：圣主之兴，不特谋臣云，猛将雨；更有方外之士备帷幄，所谓神道设教，岂徒狐鸣鱼书之伪乎！而仙以颠名，正以不颠。婚宦之障不绝，尘俗之染不清，此我太祖号之以仙而复加之以颠，真窥其微。颠于尘埃中识天子，太祖□寻常见而识至人，法眼盖相同。

引

禅之足珍，以其悟也，以其再生能不失其真也。故如真西山、苏子瞻、我朝王阳明诸大儒，悉根禅来，饶大解悟。不谓无垢一髡，历再生而不亡如此。嗟嗟！度越觉阇梨远矣。

翠娱阁主人题

第三十五回　前世怨徐文伏罪　两生冤无垢复仇

报。非幽，非杳。谋固阴，亦复巧。白练横斜，游魂缥渺。漫云得子好，谁识冤家到？冤骨九泉不朽，怒气再生难扫。直教指出旧根苗，从前怨苦方才了。

右《一七体》

天理人事，无往不复，岂有一人无辜受害，肯饮忍九原，令汝安享？故含冤负屈，此恨难消。报仇在死后的：如我朝太平侯张軏与曹吉祥、石亨计害于忠肃，波及都督范广，后边路见范广身死，借刀杀人，忠良饮恨。报仇在数世后的：如汉朝袁盎谮杀晁错，后边数世，袁盎转世为僧，错为人面疮以报，盎作水忏而散。还有报在再生，以误而报以误的：如六合卒陈文，持枪晓行，一商疑他是强盗，躲在荆棘丛中。陈文见荆棘有声，疑心是虎，一枪刺去，因得其财。遂弃铺兵，住居南京。一晚见前商走入对门皮匠店，他往问之，道生一子。他知道是冤家来了，便朝妻子说："我梦一贵人生在对门，可好看之！"视之如子。九岁，此人天暑昼卧，皮匠着儿子为他打扇赶苍蝇，此子见他汗流如雨，以皮刀刮之，陈文梦认作蝇，把手一记打下，刀入于腹，皮匠惊骇，他道："莫惊，这是冤业！"把从前事说之，将家资尽行与他，还以一女为配，这是我朝奇事。不知还有一个奇的，能知自己本来，报仇之后，复还其故。

道是天顺间英山清凉寺一个无垢和尚，俗姓蔡，他母亲曾梦一老僧持青莲入室，摘一瓣令他吃了，因而有娠。十月满足，生下这儿子，却也貌如满月，音若洪钟，父母爱如珍宝。二岁断了乳，与他荤都不吃便哭，与他素便欢喜。到三岁，不料身多疾病，才出痘花，又是疹子，只见伶仃，全不是当日模样了。他母亲求神问佛，一日见一个算命的过来：

> 头戴着倒半边三角方巾，身穿着新浆的三镶道服。白水袜有筒无底，黄草鞋出头露跟。青布包中，一本烂鳌头似《百中经》；白纸牌上，几个鬼画符似课命字。

他在逐家叫道："算命起课，不准不要钱！"可可走到蔡家，蔡婆道："先生会算命？"道："我是出名兰溪邹子平，五个钱决尽一生造化！"蔡婆便说了八字，他把手来轮一轮，道："婆婆，莫怪我直嘴，此造生于庚日，产在申时，作身旺而断，只是目下正交酉运，是财官两绝之乡，子平叫做'身旺无依'，这应离祖。况又生来关杀重重：落地关，百日关，如今三岁关，还有六岁关，九岁关，急须离祖，可保长生。目下正、五、九月，须要仔细！"蔡婆道："不防么？"道："这我难断，再为你起一课，也只要你三厘。"忙取出课筒来，教他通了乡贯，拿起且念且摇，先成一卦，再合一卦，道："且喜子孙临应，青龙又持世，可以无防；只嫌鬼爻发动，是未爻，触了东南方土神；他面黄肚大，须要保禳，谢一谢就好。"蔡婆道："这等要去寻个火居道士来。"子平道："婆婆，不如我一发替你虔诚烧送，只要把我文书钱，我就去打点纸马、土诰，各样我都去请来，若怕我骗去，把包中《百中经》作当。"就留下包袱，蔡婆便与了二分银子，嫌不够，又与了两个铜钱。蔡公因有两个儿子，也不在心，倒是蔡婆着意，打点了礼物。他晚间走来，要甚么镇代替银子、祭盅鸭蛋。鬼念送半日，把这银子、鸭蛋都收拾袖中，还又道文书、符都是张天师府中的，要他重价。蔡公道："先生，你便是仙人，龙虎山一会也走个往回！"还是蔡婆被缠不过，与了三分骚铜、一二升米去了。这病越是不好，还听这邹子平要离祖，寄在清凉寺和尚远公名下。到六岁，见他不肯吃荤，仍旧多病多痛，竟送与远公做了徒弟。那师祖定公甚是奇他。到得十岁，教他诵经吹打，无般不会。到了十一二岁，便无所不通。定公把他做活宝般似，凡是寺中有人取笑着他，便发恼，只是留他在房中，行坐不离。喜得这小子极肯听说，极肯习学经典，人却脱然换了一个，绝无病容。看看十三，也到及时来，不期定公患了虚痨，眼看了一个标致徒孙做不得事，恹恹殆尽，把所有衣钵交与徒弟远公，暗地将银一百两与他，道："要再照管你几年也不能够，是你没福；我看了你一向，不能再看一两年，也是我没福！"又分付徒弟："我所有衣钵都与你了，只有这间房与些动用家伙，与了这小徒孙，等他在里边焚修，做我一念；二年后便与他披剃了，法名叫无垢。"不数日涅槃了。

转眼韶华速，难留不死身。
西方在何处？空自日修焚！

无垢感他深恩，哭泣尽礼。这远公是个好酒和尚，不大重财，也遵遗命，将这两间房儿与他。他把这房儿收拾得齐齐整整，上边列一座佛龛，侧边供一幅定公小像，侧边一张小木儿，上列《金刚》《法华》诸经，《梁皇》各忏，朝夕看诵，超荐师祖。尚有小屋一间，中设竹床纸帐，极其清幽。小小天井，也有一二碧梧紫竹，盆草卷石，点缀极佳。只是无垢当时有个师祖管住，没有来看相他。如今僧家规矩，师父待徒弟极严的，其余邻房，自己房中长辈、同辈，因他标致，又没了个吃醋的定公，却假借探望来缠。一个邻房无尘，年纪十八九，是他师兄，来见他诵经资荐师公，道："师弟，有甚好处想他？我那师祖整整淘了他五六年气，记得像你大时，定要在我头边睡，道：'徒孙，我们禅门规矩，你原是伴我的，我的衣钵，后来毕竟归你，凡事你要体我的心。'就要我照甚规矩，先是个一压压得臭死，到那疼的时节，我哭起来，他道："不妨！慢些，慢些。"那里肯放你起来？一做做落了规矩，不隔两三日就来，如今左右是惯的，不在我心上。只是看了一日经，身子也正困倦，他定要缠，或是明早要去看经，要将息儿，他又不肯。况且撞着我与师兄师弟众人伙里说说笑笑，便来吵闹。师弟，你说我们同辈，还可活动一活动，是他一缠住，他到兴完了，叫我们那里去出脱？如今我造化了，脱了这苦，又没他来管，可以像意得。”无垢道：“我也没甚苦，师祖在时也没甚缠。”无尘道：“活贼！我是过来人，哄得的？”就捱近身边去，道：“你说不苦，我试一试看，难道是黄花的？”就去摸他。无垢更不快道：“师兄，这个甚么光景！”无尘道：“我们和尚没个妇人，不过老的寻徒弟，小的寻师弟。如今我和你兑罢，便让你先！”无垢道：“师兄，不要胡缠！”无尘道：“师弟，两方便！”又扯无垢手去按他阳物，道：“小而且细，须不似老和尚粗蠢。”无垢道：“师兄不来教道我些正事，只如此缠，不是了！”无尘道：“师弟，二婚头，做甚腔！”直到无垢变脸才走。一日又来道：“师弟，一部《方便经》你曾见么？”无垢道：“不曾。”无尘便将出来，无垢焚香礼诵，只见上面写道：

> 如是我闻：佛在孤独园，比丘、比丘尼、优婆塞、优婆夷，一切天人咸在，世尊放大光明，普照恒河沙界。尔时阿难于大众中离坐而起，绕佛三匝，偏袒右肩，右膝着地，叉手长跪而白佛，言：“我闻众僧，自无始劫来，受此色身，即饶欲想，渐染延灼，中夜益炽；情根勃兴，崛然难制。乃假祖孙作为夫妇，五体投地，腹背相附；一苇翘然，道岸直渡；辟彼悟门，时进时止；灌顶甘露，热心乃死；此中酣适，彼畏痛楚。世尊何以令脱此苦？”世尊：“阿难，人各有欲，夜动昼伏；丽于色根，辗转相逐；悟门之开，得于有触；勇往精进，各有所乐；心地清凉，身何秽浊？积此福田，勉哉相勖！”大众闻言，皆忘此苦，皆大欢喜，作礼而退，信受奉行！

无垢念了一遍，道：“我从不曾见此经，不解说。”无尘道：“不惟可讲，还可兼做，师弟只是聪明孔未开！”又来相谑。无垢道：“师兄何得歪缠，我即持此经送我师父！”无尘道：“这经你师父也熟读的！”无垢便生一计，要师父披剃，要坐系三年，以杜众人缠绕。师父也凭他，去请位乡绅替他封关出示。他在关中，究心内典，大有了悟。因来往烧香的见他年纪小，肯坐关，都肯舍他。他坐关三年，施舍的都与师父，止取三十余两并师祖与他的，要往南京印大乘诸经，来寺中公用，使自得翻阅。师父也不阻他。他便将房屋封锁，收拾行李就起身。师父道：“你年纪小，不曾出路，这里有个种菜的聋道人，你带了他去罢！”无垢道：“一瓢一笠，僧家之常，何必要人伏事？”竟自跳船到南京。各寺因上司禁游方僧道，不肯容他，只得向一个印经的印匠徐文家借屋住宿。

一到，徐文备斋请他。无垢就问他各经价数。徐文见他口声来得阔绰，身边有百来两之数，听了不觉有些动火，想道："看这和尚不出，倒有这一块，不若生个计弄了他的！左右十方钱财，他也是骗来的。"晚间就对老婆彭氏道："这和尚是来印经，身边倒有百来两气候。他是个孤身和尚，我意欲弄了他的，何如？"彭氏道："等他出去，扶进房门，偷了他的，只说着贼便了。"徐文道："我须是个主人家，我看这小和尚，毕竟有些欠老成，不若你去诱他。"彭氏道："好！你要钱，倒叫我打和尚！"徐文道："困是不与他困，只嗅得他来调你，便做他风流罪过，打上一顿，要送他脱得身好了，还敢要钱？哄得来大家好过！"彭氏倒点头称是。次早，见无垢只坐在房中不出来，彭氏便自送汤送水进去，娇着声儿去撩他。那无垢只不抬头，不大应声，任他在面前装腔卖俏。彭氏道："小师父，怎只呆坐？报恩寺好个塔，十庙、观星台也去走一走！"无垢道："小僧不认得。"彭氏道："只不要差走到珠市楼去！"笑嘻嘻去了。午间拿饭去，道："小师父，我们家主公，他日日有生意不在，只有我，你若要甚么，自进来拿；我们小人家，没甚内外的！"无垢道："多谢女菩萨！小僧三餐之外，别不要甚的。"捱到下午，假做送茶去，道："小师父，你多少年纪？"无垢道："十八岁了。"彭氏道："好一个少年标致师父！"说道："师公替徒孙，是公、婆两个一般，这是有的么？"无垢道："无此事。女菩萨请回，外观不雅！"彭氏道："这师父还脸嫩！我这里师父们见了女人，笑便堆下来，好生欢喜哩；也只是年纪小，不知趣味！"无垢红了脸，只把经翻，入不得港，去了。一日徐文道："何如？你不要欠老到，就跌倒！"彭氏道："胡说！只是这和尚假老实，没处入港，仔么？"徐文想想道："这和尚嗅不上，我想他在我家已两日，不曾出外，人都不知，就是美人局，他一个不伏，经官也坏自己体面，倒不如只是谋了他罢。再过两日，人知道他在我家下银子散了，就大事去了！"夫妇两个便计议了。

到次日是六月六日，无垢说了法，念了半日经，正睡，只见他夫妇悄悄的做下手脚。二更天气，只听得他微微有鼾声，徐文先自己去抉开房门，做了个圈，轻轻把来套在颈上，夫妻两个各扯一头，猛可的下老实一扯，只见喉下这一箍紧，那和尚气透不来，只在床上挣得几挣，早已断命。他夫妻尚紧紧的扯了一个时辰，方才放手，放时只见和尚眼突舌吐，两脚笔直：

疏月绮窗回，金多作祸媒。
游魂渺何许，清夜泣蒿莱。

徐文将他行李收拾到自己房中，又将锄头掘开地下可二尺许，把和尚埋在那小房床下，上面堆些坛瓮，把他竹笼打开来，见一百二十两银子，好不欢喜，不消得说。

只此时彭氏见有娠了，十月将足，这日夜间，只听得徐文魇起来，失惊里道："有鬼！有鬼！"彭氏问时，道："我梦那无垢直赶进我房中来，因此失惊。"彭氏也似失惊般，一会儿身子困倦，肚腹疼痛。一连几次痛阵紧，生下一个小厮来，倒也生得好。徐文仔细一看，与无垢无二，便要淹死。彭氏道："当日你已杀他一命，如今淹死，是杀他二命了！不若留他做我们儿子，把这一主横财，仍旧归了他，也是解冤释结。"徐文也便住了手。彭氏便把来着实看待他。只是这小厮真性不移，也只吃胎里素。母亲抱在手里，见着佛堂中供养原是他的经，他便扶去要看，他看见他原带来竹笼尚在，常扑去看。徐文心知是冤家，也没心去管理他，自把这宗银子暗暗出来，合个伙计在外做些经商生意。彭氏因没子，倒也顾念他，更喜得这小厮一些疮毒不生，一毫病痛没有，不觉已是六岁，教他上学读书，他且是聪明，过目成诵，叫名徐英。只是这徐英生得标致，性格儿尽是温雅，但有一个，出门欢喜入门恼。在学中欢欢喜喜，与同伴顽也和和顺顺的，一到家中便焦燥，对着徐文也不曾叫个爷，对着彭氏也不曾叫个娘，开口便是"老奴才""老畜生""老淫妇""老养汉"。几次徐文捉来打，他越打越骂，甚至拿着刀，便道："杀你这两个老强盗才好！"那徐文好不气恼。间壁一个吴婆道："徐老爹，'虎毒不吃儿'，仔么着实打他，这没规矩也是你们娇养惯了。比如他小时节，不曾过满月，巴不得他笑，到他说叫得一两个字出，就教他骂人，'老奴才''老畜生''老养汉''小养汉'，骂得一句，你夫妻两个快活。抱在手中，常引他去打人，打得一下，便笑道：'儿子会打人了！'做桩奇事。日逐这等惯了，连他不知骂是好话，骂是歹话；连他不知那人好打，那个不好打。也是你们娇养教坏了他，如今怎改得转？喜得六岁上学，先生训他，自然晓得规矩。你看他在街上走，摇摇摆摆，好个模样，替这些学生也有说有道，好不和气，怎你道他不好？且从容教道他，恕他个小。"彭氏道："不知他小时节也好，如今一似着伤般，在家中就劣崛起来，也是我老两口儿的命！"吴婆道："早哩！才得六七岁，那里与他一般见识得？"彭氏也应声道："正是，罢了！"无奈这徐英一日大一日，在家一日狠一日，拿着把刀，道："我定要砍死你这老畜生、老淫妇！"捉着块石头，道："定要打死你这老王八、老娼根！"也曾几次对先生讲他，他越回家嚷骂不改。邻舍又有个唐少华，也来对徐英道："小官！爷和娘养儿女也不是容易得的，莫说十个月怀着这苦，临产时也性命相搏。

三年乳哺，那一刻不把心对？忙半日不与乳吃，怕饿了小厮；天色冷，怕冻了小厮；一声哭，不知为着甚么，失惊里忙来看，揩尿抹屎，哺粥喂饭，何曾空闲？大冷时，夜间一泡尿出屎出，怕不起来收拾？还推干就湿，也不得一个好觉儿。你不听得那街上唱歌儿的道：'奉劝人家子孙听，不敬爹娘敬何人？三年乳哺娘辛苦，十月怀耽受母恩。'学生这句句都是真话，学生你要学好，不可胡行！”徐英道：“我也知道，不知仔么，见了他便生恼。”唐少华又道：“'没有不是父母'，你要听我说。”这徐英那里得个一日好？到得家里，便旧性发了。

似此又五六年，也不知被他呕了多少气。这日学中回来，道饭冷了，便骂彭氏。彭氏恼了，赶来正要打他，被他一掀一个翻筋斗，气得脸色如土。复身赶来，一把要捋他头发，被他臂上一拳，打个缩手不及。徐文正在外面，与这些邻舍说大话，听得里面争嚷，知是他娘儿两个争了，正提了一根棍子赶将进去，恰遇他跑出来时一撞，也是一跤。徐英早是跳去门外了。众人看见徐英，道：“做甚么？做甚么？”随即见徐文夫妇忙赶出来，道：“四邻八舍，替我拿住这忤逆贼！”徐英道：“我倒是贼？我不走，我不走！”彭氏道：“我养了他十四岁，不知费了多少辛苦，他无一日不是打便是骂，常时驮刀弄杖要杀我。适才把我推一跤，要去捋他头发时，反将我臂膊上打两下。老儿走来，又被他丢一跤。列位！有这等打爷骂娘的么？”徐文道：“我只打死了这畜生罢，譬如不养得！”徐英道：“你还要打死我？”便就地下一抉两抉，抉了一块大石头，道：“我先开除你这个老强盗！”

怒气填胸短发支，夙冤犹自记年时。
拟将片石除凶暴，少泄当年系颈悲。

正待打来，巧得一个邻舍来德抢住了，道：“你这小官真不好，这须是我们看见的，教道乡村个个是你，也不要儿女了！”唐少华道：“学生，我们再要如何劝你，你不肯改，若打杀爷娘，连我个邻舍也不好，你走过来，依我爹娘面前叩个头赔礼，以后再不可如此！”徐英道：“我去磕这两个强盗的头？不是他死，就是我死；今日不杀，明日杀，决不饶他！”众人听了，都抱不平，跳出一个邻舍李龙泉，道：“论起不曾出幼，还该恕他个小，但只是做事忒不好得紧，我们不若送他到官，也惊吓他一番，等他有些怕惧，不要纵他弄假成真，做人命干连！”便去叫了总甲。这时人住马不住，徐英道：“宁可送官，决不赔这两个强盗礼！”众人便将他拥住了，来见城上御史。这御史姓祁：

冠顶神羊意气新，闲邪当道誉埋轮。

霜飞白简古遗直，身伏青蒲今诤臣。

辇毂妖狐逃皎日，郊圻骢马沐阳春。

何须持斧矜威厉，已觉声闻自轶尘。

他夜间忽梦一金甲神，道：“明日可闻他六月六日事，不可令二命受冤也。”早间坐堂，适值地方解进，道：“地方送忤逆的。”御史问时，道：“小的地方，有个徐文的子徐英，累累打骂父母，昨日又拿石块要打死他两个，小的拿住，送到老爷台下。”御史叫徐文道：“这是你第几个儿子？”徐文道：“小的只得这一个。”御史道：“若果忤逆，我这里正法，该死的了，你靠谁人养老？”徐文道：“只求爷爷责治，使他改悔。”御史便叫徐英，徐英上去，御史一看：

短发如云仅覆肩，修眉如画恰嫣然。

瓠牙樱口真堪爱，固是当今美少年。

御史心里便想道：“他恁般一个小厮，怎做出这样事来？”便叫：“徐英！你父亲止生得你一个，你正该孝顺他，况你年纪正小，该学好，怎忤逆父母，是甚缘故？”徐英道：“连小的也不知缘故，只是见他两个，便心里不愤的。”御史把须捻上一捻，想了一会，就叫彭氏道：“这不是你儿子，是你冤家了。他今年十几岁？”彭氏道：“十四岁。”御史道：“你把那十四年前事细想一想，这一报还一报！”连把棋子敲上几声，只见彭氏脸都失色。御史道：“你快招上来！”这些邻舍听了，道：“这官好糊涂！怎告忤逆反要难为爹娘？”只见那御史道：“昨日我梦中神人已对我说了，快将那事招来！”彭氏只顾回头看徐文，徐文已是惊呆了。御史又道：“六月六日事！”这遭彭氏惊得只是叩头道：“是神明老爷！这事原不关妇人事，都是丈夫主谋。”御史叫徐文道：“六月六日事，你妻已招你主谋了，快快招，不招看夹棍伺候！”徐文只得把十四年前事，一一招出，说：“十四年前六月初四，有个英山清凉寺和尚叫做无垢，带银一百二十两来南京印经，小人一时见财起意，于初六日晚将他绞死，这是真情。”御史道：“尸骸如今在那里？”徐文道：“现埋在家中客房床底下。”御史随着城上兵马发验，又问：“这徐英几时生的？”徐文道：“就是本月初九生的。”御史道：“这就是无垢了！”就叫：“徐英，你忤逆本该打，如今我饶你，你待做些甚么？”徐英道：“小的一向思量出家。”御史点一点头，道：“也罢，我将徐文家产尽给与你，与你做衣钵之资。”只见徐英叩头道：“小人只要原谋的一百二十两，其余的望老爷给彭氏，偿他养育的恩。”御史又点头道：“果是个有些来历的，故此真性不迷！”这些邻舍听了，始知徐文谋杀无垢，徐英是无垢转世，故此还报要杀。若使前世杀他，今世又枉杀他，真不平之事，所以神人托梦，又得这神明的官勘出。须臾，兵马来报，果然于徐文家取出白骨一副。御史就将徐文问拟“谋财杀命斩罪”，参送法司，又于徐文名下追出原谋银一百二十两、当日随身行李，其余邻里因事经久远，免究。

徐英出衙门，彭氏便于房中取出他当日带来的竹笼，并当日僧鞋、僧帽、僧衣、经卷还他。他就在京披剃了，仍旧名无垢，穿了当日衣帽，来谢祁御史伸冤救命大恩。那御史道：“你能再世不记本来，也是有灵性的了，此去当努力精进，以成正果。”仍又在南京将这一百二十两银子，印造大乘诸经，又在南京各禅刹参礼名宿。他本来根器具在，凡有点拨，无不立解。小小年纪也会请经说法：

真性皎月莹，岂受浮云掩。
翻然得故吾，光明法界满。

一时乡绅富户，都说他是个再来人，都礼敬他，大有施舍。在南京半年，他将各部真经装造成帙，盛以木函，拜辞各檀越名宿，复归英山。只见到寺山麓，光是宛然旧游。信步行去，只见寺宇虽是当年，却也不免零落。见一个小沙弥，道：“你寺里一个无垢和尚，你晓得么？”道：“不晓得。”一个老道人道：“有一个无垢师父，是定师太徒孙，远师太徒弟，十来年前定师太死，把他七八个银子，他说要到南京去印经，一去不来，也不知担这些银子还俗在那边，也不知流落在那边。如今现关锁着一所关房，是他旧日的。”无垢道：“如今远师太好么？”道：“只是吃酒，一坛也醉，两坛也醉。不去看经应付，一发不兴。”无垢听了，便到殿上，礼拜了世尊，把经卷都挑在殿上，打发了这些挑经的。这各房和尚都来看他，道：“那里来这标致小和尚？”他就与这干和尚和南了，道：“那一位是远师父？”一个和尚道：“师祖在房中。”无垢道：“这等烦同一见。”众人道：“酒鬼那里来这相识？”无垢竟往前走，路径都是熟游，直到远公房中。此时下午，他正磁壶里装上一壶淡酒，一碟腌菜儿，拿只茶瓯儿，在那边吃。无垢向前道：“师父，稽首！”把一个远公的酒盅便惊将落来，道：“师父那里来？”无垢道：“徒弟就是无垢！”远公道：“出家人莫打诳语，若是我徒弟，去时还了俗，可也生得出你这样个小长老哩！”无垢道：“师父，我实是你再生徒弟，你把这行李、竹笼认一认！”远公擦一擦模糊醉眼，道：“是！是！是！怎落在你手里？”无垢便将十四年前，往南京遭徐文谋害，后来托生他家，要杀他报仇，又得神托梦与祁御史，将徐文正法，“把原带银一百二十两尽行给我，我仍旧将来造经，以完前愿。如今经都带在外边”。连忙请远公在上，参拜了。远公道：“这等我与你再世师徒了！只是自你去后，我贪了这几盅酒，不会管家，你这些师弟、师侄，都是没用的，把我一个房头竟寥落了。那知你在南京吃这样苦，死了又活！如今好了，龙天保佑，使你得还家，你来我好安耽了。只是你的房，我一年一年望你回来，也不曾开，不知里面怎么的了？”无垢来开时，锁已锈定，只得敲脱开门，里边但见：

佛厨面蛛丝结定，香几上鼠矢堆完。《莲经》零落有风飘，琉璃无光唯月照。尘落竹床黑，苔生石凳青。点头翠竹，如喜故人来；映日碧梧，尚留当日影。

无垢一看，依然当日栖止处在。就取香烛在佛前叩了几个头，又在师祖前叩了几个头。各房遍去拜谒，叙说前事，人人尽道稀奇。相见无尘，道：“前日师弟标致，如今越标致了。年纪老少不同，可也与无垢师弟面庞相似，一个模子塑的。”无垢又在寺中打斋供佛，谢佛恩护佑；并供韦驮尊者，谢他托梦；又将南京人上施舍的，都拿来修葺殿宇，装彩殿中圣像。每日在殿上把造来经讽诵解悟。其时蔡老夫妇尚在，也来相见。说起也是再生儿子，各各问慰了。合城知他这托生报仇，又不忘本来，都来参谒施舍。他后来日精禅理，至九十二岁，趺坐而终。盖其为僧之念，不因再生忘，却终能遂其造经之愿。这事也极奇，僧人中也极少。

雨侯曰：无垢□虽有两，其为僧造经之心则一，此所以终于有成。若一纱帽，就作两截人，当是此髡不若。

序

聪明误人，作吏者犹甚。一逞聪明，驱人就我，棰楚之下，何求不获哉！聪明得误，于是世反以摸棱为是，而不知亦为失也。杜请托，破成见，沉心巽志，进两造而审克之，百不一失矣。毋令无辜吁我不得而吁天！

翠娱阁主人识题

第三十六回　勘血指太守矜奇　赚金冠杜生雪屈

天理昭昭未许蒙，谁云屈抑不终通。
不疑岂肯攘同舍，第五何尝挞妇翁。
东海三年悲赤地，燕台六月睹霜空。
由来人事久还定，且自虚心听至公。

忠见疑，信见谤，古来常有。单只有个是非，终定历久自明。故古人有道：

周公恐惧流言日，王莽谦恭下士时。
假若一朝身便死，后来真假有谁知！

不知天偏教周公不死，使居东三年之后，晓得流谤说他谋害成王的，是他兄管叔、弟蔡叔。成王不能洗雪他，天又大雷电疾风，惊动成王，这是无屈不伸。就如目下魏忠贤，把一个“三案”一网打尽贤良，还怕不够，又添出“封疆行贿”一节，把正直的扭作奸邪，清廉的扭作贪秽，防微的扭做生事，削的削，死的死，戍的戍，追赃的追赃。还有一干巧为点缀，工为捃摭，一心附势，只手遮天，要使这起忠良决不能暴白。不期圣上当阳，覆盆尽烛，忠肝义胆终久昭然天下，这是大事。还有小事，或在问官之糊涂，或事迹之巧凑，也没有一时虽晦，后来不明之理。

话说我朝处州府有一个吏，姓杜，他原是本府龙泉县人，纳银充参在本府刑房，家里有三五十亩田，家事仅可过得；妻王氏，生有一个儿子，因少乳，雇一个奶娘金氏；还有小厮阿财，恰倒是个守本分的；住在府二门西边公廨。有一冯外郎，是在兵房的，也有家私；母邵氏、妻江氏，出入金冠金髻，尝请人，专用些银杯之类。两家相近，杜外郎后门正对着冯外郎前门，两家尝杯酒往来，内里也都相见，是极相好的。故此杜家这奶娘每常抱了这娃子，闯到他家。各家公廨都也不甚大，房中竟是奶子尝走的。一日，只见冯外郎有个亲眷生日，要阖家去拜贺，这奶子便去帮他戴冠儿，插花儿，撺掇出门。冯外郎倚着在府里，因不留人照管，锁了门竟自去了。

不期撞出他一个本房书手张三来，这人年纪不多，好的是花哄阚赌，争奈家中便只本等，取得一个妻小，稍稍颇有些儿赔嫁，那里够他东挪西掩？就是公事，本房也少，讲时节又有积年老先生做主，打后手他不过得个堂众包儿，讲了一二两，到他不过一二钱，不够他一掷。家里妻子时常抱怨他，他不在心上。

今日出几钱分子，在某处串戏；明日请某人游山，在某处小娘家阙，也是小事。只坏事是个赌，他却心心念念，只是在这边。不知这赌场上最是难赌出的，初去倒赢一二钱银子，与你个甜头儿，后来便要做弄了。如钳红捉绿，数筹码时添水，还有用药骰子，都是四、五、六的。昔日有一个人善赌，善用药骰子，一个公子与他赌，将他身边搜遍，只见赌到半夜时，他小厮拿一盘红柿卖尊，他就把一个撮在口里，出皮与核时，已将骰子出在手中，连掷几掷，已赢了许多；他复身又裹在柿皮里，撇在地下，那个知得？所以都出不得积赌手。他自道聪明，也在赌行中走得的，钻身入去。不期今日输去鬏帽，明日当下海青。输了当去翻，先是偷老婆衣饰，及到后头没了，连家中铜杓、镟子、锡壶、灯台，一概偷去。管头少，不够赌，必至缩手缩脚没胆，自然越输。这日输得极了，意思要来衙门里摸几分翻筹，走到门上，见一老一少女人走出来上轿，后边随着一个带骔方巾，大袖蓝纱海青的，是他本房冯外郎，后面小厮琴童挑着两个糕桃盒儿。张三道："这狗蛮倒阔！不知那里去？"走进房里，只见一人也没。坐了一会，想道："老冯这蛮子，向来请我们，他卖弄两件银器。今日全家去吃酒，料必到晚才回，我只作寻他，没人时，做他一档，决然够两日耍，公事这两分骚铜，那当得甚事！"从来人极计生，又道"近赌近贼"，走到他门前，见是铁将军把门，对门没个人影，他便将锁扭，着力一扭，拳头扭断，划了指头，鲜血淋漓。心里想道："出军不利！"又道："是血财，一定有物！"反拴了门，直走进去。指上血流不止，拾得一条布儿，将来缠了。径入房中，撬开箱子，里边还剩得一顶金冠，两对银杯，一双金钗，几枝俏花。他直翻到底，有一封整银，又几两碎银，都放在身边。心忙手乱，早把手上布条落在箱中，他也不知。走出来，竟往外边一溜：

素有狗偷伎俩，喜得银财入掌。
只顾一时不知，恐怕终成磨障。

又想："我向来人知我是个骯鬼，哪得这许多物件？况六月单衣单裳，叫人看见不雅！"转入房中，趁没人，将金冠、钗花、银杯，放入一个多年不开的文卷箱内，直藏在底里，上面盖了文卷，止将银子腰在身边，各处去快活。

只是冯外郎在那箱吃酒看戏，因家中无人，着琴童先回来看家。琴童贪看两折戏不走，直至半本回家，看见门上锁已没。一路进去，重重门都开，直到里边，房门也开的，箱子也开的，急忙跑出门来，报知家主公。偶然杜家奶子开出后门，见他慌慌的，问道："琴童！甚么忙？"回道："着了贼！着了贼！”一径走到酒席上，对冯外郎道：“爷！家下着贼了！着贼了！”冯外郎道：“不没甚么？”琴童道：“箱子都开了！”冯外郎丢了酒盅便走，两个内眷随即回来。外面铜杓、火锨都不失，走到房中，只见打开两只箱子，里边衣服都翻乱到底，不见了金冠、钗花、酒杯、银两。这两个内眷又将衣服逐件提出来查，却见这布条儿圆圆筒着。上边有些血痕。两个道：“衣裳查得不缺，这物是那里来的？”冯外郎道：“这一定是贼手上的，且留着！”随即去叫应捕来看。应捕道：“扭锁进去，不消得说，像不似个透手儿。只青天白日，府里失盗，外贼从何得来？这还在左右前后踹。”冯外郎就在本府经历司递了张失单。杜外郎也来探望，亦劝慰他。但是“失物怨来人”，冯家没了物事，自然要胡猜乱猜，又是应捕说了句府中人，因此只在邻近疑猜。晚间三个儿吃酒，忽然冯外郎妻江氏道：“这事我有些疑心，对门杜家与我们紧对门，莫不是他奶子平日在我家穿进穿出，路径都熟，昨日又来这边撺掇我们穿戴，晓得我们没人，做这手脚？路近搬去，所以无一人看见。”琴童立在那边筛酒，听得这话，便道：“正是！我昨日出门来说的时节，那奶子还站在后门边看。说道箱子里寻出甚缚手布条儿，我记得前日他在井上破鱼，伤了指头，也包着手，想真是他！”邵氏道：“这些奶子，乡下才来的还好，若是走过几家的过圈猪，哪里肯靠这三四两身钱？或是勾搭男人，偷寒送暖；或是奉承主母，搬是挑非，还又贼手贼脚，偷东摸西；十个中间，没一两个好。故此我说这些人不要把他穿房入户。那小厮阿财鹰头鹘脑，一发是个贼相。一个偷，一个递，神出鬼没，自然不知不觉。”冯外郎道：“这事不是作耍的，说不着，冤屈平人，反输一帖。况且老杜做人极忠厚，不料做这事。”邵氏道：“老杜忠厚，奶子及阿财不忠厚，应捕也说是脚跟头人！”冯外郎道：“且慢慢着应捕踹他。”又道琴童不早回看家，要打他。

次早，琴童带了气，认了真，即便对着杜家后门骂道：“没廉耻的，银子这等好用？带累我要打！若要银子，怎不养些汉？你平日看熟路正好掏，掏去的只怕不得受享！”走出走进，只在那厢骂。后门正是杜家厨房，这奶子平日手脚绝好，只是好是与人对嘴儿，听了道：“这小厮一发无礼！怎对着我家骂？”王氏道：“他家里不见物事，家主要打他，也要骂，不要睬他！”捱到晚，奶子开门出去泼水，恰好迎着这小厮在那里神跳鬼跳，越发骂得凶，道：“没廉耻养汉精！你只偷汉罢了，怎又来偷我家物事，金冠儿好戴，怕没福！银子好用，怕用不消！”奶子不好应。他不合骂了，来把奶子手一扯，道：“奶阿姆！我记得你前日手上破鱼伤了，缚条白布条，我家箱里也有这样一条白布条。”奶子听他骂了半日，声声都拦绊着他，心中正恼，听了这一句，不觉脸儿通红，一掌打去，道：“你这小贼种！在此骂来骂去，与我无干，我并不理你，怎说到我身上来！终不然我走熟路径掏你家的？”琴童捏住手道：“真赃实物现在！难道我家里做个箍儿冤你？”奶子动气，两个打做一团。两家主人与邻舍都出来看。一个道：“你冤人做贼！”一个道：“你手上现现是个证见！”再折不开。杜外郎道：“我这阿姆他手脚极好，在我家一年，并不曾有一毫脚塌手歪，莫错冤了人。”冯外郎道：“事值凑巧，怪不得我小厮疑心。”两下各自扯开自己的人，只是两边内里都破了脸。杜家道：“他自在衙门，不晓法度，贼怎好冤人？这官司怕吃不起！”冯家道：“没廉耻！纵人做贼，还要假强！”两边骂个不歇。杜家阿财也恼了，就赶出来相骂，渐渐成场，众人都暗道冯家有理。连这两个男人，一个要捉贼，一个要洗清，起初还好，夜来被这些妇人一说，都翻转面来。冯外郎告诉两廊，却道再没这凑巧的。张三也每日进衙门看些动静，看着卷箱，夹在人伙里，道：“这指头便是‘此处无银’！”两个外郎一齐拥到经历司，经历出来，两个各执一说，你又“老公祖”，我又“老公祖”，这经历官小，压不伏，对了冯外郎道：“这原有些形迹。”对杜外郎道：“贼原是冤不得的。”分理不开，道：“这事大，我只呈堂罢了！”不敢伤及那边，只将冯外郎原递失单，并两家口词录呈。

早间知府升堂时，两边具状来告，一个告是“窝盗”，一个告是“诬陷”。知府先问冯外郎。道：“小的本府吏，前日举家去拜寿，有贼抉入公廨，盗去金冠、银两等物，箱内遗有带血布一条。小厮琴童见杜外郎家奶子常在小的家出入，他指上带有伤痕，去问他，两边争闹，激恼老爷。”又问杜外郎道：“小的也是本府吏，家里有奶子金氏，平日极守份，前日实在家中，并不曾到冯外郎家，遭他诬陷，不甘具告。”知府道：“我这府里告失盗，我想门上把守甚严，内外一清如水，谁敢进来作贼？一定是我衙门人役！”叫拿那布条来看，原是裹在指上筒得圆圆的。知府看了，叫皂隶：“看奶子指上果有伤么？”皂隶看了，道：“有伤，似划开的，将好了。”叫拿这布条与他套，皂隶走去，扯过指头只一揿，果然揿上，道：“套得上的。”知府笑了一笑道：“这明是平日往来，轻车熟路，前日乘他无人，盗他财物，慌忙把这物落在箱中，再不消讲得，不然天下有这等凑巧的事？拶起来！”一拶拶得杀猪般叫，道：“实是不曾！”知府道；“他一个女人也没胆，他家还有人么？”冯外郎道：“他家还有个阿财。”叫:“拿来!”捉到，要他招同盗。阿财道:“前日金氏在家，并不曾出门，说他偷，真是冤枉，怎干连得小人?”知府道:“你说得他干净，说你也干净，正是同谋!”一夹棍不招，再一夹棍，夹得阿财晕去，脚都夹折。那边奶子夹棍，当不得，早已招成盗了，问:“是与阿财同盗?”他又招了。只有赃，指东话西，推阿财，阿财推奶娘，招得糊涂。知府问:“他两人家住那里?”一个是龙泉，一个是宣平，都是外县。知府道:“这不消说，赃还在杜外郎家，要夹起来!”杜外郎道:“他两个胡打乱招，赃实是没有。”知府道:“他两个没你做窝主，怎敢在我府中为盗?决要在你身上追赃!”给王(?)搁上夹棍，一个杜外郎叹口气道:“这真是冤屈无伸，枉受刑罚!”只得认个“赔赃”。知府已将来打了二十，拟做窝盗，免刺发徒，前程不消说了。阿财窝盗刺徒，金氏赎徒。把阿财监了，杜外郎、金氏召保。一府书吏都道这事是真，杜外郎不该来争，惹火烧身。有怪他的，道:“府里常常着贼，杜外郎坐地分赃，应该吐些出来!”又有怜他的，道:“人是老实人，或者是这两个做贼，赃必是他两个人寄回家去，没奈何只得认赔。”那刻毒的又道:“有在一家不知的?拿赃出来实搭搭是贼，‘赔赃’还好解说，这是后来辨复前程巧法!”可怜一个杜外郎本是清白的人，遭这冤枉，在府中出入，皂甲们都指搠道:“是个贼头!”候缺典吏道他缘事，要夺他缺;各公廨道他窝家，要他移出府去。气不愤，写一张投词，开出金氏生年月日，在本府土谷并青面使者祠前表白心事。又有那恶薄的，在投词后标一笔道:“窝贼为盗，本府太爷审确，无冤可伸，不必多说!”

事成弓影只生疑，众口寻声真是迷。

独恃寸心原不枉，冥冥好与老天知。

又粘几张招帖，写道:“冯家失物，有人获着，情愿谢银十两!”人都道胡说。还惹得一个奶娘在家枉耽了贼名，只要寻死觅活。方得王氏道:“你看我家无辜担了一个窝家臭名，还在这里要赔赃，你如今死了，有事在官，料诈他不得，人还说你惧罪寻死。这都是天命，莫把性命错断送，天理昭彰，日久事明!”时刻只在家求神拜佛，要辨明冤枉，洗雪他一身行止。审单已出，取供房一面做稿，申解守巡。只便宜了张三，今日这坊里赌，明日那家里阙，每日只进来看一看卷箱，他自心照去了。那里顾杜外郎为他负屈含冤，为他干受罪?只是没本心的银子，偏不够用，随手来，随手去，不多几日，弄得精光。如今要来思量金冠之类，只是几次进来时，或是撞着有人在那里书写，不好去翻动。自己不动笔，痴呆般在那里坐又不像，只得回去。这日等得人散，连忙揭开长卷箱，取出金冠，放在袖中，正要寻纸包，恰值本房一个周一官，失落一把扇子，走来东张西望，扇在桌下，低头拾时，却见张三袖中突然。两个取笑惯的，便道："张三老，你今日得采，要做个东道请我！"伸手去捏他的。张三忙把袖子洒了开去，道："捏不得的！"周一道："甚么，纸糊的？"道："不是，是个亲眷要主银子用，把一顶金冠央我去兑换，若换得有茶钱，我请你。"周一道："我姑娘目下嫁女儿，他说要结金髻，供给费事，不如换了现成的省事。你多少重，要几换？我看一看，若用得着，等我拿去换了！"扯住定要看。张三道："是旧货，恐不中意，不要看他。"周一道："我姑娘原也不接财也，聊且将就赔嫁，你但拿我一看，难道便抢了去？"只得把与周一看了，道："这个倒是土货，不是行货，怎口都撳扁了，梁上捏了两个凹，又破了一眼？"张三道："少不得要结鬏髻的盔洗，不妨得！"周一道："是，是。"又看了看果边，有个花押，是冯外郎的一般。因对张三道："料你不肯相托，我问姑娘拿银子来，只是要让他些！"张三道："自然。"流水里去了。

周一是一个伶俐人，想道："张三这赌贼，抓得上手就要赌，便是老婆的，也不肯把他，怎有这瞎眼亲眷拿与他？左右是送了！"后边又想道："既是央他换，怎的分两晓不得，口都弄扁了？其中必有跷蹊！"正沉吟时，却见冯外郎带了个甲道来，道："早间签下一张拨马的牌，你寻一寻与他。"寻与了甲首，那周一忽然触起，道："冯老官！你前被盗去金冠，是五梁儿、半新、当面又破着一眼的么？"冯外郎道："破一眼我原不知，只是五梁暗云，在家里结的，不上戴得三四年。"问："里边有甚花字么？"冯外郎道："是旧年我因争缺要用，将来当在府前当里，诚恐调换，曾打一花押在圈边，就与平日一样的。"周一道："我只为花押有些疑心，这人要换，不若你有银子拿十两来，我替你押来细看。"冯外郎道："是那个？"周一道："若是说出，这个人不是，道我冤他，那人知道怪我。"冯外郎道："你莫哄我！"周一道："我你一房人，胳膊离不得腿，难道哄你这几两银子？只是寻着自己原物，须大大请我一个东道！"果然冯外郎去拿了一封四锭冲头付与周一。周一便来寻张三，不料张三又等不得，在大街上当铺内已是当了五两银子，赶去一个时辰都送了。周一到张三家，他妻子道："早间府里去未回。"周一只得走转，不上走了十间门面，张三闷闷的恰好撞来。周一道："方才已对姑娘说，拿十两银子押去一看，中意，公估兑换。"张三道："迟了些，他因会钱要紧，当了五两，票子在我身边。"

周一道："既是当了，我替你同到当中抵去兑换，也免得后日出利钱！"张三想道："换得又多两两，可以翻筹。"就同他去。走到当里，道："这冠不止十两！"周一道："你只要估值五两当头。"当中只得注了票子，将金冠付与周一。周一道："这事只在明日定夺，你明日在家。"两个别了。周一竟到府前来寻冯外郎。冯外郎正在家里等回报，见了周一，道："物来了么？"周一道："八分是你的，脚迹像，还是一张写坏的牌花包着。"递与冯外郎。冯外郎看冠儿倒不大的确，见了花字，连声道："是！"周一道："这不可造次，你还拿进里边一看。"进去，只见江氏认得的真，道："正是我家的！面前是小女儿不晓得，把脚簪捌破一眼！"冯外郎见了真赃，便留住周一吃酒，问："是那个？莫不是老杜？"周一道："不是，是本房赌贼张三。"冯外郎道："一定是老杜出不得手，央他兑换的了。"周一道："老杜与张三不熟。"冯外郎道："莫管他！明日捉了张三，便知分晓！"周一自去了。

金归箧底何从识？怨切论肌孰与伸？
谁料傍观饶冷眼，不教抱璞泣荆人！

此时杜外郎招成，只待起解。因要人、赃起解，没有原赃，只得卖田，得银八十两，急于脱手，折了一个加三。在家里叹息道；"有这样命运！人只破财不伤身罢了，如今打了又赔钱，还担了一个贼名，没了一个前程！后日解道，少则十五板，还添班里门上杖钱，要今日设处！"好生怨恨，道："有这样歪官！"只见这厢冯外郎早堂竟禀府尊，道："前日盗赃已蒙老爷判价八十两，批着杜外郎赔偿，见在候解。昨日适有吏员本房书手张三，拿金冠一顶，央同房书手周一兑换，吏员看见，正是吏员的，伏乞老爷并究。"知府道："这就是杜外郎一伙了！"叫张三，房里回覆不在。知府就差人去拿。到他家里时，他正等老周，听得叫一声，便道："周一哥么？"走出来，却是一个皂隶，道："老爷叫你。"张三道："没甚事。"就分付老婆道："周一老来，叫他在这里等我。"皂隶道："他在府前等你哩！"张三便往府前。知府还未退堂，皂隶道："张三带到。"知府道："你是我这边书手么？昨日金冠是那里来的？"张三道："是小的亲眷央小的换的。"知府道："是那一家的？"张三答应不来。知府道："是杜外郎央你换的么？"张三便含糊道："是。"只见杜外郎正在家设处解道班里钱，听得说冯外郎家金冠，是他本房张书手偷，便赶出来看。听得张三含糊应是人央换，便跪下去，道："张三！天理人心！你做贼，害得我奶子被夹，小厮腿都夹折！我坏了前程，吃打赔赃！如今天近做出来，你还要害人？是我那只手，那边与你的？没的有不得！”张三要执，执不住，只是磕头。知府叫：“夹起来！”一上夹棍，张三只得招承：“原在府门首，见他夫妇出外，乘他无人，前往窃取，扭门进去开他箱子，盗有金冠一顶、金钗一双、珠花六支、银杯四只，银十六两，俱自盗，并不与奶娘、阿财相干。”问他赃物，道：“银子已经与周一阙赌花费，金冠抵付周一，银杯、钗花藏在本房卷箱内。”即时起出，冯外郎都认了。知府问那箱中血染布条，道：“因扭锁伤指裹上，随即脱落箱中。”知府点头道：“事有偶然如此！若非今日张三事露，岂不枉了奶子与小厮，杜外郎枉赔了许多钱钞，坏了一个前程！”叫：“着实打！”打了廿五，画招，拟他一个“窃盗”。便叫杜外郎道：“是我一时错认，枉了你了！幸得尚未解道，出缺文书还未到布政司，你依旧着役。”把冯外郎小厮琴童打了十五板，自己给二两银子与阿财，还着冯外郎出银将养，即时释放。又叫六房典吏道：“他两个典吏原无仇隙，只因一边失盗，急于寻赃，却有这凑巧事，便至成讼。中间实是难为了杜典吏，我如今一一为他洗雪，还要另眼看他，冯典吏也须赔他一个礼，这在你们同袍，也该与他处一处！”又对冯外郎道：“我当日原据你告词勘问，若到上司，你该坐诬，你不可不知机！”冯典吏连叩头，道：“只凭老爷分付。”

暂尔浮云蔽太阳，覆盆冤陷痛桁杨。
中天喜见来明鉴，理直须知久自彰！

那周一虽是无心为杜外郎，却像使他洗雪。只是张三恨他，扯做赌友，道他赢去银五两，费了好些唇舌。这番阖衙门方信天下有这样冤枉事，奶子原是个好人，连阿财是个无辜，杜外郎乃老实人，赔赃是冤枉，他家里拜佛求神，果然报应。事一明白，奶子要赶到冯外郎家，与他女人白嘴，道冤他做贼，害他出丑受刑；阿财也瘫去要冯外郎赔这双脚；奶子老公与阿财父母先前怕连累，不敢出头，如今一齐赶来，替老婆、儿子出色，登门嚷骂。骂得一个冯外郎躲了不敢出头，央人求释。那杜外郎量大，道：“论起他这等不认得人，诬人做贼，夹拶坏了我的家人，加我一个贼名，一个前程几乎坏了，还破费我几两银子，该上司去告他，坐他一个诬陷，才雪我的气。但只是怕伤了本府太爷体面。况且是我年命，只要列位晓得我不是个窝盗养贼，前日投词上都是真情罢了！”众人道：“当日我们都说你原是个正直的人，倒是太爷当了真，救解不来。如今日久见人心了，冯老官原是你相好的，便将就些罢！”冯外郎即便自己登门谢罪，安排戏酒，央两廊朋友赔老杜的话。冯外郎道:“小弟一时误听小价、老母与房下,道奶娘频来,事有可疑,得罪了老丈!”杜外郎道:“老丈,小弟如今说过也罢了,只是才方说‘误听阿价与内人’差了!我们全凭着这双眼睛认人,全凭着肚里量人,怎么认不出老杜不是窝盗的,量不出老杜不肯纵人为非的,却凭着妇人女子之见?妇人女子能有几个识事体的?凡人多有做差的事,大丈夫不妨直认,何必推人?”冯外郎连声道是。众人都道:“说得有理!”大家欢饮而散。又将息阿财,求释奶子,结了个局。后来张三解道解院,发配蓬莱驿摆站。杜外郎太尊因他正直受诬,着实看取,诸事都托他,倒起了家。只是这事杜外郎受枉,天终为他表白;奶子惯闯人家,至有取疑之理。但天下事何所不有?冯外郎执定一个偶凑之事,几至破人家,杀人身,若一翻局,自己也不好。做官要明,要恕。一念见得是,便把刑威上前。试问:已死的可以复生、已断的可以复续么?故清吏多不显,明吏子孙不昌,也脱不得一个“严”字。故事虽十分信,还三带分疑;官到十分明,要带一分恕,这便是已事之鉴。

雨侯曰:窃铁一疑,无之而非窃铁,天下受枉宁可胜纪乎?吾愿世之恕存心而虚取衷,无为作聪明令人抱冤也!

小　引

噫!日有此变而世悉变而女,妖淫阴晦之气遍宇内矣。昔人谓三代之上皆魑魅,予则曰今日之朝野多妾妇。倘能清夜自耻乎,又妾妇而须眉,变亦何必待天?

翠娱阁主人识

第三十七回　西安府夫别妻　郃阳县男化女

举世趋柔媚,凭谁问丈夫?
狐颜同妾妇,猥骨似侏儒。
巾帼满缝掖,簪笄盈道涂。
莫嗟人异化,宇内尽模糊!

我尝道："人若能持正性，冠笄中有丈夫；人若还无贞志，衣冠中多女子，故如今世上有一种娈童，修眉曼脸，媚骨柔肠，与女争宠，这便是少年中女子。有一种佞人，和言婉气，顺旨承欢，浑身雌骨，这便是男子中妇人。又有一种蹐躬踽步，趋膻附炎，满腔媚想，这便是衿绅中妾媵。何消得裂去衣冠，换作簪袄；何消得脱却须眉，涂上脂粉。世上半已是阴类！但举世习为妖淫，天必定与他一个端兆。尝记宋时宣和间，奸相蔡京、王黼、童贯、高俅等专权窃势，人争趋承，所以当时上天示象：汴京一个女子，年纪四十多岁，忽然两颐痒，一挠挠出一部须来，数日之间，长有数寸。奏闻，圣旨着为女道士，女质袭着男形的征验。又有一个卖青果男子，忽然肚大似怀娠般，后边就坐蓐，生一小儿，此乃是男人做了女事的先兆。我朝自这干阉奴王振、汪直、刘勤与冯保，不雄不雌的，在那边乱政。因有这小人磕头掇脚，搽脂画粉，去奉承着他。古人道的"举朝皆妾妇也，上天以灾异示人"，此隆庆年间有李良雨一事。

这李良雨是个陕西西安府镇定县乐善村住民，自己二十二岁。有个同胞兄弟李良云，年二十岁。两个早丧了父母。良云生得身材魁伟，志气轩昂；良雨生得媚脸明眸，性格和雅，娶一本村韩威的女儿小大姐为妻。两个夫妇呵：

男子风流女少年，姻缘天付共嫣然。

连枝菡萏双双丽，交颈鸳鸯两两妍。

这小大姐是个风华女子，李良雨也是个俊逸郎君，且是和睦。和亲一年，生下一个女儿，叫名喜姑，才得五个月，出了一身的疹子，没了。他兄弟两个原靠田庄为活，忽一日李良雨对弟道："我想我与你终日弄这些泥块头，纳粮当差，怕水怕旱，也不得财主。我的意思不若你在家中耕种，我向附近做些生意，倘赚得些，可与你完亲。"良云道："哥！你我向来只做田庄，不晓得生意，怕不会做。"李良雨道："本村有个吕达，他年纪只与我相当，倒也是个老江湖，我合着他，与他同去。"李良云道："不是那吕不拣吗？他终年做生意，讨不上一个妻子，那见得会赚钱？况且过活得罢了，怎丢着青年嫂嫂，在外边闯！"韩氏便道："田庄虽没甚大长养，却是忙了三季，也有一季快活，夫妻兄弟聚做一块儿。那做客餐风宿水，孤孤单单，谁来照顾你？还只在家！"那李良雨主意定了，与这吕达合了伙，定要出去，在邻县郃阳县生理，收拾了个把银子本钱。韩氏再三留他不住，临别时再三嘱咐，道自己孤单，叫他早早回家。良雨满口应承，两两分别：

客路暮烟低，香闺春草齐。

从今明日夜，两地共凄凄。

韩氏送出了门，良云恰送了三五里远，自回家与嫂嫂耕种过活。

这边李良雨与吕达两个，一路里带月披星，来至郃阳，寻了一个主人闵子捷店中安下。这李良雨虽是一个农家出身，人儿生得标致，又好假风月。这吕达日在道路，常只因好阚花哄，所以不做家。两个落店得一两日，李良雨道："那里有甚好看处？我们同去看一看。"此时吕达在郃阳原有一个旧相与妓者栾宝儿，心里正要去望他，道："这厢有几个妓者，我和兄去看一看何如？"李良雨道："我们本钱少，经甚阚？"吕达道："阚不阚由我，我不肯倒身，他仔么要我阚得？"两个笑了，便去闯寡门。一连闯了几家，为因生人，推道有人接在外边的，或是有客的，或是几个"锅边秀"在那厢应名的。落后到栾家，恰值栾宝儿送客，在门首见了吕达，道："我在这里想你，你来了么！"两边坐下，问了李良雨姓，吃了一杯茶。吕达与这栾宝儿两个说说笑笑，打一拳，骂一句，便缠住不就肯走起身，李良雨也插插趣儿。鬼混半晌，吕达怕李良雨说他一到便阚，假起身道："我改日来望罢！"那栾宝儿道："我正待作东与你接风！"吕达道："仔么要姐姐接风？我作东，就请我李朋友！"李良雨叫声："不好叨扰。"要起身，吕达道："李兄，你去便不溜亮了！"栾宝儿一面邀入房里，里面叫道："请心官来！"是他妹子栾心儿，出来相见，人材不下栾宝儿，却又风流活动：

冶态流云舞雪，欲语鹦声鹂舌。

能牵浪子肝肠，惯倒郭家金穴。

便坐在李良雨身边，温温存存，只愿来招惹良雨。半酣，良雨假起身，吕达道："宝哥特寻心哥来陪你，怎舍得去？"良雨道："下处无人。"吕达道："这是主人干系，何妨？"两个都歇在栾家。次日就是李良雨回作东，一缠便也缠上两三日。不期李良雨周身发起寒热来，小肚下连着腿，起上似馒头两个大毒。吕达知是便毒了，道："这两个一齐生，出脓出血怎好？"连吃上些清凉败毒的药，遏得住。不上半月，只见遍身发瘰，起上一身广疮。客店众人知觉，也就安不得身，租房在别处居住。只有吕达道："我是生过的，不妨！"日逐服事他。李良雨急于要好，听了一个郎中，用了些轻粉等药，可也得一时光鲜。谁得他遏得早，毒毕竟要攻出来，作了蛀梗，一节节见烂将下去，好不奇疼。吕达道："这是我不该留兄在娼家，致有此祸。"李良雨道："我原自要去，与兄何干！"并没个怨他的意思。那吕达尽心看他，将及月余。李良雨的本钱用去好些，吕达为他不去生意，赔吃赔用，见他直烂到根边，吕达道："李大哥，如今我与你在这边，本钱都弄没快了，这也不打紧，还可再挣；只是这本钱没了，将甚么赔令正？况且把你一个风月人干鳖杀了！"李良雨在病中，竟发一笑。不上几日，不惟蛀梗，连阴囊都蛀下。先时李良雨嘴边髭须虽不多，也有半寸多长，如今一齐都落下了。吕达道："李大哥，如今好了，绝标致一个好内官了！"那根头还烂不住，直烂下去。这日一疼疼了个小死，竟昏晕了去。只见恍惚之中，见两个青衣人，一把扯了就走。一路来，惟有愁云黯黯，冷雾凄凄，行了好些路，到一所宫殿。一个吏员打扮的走过来见了，道："这是李氏么？这也是无钱当枉法，错了这宗公案！"须臾殿门大开：

当殿珠帘隐隐，四边银烛煌煌。香烟缭绕锦衣旁，珮玉声传清响。
武士光生金甲，仙官风曳朱裳。巍巍官殿接穹苍，尊与帝王相抗。

良雨偷眼一看，阶上立的都是马面、牛头，下边缚着许多官民士女，逐个个都唱名过去。到他，先是两个青衣人过去，道："李良雨追到！"殿上道："李良雨，查你前生合在镇安县李家为女，怎敢贿嘱我吏书，将女将男？"李良雨知是阴司，便回道："爷爷，这地方是一个钱带不来的所在，吏书没人敢收，小人并没得与。"一个殿令传旨："李良雨仍为女身，与吕达为妻。承行书吏免其追赃，准以'错误公事'拟罪。李氏发回。"

廿载奇男子，俄惊作女流。
客窗闲自省，两颊满娇羞。

就是两个人将他领了，走有几里，见一大池，将他一推，霍然惊觉。开眼，吕达立在他身边，见了道："李大哥，怎一疼竟晕了去，叫我耽了一把干系，同你出来，好同你回去才是。"忙把汤水与他。那李良雨暗自去摸自己的，宛然已是一个女身，倒自觉得满面羞惭，喜得人已成女，这些病痛都没了。当时吕达常来替他敷药，这时他道好了，再不与他看。将息半月，脸上黄气都去，髭须都没，唇红齿白，竟是个好女子一般。那吕达来看，道："如今下面仔么了？"李良雨道："平的。"吕达道："这等是个太监模样么？出他不意，伸手一摸，那里得平？却有一线，似女人相似。李良雨忙把手上去掩了。吕达想道："终不然一烂，仔么烂做个女人不成？果有此事，倒是天付姻缘，只恐断没这理。"这夜道天色冷，竟钻入被中。那李良雨死命不肯，紧紧抱住了被。吕达道："李大哥！你一个病，我也尽心伏侍，怎这等天冷，共一共被儿都不肯？"定要钻来。那李良雨也不知仔么，人是女人，气力也是女人，竟没了，被他捱在身边。李良雨只得背着他睡。他又摸手摸脚去撩他，撩得李良雨紧紧把手掩住胯下，直睡到贴床去。吕达笑了道："李大哥，你便是十四五岁小官，也不消做这腔！"偏把身子逼去，逼得一夜不敢睡。吕达自鼾鼾的睡他的觉。心里想："是了！若不变做女人，怎怕我得紧？我只'出其不意，攻其无备'。"倒停了两日，不去扰他。这日打了些酒，买了两样菜，为他起病。两个对吃了几盅酒，那李良雨酒力不胜，早已：

新红两颊起朝霞，艳杀盈盈露里花。

一点残灯相照处，分明美玉倚蒹葭。

正是酒儿后灯儿下，越看越俊俏。吕达想道："我闻得南边人作大嫩，似此这样一个男人也饶他不过，我今日不管他是男是女，捉一个醉鱼罢！"苦苦里掗他酒，那李良雨早已沉醉要睡。吕达等他先睡了，竟捱进被里，此时李良雨在醉中不觉，那吕达轻轻将手去摸，果是一个女人。吕达满心欢喜，一个翻身,竟跳上去。这一惊,李良雨早已惊醒,道："吕兄不要罗唣！"吕达道："李大哥，你的光景我已知道。到后就是你做了妇人，与我相处了三四个月，也写不清。况我正无妻，竟可与我结成夫妇，你也不要推辞！"李良雨两手恨命推住，要掀他下来时，原少气力，又加酒后，他身子是泰山般压下来，如何掀得？急了，只把手掩。那吕达紧紧压住，乘了酒力，把玉茎乱攻。李良雨急了，道："吕大哥，我与你都是一个顶天立地的男子，今日虽然转了女身，怎教我羞搭搭做这样！"吕达道："你十五六岁时不曾与人做事来？左右一般。如今我兴已动了，料歇不得手。"李良雨道："就是你要与我做夫妻，须要拜了花烛，怎这造次！"吕达道："先后总是一般！"猛力把他手扯开了，只一挺。李良雨把身子一缩，叫一声："罢了！"那吕达已喜孜孜，道："果然就是一个黄花闺女！事已到手了，我也不要轻狂，替你温存做。"浑了一会，那李良雨酒都做了满身汗醒了。道："吕大哥，这事实非偶然，我在那日晕去时，到阴司里被阎王改作女身，也曾道该与你为夫妇。只嫌你太急率些！"吕达道："奶奶！见佛不拜，你不笑我是个呆人么？我今日且与嫂嫂报仇！"自此之后，两个便做了人前的伙计，暗里夫妻。吕达是久不见女人的男子，良雨是做过男子的妇人，两下你贪我爱，灯前对酌，被底相勾，银烛笑吹，罗衣偷解，好不快乐：

杯传合卺灯初上，被拥连枝酒半酣。

喜是相逢正相好，猛将风月担儿担。

吕达道："李大哥，我与你既成夫妇，带来本钱用去大半，不曾做得生意，不如且回，待我设处些银两再来经营。"李良雨道："我也思量回家，只得我当初出来思量个发迹，谁知一病，本钱都弄没了，连累你不曾做得生意。况且青头白脸一个后生走出来，如今做了个女人，把甚嘴脸去见人？况且你我身边还剩有几两银子，不若还在外生理。"吕达道："我看如今老龙阳剃眉绞脸，要做个女人也不能够。再看如今呵卵泡、捧粗腿的，哪一个不是妇人，笑得你？只是你做了个女人，路上经商须不便走，你不肯回去，可就在这边开一个酒店儿罢！"李良雨道："便是这地方，也知我是个男人，倏然女扮，岂不可笑？还再到别县去。"两个就离了郃阳，又到鄠县。路上李良雨就不带了网子，梳了一个直把头，脚下换了蒲鞋，不穿道袍，布裙短衫，不男不女打扮。一到县南，便租了一间房子，开了一爿酒饭店。吕达将出银子来做件女衫，买个包头与些脂粉。吕达道："男是男扮，女是女扮。"相帮他梳个三柳头，掠鬓，戴包头，替他搽粉涂脂，又买了裹脚布，要他缠脚：

绾发成高髻，挥毫写远山。

永辞巾帻面，长理佩和环。

自此，在店里包了个头，也搽些脂粉，狠命将脚来收，个把月里收做半拦脚，坐在柜身里，倒是一个有八九分颜色的妇人。两个都做经纪过的，都老到。一日正在店里做生意，见一个医生，背了一个草药箱，手内拿着铁圈，一路摇到他店里买饭，把李良雨不转睛的看。良雨倒认得他，是曾医便毒过的刁太医，把头低了。不期吕达在外边走来，两个竟认得。这郎中回到郃阳去，把这件事做个奇闻，道："前日在这里叫我医便毒的吕客人，在县开了酒饭店，那店里立一个妇人，却是这个生便毒的男人，这也可怪！"三三两两播扬开去，道吕达与李良雨都在鄠县。

只见李良云与嫂嫂在家，初时接一封书，道生毒抱病，后来竟没封书信。要到吕达家问信，他是个无妻子光棍，又是没家的。常常在家心焦，求签问卜，已将半年。捱到秋收时候，此时收割已完，李良云只得与嫂嫂计议，到郃阳来寻哥哥。一路行来，已到郃阳，向店家寻问，道："有个李良雨，在这里因阙生了便毒广疮，病了几个月，后来与这姓吕的同去，近有一个郎中曾在鄠县见他。"李良云只得又收拾行李，往鄠县进发，问到县南饭店，里边坐着一个妇人：

头裹皂包头，霏霏墨雾；面搽瓜儿粉，点点新霜。脂添唇艳，较多论少。

启口处香满人前；黛染眉修，锁恨含愁，双蹙处翠迎人面。正是：丽色未云倾国，妖姿雅称当垆。

李良云定睛一看："这好似我哥哥，却嘴上少了髭须。"再复一眼，那良雨便低了头。李良云假做买饭，坐在店中，只顾把良雨相上相下看，正相时，吕达恰在里面走将出来。李良云道："吕兄！一向……"吕达便道："久违！"李良雨倒一缩，竟往里边走。李良云道："吕兄，前与家兄同来，家兄在那厢？"吕达道："适才妇人不是？他前因病蛀梗，已变作一个女身，与我结成夫妇。他因羞回故里，只得又在此开个店面。"良云道："男自男，女自女，阉割了也只做得太监，并不曾有了做女人的事。这话恐难听！"正说时，只见那妇人出来，道："兄弟！我正是李良雨，别来将近一年，不知嫂嫂好么？西安府都有收成，想今年收成尽好。我只因来到郃阳时，偶然去阙，生了杨梅疮。后因烂去阳物，又梦到阴司，道我应为女，该与吕达为夫妇。醒时果然是个女身，因与他成了夫妇。如今我那有嘴脸回得？家里遗下田亩，竟归你用度，嫂嫂听他改嫁。"良云道："才方道因蛀梗做了个女人，真是没把柄子的说话！又说阴司判你该与吕兄作妻，只系捣鬼！身子变女子，怎前日出门时有两根须，声音亮亮的，今髭须都没，声音小了？"吕达道："他如今是个女人，没了阳气，自然无须、声小，何消说得？"良云道："这事连我对面见的尚且难信，怎教嫂嫂信得？你须回去说个明白！"良雨道："我折了本，第一件回不得；变了女人，没个嘴脸，第二件回不得；又与吕达成亲，家里不知是个苟合，第三件回不得。你只回去，依着我说，教嫂子嫁人，不要耽误他。兄弟，你疑心我是假的；我十四岁没娘，十八岁死爹，二十岁娶你嫂嫂韩氏，那一件是假的？"良云只是摇头。次日起身，良雨留他不住。吕达叫他做"舅舅"，赠他盘缠银两，又写一纸婚书，叫韩氏另嫁。良云别了，竟到家中。一到，韩氏道："叔叔，曾见哥哥来么？"良云道："哥哥不见，见个姐姐！"韩氏道："寻不着么？"良云道："见来，认不的！"韩氏道："你自小兄弟，有个不认得的？"良云道："如今怕嫂嫂也不肯认，也不肯信。嫂嫂，我哥说是个女人！"韩氏道："这叔叔又来胡说！哥是女人，讨我则甚？前日女儿是谁养的？"良云道："正是奇怪！我在郃阳寻不着，直到鄠县，寻着他；吕达和着一个妇人，在那厢开酒饭店。问他哥哥，他道这妇人便是。"韩氏道："男是男，女是女，岂有个妇人是你哥哥的！"良云道："我也是这般说，那妇人死口认是我哥哥，教我认。我细认，只差得眉毛如今绞细了，髭须落下，声小了，脚也小了，模样只差男女，与哥不远。道是因生杨梅疮烂成了个女人，就与吕达做了夫妇，没脸嘴回家；叫田产归我用度，嫂嫂另嫁别人。”韩氏道：“叔叔，我知道了，前次书来说他病，如今一定病没了，故此叔叔起这议论；不然，是那薄情的另娶了一房妻小，意思待丢我，设这一个局！”良云道：“并没这事！”韩氏道：“叔叔你不知道，女人自有一个穴道，天生成的，怎烂烂得凑巧的？这其间必有缘故。还是吕达谋财害命是实，杀了你哥哥，躲在鄂县，一时被你寻着，没得解说造这谎。若道是女人，莫说我当时与他做的勾当，一一都想得起，就是你从小儿同大，怎不见来？变的这说，一发荒唐！”李良云听了，果然可疑，便请韩氏父亲韩威，又是两个邻舍，一个高陵，一个童官，把这事来说起。一齐摇头说：“从古已来，并不曾有个雄鸡变作雌的，那里有个男人变作女的？这大嫂讲得有理，怕是个谋了财，害了命，讨得一个老婆，见他容貌儿有些相像，造这一篇谎。既真是李良雨，何妨回来？却又移窠到别县？李老二，你去他把带去本钱与你么？”李良云道：“没有，因将息病用去了。只叫这厢田产归我，嫂子嫁人。”高陵道：“没银子与你，便是谋了财了！哥不来，这田产怕不是你的？嫂子要嫁，也凭他这张纸何用？老二便告，竟告他谋财杀命，同府的，怕提不来？”果然把一个“谋财杀命事”告在县里。县里竟出了一张关，差了两个人，来到鄂县关提。那吕达不知道，不提防被这两个差人下了关。

鄂县知县见是人命重情，又添两个差人，将吕达拿了。吕达对良雨道：“这事你不去，说不清。”就将店顶与人，收拾了些盘缠，就起身到镇安县来。这番李良雨也不脂粉，也不三柳梳头，仍旧男人打扮，却与那时差不远了。一到，吕达随即诉状道：“李良雨现在，并无谋死等情。”知县叫讨保候审。审时，李良云道：“小的哥子李良雨，隆庆元年四月间，与吕达同往郃县生理，去久音信全无。小人去寻时，闻他在鄂县。小人到鄂县，止见吕达，问他要哥子，却把一个妇人指说是小的哥子。老爷！小的哥子良雨上册是个壮丁，去时邻里都见是个男子，怎把个妇人抵塞？明系谋财害命，却把一个来历不明妇人遮饰！”知县叫：“吕达，你仔么说？”吕达道：“小人上年原与李良云兄李良雨，同往郃阳生理，到不上两月，李良雨因阙得患蛀梗，不期竟成了个妇人。他含羞不肯回家，因与小人做为夫妇，在鄂县开店。原带去银两，李良雨因病自行费用，与小人无干。告小人谋命，李良雨现在。”知县道：“岂有一个患蛀梗，就至为女人的理？”叫李良雨：“你是假李良雨么？”李良雨道：“人怎么有假的？这是小的兄弟李良云，小的原与吕达同往郃阳，因病蛀梗晕去，梦至阴司，道小人原该女身，该配吕达，醒来成了个女人，实是真正李良雨，并没有个‘吕达谋财杀命事’。”知县道:“阴司一说，在我跟前还讲这等鬼话，这谋李良雨事，连你也是知情的了！”李良雨急了，道:“李良云！我与你同胞兄弟，怎不认我？老爷再拘小的妻子韩氏，与小的去时左邻高陵、右邻童官，辨认就是；在郃阳有医便毒的葛郎中，医蛀梗的温郎中；老爷跟前怎敢说谎！”知县便叫拘他妻韩氏与邻佐，此时都在外边看审事，一齐进来。知县叫:“韩氏，这是你丈夫么？”韩氏道:“是得紧，只少几根须。”李良雨便道:“韩氏，我是嘉靖四十五年正月二十讨你，十二月十一日生了女儿，我原是你亲夫，你因生女儿，生了个乳痈，右乳上有个疤，我怎不是李良雨？”叫两邻，李良雨道:“老爷，这瘦长没须的是高陵，矮老子童官，是小人老邻舍！”两个邻舍叩头道:“容貌说话果是李良雨。”知县又叫:“韩氏，你去看他是男是女？”韩氏去摸一摸，回复道:“老爷！真是丈夫，只摸去竟是一个女人！”知县道:“既容貌辨验得似，他又说来言语相对，李良雨是真，化女的事也真了。良雨既在，吕达固非杀命；良雨男而为女，良云之告，似不为无因。他既与吕达成亲已久，仍令完聚；韩氏既已无夫，听凭改嫁。男变为女，这是非常灾异，我还要通申两院具题。”因是事关题请，行文到郃阳县，取他当日医病医生结状，并查郃阳起身往鄠县日期，经过宿店，及鄠县开店两邻结状回来；果患蛀梗等病，在郃阳是两个男人，离郃阳是一男一女，中间无谋杀等事。这番方具文通申府道两院：

> 镇安县为灾变异常事：本月准本县民李良云告词，拘审间，伊兄李良雨于上年六月中，因患杨梅疮病溃烂成女，与同贾吕达为妻，已经审断讫。窃照三德有刚柔，权宜互用；两仪曰阴阳，理无互行。故牝鸣而唐亡，男子产而宋覆。妖由人兴，灾云天运。意者阴侵阳德，柔掩刚明；妇寺乘权，奸邪骫政。牝牡淆于贤路，晦昧中于士心。边庭有畔华即夷之人，朝野有背公死党之行。遂成千古之奇闻，宜备九重之惊省。事干题请，伏乞照详施行。

申去，两院道果是奇变。即行具题，圣旨修省：

> 挥戈回日驭，修德灭妖桑。
> 君德咸无玷，逢灾正兆祥。

这边县官将来发放宁家，良雨仍与吕达作为夫妇，后生一子。李良云先为兄弟，如今做了姊弟，亲眷往来。就是韩氏，没守他的理，也嫁了一个人，与良雨作姊妹相与。两个尝想起当日云情雨意，竟如一梦，可发一笑。在陕西竟作了一个奇闻，甚至纪入《皇明从信录》中，却亦是从来所无之事。

雨侯曰：妖不遽兴，必有其征。今红紫载道，丈夫而女子其饰；妖冶自好，丈夫而女子共容。至谐媚承顺，则丈夫而女子其心。浸而士林，漫而仕路，浸而一雌奸乘政，群雌伏附之，阴妖遍天下矣，直一李良雨哉！奈良雨知羞而朝野不知羞，反又良雨不若。使非圣明应河清凤见麟游之期，一新朝宇，妖不胜书也！

题　词

世有男狐，又有女狐，有真狐，亦有伪狐。总之一有狐气，便能以媚为魅，昂昂六尺躯多半死狐穴中，蒋郎其最幸者矣。然识者终曰："幸不可邀。"

翠娱阁主人撰

第三十八回　妖狐巧合良缘　蒋郎终偕伉俪

破壁摇孤影，残灯落红烬。旅邸萧条谁与伴？衾儿冷，更那堪风送几阵砧声紧。　打门剥啄，隐隐惊人听。猛然相接也，多娇靓。喜萧斋里，应不恨更儿永。又谁知错认，险落妖狐阱。为殷勤寄语少年，须自省！

右调《阳关引》

刘晨、阮肇天台得遇仙女，向来传做美谭。独有我朝程墩篁学士道妖狐拜斗成美女，当日奇逢得无是？他道深山旷野之中多有妖物，或者妖物幻化有之，正如海中蜃嘘气化作楼阁，飞鸟飞去歇宿，便为吸去。人亦有迷而不悟，反为物害者。如古来所载，孙恪秀才遇袁氏，与生二子。后游山寺，见数弥猴，吟诗道："不如逐伴归山去。"因化猿去，是兽妖。王榭入乌衣国，是禽妖。一士人为长须国婿，谢康乐遇双女，曰："我是潭中鲫。"是水族之妖。武三思路得美人，后令见狄梁公，不从，迫之，入壁中，自云花月之妖。槜李僧湛如遇一女子，每日晚至晓去，此僧日病。众究问其故，令簪花在他头上，去时击门为号，众僧宣咒随逐之，乃是一柄敝帚，是器用之妖。物久为酉，即能作怪，无论有情无情，或有遇之而死，或有遇之而生，或有垂死悟而得生，其事不一也，也都可做个客坐新谭，动世人三省。

话说湖广有个人，姓蒋名德林，字日休，家住武昌。父亲蒋誉，号龙泉，母亲柳氏，止生他一人，向来随父亲做些粜粜生理，后来父亲年老，他已将近二十岁。蒋誉见他已历练老成，要叫他出去到汉阳贩米。柳氏道："他年纪小小儿的，没个管束，他怕或者被人哄诱去花酒，不惟折了本钱，还恐坏了他身子。不若且为他寻亲事，等他有个羁绊。"蒋誉道："你不得知，小官家一做亲，便做准恋住，那时若叫他出去，毕竟想家，没心想在生意上，还只叫他做两年生意做亲。"柳氏道："这等二三百两银子，也是干系。我兄弟柳长茂向来也做籴粜，不若与他合了伙计同做，也有个人钳束他。"蒋誉连声道："有理！"便请柳长茂过来，两边计议，写了合同，叫蒋日休随柳长茂往汉阳籴米。只看行情，或是团风镇，或是南京撺粜。汉阳原有蒋誉旧相与主人熊汉江，写书一封，叫他清目。甥舅两个便渡江来到汉阳，寻着熊汉江寓下。这熊汉江住在大别山前，专与客人收米，与蒋誉极其相好，便是蒋日休也自小儿在他家里歇落，里面都走惯的。他无子，止有一个女儿，叫做文姬，年纪已十七岁，且是生得标致：

一段盈盈，妖红腻白多妖丽。晚山烟起，两点眉痕细。　斜亸乌云，映得庞儿媚。声儿美，低低悄悄，莺啭花阴里。

右调《秋波媚》

生得工容双绝，客店人家，少不得要帮母亲做用，蒋日休也是见的。只是隔了两年，两下都已长成，岂得容貌觉异，抑且知识渐开。蒋日休见了，有心于他，赶上前一个肥喏，文姬也回个万福，四目交盼，觉都有情。只是文姬虽是客店人家，却甚端重。蒋日休尝是借些事儿，要钻进去，他是不解一般，每见蒋日休辞色有些近狎，便走了开去。蒋日休虽然讶他相待冷落，却也重他端庄。一日乘着两杯酒照了脸，道："娘舅，我有一事求着你，不知你肯为我张主么？"柳长茂道："甥舅之间，有甚事不为你张主？"蒋日休趑趄了半日，说一句出来，道："娘舅，我如今二十岁了，还未有亲。我想亲事拣得人家好，未必有好；若是人好，未必家事好。我看熊汉江这个女儿标致稳重，我要娘舅做主，在这里替我向熊汉江做媒，家中还要你一力撺掇，我日后孝顺娘舅！"只见这柳长茂想了一想，道："外甥，这事做不来。你是独养儿子，他是独养女儿，你爹要靠你，决不肯放你入赘，他要靠他，如何肯远嫁？贤甥，这事且丢下罢！”蒋日休听了，也只唯唯，甚是有些不快活。在汉阳不上半个月，柳长茂道：“外甥，目下米已收完一半，若要等齐，须误了生意，不若我先去，你催完家来。只你客边，放正经些，主人家女儿，切不可去打牙撩嘴，惹出口面，须不像样。我回家中，叫你爹娘寻一头绝好亲事与你罢！”蒋日休相帮娘舅发货上船，自家回在店中。“情人眼里出西施”，他自暗暗里想：像这文姬，生相仔么好，身材仔么好，性格仔么好。又模拟道：“我前遇着他，这眼睛一睃，也是眼角留情，昨日讨茶，与我一种喷香的茶，也是暗中留意。”行里的沉吟，坐着的想像，睡时的揣摸，也没一刻不在文姬身上。欲待瞒着娘舅，央邻房相好客人季东池、韦梅轩去说亲，又怕不肯成，他父母反防闲他，也不敢说。几遭要老脸替文姬缠一番，终久脸嫩胆小，只是这等镇日呆想不了。

自古人心一邪，邪物乘机而入，不期来了一个妖物。这妖是大别山中紫霞洞里一个老狸。天下兽中，猩猩猿猴之外，狐狸在走兽中能学人行，其灵性与人近，内中有通天狐，能识天文地理，其余狐狸，年久俱能变化。他每夜走入人家，只见蒋日休痴想文姬，他就在中山拾了一个骷髅顶在头上，向北斗拜了几拜，宛然成一个女子，生得大有颜色：

朱颜绿鬓色偏娇，就里能令骨髓消。
莫笑狐妖有媚态，须知人类更多妖！

明眸皓齿，莲脸柳腰，与文姬无二。又聚了些木叶在地，他在上面一个斛斗，早已翠襦红裙，穿上一身衣服，俨似文姬平日穿的，准拟来媚蒋日休，只见日休这日坐在房中，寂寞得紧，拿了一本吴歌儿，在那边轻轻的嘲道：

风冷飕飕十月天，被儿里冰出那介眠？姐呀，你也狐单我也独，不如滚个一团团。

想思两好介便容易成，那介郎有心来姐没心？姐呀，猫儿狗儿也有个思春意，那为铁打心肠独拄门！

正在那厢把头颠，手敲着桌，谩谩的讴。只听得房门上有人弹上几弹：

月弄一窗虚白，灯摇四壁孤青，
何处数声剥啄？惊人残醉初醒！

侧耳听时，又似弹的声，他把门轻轻拨开，只见外面立着一个女子：

轻风拂拂罗衫动，发松斜溜金钗凤。
娇姿神女不争多，恍疑身作襄王梦。

把一个蒋日休惊得神魂都失，喜得心花都开，悄语低声道："请里面坐！"那女子便轻移莲步，走进房来。蒋日休便把门系上，女子摇手道："且慢！妾就要去。"两个立向灯前，日休仔细一看，却是文姬。日休见了，便一把抱住，放在膝上，道："姐姐！甚风吹得你来？我这几日为你饮食无心，睡卧不宁；几次要与你说几句知心话，怕触你恼，要进你房里来，又怕人知觉；不料今日姐姐怜念，这恩没世不忘！"便要替他解衣同睡。文姬道："郎君且莫造次，我只为数年前相见，便已留心。如今相逢，越发留念，意思要与你成其夫妇，又不好对父母说，恐怕不从，你怎生计议，我与你得偕伉俪？"日休道："天日在上，我也原要娶姐姐，与我母舅计议，他道你爹娘断断不肯；后来欲央他人，又恐事不成，反多一番不快，添你爹娘一番疑忌，故此迟疑。喜得今日姐姐光降，一诉心事。"文姬道："这等我且回。"日休道："今日奇遇，怎可空回？"定要留住合欢。那文姬叹息道："我今日之来，原非私奔，要与你议终身之计。今事尚未定，岂可失身，使他人笑我是不廉之妇？且俟六礼行后，与君合卺。"蒋日休急忙跪下，发誓道："我若负姐姐，身死盗手，尸骨不得还乡！"文姬道："我也度量你不是薄幸的，只恐你我都有父母，若一边不从，这事就不谐，那时欲从君不能，欲嫁人其身已失，如何是好？"日休道："我有誓在先，毕竟要与姐姐成其夫妇，姐姐莫要揹我！"文姬道："还怕后日说我就你。"日休千说誓，万罚咒，文姬就假脱手，侧了脸，任他解衣，将到里衣，他挥手相拒，蒋日休晓得灯前怕露身体，忙把灯吹了。竟抱他上床，自己也脱衣就寝。一双手把文姬搂了，又为他解里衣。文姬道："我一念不坚，此身失于郎手了！只是念我是个处子，莫要轻狂。"日休道："我自深加爱惜，姐姐不要惊怕！"此时淡月入帏，微茫可辨，只见他两个呵：

> 粉脸相偎，香肌相压。交搂玉臂，联璧争辉。缓接朱唇，清香暗度。喜孜孜轻投玉杵，羞答答半蹙翠眉。羞的侧着脸儿承，风紧柳枝不胜摆；喜得曲着身而进，春深锦箨不停抽。低低微笑，新红片片已掉渔舟；宛宛娇啼，柔绿阴阴未经急雨。偎避处金钗斜溜，仓卒处香汗频流。正是：乍入巫山梦，云情正自稠。直教飞峡雨，意兴始方休。

两个顽勾多时，一个用尽款款轻轻的手段，一个做尽娇娇怯怯的态度。文姬低低对日休道："今日妾成人之始，正欢好之始，愿得常同此好。"日休道："旅馆凄凉，得姐姐暂解幽寂，正要姐姐夜夜赐顾。"文姬道："这或不能，但幸不与爹娘同房，从今以后倘可脱身，断不令你独处。只是我你从今倒要避些嫌疑,相见时切不可戏谑,若为人看出,反成间阻。待从容与你商量谐老之计。”未天明，悄悄送出房门。日休叮嘱他：“晚间早来！”文姬点头去了。日休回到房中，只见新红犹在，好不自喜得计。自此，因文姬分付，也不甚进里边去，遇着文姬时，倒反避了，也不与他接谭。晚间，或是预先日里悄悄藏下一壶酒，或是果菜之类，专待他来，把房门也只轻掩，将房内收拾得洁洁净净，床被都熏得喷香。傍晚先睡一睡，息些精神，将起更，听得各房安息，就在门边蹴来蹴去等候。才弹得一声门，他早已开了。文姬笑道：“有这样老实人！明日来迟些，叫你等哩！”日休一把搂住，道：“冤家，我一吃早饭，就巴不得晚，等到如今，你还要耍我！”就将出酒来，脸儿贴了脸儿，你一口，我一口，吃得甚是绸缪。那文姬作娇作痴，把手搭着他肩，并坐说些闲话。到酒兴浓时，两个就说去睡，你替我脱衣服，我替你脱衣服，熟客熟主，也没那些惧怯的光景。蒋日休因见他惯，也便恣意快活。真也是鱼得水、火得柴，再没一个脱空之夜。有时文姬也拿些酒肴来，两个对饮说起，文姬说道：“我与你情投意合，断断要随你了。如今也不必对我爹娘说，只待你货完，我是带了些衣饰，随你逃去便是。”蒋日休道：“这使不得，倘你爹娘疑心是我，赶来，我米船须行得迟，定然赶着，那时你脱不得个淫奔，我脱不得个拐带，如何是了！且再待半月，我舅子来，毕竟要他说亲，我情愿赘在你家便了！”文姬道：“正是，爹爹不从，我誓死不嫁他人，也毕竟勉强依我。”蒋日休是个小官儿，被他这等牢宠，怎不死心塌地！只是如此二十余日，没有个夤夜来就使他空回之理，男歇女不歇，把一个精明强壮后生弄得精神恍惚，语言无绪，面色渐渐痿黄：

袅袅是宫腰，婷婷无限娇。

谁知有膏火，肌骨暗中消。

这个邻房季东池与韦梅轩，都是老成客人。季东池有些耳聋，他见蒋日休这个光景，道：“蒋日休，我看你也是个少年老成，惯走江湖的，料也不是想家，怎这几日这等没留没乱，脸色都消瘦了？欲待同你到妓馆里去走走，只说我老成人哄你去阙,你自病还须自医,客边在这里,要自捉摸！”蒋日休道：“我没甚病。”韦梅轩道：“是快活出来的！我老成人不管闲事，你每日里唧哝些甚么？”蒋日休红了脸,道:“我自言自语,想着家里。”季东池侧耳来听,道:“是甚么？”韦梅轩大声道:“说是想家！”季东池道:“又不曾做亲,想甚的？”韦梅轩又道：“日休！这是拆骨头生意，你不要着了魔，事须瞒我不过！”午后，韦梅轩走到他房中来，蒋日休正痴睡。韦梅轩见他被上有许多毛，他动疑道："日休，性命不是当要的，我夜间听你房中有些响动，你被上又有许多毛，莫不着了甚怪？"日休道："实没甚事。"韦梅轩道："不要瞒我，趁早计较！"日休还是沉吟不说。韦梅轩也是有心的，到次早钟响后，假说肚疼解手，悄悄出房躲在黑影子里。见日休门开，闪出一个女子来，他随趁脚进去，日休正在床中。韦梅轩道："日休！适才去的甚么人？"日休失惊，悄悄附韦梅轩耳道："是店主人之女，切不可露风，我自做东道请你！"梅轩摇头道："东道小事，你只想，这房里到里边，也隔几重门户，怎轻易进出？怎你只一二十日弄到这嘴脸？一定着鬼了，仔细，仔细！"日休小伙子没甚见识，便惊慌，要他解救。韦梅轩道："莫忙！你是常进去的，你只想，你与店主人女儿仔么勾搭起的？"日休道："并不曾勾搭，他半月前自来就我。"梅轩道："这一发可疑！你近来日间在里边遇他，与你有情么？"日休道："他叫日间各避嫌疑。"梅轩道："这越发蹊跷！你且去试一试，若他有情，或者真的，没情，这一定是鬼！"果然日休依他，径闯进去。文姬是见惯的，也不躲他。他便虚了脸，叫道："文姬！"文姬就作色道："文姬不是你叫的！"日休道："昨夜间辛苦，好茶与一碗。"文姬恼恼的道："干我甚事？要茶，台子上有！"便闪了进去。日休见了光景，来回覆梅轩。梅轩道："你且未可造次，你今晚将稀布袋盛一升芝麻送他，不拘是人是鬼，明日随芝麻去，可以寻着。"日休依了，晚间战战兢兢，不敢与他缠。那文姬捱着要顽，日休只得依他。临去，与他这布袋作赠，道："我已是病了，以此相赠，待我病好再会。"文姬含泪而去。

天明，日休忙起来看时，沿路果有芝麻，却出门往屋后，竟在山路上一路洒去。一路或多或少，或断或连。走有数里，却是径道，崎岖崄峋，林木幽密。转过山岩，到一洞口，却见一物，睡在那壁：

一身莹似雪，四爪利如锥。
曾在山林里，公然假虎威。

是一个狐狸，顶着一个骷髅，鼾然而睡，芝麻布袋还在他身边。蒋日休见了，便喊道："我几乎被你迷杀了！"只见那狐惊醒了，便作人言道："蒋日休，你曾发誓不负我，你如今不要害我，我还有事报你，你在此等着。"他走入紫霞洞中，衔出三束草来，道："你病不在膏肓，却也非庸医治得。你只将此一束草煎汤饮，可以脱然病愈。"又衔第二束，道："你将此束暗丢在店家屋上，不出三日，店主女子便得奇病，流脓作臭，人不可近。他家厌恶，思要弃他，你可说医得，只要他与你作妻子。若依你时，你将此第三束煎汤与他洗，包你如故。这便是我报你。只是我也与你相与二十日，不为无情；莫对新人，忘却昔日！”不觉泪下。日休也不觉流涕。将行，那狐狸又衔住衣，道：“这事你要与我隐瞒，恐他人知得害我。”日休便带了这三束草下山，又将剩下芝麻乱撒，以乱其迹。回时暗对梅轩道：“亏你绝了这鬼。”梅轩道：“曾去寻么？”道：“寻去是在山上，想芝麻少，半路就完了，寻不去。”韦梅轩道：“只要你识得破，不着他道儿罢了，定要寻他出来做甚！”当晚，日休又做东道请韦梅轩，道：“不亏你，几乎断送性命，又且把一个主人女子名来污蔑，还只求你替我隐瞒，莫使主人知道，说我轻薄。”到次日，依了狐狸。将一束草来剉碎，煎汤服了。不三日，精神强壮，意气清明，脸上黄气也脱去了：

意气轩轩色相妍，少年风度又嫣然。
一朝遂得沉疴脱，奇遇山中云雨仙。

季东池道：“我说自病自医，我看我说过，想你会排遣，一两日便好了！”此时收米将完，正待起身，他舅子来道：“下边米得价，带去尽行卖完。如今目下收完的，我先带去，身边还有银百余两，你再收赶来。”也是姻缘，竟把他又留在汉阳。日休见第一束草有效，便暗暗将第二束草撇在店家屋上试他。果是有些古怪，到得三日，那文姬觉得遍身作痒，不住的把手去搔，越搔越痒，身上皮肉都抓伤。次日，忽然搔处都变成疮。初时，累累然是些红瘰儿，到后都起了脓头儿。家中先时说是疥疮，后来道是脓窠疮，都不在意。不期那脓头一破，遍身没一点儿不流脓淌血，况且腥秽难闻，一床席上都是脓血的痕，一床被上都是脓血的迹。这番熊汉江夫妻着急，蒋日休却暗暗称奇。先寻一个草头郎中，道：“这不过溜脓疮，我这里有绝妙沁药，沁上去一个个脓干血止，三日就褪下疮靥，依然如故。”与了他几分银子去，不验。又换一个，道：“这血风疮。该用敷药去敷。”遍身都是敷药，并无一些见效。这番又寻一个郎中，他道是大方家，道：“凡疮毒皆因血脉不和，先里边活了血，外面自然好；若只攻外面，反把毒气逼入里边，虽一时好得，还要后发。还该里外夹攻：一边吃官料药，和血养血；一边用草药洗，洗后去敷，这才得好。”却又无干。一连换了几个郎中，用了许多钱钞，那里得好！一个花枝女子，头面何等标致，身体何等香软，如今却是个没皮果子，宛转在脓血之中，莫说到他身边，只到他房门口，这阵秽污之气，已当不得了。熊汉江生意也没心做，只是叹气，他的母亲也只说他前生不知造甚业，今在这里受罪。文姬也恹恹一息的，道：“母亲，这原是我前生冤业，料也不得好了，但只是早死一日，也使我少受苦一日。如今你看我身上，一件衣服都是脓血浆的一般，触着便疼，好不痛楚。母亲可对爹爹说，不如把我丢入江水中，倒也干净，也只得一时苦！”母亲道：“你且捱去，我们怎下得这手？”那蒋日休道：“这两束草直恁灵验，如今想该用第三束草了！”来问熊汉江道：“令爱贵恙好了么？”熊汉江道：“正是不死不活，在这里淘气，医人再没个医得，只自听天罢了！”蒋日休想道：“他也厌烦，要他的做老婆，料必肯了。”此时季东池、韦梅轩将行，日休来见他，道：“我一向在江湖上走，学得两个海上仙方，专治世间奇难疾病。如今熊汉江令爱的病我医得，只是医好了，要与我作妻室。”季东池道：“这一定肯，若活得，原也是个拾得的一般。只是他不信你会医，你晓得他是甚么疮？甚么病？”蒋日休道：“‘药不执方，病无定症。’我只要包医一个光光鲜鲜女子还他便了。”东池道：“难说！”韦梅轩道：“或者有之，他前日会得医自，必然如今医得他。我们且替你说说看！”两个便向店主道：“熊汉江，适才蒋日休说，他医得令爱，只是医好了，就要与他作阿正，这使得么？”熊汉江道：“有甚么使不得，只怕也是枉然！”韦梅轩道：“他说包医。”熊汉江道：“这等我就将小女交与他，好时再赔嫁送便是。”韦梅轩道：“待我们与他计议。”

那蒋日休正在那里等好消息，只见他两个笑来，对着蒋日休道：“恭喜！一口应承。就送来，好了再赠妆奁。”蒋日休道：“这等待我租间房，着人抬去，我自日逐医他罢了。”韦梅轩道：“日休，这要三思！他今日死马做活马医，医不好料不要你偿命，但是不好，不过赔他一口材，倒也作事爽快；若是一个死不就死，活不就活，半年三个月耽延起来，那时丢了去不是，不丢他不得，仔么处？终不然我你做客的撇了生意，倒在这里伏侍病人？日休，老婆不曾得，惹个白虱子头上挠。故此我们见他说送与你包医，便说再计较，都是开的后门，你要自做主意，不要后边懊悔！”日休见前边灵验，竟呆着胆道：“不妨，我这是经验良方，只须三日，可以脱体。只怕二位行期速，吃不我喜酒着！”季东池道：“只怕我再来时，足下还在我里做郎中不了！”蒋日休道：“我就去寻房子，移他出去，好歹三日见功。”两个冷笑，覆了熊汉江。可可里对门一间小房子出了，他去租下，先去铺了床帐，放下行李，来对熊汉江道：“我一面叫轿来，请令爱过去。”熊汉江道：“苦！我小女若走得动，坐得轿，可也还有人医。蒋客人，且到我楼上看一看！”两个走到楼上，熊汉江夫妇先掩了个鼻子。蒋日休抬头一看，也吃了一惊：

满房秽气，遍地痰涎。黄点点四体流脓，赤沥沥一身是血。面皮何处是，满布了蚁垒蜂窠；肢体是痴般，尽成了左瘫右痪。却也垂头落颈势恹恹，怕扁鹊、仓公难措手！

蒋日休心里想道：我倒不知已这光景了，怎么是好？叫声一个医不得，却应了他们言语。文姬母亲道："蒋客人，扶是扶不起，不若连着席儿扛去罢！"蒋日休道："罢。借一床被，待我裹了驼去便是。"店主婆果然把一床布被与他，他将来裹了，背在肩上。下边东池与梅轩也立在那厢，看他做作，只见背着一个人下楼，熏得这些人掩鼻的，唾唾的，都走开去。他只凭着这束草，径背了这人去。熊汉江夫妻似送丧般，哭送到门前：

病入膏肓未易攻，阿谁妙药起疲癃？
笑看红粉归吾手，泣送明珠离掌中。

蒋日休驼了文姬过来，只见季东池也与韦梅轩过来，东池道："蒋日休，赔材是实了！"韦梅轩道："日休，只是应得你两日急，买材譬如出阙钱，如今干折！"蒋日休道："且医起来看。"送了两个去，他把第三束草煎起汤来，把绢帕儿揩上他身上去，洗了一回，又洗一遍。这女子沉沉的凭他洗涤。却可煞作怪，这一洗，早已脓血都不出了！

红颜无死法，寸草著奇功！

蒋日休喜得不要，道："有此效验！"他父母来望，见脓血少了，倒暗暗称奇。到第二日，略可声音，可以着得手。他又煎些汤，轻轻的扶他在浴盆里，先把汤淋了一会，然后与他细洗。只见原先因脓血完，疮靥干燥，这翻得汤一润，都�起靥来。蒋日休又与他拭净了，换了洁净被褥，等他歇宿。一夜疮靥落上一床，似雪般，果然身体莹然，似脱换一个，仍旧是一花枝样女子：

云开疑月朗，雨过觉花新。
试向昭阳问，应称第一人。

真是只得三日，表病都去，只是身体因疮累，觉神气不足。他父母见了，都道："蒋日休是个神仙。"因日休不便伏侍，要接女子回去，女子却有气没力的说道："这打发我出来，爹娘也无恶念；只怎生病时在他家，一好回去？既已许为夫妇，我当在此，以报他恩。"倒是蒋日休道："既是姐姐不背前言，不妨暂回。待我回家与父说知行聘，然后与姐姐毕姻。"文姬因他说，回到家中。这汉阳县人听得蒋日休医好了熊汉江女儿，都来问他乞方求药，每日盈门，有甚与他？只得推原得奇药，今已用尽；那不信的，还缠个不了。他自别了熊汉江，发米起身，一路到家，拜见父母，就说起亲事。蒋誉夫妇嫌远。蒋日休道是奇缘，决要娶他。这边熊汉江因无子，不肯将女远嫁。文姬道：“我当日虽未曾与他同宿，但我既为他背，又为他抚摸洗濯，岂有更辱身他人之理？况且背约不信。”不肯适人，恰好蒋日休已央舅子柳长茂来为媒行聘，季、韦两人复来道：“盟不可背。”熊汉江依言允诺，文姬竟归了蒋日休。自此日休后来武昌、汉阳间，成一富户。文姬亦与偕老。生二子，俱入国学。人都称他奇偶，亏大别狐之联合。我又道：“若非早觉，未免不死狐手，犹是好色之戒！”

雨侯曰：此事殊不经，然而鸿书尝载之，意六合中何事不有乎？然狐能自悔而赎过，犹是兽中之有人心者。

序

禹使庚辰制淮涡神无支祈，至唐犹在。原非妄也，人自不相信耳。不然方术之士犹能以符咒制物之死命，而吾儒不能以精忱走瞬息之风雷，将吾儒不方术若欤！天地间奇事，亦天地间庸事，无诩然奇驱鳄之韩、殪蛟之夏。

翠娱阁主人

第三十九回　蚌珠巧乞护身符　妖蛟竟死诛邪檄

刚直应看幽显驯，岂令驱鳄独称神？
龙潜罗刹尊君德，虎去昆阳避令仁。
表折狐妖摇媚尾，剑飞帝子泣残鳞。
凭将一点精忱念，鬼火休教弄碧燐！

吾儒斡全天地，何难役使鬼神？况妖不胜德，邪不胜正，乃理之常。昔有一妇人遭一鬼，日逐缠扰。妇人拒绝他，道：“前村羊氏女极美，何不往淫之？”曰：“彼心甚正。”妇人大怒道：“我心独不正么！”其鬼遂去不来。此匹妇一念之坚，可以役鬼，况我衿绅之士乎！则如唐郭元振为秀才时，夜宿野庙，有美女锁于小室悲泣，问之，道村人把他来祭赛乌将军，恐遭啖食，故此悲哭。顷刻乌将军到来，从人道：“郭相公在里边。”元振出来相见，乘机断其臂，乃是猪蹄。天明竟搜得杀之，焚其庙。又韩文公谪潮州刺史。州有鳄鱼，尝在水边，尾有钩，能钩人去，到深水处食之。有老妪子被吃，诉于文公，文公作檄文驱之。次日潭水尽干，鳄鱼竟自入海。宋孔道辅为道州知州，州有野庙，要生人祭他，不然就烈风雨雹，扰害地方。他将死囚缚在庙中，见有蛇在神像后来，将食其人，道辅奋笏击之，蛇逃入柱。他竟放火焚庙，烧死妖怪。我朝林俊按察云南鹤庆府有一寺，每年要出金涂佛的脸。若不，便有风雹伤损人田地。他道妖僧惑众，竟架柴要烧佛，约有风雹就住。竟被他烧毁，那得风雹？不惟省每年糜费，还得向来金子，助国之用。这都是以正役邪，邪不能胜正，也是吾儒寻常之事。更有我朝夏忠靖公，名原吉，字维喆，湘阴人。他未中举时，县中有个召紫仙姑的，他在桃箕，会得作诗作赋，决人生死，指人休咎；却不似如今召仙人，投词时换去，因而写几句鹘突诗答应，故此其门如市。他有个友人易信，邀他去问。去时正是人在那边你拜我求，桃丫上写诗写赋时节。夏维喆一到，桃箕寂然，一连烧了八九道符，竟没些动静。夏维喆一笑而去。去后桃箕复动，道："夏公贵人，将来富至一品。"众人道："他来时原何不写与他？"道："他正人，我不可近。"这是他少年事。他后来由举人做中书，历升户部主事、员外郎中，再转侍郎，永乐中升户部尚书，相视吴浙水利。

还有一桩奇事，话说浙江有个湖州府，府有道场、浮玉二山列在南，卞山峙于北，又有升山、莫干环绕东西，玉、湖、苕、霅四处萦带，山明水秀，绝好一个胜地。城外有座慈云寺，楼观雄杰，金碧辉煌。寺前有一座潮音桥，似白虹挂天，苍龙出水。桥下有一个深潭；

绀色静浮日，青纹微动风。
渊渊疑百尺，只此是鲛宫。

水色微绿，深不可测，中间产一件物件：

似蟹却无脚，能开复能合。
映月成盈亏，腹中有奇物。

他官名斗做方诸，俗名道做蚌，是个顽然无知、块然无情的物件。不知他在潭中，日里潜在水底，夜间浮出水上，采取月华，内中生有一颗真珠，其大如拳，光芒四射，不知经过几多年代，得成此宝。每当阴天微风细雨之际，他把着一片壳浮在水面，一片壳做了风篷，趁着风势，倏忽自西至东，恰似一点渔灯，飞来飞去，映得树林都有光。人只说这渔船划得快，殊不知是一粒蚌珠。

渐渐气候已成，他当月夜也就出来，却见：

隐隐光浮紫电，莹莹水漾朱霞。金蛇缭绕逐波斜，飘忽流星飞洒。疑是气冲狱底，更如灯泛渔槎。辉煌芒映野人家，堪与月明争射。

右调《西江月》

各舟看见这光起自潭中，复没于潭中，来往更捷，又贴水而来，不知何物。有的道是“鬼火”，有的猜做“水光”。仔细看来，却是个蚌，蚌壳中有一粒大珠，光都是他发出来的，烁人目光，不可逼视。彼此相传，都晓得他是颗夜明珠，都有心思量他。湖州人惯的是没水，但只是一来水深得紧，没不到底；二来这蚌大得紧，一个人也拿不起；况是他口边快如刀锉，沾着他就要破皮出血，那个敢去惹他？用网去打，总只奈何不得深，只好看一看罢了。好事的就在那地方造一庄亭子，叫“玩珠亭”。尝有许多名人题咏。只是他出入无时，偏有等了五七日不见的，偶然就见的，做了个奇缘。但难得之货，令人行妨。珠中有火齐、木难、九曲、青泥各样。这赤蚌之珠，光不止照乘，真叫做明月珠，也是件奇宝。不特人爱他，物亦爱他。物中有蛟龙，他畏的是蜡，怕的是铁，好吃的是烧燕，贪的是珠。故梁武帝有个杰公，曾令人身穿蜡衣，使小蛟不敢近；带了烧燕，是他所好；又空青函，亦是他所喜；入太湖龙宫求珠，得夜光之珠与蛇珠、鹤珠石余。蛟龙喜珠，故得聚珠。湖州连着太湖、风渚湖、苕溪、雪溪、罨画溪、箬溪、余石溪、前溪，是个水乡，真个蛟龙聚会的所在，缘何容得他？故此洪武末，革除年，或时乘水来取，水自别溪浦平涌数尺；或乘风雨至潭，疾风暴雨，拔木扬沙；浓烟墨雾里边，尝隐隐见或是黄龙，或是白龙，或是黑龙，挂入潭里半饷，扰得潭里如沸，复随风雨去了。一日，也是这样乌风、猛雨、冰雹，把人家瓦打得都碎，又带倒了好些树木，烟云罩尽，白昼如夜。在这一方，至第二日，人见水上浮着一个青龙爪，他爪已探入蚌中，将摘取其珠，当不过蚌壳锋利，被他夹断。龙负痛飞腾，所以坏了树木，珠又不得，只得秃爪而去。却这些龙终久要夺他的。还有一日，已是初更，只听得风似战鼓一般响将来，摇得房屋都动。大胆的在窗缝中一张，只见风雨之中，半云半雾，拥着一个金甲神，后边随了一阵奇形异状的勇猛将士，向东南杀来：

乌贼搴旗，鼍兵挝鼓。龟前部探头撩哨，鲤使者摆尾催军。团牌滚滚，鼋使君舞着奋勇冲锋；斧钺纷纷，蟹介士张着横行破阵。剑舞刀鳅尾，枪攒黄鳝头。妖鳗飞套索，怪鳄用挠钩。

还有一阵虾鱼之类，飞跳前来。这厢水中也烟雾腾腾，波涛滚滚，杀出三个女将，恰有一阵奇兵：

白蛤为前队，黄蚬作左冲。蛏挥利刃奏头功，蚶奋空拳冒白刃。牡蛎粉身报主，大贝驼臂控弓。田螺滚滚犯雄锋，簇拥着中军老蚌。

两边各率族属相杀。这边三个女子六口刀，那边一个将官一枝枪，那当得他似柳叶般乱飞，霜花般乱滚？他三个三面杀将来，这一个左支右吾遮挡不住，如何取胜？

安意明珠入掌来，轰轰鼍鼓响如雷。

谁知一战功难奏，败北几同垓下灾。

这边蚬、蛤之类，腾身似炮石、弹子般，一齐打去，打得那些龟、鼋缩颈，鳅、鳝蜿蜒，金甲神只得带了逃去。地方早起，看附近田中禾稼，却被风雹打坏了好些，这珠究竟不能取去。这方百姓，都抱怨这些龙，道这蚌招灾揽祸，却是没法处置他。

其时永乐元年，因浙、直——嘉、湖、苏、松常有水灾，屡旨着有司浚治，都没有功绩。朝旨着夏维喆以户部尚书来江南督理治水。他在各处相看，条陈道："嘉、湖、苏、松四府其地极低，为众水所聚。幸有太湖绵延五百里，杭州、宣、歙各处溪涧都归其中，以次散注在淀山湖，又分入三泖入海。今为港浦雍闭，聚而不散，水不入海，所以溃决，所至受害。大势要水患息，须开浚吴淞南北两岸、安定各浦；引导太湖之水，一路从嘉定县刘家港出海，一路常熟县白茆港到江；上流有太湖可以容留，下流得江海以为归宿，自然可以免患。"奉旨着他在浙、直召募民夫开浚。夏尚书便时常巡历四府，相度水势，督课工程。一日出巡到湖州，就宿在慈感寺中，询问风俗，内有父老说起这桥下有蚌蛛，尝因蛟龙来取，疾风暴雨，损禾坏稼。夏尚书寻思，却也无计。到晚只见钟磬寂然，一斋萧瑟，夏尚书便脱衣就枕，却见一个妇人走来：

发覆乌云肌露雪，双眉蹙翠凝愁绝。

缁衣冉冉逐轻风，司空见也应肠绝。

后边随着一个女子，肌理莹然，烨烨有光：

灿灿光华欲映人，莹然鲜洁绝纤尘。

莫教按剑惊投暗，自是蛟宫最出群。

夏尚书正待问他何人，只见那前边妇人愁眉惨目，敛袂长跪，道：

妾名方诸，祖应月而生，曰蚬，曰蛤，曰蛏，曰蛎，曰蚶，皆其族属，散处天下。妾则家于济，以漫藏诲盗，有鹬生者来攫，辄抟执之。执事者欲擅其利，竟两毙焉，因深藏于碧潭。昔汉武帝游河上，藻兼因东方朔献女侑觞，盖予女赤光也。既复家于此，坚确自持，缄口深闭，盖有年所。唯有一女，莹然自随，容色净洁，性复圆转，光焰四射，烨烨逼人，火齐、木难，当不是过。羞于自炫，同妾韫藏避世，惟恐不深。不意近迩强邻，恣其贪淫之性，凭其爪牙之利，觇女姿色，强欲委禽，屡起风波，横相恐吓。妾女自珍，不欲作人玩弄，妾因拒之，郎犹巧为攫夺。妾保抱虽固，恐势不支，愿得公一帖，可以慑伏强邻，使母子得终老岩穴，母子深愿！

尚书道："女子生而愿为之有家，倘其人可托终身，何必固拒？"妇人泣曰："氏胎此女，原与相依，宁共沉沦，不愿入人之手！"后面女子，也垂着泣道："蛟郎贪淫，聚我辈无限，犹自网罗不已。妾宁自湛深渊，以俟象罔之求，不能暗投，遭人暗剑。唯大人怜之！"夏尚书梦中悟是蚌珠，因援笔作诗一首与之：

偷闲暂尔憩祇林，铃铎琳琅和苦吟。
投老欲从猿作伴，抒忱却有蚌倾心。
九重已见敷新泽，薄海须教奉德音。
寄语妖蛟莫相攫，试看剖腹笑贪淫。

书罢，付与妇人，道："以此为你母子护身符验。"妇人与女子再拜，谢道："氏母子得此，可以无患，与人无争矣！"悠然而去。夏尚书醒来，却是一梦，但见明月在窗，竹影动摇，一灯欲烬，四壁悄然。自笑道："蠢然之物，也晓我夏尚书。倘从此妖邪不敢为祸，使此地永无风雨之惊，乃是地方一幸。想得蛟龙畏铁，把铁牌写了些诗，投在桥下潭中，自此地方可少宁息！"不知几次来争的，不是个龙神，却是一条前溪里久修炼的大蛟。他也能嘘气成云，吸气成雨，得水一飞可数里，又能变成幻相，累次要取蚌珠，来争不得。后边又听得蚌珠在夏尚书那厢求有一诗，道"妖蛟莫相攫"，夏公正人，我若仍旧兴云吐雨，扰害那方，毕竟得罪；若就不去，反为老蚌所笑。他去赚得夏公诗，我亦可去赚得夏公诗，若有了夏公的手迹，这蚌珠不动干戈入我掌中了！"此时夏尚书巡历各府，自苏州到松江，要相度禹王治水时三江入海故道。这夜宿在邮亭里边，听得卧房外簌似有人行的一般，只见有一个鱼头的介士，禀道："前溪溪神见！"夏尚书着了冠带，出来相见，只见这神人：

烈焰周身喷火光，鱼鳞金甲耀寒芒。

豹头环眼多英猛，电舌雷声意气强。

他去向前一躬，道："某溪神也，族类繁多，各长川渎。某待罪前溪，曾礼聘邻女，不意此女奸诡异常，向尚书朦胧乞一手札，即欲亲迎，借此相拒。乞赐改判，以遂宿心！"夏尚书道："所聘非湖州慈感寺畔女人乎？他既不愿，则不得强矣。岂可身为明神，贪色强求！"金甲神道："聘娶姬侍，不特予一人为然。予于此女，誓必得之。如尚书固执，不唯此女不保，还恐祸及池鱼。尚书不闻钱塘君怒乎？神尧之时，一怒而九年洪水，泾水之战，一怒而坏稼八百里，大陆成池，沧田作海。窃恐尚书党异类而贻百姓之忧耳！"他意在恐喝。只见尚书张目道："圣明在上，百神奉令。尔何物妖神，敢尔无状！昔澹台灭明斩蛟汉水，赵昱诛蛟于嘉陵，周处杀蛟于桥下，其难脯尔乎！吾且正尔湖州荼毒之罪，当行天诛，以靖地方，以培此女，还不速退！"大叱妖神，愤愤而去。夏尚书愤怒惊醒，道："适来是个龙神，他若必欲蚌珠，毕竟复为地方之扰，不得不除！"遂草檄道：

张官置吏，职有别于崇卑；抑暴惩贪，理无分于显晦。故显干国纪，即阴犯天刑，势所必诛，人宜共殛。唯兹狡虮，敢肆贪婪。革面不思革心，黩货兼之黩武。兴风雷于瞬息，岂必暴姬公之诬；毒禾稼于须臾，自尔冒泾河之罚。雪、苕饮其腥秽，黎庶畏其爪牙。咸思豫且网罗，共忆刘累驯狎。唯神东洋作镇，奉职恭王，见无礼者必诛，宜作鹰鹯逐兔；倘有犯者不赦，毋令鲸鲵漏诛。一清毒秽，庶溥王仁，伫看风霆，以将威武！

右檄东海龙神。准此。

写毕，差一员听事官，打点一副猪羊，在海口祭献，把这檄焚在海边。是夜，也不知是海神有灵，也不知是上天降鉴，先是海口的人听得波涛奋击，如军马骤驰；风雷震荡，似战鼓大起，倏忽而去。前溪地方住的，但听：

霹雳交加，风雨并骤。响琅琅雷驰铁马，声吼吼风振鼓鼙。扬沙拔木，如兴睢水之师；振瓦轰雷，似合昆阳之战。怒战九天之上，难逃九地之踪。铦牙到此失雄锋，利爪也疑输锐气。正是：残鳞逐雨飞，玄血随风洒。贪淫干天诛，竟殪轰雷下！

风雷之声，自远而近，溪中波涛上射，云雾上腾，似有战伐之声。一会儿霹雳一声，众声都息，其风雨向海口而去。这些村民道："这一个霹雳，不知打了些甚么？"到得早间，只听得人沸反道："好一条大蛇！"又道："好一条大龙！"又道："是昨夜天雷打死的！"

蜿蜒三十丈，覆压二三亩。鳞摇奇色，熠耀与日色争光；爪挺刚钩，犀科与戈锋竞锐。双角峥嵘而卧水，一身偃蹇而横波。空思锐气嘘云，只见横尸压浪。

仔细看来，有角有爪，其色青，其形龙，实是一条大蛟。众人道："这蛟不知有甚罪过，被天打死。"有些道："每年四五月间，他在这里发水，淹坏田禾，都是他罪过，今日天开眼，为民除害！"不知他也只贪这蚌珠，以致丧身，死在夏公一檄。里递申报县官，县官转申，也申到夏尚书处。夏尚书查他死之一日，正夏尚书发檄之夜。尚书深喜海神效命，不日诛殛妖蛟。这妖蛟他气候便将成龙，只该静守，怎贪这蚌珠，累行争夺，竟招杀身之祸。叹息道："今之做官的，贪赃不已，干犯天诛的，这就是个样子！"又喜蚌珠可以无患，湖民可以不惊，自己精忱可以感格鬼神。

后来因为治水，又到湖州。恍惚之中，又见前妇人携前女子，还有一个小女子，向公敛衽再拜，道："前得公手札，已自缩强邻之舌，后犹呶呶不已。公投檄海神，海神率其族属，大战前溪，震泽君复行助阵。妖蛟无援势孤，竟死雷斧之下，借一警百，他人断不复垂涎矣！但我母子得公锄强助弱，免至相离，无以为报。兹有幼女朗如，光艳圆洁，虽不及莹然，然亦稀世之珍，愿侍左右。"夏尚书道："妖蛟以贪丧身，我复利子次女，是我为妖蛟之续耳，为断不可。"妇人道："妾有二女，留一自卫，留一事公。脱当日非公诛锄，将妾躯壳亦不能自保，况二女乎！实以公得全，故女亦输心，愿佐公玩。"公曰："据子之言，似感我德，今必欲以女相污，是浼我，非报我了。且夺子之女，不仁；以杀蛟得报，不义。"却之再三。妇人见公意甚坚，乃与二女再拜泣谢："公有孟尝之德，妾不能为隋侯之报，妾愧死矣。唯有江枯石烂，铭德不休耳！"荏苒而去。公又叹息："一物之微，尤思报德。今世多昧心之人，又物类不若了！"

在浙、直三年，精心水利，果然上有所归，下有所泄，水患尽去，田禾大登。功已将竣，京中工部尚书郁新又卒，圣旨召公掌部事，公驰驿回京。此时圣上尝差校尉采房民情吏治，已将此事上奏。公回，召对便殿。圣上慰劳公，又问："前在湖州能使老蚌归心，在吴淞檄杀妖蛟，卿精忱格于异类，竟至如此？"公顿首道："圣上威灵，无远不格，此诸神奉将天威，臣何力之有！"侍臣又请此事宣付史馆，公又道："此事是真而怪，不足取信于后，不可传。"圣上从之，赐宴赏劳，所至浙、直诸处，皆为立祠。后公掌部事，本年圣驾北巡顺天，掌吏、礼、兵、都察院事；北征沙漠，总理九卿事；十九年谏征北虏，囚于内官监；洪熙元年，升户部尚书，阶少保；宣德元年，力赞亲征，生擒汉王；三年，圣上赐金银图书，曰“含弘贞静”，曰“谦谦斋”，曰“后天下乐”；生日，圣上为绘《寿星图》，为诗以赐；卒，赠太师，谥忠靖。

盖公以正人，膺受多福，履烦剧而不挠，历忧患而不惊，何物妖蛟，能抗之哉！若使人而鬼物得侵，当亦是鬼之流，不能驱役妖邪，当亦是德不能妖胜。

雨侯曰：神见豢于人，以其欲也，而曾知欲更足以杀神龙乎！忠靖能使老蚌归心，妖蛟碎首，则其精忱自可与异类通。至于不欲以此事污史笔，其与虎北渡河、刘昆对以“偶然耳”大同，世莫诩诩为驱鳄颂也。

叙

人谓弄猢孙者为猢孙弄，不知猢孙弄人，终亦自弄。大巧若拙，大知若愚。矜巧逞知，则足以报其躯，天下独一河间猴哉！

翠娱阁主人撰

第四十回　陈御史错认仙姑　张真人立辨猴诈

藏奸笑沐猴，预兆炫陈侯。
巧泄先天秘，潜行掩日谋。
镜悬妖已露，雷动魄应愁。
何似安泉石，遨游溪水头。

尝读《晋书》张茂先事：冀北有狐已千岁，知茂先博物，要去难他；道他耳闻千载之事，不若他目击千年之事。路过燕昭王墓，墓前华表也是千年之物，也成了妖，与他相辞，要往洛阳见张茂先。华表道：“张公博物，恐误老表！”这狐不听，却到洛阳，化一书生，与张公谭，千载之下，历历如见，千载之上，含糊未明。张公疑他是妖物，与道士雷焕计议，道：“千年妖物，唯千年之木可焚而照之。”张茂先道：“这等只有燕昭王墓前华表木，已有千年。”因着往取之。华表忽然流涕道：“老狐不听吾言，果误我！”伐来照他，现身是一老狐身死。又孙吴时，武康一人入山伐木，得一大龟，带回要献与吴王。宿于桑林，夜闻桑树与龟对语，道："元绪，元绪，乃罹此祸！"龟道："纵尽南山之薪，其如我何！"桑树道："诸葛君博物，恐不能免。"进献，命烹之，不死。问诸葛恪，诸葛恪道："当以桑树煮之即死。"献龟的因道夜间桑树对语之事，吴王便伐那桑烹煮，龟即溃烂。我想这狐若不思逞才，犹可苟活；这龟不恃世之不能烹他，也可曳尾涂中，只因两个有挟而逞，遂致杀身。

我朝也有个猢狲，他生在凤阳府寿州八公山，此地峰峦层叠，林木深邃，饥餐木实，渴饮溪流，或时地上闲行，或时枝头长啸，这件物儿虽小，恰也见过几朝开创，几代沦亡：

金陵王气巩南唐，又见降书入洛阳。
垒蚁纷争金氏覆，海鸥飘泊宋朝亡。
是非喜见山林隔，奔逐悲看世路忙。
一枕泉声远尘俗，迥然别自有天壤。

自唐末至元，已七百余年，他气候已成，变化都会，常变作美丽村姑，哄诱这些樵采俗子，采取元阳。这人一与交接，也便至恹恹成疾，若再加一痴想，必至丧亡。他又道这些都是浊人，虽得元阳，未证仙界，待欲化形入凤阳城市来，恰遇着一个小官，骑着一匹马，带着两个安童，到一村庄下马，生得丰神俊逸，意气激昂，年纪不过十六七岁：

唇碎海底珊瑚，骨琢昆岩美玉。
脸飞天末初霞，鬓染巫山新绿。

却是浙东路达鲁花赤阿里不花儿子阿里帖木儿，他来自己庄上催租。这猴见了，道："姻缘事非偶然，我待城中寻个佳偶，他却走将来凑！"当日阿里帖木儿在庄前后闲步，这猴便化个美女，晃他一晃：

乍露可餐秀色，俄呈炫目娇容。
花径半遮羞面，苔阶浅印鞋踪。

玉笋纤纤，或时拈着花儿嗅；金莲缓缓，或时趁着草儿步；或若微吟，或若远想；遮遮掩掩，隐隐见见。那帖木儿远了怕看不亲切，近了又怕惊走了他，也这等凫行鹤步，在那厢张望。见他渐也不避，欲待向前，却被荆棘钩住了衣服，那女子已去。回来怊怏，睡也睡不着。次日打发家僮往各处催租，自己又在庄前后摇摆。那女子又似伺候的，又在那厢，两个斜着眼儿瞧，侧着眼儿望，也有时看了低头笑，及至将拢身说句话儿，那女子翩然去了。似此两日，两下情意觉道熟了。这日帖木儿乘着他弯着腰儿，把纤手弹鞋上污的尘，不知道他到，帖木儿悄悄凹在他背后，叫一声："美人！"那女子急立起时，帖木儿早已腻着脸逼在身边了，此时要走也走不得。帖木儿道："美人高姓？住在何处？为何每日在此？"那美人低着头，把衫袖儿衔在嘴边，只叫："让路。"问了几次，道："我是侯氏之女，去此不远，因采花至此。"帖木儿道："小生浙东达鲁花赤之子，尚未有亲，因催租至此，可云奇遇。"这女子道："闪开，我出来久，家中要寻！"帖木儿四顾无人，如何肯放，道："姐姐若还未聘，小生不妨作东床；似小生家门、年貌，却也相当，强似落庸夫俗子之手！"女子听了，不觉长叹道："妾门户衰微，又处山林，常有失身之虑，然也是命，奈何！奈何！"帖木儿道："如姐姐见允，当与姐姐偕老。"女子道："轻诺寡信。君高门，煞时相就，后还弃置。"帖木儿便向天发誓，道："仆有负心，神明诛殛！"一把搂住了，要在花阴处玩耍。女子道："不可！虽系荒村，恐为人见不雅。如君不弃，君庄中儿幼时往来最熟，夜当脱身来就。"帖木儿道："姐姐女流，恐胆怯不能夜行，怕是诓言。"女子道："君不负心，妾岂负言？幸有微月，可以照我。"帖木儿犹自依依不释，女子再三订约而去。帖木儿回来，把催租为名，将两个安童尽打发在租户人家歇宿，自己托言玩月，伫立庄门之外，也听尽了些风声树声，看尽了些月影花影，远远望见一个穿白的人，迤迤逦逦来。烟里边的容颜，风吹着的衣裾，好不丰艳飘逸，怪是狗赶着叫。帖木儿赶上去，抉几块石片打得开，道："惊了我姐姐！"忙开了门，两个携手进房。这女子做煞娇羞，也当不得帖木儿欲心如火：

笑解翡翠裳，轻揭芙蓉被。
缓缓贴红腮，款款交双臂。
风惊柳腰软，雪压花稍细。
急雨不胜支，点点轻红泻。

两个推推就就，顽勾多时，到五鼓，帖木儿悄悄开门相送，约他晚来。似此数日，帖木儿在庄上只想着被里欢娱夜间光景，每日也只等个晚，那里有心去催租？反巴不得租收不完，越好耽延。不期帖木儿母亲要记念，不时来接。这两个安童倒当心，把租催完。捱了两日不起身，将次捱不去了，晚间女子来，为要相别，意兴极鼓舞，恩情极绸密，却不免有一段低回不快光景。女子知道了，道："郎君莫不要回，难于别离，有此不怡么？"帖木儿道："正是，我此行必定对母亲说来聘你。但只冰水往复，便已数月，我你朝夕相依，恩情颇热，叫我此去，寂寞何堪！”那女子道：“郎君莫惊讶，我今日与郎暂离，不得不说。我非俗流，乃蓬莱仙女，与君有宿缘，故来相就。我仙家出有入无，何入不到？郎但回去，妾自来陪郎。”帖木儿道：“我肉眼凡胎，不识仙子，若得仙子垂怜，我在家中扫室相待，只是不可失约！”两个别了，帖木儿自收拾回家，见了母亲，自去收拾书房，焚了香，等候仙子，却也还在似信不信边。正对灯儿，把手支着腮，在那厢想，只见背后簌簌，有似人脚步，回头时，那女子已搭着他肩，立在背后。帖木儿又惊又喜，道：“真是仙子了，我小生真是天幸！”夜去明来，将次半月，帖木儿要对母亲说聘他，他道：“似此与你同宿，又何必聘？”帖木儿也就罢了。

奈是帖木儿是一个丰腻极伶俐的人，是这半个月，却也肌骨憔悴，神情恍惚，渐不是当时。这日母亲叫过伏侍的两个梅香，一个远岫，一个秋涛，道：“连日小相公仔么憔瘦了，莫不你们与他有些苟且？”远岫道：“我们是早晚不离奶奶身伴的，或者是这两个安童冶奴、逸奴。”那老夫人便叫这两安童，道：“相公近来有些身体疲倦，敢是你两个引他有些不明白勾当么？”冶奴道：“相公自回家来，就不要我们在书房中歇宿，奶奶还体访里边人么？”两边都没个形迹罢了。

这晚远岫与秋涛道：“他怎道‘奶奶体访里边人’，终不然是咱两个？我们去瞧这狗才，拿他奸！”秋涛道：“‘有心不在忙。’相公与他的勾当，定在夜么？”远岫不听，先去了。不期安童也在那边缉探，先在书房里见远岫来，道：“小淫妇儿！你来做甚的？”远岫道：“来瞧你！你这小没廉耻，你道外边歇，怎在这厢？”两个一句不成头，打将起来，惊得帖木儿也跑出房外，一顿嚷走开。远岫不见只环，在那厢寻，秋涛后到，说：“相公房里有灯，怎不拿来照？”闯入房中，灯下端端严严坐着一个穿白的美人。这边远岫已寻着环，远在那厢你羞我，我羞你。秋涛道：“不消羞得！也不关我们事，也不关你们事，自有个人！”把灯递与冶奴，道：“你送灯进相公房，就知道了。”帖木儿那里容他送灯，一顿狠，都赶出来，他自关了门进去，道明日对奶奶说打。远岫进去，奶奶问他：“为甚在书房争闹？”元岫道：“这两小厮诬了咱们，去拿他，两个果在相公房里，倒反来打我！”奶奶道：“果是这两奴才做甚事么？”秋涛道：“不是，远岫脱了环，我去书房中拿灯，房里自有一个绝标致女人，坐在灯下。”奶奶道：“果然？”秋涛道：“我又不眼花，亲眼见的！”奶奶道：“这也是这两个奴才勾来的娼妇了！”

次早帖木儿来见奶奶，奶奶道："帖木儿！你昨房内那里来的娼妓？"帖木儿道："没有。"秋涛道："那穿着白背子的！"帖木儿知道赖不得了，道："奶奶，这也不是娼妓，是个仙女。孩儿在庄上遇的，与孩儿结成夫妇。正要禀知母亲。"奶奶道："这一定鬼怪了！你遇了仙女这般模样？"帖木儿道："他能出有入无，委是仙女！"奶奶道："痴子！鬼怪也出有入无，你只教他去，我自寻一个门当户对女子与你。"帖木儿道："我原与他约为夫妇的，怎生辞得？"奶奶："我断不容！"这帖木儿着了迷，也不肯辞他。辞时也辞不去，着小厮守住了房门，他也不消等开门，已是在房里了，叫在房中相陪帖木儿，他已是在帐中，两个睡了，无法驱除。奶奶心焦，要请个法官和尚。帖木儿对女子道："奶奶疑你是妖怪，要行驱遣，如之奈何？"女子笑道："郎君勿忧！任你通天法术，料奈何不得我，任他来。"先是一个和尚来房中念咒，他先撮去他僧帽，寻得僧帽，木鱼又不见了。寻东寻西，混了半日，只得走去。又接道士到得，不见了剑，正坐念经，一把剑却在颈项里插将下来，喜得是个钝，道士惊走了。似此十余日，反动街坊，没个驱除得他。巧遇着是刘伯温先生，为望天子气来到凤阳，闻得道："我会擒妖。"他家便留了饭，问是夜去明来，伯温叫帖木儿暂避，自在房中。帖木儿怕伯温占了女子，不肯。奶奶发作才去。伯温就坐在他床上，放下罗帷，将起更时，只见香风冉冉，"呀"地一声门响，走进一个美女来：

冰肌玉骨傲寒梅，淡淡霓裳不惹埃。
坐似雪山凝莹色，行时风送白云来。

除却眉发，无一处不白。他不见帖木儿在房中，竟到帐中道："郎君！你是身体疲倦，还是打熬精神？"不知伯温已做准备了，大喝一声，道："何方泼怪，敢在此魅人！"劈领一把揪住，按在地下，仗剑要砍下来。这女子一惊，早复了原身，是个白猴，口叫："饶命！"伯温道："你山野之精，此地有城隍、社令管辖，为何辄敢至此？"白猴道："金陵有真主，诸神前往护持，故得乘机到来，大人正是他佐命功臣，望大人饶命，从此只在山林修养，再不敢作怪！"伯温道："你这小小妖物，不足污我剑，饶你去，只不许在此一方！"白猴道："即便离此，如再为祸，天雷诛殛！"伯温放了手，叩上几个头，去了。次日伯温对阿里不花妻道："此妖乃一白猴，我已饶他死，再不来了。"赠与金帛不收，后来竟应了太祖聘，果然做了功臣。这猴竟逃往山东，又近东岳，只得转入北京地方，河间中条山藏身。奈是每三年遇送张天师入觐，一路除妖捉怪，毕竟又要躲到别处。他道不是了期，却生一计，要弄张真人。竟摇身一变，变作一个老妇人：

　　一身踡曲恰如弓，白发萧疏霜里蓬。

　　两耳轰雷惊不醒，双眸时怯晓来风。

持着一根拐棒，乞食市上。市人见年老，也都怜他。他与人说些劝人学好，诫人为非的说话。还说些休咎，道这件事该做，好；这件事不该做，有祸。这病医得，不妨；这病便医也不愈。先时人还道他偶然，到后来十句九应，胜是市上这些讨口气、踏脚影课命先生，一到市上，人就围住了，向他问事，他就捣鬼道："我曾得军师刘伯温数学，善知过去未来。"人人都称他是"圣姑"。就有一个好事的客店，姓钦名信，请在家里，是待父母一般供养他，要借他来获利。一日对钦信道："今是有一位贵人，姓陈，来你家歇，我日后有事求他，你可待厚款待。"果然这家子洒扫客房，整治饮食等候。将次晚了，却见一乘骡轿，三匹骡子，随着到他家来下，去是庐州府桐城县一个新举人，姓陈，号骝山，年纪不及三十岁。这钦信便走到轿边，道："陈相公，里边下。"陈骝山便下了轿，走进他家，只见客房一发精洁得紧。到掌灯，听道："请陈相公吃晚饭。"到客座时，主人自来相陪。先摆下一个攒匾儿，随后果子肴馔摆列一桌，甚是齐备。陈骝山想道："一路来客店是口里般般有，家中件件无；来到镇上，拦住马道："相公，我家下吃的肥鹅、嫩鸡、鲜鱼、猪肉，黄酒、烧酒都有！及至到他家，一件也讨不出。怎这家将我盛款，莫不有些先兆？"便问主家姓，主家道："小人姓钦，外面招牌上写的'钦仰楼安寓客商'，就是在下了。"陈骝山道："学生偶尔侥幸，也是初来，并未相识，怎老丈知我姓，又这等厚款？"钦仰楼道："小人愚人，也不知，家下有一位老婆婆，敝地称他做'圣姑'，他能知过去未来，不须占卜，晓得人荣辱生死。早间分付小人道：'今日有一位贵人陈骝山到此，你可迎接。'故此小人整备伺候。"陈骝山道："有这等事，是个仙子！可容见么？"钦仰楼道："相公要见，明早罢了。"次日陈骝山早早梳洗，去请见时，却走出一个婆婆来：

　　两耳尖而查，一发短而白。额角耸然踵，双腮削且凹。小小身躯瘦，轻轻行步怯。言语颇侏离，惯将吉凶说。

那陈骝山上前深深作揖，道："老神仙！学生不知神仙在此，失于请教，不知此行可得显荣么？"圣姑道："先生功名显达，此去会试，当得会试第一百八十二名，殿试三甲一百一名，选楚中县令。此后再说。"陈骝山欢喜辞了圣姑，厚酬主人上路：

白发朱颜女偓佺，等闲一语指平川。

从今顿作看花想，春日天街快着鞭。

一路进京，投文应试。到揭晓这日，报人来报，果是一百八十二名，骝山好不称奇。到殿试，又是三甲一百一名。在礼部观政了三个月，叙选却得湖广武昌府江夏县知县。过后自去送圣姑的礼，相见问向后荣枯，圣姑道："先生好去做官，四年之后，又与先生相见，当行取作御史，在福建道；若差出时，千万来见我。我有事相烦你。"骝山便应了，相辞到家祭祖，择日上任。

一到任，倒也是个老在行，厚礼奉承上司，体面去结交乡宦，小惠去待秀才，假清去御百姓。每遇上司生日、节礼，毕竟整齐去送。凡有批发一纸，毕竟三四个罪，选上十余两银子。乡官来讲分上，心里不听，却做口头人情，道："这事该问甚罪，该打多少，某爷讲改甚罪，饶打多少？端只依律问拟。那乡官落得撮银子，秀才最难结，一有不合，造谣言、投揭帖，最可限他时尝有月考、季考，厚去供给，婚丧有助。来说料不敢来说大事，若小事委是切己，竟听他；不切己的，也还他一个体面。百姓来告状，愿和的竟自与和。看是小事，出作不起的，三五石谷也污名头，竟立案免供，其余事小的，打几下逐出，免供。人人都道"清廉"，"不要钱"，不知拿着大事是个富家，率性诈他千百，这叫"削高堆"，人也不觉得。二三衙日逐收他的礼，每一告状日期，也批发几张相验、踏勘，也时常差委，闲时也与他吃酒，上司前又肯为他遮蔽。衙门中吏书、门皂，但不许他生事诈钱，坏法作弊，他身在县中服役，也使他得骗两分书写钱、差使钱。至于钱粮没有拖欠，词讼没有未完，精明与浑厚并行，自上而下，那一个不称扬赞诵？巡抚荐举是首荐，巡按御史也是首荐。

四年半，适值朝觐，历俸已合了格，竟留部考选，这也是部议定的。卷子未曾交完，某人科，某人道，某人吏部，少不得也有一个同知之类。他却考了个试御史，在福建道。先一差巡视西城，二差是巡视十库，差完，部院考察毕，复题他巡按江西。命下出京，记得圣姑曾有言，要他出差时相见，便顺路来见圣姑，送些京绢、息香之类。那圣姑越齐整：

肌同白雪雪争白，发映红颜颜更红。

疑是西池老王母，乘风飞落白云中。

相见之时，那圣姑抓耳挠腮，十分欢喜，道："陈大人，我当日预知你有这一差，约你相会，大意大人能不失信。"一个出差的御史，那有个不奉承的，钦仰楼大开筵席，自己不敢陪，是圣姑奉陪。圣姑道："大人巡按江西，龙虎山张天师也是你辖下，你说也没个不依。尝见如今这干念佛的老妇人，他衣服上都去讨一颗三宝印，我想这些不过是和尚胡说的，当得甚么？闻道天师府里有一颗玉印，他这个说是个至宝，搭在衣服上须是不同。我年老常多惊恐，要得他这颗印镇压，只是大人去说，他不敢不依，怕是大人忘了。"陈御史道："既蒙见托，自必印来。"圣姑道："大人千万要他玉印，若寻常符箓上边的也没帐。"陈代巡道："我闻得大凡差在江西的，张真人都把符箓作人事。我如今待行事毕，亲往拜他，着他用印便了。"圣姑道："若得大人如此用心，我不胜感激！"自去取出一个白绫手帕来：

莹然雪色映朝暾，机杼应教出帝孙。

组凤翩翩疑欲舞，缀花灼灼似将翻。

好个手帕！双手递与陈御史，道："只在这帕上求他一粒印。"陈御史将来收了，辞别到家，择日赴任。来到江西，巡历这南昌、饶州、广信、南康、九江、建昌、袁州、赣州、临江、瑞州、抚州等府，每府都去考察官吏，审录狱囚，观风生员，看城阅操，捉拿土豪，旌表节孝，然后拜在府乡官。来到广信府，也循例做了这事，拜谒时，因见张真人名帖，想起圣姑所托之事，道："我几忘了！"先发了帖子到张真人府去，道代巡来拜，然后自己在衙取了这白绫手帕来问张真人乞印，人役径往龙虎山发道，只见一路来：

山宿晓烟青，飞泉破翠屏。

野禽来逸调，林萼散余馨。

已觉尘襟涤，还令俗梦醒。

丹丘在人世，到此欲忘形。

来至上清宫，这些提点都出来迎接，张真人也冠带奉迎。这张真人虽系是个膏粱子弟，却有家传符箓，素习法术，望见陈御史，便道："不敢唐突，老大人何以妖气甚浓？"陈御史却也愕然。坐定，献了茶，叙些寒温。陈御史道："学生此来，专意请教；一来更有所求，老母年垂八十，寝睡不宁，赏恐邪魔为祟。闻真人有玉印可以伏魔，乞见惠一粒，这不特老母感德！"因在袖子里拿出白绫汗巾，送与真人道："此上乞与一印。"真人接了，反覆一看，笑道："适才所云妖气，正在此上，此岂是令堂老夫人之物？"陈御史见他识货，也不敢回言。真人道："此帕老大人视之，似一个帕，实乃千年老白猴之皮变成，以愚大人并愚学生的。此猴历世已久，神通已大，然终是一个妖物，若得了下官一印，即出入天门无人敢拘止了。这猴造恶已久，设谋更深，不可不治！”陈御史道：“真人既知其诈，不与印便是，何必治之？”真人略有些叱咤之声，只见空中已闪一天神：

头戴束发金冠光耀日，身穿绣罗袍彩色飘霞。威风凛凛似哪吒，怪物见时惊怕。

天师道：“河间有一妖猿为祟，汝往擒之！”天神喏喏连声而去。此时白猿还作个老妇，在钦家谈休说咎，不提防天神半风半雾径赶入来，一把抓住，不及舒展。这一会倒叫陈御史不安，道：“此帕出一老妇人，他在河间也未尝为害，不意真人以此督过。”须臾，早听得一声响亮，半空中坠下一个物件来：

两眼辉辉喷火光，一身雪色起寒芒。

看来不是人间物，疑是遐方贡白狼。

睁着两眼道：“骝山害我！”又道：“骝山救我！”望着天师，只是叩头，说：“小畜自刘伯温军师释放，便已改过自新，并不敢再行作恶，求天师饶命！”陈御史也立起身为他讨饶，道：“若真人今日杀他，是他就学生求福，反因学生得祸了！”真人道：“人禽路殊，此怪以猴而混于人中，恣言休咎，漏泄天机。今复欲漏下官之印，其意叵测。就是今日下官欲为大人赦之，他前日乞命于刘伯温时，已有誓在先，天不肯赦了！”言尚未已，忽听一声霹雳起自天半，屋宇都震，白猴头颅粉碎，已死于阶下。

山鬼技有限，浪敢肆炫惑。

唯余不死魂，矻矻空林哭。

细看绫帕，果是一白猴皮，陈御史命从人葬此猴。后至河间钦仰楼来见，问及，道：“一日旋风忽起，卷入室中，已不见圣姑，想是仙去了。”问他日期，正是拜天师这日。就此见张真人的道法世传，果能摄服妖邪。这妖邪不揣自己力量，妄行希冀，适足以杀其躯而已矣。

雨侯曰：为恶不悛，巧思弄人，用计虽深，能惑明眼人哉？只自取杀身之祸耳！予敢以告沐猴而冠者。

图书在版编目（CIP）数据

型世言 /（明）陆人龙编 . —杭州 : 浙江古籍出版社，2016.2

（古典文库）

ISBN 978-7-5540-0798-3

Ⅰ . ①型… Ⅱ . ①陆… Ⅲ . ①话本小说—小说集—中国—明代 Ⅳ . ① I242.3

中国版本图书馆 CIP 数据核字（2016）第 036924 号

型世言

（明）陆人龙　编

出版发行　浙江古籍出版社

（杭州体育场路 347 号　电话：0571-85176986）

网　　址　www.zjguji.com

责任编辑　关俊红

责任校对　余　宏

装帧设计　刘　欣

责任印务　楼浩凯

照　　排　杭州立飞图文制作有限公司

印　　刷　浙江新华印刷技术有限公司

开　　本　880 × 1230　1/32

印　　张　11.625

字　　数　400 千字

版　　次　2016 年 4 月第 1 版

印　　次　2016 年 4 月第 1 次印刷

书　　号　ISBN 978-7-5540-0798-3

定　　价　19.00 元